他惯会装乖

秋日凉 —— 著

江苏凤凰文艺出版社
JIANGSU PHOENIX LITERATURE AND
ART PUBLISHING

图书在版编目（CIP）数据

他惯会装乖 / 秋日凉著 . -- 南京 ： 江苏凤凰文艺
出版社， 2025. 9. -- ISBN 978-7-5594-8298-3

Ⅰ．Ⅰ247.5

中国国家版本馆 CIP 数据核字第 2025JR1768 号

他惯会装乖

秋日凉 著

责任编辑	耿少萍	
装帧设计	梁　霞	
责任印制	杨　丹	
出版发行	江苏凤凰文艺出版社	
	南京市中央路 165 号，邮编：210009	
网　　址	http://www.jswenyi.com	
印　　刷	北京盛通印刷股份有限公司	
开　　本	710 毫米 × 1000 毫米　1/16	
印　　张	23.5	
字　　数	572 千字	
版　　次	2025 年 9 月第 1 版	
印　　次	2025 年 9 月第 1 次印刷	
书　　号	ISBN 978-7-5594-8298-3	
定　　价	48.00 元	

江苏凤凰文艺版图书凡印刷、装订错误，可向出版社调换，联系电话 025-83280257

他们会衰乖

他们都会装乖

喻校突然瞥见林栀桌子右下角贴着的一张纸条，去同一个城市。

没有名字，只有一句话。

但是喻校莫名地想起来那天，林栀笑着跟他说去同一个城市。

林栀察觉到了他的视线，揪着桌角开口："想跟你、桐桐，还有阮空去同一个城市。"

"一起。"

目录

第一章

扶起那个病弱的少年

2016 年 8 月 20 日。

正是酷暑，一场雨消去了人们心中的焦躁，树梢上都挂着些晶莹的水珠，天空也是湛蓝得很。

少女洁白的裙摆沾了些雨水，林栀收了伞，踏进了医院的大门，刺鼻的消毒水让她有些头晕。一连两个月的失眠让她有些遭不住，于是还是来了医院。

医生看着面前的小姑娘，抬头问道："什么症状？"

"失眠。"

"多久了？"

"两个月。"

听到这话，那医生从电脑显示屏后面抬起眼，认真打量起面前的小姑娘来。不过十五六岁的小姑娘，看起来性格有些清冷，一双眼睛也清凌凌的。又问了几个问题，那医生写下几个药名："你是持续性精神紧张和焦虑，晚上睡觉前可以考虑喝些牛奶，听一些舒缓的音乐，别想太多，这些药物是辅助你睡眠的，但是不建议多吃。"

"谢谢姐姐。"她接过那张字迹潦草的药单，离开了诊室。

拿完了药，林栀匆匆下楼，想要立刻离开这个满是消毒水的地方。

路过楼梯口转角，她看到了一个少年，那少年扶着墙站着，他的脸上带着病态的白，眉眼精致，只是嘴唇泛白得过分。少年身子晃了晃，似是支撑不住地蹲在了地上。林栀看到那个少年的手按在胃的位置，似乎想要硬撑着站起身，便伸出手扶住了他。

两人的视线对上，眼前的少年很是令人惊艳，薄唇泛着白，紧紧地抿着。

"你还好吗？"

"没事。"

林栀看着他身旁没有任何人，有些不放心："你是一个人来的吗？"

"嗯。"天气很热，男生却因为不舒服，额角都被汗打湿了。

林栀也没管他什么表情，将他的胳膊搭在自己肩上："我扶着你吧。"

男生的表情看起来很不舒服，似乎是强忍着不适自己一个人来的。听了林栀的话，男生轻轻嗯了一声。林栀扶他坐在椅子上，道："你身份证给我一下，我帮你挂号。"她的声音不大，却给人一种安全感。

喻桉抬头看她，女孩的眼睛格外干净，他鬼使神差地从兜里摸出身份证递给她。

林栀问他："你是胃疼还是肚子疼？"

男生盯着她看了许久，才开了口："胃疼。"

林栀给他挂完了号，将挂号的单子塞进他手里，轻声开口："你在这等一会。"她跑下楼去买了一份养胃小米粥，还有一些清淡的吃食，她将餐盒放在他旁边："你一个人去看病还撑得住吗？"

"可以。"

"行，那我先走了，你好好跟医生说你的情况。"

"好。"

林栀走了几步，又回头看了一眼，那男生垂着头，依稀只能窥见侧脸，胳膊抵着胃，似乎在强忍痛苦的样子。她轻轻叹了口气，便离开了医院。

……

回去的路上，林栀隐约听见有小动物呜咽的声音。拨开树枝，她看到了一只浑身雪白的小狗，看样子刚满月，眼睛湿漉漉的，看着叫人心软不已。

"小可怜，姐姐带你回家。"林栀将它抱在怀里，用手揉了揉它的脑袋。说来也怪，那小狗进了她怀里立刻乖得不行，还用脑袋轻轻地蹭她的指尖。

林栀下午去了趟福利院做义工，回到家已经是晚上了，她脱掉鞋，换上了拖鞋，看到客厅里还亮着灯。客厅里坐着一个面目和善的老人，见她进来，便笑道："小栀回来了，快来吃饭。"

"怎么又坐在这里等？奶奶，下次如果我不在家，你就先吃饭。"林栀拧着眉看她，她知道姜红心疼自己，可她不想奶奶每天守着自己回来。

林栀的父母在她小时候就因车祸去世了，恰好那天林栀回了乡下奶奶家，逃过一劫，说不清楚是幸运还是不幸，双亲都葬身火海，只有她一人还活着。那年她才九岁，却一下子失去了双亲。

姜红看着那么小的孩子于心不忍，将她带了回去。小林栀也十分听话，从小就不爱哭闹，凡是见到她的人都说你家孩子真乖。

此刻桌子上放着她最爱吃的鱼香茄子和糖醋排骨，小时候她最讨厌的就是茄子，但是姜红的手艺很好，一盘鱼香茄子就能让她干掉大半碗米饭。

"等你回来一起吃。"姜红说着，看到了她怀里的小狗："这是哪来的小家伙？真可爱。"

"路边捡的，是不是很可爱呀，奶奶？"

"是，快给它洗个澡吧，你也洗个澡早点睡觉。"

"好的奶奶。"说完，她轻轻将姜红推进了房间："您也累了一晚上了，快去休息吧，我等会自己洗碗。"

"那我先休息了。"

"晚安，奶奶。"

"晚安。"

姜红早上去集市卖菜，中午和晚上则去卖馄饨，林栀也经常陪她一起出摊。

……

吃完饭，林栀将那只小奶狗抱在怀里，心都快化了，她伸出手戳了戳它毛茸茸的脑袋。

"小可怜，你怎么那么乖呀，以后就叫你小乖好不好？"

小白狗汪汪叫了两声，伸出湿漉漉的舌头去舔她的手，逗得林栀笑了起来。她用毛巾裹住它，拿出吹风机吹干它的毛发，将它安置在一个小纸箱子里。

"今天就先委屈你住在这里面了，明天姐姐去给你买小窝好不好？"

"汪汪汪。"

"真乖。"

月色撩人，林栀坐在屋里刷题，扭头看了一眼还在睡觉的小乖。今天很累，但是她很开心。

……

第二天，林栀又去了福利院帮忙，回来已经是傍晚了。

天边的云霞透着粉，仿佛偷喝了酒一般。她找了一家比较近的店，坐在一个靠窗的位置。好友阮征正在跟她滔滔不绝地讲着今天的尴尬事。两个人从初中开始就是好友，一开始阮征觉得她装，她觉得阮征人太凶，后面相处下来才发现意外的投机。

【小阮阮】：今天有个小姐姐跟我一路，我以为我被尾随了。

【小阮阮】：脑子里顿时冒出来很多漂亮小姐姐被拐卖的事件。

【小阮阮】：我以为她会寻求我的帮助，结果是要微信，就是说，有没有可能我是女孩子？

【之之为栀栀】：哈哈哈哈。

【小阮阮】：别笑了，掰你牙。

【之之为栀栀】：所以她怎么发现的？

"把面前的酒喝光，给你两百块，怎么样？"

听到这略带羞辱的话，林栀放下手机，抬起了头。她看到一桌男人个个都是脸涨得通红，分明是喝醉了酒，站在一旁的男生穿着白色短袖，外面套着黑色的工作服，宽肩窄臀细腰，少年侧身站着，有些看不清眉眼，依稀感觉年岁不大，应当是与自己差不了多少。

"先生，抱歉，我们这边不陪酒。"

"嘿，你这小子，爷今天让你陪我喝一杯，是给你面子？懂不懂？识趣点就把这瓶酒喝掉，别逼我去前台投诉你，顾客是上帝，我就是你上帝，懂吗？"男人穿着一件黑色短袖衫，上面印着烫金大 Logo，脖子上戴着一串粗粗的大金链子，说完，啪的一声把酒瓶子往桌上一掷，伸出粗短的手指指向男生："喝。"

男生似乎有些犹豫，但还是妥协了，拿起酒瓶蜻蜓点水般舔了舔。

"大男人扭扭捏捏像什么样子？"

林栀蹙着眉盯着中间的那个男生。

"把桌子上这些全喝了。"

"听到没？龙哥让你全喝了。"

后桌的男人都在起哄。

林栀知道，和一群醉鬼是没办法讲道理的，她又多看了一眼那服务生，总觉得有几分眼熟。

"喝。"

"快喝。"

林栀看到那服务生拳头都攥紧了，分明是在隐忍。

她站起身去了前台。前台坐着一个大妈，应该是老板娘，看起来五十多岁了，正跷着二郎腿津津有味地看着电视剧。电视剧的声音播放得很大，吵得人耳朵有些疼。

"老板娘，您这有人逼服务员喝酒，不管一下吗？"

"喝几杯就喝几杯，不会出什么事。"老板娘一听就知道说的是喻桉，自从雇用了这小子，店里吃饭的女生都变多了，于是不在意地摆摆手，继续低头看自己的电视剧了。

林栀觉得跟她可能也讲不通，又回到了自己的座位上。那男生尴尬地站在那里，一言不发。周围有很多看热闹的，却没有任何人制止。

林栀将筷子往桌上一拍，气势很足，她回头看着那个男生："你过来，你看你家菜怎么做的？"

那男生抬头看了一眼林栀，冲那些男人说了句"不好意思"，便往林栀的方向走了过来："不好意思，请问饭菜有什么问题？"

林栀这才看清他的五官，是一个模样生得很好的男生，最普通的衣服都难掩他身上的气质。

她总觉得这少年实在眼熟得过分，可一时半会又想不起来。林栀指了指自己面前的菜："你这菜里有头发。"

"您看，是后厨给您重新做一份，还是？"

"后厨重新做一份吧。"

林栀以为这样后面那桌男人就不会再找茬。

"行。"

谁知少年刚把菜放在桌上，那几个醉鬼又将他叫了去。

"喝啊，还没喝完呢。"

林栀看得很清楚，那些人摆明了是在闹事。

喻桉站在那里，拳头握得很紧，他告诉自己：就快发工资了，只要发了工资，就可以离开这里了，没必要在这个时候惹事。可是，他现在到底要怎么做才好。

林栀盯着少年冷峻的眉眼，突然想起来在哪里见过他了。就在前几日去医院的时候，她遇见过这少年。迫不得已，她再次站起来朝那群人走了过去。

林栀盯着面前几个五大三粗的汉子，心里有些发怵，面色上却不显："这是吃饭的地方，你们在这里一直发酒疯不太好吧？"

为首的男人将酒瓶往桌上一扔，酒瓶骨碌碌地滚落在地，发出声响。围观的人均是一颤，认为这个冒出来的小丫头是惹上硬茬了。

"我觉得我没有了男人的尊严，呜呜呜，我老婆昨天回家跟我夸了整整一夜啊，说他帅，我到底是哪里比不上他，不就比我年轻、比我腿长、比我白点帅点吗？还有哪里比得上我？"男人越说越激动，扯着嗓子开始哭嚎，不顾一切地发起疯来。

"我要会会他，看看他到底有什么魅力，能让我老婆三天两头为了他来这里吃饭。"

林栀站在原地有些沉默。那大哥把酒瓶丢在桌上的一刹那，她脑子里冒出来很多新闻。什么女大学生在外被醉鬼殴打，什么醉鬼酒后发疯连杀四人。幻想了自己一百种被打的样子，结果大哥先哭起来了，给她整不会了。她将喻桉扯到了一旁，轻声道："没事了。"

　　喻桉眸子里闪过几分惊讶，低声道："谢谢。"

　　这时，一个烫着卷发的女人推门走了进来，她环顾一周，似乎在寻找什么，最终将目光落在了一处。她眉头拧了起来，走得很快。一道清脆的巴掌，让那个又哭又叫的大哥停止了发疯。旁边的男人们均是瑟瑟发抖，不敢吱声。

　　"看我回家不收拾你，在外面喝成这鬼样子，不知道的还以为老娘死了，哭丧呢？哭什么哭？"

　　大哥被抽了个大嘴巴子，只是委屈地扁了扁嘴。

　　那大姐扫了一眼男人的那些酒友，问道："他在这没骂我吧？"那些男人支支吾吾地说出了男人刚刚说过的话。

　　"在外面败坏老娘名声，我说的是他像咱儿子一样帅，你喝点酒不知道自己几斤几两了是吗？"

　　大哥低着头一句话不敢说。

　　林栀走到大姐面前，礼貌地重复了一遍刚刚的事。

　　大姐拽着大哥耳朵到喻桉面前："给人家道歉，大晚上发什么疯。"

　　"对不起……"

　　"大声点，吃饭没有？"

　　大哥又重复了一遍"对不起"。

　　林栀看着喻桉，少年的脸上看不出情绪，只是轻轻说了句没关系。

　　最后大哥颠颠地跟在大姐屁股后面走了，他似乎想要牵手，又被大姐抽了个大嘴巴子。

　　林栀出去买了杯蜂蜜水回来，她回头看了一眼杵在那里的男生，将手里的蜂蜜水递了过去。那男生似乎也认出了她，有些怔愣地看着她递过来的蜂蜜水。

　　"你胃不好，喝点蜂蜜水吧。"

　　每个人都在为生计奔波，都有自己的不容易，不是为了生活谁愿意忍受那些苦难？

　　男生盯着她看了好一会，才缓缓开口："谢谢，我知道你刚刚说菜有问题是因为什么。"

　　林栀笑笑，没说话。她吃了几口饭，忽而想起那忘了回的微信，阮征那边的信息已经炸了。

　　【小阮阮】：她低头看见了姐的粉色凉鞋。

　　【小阮阮】：你最好给我一个解释，居然半个小时都不回我。

　　【小阮阮】：破碎的心再也拼凑不起来。

　　【小阮阮】：我就是那地里没人要的小白菜。

　　【小阮阮】：不可能！我还是不是你的宝贝？

　　林栀忍不住笑出声，回了她一句。

　　【之之为栀栀】：理你理你，突发意外，请你吃小蛋糕。

　　那边很快回了。

【小阮阮】：那我要草莓小蛋糕。

结账的时候，林栀看见袋子里多了瓶牛奶。她又回头看了一眼。是他吧。

……

夏夜里的晚风都带着热热的暑气。蝉鸣喧嚣，不知不觉已经渐入8月下旬。林栀坐在姜红旁边，熟练地包着馄饨。

"欸？奶奶，是不是下雨了？有雨点落在我脸上了。"

姜红抬头看了一眼，看到黑黢黢一团乌云正往这边过来。

"应当是要下雨了。"

两个人将早就准备好的大伞撑了起来。夏天的雨总是来得又猛又急，豆大的雨滴砸在地上，很快湿了一片。路上很多行人似乎没有料到这突如其来的雨，都在东躲西藏避着雨。有预备的都拿出了早就准备好的雨衣和伞。不一会，路上的人就少了很多。小乖在大伞底下追着自己的尾巴转圈圈，林栀托着下巴看着它玩。雨越下越大，落在地上的小水坑里，像极了炸开的簇簇小烟花。

林栀抬眸，忽而看见雨里的一个身影。雨下得很大，那人似乎是感觉不到一般，就那样慢慢地走着。越来越近，林栀这才看清了少年的眉眼。少年在不远处的长椅上坐了下来，并没有要避雨的意思。

林栀微微皱眉，想起那天医院里他那般病弱的模样，拿起一把伞，对姜红说道："奶奶，那个人没伞，我去送一下伞。"姜红抬头，也看见了那个淋雨的男生，笑道："快去吧，雨下得可大了。"

林栀一脚踩进水里，溅起些水花打湿了裤脚，她跑过去，将伞撑在少年头上。少年的表情似是惊讶，又似乎掺杂了几分别的，林栀读不透。

"又是你呀。"她说。

靠近了看，林栀看清了他嘴角的淤青，还有脸上的伤痕，身上还带着泥，裤子似乎也破了。

似乎每次遇见他，他都有些狼狈。

"不用了，谢谢。"

"你就拿着吧。"她将伞塞进少年手里，便撑开另一把伞跑回棚子下面，刚收起伞，便看到少年一步步走近。林栀指了指馄饨摊子："你要吃碗馄饨吗？都是现包的。"

喻桉看了一眼还冒着热气的馄饨锅，点头："要一份馄饨。"

林栀熟练地掏出碗，铺了一层泡发好的紫菜，又丢进去一些小虾米，站在一旁看姜红煮馄饨。

"要香菜和辣椒吗？"

"要。"

等待的时间里，林栀坐在旁边用玩具逗小乖玩。

姜红瞅了一会儿少年，试探性地开口："跟家里闹矛盾了？"林栀回头去看少年的表情，他低垂着眉眼，似乎心情不是很好的样子，听闻这句话只是微微点头。林栀很小就没了爸妈，她不是很能理解和父母吵架是什么感觉。看少年，似乎很不愉悦，跟亲近的人闹矛盾，总归不是一种很好的感受。

林栀轻声道："吃完馄饨，回去好好聊一聊，没什么事是过不去的。"

喻桉被馄饨烫得轻轻嘶了一下，几不可闻地点点头。

……

雨淋淋沥沥下了好一阵子。林栀一回头，少年已经不见了。桌上还剩下那把伞，底下压着一张湿漉漉的二十元纸币。

她想说，他给多了。

……

9月，L城的高中部陆陆续续都开学了。

林栀刚走到大门口，就看到了阮征。阮征留着利落的短发，一米七三的身高，又白又瘦，身材比例好得过分，一双腿巨长，看起来颇有少年气。

"宝，快跑，我们要迟到了。"

开学第一天就迟到，林栀觉得自己要完蛋了。

阮征拉着林栀小跑了几步，忽而听到了清脆的上课铃声。一抬头又看到前面拿着板子站在楼下的几个男生，阮征有些认命了："咱俩完了，这下肯定榜上有名了，我已经能想到老杨怎么骂我们了。"班主任老杨那叫一个啰嗦，阮征这样平常迟到的都怕了他的唠叨。

林栀看了一眼前面几个人，有些不解："为什么？偷偷溜进去不就行了？"

阮征是迟到大户，她指了指楼下三个少年中间的那个："看到中间那个男生没有？"

"怎么了？"

"他可是学生会里'最残酷'的人，一点人情味都没有，迟到的把柄落他手里，铁定完蛋了。"

阮征知道那几个人肯定看到了林栀和自己，索性也不挣扎了，拉着林栀一步步往前龟速挪着。

最中间的那个男生，身上穿着洗得发白的衬衫，戴着一副银边眼镜，脊背挺得很直，身材修长，面色冷淡，眉眼清隽，看不出什么情绪，单单只是站在那里，就令人觉得赏心悦目。

四目相对，一片安静。林栀有些惊讶，她之前居然在学校从没见过他。

"好巧。"

喻桉看到她，一愣，又很快收起情绪："上课了，快上去吧。"

阮征那些替自己和林栀承认错误求情的话在嘴里转了一百八十个弯，还没说出口，突然听到少年嘴里说出这些话，一时之间有种自己可能没有睡醒的感觉。但见喻桉旁边的两个男生都没有动作，她拉着林栀拔腿就跑。

贺蒙看了一眼走掉的两个女生，看了一眼面无表情的喻桉，心理按捺不住八卦道："喻哥，你跟刚刚那个女生，认识？"喻桉几不可闻地嗯了一声。

"你们很熟吗？"

喻桉抬头看他："不熟。"

贺蒙心里一百八十个不信，从开学到现在从来没给人通融过一次，这就那么好说话让人给过去了。说不熟，谁信？

"喻哥……"

他还想再问点什么，就看见喻桉淡淡地瞥过来："你很聒噪。"

贺蒙识趣地闭上了嘴。

……

一下课，阮征就跑到林栀面前，"说，你和喻桉什么关系？"

林栀听见她的话，满脸疑惑。

"别告诉我就普通朋友啊，我不信。"

林栀沉默片刻，问："谁是喻桉？"

这下轮到阮征蒙了。她盯着林栀看了半天，见林栀表情不似有假，才忍不住问道："那你俩今天那对话像是认识了八百年一样，我还以为你们早就认识。"

"没有啊，就暑假见过几次，我都不知道他叫什么。"

……

第三节课的铃声响了。

"都醒醒了，按照假期你们自己选的文理科，分班名单已经出来了，我投屏一下，自己拿笔记一下，下节课开始换班。"林栀以为换班起码会是开学好几天以后，没想到来得那么突然。班上很多人听见文理分科名单出来了，一个个的也不困了。林栀记了一下自己的班级，八班，理科班，在另一栋楼的三楼。又往下看了几眼，和阮征差一点就一个班。

两个人在班里隔海相望，阮征一脸哭丧，用口型跟她交流：好想跟你一个班。

……

阮征送林栀到了新班级所在的地方。

"放学来找我吃饭。"阮征冲林栀开口道。

林栀应她："好。"

新班主任暂时不在教室里，座位表投在了屏幕上。她看到了同桌的名字，喻桉。怎么听着那么像早上阮征说的那个名字？

林栀顾不得想那么多，将书收进抽屉里，又回去拿自己的东西。她拎着大包小包上了楼，刚走几步便觉得气喘吁吁。手里的熊猫笔袋掠过指尖滑了下去，骨碌碌地往下滚。林栀手里还拎着袋子，只得将袋子先放下来。

修长分明的手映入眼帘，林栀看到那人捡起了她的笔袋。一抬眸，对上少年的视线。

"你的？"

林栀点头："对，谢谢。"

喻桉走到她旁边，却没着急把手里的东西给她，反而看了看她手里的袋子："需要帮忙吗？"

"要。"

喻桉接过她手里的袋子，走在前面。

等等，她都没说他们一个班，他怎么就确定他们一起？林栀跟在他身后，默默思考。林栀跟在他后面，看着他将自己的东西放了课桌上，她有些疑惑："你怎么知道我坐这里？"

"早上看到了你的校牌。"

林栀低头看了一眼自己校服上别着的铭牌，笑道："谢了。"

少年嗯了一声，没再说话。

林栀低着头整理东西，看见喻桉又出去了。他的桌面干干净净，反倒是林栀的东西占了他课桌的一部分。林栀收拾好半天，总算把自己的东西收拾妥当。

听见有人敲窗户，林栀对上一张笑脸，原来是阮征站在外面，她见班主任还没来，便跑了出去。两个人站在楼梯口说话，阮征将刚买的冷饮塞在她手里。

"谢谢小阮阮。"

阮征咬牙切齿道："再叫小软软，我要打你了。"

"小阮阮，小阮阮。"

两个人闹成一团。路过的喻桉看了一眼两人，恰好和林栀对上视线，又很快收了回去。

回到班里的林栀，将还带着水汽的冷饮放在桌上。她看了一眼在写作业的喻桉，刚想开口，喻桉似乎就觉察到了她的视线，看了过来。

"我会保密。"

林栀不解，什么保密？她想问刚刚没挡你路吧，他说保密是什么意思？林栀半天才反应过来喻桉是误会了自己跟阮征的关系。

"那是我闺蜜。"

喻桉停住笔，点头："我懂，男闺蜜。"

林栀：什么？他懂什么了？

"那真是我闺蜜。"

"信。"

林栀："就是说，有没有一种可能？她是女生。"

喻桉眸子里闪过一丝错愕，又很快消失不见。

一个模样年轻的女人进了教室，她穿着碎花长裙，搭配一双白色凉鞋。

"我是你们的新班主任，我叫乜瑛。"说完，她在黑板上写下乜瑛两个字。

教室里的人唏嘘一片。

"我还是第一次见这个字。"

"我刚刚下意识反应以为是聂。"

"长见识了。"

乜瑛讲了一下自己姓氏的来历。

"老师，你是我们的语文老师吗？"问问题的是一个坐在前排的男生。

乜瑛笑道："不是，我是教数学的。"

"数学老师！可是，老师你真的很温柔，很有书卷气！"

其余人均附和着"是啊是啊"。

乜瑛都没忍住，被逗笑了。那股由分班带来的伤感和新班级的不自在很快被这气氛冲散。乜瑛环视一周，有不少是班里之前的熟面孔。她又拿起桌上整合的班里学生的成绩单，开了口："数学课代表和班长我定一下，喻桉同学，还愿意当吗？"

喻桉嗯了一声。

乜瑛又陆续选了其余的班委。

……

第四节课是数学新授课，林栀听了半天，脑子还处于一个稀里糊涂的状态，什么反函数，值域，定义域的。一直到放学，她还是有点云里雾里，只能等吃完饭回来再看书了。

阮征看到愁眉苦脸的林栀，伸手戳她脸："怎么愁眉苦脸的？"

"数学根本听不懂。"

"嘻，吃饭呢提什么伤心事，聊点开心的，新老师怎么样？"

林栀认真评价："年轻漂亮。"

"为什么就我的老师是一颗严肃的小土豆呀？"

林栀差点被一口饭呛到。

"小土豆？"

"圆溜溜的头顶，可不就是小土豆吗？而且他好严肃，整得我一句话都不敢说。"

林栀没忍住笑出声。

阮征瞪她："不许幸灾乐祸。"

"没，就是觉得还有您老不敢讲话的时候。"

林栀想起阮征之前初中的光辉事迹。班主任在讲台上慷慨激昂，阮征在底下嬉皮笑脸，因为笑的声音有点大，被班主任轰出去了，在外面整整站了一节课。

可阮征就是属于那种我错了，但是我还敢的性格。一开始林栀以为她又凶又可怕。阮征觉得她整天捧着本破书看，装得要死。后来体育课阮征磕破了腿，林栀搀扶着她去了医务室，阮征还在逗她："别把你压矮了。"

林栀直接甩开她："那你自己走。"

阮征硬气道："走就走，脾气不小。"

"全身上下只有嘴硬。"

但奇怪的是，从那天起，两个人关系慢慢升温了。阮征会让她帮自己看着老师，也会给她带学校没有的吃的。

……

"我不怕，我是给小土豆面子。"

林栀应她："行行行，你是给小土豆面子，行吧？"她喝了口汤，试探性开口："你不会下午还要出去吧？"

阮征塞了一口米饭，摇头："今天不去，补觉，昨天通宵，今早感觉要见太奶了。"

"乖一点。"

"知道了，大小姐，我很乖了好不好？"

林栀伸手揉了揉她的脑袋。

阮征突然想到了什么："新同桌是男生还是女生？人还好相处吗？"

林栀抬起头，忽然看到了准备去送餐盘的少年，白衬衫穿得惊艳极了，人群中很惹眼。

她便伸手一指："他。"

阮征回头，看到了喻桉和他身旁的林承允。

"喻桉旁边的那个男生？"

"不是。"

"不是吧，姐，你跟喻桉同桌？那你完了。"

"啊？"

"听说之前跟喻桉做同桌的人都憋疯了，这哥一天说话不超过五句，说话也都是那种特别简洁的，并且，这哥特别不近人情。"

林栀看着阮征认真的表情，实在是有些想笑："你都是从哪里听说的这些？"

"学校贴吧呀，天天刷。"

"倒是也没传说中那么不近人情吧，今早不是还放过我们了？"

阮征拍手道："这倒也是哦。"

"小阮阮，你再不吃完，咱们又要迟到了。"

阮征看了一眼时间，拿起筷子扒了几口饭，站起来道："走吧。"

林栀看了一眼她手里的餐盘，像是经历了战争一样，一片狼藉，她点头道："走吧。"

……

阮征在林栀楼下的三班。

到了二楼林栀便自己上楼了，刚上来就看到门口站着一个黄毛，在这个大家都没有染头发的高中时代，他站在门口，格外显眼。林栀估摸着是班里哪个女孩子要遭殃了。她刚走到门口，那黄毛就转了过来，露出来一口白牙冲她笑。

林栀也礼貌地冲他笑笑，就准备进去了。

"等等。"

"你找谁，我帮你叫她。"

林栀话音刚落，黄毛从兜里掏出一个粉色的信封，递了过去："给你。"

林栀还没反应过来，男生把信封塞她手里就走了，留下她原地石化。

她拿着那封信回到了班里，信封上还粘着干花。把别人的心意丢掉很不尊重人，林栀将那封信压在了书底下，准备等那个男生再来的时候还给他。

喻桉早就在教室里了，此刻正在做题。

林栀看着早上没做完的数学题，直犯头疼，她托着头看着书本上的题目，耳边是笔尖接触纸张的沙沙声。

"组长收一下试题，交上来。"喻桉的声音清润，声音不大不小。

底下传来一阵哀嚎声。

"哥，通融一下，还没写完。"

"晚点收好不好？"

"真的不会写。"

喻桉看了一眼旁边，停顿了一瞬，开口道："过五分钟收。"

班上的人这才松了一口气。

林栀低头看了看自己近乎空白的试题，心道不妙。

一张试卷递了过来，名字处写着"喻桉"两个字。

林栀一愣，接过那张试卷，轻声道："谢谢。"

喻桉只是颇为冷淡地嗯了一声，表示自己知道了。

五分钟里要自己解题肯定是来不及的，她迫不得已只能赶紧参考他的。

喻桉在班里转了一圈，收完了其他组，再转回来的时候，林栀也写完了。林栀将手里的试卷递给他，喻桉接过来，抱着试题去了办公室。

很快到了午休的时间，班上很多人都开始午睡了。

林栀在书包里掏呀掏，摸出来一把糖果，放在了喻桉桌上："今天早上谢谢你，还有刚刚。"

少年只拿了一颗，声音很轻："不客气。"

……

下午的第一节是物理课。班上很多人都昏昏欲睡，林栀也不例外，上眼皮和下眼皮迫切地想要亲密接触。挣扎了好几次，她又睡着了。喻桉偏头看了一眼林栀，用笔戳了戳她的胳膊。林栀睁开眼，说了声"谢谢"。

　　她在抽屉里摸了一把，摸出来一颗薄荷糖，趁物理老师不注意塞进了嘴里。很快，她不仅嘴里，连喘气都是凉的。

　　喻桉闻到了淡淡的薄荷味，转头就看到林栀眼睛睁得大大的，直直地看着黑板。

　　等到物理老师又转过去，她冲喻桉伸出手，手心里面是一颗薄荷糖。

　　"吃吗？"

　　喻桉摇头。

　　林栀又将手收了回去，那节课虽然没有听懂多少，但总算没有再睡着。

　　……

　　第三节课阮征来找林栀，林栀就跟她说了中午那个黄毛的事。

　　阮征一听黄毛，心中警铃大作："什么样的男生？是不是吊儿郎当，不穿校服？这里还有一颗痣，痣不小，眼睛倒是挺小的。"林栀努力回想后，认真点了下头。

　　"徐明松居然敢把主意打你头上，我看他是真不想活了。"

　　"你认识他？"

　　阮征咬牙切齿："何止认识，那种人，你不要理会他。"说完，她冲林栀伸出手："他给你写了什么东西，拿过来我看看。"

　　"你等会儿。"林栀说完就进了教室，她将压在书里的那个信封拿了出来，快步走到门口，递给了阮征。

　　阮征嫌弃地看了一眼那信封，然后撕开看里面的信纸。

　　"我从第一眼起就注意到了你，呕，真恶心，怎么好意思说出口的？你就像那花朵一样美丽，悄悄地在我心尖战放……还战放，'绽'都不会写。"阮征还没念完，就将那信纸一撕为二，扔进了旁边的大垃圾桶里，她忍住想冲进班里揍他的冲动，冲林栀开口："不要理会他，听见没有？"

　　"好。"阮征说话，林栀向来都是听从的。

　　"你回去吧，我去找他。"

　　"你……"

　　"我会很乖的。"阮征笑嘻嘻地揉了揉林栀的头，迈着六亲不认的步子去了徐明松教室门口。

　　……

　　"找一下你们班徐明松。"

　　"他好像去厕所了。"

　　徐明松刚从厕所出来，就看到站在厕所门口的阮征，愣住了。他轻嗤一声："哟，暗恋我？在厕所门口堵我？变态到这种程度了？"

　　"去你的，也不撒泡尿照照自己什么样子，敢骚扰我家栀宝，我劝你把你那龌龊的心思收回去，就你也配？"

　　"我配不配你说了不算。"徐明松说完，上下打量阮征，"而且就你这种男不男，女不女的家伙，我也看不上。"

　　"徐明松，自己什么样不知道？鞋拔子脸，痣比眼睛大，还好意思出来丢人现眼，还学人家写情书，字都写不对。"

　　徐明松和阮征两个人算是死对头，互相看不上眼的那种，之前因为很多问题都吵过架。

阮征看着气得脸红脖子粗的徐明松，撂下话："你最好离林栀远点，否则后果自负。"

徐明松挑衅道："我不呢？"

"那你大可以试试。"

林栀看着笑眯眯冲自己走过来的阮征，问道："说完了？"

阮征点头："警告那货了。"她说完，听见上课铃声，冲林栀挥手："下去了。"

"好，拜拜。"

……

晚自习，中午收的数学试题发了下来。前面林栀自己写的数学题错了大半，后面抄喻桉的倒是全对了。她偏头看了一眼喻桉桌上的试卷，全是清一色的红勾。喻桉本人似乎毫不在意，将试卷收了起来。

林栀有些费劲地订正那些数学题，翻了半天数学书还是云里雾里。她又看了一眼旁边的喻桉，犹豫半天，还是开了口："能不能问你个题目？"

"哪题？"

林栀指了指试卷："这一题。"

她本来还想问别的问题，但又看到了喻桉在做题，不好意思占用他太多时间。喻桉将自己的试卷递了过去，言简意赅道："圈出来。"

"啊？"

"不会的圈出来。"

"会不会打扰你？"

"不会。"

有些题林栀对着书研究半天还是会做的，有的她只能对着题目大眼瞪小眼。题目每一个字拆开都是认识的，组合在一起就成了她看不懂的东西。

不出十分钟，喻桉将一张密密麻麻的草稿纸递了过来，上面详细地写了每一题的步骤。林栀发现，喻桉的很多思路比老师上课讲的还要简单，几乎每一题她都能看懂。看到最后一题的时候，林栀遇到了一点障碍。

"喻桉。"

喻桉偏头看她："哪里？"

林栀指了指其中一个步骤："这里。"

"书。"

"啊？"林栀反应过来，将数学书递给他。

喻桉翻开数学书，指给她看："这里。"

林栀总算弄懂了不会的地方，冲他笑道："谢谢。"

"不客气。"

林栀发现，喻桉倒也不是传说中那般不近人情，也是蛮好讲话的。

……

林栀找完阮征回来，看到自己桌上多了一瓶牛奶。她拿起那瓶牛奶，有些茫然，问了一圈，都不知道是谁放桌上的，她索性把牛奶放在了窗台上。后来的一连两三天，林栀发现桌上多的不止有牛奶，还有糖果，奶茶之类的。

……

周四这天早上，林栀刚出教室门，就看到了等在门口的徐明松，她下意识地就要往旁边绕。徐明松却叫住了她："给你送的奶茶喜欢吗？"

林栀看着他，礼貌开口道："不好意思，没有这方面的想法，这些东西也请你以后不要再送了。"

徐明松似乎早就料到了她这般说辞，插着兜，不甚在意地开口："就当交个朋友。"

"你等一下。"

徐明松抱着胳膊没有开口，看着她走了进去。

过了一会，林栀提了个袋子出来，认真道："全都没动，都还给你，我没兴趣和你做朋友。"

徐明松却不接那袋子，吊儿郎当地笑道："又不是什么贵重物品，给你买就拿着吃了。"

两个人僵持在原地。

林栀将东西放在地上，也不管他什么表情，直接就回教室了。

……

"徐哥，你真要追林栀啊？"说话的是一个瘦瘦高高有些黑的男生。

"嗯，之前倒是没有发现，咱们学校还有这样的女生，只可惜，是个清高的，什么都不肯收，不过……过一段时间就好了。"

"让我猜猜徐哥多久能把她骗到手。"

徐明松唇角微勾："我早就了解过，那林栀早就没了父母，奶奶带大的，像这种缺爱的女生，稍微对她好一点，那还不是信手拈来。"

两个人在厕所里旁若无人地说着浑话，丝毫没留意到旁边洗手的男生。

"你长眼睛是用来干吗的？"徐明松被撞了一下，心中有些窝火，便直直地朝旁边的男生看过去。

男生穿着洗得发白的校服衬衫，戴着银边眼镜，一双眼睛生得细长，眼型很好看，单眼皮显得他有些不近人情，他就那般面无表情地看着徐明松："不小心。"

徐明松总觉得他有些眼熟，等反应过来男生已经走了。他这才想起来那是学生会的喻桉，之前不知道抓过自己多少次违纪。怪不得那么眼熟。

……

教室里，林栀正在低头画画，旁边的人突然开了口："小心那个男生。"见林栀的表情还有些蒙，喻桉补充道："他不是什么好人。"

厕所里的那些腌臜话，他尽数听了去，但他不想说得那么直白。

林栀笑笑："我知道，阿阮跟我讲过了，不过还是谢谢你。"

"不客气。"

……

"徐明松，我怎么跟你说的？离她远点。"

徐明松吊儿郎当地开口："不是，大姐，你说我离她远点就远点？"

阮征跟徐明松一言不合吵了起来，两个人吵得难解难分。两个人的动静太大，很快就惊动了年级主任。年级主任到场的时候，两人还在争吵。看到有人过来了，两个人这才停了下来。

办公室里，两个人一左一右地站着，谁也不服气谁。

年级主任敲了敲桌子："知不知道，不能在学校吵架？"

两个人都嗯了一声。

"知道，还在学校里骂街？像什么样子？啊？说了多少遍，同学之间要团结友爱不是？都听哪里去了？"

徐明松嘀咕了句："倒是想。"

阮征冲徐明松翻了个白眼。

"说说看，今天到底为了什么闹成这样？"郑一民拧开面前的杯子，喝了一口水。

阮征开了口："报告主任，徐明松他说我今天如果不跟他交朋友，他就天天找我麻烦。"

徐明松眼睛瞪得像铜铃："胡说八道，看我出去不揍你。"

郑一民瞪了他一眼："追女孩子也不能用这样强硬的手段，听见没有？"

徐明松指了指自己："我怎么可能追她？你看她有女生样吗？"

郑一民的表情严肃："徐同学，没有人规定女孩子必须是长发，必须穿裙子，她可以是任何样子，你这样是永远追不到女生的，喜欢一个女生你怎么还能去贬低人家？回去好好反省一下！"

从办公室出来，徐明松的表情更臭了，他盯着阮征，恨不得将她一把掐死。

郑一民还在背后盯着两人，提醒徐明松："徐同学，不许再欺负女生。"

……

中午，有个女生突然出现在教室门口，堵住了林栀的去路。

"你就是林栀吧？"

看着堵在门口的女生，林栀点头："是我。"

女生扎着低马尾，五官倒也生得端正，身上穿着紧身黑色短袖，下面是短裙。"你不要脸。"突然，她开口道。

林栀不解，她谁也没有招惹过，怎就莫名其妙被骂了？她耐着性子问："你是不是搞错了什么？"

女生轻嗤了一声："搞错？我可不会搞错，你这张脸我倒是认得清楚得很。"

林栀报着唇看她，没有说话。这倒是更激起了女生的怒气："你不要一副可怜巴巴的表情看我，我不吃你这一套，明知道他跟我关系好你还不懂避嫌，你是真不要脸，怪不得是个没爹没妈的小孩，真没教养。"

听见最后一句话，林栀的拳头都握紧了，她看着面前的女生，一字一句说得极为认真："我并不知道你所说的那个男生是谁，就事论事，不要提及我的家人。"

女生喷了一声，甩手就要给林栀一巴掌。巴掌还没落下去，就被一个人握住了手腕。喻桉垂眸看她，脸上没什么多余的表情。这一看不打紧，她语气里的怒气更盛："喻桉，你在羞辱我吗？"

高一的时候，陆莉曾经每天午休时间来班里给喻桉送吃的，可惜喻桉是个不近人情的主，什么也不收。

她死缠烂打半年，喻桉都没跟她说过几句话。

喻桉盯着陆莉的脸看了一会，他不记得自己曾经跟这个人有过接触："你是？"

陆莉听着喻桉略带疑问的口气，气得脸涨红了起来。那半年她差不多天天出现在他面前，喻桉居然问她是谁。

林栀脑子里立刻反应过来她所谓的那个关系好的男生是谁："你说徐明松？"

"不然呢？"

"是他先来跟我送的情书，他送的东西我也一个没收，全部还给他了，我也不知道谁跟他关系好谁关系差，因为这些和我都没有关系。"

"你不主动接近他，他怎么可能会来给你递情书？"

林栀被她的脑回路整得有点蒙。

"抱歉，我并不认识他，而且我对他没兴趣。"

"你在跟我耀武扬威吗？"

陆莉上来就要揪林栀的头发，喻桉一把拉过林栀的手腕，把她拉在了自己身后。因为喻桉比陆莉高很多，她张牙舞爪地过来，也只抓到了喻桉的脖子。

班里看热闹的人很多，有不少人已经探出脑袋往外看了。

他垂眸，直视面前的女生："徐明松是什么样的人，你自己最好还是掂量清楚。"

"你是不是被她这幅单纯样子骗了，那么替她说话。"

喻桉眸子里闪过几分别的情绪，似是想到了什么，他语气微冷："她是我同桌，不要把别人都想得那么龌龊。"林栀看着挡在自己面前的男生，他几乎比林栀高了一个头，宽阔的背影莫名给人一种安全感。

喻桉回头看林栀："进去吧。"

陆莉要去抓林栀，却被喻桉结结实实地挡住了。

"你别走。"

喻桉低头："徐松明这个人的品行，你应当是清楚的，不要自欺欺人了，林栀从头到尾都没理过他。"他说完，就进去了。

八班的人还在探头探脑，好奇外面发生了什么。

"没事做？"

喻桉话音刚落，那些一个个准备吃瓜的人都低下了头。他将作业写在黑板的右下角，就回了自己的座位。班里的人很快都睡午觉了。

……

喻桉刚从厕所出来，就看到林栀等在厕所外面。

"怎么了？"

林栀指了指他脖子上的抓痕："流血了。"

喻桉用纸抹了一把，看到了纸上洇出的鲜红，不在意地开口："没事。"

林栀从兜里掏出来棉签，碘伏，还有创可贴，放在走廊的台子上面，冲他开口："要消毒的。"

喻桉动了动唇，没有拒绝。

"你头低下来点。"

喻桉将头低了些，似乎还能闻到她头发带着的淡淡清香。其实他有些好奇，她为什么会带着这些。林栀小心翼翼地将棉签按在他的脖子上，喻桉皮肤白，脖子上的抓痕尤为明显。

"疼吗？"

"不疼。"喻桉已经分不清多久没有人问过自己这话，有些愣怔。

林栀给他上完了药，在他脖子上贴了个创可贴，察觉到他带着些探究的目光，解释道："阿阮经常受伤，所以我一直备着这些。"喻桉嗯了一声，似乎是在表达自己知道了。

"今天谢谢你啊。"

喻桉盯着她看了半天，才开口："不用谢。"什么不近人情，什么不爱说话，林栀倒是觉得喻桉的内心和外表有些不符。

晚自习时，喻桉和贺蒙查违规，包括想要翘课的，或是自习时扰乱课堂纪律的。两个人把查到的名单递交给了主任。

郑一民拍着喻桉的肩膀，一脸欣慰道："做得不错。"他打心眼里喜欢喻桉这孩子，成绩好不说，长得也好，但是从不拈花惹草，经常给学校拿各种各样的奖，做事也是特别认真负责。

"喻哥，你脖子怎么了？"贺蒙早就看到了他脖子上的创可贴，上面还印着蓝色小花，一看就像女生的东西。

到底是架不住他问，喻桉提了几句关于徐明松的事情。

贺蒙反应过来："哥，他说的那个女生，不会是你现在的同桌吧？"

喻桉点头。

"不会是那天我们查迟到遇见的那小仙女吧？"

喻桉对于他的称呼，微微拧眉，但还是点了下头。

贺蒙觉得自己似乎嗅到了不同寻常的八卦味道。

"喻哥，创可贴不会是小仙女给贴的吧？"

"贺蒙，有没有人说过，你很吵。"

贺蒙笑嘻嘻地开口道："有啊，喻哥你经常说。"

喻桉："……"

贺蒙是个话多的，喻桉又是个话极少的。要说两个人为什么能玩在一起，还要从小学二年级说起。那时候贺蒙还是个小哭包，被人欺负了最多也只会说一句我讨厌你。小孩子的玩笑总是没有分寸的，贺蒙被几个男孩围着差点扒了裤子。他死死地抓着自己的裤子，哭着喊着："我要告诉老师。"

喻桉就是那时候出现的，他拨开人群，问那群小孩："好玩吗？"

那群小男孩笑得很恶劣："你想跟他一起？"说着几个男生就冲过来要扒喻桉的裤子。

喻桉笑了。那是贺蒙记忆里为数不多见到喻桉笑。

他一本正经地板着脸，跟那些小孩讲道理："扒人裤子是不对的，你这样很伤人家自尊知不知道？"那些小孩目睹了一切，哪敢说不知道呢，一个个地点头保证自己以后绝对不会欺负人。

喻桉这才注意到坐在地上的贺蒙，看着他灰头土脸的，从怀里掏出来一张手帕给他："擦干净。"

贺蒙哭得停不下来，喻桉实在是嫌他吵，便买了根棒棒糖塞他嘴里，这才止住了哭。

从那以后喻桉多了个小跟班，两个人这一玩就是十几年。

……

"喻哥，我回班了。"

"行。"

喻桉也回了自己的班级。

……

郑一民看着又来办公室的徐明松，有些恨铁不成钢地开口："怎么次次违纪都有你？自己不想学习还要影响别人？"

徐明松吊儿郎当地靠在墙上，不可置否地嗯了一声。

"站好，像什么样子？跟个流氓地痞一样。"

徐明松这才站直了身子，在那左摇右晃的，并不在意他说的话。

郑一民也懒得再纠正他什么，拿出一张单子："去年一学期违纪被抓六次，你要是不想念了现在就滚蛋回家。"

"回家就回家。"

郑一民几乎要气得心梗："我跟你班主任打个电话，让他过来领你。"

说到十一班班主任，徐明松有些后怕，十一班现任班主任正是阮征和林栀之前的班主任老杨。说老杨，老杨就到，他推开办公室的门，走了进来。刚刚还吊儿郎当的徐明松瞬间站直了。

"老杨，你们班这个徐明松，中午跟人家女生吵架，这会儿晚自习又违纪。"

老杨看了一眼徐明松："你要是不想念了，咱就收拾收拾书包走人，提前出去捡垃圾，少走两年弯路，行不行？实在不行你就端个破碗出去，找个地方坐着。"

徐明松沉默不语。

郑一民冲老杨开口道："这次记过处分，再有下次，让他直接滚回家别念了。"

老杨点了点头："那郑主任，我把他带走了。"

郑一民摆了摆手，示意两个人可以出去。

出了门，老杨就厉声道："天天让我在主任这丢人是不是？觉得很光彩？你走出去看看，外面能找到几个你这样的？能找到一个我就算你厉害，那女孩子都跟花一样娇弱，你一个大男人天天去找她们麻烦？知不知羞？要不要脸皮？"

娇弱？她娇弱？

那他还林黛玉呢。

见徐明松不说话，老杨连拖带拽给他拎进了办公室，又做了半个小时的思想工作。

最后要不是徐明松说自己想去厕所，老杨还能再唠叨两个小时。

……

最后徐明松的处分是回家反省三天，记过处分。

他回教室收拾完东西准备走，就看到陆莉站在门口。

"徐哥，你这是怎么了？"

徐明松有些不耐烦地说道："关你什么事？"

"我听别人说你最近跟林栀走得近，是不是她故意接近你？"

"我跟谁走得近跟你有什么关系？看你就心烦，别烦我。"徐明松说完，拎着包就走了。

陆莉站在原地，眼底多了几分怨毒。那林栀有什么好的？为什么一个个都帮她说话？

……

9月份的夏夜带着些暑气，吹来的风都是热的。这时候已经下了晚自习，学生都宛若笼子里的鸟儿一般，一个个的恨不得赶紧飞回家里。

喻桉来到车棚里推车，却发现今天的车格外难推。他蹲下来仔细查看，原来是车胎的气阀被人给拔了，车胎瘪瘪的。

"喻哥，怎么了？"贺蒙将车停了下来。

"车子没气。"

"喻桉。"

听见有人喊自己，喻桉抬头看了过去。贺蒙也顺着他的目光看了过去。女生穿着白色的校服衬衫，下面是校服短裤，露出的一双腿匀称笔直，头发扎成了高马尾，一张小脸素白，那双眼睛当真是生得好看，清凌凌的，五官也很是清丽。

林栀推着车走得近了些，见他推车不走："你车子坏了吗？"

"没气了。"

林栀不解："被人扎了？"

"可能。"

林栀拍了拍自己的后座："你不嫌弃的话，我送你回家。"

许是因为喻桉对林栀的特别，贺蒙觉得喻桉不会拒绝。

"不用了。"

贺蒙有几分惊讶，喻桉居然拒绝了小仙女。

"我跟他一起回去。"

林栀看到了喻桉旁边的贺蒙，笑道："行，那我就先走了。"

喻桉嗯了一声，看着林栀离开了。

……

周五这天早上，林栀进教室的时候发现喻桉已经在班里了。而他，似乎在挪桌子。

林栀走到两个人的座位前，喻桉见是她，停住了动作。他将桌上的书盖在她桌子上："别看。"

林栀不解地问："为什么？"

她掀开那些书，桌面一夜之间写上了很多刺耳难听的话。翻开书，每一本上面都写满了各种恶心的话。林栀还没看完，书本就被人给合上了。喻桉将她的桌子拉了过来，把自己的桌子推了过去："坐我的。"

"那你？"

"我无所谓。"

林栀看着喻桉面无表情地在自己那张桌子旁坐了下来。

班里的学生很快就来齐了，读书声朗朗，乜瑛在班里转了几圈，停在了喻桉的桌子前。

喻桉坦然地坐着，捧着手里带着乱涂乱画的书读，脊背挺得很直。乜瑛看着他桌子上的那些乱涂乱抹的各种话，眉头蹙得愈发紧了。她敲了敲喻桉的桌子，示意他出来。乜瑛思索着如何说这件事，半天才开口问他："你桌子上那些话……"

喻桉看着乜瑛，一字一句开口："是同桌的桌子，不知道是谁画的。"

乜瑛蹙眉，以往学校里发生的这种事也不算少。

"你去把林栀也叫出来。"

喻桉很快又进去了，然后带着林栀出来了。乜瑛看着面前模样出众的女生，觉得遇见这种事最先应该做的是安抚，她声音温柔："林栀，老师会替你做主，把这件事调查清楚，现在先回去上课，我去找学校领导调监控。"

林栀点头:"好。"

两个人回到了班里。

喻桉捧着书继续读,忽然感觉到旁边的人拽了一下他的袖子,他抬眸望着林栀:"怎么了?"

"谢谢你。"

"不客气。"

……

教导处。

"乜老师,有什么事吗?"

乜瑛笑笑:"我想调一下昨天晚上八班门口的监控。"

"昨天晚上啊,你等我给你找找。"

乜瑛也不急,坐在旁边等着。

"乜老师,昨天的监控好像出了点问题。"

乜瑛有些警惕:"什么问题?"

负责学校监控的老师将监控暂停,冲乜瑛开口:"你看这里,突然出现了黑布,把摄像头给蒙住了。"

乜瑛凑了过去。监控在晚上十点半之前都是正常的,学生陆陆续续都回家了。突然镜头一黑,放慢看,刚好是一块黑布蒙了过来。

"那能调走廊的其他监控吗?"

"你们班是有学生丢了钱吗?"负责监控的陈老师有些好奇。

乜瑛摇头:"不是钱的问题,班里出了点事情。"

又陆陆续续调取了九班、十班、十一班门口的监控。看到十一班门口的监控时,乜瑛喊了暂停。大约在十点二十三分的时候,有两个女生从十一班走了出来,头上戴着黑色的鸭舌帽。女生走到八班那边时,似乎是下楼了。楼梯里并没有监控。

"再放一遍。"

陈老师将点开的那个视频又播放了一遍。

"陈老师,你能把这个视频拷贝下来发给我一份吗?"

"当然可以。"

"谢谢了。"

乜瑛也不急,就坐在那里,等着拿到了视频才离开,她拿着手机去找了十一班班主任。

老杨翻来覆去地看了那个视频好几遍:"这好像是我们班的陆莉和李小,怎么了?你们班有人丢钱了吗?我把她俩叫出来。"

乜瑛摇头:"不是。"说着,她将今早在班里看到的那张桌子和书的事说了出来。

老杨也有些生气:"学校里这些事防不胜防,还好你们班的学生主动告知你,若是被欺负了不敢反抗,怕是长时间憋下来,心理会出问题。你放心吧,如果是我们班的学生做的,我一定会严肃处理。"

……

陆莉和李小被叫去办公室的时候有些心慌。可陆莉转念一想,她做得万无一失,根本不可能被发现。随后陆莉看到了站在乜瑛旁边的林栀和喻桉,大概也能猜到是个怎么回事，只要她死不承认，谁也没有办法说是她做的。

"陆莉，你应该知道我叫你来是什么事吧？"

"杨老师，我不是很清楚。"

老杨跟乜瑛互相对视了一眼。

"你俩过来看监控上的人是谁。"乜瑛说着，打开了电脑上的视频。

李小和陆莉几乎一眼认出，视频上的人就是自己，陆莉强装镇定："老师，这两个人虽然身形有点像我跟小小，但是绝对不是我们两个，我们两个昨天早早就回了家，还一起去了超市。"

乜瑛和老杨皆露出探究的目光。

陆莉说着，从兜里摸出来一张购物小票："老师，你看，这是昨天买东西的购物小票。"

老杨狐疑地接了过来。

小票上是有时间的，显示是晚上十点半，恰好跟监控那个时间段的时间是吻合的。

这就完全排除了两个人，可喻桉却不那么认为。越是看起来完美的不在场证明，越是可疑。发生的时间刚好两人去了超市，还将小票放在了身上，未免有些太过于凑巧了。

老杨将小票拿给乜瑛看："你看，小票时间和监控上的时间是刚好冲突的，可能是我老眼昏花了，难道是校外人士做的吗？"乜瑛也觉得奇怪，可是小票不会作假，切切实实地就摆在面前。

陆莉见两人的反应，确定两个人应该是不怀疑自己了，她笑道："老师，如果你们不信的话，可以去那家超市调取监控。"

老杨觉得自己可能真是老眼昏花看错了，他冲两个人摆摆手："那你们先回去吧。"

陆莉松了一口气，拉着李小就准备出去了。

购物小票是十点半的不错，但根本不是她去买的东西。

学校老师去超市里调监控也没用，因为陆莉知道，那家超市的监控当时在维修。

"等等。"

少年的声音在办公室里显得尤为清晰。

陆莉的手甚至已经搭上了门把手，听见喻桉的声音，她有些僵硬地回头。

乜瑛和老杨也是有些不解："喻同学，你还有什么问题吗？"

"你身上就有证据。"

陆莉低头看到了自己身上的墨水渍："你凭什么仅凭一点墨水渍就证明那些是我写的？那大家身上有墨水渍的多了去了，是不是都能作为证据。"

林栀突然笑了："原来是你。"她轻声道："从头到尾就没有人说过是查什么事，你怎么就知道是写的。"

陆莉一时之间哑口无言，愣在原地，等反应过来，她开始为自己开脱："我是猜的。"

老杨的表情已经很严肃了，看陆莉的表情有些恨铁不成钢："你不是小孩子了，十六岁了，也该知道这种行为意味着什么。"

陆莉攥着手，忽而仰起头，毫无预兆地爆发了："我写的有什么错？"

林栀拧眉道："我想那天我已经说得很清楚了，从头到尾我都没有接受过徐明松的东西，更没有跟他接近。"

老杨还有些蒙，怎么又惹麻烦？那徐明松可真是欠教训。他语重心长地朝陆莉说道：

"徐松明中午还跟女生吵架，说不和他在一起就天天找她麻烦，你自己想清楚吧，给林同学道歉，回家好好反省。"

"对不起。"

林栀抿唇，半晌才道："擦亮眼睛看人吧。"

两个人回了班里。因为他们莫名其妙消失了一节课，班里的人都很好奇。

前桌转过头来问林栀："发生了什么？听班里人说，你俩违纪被老师抓了？"

另一个男生也问："到底是什么事啊？"

林栀听得云里雾里，什么有的没的？她连连摇头："没违纪。"

乜瑛很快拿着数学书进来了，她朝着底下的学生看过去，表情严肃："今天发生了一件比较恶劣的事，十一班的学生陆莉，在我们班同学林栀桌子上写一些不好的话，已经被学校警告回家了，希望同学们引以为戒，并且遇见这种事及时告知我，好不好？"

底下是异口同声的"好"。

一下课，林栀就看到了喻桉搬着桌子往外走。她有些疑惑地问道："你干吗去？"

喻桉闻言，脚步微顿，语气认真："谁写的就把桌子给谁。"

听闻他的话，林栀愣了一下，随即笑开了。

而喻桉已经搬着桌子出去了。他一步步走得不疾不徐，正是下课时间，十一班的很多人都在外面奔走打闹。喻桉搬着桌子往十一班门口走，一下子吸引了很多人的视线。门口的众人看清了他手中搬着的桌子。这可不就是今天老杨讲的那张被陆莉画了的桌子。

"喻桉怎么带着桌子过来了？什么意思？"

"不会要把桌子给陆莉吧？"

"不是说是画的女生桌子吗？怎么来的是个男生？"

"你不懂。"

喻桉在十一班门口站定，听到了旁人的窃窃私语。

他问离自己最近的一个男生："陆莉的座位在哪里？"那男生是认识喻桉的，便带着喻桉进了教室。喻桉是近乎拎着桌子进去的，他将陆莉的书抽出来，尽数丢在了课桌里，然后把她的课桌搬了出去。行云流水一般的动作，十一班的学生都看愣了。

喻桉本人倒是不在意那些落在自己身上的眼光，他搬了桌子回了八班，看到自己的桌子已经归于原位，他将桌子推了进去。

林栀并不在教室里。

……

"哈？那陆莉她没事吧？莫名其妙的。"阮征简直无语。

林栀不置可否地笑笑，倒也不是很在意这件事。

"不过今天倒是多亏了喻桉，要不然还抓不到陆莉现行。"林栀将办公室的事跟阮征复述了一遍。

阮征竖起了大拇指："不愧是优秀学生，脑子就是比正常人好使，够义气，这朋友值得交。"

林栀没忍住笑了："我也觉得。"

……

林栀回教室的时候已经上课了，她踩着点匆匆进入班里，在自己的位置坐下。

这节课是物理课，之前令她"昏迷不醒"的课。物理老师是一个四十多岁的女老师，戴着黑框眼镜。

喻桉坐得端正在听课，下一秒一个纸团丢在了他桌上。他打开纸条，上面是女孩有些可爱的字。上面就两个字：很帅。旁边还画着一个笑脸。

林栀看着他大胆看纸条的样子，有些心惊肉跳，他无异于捧着纸条当着老师面打开，简直太离谱了。好在物理老师没有注意这边，林栀松了口气。喻桉盯着那两个字看了许久，将纸条收了起来，夹在了书里。他偏头看了一眼林栀，发现林栀也在看他。

他又很快收回了视线，坐得异常端正，目视前方，耳朵却不易察觉地透出些红来。

……

下午的第一节课是体育课。

那天 H 市的气温足足有 38 摄氏度，是一出门就会流汗的那种程度。

前桌是个可爱的女生，叫吴桐，她回头冲林栀抱怨："这天气出去不得晒成人干。"

林栀点头："这次真的希望体育老师能有事被占课。"

她掏出防晒霜，冲前桌伸出手："涂吗？"

"谢谢啊。"前桌将手伸了过来。

林栀又看了看喻桉，扬了扬手里的防晒霜："涂一点吧，外面很热。"

喻桉盯着那瓶防晒霜看了一会，摇头道："不用了。"

林栀也不勉强，将防晒霜收进书包里。

"快上课了，我们下去吧。"

"好。"

吴桐拉起了林栀的手，出了教室。

外面实在是热得厉害，没走几步林栀就觉得自己已经流了很多汗。

体育老师已经早早地到操场了，他生得高大又健壮，穿着红上衣，黑色短裤。老师吹了一下口哨，本来还懒散得如同蜗牛一样前进的学生都加快了脚步。

"报数。"

一阵稀稀拉拉的声音过去，体育委员开了口："应到六十一人，实到六十一人，无人请假。"

体育老师点了下头，开口说道："这节课，男生引体向上，女生仰卧起坐。"

"引体向上？信不信我给你表演一个引不起来。"

"十六岁的年龄，八十岁的身体状态，不是我吹，一个都做不了。"

"仰卧起坐？看我给你表演一个鲤鱼打挺。"

体育老师听着底下嘈杂的议论声，吹了下口哨，示意安静一点。

"为了避免包庇行为，就不让你们自由组队了。"体育老师说完，就开始打乱队伍。

林栀的身后变成了喻桉。

"好了，和身后的人组成一对，男生引体向上八个算及格，女生仰卧起坐十九个以上才算及格。"

喻桉看着林栀："你先？还是我先？"

"我先来吧。"

喻桉嗯了一声。

林栀躺在草坪上，感觉自己的头皮都在发烫，简直热得不行。她双手抱头，喻桉压住她的脚，喻桉还没说开始，林栀就仰了起来。两个人的距离瞬间近得过分。

　　林栀因为出汗，白净的小脸染着些红，额间的几缕碎发随着动作，轻拂过面颊，那双好看的眼睛亮晶晶的。

　　喻桉有些不自然地移开了视线。

　　林栀做得很快，连续做了二十几个后有些气息不匀了，速度也慢了下来。

　　她旁边的女生从一开始的艰难起来转变为抓着裤子挣扎半天坐起来一次。

　　说是仰卧起坐，不知道的还以为操场上有些人在干什么别的呢。

　　有的像濒死的鱼；有的生怕扶着自己的人热着了，边做边转圈，像电风扇一样摇；还有的似乎是热晕了，直接躺着不动了；也有的动作标准，做得又快又好。

　　林栀轻呼出口气，坐了起来。因为太突然，两人的距离再次瞬间拉近，几乎要鼻尖触碰上鼻尖。林栀有一瞬间的呼吸停滞，好在喻桉很快松开林栀："四十三个。"他的耳尖不知道是热的，还是怎的，有些红了。

　　"轮到你了，我去给你数。"林栀说着，便站了起来。

　　另一边男生引体向上的地方更是洋相百出。

　　有男生甚至撂出狠话："今天谁要是能做五个以上，他就是我哥。"

　　一个男生信誓旦旦地抓住了单杠，冲那男生开口："你今天就等着叫哥吧。"

　　他抓住单杠的手都在颤抖，费尽全力最后也只做了两个，但还是听取赞扬声一片，因为更多的是一个都做不起来的。

　　喻桉站到了单杠下面，林栀站在他对面问："可以了吗？"

　　喻桉嗯了一声。

　　林栀总觉得有很多人在往这边看，环顾四周发现，班上的男生都在目光灼灼地看着自己和喻桉。林栀有些不解，怎么都看着他们？

第二章
乖乖同桌

喻桉抓住单杠，手臂和后背的肌肉发力，毫不费力地做了一个，起了个好头。

"一个。"

"两个。"

林栀还没开始张嘴，旁边的那些男生已经开始数了，并且语气异常激动。

"三个。"

"……"

"十九。"

"二十。"

"我去，真牛。"

刚刚那个撂下狠话的男生有些不自然地走到喻桉面前，脸还有点红，似乎是有些不好意思。

林栀觉得这气氛有点怪，这是什么情况？

"刚刚我们打赌谁做五个以上就叫谁哥。"

喻桉听闻这句话，面无表情地看着面前的男生："不用叫。"

男生咧着嘴冲其他男生开口："听见没有？班长说不用。"

"可能班长不想有你这种蠢弟弟。"

"……"

……

放学铃声响起，喻桉刚走出教室，就看到了站在门外的男生。男生比喻桉矮了大半个头，生得五官清秀，穿着白色短袖，黑色短裤，细看的话和喻桉有两三分的相似。

喻桉无视了他，直接从旁边绕了过去。

"哥。"

喻桉停下来，回头看他："我没有弟弟。"

喻瑾云听见他的话，眼底闪过一丝别的情绪，又很快消失不见："爸让我来等你一起回家，今天回家吃团圆饭，他说很久没有见到你了。"

喻桉听着"团圆饭"那三个字，只觉得讽刺。一个小三的儿子，邀请他回家吃饭，还是团圆饭，简直可笑。

安文和喻慕滕是青梅竹马，在两个人恋爱两年后，顺利地迈入了婚姻殿堂，成为圈子里人人艳羡的佳话。可好景不长，喻慕腾抵抗不住外面的诱惑，开始和别的女人来往，经常不回家，回来也是喝得醉醺醺的。两个人开始经常吵架，因为一点鸡毛蒜皮的小事吵得不可开交。

有一天，喻慕滕又是喝得烂醉如泥才回家。

"每次出去都是喝得烂醉，下次再喝成这样就不要回家了。"

谁知喻慕滕直接从沙发上坐起来，指着安文的脸开口："管我那么多，你是什么东西？"

那天两个人大吵了一架。家里的电视机被砸得粉碎，茶几也摔在地上，整个一楼一片狼藉。

喻桉下楼出门的时候，一个杯子刚好飞过来砸在他的脑袋上。血顺着额头滴落下来，啪嗒啪嗒地滴在地上。但是没有人注意到他。喻桉伸出手抹了一把血，又朝还在砸东西的两个人看过去。

"安文，你就说说你这性格谁受得了？一天天的强势得要命，我回到家我都觉得压抑得难受。"

"哟，压抑得难受？我强势？那就不要过了。"

喻慕滕听闻就摔门走了。

其实安文从一开始性格就没有变，变的是喻慕滕的心罢了。热恋期的时候怎么样都觉得她是可爱的，婚后几年再看那张脸只觉得平淡，甚至是厌烦。

……

安文从未想过那个女人会主动找上门。

那是喻慕滕的秘书，叫代宁，是一个长相娇美的女人，生得小巧，她摸着肚子，笑得很甜蜜："安文，没有男人会喜欢你这种性格的，我已经怀了滕哥的孩子，我和滕哥才更配，所以这段感情，你退出吧。"

安文直接端起水杯泼了她一脸："垃圾就是垃圾，和什么都百搭，我祝你们这对狗男女长长久久。"

最后，喻慕滕和安文离婚了。喻桉知道母亲想离婚，他什么都没说，也没有哭闹求着她不要走，若是他哭闹，说不定会动摇安文的内心。安父不允许安文带走喻桉，因为她还有别的商业价值，若是女儿还行，带着儿子就很难再嫁了。

喻桉最后被判给了喻慕滕。

代宁生了个儿子，叫喻瑾云，他们三个一家人其乐融融，自始至终喻桉才是那个局外人。

代宁表面上对他很温和，笑意相待，背地里却经常给他使绊子。小时候她会惩罚喻桉不能吃饭，有时候还会用针扎他的手指，会用指甲去掐那些看不出的地方。她讨厌这张和安文有五分像的脸。

喻桉话少，而喻瑾云嘴甜，所以喻慕腾格外疼爱这个二儿子。

……

"喻桉，下周见！"

听见清脆的女声，喻桉偏头看了看冲自己挥手的林栀，许是因为放假的缘故，她笑容明媚，一张脸上写满了笑意。

"下周见。"喻桉说完，看着面前的喻瑾云："替我转达，不回去了，你们吃吧。"

喻瑾云还记得代宁交代他的话，还想再说些什么，突然一个男生挡在了他和喻桉中间。

贺蒙低头看喻瑾云："没听懂吗？弟弟，他说不回去。"

喻瑾云咬着唇没有说话。

贺蒙忽而凑近些，盯着他看了一会，开口："你可别哭，我又没欺负你，这也不是在你们家，你哭也没用。"说完，贺蒙笑嘻嘻地看着喻桉："喻哥，我们回去吧。"他对喻桉家的事知道得七七八八，只觉得喻慕滕是个脑子不好的，从头到尾被那个女人勾得团团转，简直鬼迷心窍。

可能有些人就是这样，就是喜欢找刺激。在贺蒙眼里，这种行为就是犯贱，连自己的底线都坚持不了。

喻桉嗯了一声。身后的喻瑾云气得差点咬碎了一口牙。

回去的路上，贺蒙也是有些无语："喻哥，你那个弟弟怎么阴魂不散的，一天天的也不知道演的哪出戏。"

"随他。"喻桉已经从那个家搬了出来。

……

喻桉回了家，洗完澡出来，就看到手机屏幕亮着，来电显示是代宁。

他没接，那边依旧不知疲倦地打电话过来。屏幕又亮了几下，灭了，手机信息叮叮叮地响个不停。喻桉划开手机，看到了代宁发过来的信息。

【代宁】：小桉啊，周末了，你一个人在外也吃不好饭，回来吃个饭。

【代宁】：今天买了很多菜，都是你爱吃的。

【代宁】：你一个人住在外面也不安全吧？要不要住回来？

句句虚情假意，喻桉看着上面显示的那个对方正在输入中，回了两个字。

【y】：不了。

……

喻家的大房子里，代宁握着手机，语气焦急地冲喻慕滕开口："小桉这孩子，也不接我电话，我让瑾云去叫他回来吃饭，他说不回来，刚刚给他发信息，他说不了。"

喻慕滕接过代宁递过来的手机，翻看了一下代宁发的信息，皱眉道："他真是不像话。"

"你说说，他一个人在外面住，也吃不好饭，我今天买的都是他爱吃的菜，就等他回来了。"

喻慕滕揽住代宁："老婆有心了。"两个人腻歪了一下，代宁靠在他怀里，看着他掏出自己的手机："我给他打个电话让他回来。"

喻桉将书包里的作业拿了出来，刚提笔写了两个字，那边喻慕滕的电话就来了。他盯着那跳动的数字看了一会，并没有打算接。他不明白，他们一家人好好的还不行吗？让他这个多余的人去吃饭做什么？看着他们其乐融融吗？

手机屏幕灭了又亮，喻桉终于还是按了接听。那边很快就传来喻慕腾的声音："回来吃晚饭，你妈特地给你买了很多菜。"喻桉沉默良久才开口："不去了，吃过了。"

"你那么难叫是准备让我去家里请你过来吃饭吗？喻桉。"

喻桉知道他能做出来这种事。

"你在听吗？"

"一天天的像个哑巴一样，不会说话是吗？"

"说话，喻桉。"

喻桉听着那头传来的声音，开口道："嗯。"

他说完就挂断了电话，他以为他搬出喻家，就摆脱了他们，他一个人住，很清静。

初三那年，喻慕腾让他辅导喻瑾云的功课。喻桉给他讲了好几次，喻瑾云都是一副不认真听的模样，在那吊儿郎当地一会戳戳手机，一会玩玩玩具。喻桉自己也有事情要做，索性直接回自己房间了。

谁知道作业才写一半，喻慕腾就直接推开房间进来了，劈头盖脸就是一顿骂："喻桉，我怎么平常没看出来，你这么有本事呢？"

喻桉看到喻慕腾身后的喻瑾云正在冲他挤眉弄眼。

"他不听。"喻桉只说了三个字。

"你好好讲他会不听吗？你是他哥哥，耐心点不行吗？"

喻桉直视喻慕腾："我是他哪门子的哥哥？"

"说什么混账话？他不是你弟弟是什么？"

"我没有弟弟。"

喻瑾云又是一副可怜巴巴的委屈样子，拉了拉喻慕腾的袖子："可能是我太笨了吧，哥哥不愿意教我也正常，爸爸，你不要生气了，气坏了身子。"

喻慕腾一听就更来火了："你那么大的一个人了，一点都不懂事，除了会死念书，你还会干什么？"

喻桉眼底尽是讽刺："您可以给他请家教，反正您钱多得没地方花，不是吗？"他说完就关上了房门，把那两个人都隔绝在外，喻慕腾气得踹了他的房门一脚。

喻桉出去吃饭，却被用人告知家里的饭不允许他吃。他什么也没说，拿着手机就准备出去了。然后他看到了站在门口的喻瑾云。

他笑得异常恶劣："喻桉，你是斗不过我的，就像你妈玩不过我妈一样，你妈跟你都是一样的废物。"

喻桉本无意跟他争吵，听完这话，低头盯着喻瑾云，语气嘲讽："你也知道你妈是小三。"

"你……"喻瑾云气得咬牙切齿，抬手就要打喻桉，被喻桉死死地抓住了手腕。

喻桉把他甩开，低头看他，一字一句地开口："上不了台面的东西，永远都上不了台面。"

他从外面回去的时候，喻瑾云正坐在一楼的沙发上哭，旁边的代宁和喻慕腾都在哄。喻桉看到了他脸上的红巴掌印，直接就准备往楼梯口那边走了。

喻慕腾看见他，抓起来桌子上的东西就往他脸上砸："我怎么生了你这么一个心肠歹毒的东西？"

"你生的？"

喻慕腾抬手就要给他一个巴掌，被喻桉攥住了手腕。

"反了你了。"

喻慕腾指使保镖按住喻桉。

"老子就不信今天打不服你。"

三个虎背熊腰，身材高大的男人把喻桉死死地按在地上。喻慕腾不知道从哪里弄来根棍子，狠狠地打在喻桉身上。喻桉就那般面无表情地看着他，一双漆黑的眸子令人揣摩不透。喻慕腾被他盯得火气更盛，又是一棍子落在他背上。

代宁在旁边嘴角都要翘上了天，又拼命压回去："腾哥，你别生气了，小桉他不懂事，都是无心之言，这样打不行。"她语气焦急，言语恳切，仿佛真的在替喻桉着想一般，可是她拉喻慕腾的胳膊分明没有用什么力气。

她这些年一步步地让喻慕腾讨厌喻桉，只要喻桉在喻慕腾心中的地位足够低，到时候喻瑾云就能拿到全部财产。到时候还愁他们母子两个过不好？想到这，她笑几乎要压不下去了。

"你是不是骂你弟弟是小三生的？你知道这两个字有多难听吗？"

"那你别做。"

喻慕腾气得脸都涨红了："我之前怎么没有发觉你那么牙尖嘴利，跟你那个妈一样，真是让人觉得恶心。"

"你也配。"

那天喻慕腾打得棍子都断了，喻桉的背始终挺得直直的，任他怎么打绝不低头。

喻慕腾骂他犟种。

"你认不认错？跟你弟弟道歉。"

"做梦。"

喻慕腾气得指着喻桉的鼻子骂："滚，给我滚，老子管不了你，你找你妈去吧。"

"哦。"

喻桉当晚就带着自己的东西走了，那些花喻慕腾钱买的衣服他一件没带。他几乎没什么东西，就那般拖着残破的身子，走在漆黑的夜路上。有人羡慕他有两个家，只有他知道，他什么也没有。

而那个遇见林栀的下雨天，是因为喻瑾云跑到店里去刁难他挑衅他。喻桉直接给喻瑾云揍出了鼻血，脸成了猪头，客人都吓跑了，老板娘警告他再有下次工资全扣。

代宁在喻慕腾面前边哭边抹泪，喻慕腾坐不住了，打电话就是各种难听的话骂他，要求他来医院给喻瑾云道歉，喻桉直接买了一个花圈一样的花篮就去了。喻慕腾差点没气死过去，抓着他的花篮砸他，让他滚出去。

喻桉的目光落在床上的喻瑾云身上，表情很冷。

喻瑾云开始哭："爸，他瞪我，我害怕。"

喻桉直接关上门就走了，他不理解这家人，让他来，又让他滚。他好像从来都没体会过什么是被爱。

天空开始下雨，别人都四处躲雨，他没躲，只是找了个地方坐着。学习上的事几乎他都能找到完美答案，可有些事，他始终想不通。

……

代宁看着喻慕腾气愤的脸，开始添油加醋："小桉说了什么吗？不要生气，他还小，不懂事。"

"他一天天的就跟那个死木头一样。"

代宁笑着拍了拍他的背:"小桉这孩子是不爱讲话。"

"还是瑾云听话,性格开朗些。"

"小桉怎么还没来?不会不来了吧?"

"我给他打个电话。"

喻慕腾话音刚落,门外就传来用人的声音:"老爷,大少爷回来了。"

喻桉穿着白色短袖,浅蓝色牛仔直筒裤。他生得一双薄情眼,鼻骨上挺,一双漆黑的眸子里不带任何温度。

"过来洗手吃饭吧。"

"嗯。"

用人又去了楼上叫喻瑾云。

代宁殷勤地拉开椅子:"小桉,就等你了,快坐下来吃饭吧。"

喻桉没动,拉开另一张椅子坐下了。代宁面上闪过几丝尴尬,又很快消失不见。三人都落了座,喻瑾云才从楼梯上走下来。他语气惊喜:"哥回来吃饭了?我还以为哥不回来呢。"

喻桉没答话。

喻瑾云洗了手,坐在了喻桉旁边。

"快吃,都是你爱吃的菜。"代宁笑眯眯地看着喻桉。

清一色的辣菜,红彤彤的。

喻桉胃不好,根本吃不了那些菜,他听着代宁的话,也没应她,只是吃了几口白米饭。

代宁夹了一筷鱼,放在喻桉碗里:"快吃快吃,今天刚运过来的野生大黄鱼,吃鱼补脑子的,你们上学压力大,用脑多。"喻桉嗯了一声,但没吃。

"小桉在学校怎么样?"

听见代宁问自己,喻桉应道:"还可以。"

代宁笑道:"高二了,压力也大,学业越来越重了,你一个人在外面吃不好住不好的,要不然还是搬回来住吧?家里什么都有,什么都不用你自己操心,你只管学习就行了。"

喻慕腾吃了一筷鱼,也道:"你一个人住在外面你妈也不放心,抽个时间搬回来住吧。"

两个人好像忘了喻桉是因为什么搬出去的。

"不用了,我一个人挺好的。"

代宁倒也真没希望喻桉回来,很快就岔开话题:"新班级老师怎么样?"

"还行。"

"哥,你吃这个,可好吃了。"

喻桉看着筷子都伸过来的喻瑾云,神色冷淡:"筷子上都是口水,用公筷夹菜。"

"对不起,哥,我只是觉得这个很好吃,想让你尝尝。"喻瑾云说着,低下了头,一副愧疚的样子。

"都是一家人,用什么公筷,你弟给你夹你就吃了,怎么那么扫兴呢。"

代宁拉拉喻慕腾："哎哟，孩子有洁癖正常，这事是瑾云不对。"

喻桉没说话，看着两个人说话，只觉得虚伪，他总共就吃了两筷子菜，几口米饭，就停了筷子。

"小桉，怎么就吃这么点？是今天的饭菜不合口味吗？你想吃什么？我下次再给你做。"

代宁的话倒是显得喻桉有点挑食了。

"不用那么惯着他，做什么让他吃什么，我看他就是不饿。"

喻桉放下筷子："吃完了，我回去了。"

喻慕腾拧眉："别人都没吃完呢，你一个人下桌那么快是谁教你的规矩？"

喻桉不语。

"整天跟个木头一样不说话。"

喻桉依旧不语。

"跟你说话你听见没有？"

喻桉却答非所问："你们吃完我走。"

喻慕腾看他愈发不顺眼。

代宁忽而站起身："我厨房里还煨了汤，居然忘了。"她说着，就进了厨房。代宁用手去端那锅，被烫得叫了一声。喻慕腾听到声音，立刻就进了厨房："怎么了？"

"妈？怎么了？"喻瑾云也进了厨房。

"没事，就是烫到了手。"代宁伸出手给两个人看。

喻慕腾抓着她的手，打开了水龙头冲洗："怎么那么不小心呢？这些事不用你自己来，让用人去端就行了，疼不疼？"

"不疼。"代宁说着，轻轻皱眉，"我这不是看小桉回来了吗，想着给他多做些好吃的，刚刚一时着急，就给忘了。"

"我看他倒未必领情。"

"不要这么说小桉。"代宁说着，从抽屉里拿出一双手套，冲喻慕腾开口，"你们先出去吧，我把这个端出去。"

"我来吧。"

"不用了，你快出去吃饭吧，菜都快凉了。"

"行。"

代宁端着汤出来了，然后又进去拿了小碗和汤勺。她舀了满满一碗，放在了喻桉面前："炖了好久，猪脚都炖得软烂了，小桉尝尝看，喜不喜欢。"

喻桉盯着那沉底的满碗黄豆，淡声道："我不吃黄豆。"

"你妈炖了那么久，你说不吃就不吃。"喻慕腾气得摔了筷子。

"过敏。"

喻桉还记得小时候第一次吃黄豆过敏时，差点吓哭了安文。他被安文抱在怀里，呼吸很急促，皮肤发红，可救护车很慢，一直没来。喻慕腾的电话又一直打不通。喻桉只记得那天安文跟他说了很多句会没事的，别怕。

"我……我也不知道小桉过敏，要是知道的话……我就做别的了。"代宁说着，就要去端那碗汤，结果一个没端稳，又差点烫了手。

喻慕腾从她手里夺过碗，放喻桉面前："就让他吃，什么过敏，都是矫情，惯的。"

喻桉捧着那碗，直视两人："我今天如果过敏死了，你们两个一个都跑不掉。"

喻慕腾还未发作，代宁就端走了那碗汤，不断道歉："是我的问题，我不知道小桉过敏，都怪我。"

喻慕腾瞪了一眼喻桉，安抚她道："哪里怪你。"他说完，盯着喻桉看："小兔崽子不识好歹。"

一顿饭吃下来，喻桉也没吃什么。

临走的时候，喻瑾云问他："哥哥真不在家住吗？"喻桉觉得这问题有点可笑，他为什么出去住喻瑾云心里不清楚吗？这不是他想要的吗？喻桉没回答他，只是抱着自己的头盔离开了。

身后的喻瑾云在问喻慕腾："哥哥为什么不回答我？他是不是讨厌我？"

喻桉什么都不想说，只有满满的厌恶。

回去的路上，喻桉骑着车，乘着晚风。因为城市里灯光太多的缘故，星星并不显眼，几乎看不见几颗。风灌满了喻桉的衣服，他忽而看见了路边的一个小摊。暖黄色的灯，简单的牌子，上面写着馄饨两个字。

女孩穿着白色的裙子，笑得明媚，怀里是一只通体雪白的小狗，她的旁边是一个老人。两个人不知道说了什么，笑了起来。

喻桉停了车，他在路边站了一会，就准备离开了。

"喻桉。"

女孩惊喜的声音在夜晚的街道显得尤为清晰。

喻桉回头，林栀正站在他身后。小乖正欢快地摇尾巴，见到了喻桉也没乱叫，只是围着他转圈圈，似乎是很开心。

"还有馄饨吗？"

"有啊，你快过来，请你吃馄饨。"

姜红的视线落在喻桉身上，笑道："上次下雨天他是不是来吃过馄饨？"

林栀笑道："是啊，也是现在的新同桌。"

"快坐下吧，我去煮馄饨。"姜红指了指板凳，示意喻桉坐下。

晚风带着些热意，街道上车水马龙。

林栀看着小乖欢快地在两人中间跑来跑去，眉眼间染上些笑意："它有些怕生，没想到居然不怕你。"

喻桉看着冲自己欢快摇尾巴的小乖："我可以摸摸吗？"

"当然可以，它不咬人的。"

喻桉伸出手去摸小乖的脑袋，没想到小乖忽然用脑袋蹭了蹭他的手心，他眉眼间染上几分温柔的神色。他小时候喜欢狗，想养一只，但是安文不喜欢狗，也不允许他在外面摸别人家的狗，说太脏。

林栀看着他低头逗狗："你怎么那么晚还在外面没回家？"

喻桉的手一顿，有些不知道怎么回答这个问题，他收敛起眼底的情绪，道："去吃饭了。"

林栀一时之间没有反应过来，她试探性地开口："所以你是没吃饱啊？"

"嗯。"

"和女生吃饭啊？不好意思吃太多是吗？"林栀脸上浮现出八卦的神色。

喻桉看了看她，摇头："不是，是回家吃饭。"

林栀还未说出口，姜红就捧着一碗热腾腾的馄饨过来了。馄饨个个皮薄馅大，上面点缀些许绿绿的葱花，洗好的紫菜，黄黄的蛋皮还有些许小虾米。姜红将汤匙递给喻桉："吃吧。"

喻桉吃饭斯斯文文的，速度并不快。

"你上次回家，和家里人讲清楚了吗？"姜红一直还惦记着这件事，说到底，再大的孩子，在她眼里也不过是个小孩，下那么大的雨一个人在外面淋，怪让人心疼的。

喻桉咽下口中的馄饨，开口："搬出来了。"

"你一个人住吗？"

喻桉嗯了一声。

姜红觉得再问下去有些涉及人家隐私，便没再开口，或许人家小孩有自己难言的苦衷。

喻桉将馄饨吃得干干净净，连汤都喝干净了。

"你吃饱没？再给你下一碗。"

喻桉摇头："不用了，我吃饱了。"说完，他从兜里掏出二十块钱。

林栀给他推了回去："说好的请你吃，你上次都付多了。"喻桉也没再过多推辞。

林栀见他要走了，抱起小乖跟他挥手："拜拜。"

"拜拜。"

喻桉倒是没料到小乖会冲自己跑过来，他低头揉了一把小乖的脑袋，看着它又摇着尾巴跑回去了。他冲那两人一狗轻轻挥手。

"小坏蛋，这么快就变心了？"

小乖伸爪子去抓林栀的手指，似乎在说我没有。

"倒是挺喜欢长得好看的，是不是啊？小坏蛋。"

听见那句长得好看的，喻桉反应过来可能是在说自己，觉得有点耳热。

……

周一这天，林栀背着书包一路狂奔，操场外站着几个查迟到和校服的人。好巧不巧，她刚到操场门口，铃声就响了。贺蒙轻咳了一声："快进去吧，从后面。"

"好人。"林栀说完，认出来这是喻桉平常一起玩的那个男生，拔腿就跑，迅速偷偷溜进了队伍里。吴桐回头看到身后突然冒出来的林栀，惊道："你刚来吗？"

林栀点了点头。

"那你是不是刚刚被门口学生会的堵了？"

林栀摇头。

吴桐惊讶她居然没有被拦，冲她竖了个大拇指。

教导主任在慷慨激昂地发言，底下的学生昏昏欲睡，好不容易说完了，又换校长发言，校长发言完又是副校长发言。林栀听得一个头两个大。

"下面有请我校优秀学生代表发言。"

林栀还在跟吴桐在底下偷偷聊八卦，就听见一个熟悉的声音。

"我是高二八班的喻桉，很荣幸站在这里讲话……"

林栀倒是没听出来他觉得荣幸，因为喻桉的声音太过于平淡了。

"我去，你同桌真牛。"吴桐忍不住唏嘘。

林栀同意地点头。

喻桉没看稿，完全就是自己在说。林栀觉得自己也挺无聊的，居然一字不落地全听了下来。喻桉下来的时候，路过林栀旁边，林栀偷偷冲他比大拇指。喻桉看到了她的动作，又匆匆收回视线。

周一这天的早自习无异于大型钓鱼现场，班上大半的学生脸都快砸桌子上了。林栀倒是不怎么困，她背了好一会儿的英语单词，可那单词根本不往脑子里进。偏头看了一眼喻桉，林栀发现他都翻到最后一单元了。

"你前面的都背完了吗？"

喻桉看过来，嗯了一声。

"你有没有什么背单词的好方法。"林栀一脸期待地看着喻桉。

"多看几眼就记住了。"

林栀想，好吧，她可能不该问这个问题，求老天给她和喻桉一样好的记忆力才行。

这时乜瑛拿着本书进来了，她看着底下一个个"垂死挣扎"的脑袋，清了清嗓子："困就睡会儿，确实来太早了，不止你们困，我都困，不困的继续看书。"

"乜老师万岁。"

她看了一眼窗外："等会主任来巡逻我就叫醒你们。"

……

第一节是乜瑛的课。

"醒醒了，上课了。"

班上的人都坐直了身子。

"还困的话出去洗把脸，或者在后面站一会儿。"

班上的大半人都跑出去洗脸。

等到人差不多都回教室后，乜瑛也没着急翻开书，而是先说了一条消息："下周就是我们第一次月考，同学们这段时间好好学。"一说到考试，几乎没有人困了。

"不是，乜老师，这才刚开学没多久啊，怎么就考试啊？"

"瞬间不困了。"

"这也太快了吧。"

乜瑛笑道："以后的考试只会多不会少，我也不求你们给我拿回来多好的成绩，咱们第一次别进入倒数后三名就行，让我看看你们的实力。"

"我在哪个班哪个班就倒数第一，从小学到现在一直都是。"

"你快闭嘴吧，哥。"

"努力不拖后腿。"

第三节课是物理课。

"咱们班这次的作业，做得非常不好，尤其是个别女生。"

闫静刚一张嘴，底下很多女生就都低下头，生怕那个别女生是自己。

"我念到名字的同学，上来拿本子。"

她先是念了一个女生的名字。林栀对那个女生没什么印象，只记得她短头发，看起来很文静，坐在中间几排的位置。她刚走上讲台，闫静就厉声问她："你看看你做的是什么？你告诉我为什么空那么多不写。"

女生小心翼翼地回答："我不会，我想着到学校来问问的，我不想抄答案应付作业。"

"你想着问，还是不准备写？"

女生低着头没有说话。

闫静有些不耐烦："自己拿回去把没写完的补完。"

女生默默拿起本子，回到座位就红了眼眶，眼泪大颗大颗地掉出来。

"哭，我看你还有脸哭，要是学不好，就干脆别念了。"

女生趴在桌子上哭了起来，闫静还在继续讲。

林栀没忍住站了起来："老师，你说话未免有些太过分了吧？"

闫静瞥她一眼："我还没找你算账，坐好了。"

林栀又看了一眼那女生，坐下了。

然后闫静又拿了本男生的作业，语气明显缓和了一些："阳普，你上来。"

阳普是一个高高壮壮黑黑的男生，笑起来一口牙很白。

"你怎么不做作业？"

阳普挠了挠头，有些尴尬地开口："作业我给忘在学校了。"

"你怎么不把自己忘学校。"却不是很凶的语气，说完，她把本子递给阳普："行了，拿回去自己补吧。"

林栀觉得这分明就是区别对待，而且从上周开始上课就不止一次了。男生犯错，她笑骂两句，女生犯错，她讲话就格外难听。

"林栀，上来。"

被叫到名字，林栀走了上去。

"你告诉我，你脑子里装的都是什么？"

"吃饭，睡觉。"林栀似乎想到了什么，又补充了一句，"学习。"

"学习？你成绩很好吗？小姑娘长倒是很漂亮的，可惜学习成绩一塌糊涂。"

"谢谢您夸我好看。"

闫静语气嘲讽："你真觉得我是在夸你？在学校不想着学习，就想着怎么打扮自己。"

"清水洗脸也算打扮？"

若是阮征今天在这里，估计会用最欠揍的话问她："怎么？你自卑啊？"

"别犟嘴，出去罚站。"

"哦。"林栀走了出去。

闫静气得胸膛上下起伏："你们就是这种学习态度的？"

底下不知道哪个男生接了一句："我们学习态度很好，完全没问题。"

闫静目光扫向他："也给我出去站着。"男生吊儿郎当地站起来走了出去。

她气得作业本也懒得发了，干脆直接在讲台上坐下了。

这时喻桉站了起来，往讲台上走。闫静以为他身为班长要管理一下班级，说点什么。她刚准备说话，喻桉就先开口了："我出去站着。"闫静闻言气得把书一摔："就这？还说你们班学习态度很好？"

……

林栀看着走远了的闫静，有些好奇地问喻桉："你怎么也出来站着了？"

"太吵了。"

林栀靠在墙上："我真搞不懂，她自己明明也是女的，为什么就那么针对女生。"

喻桉不知道在想什么，停顿好一会才开口："不知道。"

"不过喻桉，你身为班长，也唱反调，不怕乜老师骂你啊？"

"不知道。"

林栀没忍住笑了："那就一起挨罚了。"

喻桉嗯了一声。

"你还嗯。"林栀没忍住笑得一双眼睛都弯了。

"一起挨罚。"她听见他说。

……

办公室里，闫静在跟乜瑛控诉林栀："要我说，喻桉那种成绩好的学生就不该跟林栀坐一起，都被带坏了。"

乜瑛有些懵，她印象里林栀是个温柔谦卑的小姑娘，她看着气愤的闫静，还是准备问清楚："闫老师，您先别生气，慢慢讲，怎么回事。"

"八班这次的作业做得很不好，我就说了她们几句，叫林栀上来的时候，你猜怎么着？她直接跟我唱反调，哪有一点女孩子的样子，跟她一起玩的那个女生我教过，成绩也不行。"

乜瑛闻言微微皱眉："不能因为这些去随意评判一个孩子，我觉得林栀是一个挺乖的女孩。"

"乜老师，你什么意思？你是觉得我在骗你？"

乜瑛摆手："我不是这意思，我的意思是，不能仅凭一些小事就对一个人的品德妄下定论，在我看来，那群孩子，都是很可爱的。"

闫静冷哼一声："乜老师，不是我说你，你刚刚大学毕业没多久，涉世未深，未免把这群小孩子想得过于单纯了。"

这话倒是让乜瑛也不知道怎么接了。

"他们若还是这个态度，乜老师，我告诉你，我可不带他们。"

乜瑛不清楚情况，虽然她没带多久，但也觉得这群孩子不是随便惹事的人，她准备先安抚下闫静，再去问问怎么回事，"闫老师，这件事我知道了，您先回去休息吧。"乜瑛话音刚落，就看到推开办公室门进来的两人，喻桉和林栀。

闫静开始语气嘲讽地说话，边说边踩着高跟鞋从两人旁边走过去了。

林栀听着她的话，倒是没有什么反应，她又没有做什么亏心事。

乜瑛看着进来的两个人，没有兴师问罪，她觉得还是得先问问到底发生了什么。

"今天发生了什么事？"

林栀思考着如何跟乜瑛说这件事。她说："就是……闫老师她有时候措辞很伤人，就比如今天，有人作业完成得不好，她就说人家书念得不好，干脆别念了。"

林栀说完，想起课堂上闫静说的话，还是有些愤然："我觉得作为一个老师，不能这么批评学生，说作业就说作业，说以后没出息很过分，所以我才没忍住反驳她的。"

乜瑛听完，也觉得有些震惊："她当真是在班上这样说的？"

喻桉接了话："是。"

乜瑛眉头紧锁，她倒是没想到竟是这种事。

"老师，还有一条，闫老师她真很偏心男生，女生犯错她就特别严格，男生犯了错，她说几句就过去了，今天她说我作业的事，莫名其妙就说到我爱打扮。我身上穿的是校服，用的是最普通的黑色发圈，没有任何别的装饰物，我想知道，这也算打扮吗？

我觉得我们尊重她，前提是她和我们互相尊重。"

乜瑛在念高中的时候，也曾遇见过这种不公平的对待，她当时也跟林栀一样，勇敢地站出来说了这件事。可那件事不仅没有结束，反而换来了更多的针对。如今她当班主任，就不会让自己高中经历过的事情再次发生。

她对林栀说道："这件事我知道了，我等会去找闫老师谈谈。"

乜瑛说完，又问喻桉："你今天怎么回事？"

"外面安静。"

乜瑛也没再说什么，听见上课的铃声响了，冲两个人开口："上课了，你们先回去，这件事我来处理。"

喻桉和林栀回了教室。林栀看到桌子上多了一瓶酸奶，底下还压着一张纸条。上面是女生娟秀的字体：今天，谢谢你替我说话，害你也挨骂了，对不起。她一抬头，对上女生看过来的视线，她扬了扬唇角，冲自己摇头，表示自己没事。女生有些害羞地红了耳尖，又转了回去。

化学老师夹着课本姗姗来迟，翻开课本就开始讲课。

林栀听不懂，甚至有些发困。喻桉用笔戳了戳她，林栀勉强睁开了眼睛。

……

乜瑛去楼上找了闫静。

闫静坐在椅子上，跷着二郎腿，看着乜瑛："你的意思是让我端正态度？"乜瑛点头。

"她们跟我顶嘴，你让我端正态度？"

"我觉得我们身为教育工作者应该注意自己的措辞，有些难听的话是不能说的，这个年龄段的孩子自尊心都很强，说那些，很伤她们自尊。"

"乜瑛，我教了二十年的书了，一直如此，你在教我怎么教书是吗？"

"我是在陈述事实，虽然每个老师都不可能做到一碗水端平，也会不自觉地偏向好学生，但是对待男生女生犯错，我觉得不应该是两种截然不同的态度，尤其女孩子，心思细腻些，更不能说那些难听的话。"

"所以你的意思是我教学态度有问题了？"

"是。"

闫静气笑了："我没让他们给我道歉就不错了，你居然说我做错了。"

"我只是提醒你，你不改也没关系，我会汇报给学校领导层。"

乜瑛走后，闫静气得差点没把桌子上的杯子给砸了。

"不就是在学校有点关系吗？牛什么牛？"

旁边的老师提醒她："她是学校请过来的老师，名牌大学毕业的。"

"要你管。"闫静气得整个人都要烧着了。

那个提醒她的老师闻言摇了摇头，也没再说什么。

……

中午吃饭的时候，林栀跟阮征说了这件事。阮征闻言笑了："她初中在第一个班的时候教过我，我怼了她，她当时气得让我滚。"林栀没忍住笑出声："你是真的勇。"

阮征虽然皮，偶尔也会顶嘴，但是不会对老师说不尊重的话。

"就是看不惯，像个炸药桶一样，一言不合就发火，一道题不会就冷嘲热讽。"

阮征说话的时候一本正经，逗得林栀笑得停不住。

……

中午的教室里，乜瑛看着底下都垂头做作业的学生，道："手中的笔先停一停，说个事。"

班上的人都停下了手中的笔，抬头看乜瑛。

"你们觉得，你们的物理老师怎么样？"

班上的人面面相觑，有些不敢说话。

乜瑛放缓了声音："实话实说就行，我不是来兴师问罪的。"

班上的人这才大胆了些。

"我觉得她脾气很差。"

"她骂人太难听。"

"问她问题也总是很没有耐心的样子。"

就连很多男生都开了口。

"她批评女生的时候说得很难听，对我们倒还好。"

"我之前没写作业都没骂我，我同桌写了却被她批评字不够端正。"

乜瑛闻言皱眉，似乎比林栀说得要更过分。

她从包里掏出来一个东西，冲底下开口："知道这是什么吗？"

底下立刻有男生惊叫道："这是录音笔。"

乜瑛点头："我不会因为自己是一名老师，就去无条件偏向我的同事，闫老师很多地方做得不妥，我已经向学校反映了，至于接下来，就交给你们了，若是闫老师说了过分的话，做了不好的事，应该怎么办？"

"录下来，给学校。"

乜瑛点头："以后也是，踏入社会，遇见不公平的事，要反击，不要忍气吞声，要学会保留证据，听懂了吗？"

"听懂了。"

乜瑛看了看手中的录音笔，有些犹豫道："这个你们谁保管？"

班上的人齐刷刷朝喻桉看过去，喻桉在所有人的注视中站了起来，去讲台上拿了那支录音笔。林栀看着他走下来，笑道："同桌，全班人的命运就把握在你的手里了。"喻桉盯着手中的东西看了一会，嗯了一声。

接下来的几天，闫静似乎是被学校领导警告了，一连几天都板着一张脸上课。

周五这天，临近放学几节课的时候，雨下得又大又急。林栀看了眼窗外，想今天是不能骑车回去了。下课铃声响起的时候，林栀正低头收拾书包，忽然一把伞放在了她的桌上，她抬头问喻桉："你怎么办？"

喻桉冲她扬了扬手里的另一把伞："我还有。"说完，他便背着书包离开了。

林栀拿着那把蓝色的伞下了楼。

"宝，咱俩等等再走吧？这一时半会出不去了。"阮征是个心大的，也没带伞。

林栀笑道："有伞。"

"我怎么不记得你什么时候买了把蓝伞。"阮征看着她手里的伞，觉得自己对这把伞没有印象。

"同桌的。"

"够义气。"

林栀打开那把伞，发现是把大伞。她一抬头，看到喻桉和贺蒙挤在一把小伞下面，两个人半边的身子都打湿了。

......

喻桉走到小区楼下的时候，忽而看见一只胖胖的橘猫，那猫的肚子很大，似乎是怀孕了，但是它四肢却很瘦。

喻桉去了超市，买了一袋火腿肠，再出来的时候，那只橘猫还躲在角落里。他剥开一根火腿肠，放在地上。那只猫似乎很怕人，但是出于对食物的渴望，它试探性地向前走了几步，随后飞快地叼着火腿肠跑了。喻桉看了一眼自己手里没打开的火腿肠，拿着上楼去了。

他打开门，将书包放在房间的桌上，拿了衣服就去洗澡了，他平常回家做的事枯燥且单一，写作业、看书，再然后是自学。

喻桉写完作业就开始看书，不知道过了多久，忽而反应过来该吃晚饭了。他看了一眼手机，已经九点多了。他忽然就很想吃馄饨，那馄饨有种说不出的感觉，很像小时候安文在家里做的那种。或许是那个味道，又或许是那种感觉。

他拿着头盔骑车出去的时候，又反应过来，今天下雨了，可能不出摊。但喻桉还是顺着路往前骑了。

"我就是在你家吃的馄饨，吃坏了肚子，你说怎么办吧？"

林栀看着面前的男人，认真道："您是什么时候来我家买的馄饨？"

"就今天中午。"

姜红对男人有几分印象，冲他开口："我们家的馄饨都是当天弄的馅，当天包，不可能出现这种问题，你是不是中午还吃了什么别的东西？"

"你说当天包的就当天包的？谁知道你是不是把冻了不知道多久的馄饨拿出来给我们吃，而且你那肉，还不知道是什么便宜肉呢。"

姜红每天早上都起很早，去菜市场挑最新鲜的菜和肉，回来绞肉馅，包馄饨。林栀一直都是将这些看在眼里的。

"你不信可以去菜市场问，我奶奶每天都是去得最早的，为的就是一个最新鲜的食材。"

"你说什么就是什么呀？赔钱。"男人明显就是胡搅蛮缠。

小乖似乎是觉察到自家人受了欺负，挡在林栀面前，以一种防备的姿态看着男人，它叫了几声，试图吓走男人。可是它实在是太小一只了，男人一脚把它踢向一旁："哪里来的臭狗？滚。"小乖叫了几声，倒在了地上。

林栀把它抱了起来，有点生气："说话就说话，踢我的狗干吗？"

姜红意识到面前的男人可能是来找事的。她在这卖馄饨很久了，这儿原来也有几家别的摊位，大家都是各凭本事卖东西。有几家因为东西不好卖，挪了地方。前前后后旁边的摊子换了很多家，只有姜红一个人坚持下来了。

来这里的很多都是老顾客，就算搬家后，跨越半个市也要跑过来买一碗馄饨。

有人生意好就会有其他的竞争者眼红。

"小破狗，踢一脚又怎么了？"

姜红把林栀往后拉，冲那男人开口："若是你吃坏了肚子，我们就去医院，该多少钱就给你多少钱，如果你是闹事的，那我报警了。"

男人嘿嘿一笑，冲身后的几个男人开口："听到没有，这死老太婆说我们闹事，哟，第一次见到这么黑心的商贩，让人吃坏了肚子，还要说别人闹事。"

"兄弟们，给我砸摊子。"

他早就打听过，这附近没有监控，这死老太婆家里也没什么人，就只有一个孙女。他上下打量林栀，啧，长得倒是挺不错的。

几个五大三粗的男人开始砸摊位。林栀确定了，这些人是来闹事的，她掏出手机就要报警，被男人一巴掌扇在了地上。男人一脚把她的手机踢远了。那些人把桌子掀翻在地，用手里的钢棍砸烂了那些桌子，还把姜红推倒在地上。

喻桉来的时候，看到的就是这幅画面。

眼看那些人就要对馄饨小车动手了，林栀扶起姜红，想要挡在馄饨车前。

"你敢砸车我明天一定会报警的，你们一个都跑不掉。"

"报警？妹妹，这一片是没有监控的。"那男人说完，一把甩开了林栀。

想象中的疼痛没有袭来，林栀撞进了一个硬邦邦的怀里，少年身上冷冽的气味闯入鼻腔。喻桉伸出胳膊稳稳地接住了她。他低头看了一眼林栀，语气平淡，却透着几分让人信服的感觉，给人一种安全感，他说："别怕。"

林栀站稳了，从他怀里挣扎出来。

喻桉一双眸子透着几分清冷："无故损害他人财物，你们这是在寻衅滋事，是要进去的。"

那男人笑出声："哟，又来了个学生仔，这片都没有监控，你怎么说我寻衅滋事？"

男人说着，冲身后的几个男人开口："给我狠狠砸。"

其实喻桉在路对面时就已经报了警。他挡在馄饨车前，那男人拎着椅子要砸他，被喻桉一脚踹开了。

"小心！"

身后的男人拎着椅子砸过来，喻桉仿佛背后生了眼睛一般，伸出胳膊挡了一下。一瞬间喻桉的胳膊痛得麻木。

林栀冲过来踢开另一个男人砸过来的椅子，看了看喻桉，语气焦急："你没事吧？"

"没事。"

"有什么冲我来，你打小孩子算什么？"姜红年纪大了，摔一跤半天缓不过来，她忍着腿痛，颤颤巍巍地走了过来，挡在了两个孩子面前。与此同时，警笛声响了起来。几个男人互相看了一眼，拔腿就准备逃跑。

"举起手来，不许动。"警车上下来了几个穿着蓝上衣，藏青色裤子的警察。

其中一个男人见状想跑进后面的树林子里，却被喻桉绊了一跤，脸与地面直接来了个亲密接触。其余三个男人见状跑不掉了，只得老老实实地站在原地。

"接到报警电话，说这片有寻衅滋事的。"

说话的是一个短发的女警官，她目光扫向地上那些残破的桌子，又看了看站在旁边的三个人，最后将目光落在面前几个五大三粗的男人身上。

"是你们四人私自损坏他人财产吗？"

为首的男人嘿嘿一笑，露出一口黄牙："警察同志，都是误会，不是我们。"他说完，指向站在一旁的三个人，"是他们，他们恶人先告状，他们自己把东西砸了之后恶人先告状，警察同志，这片没有监控，我们都是良民，我们可不会做这种事。"

"你分明是颠倒黑白。"林栀倒是没有想过他竟会如此厚颜无耻。

他旁边脑袋又黑又圆脑瓜子像卤蛋的男人紧接着开口："颠倒黑白？妹妹，你就可怜可怜哥几个人吧，家里还有老婆孩子要养，别讹我们行吗？"

"你们两个说这种话也不怕遭天谴。"姜红简直无语。

小乖似乎也被他们无耻到了，气得叫了起来。

为首的男人这次倒是不叫姜红老太婆了，他露出一抹笑："老太太，您可别恶人先告状啊，在当今这个社会好人难做啊，扶老太太过马路都不敢扶了，我帮你，你还反咬我一口，说我砸你东西，你有什么证据证明这东西是我砸的，不是你们三个自个砸的呢？"

喻桉只是淡淡地瞥了那个男人一眼："你不知道钢管上有你们的指纹吗？"

男人立刻有些慌了："我们是摸过钢棍，也不能代表是我们砸的啊？"

喻桉掏出手机，当着那几个警官的面播放一个视频。画面里的男人正在推姜红，其余人在砸桌子。女警官看着那几个男人道："请跟我们走一趟吧。"

她身后的男警官问："谁报的警？"

喻桉开口道："是我。"

"跟我们走一趟，做个笔录。"

姜红和林栀也道："我们也去。"

从警察局出来已是晚上十点多了。四个人男人因为无故损害他人财产，影响恶劣，除了需要赔偿东西，还要接受素质教育。

夜晚的气温降下来很多，但还是带着些热意。

"好孩子，今天真是谢谢你了。"

"没事。"

喻桉走在林栀左边，林栀不小心撞了一下他的胳膊，听见他几不可闻地嘶了一声。

林栀停下步子，问道："你胳膊受伤了？"她忽而想起今天那些人用钢棍砸过来的时候，喻桉用胳膊挡了一下。

姜红也是一脸担心："胳膊？你胳膊疼不疼？去医院看看吧，做个检查。"

喻桉轻轻摇头："不用。"

胳膊的疼痛感很甚，他几乎是忍了一路，本想离开的时候去医院看看，没曾想先被发现了。林栀这才注意到他的右小臂已经肿了，又青又紫。她道："喻桉，你是傻子吗？怎么不说啊？"

喻桉沉默。

"疼不疼啊？"

对上林栀有些担心的目光，喻桉点了点头。

林栀掏出手机："我叫车，去医院检查。"

"不用。"

"用。"

喻桉妥协："好吧。"

三个人坐在出租车后排，姜红愧疚极了："都怪我摔了那一跤，怎么能让你一个小孩挡在我前面？"喻桉动了动嘴唇，有些不知道该说什么。他这些年听过很多话。

在喻瑾云抢他东西的时候，喻慕腾说你是哥哥，你比他大，就让着他怎么了？他从小到大听到最多的就是你让着他，但是却从来没有人让过他，他也不过是个孩子。

"您也做个检查吧？"

"我倒是不用做了，就是当时摔的那一下没缓过来，现在没什么感觉。"

林栀抓着姜红的手，认真道："好了，别说了，你俩都得做检查。"

医院里，林栀挂了急诊号。那医生检查了一下喻桉的胳膊，道："怀疑是骨折了，去做一个 CT 吧？"

"好。"

林栀接过了单子，付了钱去检查。果然是骨折了。最后喻桉的胳膊打了厚厚的石膏。

林栀有些发愁地看着他的右胳膊："喻桉，下周还有考试，你这怎么办？"

喻桉摇头："没事。"

……

再回到摊位前，已经是晚上十一点多了。

三个人将那些支离破碎的板凳和桌椅收拾进垃圾桶里。

姜红看了眼时间，问喻桉："十一点多了，你不嫌弃的话，跟我们回家凑合一晚上吧？"

"不用了，车先留在这里，我打车回去就行。"

"这边没监控，你车留在这里明天肯定就丢了。"林栀说完，又道，"要不我送你回家吧？"

"不用。"若是林栀送他，再骑车回家那就更晚了。

"那你看这样行不行，我把你的车骑回家，改天还给你。"

"会不会麻烦？"

"那有什么麻烦的。"

……

林栀拿起喻桉挂在车把上的黑色头盔，摆弄半天也没调整好。

一只手忽而伸了过来，那双手生得很好看，可以说是漂亮，手指修长而骨感，手背上隐约透着青筋。喻桉垂着头，神色认真地替她调节好带子长短，单手将下面的扣子扣上了，嗓音淡淡："好了。"

林栀把小乖放在前面，而后拍了拍后面的座位："上车吧，我先载你到马路边。"

"好。"

喻桉坐在后面，长腿蜷曲着，倒是显得有几分可怜。林栀骑车载着他很快就到了道路宽阔的地方。喻桉下了车，看着林栀将车停稳在路边，他掏出手机准备叫车，手机却被夺走了。

"你家住哪里？"

喻桉说了个地址，他低头看着林栀操作手机，记住了那车牌号，他冲林栀开口："你们先回去吧。"

"我和奶奶等你上车了就走。"

"好。"

"能不能加个微信？喻桉。"

"好。"

林栀的手机已经碎了屏幕，还是从草丛里捡出来的，不过勉强还能用。她扫了喻桉的微信二维码，点了申请添加好友。喻桉点了同意好友申请。

车很快就来了，喻桉上了车。路灯下，女孩穿着浅蓝色的衬衫，白色长裙，冲他笑着，一双眸子里盈满了笑意。他又看见姜红走到了林栀旁边，两个人冲他轻轻挥手，路边的小乖欢快地冲他摇尾巴。

……

喻桉很快收到几条信息。

【之之为栀栀】：今天你是来吃馄饨的，害你没吃到，还挨了打，明天一定请你吃！（先画个大饼）

【之之为栀栀】：不过，今天真的很谢谢你！

【之之为栀栀】：到家记得报个平安！

喻桉回了三条语音过去。

第一句是"好"。

第二句是"不客气"。

第三句依旧是一句"好"。

……

等到喻桉回到家，已经是半夜十二点多了。他打开房门，又将房间门反锁上，换上拖鞋，就回了房间。喻桉忽而想起林栀说的报个平安，他拿起手机，给林栀发了条语音。

那边很快就回了。

【之之为栀栀】：我也到家了。

他点开给林栀的备注，滑了半天，找了一个星星的图案。

【☆】：早点休息！晚安！乖乖同桌。

喻桉盯着那最后四个字看了半天，最后回了她一条语音。

另一边的林栀点开那条语音，少年清冽干净的声音在耳边响起。他说"晚安"。林栀忍不住笑起来。

……

喻桉醒来的时候天还没亮，他是疼醒的，因为昨晚没吃饭。他爬起来给自己倒了一杯水，在抽屉里摸了半天，找出来一板药，抠了几粒丢进嘴里。然后喻桉又躺了下去，再醒来的时候，天光大亮。

喻桉洗漱完，下楼去买早餐。

回去的时候，他又看到了那只橘猫，它正躲在角落里。他进超市买了两根火腿肠，剥开后丢在地上。那橘猫有些不确定地往前走了几步，见喻桉没动，再次叼起火腿肠跑了。喻桉总觉得它的肚子比昨天更大了一些。

吃完了早餐，喻桉掏出试卷，他是能用左手写字的，只不过速度会慢很多。写完了一套试卷，他听见自己的手机响了。

【贺蒙】：喻哥，这个汤配上这个油条，绝了！爱死这家早餐了！

【贺蒙】：你吃不吃？我给你送。

【☆】：我没画大饼，我带着馄饨来了！你在哪栋楼？我在北门。

喻桉先回了林栀，他说"原地等我"。在走过去的路上，喻桉才回了贺蒙一句。

【y】：中午了。

贺蒙看着喻桉发过来的语音，点开，少年冷淡的声音入耳。欸？喻哥几乎从来不会发语音。今天怎么那么奇怪。

【贺蒙】：喻哥，第一次见你发语音。

【贺蒙】：哈哈哈，才看见，居然十二点了，我说店里怎么没人。

【贺蒙】：我宣布，它是我以后起来吃早餐的动力了。

喻桉走到门口的时候就看到了林栀。她提着个饭盒，穿着奶黄色的裙子，站在阴凉处，也许是因为戴了头盔的缘故，头发有些乱，素白的小脸像是打了腮红一般，透着几分红来。

"喻桉，奶奶特地给你包的虾仁小馄饨，仅此一碗。"

喻桉接过那沉甸甸的饭盒，开口道："替我谢谢她。"他说着，撑开了手里的伞，打在林栀头上。

"你趁热吃，我就先回去了。"

"好。"喻桉见她抱着头盔就准备走，出声提醒他："车。"

"我周一来接你，车我就骑走了。"

喻桉那句"不用"还没说出口，林栀就开了口："五点半才有公交车，早上出租车不好打，所以我来接你。"

"好。"

喻桉看着她骑车离开，等到那抹奶黄色消失在视线里，才收了伞，拎着饭盒回到楼上。打开饭盒他才发现，里面不止有馄饨，还有糖醋排骨。吃饭前，他回了贺蒙一句。

【y】：骨折了。

贺蒙那边回复得很快。

【贺蒙】：骨折？你现在在医院吗？

【贺蒙】：挺住，喻哥。

【贺蒙】：你在哪，我去找你。

他回了贺蒙一条语音，嗓音照旧冷淡得听不出任何情绪。

【y】：没死。

……

林栀回了家，把车停在了车棚里。刚打开门，小乖就摇着尾巴扑了上来，她低头摸它的脑袋："小黏人精。"姜红从厨房冒出头："送了吗？"

"送到他手上了。"

"那就好。"姜红端出来最后一碗汤，"快去洗手坐下吃饭。"

"好。"

……

吃完饭，林栀收到了阮征的信息。

【小软软】：什么？你说那几个男的昨天砸了奶奶的摊子？

【小软软】：气死我了！我要跟他们拼命！

林栀给她发了好多信息，才勉强把她安抚下来。

她还记得上初三那会，有人欺负了她，阮征恰好那段时间没来上课。回来的时候直接给那女生骂哭了，她说："我可不是什么怜香惜玉的人，你最好别惹林栀。"

最后阮征拉着那女生去给林栀道歉，她很叛逆，但从来不会带林栀去做这些叛逆的事。

【小软软】：我收回我之前的话，学校的贴吧都是胡扯，喻桉是一个非常讲义气的人。

【小软软】：不过，他抢了姐的风头。

【小软软】：我不管，你在奶奶心里第一，我是第二，喻桉靠边站，奶奶不许喜欢他比喜欢我多。

林栀看着那句话，没忍住笑了。

【之之为栀栀】：好好好，喜欢你多一点。

……

周一这天，喻桉收拾完，看了一眼手机，早上五点二十三分。他背着书包下了楼，看见了停在楼下的车子，林栀在冲他挥手："这里，喻桉。"

喻桉走到她面前，林栀摘下他身上的书包，放在了前面车篮子里。

"坐稳没？"

"坐稳了。"喻桉坐在后面，一只手抓着座位底下的把手。

林栀骑车一路上都很稳，她的校服被风吹得鼓起。

忽而冲出来一辆变了道的电动车，林栀刹了下车，喻桉撞在她的背上。

林栀停下来转头看他："没碰到胳膊吧？"

"没有。"

忽而那柔软的指尖触碰上他的鼻尖，一切感官在这一刻显得尤为明显。

"鼻子撞疼了吗？"

"不疼。"

"那就行。"

喻桉坐在后面，只能看见她被头盔压在下面被风吹得扬起来的发丝。距离并不远，两个人很快就到了学校。

贺蒙刚停好车，就看到喻桉下车。他揉了揉眼睛，看到喻桉站在那女生旁边，背起了包，总觉得今天自己眼睛出问题了怎么办？贺蒙眨了眨眼，确认自己是没看错，他看着喻桉旁边的女生，总觉得有几分眼熟。

"喻哥。"喻桉听见了贺蒙的声音，一扭头，见他正向自己跑过来。等走近了，贺蒙这才看清了喻桉旁边的人。

女生刚刚摘下头盔，扎着高马尾，几缕发丝垂在脸颊旁，是偏清冷那一挂的长相，但并不寡淡，一双眸子清凌凌的，皮肤白皙，眼尾有一颗细小的痣，白衬衫让她更多了几分清丽的感觉。

贺蒙反应过来，这不就是小仙女吗？

"小……同学，你好。"贺蒙张嘴差点把口中那句小仙女给叫了出来。

林栀礼貌回应："你好。"

贺蒙又看喻桉："喻哥，你们一道来的？"

喻桉嗯了一声。

"他的胳膊算是因为我受伤的，所以以后我送他。"

贺蒙压不住嘴角地笑："这样啊。"

"那，喻桉，我就去操场了。"

"好。"

喻桉目送着她离开了。

"喻哥，为什么小仙女说你是因为她受伤了？发生了什么我不知道的事？还有，你的胳膊疼吗？"

喻桉直视他，目光冷冷的，似乎在说，你问那么多问题，是想让我回答哪一个。贺蒙笑嘻嘻地看着喻桉。

"买馄饨，看到有人闹事。"

贺蒙反应过来："这样啊，怪不得。"

"不疼。"

贺蒙反应过来他是在回答自己第二个问题，看了一眼喻桉打了石膏的右手臂："我帮你拿书包吧？"

"不用。"

……

林栀刚站进队伍里，吴桐就回头跟她小声咬耳朵："我今天好像发现了什么不得了的事情。"

"什么？"林栀的好奇心一下子被勾了起来。

"你同桌估计有情况，和一个女生走得很近。"

"啊？"

吴桐还在持续输出："讲真的，像喻桉这种男生，长得是真的好看，性子也是真的冷淡，我以为他这种男生不怎么会和女生接触，太高冷了，我都没跟他说过几句话。"

"和女生走得很近？"林栀精准捕捉到了关键词，她仔细想了一下，这几天，也没见过喻桉跟谁走得特别近啊。

"栀栀，我跟你说，我今天早上看到他坐在女生的电瓶车后座上，肯定是有情况。"

林栀这才醒悟过来，吃瓜对象竟然是我自己。

"姐姐，有没有一种可能，骑车的人是我。"

吴桐惊呼："你俩怎么回事？"

林栀答道："没怎么回事啊。"

吴桐不信："那你怎么早上跟他一起来。"

林栀就小声地跟她讲了一遍昨天发生的事。

吴桐恍然大悟："这样啊。"说着她露出了一脸失落的表情。她说那话的时候，喻桉刚好从两人旁边经过，淡淡地瞥过来一眼，同林栀对上了视线。

林栀冲他轻轻挥手："今天有人迟到吗？"

喻桉嗯了一声，从两个人旁边走了过去。

……

今天轮到林栀和喻桉这一组值日。林栀的任务是擦黑板，化学老师是个手劲很大的男人。每次上完课，他的板书都很难擦，林栀一连擦了好几遍，也没抹去那痕迹。最上面还有些她够不到，只能踮脚去擦。

"林栀，我帮你擦吧。"

听见第一排有男生叫她，林栀回头冲那男生笑："不用了，谢谢。"

林栀才擦了两个字，忽而感觉一抹阴影笼罩过来，她闻到了熟悉的味道。转头一看，林栀看到了站在身后的喻桉。他比她高，有一米八多，从林栀的角度往上看，能看到那凸起的喉结，他戴着银框眼镜，颇具少年气，眉眼清隽，睫毛黑长。林栀目光落在上面一瞬又收回，然后她听见喻桉的声音响起。

"我来吧。"

林栀看他的胳膊："不用了，你胳膊还伤着。"

"左手。"

林栀便回到座位让他擦，本来他手受伤了，应当她照顾他多一点，现在倒成了喻桉帮她多一点了。

见喻桉走下来，林栀轻声开口："谢了，同桌。"

喻桉忽而想到那天她发的信息，她称他为"乖乖同桌"，想到这里，耳朵也染上了些粉色，他低声道："不客气。"

……

中午吃饭的时候，林栀在食堂又看见了喻桉，他左手端着餐盘，似乎在寻找位置。她扬起手冲喻桉招手："这边。"喻桉目光落在她身上，迈着步子走了过来。吃饭间是四个人的沉默。

阮征塞了口饭，问林栀："下午出去玩会，不在教室，不用来找我。"

"好。"

"回来给你带奶茶。"

"爱你。"

贺蒙看看林栀，又看看她旁边的阮征。这俩人什么情况？

林栀似乎是看出了他的疑惑，冲他开口："我闺蜜，阮征，女孩子。"

贺蒙恍然大悟："我以为是男孩子。"

阮征笑了："习惯了。"

贺蒙认真道："是因为你太帅了，所以才会有你是男孩子的感觉。"

阮征没忍住又被逗笑："谢谢夸奖了。"

林栀盯着喻桉半天，发现他用左手吃饭还挺流畅。喻桉抬起头，撞进那双漂亮的眸子里。

"你居然还会左手吃饭。"

"练过。"

小时候他的手也骨折过，不过是因为喻瑾云抢他东西他不给，被喻慕腾用东西砸的。他只能学着用左手吃饭，因为不熟练，饭掉在桌子上还会被代宁骂。

贺蒙也试着用左手吃饭，他总觉得用左手吃饭有种手是假肢的感觉，饭压根没吃进去几口。

"喻哥，为什么我用左手吃饭有种假肢的感觉？"

喻桉看着他，脸上没什么表情，但贺蒙总有一种他在说"你觉得呢"的感觉。

林栀也试了一下，确实是跟右手截然不同的感觉。

阮征根本没办法用左手拿筷子，她不解："怎么你偷偷背着我学用左手拿筷子？"

林栀没忍住笑了："你不如夸我天赋异禀。"

坐在对面的喻桉听着两个人的对话，眉眼间染上几分笑意。

"不过还是同桌厉害。"

听见林栀提自己，喻桉有几分愣怔。

第三章

小喻同学

"你也可以。"

听见喻桉说这话，林栀没忍住笑了。

贺蒙盯着阮征看了一会，思考了一下："我怎么觉得你那么眼熟？"

阮征："你之前抓过我迟到。"她又补充了一句："还不止一次。"

贺蒙拍了拍脑袋："我就说怎么那么眼熟。"他有些尴尬地笑了："之前是不认识，下次放你过去。"

阮征笑道："那我可记住了。"

……

下午，林栀正在纸上写写画画，忽而听到了敲窗户的声音。她刚抬头，看到了站在外面的阮征，手里拿着她喜欢的芋圆奶茶。林栀跑了出去，从她手里接过奶茶，笑道："谢谢阮宝。"阮征揉了一把她的头："走了，下午吃饭之前还会来。"

"好。"

阮征前脚刚走，林栀就见一个女生上来了，女生是那种很温婉的长相，小家碧玉型。

"同学。"

意识到她在叫自己，林栀停住了脚步："有事吗？"

女生面露羞涩："能不能帮我叫一下你们班的喻桉。"

"喻桉他刚刚出去了。"

"这样啊，那你能不能帮我把这个转交给他？"女生手里拿着一盒巧克力，还有一张小字条。

林栀觉得贸然替喻桉接这字条不太好，不过她还没张嘴，就看到喻桉过来了。

"喻桉回来了，在那边，你可以自己给他。"

"谢谢。"

林栀回到座位上，透过玻璃偷偷往外看。

吴桐回头冲她开口："敢直接来喻桉面前送巧克力和字条的,我敬她是条汉子。"

林栀没忍住笑了："倒也没那么夸张吧。"

刚刚跟林栀对话自然的女生,在对上喻桉的眸子后,突然变得结巴起来："这个……送给你。"

"谢谢,不用。"喻桉说完就进教室了。

女生的脸很红,就那么抱着东西离开了。她知道会被拒绝,但还是想勇敢一次,青春只有一次,有些话,不说出口的话,可能再也没机会了。

……

见喻桉回了教室,林栀匆匆收回了视线。

"刚刚她想让我给你,我觉得贸然替你收东西不太好,刚好看见你来。"

喻桉看她："谢谢。"

……

最后一节课是化学课,林栀已经昏昏欲睡了。她头一撞一撞的,就要砸到桌子了。喻桉偏头看了她一眼,刚想叫醒她,就听见化学老师的声音:"林栀,回答一下这个问题。"

林栀梦中惊醒,站了起来。

化学老师是一个高高瘦瘦的男老师。林栀抬头对上了化学老师看过来的视线,又低头看自己的书。

"回答一下这个问题。"

林栀根本不知道是哪一题。

旁边传来男生的声音:"9。"

林栀以为答案是9,张嘴就说了出来:"是9。"

化学老师看了一眼手中的试题,又看了一眼林栀:"是第九题,你告诉我这题选什么?"

林栀沉默。

"B。"

林栀听见喻桉提示自己,开了道:"这题选B。"

"那林同学能不能说一下这题为什么选B?"

"A错误是因为0.1摩尔每升的醋酸钠和0.05摩尔每升的盐酸混合得到同体积的醋酸和氯化钠,溶液成酸性,所以……"

林栀听得一个头两个大,直接摇头:"我不会。"

"可不许再上课钓鱼了。"

林栀认真点头:"好。"

"坐下吧。"化学老师将视线落在喻桉身上:"同桌回答一下。"

喻桉的声音平淡,条理清晰。化学老师听完点点头:"很不错,坐下吧。"

喻桉坐了下来。林栀还在对着那道化学题头疼,一张纸已经递了过来,上面是刚刚那题的解答过程。喻桉左手写的字和右手写的字是不同风格,左手写字比右手写字似乎更规整一点。林栀对着他递来的那张纸看了半天,研究明白了刚刚那道题。

她递过去一张字条,见喻桉拿着字条看,她几乎要心提到嗓子眼,究竟是谁教他这样看字条的?

字条上就写了四个字：谢谢同桌。旁边还画了一个鞠躬的小人，是一个很可爱的小人。

"喻桉。"

喻桉偏头看她。

见化学老师往下看了，林栀抓起他的手就塞在了桌子底下。少年的体温似乎比常人偏低些，手也比她大了很多。她不自觉地有些耳热，松开了他的手，小声解释："下次看字条不要那么明目张胆。"

喻桉点头："好。"

林栀给他演示了一遍："要这样看。"她身子坐得很直，假装自己在听课，趁老师转过去的时候，偷偷打开字条，用书当作遮挡物，然后低头看。

喻桉盯着她的动作看了一遍，学了一遍，又看过来，那表情似乎在问，我做得对不对？林栀觉得他那个表情莫名有点可爱。

"对吗？"

听见他问自己，林栀点头："对。"

她在桌子底下偷偷给喻桉竖了个大拇指。咦？有种在带坏他的感觉怎么回事？

……

晚自习上，林栀盯着那些题，有些头疼。

她不学文是因为地理和历史奇差无比，每次写历史题都有种自己篡改历史的感觉。那地理她就更学不明白了，依稀记得有两道她印象很深的地理题。题目是：为什么你游手好闲，你母亲会说不好好工作就等着喝西北风吧？她当时根本想不出来这和地理有什么关系。结果参考答案是：因为东南风温暖湿润，西北风凛冽。

从那以后她就觉得自己不适合学文，可现在学理，她觉得自己的物理和化学简直更烂。学文好歹多少能写出来一点，会酌情给点分；学理，可能一张试卷全写满，最后一算得 0 分。

林栀又偏头看了一眼在认真写作业的喻桉，他好像做什么题目都是那副游刃有余的样子。

察觉到林栀看过来的视线，喻桉抬眸看她："哪题不会？"

林栀指着其中两题："这两题。"

"不会？"

"不是，除了这两题会，其余的都不会。"

林栀说完，感觉到喻桉似乎陷入了沉默，也许喻桉会觉得她笨吧，一整套题目只有几题是会的。

"等我写完这题。"

"啊？"林栀眸子里闪过一丝错愕。

喻桉看了看她，脸上没什么表情："写完这题给你讲。"

"不用不用，太麻烦了。"她就随口一说，倒是也没想着麻烦他给自己讲题。

"不麻烦。"少年的声音依旧冷淡。

喻桉说完就低头解题去了，他脊背挺得很直，看题目的时候黑长的睫毛垂下，在眼底打下一片阴影。林栀看了他几眼，又收回了自己的视线。喻桉写题速度很快，他不在步骤上浪费时间，有些基础的步骤就直接跳过了。

"写完了。"

听见喻桉的声音，林栀乖乖地捧着题目放在他面前："拜托了，同桌。"女孩的声音带着愉悦，尾音有些扬起。

喻桉嗯了一声。他的思路很清晰，但是因为林栀基础比较薄弱，有些公式的转换她都有些搞不懂。那些物理公式转啊转，在脑子里就是转不明白，她不明白，为什么要有物理这个科目。

喻桉讲一题，要重新给她讲好多公式。他便把那些重要的公式罗列出来："你先背公式，题目晚点再看。"

林栀认真点头："好。"

她整整一节课都在背那些公式，没记住多少不说，感觉背得头有点晕晕的。她捏着手里的纸张，轻轻叹气。

喻桉写字的手一顿，笔尖洇湿了纸张，晕染出一团黑色的墨渍。他朝林栀的座位看过去。她正托着下巴，一脸苦大仇深地看着手里的那张纸。

下一秒，手里的纸被抽走，林栀错愕地看着喻桉。喻桉把那张纸放在两个人中间："帮你记。"他带着林栀走了一遍公式，包括如何转换。林栀记住了大半，看喻桉的表情都多了几分感激："谢谢同桌，我自己再巩固巩固。"

"好。"

……

林栀正入神地看着物理书，忽而听见旁边同桌的声音："晚上不用送我回去。"

"那你怎么回家？"

"坐车回去。"

林栀冲他摇头："多晚啊，现在偷小孩的可多了，太不安全。"

她说完，竟觉得喻桉眼底染上几分笑意，他说："我不是小孩。"

"反正都差不多，我肯定要对你负责到底。"那句负责到底林栀说得过于认真，有些引人遐想。

吴桐听见了后面的一句什么负责，猛地回头看两人。于是，林栀和吴桐大眼瞪小眼，瞪了好久。吴桐冲喻桉咧嘴笑了一下："借一下你同桌。"

喻桉嗯了一声。

吴桐开始同林栀咬耳朵："你把班长怎么了？什么负责？"

林栀一脸疑惑。

"少看点小说，啥也没有，我说负责送他回家，负责到底。"

"喔。"吴桐眼底那抹名为八卦的光芒熄灭了，她小声开口："你看吗？给你推荐。"

"不看。"

吴桐又转了回去。

"太晚了。"

听见喻桉的声音，林栀看了看他，听见他又说："不安全，不用送我。"

"那你注意安全。"

"不会被偷小孩的偷走。"

喻桉说得认真，林栀却有点想笑。

……

晚自习下课，还是轮到林栀这组打扫卫生。她见喻桉拎着扫把要去扫地，便准备接他的扫把："你不方便，我来吧。"

"我可以。"

林栀便也没再说什么，她拿着桌上的抹布去厕所了。等洗完抹布，她先用黑板擦擦了一遍黑板，再用湿抹布抹一遍。

晚自习并没有上课，黑板上只有各科的作业记录。林栀擦完了四块黑板，又拿着抹布去厕所洗抹布了，等出来的时候，教室里的灯关了一半。教室里没什么垃圾，扫地的人已经干完活走了。

她忽而看见了站在门口的喻桉，他左手提着她那个奶黄色的小书包。

"你怎么还没走啊？"

"等你。"

林栀将抹布放在桌上，刚想从口袋里掏纸巾，一张纸就递了过来。

她接了下来，冲喻桉笑："谢了。"

擦干净手，她接过了喻桉手里的书包。喻桉走在前面，走得不是很快，林栀跟在他旁边。

"喻桉，你喜欢吃什么馅的包子？"

"包子？"

林栀笑着看他："是啊，奶奶今天说，明天要做包子给你，我，还有阿阮吃，想吃什么馅的？或者说，你有什么忌口吗？"

"黄豆过敏。"

"好。"

两个人转眼就走到了车棚前。

"那我先去推车了，你等我一会，送你到公交车站台。"

"好。"

喻桉坐在后座上，听见林栀问："坐稳了吗？"

"嗯。"

关于林栀为什么每次都会问坐稳了吗，还是因为之前有一次她载阮征，阮征屁股还没沾到座位，林栀就骑着车跑了。她就说怎么阮征坐了跟没坐一样。

公交车站距离学校门口几百米，并不远，林栀想着都一起下来了，干脆送他过去。她把车停稳在路边，看着喻桉上了车。

"那我走了。"

"好。"

林栀冲他轻轻挥手，车子很快消失在喻桉视线里。

……

喻桉走到楼下的时候，朝四周看了一圈，那只橘猫并不在。他走了几步，又回头看了一眼，终于看见了突然冒头的橘猫。于是他把书包拉链拉开，摸出两根火腿肠，他用一只手艰难剥开，然后丢在地上。

随后他退了几步，见小猫过来叼走了，才放心地离开了。

……

喻桉回到家，发现家里除了一些生活必需品，几乎没什么活人的生气，整个屋子空荡荡的，整体是冷色调。他喝了几口水，便去浴室洗澡了。

　　洗完澡，他用一只手有些艰难地侧穿上白色短袖。少年看起来有点瘦，身上的肌肉线条却很好看，皮肤瓷白，有着下垂质感的短袖，掩住了线条流畅的腹肌。头发上还残留着水珠，喻桉随意把毛巾搭在头上，一双眸子雾气横生。他擦干了头发，正用吹风机吹头发，忽而听见了手机的振动声，于是他关掉吹风机，拿起手机看了一眼。

　　发信息的人显示是☆。

　　【☆】：小喻同学是被人偷走了？也没报个平安。

　　喻桉盯着那个小喻同学看了几眼，回了她一句。

　　【y】：没被偷走。

　　【y】：忘了，抱歉。

　　林栀看着喻桉回过来的信息，几乎能想象出他板着脸说这句话的样子，莫名就有点想笑。她迅速地回复了他。

　　【之之为栀栀】：明天带奶奶亲手做的包子去接你，早点休息，晚安！

　　这次喻桉的信息回得很快。

　　【y】：好，晚安。

　　【之之为栀栀】：晚安。

　　林栀盯着给他的备注瞧了一会，最后改成了四个字：乖乖同桌。

　　她看着那四个字，有些没忍住地露出了笑意。虽然平日里喻桉冷冰冰的，有些行为却莫名令人觉得乖巧。

　　喻桉看着她发过来的信息，是一张小乖冲镜头笑的表情包，很可爱。他总按部就班地做着很多事，看着那句明天来接你，却莫名地生出些期待。

　　……

　　"奶奶，好香。"

　　林栀刚起床，就闻到了外面传来的香味。

　　姜红笑道："快出来洗漱，吃饭。"

　　林栀去浴室刷牙，小乖跟在她后面摇尾巴，在她腿间拱来拱去。她一边刷牙一边低头看它："晚上回来陪你玩。"小乖蹭了蹭她的腿。

　　林栀洗漱完，看了一眼钟，冲姜红开口说道："奶奶，来不及了，你给我装饭盒里吧，我带学校去吃。"

　　"好好好。"

　　姜红从抽屉里掏出三个饭盒，一个粉的，一个蓝的，还有一个绿的。每个饭盒里装四个。林栀提醒她："给我装一个就行，阿阮的就两个，多了吃不掉。"

　　姜红从饭盒里各拿出来两个："你和阿阮都吃两个，长身体呢，多吃点。"

　　"好。"林栀提着装饭盒的包去开门。小乖在后面咬她的裤腿。林栀停下来，揉了一把它的脑袋："姐姐晚上回家陪你，拜拜。"

　　小乖汪汪叫了两声，似乎在说：那你早点回来。

　　"奶奶，我走了。"

　　"路上注意安全。"

　　林栀应她："好。"

　　……

喻桉刚推开门，就看到了门口的两只死老鼠，还是很大的那种。他站在门前愣了几秒，忽而想起那只橘猫。可能是橘猫送来的礼物，对于它来说，这就是最好的东西了。可是人也不能吃老鼠，他把老鼠收拾进垃圾袋里，下楼去了。

......

阮征听见闹钟响，费劲地睁开眼睛，然后顶着一头像经历二战一样的头发出去了。

阮父还在精心准备爱心早餐，听见她出来了，指了一下旁边："你的早餐在那边。"

阮征看了一眼自己的早餐：糊掉的煎蛋，香肠边角料，面包片中间被掏空了，是爱心的形状。她又看了一眼阮父给阮母准备的早餐，爱心形状的面包和煎蛋，香肠做成了小章鱼的形状。

阮征道："阮总，今天早餐做得挺不错。"

阮父一脸骄傲："那必须的，我学什么都快。"他看了一眼阮征的头发："你头发怎么像被炮轰了一样？"

阮征指了指自己的头发："它？太叛逆了，每一根头发都有自己的想法，等下就修理它。"

听见房间里似乎传来了什么声音，阮父冲阮征比了个嘘的手势："你妈妈还没起来，你快吃了早餐上学去吧。"

"栀宝说奶奶今天给我带包子，就不在家吃了，昨晚忘了跟你说。"

"行。"

阮征跟林栀从初中就玩在一起，阮父是知道的。他还记得阮征说最讨厌乖乖的女孩子，然而没过多久就带林栀回家一起玩了。他还记得阮征后来是怎么说的，乖乖的女孩子多可爱。就像一开始他也说不喜欢男孩子性格的女生，后来却追着阮母屁股后面跑，被拒绝了八百次也不死心。

阮征这名字一听就像男孩，很多人第一次听都觉得她家是重男轻女。或者一开始以为是个男孩才取了这名。其实不然，是因为阮母姓征，父母是真爱，阮征是意外。怀阮征那会阮母孕吐得厉害，阮父一个大男人能急哭，到处问医生，查食谱，只为了让她能吃下些饭。

后来生阮征的时候，阮父心疼得不行，说以后不管怎么样也不会再要第二个小孩。

......

喻桉下了楼，就看到等在楼下的林栀。她戴着白色的头盔，上面还贴着些可爱的小贴纸，此时此刻似乎在盯着什么地方走神。直到他走到她面前，林栀才收回视线。

"喻桉，那边角落里有只猫。"

顺着她的视线看过去，喻桉看到了那只橘猫，躲在角落里，偷偷地看两人。

"看到了。"

林栀注意到它凸起的肚子："它应该怀孕了，我去给它买根火腿肠，你等我一会。"

"我包里有。"

喻桉掏出火腿肠，递给她一根。

"咪咪，火腿肠吃吗？"女孩眉眼带笑，神色温柔。

橘猫这回似乎没有之前那么警惕了，跑过来狼吞虎咽地吃着火腿肠。那只橘猫很瘦，只有肚子部位很突出。

"它应该快生了。"

喻枘嗯了一声。

"你是不是经常喂它？"林栀问喻枘。

"喂过。"

林栀笑开了："怪不得它刚刚一直躲在角落里偷偷看你。"

喻枘有些发怔，看他吗？

橘猫的视线一直落在喻枘身上，似乎在问，我送你的礼物喜不喜欢。

他想起来了门口那两只死掉的大老鼠，伸出手揉了揉它的脑袋，他也不知道它能不能听懂，思考着措辞："不用再送那些东西过来了，谢谢。"

林栀偷偷看喻枘，见他神色温柔地看着面前的小猫，他似乎总在面对这些小动物时流露出这种神色。

她不禁有些好奇："什么东西？"

"老鼠。"

林栀想了想自己开门看到一堆老鼠的画面，不禁有些害怕："你怕老鼠吗？"

喻枘摇头："不怕。"

……

"走了，喻枘。"

"好。"

喻枘坐在后面，未等她询问，就先开了口："坐稳了。"

林栀似乎是笑了，她说："你抢我词，喻枘。"

"下次不抢了。"

林栀又是没忍住笑了，他认真回答这些问题的样子，真的有点可爱。

……

到了学校，林栀停了车。两个人一起往教学楼那边走，喻枘腿长，走得快些，察觉到林栀走得有点急，便放慢了脚步。两个人很快抵达教室。林栀从包里掏出来那个蓝色的饭盒，递给喻枘："给你，昨天说的给你带的早餐。"

喻枘轻声说道："谢谢。"

这会班里的人还有很多没来，林栀抱着那个绿色的饭盒下楼找阮征去了。她站在门口往里面看了一眼，阮征不在，应该是还没到学校。

一个寸头的男生看见林栀，对她说道："找阮姐？她还没来。"

林栀点了点头。

"我帮你转交给她。"

"谢谢了。"林栀将那饭盒递给男生，就下楼去了。

包子是肉馅的，林栀刚一打开饭盒，前面的吴桐就回了头："你在吃什么啊？好香啊！"

她看看林栀的粉色饭盒，又看看喻枘的蓝色饭盒，仿佛发现了新大陆一般。

"包子，你吃吗？"林栀把饭盒递到她面前。

"就两个，我吃了你吃什么？"

林栀笑道："我早上胃口不是很好，吃一个就行了。"

吴桐听了这话，也不客气了，拿起一个包子就放进了自己的早餐袋子里。包子外皮很松软，又带点嚼劲，一口下去是满满的肉香，且鲜嫩多汁。吴桐瞬间觉得自己手里的煎饼果子都不香了，她吞下半个包子，冲林栀开口："也太好吃了吧，在哪买的？"

"奶奶做的。"

"呜呜呜，好吃得想原地起飞。"

林栀被她逗笑了。

"奶奶真的不考虑开店吗？"吴桐一脸期待地问道。

林栀笑道："晚上会出摊卖馄饨，你可以来吃。"

"好！我以后就是你奶奶的忠实粉丝。"提到吃的，吴桐迅速把刚刚想问的问题给忘到了九霄云外。

喻桉打开饭盒，里面是四个大包子，他看了一眼林栀。林栀也在看他："长身体，吃多点。"

喻桉又看了一眼饭盒里的包子，一个顶外面一个半那么大。

"吃不掉？"林栀看他。

喻桉轻轻点头。

林栀从饭盒里拿出来一个："那我替你解决一个？"

"好。"

林栀一连吃了两个，觉得肚子有些胀，于是揉了揉肚子。看着桌上突然多出来的一瓶酸奶，林栀愣住了，随即朝喻桉看过去。

"促进消化。"那是他昨晚装在书包里的。

林栀拿起那瓶酸奶，笑道："那就谢谢小喻同学了。"

喻桉几不可闻地嗯了一声。

林栀吃完了自己的，就开始盯着喻桉，他吃饭的样子很斯文。喻桉似乎察觉到了她的视线，便看了过来，同她的视线对上了。

"好吃吗？"

"好吃。"想了想，喻桉又补了一句："很好吃。"

一般早餐他都是随便应付一下，所以对吃的不是很挑剔。

林栀笑盈盈道："那就好。"

喻桉吃完了那些包子，听见了旁边的人开口："真棒！"

他从未体会过吃完饭就会被夸奖的感觉，她似乎很喜欢夸人。

林栀把他桌上的那个饭盒拿走，和自己的一起收进了包里。

这时上课铃声响起，教室里还有些闹哄哄的。喻桉拿着英语书，走到了讲台前，目光冷淡地扫视下面，班上的朗读声瞬间变得响亮了起来，他拿着书转了一圈。

"班长，这个单词怎么读？"

喻桉看了一眼那个男生手指的单词，念了一遍。

"谢谢班长。"

又有一个男生叫住他："班长，这个文言文里的字怎么读？"

"hui，读一声。"

"谢谢班长。"

喻桉没走两步，又被人叫住："班长，你胳膊怎么了？"

"摔的。"

"注意安全。"

喻桉看着他："谢谢。"

乜瑛拿着书走了进来，她今天穿了黑色长裙，外面披着一件白色薄纱开衫，头发半披半扎，在后脑勺绑了一个黑色的蝴蝶结。

"哇！"

"乜老师今天好漂亮！"

"老师今天是约会了吗？"

班上的人一个个也不背书了，注意力全落在乜瑛身上。

"我平常不好看？"乜瑛看着底下的学生，没忍住地笑了。

班上的人开始持续吹捧。

"好看！乜老师是咱们八中老师的门面，颜值担当。"

"今天也太好看了吧。"

"长得好看不过是乜老师最普通的一个优点而已。"

乜瑛比了个停的手势："一个个的，那么会夸，不要命了？"

底下笑成一团。

突然有男生出声："老师你今天是不是约会去？"

"不是，我男朋友都没有一个，约什么会？"

"老师！我堂舅家的儿子特别帅，介绍给你。"

"我表哥特别帅，老师，介绍给你！"

"老师我把我哥介绍给你，你直接当我嫂子吧。"

说到介绍对象，底下一个个的可兴奋了。

乜瑛清了清嗓子，开口："目前没有恋爱的想法。"话毕，她又开口："今晚就考试了，有没有信心？"

第一场考试是语文，底下异口同声："有。"

"尽力而为就行，继续早读吧。"

"好！"

……

阮征踩着点进教室，立刻看见了自己抽屉里的饭盒。

"阮姐，那是林栀送过来的。"

"谢了。"

阮征打开饭盒，叼了一个包子在嘴里，寸头男闻着味道，吞了吞口水，问她："我能不能吃一个？"

"不行。"阮征瞪他。

林栀送来的东西，才不会分给别人一口。

……

下午最后一节课，乜瑛将考试的考场分布表投在了屏幕上，班上同个考场的人已经开始互相抱团了。一共二十八个考场，林栀在第二十六考场，她又看了一眼喻桉的，第一考场，座位是03。她以往只知道喻桉成绩挺好，但具体好到什么程度，她还真不清楚。

……

最后一节课，班上的人要开始布置考场，林栀的桌子需要挪出去。她站起身，刚准备拉桌子出去，就听见旁边的人开了口："我帮你。"喻桉把她的板凳挂在桌子上，单只手拉着桌子走了。林栀跟在后面推桌子，总有种她在欺负伤患的感觉。两个人把桌子挪到了靠窗的位置，林栀笑道："考试加油。"

"你也是。"

……

监考老师一男一女，男老师是林栀的体育老师，女老师她不认识。

试卷很快发了下来。风扇在头顶呼啦啦地转着。考场里的人可谓是花样百出。有人抓耳挠腮，有人疯狂转笔，有人狂打喷嚏，还有人放弃思考，直接在答题卡上画漫画。

林栀写完最后一个字就停了笔，语文她倒是不担心，发愁的是后面的科目。

女老师和体育老师看了一眼底的考场，提醒大家还剩几分钟了。

铃声响起，林栀交了试卷，看到了等在外面的阮征。

"你这次考试了？"

阮征笑道："随便写写，等你。"

林栀还记得她之前被当成反面教材的作文，依稀记得那次作文命题是这样的人让我……给了很多提示词，例如尊重、开心、感动……结果阮征写了个"这样的人让我无语"。语文老师让她读，阮征非但读了，读得还很开心，气得语文老师让她出去站着。

两个人刚走几步，林栀看到那个寸头男过来了："阮姐，今晚出去熬夜打游戏吗？"

阮征给他使了个眼色。

可惜寸头男没理解，又问她："今天林栀也去是吗？"

见林栀看自己，阮征认真道："我发誓，今天第一次，如果我之前去过，我以后吃方便面没有调料包，喝酸奶撕不开盖……"

见她竖起来三根手指发誓，林栀握住她的手指："信你。"

阮征瞪了一眼寸头男："不去，别带坏我的栀宝。"她有时候真想问他是不是缺心眼。

……

喻桉到了楼下，发现今天没看到那只橘猫，他还是在老位置放了几根火腿肠，就上楼去了。

到家后，他摸出手机，盯着那个☆看了一会。林栀之前说到家了报平安，今天没有一道走，他有些犹豫要不要发信息。

喻桉还在走神，就听见手机响了。他看了一眼，是贺蒙发过来的消息。

【贺蒙】：喻哥，完球了。

【贺蒙】：今天那个语文作文题目，我能说我根本没看懂吗！

【贺蒙】：看了一段话，憋不出来一个字。

喻桉想了一下今天的作文题目。

题目给了"从""北""化"的甲骨文和一段话，问有什么思考。

他回复贺蒙。

【y】：你看不懂的别人也看不懂。

那边很快回复了。

【贺蒙】：说的也是。

喻桉把手机刚放进兜里，就听见手机又响了。他解锁手机，是中国移动打来的电话，并没有信息。

……

第二天一早，喻桉推开门，这次没有看到死老鼠，看到门边有一条完整的鱼骨，应当也是那橘猫送过来的。他下了楼，看到了楼下的林栀。林栀冲他挥手，笑容明媚，带着鼓舞人心的力量，喻桉都不自觉地跟着明媚起来。

　　他坐在了座位后面，没有开口，等着林栀先问他。

　　"坐稳了吗？"

　　"坐稳了。"

　　"你还记得我上次说的话啊？"

　　"嗯。"

　　林栀笑了起来："喻桉，你好乖啊。"

　　她的声音愉悦，顺着风带进喻桉的耳朵里。

　　喻桉愣住了。他？乖吗？

　　两个人一路到学校。林栀停下车，忽而神秘兮兮地从包里掏出那个饭盒："奶奶给你做的满分早餐。"喻桉接过来道："替我谢谢奶奶。"

　　"考试加油。"

　　喻桉听见她的话，说道："你也加油。"

　　回到考场，喻桉打开了那个饭盒。里面有三个蛋饼，每个蛋饼上都有用黄瓜切成的100。喻桉的嘴角不易察觉地微微扬起。少年本就模样生得好，笑起来的样子似冰雪消融，万物复苏一般。

　　……

　　两天的考试很快就结束了。最后一门考完，林栀拿着英语试卷回到班里，发现座位已经复原了。她将试卷放进抽屉，刚想出去，就看见左手抱着一摞书进来的喻桉。她想要接过来："你都是个小伤患了，我来吧。"

　　"没事。"喻桉将东西放在桌上。

　　班里有些人已经开始对答案了。

　　乜瑛拿着张表进来了，她站在讲台上开口："通知一个好消息一个坏消息，先听哪一个？"

　　底下异口同声："坏消息。"

　　"以后时间改了，周日下午到学校，不是周一早上了。"

　　底下哀嚎声一片。

　　"啊？那周日下午就不能在家补作业了。"

　　"我可怜的周末，我拿什么宠幸你。"

　　听着底下的声音，乜瑛笑了。

　　"老师，不是说还有好消息吗？什么好消息？"

　　"这个周末，没有作业。"

　　乜瑛话音刚落，屋内的尖叫声几乎要顶破天。

　　楼下班级的班主任往上看了一眼，这八班，考试考疯了？

　　林栀收拾完书包，问喻桉："要不要送你？"

　　"不用，我坐公交车。"

　　"那我下去了。"

　　"好。"

林栀欢快地拎着包跑下楼去了。

……

周日这天，林栀刚睁开眼，打开手机就看见班级群的信息数量99+。她点进去一看，发现整个班级群都沸腾了。因为乜瑛发了两条信息。

【乜瑛】：@全体成员 成绩出来了，新鲜出炉。

班里人正在刷屏。

【Forest】：不是，这改试卷效率太高了吧，这也太快了吧。

【K9999】：糟了，起猛了，看见群里发成绩了，再睡会儿。

【花生】：有事，再见。

【竹蜻蜓】〔自动回复〕呼叫中……休息一下，广告之后，马上回来。

【1mo土豆饼】：发吧发吧，早死晚死都是一样死。

【宋诚】：只要我不看就可以假装不知道。

【何珊】：谁懂啊，家人们，我妈就在旁边呢。

【……】：哈哈哈哈，你等着吃皮带炒肉丝吧。

……

林栀翻了一会那些刷屏的信息。乜瑛又发了一条信息。

【乜瑛】：（成绩单文件）。

她点开看了一眼，最上面的名字就是喻桉。她看了一眼喻桉的分数：699分。除去语文，其他科目几乎就没扣分。她往下滑拉了一下，找到了自己的分数：298分，还没喻桉的一半多。

群里这会刷屏刷疯了，都在清一色地刷"班长太牛了"。

突然有人抛出来一句。

【哎嘿】：话说班长在群里吗？

一顿扒拉下来，没人发现哪个才是喻桉，因为从开学至今他就一句话没有说过。

……

喻桉刚洗漱完，就听见自己的手机响了，他点开看了一眼。

【☆】：小喻同学真的好棒！全班第一！ 699分耶！

然后是一张分数的截图。

喻桉对于名次一直都没什么感觉，因为无论好与坏，身边没有任何人会评价这件事，更不会有去夸赞他：你考得真棒。喻慕腾还会拿这事讽刺他，说他是一块只会死读书的木头。此时此刻，他心底莫名生出一种奇异的感觉，暖暖的。

他回了林栀。

【y】：谢谢。

他的手指在屏幕上停顿了好一会，却不知道还能再说些什么，好像除了谢谢，也没有别的可以说的了。

林栀的新信息很快又弹了出来。

【☆】：大家都在群里找你。

【y】：我看一眼。

喻桉点开了QQ，看见有人问哪个是他，他回了一句。

【a】：我。

群里多数人都在说恭喜。他礼貌地回了句谢谢，便关掉了 QQ，又点开了和林栀的聊天页面。

【☆】：奶奶也夸小喻同学真的很棒。

【☆】：她说中午会给你，还有阿阮做好吃的。

【☆】：你来吗？不方便的话也没关系。

喻桉盯着那三条信息看了很久，回复了她。

【y】：会打扰吗？

【☆】：当然不，奶奶给你俩做好吃的，我沾光。

【y】：好。

【☆】：那我中午去接你。

【y】：不用，我自己去就行。

那天晚上，他还记得地址，林栀又给他发了信息说明具体楼层。

中午去吃饭的还有阮征，她早早地就到了。姜红一见她就拉住她的手笑："小阮好久没来了。"

阮征笑道："那我以后多来，奶奶别嫌我烦就行。"

姜红笑道："怎么会？你天天来我都开心，好久没见你，都瘦了。"

阮征在她面前转了一圈："哪有，我胖了两斤呢。"

"我瞧着是瘦了。"姜红拉着阮征在沙发前坐下。

林栀笑道："她是又长高了，所以看起来瘦了。"

姜红看了看阮征，笑道："确实高了一点。"

随后姜红抱出来一个零食箱子，递给两个人，里面都是些薯片、糖果、果脯、肉干之类的。

"都是你们小孩子爱吃的零食，你和栀栀先看会电视，我出去买点菜。"

两个人立刻站起身："我们也去。"

姜红冲两个人摆手："你们两个小孩子留在家里就好了，我出去买菜就行了。"

但两个人依然一左一右挽住她的手腕，阮征笑道："我们也去。"

姜红拗不过两个人，只能带着两个人去了超市。

超市里她遇见了老熟人，一个慈眉善目的老奶奶。她问："带着孙女和孙子逛超市呢？"

林栀和阮征对视一眼。

姜红笑着解释："两个都是孙女。"

那奶奶尴尬地笑笑："认错了，这个孙女像男娃娃。"

两个人又寒暄了几句。

姜红买了很多菜，刚付完钱，阮征就提起袋子。

"乖宝哟，奶奶来提，太重了。"姜红要抢她手里的袋子。

阮征掂了掂手里的袋子，冲她笑："提得动，奶奶。"

……

三个人回到家，聊了好一会天。姜红从冰箱里拿出葡萄，准备去厨房洗一洗，忽而听见敲门声。阮征站起身："我去开门。"她把门打开，看清了门外的人，是喻桉。抢奶奶的情敌来了。

那天喻桉穿了件浅蓝色的衬衫，搭配一条黑色长裤，他用左手拎着一大兜水果。阮征看了看他手里的水果，想到来时手里空空如也的自己。完了，大意了。

林栀也走到了门前，瞧见他手里的水果："喊你来吃饭，怎么还带了东西？"

"顺便。"

林栀想着拎了一路也挺重，要去接喻桉手里的水果。

"重。"喻桉拎着袋子的手往回缩了一下。

"那你快进来吧。"

喻桉在门口犹豫着。

"家里没来过男生，所以没有男士拖鞋，你直接进来就行。"

喻桉这才跟在林栀后面走了进来，房子不算大，但很整洁，整体是暖色调。突然飞出来一只小白狗，兴奋地围着喻桉转圈圈。

"你这小白眼狼，我刚刚来倒是没见你出来接我，白喂你了。"阮征看着对着喻桉摇尾巴的小乖，忍不住开了口。小乖似乎是听懂了她的话，扒拉着阮征的裤腿冲她摇尾巴。林栀被逗笑了。

喻桉将水果放在了桌上。

林栀指了指沙发，对喻桉开口道："随便坐。"

"好。"

姜红听见了外头的声音，端着切好的水果过来了。

刚刚坐下去的喻桉又站了起来："奶奶好。"

"随便坐。"姜红看着喻桉，眼里满是慈爱。

"好。"喻桉又重新坐回到沙发上。

姜红看出来他有点拘谨，倒是也没说什么别的话，说随意一点可能会让孩子更尴尬。还是让他们三个同龄人说会话吧，孩子之间的话题多一点。姜红忽而看见了桌上的水果，她看着在沙发上坐得端正的喻桉："下次来吃饭不用带东西，人来就行了。"

"顺便买的。"

姜红笑呵呵道："你们先吃水果，我去厨房做饭。"

"我们来打下手。"阮征说着就要站起来。

姜红笑道："你们看电视吧，不用过来，厨房站不下那么多人。"她说着，就进了厨房。

林栀开了冰箱，从冷藏室里拿出来一板酸奶，又重坐回了沙发上，将酸奶递给两个人。

"谢谢我宝。"

喻桉接过那酸奶："谢谢。"

林栀眉眼带笑："有个东西给你。"

"给我？"

林栀点头："嗯，你等我。"

她穿着奶黄色的长裙，脚上穿着双白色的拖鞋，拖鞋上还有两只小猫耳朵。过了一会，林栀拎着个小袋子出来了，笑容狡黠，她从袋子里掏出来一个小蛋糕递给喻桉："恭喜小喻同学考了第一。"蛋糕很小巧可爱，上面还点缀着芒果和蓝莓。

原来考第一是会被夸的。喻桉说不出心头那抹感觉，他接过她手里的蛋糕，声音很轻："谢谢。"

"沾沾你的成绩，希望我下次能够超常发挥。"

林栀说话的时候，梨涡浅浅，眼睛带笑，里面仿佛揉碎了一池星光，让人不自觉地也跟着心情好起来。

喻桉语气认真："会的。"

阮征不满了："栀宝，果然没爱了，我被打入冷宫了。"

林栀笑了："谁说没有你的？"

阮征看她："有我的？"

林栀又从袋子里拿出一个草莓小蛋糕："对啊，奖励你这次乖乖参加考试。"

阮征这才开心起来，她似乎是想到了什么，冲林栀开口："你的同桌考多少分啊？"

喻桉听见你的那两个字，看了一眼两个人，又收回了视线。

林栀冲她比了个六。

"600 分？"

"是 699，快 700 分了，很厉害吧？"喻桉莫名从她语气里听出了些骄傲的意味，像是……炫耀自家孩子？

阮征："牛，我能考这分数的话，我家族谱直接从我开始写，没开玩笑。"林栀被她逗笑了。

小乖正在玩自己的小皮球，它把皮球用鼻子推到了喻桉面前，仰头看喻桉，它张着嘴巴，吐着舌头，那表情似乎在说，你快陪我玩。

于是喻桉把球推远了。小乖兴奋地跑去追球，它用爪子扒拉住那皮球，又顶回来给喻桉。一人一狗融洽极了。

"喻桉。"

听见林栀叫自己，喻桉朝她看了过去。

"你还挺招小动物喜欢。"

"可能有缘。"

厨房里突然飘过来一阵香味。阮征刚刚还坐沙发上，下一秒直接跑到厨房门口，探着头往里面看："奶奶，好香啊，做了什么菜？"

"红烧鸡，还有几个菜就可以开饭了。"

"要流口水了。"

姜红笑着看她："那等会可要多吃点。"

"好。"

林栀和喻桉也走了过来。姜红笑道："厨房油烟大，你们三个快去客厅玩，客厅开了空调，不热。"

林栀撒娇道："还不是奶奶做饭太香，都被吸引过来了。"

"再等等，一会就开饭了。"

"好的奶奶。"这会说话的是三个人。

林栀打开电视机，问两人："你俩想看什么？"

阮征："不爱看那些狗血电视剧。"

见林栀目光又落在自己身上，喻桉开口："都行。"

林栀找来找去，最后找了一个综艺节目来看。三个人坐在沙发上看综艺节目，小乖也不玩球了，窝在林栀和喻桉中间仰头看电视。那是一档亲子节目，里面的萌娃都很可爱。一开始阮征的注意力还在电视上，很快又被厨房的香味吸引，她恨不得再去厨房闻一闻。

姜红很快就端着糖醋排骨出来了，她将排骨放在桌上，冲三个人开口道："开饭了。"

阮征立刻站起来去厨房端菜。

喻桉刚站起来，林栀就开了口，语气带笑："小伤患就不用端菜了。"

"没事，我可以。"

阮征已经捧着一盘菜出来了。

林栀和喻桉也进了厨房，她将饭碗放在喻桉手里："你拿这个。"

圆圆的木桌上铺着黄色和米白色相间的格子布，桌上的菜几乎摆不下。红烧鸡块、糖醋排骨、清炒笋丝、番茄炒蛋、干锅花菜，还有抱蛋肉末豆腐。用阮征的话来说就是没有一样她不爱吃。

"米饭在锅里，你们自己盛。"

阮征盛了满满一大碗。

林栀给自己盛了小半碗饭，见喻桉拿着碗站旁边，挖了一勺放进他碗里。她用勺子压了一下，又挖了一大勺放进去。喻桉碗里的米饭几乎要溢出来，见林栀还要挖米饭给他，便开了口："够了。"

"真的吗？"

见喻桉点头，林栀放下了饭勺。

四个人都坐在了位置上。

姜红笑道："都快吃吧，饭不够再添。"

喻桉盯着高出碗好多的米饭看了一会，夹了一口米饭送进嘴里。吃饭间，她们三个人有说有笑。喻桉一直仔细地听着，低头吃着饭。

"听小栀说，小喻考了第一名。"

忽而提到自己，喻桉咽下口中的菜，连连点头："嗯。"

姜红笑道："真厉害。"

"还不止是全班第一呢，奶奶，全校第三。"

"很棒，小喻这孩子真优秀。"

姜红说完，喻桉的耳朵不易察觉地泛起些红来："没有。"

林栀就坐在喻桉旁边，笑道："自信点，就是有。"

喻桉的耳朵又红了些。

林栀见他一直埋头吃饭，问道："多吃点菜啊，不合胃口吗？"

喻桉认真开口："很好吃。"

林栀夹了一块排骨，刚想放进他碗里，忽而想到了什么似的，又把手往回收。喻桉注意到了她的动作。

"你有洁癖吗？介意我夹菜给你吗？"

喻桉听见她这样问，开口道："没有洁癖。"复而又补充了一句："不介意。"

林栀这才将排骨放进他碗里："尝尝奶奶做的排骨，可好吃了。"

喻桉夹起那块排骨放进嘴里，酸酸甜甜还带着咸香，表皮还带着一点点脆，里面却很嫩滑。林栀期待地看着他，等着他评价。喻桉被她盯得有些耳根发热，吃完那块排骨，他认真点评："是我吃过最好吃的排骨。"

姜红听到他的话，笑得很开心："好吃就多吃点，你们三个娃娃，都太瘦了。"

阮征给她看自己的碗："我今天吃了一碗饭呢，奶奶。"

"乖宝真棒。"

喻桉把碗里的饭全部吃光了，忽而听见姜红开口："再吃点米饭吗？"

他摇头："不用了。"这是他生平吃过的最饱的一顿饭。

"我厨房里还炖了汤，我去端出来。"

姜红做的是板栗鸡汤，板栗软糯香甜，鸡汤浓郁鲜香，她给三个孩子都盛了一碗。

阮征赞不绝口："太好喝了吧。"

姜红笑着看她："锅里还多得是。"

……

阮征揉着肚子，觉得自己撑得要站不起来了。姜红笑着看三个人吃得干干净净的碗："饭都吃完了，都是乖宝。"喻桉听着她夸奖的话，心头莫名多了几分感觉，久违的那种名为家的感觉，很温馨。姜红见三个人要收碗筷，便拦住了，把三个人赶到沙发旁："小孩子不用做这些，都去玩吧。"

……

喻桉又坐了一会，便准备离开了。三个人送他到了楼下。

"我送你回去吧。"说话的是林栀。

"不用了，外面很热。"

"那你注意安全。"

喻桉应她："好。"

姜红笑着开口："以后常来吃饭。"

"好。"

小乖还在欢快地摇尾巴，林栀和姜红冲他挥手，阮征酷酷地站在林栀旁边。

……

喻桉没着急回家，而是先去了宠物店买猫粮和猫条。一直走到楼上，都觉得有什么在跟着他，他一回头，同那猫对上了视线。喻桉打开门，拿了个两个小碗放在门口，一个放水，一个放猫粮。那橘猫吃得很快，狼吞虎咽。喻桉揉了揉它的脑袋，推开门进了房间，他说："慢慢吃吧，我走了。"

橘猫仿佛听懂了一般，轻轻地叫了一声。

喻桉回到家，开了灯，家里冷清极了，他将那个小蛋糕放在房间的桌上。然后他给林栀发了一条信息。

【y】：到家了。

那边很快回了。

【☆】：收到。

喻桉没有吃甜食的习惯，也不爱那些过分甜腻的东西，他打开了那个小蛋糕，尝了一小口。蛋糕很甜，他却不讨厌。

……

周一这天的晨会是表彰大会。郑一名慷慨激昂地发言过后，就是发奖品。八中采取的是奖金制度。总排名第一名现金1000，第二名和第三名都是500，第四名到第二十名奖励 200，单科第一也都是奖励 200。

郑一名念完前二十名差点一口气上不来。

喻桉从队伍末走上了主席台。少年身形挺拔，宽肩窄腰，戴着银边眼镜，学校的校服白衬衫莫名被他穿出几分冷感，他眉眼清隽，站在台上脸上几乎没什么表情。

郑一名念了一个数学第一名。再往后的每一个第一名都是喻桉，除了语文。

以往林栀对表彰大会不感兴趣，因为她和表彰八竿子打不着，几乎都是在队伍里昏昏欲睡。这次却多了些兴致，看着台上的少年，觉得有几分赏心悦目。

台上的总分第一名拿了红包，竟在主席台上直接数了起来

吴桐忍不住开口道："这就过分了吧，我直接化身为酸柠檬。"

林栀没忍住地笑了。

……

第一节课是数学课。

"各组组长来拿一下成绩单。"

乜瑛将成绩单发了下去，看着底下一个个仰着的脑袋："咱们班这次成绩总评，猜猜看多少名？"

底下沉默了一会。有人小声说了一句："不会是倒数第一吧？"又有人小声地问了一句："倒数第二吗？"

乜瑛听见了那些嘀咕声，笑道："没有考倒数第一，咱们班这次虽然总评倒数第三，但是，咱们班语文年级第一。"

"差点以为倒数第一。"

"语文第一耶！谁晚上还不是个大文豪了？！"

"夸夸自己。"

"对不起，拉低了平均分，物理才十几分，昨晚差点屁股开花。"

乜瑛听着底下的声音，比了个安静的手势，然后开口道："咱们班数学考得不太行啊，孩子们。"

"不太行是第几名呀？乜老师。"

"倒数第一。"

班上沉默了，觉得乜瑛可能会生气。

乜瑛笑道："不过这是因为这次咱们班有人生病缺考了，但是给计入了，所以并不是你们考得差，虽然咱们这次总分考了倒数第三，但是咱们进步空间大啊，下次给我争点气，好不好？"

底下是异口同声的一句"好"。

……

早上的第三节课是物理课。闫静从进教室开始就一脸低气压，她把书往桌子上一扔，脸上一点表情也没有。

上课铃声响起，有两个女生踩着点进来了。

"报告。"

闫静瞥了两个人一眼，没说进来，也没说不让进来。两个女生站在门口，显得有几分局促。闫静用目光审视着底下的人。所有人都低着头，生怕她突然爆发。

"一个个的，这会儿知道低头看书了，那么爱学？早干吗去了？"

班上的人这会是抬头不是，低头也不是。

闫静拿起物理书摔在桌子上："知道你们这次物理考得多差吗？"

底下有人小声嘀咕了一句："第五名不是还行吗？"

闫静瞪了那个人一眼："我教学那么多年以来，就没有带过那么差的班，真不知道你们到底在想些什么，我带火箭班的时候，班上一个不及格的都没有。"

火箭班是八中最好的班级。

有人不满地开口："那火箭班的人根本就不需要教，他们基本上什么都会。"

闫静瞪她："同一个老师教的，怎么差距那么大？咱们班有些人，还考了十几分，要我看，不如早点回家扫大街算了。"

她阴阳怪气、明里暗里意有所指，最终目光落在林栀身上："是不是啊？林栀。"

林栀抬头看她："不是。"

闫静因为上次的事憋了一肚子气，这次总算找到机会骂了，她盯着林栀，语气嘲讽道："你上次说你的爱好之一是学习？那怎么才考了十几分啊？！"

"我的基础是弱了一点，但我会努力追上的。"

"你这基础，到底要怎么追上？试卷上第一题都能做错，你告诉我，你到底没有没好好听课？"

林栀还没开口，喻桉就开了口："我第一题也不会。"

后面紧跟着十几个声音。

"我第一题也做错了。"

"我也错了。"

"我也不会写。"

"我是蒙的。"

林栀站在那里，声音不卑不亢："我没有做过一件违背课堂纪律的事，也没有做过不尊重您的事，我只是学习不好，仅此而已，您可以骂我成绩差，但也请你不要用别的来说我。"

"你目无尊长，顶撞老师，还不算不尊重？"

喻桉声音平淡："尊重是相互的。"

闫静把书摔在地上："我终于懂了，合着你们所有人都是一伙的是吧？跟我说成绩是吧？如果林栀都能考及格，那我自愿从八中辞职，并且承认我的教学方式有问题。"

林栀点头："行，您说的。"

闫静上下打量着林栀："希望你有那个本事能做到。"

林栀对上她的视线，声音平缓道："也希望您说话算数。"

那节物理课上得很压抑，一直到下课铃声响起，班上的人才松了一口气。

闫静看着底下，嗤笑道："你们这个学习劲头能考上就怪了。"她原以为班上的那些男生是她这边的，没想到八班所有人都在跟她作对，亏她之前对他们那么好，一个个的都是白眼狼。

闫静踩着高跟鞋离开后，班上的那股低气压才不见了。

林栀的座位前一下围了很多人。

"林栀，这是我整理的错题，借你看，考个60分，气死她。"

"这资料推荐给你。"

"我物理也十几分，我只能说祝你好运。"

"我妈求的平安符，送你，保佑你好运。"

有很多人都说重新组建的班级人心很散，林栀却不那么认为。

喻桉本来在写作业，桌子前围了一大圈人，他抬眸看了看四周。

"班长，是不是我们太吵了？"

喻桉垂下眸子，继续写题："没有。"

林栀跟他们都说了谢谢，却没收下那些东西。

吴桐回头冲林栀开口："你不要理她。"

林栀点头："我知道。"虽然不止一次听过这种话，但她还是多少觉得有点不舒服。

她想起刚刚围在桌边的很多人，问正在写题的喻桉："刚刚是不是吵到你了？"

"没有。"喻桉突然将一袋巧克力放在林栀桌上。

"给我的？"

"嗯。"

林栀笑道："谢谢。"

话音刚落，她就听见少年淡定的声音："可能多数人的生活轨迹就是好好学习，找一份稳定工作，然后成家立业，结婚生子，但这并不代表所有人都必须这么做。每个人首先是自己，再是其他，女性存在的意义并不是为了这些，更没有所谓的不结婚生子人生就不完整，每个人都可以有自己的追求，她说的话你不必听，也不必放在心上。"

少年嗓音平淡，但是让林栀刚刚那会儿因为闫静产生的几分不痛快，通通消散了。这是她听喻桉说过最长的一段话了。

"小喻同学。"

喻桉抬眸看她，等着她继续说下去。

"你在开导我吗？"

从林栀的角度能看见少年乌黑的长睫毛。

"算吧。"

林栀觉得他有点可爱，安慰人的方式更是。她拆开那袋巧克力，掰一块放进嘴里："不过吃甜食确实让人开心。"喻桉还未开口，就见她把手伸到了他面前："你要吃一块吗？"喻桉并不爱吃甜食，他刚想说不吃，然而对上林栀期待的眼神，他伸手拿了一块，放进了嘴里。

……

闫静下了课没有回自己的办公室，而是去了乜瑛的办公室。她阴阳怪气道："倒是个心大的，考倒数第三也能安慰他们进步空间大。"乜瑛放下手中的书，看着她："只要考试，就会有第一名和倒数第一，成绩只是一个数字，不能代表什么，尽力就行。"

闫静哼笑一声："果然还是年轻，真不知道说你单纯还是蠢。"说完她就抱着书离开了。

留下办公室的老师面面相觑。

乜瑛隔壁桌也是个女老师，她道："你不用跟她一般见识，她人就这样，之前明里暗里讽刺我们班孩子笨，考不过她们班。"

另一个教化学的男老师也凑了过来："她啊，就是心气高，瞧不起差生，可一个班总会有差生好生，作为一个老师，可能会偏爱好成绩的，成绩好性格又乖的学生没理由不喜欢。但差生只要不是人品有问题到不能纠正，都是可以加以引导的，虽然我承认有时候会被班里那些小孩气死。"

乜瑛和女老师都被逗笑了。

另一个女老师道："说到这个，不得不提前几年我上课的时候，因为班里几个男生上课打游戏，我当时上火，又很生气，下课的时候直接流鼻血，后来不知道谁传的我得了绝症了，那三个男生给我道歉保证以后再也不惹我生气，从那以后都乖乖的。"

乜瑛忍不住笑了："半夜想起来都会觉得自己该死。"

男老师："想起来估计都想抽自己一个大嘴巴子。"

女老师："哈哈哈哈哈。"

······

中午，林栀翻开物理试卷，发现试卷上的题目就没有多少是她看得懂的，简直无从下手。犹豫再三，林栀还是先拿出物理书，教科书才是学好一门课的根本所在。然而看了半天，她还是一点头绪都没有。

林栀想起之前老师说的话，学习就像建房子，首先要打好地基，才能盖得高盖得稳。她大概属于地基完全没打好的那种，所以无论往上怎么堆都堆不起来。没办法，林栀还是硬着头皮继续看书。她看了好一会前面的内容，又拿出习题做。做了大概五题，她对了一下答案，错了四题。

林栀一头倒在桌子上。

喻桉注意到她这边的动静，看了过来，目光落在她微红的额头上。

"喻桉，能问你题目吗？"

"可以。"

喻桉给林栀讲了一遍那些题，又罗列出同类型的题目。林栀听完只觉得豁然开朗。她看着喻桉，问道："你说世界上为什么要有物理？根本学不会。"

喻桉一时之间不知道怎么回答她这个问题。

林栀问完又后悔了，像喻桉这种物理满分的人大概是不会理解物理考 18 分是什么感觉。

她刚想说点什么，就听见喻桉开了口，少年的声线偏低，声调起伏不大："不难学，我可以教你。"

林栀眸子里闪过一丝错愕："真的吗？"随即她又反应过来："不会耽误你自己的学习吗？"

"学完了。"

林栀一脸震惊。

"整本书都学完了还是？"

在林栀震惊的目光下，喻桉神色平淡地点头："明年的。"

"那以后就拜托小喻老师了。"

喻桉对上她笑盈盈的眸子，听着那句小喻老师，错开视线，他有些好奇这个称呼，不自觉问出口："为什么是小喻老师？"

"那……喻老师？是不是有点太死板了？"

"有点。"

"所以还是叫你小喻老师吧。"

"好。"

"保证会好好听话，绝对会是你这么多年教过的最省心的学生。"

"没有教过。"

"啊？"

少年的银边眼镜闪着冷冷的金属光泽，他神色认真，又重复了一遍自己的话："没有教过别人。"

林栀听着他的话，笑了起来："那我太荣幸了。"

……

喻桉给她罗列了一些简单的题型，让她先自己做，不会再问自己。他偏头看了一眼认真思考的林栀，她的刘海被拨到了耳后，露出的耳朵小巧精致，脖颈纤细。

林栀正在皱眉思考那一题，刚刚喻桉讲这种题型的时候她就会，怎么这会就突然不会了。她又想起喻桉刚刚跟她说的话，不要总想着他是怎么教她的，要用自己的思维走一遍。林栀读了几遍题，才落笔，写了一半，又卡壳了。她捧着本子去求助喻桉："这题不会。"

喻桉看了一眼那题，接过了她递来的笔，给她讲了起来。

林栀听完豁然开朗："我明白了。"

没做几题，她的思路再次卡壳，犹豫地拿着本子看着喻桉。他正在做题，林栀便拿着本子看着他，等着他做完。喻桉察觉到她落在自己身上的视线，便看了过来："我看看。"

林栀乖乖地把笔递了过去："我是不是很笨？同样的题型你给我讲了两遍了。"

喻桉看着她，很认真地回答："不笨，只是还不太熟练，多练就好。"

林栀是属于那种反应有点慢的，可能别人都听懂很久了，她还沉浸在前几个步骤。这就导致她一直跟不上。问老师问多了听到最多的话是你怎么那么笨，或者你到底有没有在认真听我上课？从那以后她便不经常问题目了，只会自己一个人瞎琢磨。

一道题听了两遍还听不懂，她以为喻桉会骂她。结果并没有，他说她不笨。

……

林栀做完了喻桉布置给她的那些题，笑盈盈地捧着本子给他："检查一下。"

喻桉扫过那些题，指了指第三题和第四题，道："你再做一遍。"

林栀接过本子，又做了一遍那两道题。她仔细算了一下第三题，发现因为粗心把答案写错了，第五题是中间就算错了数字。修改完，她又将本子递了过去。喻桉接了过来，目光扫过她写的那些题，最后在上面画了个勾，又递了过来。

"谢谢小喻老师。"

"不谢。"

……

阳光透过窗户照进来，落在两人身上。喻桉写完题目，停下手中的笔，看了看一旁的林栀，她已经开始午休了。光落在她脸上，连头发丝都沐浴在阳光下。似乎是阳光有几分刺眼，她的睫毛微微轻颤了一下，还下意识地伸出手放在脸上盖住眼睛。

喻桉站起身，伸手把窗帘拉上了。拉到一半，他注意到林栀的胳膊压到了窗帘，于是动作顿了下，他伸出手去扯那窗帘。他的动作轻而缓。

林栀忽而动了一下，又压了上去。

喻桉盯着她的胳膊看了一会，轻轻叹气。他只能又重新轻轻扯出来。扯到一半，林栀忽而醒了，睁开了眼睛，语气带着几分茫然："喻桉？"

喻桉嗯了一声，算是应她，伸手将窗帘拉上。

"你怎么还没睡？"

"窗帘，刺眼。"

林栀嗯了一声，又闭上了眼睛，因为困倦，声音显得有几分疲惫："快睡吧。"

"好。"

喻桉也趴在桌上，闭上了眼睛。

……

晚自习上，林栀先做的是其他科目的作业，她磕磕绊绊地连看答案带写总算解决了那些作业。而物理新布置的作业是课后习题，林栀看了半天，一点头绪都没有。她轻轻叹了口气，问喻桉："一题都不会怎么办？"

喻桉看她，语气认真道："你可以先不用跟这个进度，先打好基础。"

林栀听话地点头："好。"

"书给我看一下。"

林栀乖乖递了过去。

喻桉翻到前面，给她勾了些题："这些都是典型的例题。"他手中握着笔，拿来一张草稿纸："先跟你讲个例题，其余题基本上都是这种类型。"

林栀点头："好。"

喻桉在纸上写写画画，思路明确，语速也不是很快。林栀盯着他的右胳膊看了几眼。喻桉用指尖轻轻敲桌子，一双眼睛一眨不眨地看着林栀："认真听。"

"好。"林栀迅速回过神来，露出一个有些不好意思的笑来："我刚刚在想你右手什么时候能拆石膏。"喻桉看了一眼自己的右胳膊，语气平淡道："医生说一个月左右。"

"平常影响你正常生活吗？"林栀觉得自己没办法去想象一只手要怎么生活，估计早上穿衣服都要磨蹭半天穿不上。而且喻桉是一个人住，什么事都只能自己来。

喻桉沉默了一下，然后开口："还好。"

影响是有的，但是慢慢也就适应了。

"快快好起来。"

喻桉嗯了一声，重新指着题目开口："听题。"

林栀凑了过来："好。"

喻桉跟她讲了一遍过程和思路，问她："能听懂吗？"

林栀点头。

"能自己再写一遍吗？"

林栀迟疑地点了下头。

喻桉看出了她的迟疑，又讲了一遍，冲她开口："别记做题步骤，要记得思路。"

"好，我自己去做别的题目。"

喻桉嗯了一声，便去做自己的事了。

……

整个晚自习，林栀都在跟物理死磕。

晚自习下课，林栀收拾完书包，冲喻桉挥手："明天见。"

"明天见。"

……

林栀回到家，换了拖鞋，奶奶还在外面没有收摊。

小乖从屋内冲出来扑到她身上，她把小乖抱了起来，笑道："小肚子吃得圆滚滚的。"小乖汪汪叫了两声。

林栀把它放下，把桌子上的球拿下来给它玩，见小乖满屋子追着球跑，她便去卧室拿衣服洗澡了。

等洗完澡出来，她才听见了钥匙转动门锁的声音。姜红推开门走了进来。

"奶奶，怎么今天回来那么迟？"

"今儿有个顾客是特地从外地坐车赶回来的，就为了吃这一口，就多聊了会。"

林栀笑着接过她手里的东西："那奶奶快去洗澡吧。"

"好。"

林栀回了自己的房间。她把白天喻桉给她讲的那些题又回顾了一遍，又从书包里拿出那张喻桉放学前新给她的题目纸。

外面月色撩人，树影摇曳，时不时从别家传来几句小孩的哭叫声。

今天喻桉跟她把两种题型都讲了两三遍，她做得还算顺畅。一直做到最后一题，她有些卡壳了，折腾良久，还是决定求助一下喻桉。她点开了两个人的聊天页面，给喻桉发了条信息过去。

【之之为栀栀】：最后一题不会写。

【之之为栀栀】：求助。

那边信息很快就来了。

【乖乖同桌】：等会。

林栀想着他应该是有什么事，便把题目拍成照片传过去，准备等他一会。

大概过了一分钟左右，一个视频发了过来。林栀点开那个视频，少年独特的带着冷感的清冽声音从听筒传来。他讲题的思路很清晰，视频里几乎只能看见他的手和纸张。手指笔直修长，手背骨节分明得很，隐隐透着青色的血管。

林栀盯着那手看，耳边是他的声音，一时之间有些走神。

听见信息发过来的声音，林栀这才回过神，她点掉视频，听了一下他的语音。

【乖乖同桌】：能听懂吗？

【乖乖同桌】：有听不懂的你说，我再讲一遍。

林栀突然间有点心虚。她又听了一遍那两条语音，更心虚了。她回了喻桉信息。

【之之为栀栀】：在听，等会不会问你。

【之之为栀栀】：谢谢。

另一边的喻桉，盯着她发过来的简短句子看了一会，似乎能想象出她发信息的样子。

林栀很快收到了喻桉回过来的信息。

【乖乖同桌】：好。

林栀又重新点开了那个视频，她强迫自己不要盯着人家的手看，要看题目。好吧，她承认，她有点手控。也不怪她，怪他的手。

这回，林栀总算听懂了那道题，就回了喻桉。

【之之为栀栀】：听懂了！谢谢小喻老师。

喻桉的语音很快回了过来。

【乖乖同桌】：不客气。

【之之为栀栀】：你还在写题目吗？

喻桉很快拍了一张照片过来，是一本全英版本的书。

林栀沉默了，她语法还没学懂一点。

【乖乖同桌】：可以锻炼语感。

【之之为栀栀】：我和那些单词互不相识。

那边停顿了十几秒没回。

林栀又发了一条过去。

【之之为栀栀】：希望有朝一日我也能看懂。

喻桉很快回了。

【乖乖同桌】：会的。

【之之为栀栀】：早点休息！

【之之为栀栀】：晚安。

【乖乖同桌】：晚安。

林栀点开那句他说晚安的语音又听了一遍。

少年的声音清冷淡定，却是林栀格外喜欢的那种声线，她不自觉地唇角扬起。听完后，林栀点开给喻桉的备注，将乖乖同桌改成了小喻老师。

第四章
压榨小伤患

在蝉鸣喧嚣中渐入月底，9 月 30 日这天，国庆节放假的时间安排还没通知，整个年级已经消息满天飞了。

一个男生慌慌张张地冲进教室："楼下说咱们这次国庆节只放假三天。"

班里一片哗然。

"怎么只放三天假？"

"不可能吧？去年高二的还放五天呢！"

"怎么听楼上十一班说放五天呢？"

班里争论得热火朝天，乜瑛拿着书从外面进来了。上课铃声还没响，她站在讲台上面，听着底下的哄闹声，笑道："说什么呢？一个个的那么激动？"

刚刚那个冲进来的男生开了口："乜老师，楼下说我们这次放假只放三天。"

又有一个女生开口："隔壁那栋楼文科班的，她们说国庆节放两天，说是她们班主任说的。"

乜瑛没忍住笑了："你们小道消息还挺多。"

众人眼巴巴地看着她："所以乜老师，到底放几天假？"

乜瑛指了指自己的手机："具体时间我还真不知道，学校还没出通知，我想，应该是七天吧。"

底下有人双手合十："用我闺蜜单身十年，换我放假七天。"

"一定要是七天啊！"

上课铃声响起，班上那些刚刚还上蹿下跳的人，这会一个个都坐端正了。

乜瑛站在讲台上，冲底下开口道："有消息我会第一时间通知。"

"乜老师万岁！"

……

中午，林栀回来就看见喻桉已经到了，他坐在座位上，在低头写什么东西。她刚坐下，喻桉便把那张纸递了过来："今天写这些。"

"好。"

很快，班里的人稀稀拉拉都回来了。林栀摸出兜里的那包糖果，拆开后戳了戳吴桐："你吃糖果吗？"

吴桐拿了两颗，笑道："谢谢栀栀。"

她同桌是个黑黑高高的男孩子，一笑一口白牙，也拿了一颗糖果："谢谢。"

林栀笑道："不客气。"

喻桉听见了三个人的对话，微微抬眸，又很快收回了自己的视线。

"小喻老师。"

听见林栀叫自己，喻桉抬眸看她。

"伸手。"

喻桉把手伸了出来。林栀把手里的东西放在他手里。是满满一把糖果，里面还有一块巧克力。

他察觉到林栀的声音小小的："别让他俩看见。"

"好。"

喻桉见她剥开一颗糖果丢进嘴里，然后笑了。她不笑的时候长相显得有几分清冷，笑起来却带着浅浅的梨涡，很明媚阳光。

"白桃味的。"

喻桉也剥开一颗丢进嘴里，桃子的味道迅速在口腔中蔓延，很清新，并没有甜得发腻。

"好吃吗？"

喻桉点头："好吃。"

……

今天喻桉给林栀梳理了一遍知识点，又带着她做了一遍例题。林栀拿着喻桉给她的那张试题纸做题去了。

乜瑛拿着书进班级了，她看了一眼底下埋头做题的学生，先是下去四处转了一圈，又回到讲台上。有男生拿着化学题上去了："乜老师，去找化学老师问个题目。"

"我看看。"

那男生便乖乖把手中的试题递了过去。

乜瑛读了一遍题，然后问他："你把 ABCD 选项里的化学方程式全写出来不就得到答案了？"

男生："我写了，我觉得都对。"

乜瑛沉默了一瞬，然后开口："把笔给我。"

男生乖乖地把笔递了过去。

乜瑛指着 A 选项冲他开口："溴化亚铁跟氯气反应是不是这条化学方程式？"

男生点头如捣蒜。

"B、C、D 的化学方程式你自己写一下。"

男生便趴在讲台上去写那化学方程式。他写完后递给乜瑛："写完了。"

乜瑛看着他写的第三条化学方程式，皱眉道："氧气和酸性氯化钾高温下发生什么反应？"

男生略带迟疑："氧化还原？"

"对，所以电子电荷守恒吗？"

男生："……"

他沉默了一会，略带迟疑地开口："守恒？"

乜瑛："……"

她给那个男生讲了一遍，又重新写了对的化学方程式。

男生笑嘻嘻道："谢谢乜老师。"

没几分钟，又有女生拿着生物题目上去了："乜老师，可以问生物吗？"

"行。"

乜瑛本来是来看自习午休的，却变成了辅导大会。

讲完了几个学生问的题目，她拿起手机看了一眼，又看了看底下还在埋头写题的学生："通知一件事。"说到通知，那必定是放假的事，班里的人一个个都期待地看着乜瑛。

"咱们这次国庆节放假七天。"

班里立刻变成了动物园一般热闹。

"国庆小长假，我来了。"

"可以出去旅游了。"

"居然放七天，太给力了吧！"

隔壁七班听着八班的声音，知道肯定是通知了国庆节放假的事。七班班主任是个不咋看消息的人。七班学生忍不住提醒自家班主任："隔壁八班肯定是因为国庆节放假那么兴奋，老刘你要不要看一眼通知？"

被叫做老刘的男人打开自己的手机看了一眼，斩钉截铁地告诉他们："学校还没通知。"

七班学生："好吧。"

……

"你假期有什么安排吗？"

喻桉想了一下，道："看明年的书。"

"不出去玩吗？"

"不。"

若是他胳膊没有受伤，可能这七天假期都会在外面做兼职了。他平日里除了做兼职，几乎就都是在家看书了。

"那我就可以放心打扰你了。"林栀想着若是他如果有别的事要忙，或者要出去玩的话，那就不方便发信息打扰他了。

"不打扰。"

林栀拿出刚刚做的题给他看："我做完了。"

喻桉看了一眼，指了指第三题："再做一遍。"他从来不会说什么你太粗心，或者你怎么这么不注意，就算林栀做错了题，他也只是会让她仔细再做一遍。

林栀又重新写了一遍那道题，得出的还是第一遍算出的那个答案，她有些不理解，捧着书去问喻桉："还是这个答案。"

"思路不太对。"喻桉又给她重新讲了一遍，问她，"我讲明白了吗？"

林栀点头："明白，非常明白。"

"喻桉，你来数一下数学试卷。"说罢，乜瑛又想到他的胳膊，冲林栀开口，"你也过来帮下忙。"

林栀应道："好。"

两个人跟在乜瑛后面。

"去对面二楼那个大办公室，数三套试卷，知道了吗？"

喻桉点头："知道。"

林栀倒是不太清楚，她没有去过对面。她跟在喻桉旁边，问他："你高一的时候就当班长了吗？"

喻桉嗯了一声，他留意了一下林栀的速度，走得并不快。

"当班长感觉也有好多事情要忙。"林栀倒是从小到大都没有当过任何班委。

"还好。"

喻桉话不多，多数时间是林栀在说话，但几乎每一句他都会回。两个人说话间就到了对面楼的办公室。试卷堆了满满一地，是整个年级的量。喻桉单只手没法数，只能站在旁边看着林栀数卷子。林栀数到一半，忽而看了看喻桉："多少了？我数忘了。"

"三十二，每份多数两张。"

"好。"林栀按顺序数完了那些试卷。

期间进来了很多人。

林栀数得生疏，动作有些慢，喻桉也不急，就站在旁边看着她。

"同学，第二套试卷在哪里？"

说话的是一个高高瘦瘦的男生，头发有些微卷，笑起来很阳光，还露出两颗虎牙。

林栀刚想说就在旁边，忽然发现旁边已经没有试卷了。

"在那个角落里。"喻桉指了指旁边。

季扬冲喻桉笑道："谢了，哥们。"

男生拿着一摞试卷，站在林栀旁边："我瞧着你面生，是新任课代表吗？"

林栀指了一下旁边的喻桉："同桌是，我不是。"

季扬的目光落在林栀后面的男生身上，男生比他高一点，五官出众，整个人散发出一种疏离感，他总觉得这人眼熟得过分。

他冲林栀笑："这样啊。"

林栀嗯了一声。

"数完了。"

"好。"喻桉将两摞试卷抱进了怀里，又看了看林栀那纤细的胳膊："分一半给我。"

"不行，你一个胳膊本来就不方便，试卷又不重，我抱得动。"

"那走吧。"

"好。"林栀抱着试卷跟在了喻桉后面。

"拜拜。"

听见季扬的声音，林栀回头看他："拜拜。"

喻桉停住脚步，银边眼镜泛着冷光，他的目光落在两人身上。林栀走到他旁边，笑道："走吧，喻桉。"

"好。"

季扬目送两人离开。

……

最后一节课是生物课，任课老师是一个眼睛很大的男老师，姓王，叫王洪涛。班上的人觉得叫他老王奇怪，叫王哥似乎也怪，干脆就叫他涛哥。

"我只给你们一天布置一张试卷，好好写。"

"涛哥，您是一张，其他各科老师一人一张，那就是六张。"

"这个我就不管了，我只留了一张，开学课代表收齐送过来。"

"不知道的还以为放寒假呢，一下子二十多张试卷。"吴桐拿着手里那厚厚一沓试卷，内心充满了绝望。

……

铃声响起的瞬间，班上的人一个个宛若笼中鸟，全都冲了出去。

林栀确认了一遍自己没有少带东西，她背着书包，声音都带着几分雀跃："假期快乐。"

"假期快乐。"

……

夏天的夜总是来得迟一点。

林栀放学将东西送回家里，就去了姜红那边。许是因为今天是周五，过来买馄饨的人格外多，小小的馄饨摊子旁围了一整圈的人。林栀在旁边给碗底铺小料，小乖几乎要被客人摸秃脑袋。她看了一眼旁边被漂亮姐姐围着的小乖，看着它那开心的样子，没忍住笑了。

"要一份清汤馄饨。"见递过来的二十块钱，林栀脱掉了一次性手套，接过了那张钱："你等会。"

她将找零递了回去："拿好。"

季扬接过来她递来的钱，笑道："好巧。"

林栀抬头看他，迟疑了几秒，觉得对方有点眼熟，但是不确定见没见过。

"今天数试卷，在办公室。"

林栀反应过来："我记起来了。"

"你是几班的啊？"

"八班的。"林栀又接过另一个客人的钱，把找零递了回去。

"八班？我是六班的，我们一个楼层。"

林栀笑道："我有点脸盲。"

喻桉下了车，看到馄饨车旁边围了一群人，林栀正在同一个卷头发的男生讲话。

林栀一眼看见他，冲他扬手："喻桉。"

喻桉走到她身旁："有什么我能帮忙的？"

林栀迟疑了一下："今天人太多了，你来得正好，要不你收钱吧？你算数好。"

喻桉应她："好。"

林栀忽而笑了："我这算压榨你这个小伤患吗？"

"不算。"

"等会儿人不多了让奶奶给我们下大份馄饨。"

喻桉听着她的话，神色柔和了很多："好。"

季扬听着两个人的话，笑了，露出来两颗尖尖的小虎牙："你们是兄妹吗？"

林栀愣了几秒，指了指自己，又指了指喻桉："我们？"

"对。"

喻桉看着他，神色冷淡："不是。"

姜红听见了三个人的对话，冲喻桉笑："两个都是奶奶的乖宝。"

"是表兄妹啊？"

林栀冲他摇头："这是我同桌。"

季扬哦了一声，然后开口："这样啊。"

"下一份就是你的。"

季扬笑道："我不着急。"

喻桉沉默地站在林栀旁边，没有说话。

姜红将浮起来的馄饨捞出来放进碗里，冲季扬开口："你的馄饨好了。"

季扬端着馄饨去找了个位置坐下。

小乖本来被两个美女姐姐围着，达到了狗生巅峰，见喻桉来了，兴奋地冲他跑了过来。那两个女生的视线落在了喻桉身上，男生穿着黑色长袖，搭配深蓝色牛仔裤，那张脸简直无可挑剔，眉眼冷峻，戴着的银色金属框眼镜也很配他。

"这趟门出得值，遇见了理想型。"说话的是长头发的女生。

短头发的女生用胳膊肘戳了她一下："人家奶奶在旁边呢。"

她话音刚落，就见好友向馄饨摊子过去了，她只好无奈地跟上脚步。

"你能不能留我一个联系方式？以后问你什么时候出摊不出摊。"女生穿着黄色碎花连衣裙，长发披在肩上，长相温婉。

喻桉听见她的话，朝旁边的林栀看过去。林栀察觉到了喻桉看过来的视线，虽然他没什么表情，但她总觉得他似乎在向她求助。她立刻看着那个女生，露出一个礼貌的笑来："我们两个不经常跟着出摊，小姐姐可以加一下奶奶。"

女生看看喻桉，又看看林栀："好。"

姜红听见了这边的对话，指了指旁边，冲那女生开口："姑娘，我的二维码就在旁边。"

女生扫了二维码，点了好友申请。

短发的女孩冲林栀开口："能加你一个微信吗？"

林栀指了指自己，有几分疑惑："加我？"

"对。"

林栀脱下手套，从兜里摸出手机，打开了微信二维码让她扫，她同意了女生的好友申请，然后看着两个女生离开了。

等走远了，长发女生问短发女生："你怎么突然问那个小姐姐要联系方式？"

短发女生："你加你想加的，我加我想加的，有什么问题吗？"

"没问题。"长发女生若有所思："不过总觉得那个男生和女生是一对。"

"你去要联系方式，拉都拉不住。"

"如果是的话也太尴尬了，不过你好意思说我吗？你不也要了？"

"我只是欣赏美女。"

"推给我。"

"对方拒绝了你的申请。"

......

林栀问喻桉："刚刚你是不是不知道怎么拒绝？"

"我觉得她加你比较好。"

林栀笑道："确实，你不经常在这。"

手机忽然响了一声，是刚刚那个女生发来的信息。

【爱开拖拉机的大母猴】：今天加你可能有点冒昧，就是觉得你超级漂亮，所以才要联系方式的。

被同性夸大概是最让女生开心的事，林栀嘴角扬起一抹笑。

忽然见那个女孩子的备注改成了小熊软糖饼干，她回了一条信息。

【之之为栀栀】：谢谢，你们两个也很好看。

喻桉注意到了她的表情，觉得她应该是在跟阮征聊天。

【小熊软糖饼干】：今天我朋友唐突了，要说声抱歉。

林栀一抬头，对上喻桉看过来的视线，她将手机拿给他看："是刚刚那两个女生，说今天问你要联系方式太唐突了。"喻桉将视线落在她手机的聊天界面上。然后，又弹出来一条信息。

【小熊软糖饼干】：不过你真的跟你男朋友好配！果然还是帅哥配美女养眼。

喻桉盯着那条信息看了一会，耳尖通红。

手机又弹出来一条消息，显示是阮征，喻桉没有看别人隐私的习惯，便错开了视线提醒她："有人给你发信息。"

林栀把手机拿过来，页面还停留在刚刚那个女生发信息的页面，她看了一眼那信息，脸立刻烧了起来。林栀本来就皮肤白，脸红更是明显得很。

"她误会了，以为我跟你是情侣，所以才说今天唐突了，我跟她解释一下。"

"我知道。"

气氛瞬间有点尴尬，林栀迅速回了那个女生。

【之之为栀栀】：我们两个不是情侣，是同桌。

那边回得很快。

【小熊软糖饼干】：没关系，我都懂的。

喻桉见她的脸似乎更红了，便凑了过来："她说了什么？"

两人对视一眼。

林栀："误会大了。"

她说着，指尖在屏幕上点得飞快，回了那个女生。

【之之为栀栀】：不是的，是朋友加同桌关系，真的。

【之之为栀栀】：你误解了。

那边很快就回了。

【小熊软糖饼干】：不好意思，误解了，就是觉得你俩很配。

【之之为栀栀】：没事。

喻桉目光落在朋友那两个字上面一会，又收回了视线。

林栀冲他扬起一抹笑："解释清楚了。"

"那就好。"

......

刚刚那会外面还是天光大亮，这会就被些墨色给吞了点，天边的晚霞透着微粉，很是好看。

季扬吃完了那碗馄饨，将碗送了回来。

姜红笑道："谢谢了。"

"不客气，应该的。"季扬说完，看着林栀和喻桉道，"走了，拜拜。"

"拜拜。"说话的是林栀。

喻桉也面无表情地说了一句"拜拜"。

季扬走了几步，又回头看了一眼。头顶是霞光万丈，馄饨车上挂着一个暖黄色的小灯，女孩穿着奶黄色衬衫，扎着丸子头，正低着头笑，梨涡浅浅。他又匆匆收回视线。

……

等到那墨色完全吞噬天空的时候，摊子前的人没那么多了。

姜红笑着跟两人说道："你们两个小朋友去旁边玩吧，这里有我就行了。"

林栀笑着看喻桉："听见没有？喻桉小朋友。"

喻桉听着她带着笑意的声音，轻轻点头："听见了。"

两个人便去旁边的桌子旁坐着，小乖摇着尾巴坐在了两个人中间。

林栀突然想起她刚刚只顾着尴尬，忘了回阮征信息，她点开微信的页面，看见了阮征发来的消息。

【小阮阮】：和阮总还有征姐旅游去了。

【小阮阮】：两个人美曰其名"亲子旅游"，你猜猜这会两个人干吗去了？

【小阮阮】：他俩约会去了，把我丢酒店里了。

【小阮阮】：被伤过的心就像玻璃碎片，碎成渣那种，拼凑不起来。

林栀没忍住笑了，赶紧回了她信息。

【之之为栀栀】：事实证明，阮总和征姐才是真爱。

【之之为栀栀】：没关系，还有我爱你。

那边阮征很快回了。

【小阮阮】：你居然才回我。

【小阮阮】：伤心。

林栀压不住嘴角地笑，继续回她。

【之之为栀栀】：跟奶奶在外面出摊，喻桉也来了，刚刚人特别多，现在才闲下来。

那边沉默了几秒，阮征的视频邀请弹了出来。林栀点了接听。

"阮宝。"她冲镜头里的阮征笑。

"再也不要出来当电灯泡。"

林栀忍不住笑她："你上次也是这么说的。"

阮征沉默。

"那还不是他俩这次又诓我。"阮征看见了镜头里露着半张脸的喻桉，跟他打招呼："哈喽。"

喻桉的视线看了过去："你好。"

"小白眼狼呢？"

林栀立刻将手机镜头给到了在地上趴着的小乖。

阮征在那头笑了，声音愉悦："我看一眼奶奶。"

林栀又将手机对准另一边还在忙碌的姜红。

"奶奶在忙就不打扰奶奶了。"阮征说完,又道,"那你们玩吧,他俩快回来了。"

林栀点头:"好。"

"那栀宝拜托给你了。"

突然被提到,喻桉看了过来:"好。"

阮征跟两个人都说了再见,最后问候了一下小白眼狼,就挂断了电话。

这时姜红端着两碗馄饨过来了,冲两个人笑道:"都饿了吧?吃馄饨。"

"谢谢奶奶。"

听见喻桉说谢谢,姜红笑道:"不用说谢谢,快吃吧。"

馄饨很饱满,皮薄馅大。

"你平常除了那些英文书,还看什么书啊?"林栀平日里看书不多,想看书也不知道什么好看。

若是让她看全英文的书,不如直接要她的命。

"看得杂,下次给你带。"

"好。"

乘着晚风,两个人一边聊天,一边吃馄饨。姜红要给喻桉再添一碗,喻桉没拒绝成,又加了一碗。林栀在旁边偷笑。

……

第二天中午,喻桉去了书店。他在书店里转了一圈,翻看了很多资料,最后买了两本比较适合林栀当前用的物理资料书,去前台结了账。然后喻桉又在楼下买了份饭,提着饭和书回了家。

他突然发现自己已经有好几天没看到那只橘猫了。喻桉还是照常在门口放水和猫粮,然后第二天就把水和猫粮换成新的。他吃完了那份饭,拉开了卧室的窗帘。阳光洒在身上,很温暖。

喻桉一早上就写完了十来张试卷,这会又把其余的试卷拿出来写。他写得很快,很多题目的过程都是简略版,写完几张试卷,喻桉又随便抽了本书看。阳光落在少年的眉眼上,柔和了五官。

不知道过了多久,喻桉放下书,揉了揉太阳穴,准备去冰箱拿瓶水喝。他刚把水拿出来,就听见了喵喵的叫声,声音不大,似是幻觉一般。可这一层的住户只有他一个人。

他往门口走去,只觉得那猫叫的声音越来越清晰,便打开了门。门口赫然是那只好几天没见的橘猫,此刻它正大口大口地吃着猫粮。见门开了,橘猫也不吃猫粮了,抬头看喻桉,喵喵地叫着。

喻桉注意到,它的肚子变小了。怪不得这几天不见了,原来是生了小猫。

喻桉蹲下来去摸它的头,橘猫亲昵地蹭了蹭他的手心。

"快吃吧。"

橘猫似乎是听懂了一般,低头继续大快朵颐。

它吃得又快又急。

"不用急,都是你的。"

橘猫像是能听懂他的话一般,放慢了速度。喻桉又折回去拿了根猫条喂它。橘猫又喝了些水,忽而用爪子扯了扯喻桉,它往前走了几步,回头看喻桉,似乎要带他去什么地方。喻桉锁好门，跟在它的后面。橘猫走得不快，边走边回头看喻桉。喻桉跟着它来到一个很隐蔽的地方。

那橘猫用爪子拨开一个铁盒子一样的东西，里面整整齐齐躺着一排小猫咪。橘猫的表情好像在说，你快看啊，都是我生的。

喻桉眉眼间染上几分温柔，他轻轻揉了揉那橘猫的脑袋："辛苦了。"

他掏出手机，给那些还在熟睡的小猫拍了一张照片，小奶猫们软乎乎的，看起来可爱得不行。

喻桉轻声道："那我走了。"

橘猫似乎听懂了他的话，叫了几声。

喻桉走了两步，回头看了一眼，那橘猫还在原地看他。他一开始想过要把橘猫带回家养，但又觉得它在外面自由自在，或许对它来说这样的生活更适合。

喻桉看了一眼手机，已经下午五点多了。他给林栀发了一条信息，外加一张猫咪的照片。

那边林栀回得很快。

【☆】：好可爱的小猫！

【☆】：太可爱了吧，在哪里？我能不能过去看看？

喻桉回了她一条语音信息。

【y】：之前的那只橘猫生了。

【☆】：我来了！

喻桉便先回了家。大概十几分钟以后，他收到了林栀的消息。

【☆】：我到了。

喻桉去小区门口接她。林栀将车停在车棚里，把头盔挂在车上，她站在阴凉处，一抬头就看见冲自己走过来的喻桉。他今天没戴眼镜，五官多了几分冷峻感。

喻桉将手里的伞递给她，言简意赅道："热。"

林栀便打开了那把伞，见喻桉似乎没有要打伞的意思，她撑着伞走到他旁边："会中暑的，你也过来。"

"好。"喻桉没有拒绝。

伞不大，两个人的胳膊几乎要贴在一起。

喻桉看了一眼她摇摇晃晃的手，说："我拿吧。"林栀便把伞柄递给了他。

喻桉撑着伞走在她的右边，大半的伞都歪向了林栀。

"你怎么发现那些小猫的呀？"

喻桉低头看她："好几天没看到它，突然听见猫叫声，看见它在门口，喂完它，它带我去的。"

林栀笑道："它挺通人性，还挺信任你。"

喻桉嗯了一声。

两个人来到小区后面的一栋废楼旁。喻桉把伞递给林栀，走到那个铁罐子旁边："是我。"林栀看着他轻轻靠近铁罐子的样子，觉得有点可爱。

一只猫爪掀开了盖子，它探出脑袋看着眼前的两个人。林栀也走近了，看见了橘猫怀里的几个猫崽，软乎乎，毛茸茸，一只一只都小小的，她的心简直要化了。

橘猫并不怕这两个人，只是安静地看着他们。

看完了小猫，林栀冲那橘猫挥手："我们走了。"

橘猫叫了一声，似乎是在回应。

林栀走在喻桉身旁，声音里带着些雀跃："太可爱了。"

"确实可爱。"

两个人走到了喻桉住的那栋楼楼下。

"有东西给你。"

"给我？"

喻桉点头："嗯。"

"好，那我在楼下等你。"

"你可以进来等。"外面热那句话，喻桉没有说出口。

"打扰吗？"

"家里没人。"

林栀便跟着喻桉上了楼。

喻桉掏出钥匙，打开了门。林栀看了看里面，屋内很整洁，布局简约，整体是冷色调。

"直接进来就行。"

"好。"

林栀坐在客厅的沙发上，喻桉打开空调，拿了一瓶水给她，便进了自己的房间。林栀喝了几口水，坐在沙发上等他出来。她总觉得整个客厅有些冷冷清清的，似乎是因为色调的原因。

过了一会，喻桉拿着三本书出来递给了她。

"谢谢。"

林栀接过那三本书，依次大略看了下，前两本是物理资料书。

"我会每天勾要做的题目给你。"喻桉看着她，声音没什么起伏。

"那就谢谢小喻老师了。"

然后林栀看到了第三本书，名字叫《夏洛的网》，她似乎听说过这本书。

她拿起来问喻桉："这本书难懂吗？"

"很好懂，你可以看看。"

"你还没吃晚饭吧？喻桉。"

"没有。"

林栀抱着那些书，冲他笑道："那我们去找奶奶吧？"

"好。"

……

林栀载着喻桉又去了姜红那边。吃完饭，两个人各自回家。

等到夜幕降临的时候，星星稀疏地挂在天边。林栀坐在桌前，拿出来那本厚厚的物理资料书。随后，她收到了喻桉的信息。

【小喻老师】：做第一小节的 3、6、9、10、13、16 题。

【之之为栀栀】：收到！

【小喻老师】：等会儿。

林栀便翻开喻桉给她的那本书看了一会，听见了喻桉发信息过来的声音。他发了两个视频过来，少年握着笔，先是带着她过了一遍那些知识点。第二个视频是一道例题的讲解。林栀盯着他的手看了一会，错开视线，仔细听他讲那题。

她看了三遍视频，然后回复喻桉。

【之之为栀栀】：听懂了！谢谢小喻老师。

【小喻老师】：不谢。

接着林栀便开始着手去做那些题。她的基础薄弱，以前写题的时候总会大脑一片空白，现在看到题目起码不是那么手足无措了，多少是脑子里装了点东西。虽然林栀做得艰难，但总算完整地做完了那些题，她给喻桉发了条信息。

【之之为栀栀】：写完了！每道题都写出来了！

那边喻桉很快回了，林栀点开了那条语音。

【小喻老师】：后面有答案，你先对一下。

林栀翻开了那本资料书，翻到了最后面，一题一题对了答案，她居然一题没错。虽然都是些简单的题目，但是不影响她开心，她迫不及待地给喻桉发了信息。

【之之为栀栀】：今天！全对！小喻老师不得夸夸我？

【之之为栀栀】：开心。

她见喻桉发过来一条语音，立刻点开听了。

少年声音清冽，带着独特的冷感，他说："很棒。"

林栀又点开听了一遍、两遍、三遍。林栀本意是逗逗他，没想到喻桉真的夸她了。她捧着脸，忍不住地嘴角上扬。

林栀最后又点开听了一遍，随后点了收藏。

转眼假期就剩下最后两天。

林栀刚睁开眼就收到了吴桐的信息轰炸。

【无无无】：栀栀，江湖救急，作业实在写不完了！

【无无无】：急急急！

【无无无】：有个不情之请，能不能问你的班长同桌要一下答案？

林栀的困意醒了一半，想起来自己那剩一半没写的试卷，看了一眼时间。早上八点多，她不知道这个时间点喻桉有没有起床，犹豫了几秒，林栀回了吴桐的消息。

【之之为栀栀】：你等我问问。

【无无无】：啊啊啊，我直接单膝跪地感谢。

【无无无】：谢谢栀栀！和你同桌不熟，不好意思加他。

【之之为栀栀】：等会儿。

【无无无】：好！

林栀点开了和喻桉的聊天界面，对话还停留在昨天两个人互道晚安，她试探性地发了一条消息。

【之之为栀栀】：早。

然后林栀看到对话框出现了一行字：对方正在输入中……

下一秒，喻桉的消息发了过来。

【小喻老师】：早。

【之之为栀栀】：能不能参考一下你的试卷答案？有一些不太会。

林栀盯着那行"对方正在输入中"看了一会，喻桉会不会说她抄答案？

下一秒，喻桉的信息弹了出来。

【小喻老师】：可以。

小乖从门外探出来半个脑袋，林栀回头看了它一眼，笑道："看见你了。"

小乖迈着小碎步，叼着自己的蛙蛙玩具进来了，它将蛙蛙放在林栀的拖鞋旁边，用脑袋蹭了蹭她的腿。林栀揉了一把它软乎乎的脑袋："写完作业再陪你玩。"小乖似乎是听懂了，兴奋地围着她转圈圈。

林栀听到一连串的微信提示音，点开看到了喻桉发过来的图片。

她回了喻桉信息。

【之之为栀栀】：谢谢小喻老师。

【小喻老师】：不客气。

【之之为栀栀】：我能把这些答案给别人也参考一下吗？

【小喻老师】：可以。

……

一道惊雷忽地炸开。喻桉拉开窗帘，往外看去，今天的天气有些阴沉沉的。他打开手机看了一眼天气预报，今天有大雨。

喻桉忽而想起了后面的那些小猫，他刚准备下楼去，就听见微信的信息提示音。打开手机，他看到了林栀发来的信息。

【☆】：今天天气预报说有雨，要不要给那些小猫送把伞或者雨衣之类的？

【y】：这就去。

他拿了件雨衣，匆匆下了楼，来到了废楼旁。喻桉先是敲了敲那个铁罐子，像是对暗号一般，那只橘猫冒出了脑袋。他将雨衣盖在铁罐子上面："要下雨了。"

橘猫用脑袋轻轻地蹭了蹭他的手背。

喻桉看了一眼那些小猫，他前两天和林栀一起带来了毯子，会让它们舒服些。

"走了。"

橘猫似乎听懂了一般，探着脑袋看喻桉。

雨忽然下了起来，下得又大又急。喻桉松了口气，还好来得及时。他身上被雨点打湿，雨水顺着头发滑落在脸上，到楼下的时候，全身上下已经淋湿了很多。

到了楼上，喻桉换掉了那件湿掉的短袖，又拿了条干毛巾搭在头上。他拿起桌上的手机看了一眼，上面是林栀十分钟前发的消息。

【☆】：记得带把伞，这夏天的雨说下就下。

水珠顺着脸颊滑落，落在锁骨上，没入衣领里。

喻桉盯着那条消息看了几秒。

【y】：忘了。

他用毛巾擦了擦头发，信息又来了。

【☆】：淋湿了的话会感冒的，赶紧去换一件干衣服，然后煮点姜汤喝。

【y】：已经换了，小猫没淋到。

另一边的林栀，看着他发过来的信息，忍不住眉眼间染上些笑意，他都被淋湿了，还在说那些小猫没有淋到。

【之之为栀栀】：小猫不能被淋到，小喻老师也是。

喻桉看着她新回过来的信息，唇角漾起一个浅浅的笑，转瞬即逝。少年很快又恢复了平日里的表情，仿佛刚刚的笑只是虚幻一般。

……

窗外的雨淅淅沥沥地下了起来，下了一阵后越来越大，似乎城市里的一切都被雨水冲刷干净了。

喻桉坐在桌前看书，旁边的手机不停地响着。他盯着那个跳动的名字，看了几眼，没接。他跟喻慕腾没什么好说的，接了电话也只是沉默。紧接着他听见微信的信息提示音，一条又一条，似乎不知疲倦一般。

喻桉半垂着那黑长的睫毛，眼底的情绪晦涩不明，他还是打开了微信，点开了那个聊天界面。然后，他点开了喻慕腾发过来的语音。

【沧海】：我搞不明白你一天天的到底在干什么，连个电话都接不到吗？我打你几个电话你都不接。

【沧海】：你爷爷今晚会来，今晚就带着你的东西过来，等你爷爷来了再走。

喻桉回了他一个字。

【y】：哦。

他对这个爷爷并没有什么印象，似乎还是特别小的时候见过，喻老爷子一直定居国外，他也只是从用人口中和报道中了解到一些之前的事。

喻老爷子早些年不过是个穷小子，白手起家，但是眼光毒辣，很有经商头脑，不过三年就迅速在 H 市站稳脚跟。后来不过四十多岁，就成了 H 市的商业传说。喻老爷子膝下有三儿一女，喻慕腾是喻老爷子最拿不出手的一个儿子。读书的时候他就不好好念书，后面被送去了国外深造，也没学到什么东西，倒是学会了搭讪外国女生。

同安文结婚没多久就移情别恋，后来更是直接把那个女人娶回了家。

喻桉没管喻慕腾接下来发的消息，或许他这个当爹的只是觉得喻老爷子来了，喻桉不在家显得喻慕腾那个"娇妻"虐待了他一般。他简单收拾了一些衣服和日用品，就去了小区门口，到达喻家已经是晚上七点了。

喻桉刚来到门前，就听见门口的语音提示器播报："未识别人脸。"

院子里正在修剪花草的管家注意到了这边。他给喻桉开了门，脸上挂着职业的微笑："欢迎少爷回家。"

喻桉嗯了一声。

管家还在跟他解释刚刚系统的问题："少爷您长时间没回来，可能是系统更新把您的人脸删掉了。"是系统删掉还是人为删掉，喻桉懒得反驳。

"少爷，我来拎吧？"

"不用。"

喻桉自己拎着东西，一步步往里面走。管家在前面替他开门。

"啊，张嘴我喂你。"代宁穿着件黑色的无袖连身短裙，她勾上喻慕腾的脖子，笑得很是娇媚。喻慕腾靠在她身上，听话地张开了嘴。

喻桉进门看到的就是这幅画面。代宁瞧见了他，又剥了颗荔枝喂进喻慕腾口中。喻桉心里直犯恶心，拎着东西就准备上楼。

喻慕腾这才瞧见了他："什么时候回来的？"

"刚刚。"

"等下别整出什么幺蛾子来。"

"哦。"

喻慕腾上下打量喻桉的穿着，皱眉道："你穿的什么玩意？不知道的还以为我亏待了你。"

"我自己买的。"喻桉所有的东西都是他在外兼职挣的，跟喻慕腾半毛钱关系没有。

"去换身衣服。"

"不换。"喻桉说着，就拎着自己的东西上楼去了。

喻慕腾似乎在楼下骂了一句什么。

喻桉的房间在三楼最中间，推开门，里面的喻瑾云同他对上了视线。

本来房间的布置是冷色调，现在却变成了暖色调，房间里也多出来很多东西。

喻瑾云笑嘻嘻道："哥，你很久没回来了，这个房间我挺喜欢的，就搬进来了。"

他打量着喻桉的表情，想要在他脸上看见愤怒或者别的表情，然而什么都没有。喻桉只是神色平淡地哦了一声，便重新关上了门。

代宁不知道什么时候上来了。她站在喻桉身后，笑道："你说瑾云这孩子，那么多房间，他偏偏就喜欢你这个房间，说采光好，我说他，他非要住，说就喜欢哥哥这个房间。"

喻桉对于她的挑衅无动于衷，只是冷淡回应："随便。"他对于这个家没有任何感觉，房间是谁的跟他也没有任何关系。

代宁笑道："你的东西都搬去了二楼。"

"哦。"喻桉说着，从她身旁走了过去。代宁盯着他的背影看了一会，眸子里多出几分狠毒。

"少爷，二楼有刚整理出来的客房。"说话的是一个年纪很大的用人，叫王姨，早些年她照顾过安文，后来代宁成了这个家的女主人。她们这些下人苦不堪言。她念着安文曾经对她的好，只敢偷偷地帮一点喻桉。

"谢谢王姨。"

喻桉推开那间客房，里面收拾得干干净净，被子枕头都是新换的。他将带来的东西收拾好，去了放置他原来东西的那间屋子。房间里有很多书，他拿了几本，回了客房。

……

晚上八点，一辆车停在喻家门前。穿着黑色西装的男人从驾驶位上下来，恭敬地打开了车门。一个头发花白的男人从车上下来了，他穿着灰色高定西装，岁月在他脸上写下些许风霜，周身透着一股不怒自威的压迫感。

喻慕腾跟代宁都守在门前。喻老爷子看了一眼他旁边的代宁，又收回了视线。真不想承认那是他儿子，放着优秀的安文不要，带回家一个上不来台面的女人。

"爸，外头热，快进来吧。"喻慕腾嘴角笑得几乎要咧耳后根去。

"行。"

代宁自顾自地开口："爸，我准备了些吃的，为您接风洗尘。"

"有心了。"

喻慕腾推开门，带着喻老爷子进去了。喻老爷子打量了一下一楼的布局，感叹一下他这个老四的眼光还是那么一言难尽。无论是装潢，还是看女人的眼光。

"爸，我去给您泡茶。"代宁叫得亲切，笑容温和。

"行。"

代宁便泡茶去了。而喻慕腾坐在沙发上，很是拘束。说实话，他能有现在的生活，完全是倚仗喻老爷子，他骨子里对喻老爷子还是有几分畏惧的。

"爸，您这次回来准备待多久？"

"待两天，回来有事，顺便看看。"

两个人说话的间隙，代宁已经提着一壶茶过来了，她将茶杯放在两个人面前，先是给喻老爷子倒了一杯。然而代宁一个走神，茶就倒满了。

喻老爷子看了一眼那满得几乎要溢出来的茶水，语气平淡道："老四，你这媳妇似乎不欢迎我。"

若是平常，代宁撒撒娇这事也就过去了。这一回，喻慕腾瞪了一眼代宁："你怎么倒茶都倒不好？"

"我给爸重新倒，我的错。"代宁嘴上道歉，心里已经开始骂喻老爷子事多了。

喻老爷子淡淡地瞥了她一眼，抿了一口茶。怎么看，都是上不了台面的东西，不如安丫头瞧着顺眼，可惜他儿子配不上安丫头。

谈话间，喻瑾云也从楼上下来了，他穿着件白色短袖，黑裤子，眉眼生得清秀。见到喻老爷子，喻瑾云甜甜地开口："爷爷好。"

喻老爷子不咸不淡地嗯了一声，随即看了看他身后："怎么？不是还有一个？"

喻慕腾以为他是生气了，冲旁边的王姨使了个眼色："还不快去把大少爷给叫下来。"喻老爷子来了，却没有一个人通知喻桉，他这会儿还在房间里看书。

代宁躲在喻慕腾身后，有些幸灾乐祸地笑了，喻桉连楼都没下，喻老爷子一定是觉得他没有礼貌，生气了，所以才问这么一句。

听见敲门声，喻桉有点疑惑，他拉开门，看到门外的王姨。"大少爷，老爷子来了，在楼下问您怎么没下去呢。"喻桉不用想也知道代宁安的什么心，道："我知道了。"随后他便下了楼。

喻老爷子将视线落在楼梯上的人身上。他偏生得骨相优越，眉骨突出，单眼皮，戴着银色的金属框眼镜，无端令五官多了几分清冷感。白色短袖和蓝色衬衫叠穿，底下是一条浅色牛仔裤。

他同看过来的喻老爷子对上视线，礼貌开口："爷爷好。"

"你就是喻桉？"

"我是。"

代宁觉得喻桉这是惹了老爷子不快了。

喻老爷子觉得面前孩子的样貌同安文像极了，他是看着安文那娃娃长大的。

"你是安丫头的孩子？"

喻桉点头："是。"

喻老爷子爽利地笑了起来，拍了拍喻桉的肩膀："倒是跟安丫头生得十分相像，都是一副好相貌。"

"爷爷谬赞了。"

代宁站在后头，手指甲几乎都要扣进肉里，喻老爷子旁若无人地提起安文，不是在打她的脸吗？

"爸，菜都准备好了，我们吃饭吧。"

"行。"

用人很快将菜端上了桌。

喻老爷子拉开了椅子，坐在了主位，然后冲喻桉开口："坐我旁边吧？"

"好。"

喻瑾云则坐在了喻桉旁边的座位。

"爸，这条鱼是我特地给您做的，您尝一下。"代宁脸上挂着浅笑，看起来温柔贤惠。

"尝一下。"喻老爷子说话时对着的是喻桉。

两个人一问一答，代宁几乎插不上任何话。

"在学校成绩怎么样啊？"喻老爷子问的不是喻桉一个人，而是两个人。

代代连忙接了话："瑾云平常在学校挺努力的，成绩也挺好的，能考班级前三名呢。"

喻慕腾也跟着接话："瑾云这孩子确实踏实，人也聪明。"

"我还有很多地方要跟哥学习。"喻瑾云说着，笑着看了看旁边的喻桉："是不是啊？哥。"

喻桉看了他一眼，敷衍地嗯了一声。

喻老爷子问喻桉："那你在学校成绩怎么样？"

"还行。"

"哈哈哈，还行是多少名？"喻老爷子听他说话，忍不住笑了起来。

"第三。"

"爷爷您不知道，哥的成绩特别好，如果全校第三也算是还行，那我就没法活了。"

喻老爷子闻言笑道："确实谦虚了，全校第三很优秀了。"

"是啊，哥很优秀，我要向哥学习才是。"

喻桉看了他一眼："你认真点就行。"

喻瑾云知道喻桉在讽刺他之前讲课的时候不认真，眼底多了几分阴毒和讽刺，表面上却还是维持温和的笑。不过是比他成绩好一点而已，只会学习的木头，有什么了不起？

这顿饭像是吃了一个世纪那么长。喻桉从头到尾就没吃什么菜。喻老爷子用完晚饭就回房间了，似乎是累了。喻桉也回了自己的房间。

……

代宁回到房间就开始同喻慕腾耍脾气。她背对着喻慕腾，娇嗔道："今天不过就是把茶水倒得满了一些，你居然凶我。"

"茶满欺人，就是逐客的意思。"

"那我不是走神了吗？"

喻慕腾揽住她："好好好，都是我的错。"

两个人腻歪了一会，代宁冲他开口道："我去找一下瑾云。"

"好。"

……

"妈。"

代宁往外看了几眼，确定没人，把门给锁上了。

她坐在喻瑾云对面，表情严肃道："你要给老爷子留个好印象。"

喻瑾云点头："我知道，妈。"

代宁眸子里闪过几丝狠辣："要我说喻慕腾也是个蠢货，亲爹喜欢喻桉他都看不出来吗？"

"那我们该怎么办？妈。"

代宁神色冷了下来："你让我想想。"

不出几分钟，她眸子里染上些兴奋的情绪："要让老爷子跟喻慕腾彻底厌恶喻桉，到时候分财产，不就全是你的？"喻瑾云跟着代宁笑了起来。

……

喻桉听见有人敲门，便拉开了房门，见门口站着的是喻瑾云，他看着这个所谓的弟弟，没有说话。

"哥，我能进去吗？"

喻桉没说话，只是看着他。

喻瑾云忽而凑近了些，笑容恶劣，用两个人才能听见的声音开口："你不要以为你得了老爷子的喜欢就能怎么样，老爷子不过也只是待几天，你就算讨好他又能怎么样？"

"无聊。"喻桉抬手就要关门。

喻瑾云被喻桉的反应气到了。他忽而猛地往后一摔，狠狠地给了自己一个巴掌，然后……他居然捂着脸不可置信地看着喻桉，眼里闪着泪光："哥，我知道你不喜欢我，可你没必要跟我炫耀我爷爷喜欢你，还打我吧？"

喻桉看着他站在原地沉默，刚刚就应该关得快一点。

"喻桉，你是脑壳有包吗？你为什么要打弟弟，就算爸更喜欢你又怎么样？"喻慕腾不知道什么时候出现在了二楼拐角处。

"你是看见我打他了？"

喻慕腾把喻瑾云扶起来，怒视着喻桉："你真的跟你妈一模一样，蛇蝎心肠。"

"你配提她？"

"我怎么不配提？我不仅要提，还要一直提。"

喻桉盯着他看，眼神坚毅冰冷，一言不发。

"逆子。"喻慕腾被那眼神盯得有些炸毛，抬手就要抽喻桉。

喻桉死死地抓住他的手腕。

代宁在喻慕腾后面笑得格外挑衅。

"爸，哥可能也不是故意的。"

喻桉直接关上门，把几个人都隔绝在外面。喻慕腾气得在外面踹门，骂了他好几分钟。喻桉忽而打开门，递给喻瑾云一瓶水："挺累吧？"他手上拿着的，赫然是瓶绿茶。

喻瑾云盯着喻桉那张脸，肺都快气炸了，那喻桉是什么意思？讽刺他装模作样扮可怜？还是讽刺他妈是？他语气可怜，一脸无辜道："哥，你送我这个是什么意思？你是在讽刺我吗？"

"不然呢？"

"小桉，我知道你不喜欢我和瑾云，但是你也没必要动手打他。"代宁说着，眼眶忽的红了，她看着喻桉，语气真切，"我是真把你当亲儿子对待的，我没想到……你居然会这样，太让我伤心了。"

若不是喻桉小时候三番五次被她用针扎，锁进小黑屋，打身上穿上衣服看不见的地方，全身上下脱了衣服遍布青紫的痕迹，一天都不许吃饭，他还真是要信了她这副慈母做派。

喻慕腾本就生气，听着代宁的话，又看着站在一旁风轻云淡，置身事外的喻桉，更气了。他冲旁边的用人开口："去，把行家法的棍子拿过来，我今天要打死这个逆子。"

代宁假意拉喻慕腾的胳膊："腾哥，你别动气，气坏了身子就不好了，小桉他还小，不懂事。"她话里话外看样子都在替喻桉说话，可实际上却是直接给喻桉扣上了打人的帽子。

"他不懂事？他多大个人了还不懂事？"喻慕腾听着代宁的话，更气了，看了看旁边的王姨："怎么？我是说话不管用了？快去。"

"是。"王姨担忧地看了一眼喻桉，心情复杂地下楼去了。她只是个下人，连替喻桉说话的资格都没有。

"我看你是死不悔改。"

喻桉低头，直视喻慕腾，眼底尽是讽刺："改什么？你从头到尾听过我说话吗？还是亲眼见我打他了？"

"反了你。"喻慕腾招呼三个保镖过来，"按住他。"

那三个身材高大的男人拦在喻桉面前，说了句得罪了。什么得罪不得罪？整个喻家，压根没有人把喻桉当喻家少爷。喻桉拳头紧握，被三个保镖死死按住，他的右胳膊被捏得疼得厉害。

"怎么让送个东西那么慢？"喻慕腾朝着其中一个保镖瞪过去："去看看怎么回事，为什么还没送上来。"

王姨早就找到了东西，一直在楼下拖延时间，又干脆将那个东西藏了起来。

那保镖下去了，看见王姨在楼下找东西，厉声问道："老爷问你为什么还没找到？"

王姨闻言笑了一下："我不知道东西放哪里去了，在这找了半天了，都没找到。"

那保镖随手抄起一根粗粗的擀面杖就上楼去了。王姨盯着他的背影看了一会，叹了口气。有些事情可能是躲不掉的，喻桉待在这个家里也只是受气，搬出去是明智的选择。

那保镖恭敬地将手里的东西递给喻慕腾："老爷。"

喻慕腾接过那根擀面杖，看着被保镖按在角落里的喻桉："跟你弟弟道歉。"

喻桉丝毫不畏惧地看着他，哪怕被两三个人按着，脊背依旧挺得笔直，语气也依旧毫无波澜，他道："做梦。"

喻慕腾握着那根棍子就要砸下来。

"干什么呢？"

听到声音洪亮的一句话，喻慕腾收了手，看着不知何时从楼上下来的喻老爷子，讪讪笑道："爸，处理家事，教训不知礼数的孩子。"

喻老爷子看了一眼喻桉，又看了一眼旁边的代宁和喻瑾云，问道："怎么回事？"喻老爷子说话时看着的是喻桉，而不是另外两个人。他见多了这种事，心里已经有了个大概。

喻桉还未开口，喻瑾云就抢先一步说话："我本来想找哥说说话，哥直接把我轰了出来，还打我耳光。"

见喻老爷子看过来，喻瑾云低着头，不敢看喻桉，一副害怕极了的样子。

"是这样吗？"喻老爷子看着喻桉问道。

"我没碰他。"

喻老爷子的目光落在喻桉脸上，又看了看喻瑾云："你放心，这件事我一定替你做主。"

"谢谢爷爷。"喻瑾云内心嘲讽，一个糟老头子，还不是被他唬住了，他再喜欢喻桉，这会不还是站在他这边了。

"现在就让小张去调监控，你别怕，爷爷给你做主。"喻老爷子说话的时候神色严肃。

喻瑾云内心笑嘻嘻，表面还是可怜兮兮的表情，他觉得喻老爷子是在替他说话："爷爷，哥哥也不是故意的。"

喻老爷子神色严肃："爷爷肯定还你一个公道，小张，去调监控。"

见老爷子不是说笑，喻瑾云和代宁有一瞬的慌乱。

"我没事的爷爷。"喻瑾云说着，去拦助理。

喻老爷子眉头一皱："在我喻家绝对不允许出现这种事，你别怕他。"

"爷爷，我真没事，真不用去调监控。"

"不行，今天必须调监控！"

喻桉看出来喻老爷子的意图，站在一旁没有说话。喻老爷子旁边的助理眼看就要下楼去找监控室的人。喻瑾云忽然开了口："我记错了，是我自己摔的，哥哥没有推我。"

喻老爷子语气有几分惊讶："你不是说他甩你耳光了吗？"

"我……我可能是记错了，我就是以为哥哥要打我，所以才往后躲，摔在了地上。"

代宁也跟着开口："瑾云他有些怕他哥哥。"

喻老爷子若有所思地看着两人："所以你的意思是误会了？"

喻瑾云点头："是误会。"他说完，又看着喻慕腾，语气带着几分撒娇："爸，是我没有说清楚，让你误会了哥。"

"那你是不是应该跟他道歉？"

喻瑾云紧咬了咬下唇，不情不愿地走到喻桉面前："对不起，哥，今天害你被误会了。"

喻桉神色冷淡地瞥他一眼。

喻老爷子笑了，话里意有所指："老四，不是我说你，有些事，要看得清楚些，是不是？凡事都要公正些，不要让有些人玩手段，让家风不正。"只可惜喻慕腾脑袋空空，完全不知道喻老爷子在说什么，不过他还是认真点头："爸，你教训得是。"

代宁不是个傻子，听出了喻老爷子的言外之意，完全是在讽刺她和喻瑾云，所以她的脸色有些不好看。

"行了，既然这件事解决了，就各自回房去睡吧。"

喻桉提醒喻瑾云："送你的水。"喻瑾云看了一眼地上那瓶绿茶，不敢发作，只好拿着走了。三个人就这么散去了。

喻老爷子拍拍喻桉的肩膀："早些休息吧。"

"好。"他说完，又道，"谢谢爷爷。"

喻老爷子笑笑："你是个好孩子，但是有些事，还是得你自己去经历，去成长。"

"我知道。"无论谁帮他，那也只是一时的，他得让自己强大起来，强大到有一天可以扳倒喻慕腾。

"我回房去了，晚安。"

"晚安。"

说完他就回了房间。

……

喻桉回到房间，看了一眼手机，已经晚上九点多了，手机上还有林栀十几分钟前发来的信息。

【☆】：你今天是不是在忙？

【☆】：还讲题吗今天？

喻桉回了条语音过去。

【y】：有事，抱歉，等会儿讲。

他刚准备把手机放下，就看到林栀回复的信息。

【☆】：本来给我讲题就是在打扰你了，不用跟我说抱歉，是我应该谢谢你。

【☆】：不过，你是不开心吗？怎么听着声音兴致不高的样子。

喻桉看着第二条信息，瞬间愣住了，想了想他还是回了她信息。

【y】：没有。

林栀的信息很快就发了过来。

【☆】：没有很不开心，但是你是不是有一点点小小的不开心？

他盯着屏幕看了一会，才回她。

【y】：嗯。

林栀看到对面发过来的一个嗯，确信自己的感觉没有错。虽然还是平日里那种平淡的语气，但是林栀总觉得他今天的兴致低了些。她看了一眼扒拉自己裤腿的小乖："等会陪你玩，在跟那个哥哥聊天。"小乖似是听懂了一般，安静地趴在了林栀的拖鞋上，仰着小脑袋看她。

然后，林栀发了个视频过去。

【之之为栀栀】：给你看看小乖。

那是小乖刚带回家的时候拍的，它吃饭正围着饭盆边吃边摇尾巴乱转，恨不得将整个脑袋都要埋进食物里去。

林栀翻了翻相册，又找到了几个小乖之前的视频。它穿着姜红做的新鞋子，四条腿完全不听使唤，各走各的。她也给喻桉发了过去。

林栀低头看看小乖："那个哥哥今天不开心。"小乖看着她，葡萄般水汪汪的大眼睛扑闪扑闪，似乎是有些不理解。

喻桉见林栀发过来两个视频。

点开了第一个，白色的小狗小小的一团，吃起饭来跟跑圈一样，边吃边围着饭盆乱转，看着看着他周身的那抹低气压散去了些。喻桉又点开另外一个视频，眉眼间都带着几分柔和。

【y】：它很可爱。

下一秒，他看到林栀那边的视频邀请。喻桉犹豫了一下，觉得她可能是点错了，但还是点了同意。一个毛茸茸的脑袋出现在屏幕里，小乖凑近些，似乎是想要看清他。

"小乖。"

听见喻桉叫它，小乖差点要去舔屏幕，被林栀及时制止了。林栀把它抱在怀里，冲喻桉笑："它太喜欢你了，差点舔屏幕了。"

"下次去看它。"

林栀盯着喻桉的表情瞧了一会，笑道："所以你今天为什么不开心呀？"她说完，又补充了一句："你觉得不方便说或者有点冒犯的话，可以不用回答我。"

"我回去了。"

林栀有些没反应过来："回去了是什么意思？回哪里？"

"他和后妈的家。"他说的是他和后妈的家，而不是他的家。

但是林栀还是一下子就明白了他的意思，她沉默了一会，忽而想到第二次遇见喻桉的时候，他在餐厅当服务员，被人灌酒也只是忍气吞声。林栀觉得自己似乎能想通了。为什么一开始他会出现在医院里？为什么一个高中生会在餐馆兼职？又为什么下着大雨坐在外面的椅子上不回家？

这一切肯定都是因为他那个后妈对他不好。

"那我能问问，今天发生了什么？"

"后妈的儿子，说我打他，装可怜。"

"喻桉。"

"嗯？"

林栀看着他，认真说道："你知道遇见这种人最好的解决方法是什么吗？"

喻桉摇头，有些不解地看着她。

"他装可怜你要更可怜，他疯你更疯。"

林栀说完，忽而看见喻桉笑了，他说："我明白了。"

他笑的时候很好看，似冰雪消融，叫人如沐春风。他本就模样生得好，笑起来更是让人心动。只是那个笑容很浅，转瞬即逝。

"喻桉。"

喻桉抬头看手机里的她。

"你可以多笑笑。"

"嗯？"

"你笑起来真的很好看。"林栀对他，总是毫不吝啬自己的赞美。

喻桉的耳朵肉眼可见地红了，他嗯了一声，算是回应她。

小乖在旁边摇头晃脑的，似乎很好奇两个人的对话。

"你要在那边多久啊？"

喻桉想了一下，回她："两三天。"

"行。"林栀说完，又开了口，"今天就不讲题目了，陪你聊会天。"

喻桉心底的那抹不快早就烟消云散，他冲她摇头："不用，现在就开始吧。"

"那……我挂断电话？"

"不用。"

喻桉将手机调整了一个方向，使得摄像头对准桌面："我去找草稿纸。"

"好。"

林栀只能看见镜头里的桌子。

"小乖。"

小乖昂着头看林栀。

"那个哥哥被小乖逗开心了，小乖真棒。"

小乖似乎听懂了林栀的话，用脑袋蹭了蹭她的手心。

看着忽而转动的摄像头，林栀知道，是喻桉回来了。

他将几张白纸放在桌上，问："能看清吗？"

"可以。"

喻桉又调整了一下手机的位置，随后拿起桌上的笔，在纸上写写画画。他的声音平淡，逻辑清晰，但林栀总是会被他的手吸引。

"我讲清楚了吗？"

"非常清楚！"

喻桉将摄像头调整了过来，看着镜头里的小乖。

一人一狗对视上，小乖吐着舌头冲他咧嘴。

"写题吧。"

林栀冲他笑："我今天写什么题？"

"照一下我看看。"

林栀便拿着手机，将镜头翻转过来，对上那一页物理题。喻桉说了五题。林栀笑道："那我就不打扰小喻老师了，先挂了做题。"

"好。"

喻桉将手机放在一旁，又重新翻开桌上的那本书，他看书的速度很快，不一会就看完了三分之一。

林栀还在同今天的物理题战斗，她算了半天，得出来一个自己都想笑的答案。她重新审题，看了一遍题干，圈出了重点，又做了一遍，磕磕绊绊，总算写完了那五题。然而一对答案，错了三道题，林栀有些自闭了。

她给喻桉发了信息。

【☆】：今天错了好多，五题错三题。

【☆】：你今天还跟我讲了例题，我都没做对几道题，我是不是太笨了？

喻桉的信息很快回了过来。

【小喻老师】：不笨。

【小喻老师】：你已经进步很多了。

她忍不住眉眼间染上几分笑意，回了喻桉。

【之之为栀栀】：小喻老师是不是在安慰我？

林栀点开了新发过来的语音信息。

他说："没有安慰你，在夸你。"

林栀没忍住又点开听了一遍，嘴角上扬，小喻老师说她不笨。

第五章

等 你

感觉到有什么东西在一直蹭她的胳膊，林栀猛地睁开眼，看到小乖趴在她旁边。她坐起来，揉了一把小乖的脑袋，小乖蹭了蹭她的手心。林栀从枕头下摸出手机，看了一眼时间，早上八点多。她拉开窗帘，窗外的阳光有点刺眼。

外面的桌子上放了一张粉色的字条，林栀拿起来看了一眼，字条上是再熟悉不过的字迹：饭在锅里，记得热一下。

林栀热完饭，又喂了一下小乖。

然后她坐在书桌前，翻开喻桉给她的那本课外书，她拿出手机，拍了一张照片。

【之之为栀栀】：早啊，喻桉。

【之之为栀栀】：开始看了。

……

另一边的喻家，喻老爷子有事早早就出门去了，餐桌旁只有四个人。

喻桉一直沉默地听着三个人的聊天。

"小喻，吃块面包，厨师刚烤出来的，这个黄豆花生酱也特别好吃。"代宁在面包片上涂满了黄豆花生酱，笑眯眯地递给了喻桉。

喻桉看了一眼她递过来的面包："您自己吃吧。"

"你妈妈给你涂好了，为什么不吃？"

喻桉看他："不喜欢，你喜欢你吃。"他说过自己黄豆过敏，代宁这是在挑衅，而喻慕腾是压根不把过敏当回事。

喻慕腾把他的餐盘掀了："那你也别吃早饭了。"

"……"

喻桉什么都没说，直接推开门出去了。喻慕腾似乎还在背后骂他。

喻桉忽然听见自己的手机响了。他解锁手机看了一眼，发现是林栀发来的消息，眉眼立刻柔和下来。

【y】：早。

【y】：看吧。

喻桉刚把手机收进兜里，就听见信息的提示音。

【☆】：你吃早饭了吗？

【y】：吃了。

【☆】：我刚吃完，下次请你吃奶奶做的麻辣虾尾馅的包子，特别好吃！

【☆】：一直打扰你，总得交点学费吧。

喻桉想起之前林栀给他带的早饭，那个包子很好吃。

【y】：好。

【y】：不算打扰。

【☆】：我看书了，拜拜。

【y】：拜拜。

喻桉坐车又回到租的那间房子里。

门口的猫粮和水一点都没动，他有些放心不下那只橘猫，又去买了点羊奶粉。喻桉带着东西去了小区后面的那栋废楼，他敲了敲那个铁罐子，然而并没有反应。喻桉打开了那铁罐子，里面一只猫也没有，只剩下他前些日子送过来的那条小毯子。

忽而听见一声微弱的猫叫声，喻桉向后看去，是垃圾桶的方向。他的眸子轻颤了一下，是那只橘猫，它全身上下几乎能看得到的地方全部是伤。喻桉慢慢向它走近。

烈日炎炎下，垃圾桶散发出难闻的味道，有苍蝇已经在围着那只橘猫飞了。

喻桉没看到橘猫身边有任何小猫，那只橘猫冲喻桉叫了一声，它的一双眼睛很好看，是纯粹的蓝绿色。他看见它掉眼泪了，猫在一般情况下是不会哭的。

喻桉拿出那条毯子，把它抱了起来。可是橘猫一直在回头看，喻桉顺着它的目光往后看，那里只有一堆垃圾，并没有什么别的东西。

橘猫还是不死心地对着那些垃圾叫。

喻桉用树枝拨开那些垃圾，看到了触目惊心的一幕，他整个人几乎要生理不适，要吐出来。其余的小猫都没法看了，只有一只小猫，还在挣扎。喻桉把它捡起抱了起来，他又把其他的小猫尸体用另一个毯子包裹住，暂且放进了原来的那个大铁箱子里。

他一步步走得很快，怀里的橘猫散发着难闻的味道，但是喻桉顾不得这些。小区里并没有宠物医院，他抱着猫，快步走到马路边，拦了一辆车。

喻桉一上车，司机就皱眉回头看他："你怀里抱的什么？"然后那个司机看清了他怀里的东西，被吓了一跳："你这真晦气，又臭，下车吧，没法拉。"

喻桉也没说啥，直接就下车了。他站在路边拦车，太阳很大，他的额头沁出了一层细细密密的汗。这时路上车很多，但是都不好拦。喻桉看了一眼怀里，轻轻道："坚持会儿，车快来了。"

一辆出租车停在面前，喻桉拉开车门，坐了进去："去最近的宠物医院。"

司机闻到了一股刺鼻的味道："我的天，小兄弟你怀里抱的什么玩意？臭死了。"

"猫受伤了，麻烦您了，可以快一点吗？我可以加钱。"

说到猫，司机来劲了："我老婆也特别喜欢猫，我保证给您以最快的速度送到，不用加钱。"

喻桉动了动唇，看着司机道："谢谢您。"

那司机剃了光头，看起来有些凶神恶煞的。他回头冲喻桉笑了一下："小兄弟，别急嗷，就快到了。"

"谢谢。"

喻桉看着怀里气若游丝的橘猫，声音很轻："撑住。"

司机车开得很快，很快送到了一家宠物医院门前。喻桉下了车，抱着猫就进去了。

……

"手术费用 2500 元左右，而且不能保证一定治好，因为它的状态很差。"

听着医生的话，喻桉看了一眼那只橘猫，沉声道："治好或者治不好都治，麻烦您了。"

两只猫都被带去做手术了，喻桉在门外等。他看了一眼卡里的余额，又关掉了手机。似乎什么东西靠近他，都会变得不幸。

喻桉听见微信响起的声音，他滑开手机，看到了林栀发来的信息。

【☆】：这书真挺好看的！

【☆】：对了，咱们有机会去看看那些小猫吧？真的很可爱！

喻桉盯着她发过来的信息看了半天，还是决定告诉她实情。

【y】：小区有人虐猫，只剩下它和一只三花小猫还活着。

信息发过来，那边林栀的消息回得很快。

【☆】：它们现在都在哪里？能不能给我发个定位？

【y】：在宠物医院。

喻桉发了个定位给她，然后看到她发过来的信息。

【☆】：我马上到。

看到林栀说自己到了，喻桉去门口接她。她来得急，脸都被太阳晒得有些红了。

"怎么样了？"

"还没出来。"

两个人一起坐在外面的椅子上。喻桉偏头看了她一眼，林栀本就皮肤白，这会脸上白里透红，两边的碎发被汗打湿了些。喻桉将一张纸巾递给她。

"谢谢。"

林栀接过他递来的纸巾，擦了擦额角的汗。正擦着，她忽而感觉到一阵风吹来，偏头对上喻桉淡淡的表情，他手里握着不知是什么的传单。

"我自己扇吧？"

"好。"喻桉将手里的传单给了她。

林栀想起来之前那整整齐齐躺着睡觉的一排小奶猫，一只只都很可爱。她不理解为什么会有人心里那么阴暗扭曲。

"他们要和猫一个代价才算公平。"

喻桉看过来："对。"

这时，医生推开门走了出来："大的那只手术很成功，小的可能有点难养活。"

"谢谢医生。"

那只橘猫整个手术过程都很安静，不叫也不闹。喻桉单手把它抱在怀里，声音很轻："受苦了。"而林栀抱着那只小猫。

喻桉开学后几乎都在学校，根本没有时间照顾它俩。

那只橘猫眼睛生得很漂亮，此刻它一直盯着喻桉看。

"喻桉，我们平时在学校，也没时间照顾，这个情况，要不然还是把它们送去宠物救助站吧？"

"好。"救助站对猫来说，是最好的去处。

……

两个人把小猫送去了当地的一家宠物救助中心，那里的小姐姐留了两个人的号码。

喻桉跟那只橘猫对视了一会。

"我不能带你走。"他连自己都照顾不好，更别说带着两只小猫。

橘猫似乎是听懂了他的话，眼泪流了下来。

林栀在旁边也是心情复杂。橘猫艰难地冲喻桉伸出爪子，喻桉伸出手，轻轻地握住它的爪子："我走了。"橘猫叫了一声，似乎是在跟他告别。

救助站的小姐姐跟两人说道："这两只猫能遇见你们两个，实在是太幸运了，我们这边会尽力照顾好它们。"

"好。"

回去的路上，两个人都有点沉默。

林栀和喻桉又回到了那栋废楼。临近中午，太阳很大，喻桉看了一眼林栀，用那张广告单，挡在她的头上。

林栀看过来："我不热，不用给我遮阳。"

喻桉盯着她被晒红的脸，没有说话。她皮肤很嫩，每次一晒太阳，脸都透着几分红。

喻桉将那个铁罐子打开的时候，虽然林栀早就做好了心理准备，但她还是不可抑制地干呕起来。那些画面的冲突感太强，她蹲在路边，胃里翻江倒海，干呕了几声，却什么都没吐出来。

喻桉伸出手，动作很轻地拍了拍她的背。

"我去买瓶水。"

"不用，我缓一下就好了。"

林栀喘了几口大气，缓了过来，她眼眶微红，问喻桉："它们做错了什么？"

喻桉敛下眼底的情绪："是啊，做错了什么？"

……

两个人去了小区对面的公园，挖了一个小坑，把几只小猫都埋了进去。林栀轻轻地在它们身上盖上土。公园里种着不知名的花，林栀捡了几朵掉落的花，放在上面。然后两个人一起坐在公园的长椅上。

"喻桉，你是怎么发现的？"

"门口放了吃的，它一点没吃，我就出来找它。"

喻桉是想留下它们的，可现阶段，他自己都没有一个完整的家。

林栀叹了口气。每年这种事情都层出不穷，她实在想不明白，那些猫猫狗狗明明那么可爱。她看着喻桉，他眉眼低垂，似乎很难过的样子。

"喻桉。"

听见林栀叫自己的名字，喻桉朝她看过去。

"等它们情况好一点，就可以接它们回来了。"

若不是姜红每天也很忙，林栀是想把那两只小猫给带回家的。

"好。"

风吹在脸上，有些热热的。

"喻桉。"

"嗯？"

林栀看着他，突然笑了："你跟传言中的一点都不一样。"

喻桉看过来，银色的金属框泛着冷光，他生得一双薄情眼，五官简直无可挑剔。

"传言？"

"是啊，传言中的喻桉，是个不会笑、话很少，几乎没什么人类感情的人，总结一下，就是一个词，冷漠。"林栀对上他的视线，笑道，"可我认识的喻桉不是这样的人。"

喻桉看着她笑盈盈的眸子，不可抑制地被她的笑意感染，他动了动唇，追问她："是怎样的人？"

林栀笑容狡黠："不告诉你。"

她不说，喻桉也就没有再问他。

"总而言之，就是一个顶好的人。"

喻慕腾总说他像个哑巴，只会念书，骂他是个除了学习什么都不会的废物。喻桉这些年听到的恭维很多，更多的是来自喻慕腾的谩骂和侮辱，以及喻瑾云的各种阴阳怪气。他看着林栀，那双眼睛很干净，说话的时候总是带着笑，她似乎很爱笑。

"你……"

察觉到喻桉的欲言又止，林栀笑道："还有什么想问的？"

"你不觉得我是个很无趣的人？"喻桉的生活里，除了学习，还是只有学习。

"无趣？"林栀笑了，"是谁说我们小喻老师无趣的？我倒是觉得跟你做朋友有意思得很。"

喻桉听着那句朋友，有几分愣怔，然后他反应过来，问她："为什么？"

"因为你总能把很多很没意思的知识都学得很懂，再用简洁的方式告诉我，这一点我就觉得很厉害，说你无趣的人，那是他们有眼无珠。"

"偷偷告诉你一个秘密。"林栀笑着冲他招招手，示意他凑近一些。喻桉便离她近了些。林栀轻轻贴近他的耳朵，语气里是止不住的笑意："这还是我第一次和班长做朋友。"

温热的气息打在耳朵上，喻桉僵住了。听见那句话，他的耳朵又不可抑制地红了起来。

"跟你做同桌，真的很开心，喻桉。"

喻桉觉得自己那颗层层封闭的心被撬动了。阳光洒在两个人身上，有一点刺眼，但更多的是温暖。少年的声音很轻："我也是。"

林栀忽而站了起来，冲他开口："奶奶说今天中午要做好吃的，你要不要来呀？"

"好。"

"我去楼上拿个东西。"

"好。"

不出两分钟，林栀看着喻桉拿着一把伞下来了。

她拍了拍后座："上车吧。"

"好。"

喻桉坐在后面，撑开伞，将伞打在她的头上。

……

到家后，林栀打开门，从鞋架上拿下一双男士拖鞋，道："这次有你的拖鞋了。"

喻桉换上拖鞋，低头看了看自己的拖鞋，又看了看她。林栀给他买的拖鞋是黑色的，上面还带着两个小狗耳朵。

"可爱吗？"

"可爱。"

小乖听见门口的声音，从房间里冲出来，扑到喻桉身上。林栀有些没忍住地笑了。

姜红似乎出去买菜了，还没回来。

林栀拉着喻桉坐沙发上，她去冰箱拿出两瓶冰可乐，忽然想起他的胃不好，又放了进去，换成了两瓶酸奶。

"给你。"

"谢谢。"

喻桉在逗小乖玩，林栀在一旁看着一人一狗玩。听到门打开的声音，喻桉有些局促地站了起来。林栀忍不住笑道："是奶奶回来了。"

姜红提着菜，换掉了脚上的鞋。

"奶奶，你快看谁来了。"

姜红看到林栀身旁的少年，笑道："哎哟，小喻今天也来了。"

"奶奶，今天中午多做点好吃的。"

"好。"姜红说完，冲林栀开口："今天你季爷爷要带孙子过来吃饭。"

听到这话，喻桉觉得有些不合适："既然有客人，那我今天就不打扰了。"

"小喻你这么说奶奶就伤心了，客人是客人，你又不是外人。"

喻桉动了动唇，犹豫了一下才开口："我不是那个意思。"

"奶奶知道，你和小栀去玩吧，等会儿人应该就来了。"

喻桉点头："好。"

林栀拉拉他的袖子，笑道："走吧。"然后她推开自己房间的门，冲喻桉开口："进来吧。"

喻桉还是第一次进女生的房间。房间收拾得干干净净，整体布局是暖色调，床上摆放着小玩偶，窗台上还挂着几串自己折的千纸鹤。

"你随便坐。"

喻桉便坐在她床边，而林栀打开了空调。

"喻桉，你玩五子棋吗？"

"好。"

林栀从书架上拿下一个盒子，她拧开盖子，将盒子放在桌上，问他："你要黑子还是白子？"

"黑的。"

"行。"

林栀便将黑子给了他。

第一局，两个人下得格子都要满了，也没能决出输赢。其实一开始喻桉有机会赢，但是他赢得太快对林栀来说就没意思了。下到最后，几乎没有空位置了，林栀有些没忍住地笑了："这不得拍个照片发朋友圈。"

她掏出手机拍了一张照片。

"这局没有分出胜负，我们再来一局。"

喻桉应她："好。"

一连下了好几局，都是下了很多子之后喻桉赢。

"跟我下五子棋是不是没什么意思？"

喻桉看她，摇头："没有。"

两个人又下了一局，林栀赢了。

"喻桉。"

"嗯？"

"我知道你在放水。"

"没有，你很厉害。"

听喻桉夸自己，林栀没忍住笑了："那就谢谢小喻老师的夸奖了。"

林栀在编辑朋友圈文案，喻桉在看她的书架。

"我能看你书架上的书吗？"

"行啊，你随便拿。"

喻桉目光一一扫过那些书，最后落在一本书上面。他抽了出来。

林栀刚点击发表，就看见喻桉手里拿着一本书，再看那书的名字：《误嫁豪门》。

等等，那不是她初中看的小说吗？

"喻桉，别看那个。"

但喻桉已经翻开了，他抬起眼皮，有些不解地看着林栀。

"就，别看。"林栀伸手拿走了他手里的那本书。

喻桉一言不发地盯着她看。

她跟他解释："这个是很早之前看的小说，现在看可能会有点尴尬。"

"好。"

林栀总觉得他的表情有些像乖乖的小狗。

"你看看你有没有别的想看的。"

"好。"

喻桉目光一一扫过书架上的那些书。最后他抽出一本，看着林栀，那表情好像在问，这本我能不能看？林栀看了一眼他手里书的名字。是本恐怖小说，她提醒他："这本书有点吓人。"

"没事。"说着喻桉翻开了那本书。

而林栀翻开之前从他手里拿走的那本书，重温了一下初中的记忆。她还记得，上初中的时候，她的语文老师说你们看这种书会把脑子看坏的。看到那句"女人你在玩火"，林栀有些绷不住了，她强行将嘴角压下去。然后，她又看到那句：女人，我命令你，爱上我。她终于绷不住笑出声了。

喻桉看了看她，又看看她手里的书。

"你继续看吧。"

喻桉便低下头继续看自己手里的书了，突然旁边凑过来一个脑袋。

他偏头看她，听见她问："你不害怕吗？喻桉。"

喻桉摇头。

"我之前看完都睡不着。"

"都是假的。"

听见喻桉安慰自己，林栀笑道："我知道是假的，但还是害怕。"

这时门外忽然传来两个陌生男人说话的声音，一个年老，一个年轻。

喻桉和林栀对视一眼，林栀先开了口，道："我们出去看看。"

喻桉应她："好。"

林栀打开门，同外面坐在沙发上的男生对上了视线。

"小喻，小栀，这是季爷爷。"姜红冲两人介绍面前的人。

"季爷爷好。"两个人同时开口。

姜红又指了指季爷爷身旁的男生："这个是季扬。"

季扬的目光落在林栀身后的喻桉身上，轻笑道："好巧，又见面了。"

"又见面了。"

喻桉不咸不淡地嗯了一声，算是回应他。

姜红看看两人，又看看季扬："你们认识啊？"

季扬笑道："姜奶奶，我们是一个学校的，之前我还去您那吃过馄饨。"

"可能当时人多，我没太多印象。"

"没关系，现在您认识了。"

季爷爷问姜红："这两个是你孙子孙女吗？我倒是还没见过你这个孙子呢，长得真高。"

"我是她同学。"喻桉说话的时候，看着一旁的林栀。

姜红笑道："小栀的同桌，两个都是我的乖孙孙。"

季爷爷爽利地笑了起来。

"你们先聊着，我去切点水果。"姜红说着进了厨房。

林栀坐在中间，左右分别坐着季扬跟喻桉，小乖从林栀房间里探出脑袋，警惕地打量着季扬。

"这是你养的狗吗？"

"对，暑假捡的。"

季扬笑了，小虎牙尖尖的："我挺羡慕你们能捡到狗的，我就什么都捡不到。"

"可能是缘分吧。"

小乖盯着季扬看了一会，然后摇着尾巴去找喻桉了。喻桉伸出手揉了揉它的脑袋。

"我可以摸摸吗？"

林栀点头："可以。"

季扬冲小乖伸出手，还没摸到小乖的脑袋，小乖就往后退了两步，躲在喻桉的腿后面，探出脑袋看季扬。

"它有点怕生。"林栀笑道。

"这样啊，以后就不怕了。"

喻桉忽而站起身，看了看林栀："我去给奶奶打下手。"

林栀轻轻拉了拉他的袖子："你一个小伤患就别去了，好好坐着吧。"喻桉同她对视了几秒，还是坐下了。

"你们两个还怪像哩，若不是我没听说还有个孙子，还以为你俩是龙凤胎。"

喻桉跟林栀对视了一眼。

"可能是因为我俩做同桌久了。"林栀笑道。但其实，他们认识并没有很久。

姜红端着一盘水果出来了："刚切的哈密瓜，还有火龙果。"她说完，又指指桌上的水果盘："这还有橘子和葡萄，想吃什么就吃什么。"

林栀应她："好。"

姜红看了一眼时间，道："我该去做饭了。"

四个人闻言都说要帮忙。

"你们三个小孩子就不要进厨房了。"

而季爷爷跟着去了厨房打下手。

"听说你们班物理老师有点问题。"

"确实有点。"

季扬笑道："我还听说你俩打赌了。"

林栀一惊："你怎么知道？"

"我们这一层楼很多人都知道。"

林栀闻言沉默了，她这是属于丢脸丢到了其他班了是吗？

"我觉得你很勇敢，遇见这种事会反抗。"

林栀听完他的话，沉默几秒才开口："谢谢。"然后她剥了个橘子，刚进嘴就酸得人快没了，她看了一眼逗狗玩的喻桉："你吃橘子吗？挺甜的。"

喻桉毫不怀疑。因为他刚刚一直在摸狗，林栀将一张纸巾放在他手里，然后才将一瓣橘子放上去。她盯着喻桉咽下去那瓣橘子，整个过程，喻桉的表情都没什么变化。林栀都觉得自己刚刚可能是味觉失灵。

她又塞了一瓣橘子进嘴里，酸得面部扭曲。

"不酸吗？喻桉。"

喻桉道："还好。"

"对了，还没问你叫什么名字。"季扬说道。

"林栀，双木林，栀子花的栀，他叫喻桉，家喻户晓的喻，桉是桉树的桉。"

"我叫季扬，张扬的扬。"

林栀应了一声表示知道了。

喻桉一边逗小乖，一边沉默地听着两个人聊天。

……

姜红很快就端着一盘菜出来了。

"洗洗手吃饭吧，孩子们。"

林栀进洗手间打开水龙头，对着喻桉说道："你先洗吧。"

"好。"

喻桉洗完手，她又把一张纸巾放在他手上："吸水。"

然后，林栀自己洗完手出去了。季扬是最后一个进去的。

不一会菜就都端上了桌子。

林栀拿着碗，问喻桉："你吃多少？"

"比上次少点。"

"行。"

林栀挖了一大勺，压平，又加了一勺，问他："可以吗？"

"可以。"

林栀又给自己盛了一碗饭，她看了看身后的季扬，笑道："米饭在锅里，你想吃多少就自己盛多少。"

季扬笑道："好。"说完又看了一眼喻桉的胳膊。

五个人围在一张圆桌旁。期间，季爷爷跟姜红在聊很多之前的事情。林栀一边吃饭，一边仔细听两个人说的话。她看了一眼低头吃米饭的喻桉，立刻夹了一块红烧肉放进他碗里："多吃点，长身体。"

"好。"喻桉看了看自己。她是在说他太瘦吗？

季扬吃了一块红烧肉，赞不绝口道："奶奶，您做饭简直太好吃了！"

"好吃就多吃点。"姜红冲着他笑了。

而小乖在饭桌底下绕着两个人拱来拱去。喻桉低头看了它一眼，小乖身边放着一个白色小碗，上面还印着小狗图案，那是它的餐盘。他趁桌上的人不注意，丢了一块红烧肉在它碗里。

林栀看见了，用手肘轻轻碰了一下喻桉的胳膊，压低声音道："等会儿喂它骨头，你自己多吃点。"

一抬头，所有人都在看着他俩。

姜红笑着问："怎么了？是今天的饭不合胃口吗？"

"不是的，奶奶，他说奶奶做的红烧肉太好吃了，是他吃过的最好吃的红烧肉。"林栀说完，问喻桉："对吧？"

喻桉点头："嗯。"

姜红笑得眼角的皱纹都舒展开了："奶奶以后天天做给你吃。"

"好。"

季扬笑眯眯地问道："那我也能来蹭饭吗？"

姜红道："当然可以，添一双筷子的事。"

喻桉低头看了一眼小乖，它吃红烧肉吃得摇头晃脑，似乎很喜欢的样子。

这顿饭很快就吃完了，几个人坐在客厅里聊天，一直聊到下午三点多，季爷爷带着季扬准备回家。

"不留下吃完晚饭再走吗？"

"晚上还有约，就先带着小扬回家了。"

"行。"

季扬冲三人挥手："那我们就先走了。"

"好，下次再来玩。"

季扬看着站在中间的林栀："下次见了，林同学。"

"下次见。"

然后季扬的目光又落在喻桉身上，他正面无表情地看着自己。

……

两个人回到林栀的房间继续下五子棋。

"这次你下白子，我下黑的。"

"好。"

两个人一局还没玩多久，喻桉的手机就一直响个不停，他看了看正准备落子的林栀：
"我看看信息。"

"好。"

喻桉点开微信，看到了喻慕腾发来的信息。

【沧海】：你爷爷要走了，赶紧滚回来。

【沧海】：你是死了吗？不会回下信息吗？

【沧海】：赶紧回家。

然后他又收到了代宁发来的信息。

【d】：你爷爷要回家了，你回来送送吧？

【d】：我今天买了很多菜，晚上回来吃饭。

林栀盯着他看了一会，问他："你是不是有事啊？"

"让我回家。"

林栀站起身，准备将那些五子棋收起来。

"下完这一局。"

林栀笑道："好。"

她其实刚刚落子了，趁喻桉不注意又偷偷收了回来。

林栀落下一子，便盯着棋盘等着他下。喻桉将白子放在了她刚落下那一子的上方。

"哈哈哈，喻桉，你堵不住我了。"林栀说着，将黑子放下去，刚好是四个黑子。

喻桉看着她，道："你很厉害。"

林栀有些不好意思："其实我刚刚偷偷悔棋了。"

"我知道。"

林栀有些惊讶："你看到了？"

"嗯。"喻桉说完，又道，"那不算悔，我在看信息。"

林栀盯着他认真的表情，没忍住地笑了："那我就承认你在夸我厉害了。"

"确实厉害。"

林栀笑得眼睛都弯了："我送你回家。"

"不用了，很远。"

"那我送你下楼总行吧？"

"好。"

林栀敲了敲姜红房间的门。

姜红开门，看到站在门口的两个人。

"奶奶，他该回家了。"

"不留下吃晚饭吗？"姜红问喻桉。

"今天他有事，等下次吧。"

"那也行，你下次一定要来。"

喻桉点头："好。"

两个人一起送喻桉到了楼下。

喻桉看着姜红和林栀，轻声道："我走了。"

林栀跟他挥手："拜拜。"

……

喻桉坐了一个多小时的公交车，下了车，他又走了十几分钟，才到喻家。他走到那扇门前，系统还是提示："未识别该人脸。"管家打开门，笑着从里面出来："少爷，您快进来吧。"

喻桉淡淡地嗯了一声。

……

喻桉推开门，见喻老爷子正坐在沙发上喝茶。看见喻桉回来了，喻老爷子笑道："小喻，你过来坐。"喻桉便走到他面前坐下了。

喻瑾云看喻桉的神色儿乎要烧起来了。

"留个微信，以后有事可以联系爷爷。"

"爸，您私人微信不是不加人吗？"

喻老爷子淡淡地瞥了一眼喻慕腾："不是加你了？"

喻慕腾没说可话。

喻桉扫了那个二维码，点了申请添加好友。

"爷爷，我也想留您一个联系方式。"说话的是喻瑾云。

喻老爷子看过去，目光审视地打量他，然后打开手机二维码，递了过去。喻瑾云也扫了那个二维码，笑道："谢谢爷爷。"

"嗯。"喻老爷子淡淡地嗯了一声。

"爸，我让司机送您吧。"

喻老爷子看了眼喻慕腾："不用了，我带了司机过来。"他说完便站起身："那我就走了。"

喻慕腾站起身，笑眯眯地开口："我送您到门口。"

喻老爷子嗯了一声。

代宁也站了起来，笑道："爸，我也送您。"

不知道的还以为两个人要把喻老爷子送到哪里呢。

司机早早就等在门前了，喻老爷子上了车，看了喻桉一眼。

代宁笑得谄媚："爸，您有空还来。"

"我倒是没觉得你欢迎我。"

代宁的表情有几分尴尬，又很快恢复，继续笑着看喻老爷子。喻慕腾揽着代宁的肩膀，笑眯眯地冲着喻老爷子开口道："她很贤惠的，没有不欢迎您，爸，喻桉不是她亲骨肉，都视如己出。"

"你有些方面的眼光，倒是有待提高。"

"爸您是说我房子的装修风格吗？"

"都有。"喻老爷子说完，暗骂自己养了个草包蠢货。

……

送走了喻老爷子，喻桉就回楼上去收拾东西。他将自己的东西全部收拾好，一一装起来，便提着东西下楼去了。

"你干什么去？"

"回家。"

"这不是你的家吗？"

听着喻慕腾的话，喻桉沉默了，他说："这是你们的家。"

代宁匆匆忙忙从厨房出来了："小喻，你还回去吗？不留下吃个晚饭再走吗？今天有很多你爱吃的菜。"

"不用了。"

喻慕腾皱眉看他："不识好歹的东西，不想吃就滚。"

喻桉没说话，拎着自己的东西就走了，他拎着东西刚走到门口，管家走上前，问他："少爷，要我送您回去吗？"

"不用了。"说罢，喻桉自己带着东西走了。这时，他看到一个家里的甜品师通过面部识别进来了，只觉得讽刺。这里所有用人都可以随意出入，只有他，不可以。这么想着，他忽然收到了喻老爷子发来的信息。

【喻】：我看你爸是鬼迷心窍。

【喻】：有什么事以后可以给我发信息。

喻桉将备注改成了"爷爷"两个字，然后回了他。

【y】：好。

……

喻桉回到家已经是晚上七点多了。他将东西全部摆放到原处，给自己煮了碗面。然后他忽而听到手机的信息提示音，打开手机一看，是林栀发来的一张照片。

【☆】：奶奶做的酸菜鱼！超级无敌好吃。

【☆】：可惜你今天没有口福了。

【☆】：下次一定要来吃！

喻桉看着那盆令人食欲满满的酸菜鱼，回复了她。

【y】：好。

【y】：下次吃。

随后林栀发过来一个视频。

喻桉点开看，是小乖，它正在享用自己的晚饭。看样子应该是好吃得很，因为小乖的尾巴一直甩个不停。喻桉看了两遍那个视频。

……

转眼就到了开学这天晚上，班里很多人已经早早地到了。有的在聊八卦，有的在疯狂补作业。林栀到的时候班上同学已经来了大半，她将书包塞进抽屉里。喻桉已经开始写作业了。

林栀将他给自己带的那本书放在他桌上："我看完了，还给你。"

喻桉停下笔，将那本书放进抽屉里："还要看别的吗？"

林栀托着下巴，叹了口气："不了吧，物理都学不懂，还是不看别的课外书了。"

"相信自己。"

"我不是很相信自己，但是我相信你。"

喻桉听见她的话，对上她笑盈盈的目光，连忙错开视线。

"如果我考很差的话，你会不会有挫败感啊？教了那么久的学生什么都没学会。"

喻桉看着她，眼神纯澈，他语气认真道："不会，有进步就行。"

这时吴桐背着书包进来了。她同桌叫郑孚，一见她走了过来，把试卷往中间一放："你怎么来那么晚呀？快参考参考，我刚借的试卷。"

吴桐把试卷往桌子一放，喜滋滋道："我写完了。"

郑孚惊讶地看着她写得满满当当的试卷："你什么时候写的？"

"就在家啊。"

郑孚沉默了，继而道："原来只有我一个人在家不好好写作业。"

"我跟栀栀参考的班长的试卷。"

"你真不够意思。"

"那不是给忘了吗？"吴桐说着，把试卷放在郑孚面前，"给，看吧看吧，我只是参考了一部分大题，选择题什么的自己做的。"

郑孚果断放弃前桌的试卷，拿着吴桐的试卷看了起来，他跟吴桐说道："我怕乜老师突然过来，你帮我盯一下。"

"知道了。"

感受到一抹阴影落在头顶，郑孚直接就把试卷塞在了抽屉里。他抬头，对上一张脸。那人又瘦又白，身上穿着白衬衫却莫名带着几分痞气，五官精致，鼻梁很高，嘴角含笑。他松了口气，不是乜瑛。

林栀见是阮征，已经快步跑出教室了。

阮征将手里的两杯奶茶递给她："给你还有你那个尖子生同桌的。"

"谢谢阮宝。"

阮征又从口袋里摸出来一个小盒子，神秘兮兮地冲林栀开口："你把手伸出来。"

林栀听话地把手伸了过去。

阮征背过身去，把那条手链拿出来，又转过来，将那条闪闪的碎银栀子花手链戴在她手腕上。

之前旅游的时候，阮征路过一家百年银店。本来她想着随意进去转转，然而听店家说碎银手链有保佑的寓意，就买了一条。

"配不上你，有钱了给你买好的。"

林栀看着手腕上的手链，笑得眼睛都弯了，连连说道："我很喜欢！"

阮征揉了一把她的脑袋："喜欢就行，那我玩去了。"

说到玩这个字，林栀警惕了起来，她看着阮征，问道："你去哪里玩？"

阮征挠挠头，少见地有点尴尬："就随便出去转转。"

"随便转转是怎么转？"

阮征沉默了几秒才开口："我晚自习之前回来好不好？"

"好。"

她看着阮征消失在视线里。

林栀回到座位，将手里的奶茶递过去："你喜欢喝什么味道的奶茶？"其实喻桉并不喜欢喝奶茶，不过此时此刻，他盯着林栀自己伸过来的手，道："都行。"

林栀拿出两杯奶茶，仔细看了看上面的标签，将那杯芋圆奶茶放到他桌上："我喜欢这个，你尝尝看喜不喜欢。"

"我要另一杯就行。"

"你尝尝看。"

对上林栀期待的眼神，喻桉只好点头："好。"

他一只手不方便插吸管，林栀便帮忙把吸管插进去，然后递到他面前。

"谢谢。"喻桉接过来，喝了一口。

"好喝吗？"

在林栀期待的目光下，他点头："好喝。"

林栀笑道："我也觉得这个好喝。"

另一杯是黑糖珍珠奶茶，林栀也喜欢。

她喝了一口奶茶，看了看喻桉："之前有人说黑糖珍珠奶茶里面加了胶，喝了容易不孕不育。"

喻桉愣了下，认真解释："是木薯淀粉和黑糖做的。"

林栀笑道："我知道。"她就是逗他玩。

郑孚好不容易写完一张试卷，松了一口气，他回头问林栀："刚刚那个是你朋友吗？还挺帅的。"

喻桉抬眸看了他一眼："她闺蜜。"

吴桐也道："栀栀闺蜜是女孩子。"

郑孚挠了挠头："之前一直以为她是男孩子来着。"

林栀笑着开口："没事，现在你知道了。"

乜瑛拿着个杯子进来了，她一进来，班里立刻安静了下来。

"各科课代表收一下假期的试卷，送到老师办公室去。"她说完，就坐在了讲台上，低头看自己的书。

喻桉站起身，准备去收数学试卷。林栀轻轻拉了拉他的袖子："你……一个人可以吗？"喻桉点头。

班上有些人还没写完，正在快马加鞭地补试卷。喻桉走到第一组，本来还在奋笔疾书的人，立刻将试卷递给他。因为他们确实有点怕喻桉，在他旁边都能感受到一股低气压。

片刻后，喻桉抱着收的试卷，递给乜瑛："收齐了。"

"行。"

乜瑛随便翻看了一下，完成的情况还可以。

语文课代表是个短头发的女孩子，叫景宜，她抱着语文试卷去了对面的语文组办公室。她将试卷放在桌上："老师，语文作业收齐了。"

语文老师拿起那薄薄的一摞试卷："景宜。"

"老师，我在。"

"你看我像不像傻子？"

景宜看着语文老师，犹豫三秒，认真摇头："不像。"

语文老师叹了口气，摆摆手："行了，你回去吧。"

景宜一直到回到座位上也没想明白语文老师为什么问她，她像不像傻子。她偷偷跟同桌说了这件事。同桌回答她："有没有一种可能是我们试卷交得太少了，她说你在糊弄她。"

景宜恍然大悟："那我完蛋了。"

"没事，张姐人好，知道假期作业大部分人都是糊弄，平常作业不糊弄就行。"

"你说得对。"景宜立刻松了一口气。

乜瑛翻看完试卷，往讲台底下看去，看到了两个挨得有点近的脑袋。最近林栀的学习劲头还不错。她将试卷放在讲台一边，便开始低头写教案了。

……

转眼过去了三天。

林栀几乎每天都捧着书看，下课时间也不经常出去了，每天晚上她都是抱着物理书入睡的。她发现，只要在睡觉之前翻上一会儿物理书，就一定会困，她做的题越来越多，问喻桉题目的次数也越来越多。

周一的物理课上，林栀低头做题，她皱着眉看着那一题，喻桉才刚刚讲过没多久，她听的时候觉得自己学会了，这会自己做又卡壳了。

突然讲台上一个粉笔头扔了下来，正中她的眼睛。

林栀愣住了，揉了一下眼睛，觉得有几分刺痛，她看了看讲台上的人："我没在睡觉。"

"谁说你睡觉了？我在讲台上上课，你头都不抬一下，你听什么呢？"

"我又跟不上课程，只能看书。"

闫静想起来这几日，每次看到林栀，她几乎都在班里看书，或者问喻桉题目。她看着讲台下面的林栀，阴阳怪气道："倒是挺努力的，可是也没见你平时的小测验分数增加多少。我很期待下周的考试，你能有多少进步。倒不如跟你同桌学习学习，看看人家到底怎么学的。"

她话音刚落，少年冰冷的声音响起："每个人擅长的科目都不一样，成绩不能代表什么，还有，刚刚那题，您讲错了，第一步就错了。"

闫静指着他，愤怒道："你俩，都给我出去站着，现在就出去。"

她话音刚落，林栀就拿着物理书出去了，喻桉拿着书跟在她后面。林栀朝喻桉看过去，他捧着物理书，目光落在手中的物理书上，脸上看不出任何情绪。她跟喻桉站得很近，她用右胳膊轻轻碰了一下喻桉。喻桉看了过来。

"又在外面一起罚站了。"

喻桉嗯了一声。

"你是不是不经常被罚站啊？"

"第二次。"

林栀闻言有几分愧疚："又害你跟我一起罚站。"

"挺不一样的。"

林栀反应过来他说的是站在外面，被他逗笑了。

里面似乎又有人惹了闫静，接二连三地走出来六七个，八班门口站了整整一排人。

郑一名本来在对面巡逻，忽而看见八班门口站了整整一排人。他便下楼往这边来了。

一个男生从校服裤兜里摸出一包干脆面，问旁边的男生："你吃吗？"

话音刚落，发现旁边的人都在看自己，他把方便面递过去："都吃，来来来。"

男生偷偷地看了一眼包装袋里还有剩，便走到喻桉和林栀面前："你俩吃吗？班长。"

喻桉摇头，林栀也摇头。

男生又偷偷溜回了自己的位置。

几个人正在低头吃干脆面，忽而听见一个声音："好吃不？"

男生闻言将兜里的袋子掏出来："只剩下一点了，你……"

"你吃吗"三个字还没说出口，他同郑一名就已经对视上，只得默默缩回本来伸出去的手。

郑一名一把夺过来他手里的方便面袋了，生气道："好吃吗？"好几个人都在他的注视下点头。

男生小声嘀咕："沙嗲牛肉干更好吃。"

郑一名有些空耳，只听见了"杀爹"两个字，皱眉问他："杀谁爹？"

旁边有学生小声提醒他："是辣条名字。"

郑一名把方便面揣进口袋里："吃吃吃，我看你俩长得像根辣条。"

两个人低头不语。

郑一名目光扫过一群人，又落在喻桉身上，他走到喻桉面前，又看了看里面："这节课什么课？"

喻桉如实回答："物理。"

"你为什么会在外面？"

喻桉沉默。

"'物理满分'也有回答不出来的题目吗？"

喻桉开了道："只有不理解的事。"

郑一名背着手来回走了两趟。

屋内的闫静没看清外面的人，只看到一道身影走来走去，她猛地推开门，声音很大："让你们站在外面怎么还不安静下来？"

郑一名同她对上视线，干笑了两声。

闫静立刻收回刚刚那副凶巴巴的样子，语气都放柔和了些："郑主任，您怎么来了？"

郑一名指了指那一排学生："在对面看到了，过来看看。"

"他们这些学生顶嘴，我让他们出来罚站。"

"这样啊。"郑一名说完，指了指喻桉，"那他呢？"

他对喻桉有印象，不爱说话，成绩一直稳居前三，顶嘴应该不会吧。

闫静的目光落在喻桉和林柜身上，同郑一名告状："这些人上课没好好听讲。"说着她指向喻桉，"他还跟我顶嘴。"

郑一名笑道："那喻同学确实有不听课的资本，我都考虑把他换到好班去，在这种班里确实是屈才了。"

闫静宛若一拳打在棉花上。

"还有，闫老师，我有几句话要说。"

闫静立刻露出一个笑来："郑主任您说。"

"咱们作为教育工作者，教学的任务是什么？教和学对不对？有些时候，要注意自己的措辞，要做学生的榜样，我看喻桉这孩子是个好孩子，这一年从没跟老师顶过嘴，还给学校拿过很多奖。"

闫静点头："郑主任说得是。"

"可以让个别不听话的站在外面，现在这种情况不要再出现了，都站在外面，你说还学什么呢？"

闫静本想反驳他，想了想还是点头："您说得是。"

郑一名看着那些学生，道："都进去吧，上课好好听课，听见没有？"

回答他的是一声响亮的好。

随后郑一名看了一眼喻桉："你跟我过来一趟。"

"好。"

闫静看着郑一名叫走了喻桉，是有气没地方撒，气得把门甩上了。

"来，你坐。"郑一名指了指楼梯口的台阶，示意喻桉坐下。喻桉在他旁边坐下了。

"你们班的情况呢，我也听乜老师说过，你觉得这个物理老师怎么样？"那么好的一个苗子，若是因为闫静一个人变得不爱学习了，对学校来说，那损失就太大了。

喻桉如实回答："重男轻女，教学作风有问题。"

"这个我们已经批评过闫静了，若是她还不改，只能撤职处理了。"

喻桉点头，还是有些不理解郑一名此次叫他出来的原因。

"你有没有兴趣去学校的英才班？"英才班是整个八中最好的班，是学校重点培养的一批。

喻桉摇头："没兴趣。"

郑一名也想过直接把他调去英才班，但怕他在原本的班级习惯了，又加上要尊重学生的意愿，所以他才想着寻个机会来问问喻桉。

"行，如果你以后有去英才班的打算，随时来办公室找我。"

"好。"

郑一名拍了拍他的肩膀，笑眯眯地开口："行了，进去吧。"他看着喻桉离去的背影，越来越顺眼。这孩子不骄不躁，成绩好，长得也好，哪个老师不喜欢？他走了两步，摸了摸自己口袋里的干脆面，小声嘀咕："有那么好吃吗？"

环顾四周，四下无人，郑一名倒了一点在手上，然后丢进嘴里。他嚼了几下，酥、咸、香，果然好吃，还是这群小孩子会吃啊。郑一名看了一眼包装袋，掏出手机拍了一张照片，准备趁没人偷偷溜去超市买几包。

……

林栀回到教室后，还是觉得眼睛很是不适。她用力地眨了一下眼睛，总觉得刚刚被砸的那只眼睛有些疼。林栀用手揉了揉，越揉越难受。

喻桉本来在看书，注意到她这边的动静，便看了过来。她那双清亮的眼睛这会透着几分红来，眼里满是红血丝。他撕下一小张纸，写了几个字，然后递了过去。

林栀看着递过来的字条，打开看了一眼。字条上只有三个字：别揉了。她回了几个字过去：不舒服。旁边是一个哭泣的小人。

喻桉盯着那个小人看了一会，回她：下课去医务室。

林栀冲他摇头，意思是不用那么麻烦。

喻桉又加了两个字：陪你。

察觉到闫静似乎往下看了，林栀将那张字条收了起来，放进了兜里。

闫静拍了拍黑板，突然发火："一个个的一点反应都没有，听到我这题讲的什么没有？"

全班鸦雀无声，所有人只是抬头看着她。

"说话。"

"听到了。"

闫静的目光落在正在揉眼睛的林栀身上："林栀你干吗一直揉眼睛？"

林栀没说话。

之前被闫静骂哭的那个女生开了口："您刚刚用粉笔砸她眼睛了。"

闫静冷哼一声："怎么？还想讹我不成？"

林栀看她："没想讹您，上课吧，其他人还在听课呢。"

闫静瞪她："不用你提醒我。"说完，她问下面："哪一题需要讲？"

"第一题。"

"这种基础题我都讲了十几遍了，你们怎么又忘了？"

底下人忍不住小声嘀咕："是你问我们哪一题不会的呀。"

"我是问你们哪一题不会，你们连那么简单的基础题都不会吗？"她的声音又大了起来。

班里鸦雀无声，不知道哪句话又把她给点着了。

闫静把书一撂，说："你们自习吧。"说完她就气冲冲地走了。留下班上的学生面面相觑。

喻桉拿着书走上讲台，看着底下的同学："组长统计一下哪些题不会。"说完，他就回到座位上。

班里的人没了闫静反而都松了口气，自己看起书来。

不一会，班上的人就把各组统计的不会的题的单子交了上来。喻桉将那些单子汇总起来，走到讲台前："第一题谁会？"

班上很多人都在举手。

"谁想讲？"

有男生兴冲冲地走到讲台上，咧嘴笑道："我讲吧。"

喻桉站到一旁去，看着下面，声音就跟他人一般，透着几分低沉和清冷："会的自己写题，不会的认真听。"

接下来的好几题都是以这种方式讲的，喻桉偶尔点出来几个他们讲解得不太恰当的地方。最后两题班上很多人都会写，但却讲不出来。喻桉念了一遍题，然后问："所以题目的关键词是什么？"

底下的人七嘴八舌地回答。

吴桐回头冲林栀开口："你同桌真适合当老师，一讲我就茅塞顿开了。"

这点林栀很清楚，她轻声回答："对。"

她坐在下面，看着上面的少年。那人单手拿着书，身材修长，站得笔直，衬衫洁白，少年戴着银边眼镜，颇有几分斯文败类的感觉。她正盯着喻桉，忽而同讲台上的喻桉对上视线。

喻桉的视线落在她身上一瞬，又移向别处。

那两题很快就讲完了。

下课铃声响起，林栀托着下巴，看着喻桉走下来："讲得很不错啊！"

喻桉的耳尖红了，却依然镇定自若地嗯了一声。

他将书放下，看着林栀："走。"

"啊？"

见喻桉的目光落在自己脸上，林栀反应过来，他的意思是去医务室。

"不用去医务室，就是稍微有点不舒服。"

喻桉看过来，目光落在她已经红了的右眼上。

吴桐听见了两个人的对话，抓起自己桌上的镜子举到林栀面前："姐，你要不要看看自己眼睛有多红？"

林栀凑近那面镜子，看清了自己的右眼球，布满了红血丝。

喻桉盯着她看，一言不发。

"那我去吧，上课之前没回来的话，桐桐你帮我跟老师说一声。"

吴桐冲她比了个"OK"的手势。

喻桉走在前面，回头看了林栀一眼，林栀快走几步，跟上了他。喻桉步子大，放慢了步子等她，两个人并排走着，转眼就到了医务室。

校医是个三十多岁的男人，他看着两人，问："谁不舒服？"

林栀举手："我，眼睛有点难受。"

"你过来，我看看。"

林栀便乖乖地坐在椅子上，仰起头，医生用手指撑开她的眼睑，仔细看了看，问她："是坐在第一排吗？眼睛有点发炎，可以考虑跟老师说一下，调一下位置。"

林栀沉默了几秒，站在一旁的喻桉开口道："是老师用粉笔头砸的。"

"哪个老师？这可不兴胡乱砸，眼球是很脆弱的。"

喻桉嗯了一声。

"我给你开点眼药水，滴一滴，先滴个两三天，还不好的话，就去医院看看。"

"行，谢谢校医。"

那医生拿出一瓶眼药水，放在桌上。喻桉掏出一张纸币，递给校医。

"我自己付就行了。"

"没事。"喻桉说着，便把装眼药水的袋子提在手里。

"要不然先在这滴一下吧。"校医看着两人。

林栀点头："也行。"

她坐在椅子上，仰着头撑开自己的眼睑，拧开那眼药水就要往里面滴。滴倒是滴了，只不过没进眼睛，滴在脸上了。林栀又试图撑开了一下眼睑，挤了一下眼药水，眼药水顺着脸颊滑下来，还是没有滴进去。这时喻桉拿走了她手上的眼药水。

"我来吧。"

林栀看着他，疑惑道："你一只手可以吗？"

"可以。"

喻桉的手指忽而触碰上她的眼皮，他轻轻地用大拇指跟食指撑起她眼角部位的皮肤，声音很轻："你自己来，不用太用力。"

少年的体温偏低，指尖碰上皮肤的触感显得尤为清晰。

林栀伸出手，自己掰开眼睛。喻桉的神色认真，慢慢凑近。林栀几乎能闻到他身上淡淡的洗衣液的味道，混杂着沐浴露的香。他的睫毛黑而长，在眼底打下一片阴影。

"放松。"

林栀听见他的声音，心跳莫名漏了几拍，说不清是因为他的声音还是怎的，她轻声开口："好。"

喻桉稳稳地将眼药水滴进她的眼睛里。

林栀刚要睁开眼，就听见旁边人的声音："闭眼三分钟。"

"快上课了，喻桉。"

"没事。"

林栀闭着眼看不见，只能一秒一秒地数着时间。喻桉看着她，目光从她眼睛处往下滑，几秒后又收回视线。

"为什么滴眼药水后要闭眼啊？"

"利于药水跟结膜充分接触。"

"喻桉。"

"嗯？"

"你怎么什么都知道啊？"

喻桉沉默两秒，回答她："只是知道一点而已。"

林栀闭着眼数数，在她数到两百秒的时候，听见男生的声音响起："好了。"

睁开眼，重新恢复光明，林栀看了看喻桉："回教室吧。"

"好。"

两个人并排往教学楼走去。

"报告！"

听见门口的声音，乜瑛往门口看去："进来吧。"

喻桉同林栀便走进来，回到自己的座位上。吴桐偷偷回头，冲林栀小声开口："我跟乜老师说了你俩去医务室了。"

林栀冲她比了个"OK"的手势，笑道："谢了。"

"乜老师好像跟闫静吵架了，具体我下课再跟你说。"

"好。"

喻桉的目光落在试题上，却将两个人的对话一字不落地听了进去。

林栀看着讲台上的乜瑛，她面上带笑，正在讲一道数学题。她好像就没有见过乜老师发什么脾气，也从没见乜瑛把别的情绪带到工作当中，她真的情绪很稳定，对这份工作有着满腔热爱。

林栀又偷偷看了一眼喻桉。他脊背挺得很直，正在低头写题。他可以在课上写任何科目的作业，是乜瑛特别允许的，因为班级上课的进度对他来说太慢了。

林栀又收回视线，落在黑板上，脑子里还在思考乜瑛上一步讲的是什么。

下课铃响了起来。

乜瑛黑板上的那一题还没讲完，她合上书，看着底下："下课了，你们自由活动吧。"

说完，她就准备抱着书走了。

坐在第一排的男生叫住了她："乜老师。"

乜瑛停下步子看他："还有什么问题吗？可以来办公室问我。"

"您是不是跟闫老师吵架了。"

说到这个，乜瑛笑了一下："你们都是从哪里得来的消息？"

那男生支支吾吾道："听别人说的。"

"没什么事。"

事实上，上节物理课下课后，乜瑛正在备课时，闫静怒气冲冲地冲进了她办公室。她道："你们班的课堂纪律，啧，反正我是管不了他们。"

乜瑛耐着性子回她："他们只是有一些调皮，而且我觉得我们班孩子课堂上的纪律还是很好的。"

"好？一个班里能有十几个跟我顶嘴的，尤其是那个班长跟他同桌。"

说到喻桉，乜瑛有点惊讶。她印象里喻桉一直规规矩矩，几乎不会说任何多余的话。"他们俩都是乖孩子，我想您可以换一种教育方式，上次领导不也说了？您的教育方式有些过火了。"

"你少来，不要拿学校那些老迂腐压我一头，我二十年都是这么教的。"

"时代在变化，教育方式也得跟着改变，不是打骂就能改变一个孩子的。"

"你是讽刺我老了，没有你年轻是吗？"

乜瑛摇头："你知道我不是那个意思。"

"还有你们班的那个林栀，不自量力跟我打赌，她若是能考及格，我闫静的名字不止倒过来写，我直接从八中辞职。"

乜瑛听着她的话，想起了前些日子听到的那些传闻。闫静跟班里学生打赌的事并不是传言。

"辞职倒是没有这个必要，你上课的时候稍微注意一下措辞就行，现在这个年龄段的孩子自尊心很强的。"

"你的意思是你觉得林栀能考及格？这真是我今年听到的最大的笑话。"

乜瑛看着她，道："一切皆有可能。"

"那你等着这个可能吧。"

回想到这里，乜瑛看着底下一个个好奇的脑袋："我跟闫老师没说什么，只是沟通了一下。"

"乜老师你真没被欺负吗？"

"乜老师，她若是欺负你，我们'收拾'她。"

听着底下的话语，乜瑛笑道："不会受欺负的。"

想当年大学辩论赛，她舌战群儒把对面讲得说不出一句话来。她突然想起来群里发的通知，冲下面开口："这个通知本来是准备中午说的，不过我现在说了算了吧，下周第二次月考，请同学们做好准备，认真复习。"

此话一出，底下叹气声一片。

林栀盯着物理书有些出神。

"不用给自己太大压力，只是一次考试。"

他的声音带着些安抚人心的味道。

林栀认真点头："我知道。"

……

吃晚饭的时候，林栀不敢跟阮征说眼睛的事情，按照阮征的性格，她能去办公室用一百个粉笔头砸闫静。她什么都没说，但阮征还是注意到了。

阮征本来在啃排骨，忽而丢下筷子，凑近了些："你眼睛怎么了？"

林栀有几分心虚："发炎了。"

"怎么会突然发炎？吃完饭我带你去买药。"

"买过了。"

阮征这才松了一口气："买过了就行。"

林栀也松了一口气，差点以为被阮征发现。

阮征忽而夹起一块排骨放她碗里："感觉你最近学习学得都瘦了，多吃点，少熬夜，不然眼睛更不舒服。"

林栀摸了摸自己的脸，有些迟疑地问道："瘦了？"明明她觉得这几日被姜红投喂得都胖了。

阮征捏了捏她的脸："肉都没了。"

"没有吧？"

"有，多吃点。"

林栀点头："好。"

……

晚上，林栀挑灯夜读。她没看多久书，就觉得眼睛依然有些不适。桌上放了一个小镜子，她凑过来照了一下，看到了眼里的红血丝，看来还是得继续滴眼药水。林栀捣鼓半天也滴不进去，她听见手机振动了几声，打开微信看到喻桉发来的信息。

【小喻老师】：这两天不讲课。

【小喻老师】：早点休息。

她已经滴了四次眼药水了，一次都没滴进去，林栀揉了揉眼睛，回他。

【之之为栀栀】：好。

【之之为栀栀】：滴不进去眼药水。

【小喻老师】：别揉。

【小喻老师】：明天帮你滴。

刚揉过眼睛的林栀听完喻桉发过来的语音，有些心虚，她回了信息过去。

【之之为栀栀】：好，不揉眼睛。

【之之为栀栀】：我去找奶奶。

那边很快回了。

【小喻老师】：好。

林栀拿着那瓶眼药水，敲了敲姜红的门。姜红打开门，问林栀："怎么了乖乖？睡不着吗？"

"眼睛有点不舒服，奶奶你帮我滴个眼药水。"

"好。"

姜红接过她递来的眼药水，看着她坐在了床上，便用手轻轻撑开林栀的眼睛，微微皱眉："你眼睛怎么有点发炎了？"

"可能是自己揉的。"

"那看来还是眼睛不太舒服。"姜红说着，将药水滴进她的眼眶，"好了。"

林栀闭上眼，冲姜红摇头："没有不舒服，就是困才揉眼睛的。"

"你们念高中都很辛苦，晚睡早起的，肯定困，周末好好补觉。"

林栀点头。

姜红揉了揉她的脑袋，声音轻柔："奶奶不求你有多好的成绩，也不求你以后大富大贵，只求你平安健康，这样我这个老太婆就满足喽。"

"奶奶才不是老太婆，奶奶永远年轻。"

姜红笑了起来，她今年已经六十多岁了，身体倒还算硬朗，但保不齐以后会怎样。她不知道还能陪林栀走几年，起码，她是想陪她到结婚那时候。把她亲手交给她未来的另一半，自己才能不留遗憾地离开。

119

林栀闭着眼睛，看不见姜红落在她身上的目光，充满着爱意和眷恋。她在心中默默数完了数，然后睁开眼睛。

"快回房去睡吧。"

"好，奶奶晚安。"

"晚安乖乖。"

林栀轻轻地替姜红关上房门，回了自己的房间，她打开桌上的手机。两个人的对话框还停留在喻桉发过来的那条语音。她敲敲打打，发过去一条信息。

【之之为栀栀】：滴完了。

喻桉几乎是秒回。

林栀看着那只有一秒的语音，点开听了一下。

他说好。

她突然有点想逗逗喻桉。

【之之为栀栀】：所以还不睡，是在等我吗？

那边停了几秒没回，林栀又觉得这条信息发过去显得有些自恋。她看着新发过来的语音，点开了。

他说：嗯，等你。

喻桉似乎是有些困了，声音有些低沉和倦意。

林栀听着那条语音，自己都不易察觉地弯了唇角。

手机忽而弹出来一条信息。

【小阮阮】：巡查一下你睡了没有。

她心虚地盯着那条信息看了几秒，打开了两个人的聊天页面。

阮征的信息很快又来了。

【小阮阮】：好了，我知道你没睡。

她只得回复阮征。

【之之为栀栀】：这就睡了阮宝，你也快点睡！

【小阮阮】：打会游戏就睡，不熬通宵，晚安宝贝。

【小阮阮】：嘶，你刚刚不回我不会是在回别人吧？

【之之为栀栀】：我保证我看到你信息就回了。

【之之为栀栀】：晚安！阮宝！

【小阮阮】：晚安。

林栀又想起来还没跟喻桉说晚安，她点开两个人的聊天界面，刚打了几个字，就看到弹出来一条信息。

【小喻老师】：别熬夜。

【之之为栀栀】：不熬夜，这就睡，晚安，小喻老师。

那边很快回复了。

【小喻老师】：嗯，晚安。

林栀又不易察觉地弯起唇角，每次听喻桉说"嗯"，都莫名有种心痒痒的感觉。

第六章
委屈小狗

第二天早上。

"喻哥！"贺蒙看见前面两个熟悉的身影，直接就追了上来。

他笑着同林栀打招呼："早啊，林同学。"

林栀笑道："早。"

喻桉看了他一眼，又收回目光。贺蒙看到喻桉身上背着的那个黄色小包，又看看林栀。他似乎明白了什么，从第一天起喻哥对她就不一样。三个人一起走到贺蒙那一楼层。

贺蒙冲两人挥手："我先进教室了，拜拜！喻哥，还有林同学。"

他一开始是叫林栀小仙女的，后来不敢叫了，因为喻桉看过来的视线太冰冷了。

喻桉嗯了一声。林栀笑着同他挥了挥手。喻桉和林栀一起进了教室。这会教室里的人还不是很多，喻桉将那个黄色的书包放在她桌上。

"谢谢小喻老师。"

"不谢。"

林栀坐下来后，喻桉忽而从书包里掏出一盒东西，放在她桌上。

"给你。"

林栀捧起那盒巧克力，笑了起来："那我就不客气了。"

喻桉看过来："嗯。"

班里书声琅琅，可林栀没读一会就觉得发困得厉害，她掐了掐自己的胳膊，才勉强打起精神。

"喻桉。"

"嗯？"

"你为什么什么时候都不困？"

喻桉认真回她："睡够了。"

林栀不理解每天睡五个小时是怎么睡得够的，她不上课的时候，恨不得一天睡十几个小时。

……

八中的早读时间有所调整，变成了两节早读课，课间可以去吃早饭。第一节早读课结束，班里的人陆陆续续都去吃早饭了，有一部分人留在班里补觉。林栀从包里掏出来三个饭盒，将蓝色那个递给喻桉："早饭，奶奶做的。"

"替我谢谢奶奶。"

"好。"

林栀说完，就捧着那个绿色饭盒下楼去了。她敲了敲窗户，对上阮征那双红血丝密布的眼睛。阮征从抽屉里摸出一瓶牛奶，从里面跑了出来。

"你又熬夜了？"

"昨晚那人非说我打不过他，打了一晚上的游戏，不还是我赢了。"阮征说完，指了指里面："你看，睡了。"

林栀朝教室里望去，看到角落里的那个男生，只露出半个身子在外面，头已经伸进了抽屉里。

"他……怎么这样睡觉？"

"他说这样睡觉老师看不见。"

林栀："……"

"以后不要经常熬通宵，对身体不好。"

阮征拍了拍自己："姐身体嘎嘎好，熬一夜照样精神，不像他，熬一夜像被什么吸干了精气一样。"

"你要不要看看你眼里的红血丝。"

阮征揉了揉自己的眼睛，笑道："无所谓，你快上去吃早饭吧。"

"好，你睡一会记得把早饭吃了。"

"知道。"

……

林栀下了楼，看见喻桉还在看书。她抽走喻桉手里的书，放在一旁："别看了，该吃早饭了。"

喻桉看着她："好。"

"你尝尝看今天的早饭喜不喜欢。"

"好。"

喻桉打开了那个饭盒，里面是两个皮薄馅大，白白胖胖的包子。他在林栀的注视下，咬了一口，原来是鱼香肉丝馅的包子，酸中带甜，甜中带辣。

"好吃吗？"

喻桉点头："好吃。"

林栀笑了："好吃就行。"然后她伸手戳了戳坐在前面的吴桐。

吴桐本来在睡觉，梦见自己在吃大餐，忽而被叫醒了，她有些茫然地看着林栀。

"包子，吃吗？"

吴桐瞬间不困了，点头如捣蒜："吃。"

林栀拿了两个给她，吴桐吃得一脸满足。

林栀吃了一个，开始托着脑袋看喻桉吃饭。喻桉被她盯得有点耳热，看了看她，又急忙错开视线。林栀觉得他吃饭的时候也很认真很乖，看他吃饭有种莫名的满足感。两个人很快吃完了早饭。

喻桉去了厕所洗手，回来后，见林栀正在对着镜子滴眼药水。林栀正在跟眼药水斗争，喻桉就拿走了她手里的眼药水，因为刚洗完手，他的手指温度很低。两个人指尖短暂地触碰了一下。

喻桉凑过来，声音很轻："你用手撑一下。"

"好。"

林栀撑开眼睑注视着他。他的手很大，手掌宽阔，眼药水在他手里显得有些小。林栀几乎看到他脸上细小的绒毛。他的睫毛很长，鼻梁很高。

吴桐回头的时候，恰好看到的就是这幅画面，她忍不住唇角轻扬，忘了自己刚刚回头要跟林栀说什么。

喻桉将药水滴进去后，拉开了两个人的距离。

"闭一会眼。"

"好，小喻老师帮我看着时间。"

喻桉嗯了一声，看了一眼自己的手表。每次凑近她，他都会有种感觉，很奇怪的感觉。

吴桐对上喻桉看过来的视线，冷冷的，不带有一丝一毫的情绪，她嘿嘿笑了一声，把头扭了回去。

总觉得刚刚喻桉看林栀的眼神带着几分温柔，可能是她感觉错了，吴桐这样想着。

喻桉盯着表看了三分钟，随后开口道："好了。"

"其实我觉得我眼睛好多了，可以不用滴了。"

"还没完全好。"

"那好吧。"

……

下了晚自习林栀回到家。这两天不讲物理题，林栀倒是有几分不适应。她刷了一会儿微博，看到很多娱乐圈的八卦新闻，当看到一个明星的热搜后，她瞬间有些懵。她不追星，但是对这个男明星的印象一直很好。

他是童星出道，林栀小时候就看过他的剧，平日里出现在公众视野内也是一副谦逊有礼，温文尔雅的样子。

林栀越看越震惊。已经被警方实锤了，她不由得感叹，真的太乱了。

她给喻桉发了条信息。

【之之为栀栀】：你看微博的热搜没有？

喻桉回得很快。

【小喻老师】：什么？

说到这个，林栀有些来了兴趣。

【之之为栀栀】：就是网络上俞觉方塌房了。

【小喻老师】：俞觉方是谁？

【之之为栀栀】：一个形象蛮好的男明星，塌房了，并且实锤了，他平常路人缘挺好的，没想到私下那么渣，简直令人震惊。

【小喻老师】：有时候，看人不能只看表象。

林栀又同喻桉说了很多自己平时听到的八卦，喻桉每一句都有回她。她忽而反应过来，喻桉一个不追星不关注这些事的，会不会觉得听她说这些无聊？林栀想了想，还是给他发了一条信息。

【之之为栀栀】：你平常不太关注这些事，听我说这些会不会觉得很无聊啊？

【之之为栀栀】：太激动了，说起来刹不住车。

停了十几秒，喻桉发过来一条语音，林栀点开听了一下。

【小喻老师】：是我没有了解过的，听你说，很有意思，不无聊。

林栀忍不住眉眼带笑。小乖在她脚底下拱来拱去，用毛茸茸的脑袋蹭她。她抱起小乖，揉了几把，听见手机响了，是喻桉发过来的语音。

【小喻老师】：眼睛发炎早点休息，不要一直盯着手机。

林栀总觉得他说话有点像老年人的口吻，想起他平日里的表情，莫名觉得有些可爱。

【之之为栀栀】：还不太想睡。

【小喻老师】：闭眼休息。

【之之为栀栀】：想吃瓜，还想刷微博。

那边停顿了好一会儿，才发过来一条语音。

【小喻老师】：不，你想睡觉。

林栀彻底被他逗笑。

【之之为栀栀】：有没有人说过，你很可爱啊。

大约停顿了几秒，林栀收到一个问号，她对着手机屏幕笑了一会儿。

【之之为栀栀】：没事，就是觉得你有点可爱。

林栀等了好一会儿，收到两个字。

【小喻老师】：好吧。

喻桉对着手机，说了一句话，又取消发送，最后用左手戳了两个字过去。

他的皮肤本来就白，这会透着粉的耳尖显得格外明显，他发了条语音过去。

【y】：别玩了。

那边很快回了。

【☆】：好的！听小喻老师的。

【☆】：那就晚安了。

【y】：晚安。

喻桉关掉手机，拉上窗帘，他翻开书，盯着半天，也没看进去几个字。

……

周五这天中午，喻桉吃完饭回来，就看到了站在门口的代宁。她穿着一身深蓝色的裙子，裙子很有设计感，包裹着她近乎完美的身材，脖子上戴一条蓝色钻石项链，头发盘在脑后，只垂下几缕发丝在脸颊旁。她长相不够大气，但胜在清纯。

"小喻。"代宁的声音又惊又喜。

"你来做什么？"

"我今天来看你跟瑾云，这是我特地给你做的饭。"代宁脸上带着笑意，将手里的饭盒递给喻桉。

喻桉冷淡回应："我吃过了。"

"没关系的，这饭盒保温，你晚上吃也行。"

喻桉盯着她递来的饭盒，没有去接，只是冷冷地看着她："你给你儿子送饭就行，不必给我送。"

代宁笑得虚情假意："小喻，你怎么能这么说呢？我把你跟瑾云都当作自己的孩子看待，肯定也有你一份，不能因为你不是我的亲生孩子，我就偏心瑾云。"

喻桉看着她，没有说话，他神色冷淡，眼底掺杂着几分复杂的情绪。他不明白，代宁做戏做到学校来有什么意思。

"小喻，你现在也高二了，我怕你吃不好，我以后会经常来给你送饭的。"

"不需要，我说了不需要。"喻桉说完，用审视的目光看着她，"目的是什么？"

"什么目的是什么？小喻你怎么能这样说？我就是怕你吃不好，所以才来学校给你送饭的，你怎么能这么说我？"

偶尔路过的三两个学生，将目光落在两人身上。在不了解情况的人眼里，倒是显得喻桉有几分不懂事了。

喻桉一字一句沉声道："你的想法，你自己再清楚不过，没必要做戏，给你儿子送饭就行了，不用给我送。"

"我都是为了你好，你又吃不好饭，我只是想给你送点吃的，你不要把我想得那么坏好不好？"代宁说着，捧着手里的饭盒就要往他怀里塞。

突然，一只手拉住了喻桉的手腕。林栀把他往后拉了拉，警惕地看着代宁："阿姨，您是来做什么的？"

代宁打量面前的女生。女生穿着白衬衫，搭配校服短裙，有着很让人惊艳的长相，唇红齿白，一双眼睛清凌凌的，周身气质莫名给她多了几分清冷感。她挡在喻桉面前，警惕地看着代宁。

代宁觉得她有些不像好学生的样子，她假笑道："我是来给我儿子送饭的，麻烦你让让。"

"不需要。"

林栀挡在喻桉面前，丝毫没有要退让的意思："阿姨，从刚刚到现在，他拒绝您很多次了，既然他不想要，您也不能强迫他收下是不是？"

代宁强压着怒火，道："我同自家孩子说话，哪有你插话的份？你家长是怎么教育你的？怎么那么没有家教？这么喜欢插手别人家的事？"

喻桉看着她，语气冰冷至极："说了不需要，不必假惺惺，她怎么样不需要你来评判。"

代宁一下子红了眼眶："你就这般替着一个外人说你妈是吧？"

"我请问，你是我哪门子的妈？"

代宁的眼眶彻底红了，她丢下饭，扭头就急匆匆地就走了。

喻桉看了一眼地上的饭，又看了看林栀，有些欲言又止。林栀拎起那份饭，朝喻桉说道："我们先进教室。"

"好。"

喻桉正想着如何说今天这件事，林栀已经把代宁送来的饭打开了。她皱眉道："她明知道你黄豆过敏，还送来黄豆炖猪蹄，黄豆炒肉，糍粑撒了黄豆粉，她不是成心想害你吗？"

林栀说着，便站起身，把饭盒扔进了教室里的大垃圾桶里。

"你还记得。"

"当然记得，过敏严重了可是会死人的。"

喻桉之前就提过一次，说他黄豆过敏，没想到林栀记在了心里。

"为什么？"

林栀有些不明所以。

"为什么不觉得是我的问题？"

"因为你是我同桌啊，我了解你，你从来都不是那种没礼貌的人。"林栀说完，小声开口："她是你后妈吧？"她刚刚路过，本想同喻桉打招呼，却看见了喻桉面前的女人。见喻桉拒绝好几次无果，她便把喻桉拉到了自己身后。

"我爸妈是因为她离的婚。"

"什么？那她还一口一个我为了你好，我刚刚在旁边听了几句，她说的话她自己信吗？真是虚伪！"

喻桉低头，腕上还残存着刚刚温热的触感，他看了看林栀，道："谢谢。"

"喻桉。"

"嗯？"

"你会不会挨骂？"林栀从今日大概能猜出个七七八八，亲爸背叛他的妈妈，想必一颗心应该是全偏心给刚才那女人的。

"会。"

林栀冲他伸出手，手心里是一颗白桃味的糖果。

"吃颗糖果。"

喻桉在她满是期待的表情下，拿起那颗糖果："谢谢。"

"我忘了，你自己不方便剥开糖纸。"

林栀说着，把糖果拿回来，替他剥开，然后放在他的手心里。

喻桉将糖果放在嘴里，听见她说："你没有错，不用理那些坏东西，他若是骂你，你就左耳朵进右耳朵出。"

他看过来，林栀的表情难得地认真。喻桉轻轻点头，听着她哄小孩似的话语，心中的那些不愉快，很快消失不见。

……

到了下午，马上就要上体育课了。

"栀栀，一起下去上体育课吧？"吴桐转头冲身后的林栀开口。

"好。"

林栀看了一眼喻桉，问他："你下去吗？还是留在教室里写作业？"

"下去。"

林栀摸出抽屉里的那个小风扇，递给喻桉："今天挺热的。"

喻桉看着她递过来的粉色小风扇，低声道："谢谢。"

林栀又掏出防晒霜，把脖子还有胳膊都涂了，她跟吴桐说道："把手伸出来。"

"谢谢栀栀。"吴桐说着，把那些防晒霜在脸上抹匀。班上还有很多人在涂防晒霜。

吴桐看了一眼喻桉，好奇地问："栀栀，你同桌怎么天天晒，什么都不涂也不变黑？"

林栀看了一眼喻桉，道："可能晒不黑。"

126

"我真的会羡慕。"吴桐感叹。

喻桉听着两个人的话，目光落在林栀脸上。她很白，有些怕晒，每次一晒脸上的皮肤都会透着几分红。

"小喻老师，我们先下去了。"

喻桉应她："嗯。"

郑孚同喻桉没说过几句话，不是很熟，他看了一眼后面的喻桉，犹豫半天才开了口："一起下去吗？班长。"

"好。"

去操场的路是一条林荫小道，阳光透过树叶斑驳地打在地上，形成一块又一块的光斑。

"我出门恨不得把空调都背身上。"吴桐觉得在外面多待一秒钟都是对自己的折磨。

"确实好热。"

两个人没走几步，就听到身后传来声音。

"吴桐你还没我走得快。"

吴桐回头看郑孚："您腿长行了吧？"

郑孚一脸骄傲道："用你说。"

吴桐真想跟他翻个白眼。

林栀看到郑孚旁边拿着个粉色小风扇的喻桉，她盯着他绑着石膏的右手看了一会儿，问他："热吗？"

喻桉摇头："还好。"

"没关系，今天应该就可以拆石膏了，再忍忍。"

"好。"

忽然听见一声哨响，众人都知道，这是体育老师开始催了。林栀拉着吴桐，不由得加快了步子。喻桉看着一阵风似的跑远的林栀，她步履很轻，跑得很快。郑孚咧嘴冲喻桉笑道："班长，咱们也走快点。"

"行。"

林栀站进了队伍里，喻桉去了观众台的角落里坐着。太阳火辣辣地晒在脸上。体育老师一声哨响，班上的人立刻站得整齐了。

"这节课，我们进行 800 米测试。"

体育老师这话一出，抱怨声一片。

"啊？"

"这节课跑啊？"

"老师您能不能等没那么热了再跑？会中暑的。"

"老师，求求你了，你最帅了。"

班上的人开始集体撒娇夸体育老师帅。体育老师一个大男人，不知道是晒的，还是被夸的，脸红了，他一脸严肃地吹了下哨子。众人都以为他这是拒绝了他们的请求，谁知体育老师下一句就是："去跑两圈，回来做操，然后自由活动。"他刚说完，下面便欢呼声一片。

第一排的女生跑得很快，宛若脱了缰的野马。班上后排的男生一直在说慢一点。

吴桐才跑了几步，忽而脚一伸，自己扯开了鞋带，然后只能跑出跑道去系鞋带去了。

林栀看了她一眼，没忍住地笑了。

路过另一个上体育课的班级时，林栀总觉得有一道视线落在自己身上。

第二圈的时候，吴桐又重新插回到队伍中。郑孚在后面调侃她："什么鞋带系那么久？"

吴桐扭头，看见郑孚笑得一口白牙尤为明显，说了句滚。

快跑回起点的时候，林栀的目光朝着观众台那边望过去，却发现喻桉不在。可能是去了厕所，或者觉得无聊回教室了，一个人坐在那里确实挺无趣的。两圈很快跑完了，一群人稀稀拉拉地站回原位。

体育老师站在前面："两手侧平举打开，前后间隔大一点，方便做操。"

他话音刚落，后排的几个男生就开始互相打对方的手了。

"体育委员出列，在前面领操。"

"老师，我肢体不协调。"

"我看看你肢体有多不协调。"

体育委员只好乖乖地站在了队伍最前头。

体育老师就教了几个动作，忽而听见后面一阵笑声，他回头，注视着那些男生："有那么好笑吗？"

"老师，他站前面太好笑了。"

体育老师看着体育委员道："你做一遍。"

体育委员听话地做了一遍，表情坚定得像要入党，但是做出来的动作乱七八糟，胳膊和腿像是第一次认识。全班都笑了，包括体育老师。

"我信你是肢体不协调，回队伍里吧。"体育老师说完，指着刚刚笑的那几个男生，"你们上来带操。"尽管几个男生拼命摇头，还是去了队伍最前面，班上的人笑得更欢了。

体育老师回头瞪他们："谁再笑谁带操。"

班上的人这才收敛了一些。

林栀朝观众台那边看了一眼，发现喻桉又回来了。她恰好同喻桉对上视线，林栀冲他笑了一下，见喻桉又在看别处了。

操很快就学完了，随着一声"解散"，所有人都散开了。

吴桐恨不得躺在阴凉处，她问林栀："休息一会儿去买水吧？栀栀。"

林栀用手扇了扇风，道："好。"

面前忽然笼罩了一抹阴影，林栀感觉到一丝凉爽的风，抬头看见喻桉举着个粉色小风扇对着自己吹，他胳膊上还挂着一个袋子。

"你吹吧。"

"我不热。"

林栀便接过他手里的风扇。

"水。"

林栀又接过他手里的袋子，笑道："那就谢谢小喻老师了。"

"不谢。"

林栀往旁边挪了个位置，在地上铺了张纸，冲他开口："你坐。"

喻桉在她旁边坐了下来。林栀看了一眼袋子，里面不止有冰水，还有常温的水。她看了看喻桉，他不知道在盯着什么看，脸上没什么表情。

"桐桐，喝水。"

吴桐拿了一瓶水，笑道："那就沾你的光了。"她说完，又看了看喻桉："谢谢班长。"

"不客气。"

林栀拧开一瓶水，喝了几口，感觉热气消散了些，她又拧开一瓶水，问喻桉："喝吗？"

喻桉接过她手里的水，道："谢谢。"

风吹得树叶沙沙作响。吴桐靠在林栀身上，同她说话："栀栀，你最近刷微博没有？"

"看了一点。"

"你知道俞觉方的事吗？"

"知道，我前几天就刷到了。"

说到这个，吴桐很是激动，两个人立刻聊得热火朝天。

吴桐忍不住开口："我感觉我真够倒霉的，追谁谁塌。"

林栀忍不住笑道："你下次追谁，告诉我，提前避雷。"

喻桉坐在一旁，听着两个人聊天，看了一眼林栀，她鼻头上出了细细密密的汗，脸颊也红红的。林栀正兴奋地同吴桐聊天，忽而一张纸巾递了过来。她接了下来，冲喻桉笑道："谢谢。"

"不谢。"

林栀擦了汗，两个人又继续刚刚的话题。

"林栀。"

听见有人叫自己，林栀抬起了头。男生身材清瘦，头发微卷，笑起来很阳光的样子，小虎牙很有特色。林栀认出了面前的人。

季扬冲她笑道："我们班的体育课调到了今天，没想到居然跟你们同一节。"

"是挺巧的。"

随后季扬的视线又落在坐地上的喻桉身上，他跟他打招呼："又碰面了，兄弟。"

"很巧。"喻桉的视线也落在他身上。

吴桐看着这三人，总觉得气氛有些怪怪的。

季扬怀里抱着篮球，他笑着问："今天我们班和你们班有篮球比赛，要来看看吗？"

"可以。"

"那我就先过去那边了。"

林栀嗯了一声。

季扬冲她挥了挥手，抱着篮球走了。

"小栀栀，什么时候认识的帅哥，怎么我不知道？"

说到这个，林栀看了一眼喻桉，道："我们一起遇见的。"

吴桐思考着那个一起，一起是怎么遇见的？

"我和同桌去数试卷，刚刚那个男生，他问我在哪里拿试卷，后来还去奶奶那吃过馄饨。"林栀说完，又开口，"对吧？小喻同学。"

喻桉嗯了一声。

"这样啊。"说到馄饨，吴桐来劲了："下次还要去吃奶奶的馄饨。"

林栀笑道："好。"

"那我们现在去看看比赛吧？"

林栀点头："走。"说完她看着喻桉，"你去吗？"

喻桉点了点头。

篮球场周围已经围了很多人。吴桐看到了场上的郑孚，笑着和林栀说："那傻小黑也在。"

林栀疑惑，傻小黑是谁？

吴桐解释："我同桌，傻小黑。"

林栀没忍住地笑了。

虽然夏天很热，但是依旧不能阻挡男生对篮球的热爱。篮球场上的季扬很耀眼，无论对面怎么防守，他总能以假动作晃过去，然后完美进球。这时，季扬朝着场外看了一眼，并笑了一下，引得场外女生一阵尖叫。

吴桐总觉得季扬看的是这边，而且她笃定，他看的是林栀这边。

周围的女生都在喊加油。

吴桐差点脱口而出"傻小黑加油"，她看着球场里的那抹身影，喊道："加油。"

郑孚似乎听见了她的声音，往场外看了一眼，目光在人群中搜寻了一瞬，又收回视线。

"那个小黑，眼睛好像长头顶了一样，看不见我。"

林栀被逗笑："可能人太多，没看清。"

随着季扬的又一次进球，六班赢了，有很多女生去送水，递纸巾。

季扬的目光在人群中搜寻了一会儿，准确找到了林栀所在的位置。他笑着拒绝面前的那些女生："谢谢，但是不用了。"说完，他径直朝林栀这边走了过来。

"林同学，能不能问你要张纸巾？"

林栀刚想说自己没有，旁边就伸出一个胳膊，喻桉手里拿着一张纸巾，他面无表情地递了过去。

季扬眸子里划过几分讶然，但还是礼貌接过那张纸巾，笑着开口："谢了，兄弟。"

"不客气。"

"我们去买水了。"季扬说着，冲林栀挥了挥手。

林栀也同他挥手再见。

……

没走多远，季扬同行的男生问他："你喜欢刚刚那个女生？"

"就是觉得她挺可爱的。"

"喔……"男生有些八卦地冲季扬笑了，"如实招来。"

"没有什么，只是认识。"

"好吧。"

……

郑孚这会也走了过来，吴桐一个假动作退后一步："你一身汗味。"

"有吗？"郑孚闻了闻自己身上，挠了挠头，"好像是有一点。"

吴桐笑道："你打篮球还挺帅。"

"还用你夸？"

"瞧给你嘚瑟的。"

郑孚看着喻桉道："班长，你不来简直没法打，根本干不过六班那些人。"他高一时见喻桉打过一次篮球，平心而论，他一个男的都觉得帅。

"胳膊受伤了。"

郑孚笑道："我知道，所以有点可惜了。"

林栀有点惊讶："你还会打篮球吗？"

她一直觉得喻桉应该是经常坐在教室里看书，不热衷于体育运动的类型。

"略懂一二。"

郑孚觉得他这个略懂一二是有点过分谦虚了。

林栀笑道："有机会还挺想看看的。"

郑孚一听来劲了："班长你以后考虑和我们一起打篮球吗？"

喻桉轻轻点头。郑孚乐得笑呵呵，此刻他身上都汗湿了，且口渴难耐，便同几人开口："我得去买瓶水，拜拜。"

喻桉指了指林栀袋子里的那瓶水："这还有一瓶。"

林栀拿出来，递了过去："喻桉买的，你谢谢他就行了。"

郑孚笑得露出一口白牙："谢谢班长。"

"不客气。"

……

临近放学，班上的人都开始收拾东西。林栀把要用到的书和资料全部放在书包里。

吴桐在前面开始倒计时："还有二十秒。"

有些人已经按捺不住，背着书包想要冲出去了。

化学老师是个年过半百的小老头，头发已经白了大半，他回头看了一眼："我可听见你们收拾东西了，还没下课呢。"

话音刚落，下课铃声就响了起来，班上的人都在等他说那一句话。

"下课。"

一个坐在最后一排的男生背着包就冲了出去，然后在门口直接摔得躺在了地上。

化学老师听见扑通一声，看了看外面："年轻就是好，躺下就睡，随时随地睡。"

班里的人笑成一片。

"都慢点，别再摔了。"

众人应他："好！"

吴桐背起书包，冲林栀开口："下周见，栀栀。"

"下周见。"

林栀背着包，坐在一旁看喻桉。喻桉正在装书，对上她的视线，有几分疑惑："怎么还不走？"

"我跟阮宝说了，陪你去拆石膏。"

喻桉将最后一本书放进书包里，轻声说道："好。"然后他将书包挎在身上，冲林栀伸出手："书包。"

"我自己来就行了，小伤患。"林栀说完，笑道，"不过等会就不再是伤患了。"

林栀骑着车，载着喻桉穿过大街小巷。喻桉坐在后面，看着她飞扬起的发丝，微微发怔。车子一路前行，很快来到了医院门口。喻桉从包里摸出身份证，两个人一起去挂号，挂完号去医生办公室，前面还排了好几个人，他们便坐在外面的椅子上等着。林栀用手戳了戳喻桉右胳膊的石膏，喻桉看着她低垂着的脑袋。

"我小时候经常胳膊脱臼，别人拉我胳膊一下就脱臼了，简直不要太离谱。"

喻桉的目光落在她纤细的胳膊上："你太瘦了。"

"奶奶也说你太瘦了。"

"我不瘦。"

林栀笑道："但是在长身体，也得多吃点。"

喻桉轻轻点头。

听到机械音重复着喻桉的名字，林栀拉了拉他的袖子："到我们了。"两个人一起进了医生的办公室。

"先做一下 X 光检查，看是否有骨痂生长。"

"好。"喻桉接过医生递来的单子。

两个人又去了做 X 光的楼层。喻桉看着她跟着自己跑上跑下的，轻声开口："今天，太辛苦你了。"

林栀笑道："小喻老师觉得我辛苦的话，出去请我喝杯奶茶就行了。"

喻桉点了点头。然后，两个人又坐在楼下等 X 光的结果。半小时后，林栀拿着那张 X 光片上看下看左看右看，也看不出什么名堂经，她忍不住开口："果然这种东西还得让专业的人来看。"

喻桉点头："走。"

医生拿着喻桉带回来的 X 光片子认真看了一下："骨头恢复得很好，现在可以拆石膏了。"

喻桉点头："好。"

林栀凑过来问："有什么别的注意事项吗？医生。"

医生推了推眼镜，认真道："你监督一下你男朋友不要做太重的活，三餐多吃高蛋白、高钙的食物。"

林栀听见他那句你男朋友，同喻桉对上视线，连忙冲医生摆手解释："不是男朋友，是同学。"

医生看看两人，笑道："同学的话，也可以监督。"

林栀点头："好。"

喻桉问医生："拆完可以骑车吗？"

"可以，病情不算太重，可以进行一般的负重运动。"

喻桉胳膊上的石膏拆完了，医生带他做了点功能训练，并告诉他要循序渐进地练习，出现不适及时就医。林栀在一旁认真记住医生说的话。

出了医院，林栀问他："喻桉，去看电影吗？"

"去。"

"上车。"

喻桉站在车前，冲她开口："我骑吧？"

"那我就不客气了。"林栀说着，坐在了后面。

喻桉骑车的速度不快，且很稳。骑到一半，一道惊雷忽而落下。喻桉看了一眼乌云密布的天，将车稳稳地靠在路边停下，拿出车篮里的雨衣，冲林栀开口："要下雨了。"

林栀看了一眼天空："是要下雨了。"

喻桉将车停在路边，把那件雨衣展开，给林栀套上。林栀整个人被雨衣包裹得严严实实，只露出一双眼睛，她忍不住开口："其实可以两个人一起用，你披着，我躲后面就行了。"

雨衣并不大，若是按照林栀说的来，那她身上大半都会淋湿。

喻桉摇头："我有头盔，没事。"

林栀听了他的话，只得坐在了后面。不过才骑了一半路，雨就落了下来，中午还热得要命，这会就骤然降了，好像在迫不及待地告诉城市里的每一个人，秋天来了。雨下得又大又急，林栀看着雨点密密麻麻地落下来，想了想还是把雨衣掀开来盖在他的肩膀上。

喻桉突然侧过来头："你别淋到，我无所谓。"

林栀小声嘀咕："有所谓。"

喻桉没听清。

雨下了一阵，又忽然停了，来也匆匆，去也匆匆。喻桉骑着车一路前行，来到了附近最繁华的地区。他将车停在车棚里，帮林栀把雨衣脱下来，收进车前的袋子里。

"我还以为你要回家呢，小喻老师。"

喻桉看着她，语气认真道："不是说，请你喝奶茶吗？"

林栀没忍住笑了："我就随口一说。"

"走吧。"

"喻桉。"

"嗯？"喻桉偏头看她。

"还好你今天没有穿校服，要不然全透了。"

喻桉低头看了一眼自己的衣服，轻声道："确实。"

林栀忽而伸出手，递给他一张纸巾："擦一擦。"

"好。"

……

"你喜欢哪家奶茶？"

林栀指了指离两个人最近的奶茶店："这个。"

来到店里，喻桉看了一眼招牌，问她："芋圆奶茶还是换个口味？"

林栀忍不住地笑了："你还记得啊？"

"嗯。"

"就还是芋圆奶茶吧。"

"好。"

奶茶店这会人并不多，不一会儿两个人就各捧着一杯奶茶出去了。

"走吧，去看电影！"

"好。"

……

电影院内，两人窃窃私语。

"喻桉，你喜欢看什么类型的电影？"

"看你想看的就行。"

林栀挑了一部喜剧片，她觉得比较适合今天看。她刚把手里的钱递过去，就被喻桉抢先一步付了款。

"加一桶爆米花。"

"好的，稍等。"

喻桉将那桶爆米花递给林栀，甜腻腻的东西，他不爱吃，但是感觉林栀很喜欢。

电影很快就开场了。林栀看了一眼前面空出来的很多位置，小声嘀咕："今天周五，怎么来看电影的人那么少？"

"可能还在吃饭。"

林栀点头："可能。"

看到家暴男出现的时候，林栀有些茫然，她又看了一眼票，小声问喻桉："这不是喜剧片吗？"

"应该是。"

林栀仔细看了一眼票："买错了，下面那部可能才是喜剧片，这部不是。"

"没事，看什么都行。"

荧幕上的男人，双眼猩红，抓着女人的脖子，把她撞到墙上："你告诉我，你为什么出去，你为什么？你见的那个男人到底是谁？"女人被他掐得整张脸都红了，她不停地挣扎着，双脚不停地扑腾着，快奄奄一息的时候，男人才松开了她。

"我要跟你离婚。"

听见这句话，男人猛地跪在地上，跟女人磕头："对不起，对不起，我错了，我知道错了，你就原谅我一次好不好？我下次再也不会这样了。我只是……我只是……看到你跟别的男的在一起，我就控制不住自己，我真的很爱你。"

林栀看着镜头里的女人，忍不住皱眉。

她抓了一把爆米花，递给喻桉："伸手，喻桉。"

喻桉把手递了过去。

林栀把满满一把爆米花放在他手心里："你尝尝看喜不喜欢，不喜欢就不要了。"

"好。"

爆米花是黄油味的，很甜，不过神奇的是，喻桉却不讨厌这种味道。

电影放到一半时，男人趴在猫眼上，往里看的那个镜头，让人毛骨悚然。林栀简直浑身起鸡皮疙瘩。

后座的大哥突然一脚蹬在林栀座位上，她简直要吓得原地去世。她回头看了一眼，小声开口："您能别蹬座位了吗？"

男人跷着二郎腿，把瓜子扔进嘴里，然后满不在乎地吐出瓜子皮："你管得着吗？电影院是你家开的？"

"可是你影响到我了。"

"那你把电影院包下来？"男人又吐出一口瓜子皮，差点吐林栀身上。

喻桉拉了一下林栀，避开了那个男人吐出的瓜子皮，然后直接站起身，绕过去，走到那男人面前，一把夺下他手里的那袋瓜子，目光冷冷道："能不能好好看电影？"

男人本来还在猖狂，这会狂不出来了，他居然会被一个半大小子给唬住。对上喻桉的视线，他还是有些害怕，总觉得喻桉的拳头下一秒就会落在他脸上。

"能。"

"别吃了。"

"好。"

喻桉把瓜子丢还给他，又绕回到前面的位置。

"喻桉。"

喻桉看了过来，她的眼睛亮晶晶的，她说："很帅！"

他耳根子有些发热："谢谢。"

林栀忽而笑起来："真的没有人说过吗？你有点可爱。"

喻桉只觉得耳根子更热了，他轻轻摇头。

"那我就是第一个发现的。"

喻桉嗯了一声。

电影还在继续。看一半的时候，林栀本来以为这是一部反家庭暴力的电影，结果后面女主角跟男主角又在一起了，还生了个孩子。她一下子有些不懂这部电影的价值取向。故事的最后，一家三口幸福地生活在一起。灯亮起来的瞬间，林栀听见那些来看电影的人嘀咕声。

"什么烂片。"

"他们说是烂片，我不信，我就是要看看有多烂，好吧，我承认，够烂。"

林栀抱起那桶爆米花，看着喻桉："喻桉，都怪我，选了部最烂的电影。"

"没关系，今天很开心。"

"真的吗？"

喻桉点头。

"说实话，我不知道这部电影所传递的价值观是什么。"

喻桉听后，若有所思地开口："无论过程中间矛盾多大，结局总会和睦收尾。"

"可是家暴男真的很恶心。"

喻桉点头："零容忍。"

"喻桉，你饿吗？"

喻桉想着她问她这句话，应当是饿了，他问林栀："你想吃什么？"

林栀有些不好意思地笑了："好多东西都想吃。"

"走。"

天已经黑了，外面这会很热闹。附近的夜市里张灯结彩。林栀看到前面有一家卖臭豆腐的，问喻桉："你吃吗？"

喻桉在她的注视下，迟疑地摇了下头。

"那吃别的。"

"想吃就吃。"

"不是，我就是想问你。"林栀冲喻桉笑道。

卖小吃的有很多。

"如果赐给我一个大胃，我想全部吃一遍。"

听了林栀的话，喻桉开口："没有大胃也可以都吃。"

"太浪费了。"

林栀最后要了一份火鸡面烤冷面，还有一份章鱼小丸子。喻桉几乎从来不吃这些小吃。

"喻桉，你尝一下。"

喻桉接过她递过来的竹签。

林栀期待地问他："好吃吗？"

喻桉点头。

"那根竹签我没用过，是干净的。"

"我知道。"

正走着，林栀又看见前面有一家可以玩套圈的，她轻扯喻桉的袖子，问："玩不玩？"

喻桉点头。

老板笑呵呵地开口："帅哥，十块钱十个圈，二十块钱二十五个。"

"那就二十五个。"

"好嘞，帅哥您扫这边。"

"现金。"

老板笑眯眯地接过喻桉递来的纸币。

喻桉将圈全部递给林栀。林栀分出差不多一半给他："你也玩。"

"好。"

林栀看中了有一条小金鱼的小鱼缸，扔了好几次，都弹飞了，她又转移注意力到旁边小鱼缸里的小乌龟。圈扔了出去，碰到鱼缸的一瞬间，又弹飞了出去。费尽周折，林栀最后总算套中了一个小时候玩的泡泡水。

喻桉默默地将手里的圈递给她。

"你玩，你也试试，不用给我。"

"好。"喻桉说完，便扔出去一个圈。

他扔的动作看起来很随意，圈却稳稳地圈住了林栀一开始看中的那条小金鱼的鱼缸，没有弹飞。接着，又一个圈丢了出去，再次稳稳圈住了装着小乌龟的鱼缸。他问林栀："还想要什么？"

林栀愣住了，随即立刻反应过来，指了指旁边的一只小羊玩偶："那个。"

喻桉又套中了。

林栀又指向最远处的一个小瓷杯。

喻桉依然套中了。

老板觉得自己的心在滴血，他盯着喻桉问道："小兄弟，你学什么的？怎么套那么准？是不是经常玩这个？"

"套圈飞出去的轨迹是抛物线，水平方向和垂直方向分解这个速度就行。"

喻桉此话一出，老板和林栀都沉默不语，林栀不懂，原来他玩个套圈还会分析。

喻桉几乎百发百中，林栀指什么他套中什么。最后一个圈挂在了一个摆件的边缘，老板立刻开口："这不算，必须要整个圈都套在上面才算。"

喻桉点头："嗯。"

老板含泪将两个人套中的东西装进袋子，他觉得，这两个人不是来玩的，而是来进货的。林栀将一个小奥特曼递给旁边一个围观的小男孩："送你了。"她刚刚就注意到他盯着奥特曼看很久了。

"谢谢漂亮姐姐。"

林栀笑道："你应该谢谢哥哥。"

小男孩立刻看着喻桉，嘴很甜地开口道："谢谢漂亮姐姐的男朋友。"

"不是姐姐的男朋友，是姐姐的好朋友。"

小朋友认真点头。

喻桉听着那句好朋友，心底泛起说不出的感觉。

林栀捧着小鱼缸，其余东西都是喻桉拎在手里。

"今天要谢谢你，满载而归了。"林栀说话时，笑得眉眼弯弯。现在她笑起来的样子很明媚，很温暖。

"不谢。"

"那……现在回家吗？"

"好。"

喻桉戴好头盔，坐在前面，刚想问她，就听见了后面的声音："坐稳了，可以出发了！"喻桉不自觉地被她的欢快和愉悦感染了，他说："出发。"

晚风带着些凉意，道路两旁的路灯很亮。喻桉的衣服被风灌得鼓鼓的，林栀坐在后面，用手轻轻扯住喻桉的衣角。两个人很快就到了林栀家楼下。

林栀下了车，笑着同他挥手："周一见了！喻桉！"

"周一见。"

喻桉刚说完，就掩面打了一个喷嚏。

林栀微微皱眉："肯定是因为下午的时候淋了雨，你等我一会儿。"

"好。"

喻桉停了车，将她送上了电梯。

林栀开了门，打开灯，这会姜红还没回来。小乖猛地从屋里蹿出来，冲到林栀脚边，欢快地冲她摇尾巴，她走一步，小乖就跟一步。林栀打开衣柜，看了半天，最后拿出来一件去年买的冲锋衣，那件衣服买大了，她没穿过几次。她抱着冲锋衣正准备出门，看着跟在自己脚边的小乖，笑着问："怎么？要跟我一起下去？"

小乖叫了一声，很兴奋的样子。

林栀打开门，看着跟在自己脚边的小乖，将门关上了，一人一狗进了电梯。林栀刚按下一楼的按钮，一个熊孩子就给她按掉了。那个小男孩从上面一直按到下面，偏偏旁边的女人在看手机，根本没有要管的意思。

林栀又按了一次，熊孩子又给她按掉了。

眼看着电梯直接往上走了，林栀看着那个女人："阿姨，您家孩子一直乱按电梯按钮，您不管管吗？"

"你那么大个人了，跟小孩子一般见识干什么？"女人打量了一眼林栀，语气满不在乎。

这时电梯停在了十三楼，女人看了孩子一眼："到了，宝贝，我们出去。"

电梯门刚打开，林栀直接按了关门，然后点了一楼。

女人瞪大了双眼："你做什么？你这小姑娘怎么那么没有礼貌？"

小乖似乎是察觉到自家主人被欺负了，拦在了林栀前面。

女人骂了句："哪里来的小土狗，脏得要死，滚开。"

小乖摆出防御的架势，冲女人龇牙咧嘴。女人拉着孩子后退了一步。

"您那么大个人了，跟我一般见识干吗？"电梯停在一楼，林栀笑嘻嘻地冲女人开口，走了出去。

女人气得瞪了一眼旁边的熊孩子，熊孩子哇哇地哭了。

此刻喻桉正等在电梯门口。林栀冲他笑道："抱歉啊，小喻老师，电梯里出了点小插曲，所以有点慢。"

"没事。"喻桉说完，问她，"怎么了？"

"熊孩子乱按电梯按钮，然后我就以其人之道还治其人之身，熊孩子被揍哭了。"林栀说完，笑得有些狡黠，那表情，像极了小狐狸。

"那就行。"

"汪汪汪。"

听见小乖叫，喻桉这才注意到林栀脚边的小乖，它似乎在给自己找存在感，正欢快地冲他摇尾巴。

喻桉轻声开口："看到你了。"

林栀将外套递给他："外面有点冷，得穿件外套。"她说完，有些犹豫："不过我穿过几次这个外套，没有新的。"

"没事。"

喻桉说着，接过她手里的外套。那外套穿在林栀身上很宽大，穿在喻桉身上倒是有点短了。林栀左看右看，笑道："还行。"喻桉低头看了一眼露出来的衣服下摆，嗯了一声，然后回答："那我先回去了。"

"好。"

"送你上去。"

林栀摆手："不用送我。"

"没事。"

最后还是喻桉送林栀到了家门口。林栀同喻桉摆手："那我和小乖就进去了。"

"好。"

"拜拜，喻桉。"

"拜拜。"

喻桉看着一人一狗进去了，才下楼去。他骑着车，很快就到了小区楼下，上了楼，他摸出兜里的钥匙，打开了大门。喻桉脱下那件外套，认真叠好，放在了床边。他打开手机，看到了满屏幕的信息，全部来自喻慕腾。他随便划了一下，看了几眼信息，除去污言秽语，剩下的全是喻慕腾骂他不孝，给他送饭还挑三拣四那个态度。

送饭？还是送走他？

喻桉一句话没回，看着二十多个未接电话，喻桉直接点了拉黑。

又是几条信息弹了出来，备注显示是☆，喻桉点了进去。

【☆】：到家了吗？

【y】：刚到。

【☆】：好，我就确认一下你有没有安全到家。

【y】：嗯，去洗澡了。

【☆】：拜拜。

【y】：拜。

喻桉去浴室洗澡，洗到一半，突然没有热水了，而他头上还全是泡沫。等了好一会儿，还是不见有热水，他干脆用冷水洗完了澡。喻桉走出浴室，身上穿了件白色的家居服，他伸手拿下吹风机，三两下就吹干了头发。

做完这一切，他又回了房间，将那件衣服拿到卫生间。他用手将其洗干净，挂在了阳台上。随后，喻桉给房东发了条信息，说了一下热水器坏掉的事情，房东没回他。

他拿了本资料书，又从抽屉里拿出草稿纸。送给林栀那本资料书的目录他早就拍了下来。喻桉看了一眼学完的下一章，在纸上写了三个典型例题。手机不用再放在书桌上面，喻桉边写过程边录视频，他将三个视频全部发给了林栀。

【y】：看一下，拍这部分的例题给我。

那边林栀很快就回了。

【☆】：好的！小喻老师。

喻桉把手机放在一边，翻开面前的资料书，他看书的时候很投入，这会却总觉得头有些昏昏的。

……

林栀将手机支架摆好，点开了那个视频。今天的例题有三个，是一个由浅入深的过程。第一个例题林栀一遍就听懂了，第二个林栀听了两遍，才勉强听懂。点开第三个视频的时候，林栀觉得喻桉的声音有点哑了，听了一半，她听见喻桉轻咳了一声。林栀又想到他回来之前打了个喷嚏，准是因为今天突然降温又淋了雨，可能有点感冒了。

她将那个视频关掉，给喻桉发了信息过去。

【之之为栀栀】：你是不是感冒了?

【之之为栀栀】：是不是回家的时候没有拉上拉链，吹了冷风?

林栀发完，便盯着对话框看了一会儿。

上面显示：对方正在输入中……

【小喻老师】：拉拉链了，可能是因为洗了冷水澡。

林栀看着他发过来的信息，眉头微皱。

【之之为栀栀】：天那么冷，不可以洗冷水澡。

【小喻老师】：热水器坏了。

林栀叹了口气，有些无奈。

【之之为栀栀】：煮点姜汤喝，去寒的，家里有感冒药吗?吃一颗。

【小喻老师】：好。

【之之为栀栀】：一定要吃感冒药。

【小喻老师】：我这就吃。

喻桉拿出家里那个小药箱，打开了找感冒药，他这会感觉头有些晕晕的，可能真的是洗了冷水澡的缘故。他找到感冒药，给自己倒了杯水。喻桉将药全部放进嘴里，喝了口水，吞了下去，然后又喝了几口水。吃完药，他给林栀发了条信息。

【y】：拍一下后面的题我看一下。

【☆】：你吃药了吗?

【y】：吃了。

看着林栀发过来的图片，喻桉给她发过去今天要写哪几题。

林栀很快发过来一条信息。

【☆】：吃了感冒药会困，小喻老师快睡吧。

【☆】：没事我可以的。

【☆】：晚安！

喻桉盯着她回复的信息，也回了她。

【y】：晚安。

林栀瞧见喻桉发过来的信息，将手机放在一边。

第三题折腾良久她还没有弄懂，又看了好几遍那个视频，林栀才总算跟上他的思路。然后林栀开始去做喻桉给她勾的题目。等做完题目，她看了一眼手机，已经十一点半了。林栀揉揉眼睛，对了一下答案，错的那题她根据答案看了一遍解题过程，又自己做了一遍。随后她将书合起来，躺回了床上。

她盯着天花板看了一会儿，很困，但是睡不着。林栀又坐起来，将桌子上的物理书拿过来，翻了大概十几页，终于她觉得眼睛有点睁不开了。她将物理书丢在一旁，关掉了台灯。

……

林栀做了一个梦。

她梦见自己下周的考试考了 59.5 分。

闫静拿着她的试卷，语气嘲讽："我就说，你是不可能考 60 分以上的。"

梦里的林栀一直在看那张 59.5 分的试卷，就只差了 0.5 分。

从那以后闫静的态度愈发猖狂，她不断地提醒林栀：你做不到的。

……

林栀猛地睁开眼睛，看到屋子里的布局，松了口气，只是做梦，不是在教室里。小乖抱着自己的青蛙玩偶趴在床边，似乎是觉察到林栀醒了，动了动耳朵，站起来冲林栀咧着嘴巴吐舌头。

林栀揉了一下它的脑袋，下床洗漱去了。她吃早饭的时候还有些心不在焉，会不会做这个梦是在提醒她什么？林栀摸出手机，看到了阮征发过来的信息。是昨天夜里四点钟发的。

【小阮阮】：睡了睡了，宝贝晚安。

林栀给她回了信息。

【之之为栀栀】：下次不要睡那么晚。

【之之为栀栀】：早。

她看了眼时间，这会早上八点多，阮征肯定还在补觉。

林栀也给喻桉发了条信息。

【之之为栀栀】：早啊，喻桉。

然后，她便继续吃早餐了。那天，林栀一早上看了小半本书，又刷了会儿综艺，写了点题。做完这些，她看了眼手机，已经中午十二点了，林栀又点开她跟喻桉的聊天界面，他并没有回。于是林栀又发了条信息过去。

【之之为栀栀】：还没醒吗？

【之之为栀栀】：喻桉？

等了几分钟，那边依旧没有动静。林栀总觉得有点不对劲。喻桉一般都起得很早，他不是个爱睡懒觉的人，不会到十二点还不起来。难道是出事？但这个想法转瞬又被她否决了。林栀想了想，还是给他打了电话。

嘟嘟的提示音响了好一会儿，电话那头才接通。

"喻桉，你吓死我了，我以为你出啥事了。"

"喻桉？"

那边通了半天，才说了一句话："在听。"喻桉的嗓子哑得不像话。

"你是发烧了吗？"

等了好几秒，那边才回答她："不知道。"

"你等我。"

喻桉有些有气无力："不用。"

林栀说了句："用，这就过来。"然后就挂了电话，她拿起头盔就冲下了楼。出发前她给姜红发了条信息，说今天中午不在家吃饭，就匆忙骑着车走了。一路上几乎都是绿灯，她骑得很快。她庆幸之前来过一次，林栀到了喻桉家门口，敲了敲门，里面没有反应。她又敲了几下门，还是没有反应。

林栀盯着那门锁看了一会儿，又瞥到墙上的极速开锁八个八，她忽然有些想打个电话叫人来开锁。说辞她想好了，就说朋友在里面生病了，没办法，只好请人来开门了。

林栀刚在手机里把号码输好，门却开了，喻桉站在门后。他头发有些微乱，脸一直到脖子根都是红的，耳朵红得像是要滴血，一看就是发烧了。林栀刚想开口，喻桉晃了一下，忽而一头倒进她怀里。

她慌乱伸出手接住他。触碰到喻桉的皮肤，林栀惊到了，烫得吓人。

她用脚带上门，将喻桉搀扶着往里面走。喻桉比她高太多了，整个人走路都有些踉踉跄跄的。他几乎是整个人趴在她肩膀上，滚烫的气息打在林栀的脖颈间。

林栀浑身僵住了。

"喻桉，你是小傻子吗？怎么烧成这样？"

"不是。"

林栀没搞懂他那句"不是"是什么意思。

她扶着喻桉，推了了喻桉的房间，让他倒在床上裹紧被子。

"家里有体温计吗？"

喻桉虚弱地睁着眼看她："有，在医药箱里。"

林栀找了一圈，找到了他说的那个医药箱，她拿出来一根体温计，甩了甩，递给喻桉道："夹好。"喻桉接过那根体温计。

林栀在医药箱里翻了半天，找到了一盒退烧药，看了一眼包装盒，还没过期。然后她倒了杯温水，又起身去了浴室，打湿一条毛巾后轻轻拧掉一部分水，回卧室放在他的额头上。她就那般盯着喻桉看，他的眼皮都烧红了。她伸出手，摸了摸他的眼睛。很热，手心是睫毛扫过的感觉，有些奇异的痒。

林栀看着手机的计时表，到了五分钟，她冲喻桉伸出手："拿出来我看看。"

喻桉乖乖地递了过去。

林栀看了一眼体温计，都快40摄氏度了。她抠出一片药，递到喻桉手里，又将那杯水递给他："吃了。"喻桉吞了药，又喝了水。

林栀接了过来，道："喻桉，你知道吗？快40摄氏度了，我再晚来一步，可能你就烧成傻子了。"

喻桉就那么一直盯着她看。林栀总觉得他的表情有点像小狗，还是委屈的那种。她莫名就想揉他的脑袋。

"我知道了。"

似乎是因为还在发烧，喻桉的声音还是哑哑的，莫名有种迷糊的感觉。

林栀看着他："你睡吧。"

"好。"

喻桉闭上了眼睛。林栀摸了摸他额头上的那条毛巾，已经有些热了，她又去浴室换了一条。忙活了好一会儿，林栀忽而想起来自己还没吃饭，他应该也还没吃多少东西。她打开喻桉的冰箱，拿出一些食材，去了厨房，给自己下了一碗面。

林栀坐在餐桌旁，吃完了那碗面，又将碗筷收拾好。她拉开厨房的柜子找了半天，也没有找到小米。林栀走回去轻轻推开卧室的门，看了一眼喻桉，他已经睡着了。

用东西挡着大门，林栀下楼去了。不出一会儿，林栀提着菜又上来了。她将喻桉的冰箱填满，然后去厨房煮小米粥。煮完后给电饭煲点了保温，林栀又回了房间。

她盯着喻桉看了一会儿，他的睫毛可真长。林栀伸出手轻轻碰了碰他的睫毛。见喻桉睫毛轻颤了一下，林栀以为他要醒了，赶忙收回了自己的手。不过他并没醒，林栀松了一口气。

喻桉的房间很整洁，就连书架上的书都摆得整整齐齐，桌子上的东西也是，打理得井井有条，透露出一股主人是个强迫症的气息。

林栀盯着那些书看了一会儿，想要抽出一本来打发时间。目光掠过好几本英文书籍，她瞧见一本有点兴趣的书，便伸手抽了出来。林栀翻开那本书，房间内很安静，只能听见偶尔纸张翻动的声音。

不知过了多久，手机铃声在房间内突兀地响起。

林栀摸了一下自己的口袋，不是她的。书桌上也没有喻桉的手机。林栀看了看床头柜，上面放着喻桉的手机。她拿起来，电话显示是贺蒙。

林栀点了接听，看了一眼喻桉，推开门赶紧去了客厅。

电话那头的贺蒙，一早上给喻桉发了好多信息都石沉大海，虽然喻桉偶尔说他聒噪，但是从来不会不回他信息。贺蒙反思了一下自己，自己是不是有点太吵了？

等了一上午，贺蒙也没收到喻桉回的信息。他印象中喻桉从来不会睡到中午不起来，难道是在忙？整个上午贺蒙都心神不宁的，等到下午三点多也没收到喻桉的信息，他感觉有点不对劲。

他不知道喻桉的新家地址，因为之前被那个渣爹逼得搬了家。

现在，看到电话总算接通，贺蒙第一反应居然是松了口气，还好不是出了什么事，他握着手机，冲那头开口："喻哥，你是不是在忙啊？一早上都没回我。"

那边停顿了几秒，贺蒙听见一个女声："我是林栀，喻桉他生病了。"

"什么病啊？严重吗？"

"烧了快40摄氏度，已经吃了药，还不退烧的话就得去吊水，你担心的话可以过来看看。"

贺蒙闻言笑了，小仙女在那里，他怎么能打扰两个人独处。他为自己的聪明点赞，笑着同林栀开口："小……林同学你在那边我就放心了，喻哥醒了你让他给我回个电话就行。"贺蒙又差点脱口而出小仙女，还好及时刹住了车。

"好，他醒了我让他回你。"

贺蒙挂断了电话，嘴角疯狂上扬，像是嗅到了什么不寻常的气息。

……

林栀挂了电话，刚推开门，就看见喻桉睁着眼睛在看她。

"醒了？"

喻桉点头。

"有没有感觉好一点？"

"好很多了。"

喻桉话音刚落，一只手忽而伸到了他面前，那双手不大，十指纤细。林栀将手背贴在他额头上，另一只手摸了摸自己的额头："好像是退了些。"但她还是有些不放心，拿起来桌上的体温计甩了甩，递给喻桉："再量一下。"

"好。"

林栀坐在旁边，冲他开口："刚刚贺蒙给你打电话了，他说一天没联系到你，很着急。"

"我知道，我都听见了。"

"那你要跟他打个电话吗？"

"好。"

喻桉接过林栀递来的手机，拨通了贺蒙的号码，那边很快就接了。

"喻哥，你醒了吗？"

"嗯。"

"吓死我了，我还以为你出啥事了。"

"没事，发烧。"

"没事就好，没事就好，那我不打扰你跟林同学了，拜拜喻哥。"

喻桉听见那句不打扰，轻轻嗯了一声。

挂了电话，他看了一眼贺蒙发过来的信息，从早上到现在，一共发了三十多条。

"看个信息。"

林栀看了一眼手机："好，你看吧，还有一分钟。"

喻桉回了贺蒙前面的信息，将手机放在一边，问她："你无聊吗？"

林栀拿起桌上的书给他看："忘了说，我拿了一本你的书在看，不无聊。"

"那就行。"

"时间到了，体温计可以拿出来了。"

喻桉拿出体温计，自己看了一眼，37 摄氏度多一点，还有点低烧。

"低烧。"

"我看一下。"林栀说着便凑了过来，看了一眼体温计。

37.8 摄氏度，还是有点发烧，但是比之前好多了。

林栀一开始拿着那快 40 摄氏度的体温计时，她都觉得喻桉可能要烧成傻子了。

"那你起来吃点饭吧？"

"好。"

喻桉说着，掀开被子从床上下来了。许是躺得太久加上没吃饭，他有些没站稳。林栀扶住他的胳膊："你是不是头还晕？"

"一点。"

两个人的胳膊贴着，林栀能感受到那灼热的体温。

喻桉去浴室洗了把脸，他早上洗漱过了，因为头太晕吃了点药又睡了。从浴室走出来，他看到了桌上的那碗小米粥。

"你先垫肚子，等会儿我们再出去吃饭。"

"好。"

喻桉捧着那碗粥，一口一口喝得不紧不慢。林栀就坐在旁边看着他。喻桉抬头看了她一眼，目光同她对上一瞬间又迅速错开。

"你知道吗？你今天早上的时候脸特别红。"

喻桉点头，说我知道。

"房东还没有回信息吗？不能再洗冷水澡了。"

喻桉看了一眼微信："回了，说晚上来修。"

"那就行。"林栀说完，坐在旁边看他吃饭。

因为一直都有姜红负责做饭，她几乎没下过厨，也不知道煮出来的粥到底什么味道。喻桉被她盯得耳热得厉害。林栀看着他又红起来的耳尖，问他："你是不是又烧了？耳朵好红。"她问完，喻桉的耳朵更红了。

喻桉别过头去："可能吧。"

"那等会再量下体温。"

喻桉点头："好。"

他一口又一口地喝完了那碗粥。

"我没做过饭，但是应该还能喝吧？"

喻桉回答："好喝。"

林栀闻言笑了："那就行。"

喝完后，喻桉拿着碗进了厨房，和林栀说话："我去把碗刷了。"

"我来吧，你还烧着呢，还是个病患呢。"

喻桉听着她那句病患，垂着头看她："没事。"

林栀看着他进了厨房，看着他将碗刷干净，擦干放进底下的抽屉里。然后喻桉走了出来。林栀有些够不着他，冲他开口："喻桉你能不能把头低下来点？"喻桉乖乖地把头低了下来。林栀摸了摸他的额头，不是很烫。

她的手绵绵软软的。因为喻桉发烧的缘故，她的手比他额头的温度低了很多，显得有些凉凉的。两个人凑得很近，喻桉几乎闻得见她发间洗发水的味道。他莫名有些心跳加速。

林栀收回了手："过会你再吃一片退烧药。"

"好。"

……

林栀倒了杯热水放桌上，对喻桉说："喝一点。"

"好。"喻桉说着，就端起来杯子准备喝。

"不是现在，这我刚倒的，有点烫。"林栀说着，抓住了他的手。

喻桉的目光落在两个人的手上，又移回杯子："好，那我等会喝。"

林栀收回了手。

"昨天的题做得怎么样？"

林栀想了想，如实回答："还行，错了一题，我自己对着答案看懂了。"

她说完，又想起来早上那个梦，有些蔫蔫地开口："喻桉，我今早梦见我考了59.5分，被闫静嘲笑了。"

喻桉看着她，缓缓开口，声音里带着安抚人心的力量："无论结果如何，过程才是最重要的，不是吗？"

林栀点头："你说得对。"

"对自己有信心一点。"

林栀笑道："我本来对自己的水平没啥信心，不过被小喻老师辅导完以后，信心倍增。"

喻桉笑了，是很浅的笑意，但被林栀捕捉到了。她鲜少在喻桉脸上看到别的情绪，这是她第二次看到喻桉笑，是那种鲜活的表情。林栀忍不住内心都愉悦了起来。

"我对你有信心。"

听见喻桉这般说，林栀笑着回答："那我努力，不让你失望。"

她话音刚落，喻桉就拿出一个草稿本。林栀略带不解地看着他翻开草稿本。

"今天的内容可能有点难，我现在给你讲一遍，回去以后你再做题。"

"啊？现在吗？"

喻桉看了过来："不想听？那回去讲？"

林栀慌乱摆手："没有没有。"她说完，又道："绝对没有不爱听你讲课，特别喜欢听。"

喻桉看着她，没有说话。

林栀以为他是不信，便举起三根手指头发誓："是真的。"

"我信。"

林栀冲他笑，一双眼睛都盈满了笑意，忽而她想到了什么，便问他："你现在发着烧讲题，会不会很难受？"

喻桉摇头："不会。"

"头还晕吗？"

"还好。"

"那就行。"

喻桉带着她过了一遍理论知识。他在纸上写下例题，给林栀讲了一遍解题思路，问她："我讲的内容你能听明白吗？"

林栀点头："能。"

喻桉把笔递给她："你自己想一遍写一遍。"

"好。"

林栀自己写了一遍，从头到尾都写得很流畅，连她自己都有些惊讶。

"很棒。"

林栀听他说自己很棒，脸红耳赤地笑道："是小喻老师教得好。"

喻桉拉开抽屉，从里面拿出一条巧克力递给她。他记得，林栀之前说喜欢吃巧克力。林栀接过来，笑道："谢谢小喻老师。"她撕开包装，将巧克力掰成两块，自己拿了一块，剩下的那块递给喻桉："你也吃。"

"好。"

林栀吃完巧克力，听着他讲剩下的那几题。最后一题又是综合起来最难的题目，她听着听着开始思绪神游，盯着喻桉握着笔的手有些走神。

"这个步骤听懂了吗？"喻桉说完，看着林栀，见她有些走神，便敲了敲桌子。

林栀猛地回过神："抱歉，我一听不懂就爱走神。"

"没事，不用说抱歉，我再讲一遍。"

林栀这一遍听得很认真，虽然中间还是卡了好几次，每次问喻桉为什么，对方便会很有耐心继续讲解一遍。讲完题，林栀看了一眼手机，已经是下午五点多了。

"去吃饭吗，你应该饿了吧？"

"好。"喻桉说完，又道，"还行。"

林栀轻轻扯了扯他的袖子，笑道："我知道有一家药膳餐厅很好吃，去不去？"

对上她亮晶晶的眸子，喻桉点头："好。"

两个人一起下了楼，林栀拍了拍后座："今天你是小病患，所以还是我骑车。"

"好。"喻桉坐在了后面。

……

那家餐厅的食物味道果然很好。两个人吃完饭，林栀刚准备付钱，就被喻桉抢先了一步。秋夜的风带来了些许凉飕飕的感觉，两个人在楼下散步。那里有大爷大妈们在跳广场舞。林栀站在后面，看着前面跳广场舞的大爷大妈活力四射，而喻桉站在她旁边。旁边还有一对情侣在打羽毛球。

林栀盯着他们看了一会儿，心中疑惑为什么他们打得那么轻松，还打得那么远？她连个球都发不好。

林栀问喻桉："你会打羽毛球吗？"

喻桉点头："会。"

"我连发球都一直发不好。"

喻桉看过来，道："楼上就有羽毛球拍，你想不想试试看？"

林栀听完，眼睛亮了一下："好啊。"说完，她又道："就是我可能有点笨，发球都发不出去。"

"不笨。"

两个人将羽毛球拍拿了下来。喻桉站在林栀对面，看着她丢出球，然后打歪好几次。他走到林栀面前，给她示范了一下："这样发球。"

林栀又试了一下，还是打偏了。

喻桉走到她身后，握住她的手腕，轻声开口："你这样抓。"

他的手暖暖的，林栀莫名心跳得有些快。

喻桉帮她调整了一下动作，又很快松开她的手腕，手腕上那抹温热的触感很快消失不见。林栀看着他，他站在右侧，从她的角度，能看到他微微凸起的喉结，还有笔挺的鼻梁。

喻桉给她示范了一下发球的动作。林栀盯着他发球的动作，抛出去，一打飞出去好远。她自己又试了一下，气势很足，抛出羽毛球，结果球拍在空中虚晃一枪，挥空了，连羽毛球的边边都没碰到。

林栀有些尴尬地将羽毛球捡了起来。

喻桉看着她，道："再试一次。"

林栀又试了一次，好消息是这次发球球拍碰到了球，坏消息是直接扣在了地上。

"喻桉，我是不是没有运动天赋？"

"不是，我刚打那会也不会。"

林栀又捡起球，练了好一会儿，喻桉就站在旁边看。她打得手腕都有些酸了，才勉强能发出去一个斜线球。林栀朝着刚刚在打羽毛球的那对情侣看过去。女生的位置换成了一个小朋友，看起来只有五六岁的样子。

"等我一会儿。我去买点东西。"

林栀点头："好。"

她站在原地，看那个小朋友打羽毛球。那个小朋友长得粉粉嫩嫩的，皮肤很白，眼睛宛若紫葡萄一般，身上穿着的白色卫衣还带着小耳朵。他人小，球打得却还不错。

小朋友似乎是感觉到有人在看他，转过头来看林栀，然后冲她弯着眼睛笑了。

然后他迈着小短腿，跑过去不知道跟男生说了什么。男生看了一眼林栀，然后冲小朋友点了点头。

那小朋友抱着羽毛球拍，冲林栀跑过来了："姐姐，我可以跟你一起打羽毛球吗？"

林栀有点尴尬："姐姐……姐姐可能打得不太好。"她说这话都有点心虚，何止是不太好，简直是没眼看。

"没关系的姐姐，我一开始也打得特别烂，打着打着就会慢慢进步的。"

林栀没忍住伸手揉了一把他的脑袋："姐姐知道了。"

"那我们开始吧？"他声音里还带着几分稚气。

"好。"

林栀盯着他发过来的球，握着球拍去接，结果挥了个空。她捡起羽毛球，架势很到位，结果试了三次才把球发过去。

喻桉回来时，看到的是这幅画面：一大一小正在打羽毛球。

大的那个手忙脚乱，小的那个显得游刃有余。

他拎着水，站在那里看着两个人。

打了一会儿，林栀有些体力不支，她不是在捡球，就是在捡球的路上。小朋友发的球，她几乎就没有能接住的。

"姐姐，我们休息一会儿吧？"

林栀点头。

喻桉将手里的水递给她。

"你什么时候回来的？"

"有一会儿了。"

林栀回想了下自己刚刚手忙脚乱的样子，觉得有些尴尬。她接过喻桉递来的水，手却一直在颤抖，因为刚刚甩羽毛球拍太用力，这会连个瓶盖都拧不开了。

小朋友冲林栀伸出手："姐姐，我帮你吧。"

正准备伸出手的喻桉，缩回了自己的手。

那个小朋友替林栀拧开了瓶盖，将水递给她："妈妈说，男孩子要多帮助女孩子。"

林栀和喻桉对视一眼，没忍住地笑了："那就谢谢你了。"

"姐姐可以叫我东东。"

"好，那就谢谢东东小朋友替我拧开瓶盖。"

得了夸奖的小男生，咧着嘴笑了。

喻桉站在旁边，没有说话。

这时，先前打羽毛球的男生和女生走了过来，女生对小男孩说道："该回家了，姥姥还在家等你。"

林栀笑道："这是你们的弟弟吗？好可爱。"

"他是我们的小舅舅。"说话的是男生。

林栀惊讶得一句话都讲不出来了。那么小的一个小朋友居然是他们的小舅舅。女生开始主动跟林栀梳理关系："我太姥姥生他妈妈比较晚，他妈妈生他妈妈又比较晚，所以他那么小，但是大了我们一个辈分。"

林栀恍然大悟："明白了。"

她说完，又笑道："我刚刚还以为你们两个是情侣，这是你们其中一方的弟弟。"

"对了一半，我俩今年刚结婚。"女生脸上洋溢着幸福的笑容，男生则站一旁，满眼都是她。

林栀笑道："你们两个看起来很有夫妻相。"

女生笑道："谢谢。"说完，她注意到站林栀旁边的喻桉："你男朋友吗？你们两个好般配，刚刚我们看了你俩好久，这颜值绝配了。"

林栀摆手解释："不是，我跟他是好朋友而已。"她说完，朝着喻桉的方向看了过去，而喻桉也在看她。

女生看着两人笑道："误会了。"

小男孩闻言两眼放光："姐姐，你没有男朋友，那我长大以后可以娶姐姐吗？"

喻桉的目光立刻落在小男孩身上。

林栀被他逗笑了，伸手揉了揉他的脑袋："你以后会遇见喜欢的女孩子的。"

"那我可以加姐姐的联系方式吗？"小男孩说着，亮出自己的电话手表。林栀有点惊讶。现在的小孩子也太早熟了吧。一旁的女生拉了拉小男孩："不要打扰姐姐，我们该回家了。"

小男孩却不依不饶地盯着林栀笑："可以吗？姐姐。"他的眼睛亮晶晶的，真是可爱极了。

林栀指了指喻桉："哥哥住在这个小区，要不然你加哥哥吧？"

小男孩对上喻桉的视线，有些害怕，哥哥看起来有点凶。喻桉却默不做声地掏出手机，打开微信二维码递了过去。小男孩盯着他的手机屏幕看了几秒，为了姐姐，他还是加了。

临走的时候，小男孩说要跟林栀说几句悄悄话。林栀怕听不清他说什么，蹲下来仔细地听他说话。小男孩突然在她脸上亲了一口，然后害羞地跑掉了，跑了几步，他又折返回来："姐姐，记住我叫东东。"

林栀点头："好。"

他对上喻桉的视线，感觉这个哥哥看起来更凶了。随后，他跑得飞快，就那么溜走了，因为他总觉得哥哥想揍他。

"休息会？"

听见喻桉问自己，林栀点头。

两个人坐在长椅上，喻桉从袋子里摸出一袋糖果，递给林栀："补充体力。"

"谢谢。"

林栀打开了那袋糖果，是白桃味的。她拿了一颗递给喻桉，道："你也吃。"

"好。"

林栀坐在椅子上，问喻桉："你头还晕吗？"

"有一点点。"

"那我们就不打了吧？你下次再教我。"

"好。"

见林栀冲自己伸出手，喻桉将头凑了过来，她的手软软的暖暖的，就那样毫无保留地触碰在额头上。

"好像还是有点烧，别在外面吹凉风了，回去吧。"

"我没那么娇弱。"

林栀盯着他，语气认真道："我倒是觉得你的身体挺脆弱的，像朵娇弱的花一样。"喻桉对上她的目光，一时之间没有听出这句话是贬义还是褒义，他动了动唇，却没说出话。

"是喻娇娇。"林栀突然想要逗逗他，但又不敢太大声。

喻桉听见她小声说了一句什么，朝她看过去："什么？"

林栀冲他咧嘴："没说什么，你听错了，小喻老师。"

喻桉便没再追问。两个人拿着羽毛球用具回到了楼上。林栀又让喻桉量了一遍体温，这会是 37.2 摄氏度，几乎已经退烧了。她拿着药，犹豫不定："这个药最好 38 摄氏度以上吃，那现在吃还是不吃？"

喻桉摇头，他看了一眼手机，对林栀说："送你回去？"

"好。"

喻桉拿了件外套，套在身上。

"等我一下。"

林栀点头："好。"

他去了阳台，将那件晒了一天的衣服拿了下来，已经干了。

"衣服，我洗了。"

"啊？"林栀有些惊讶地说道："不用洗的，你就穿了一下。"

"要洗。"

"好吧。"林栀说完，又道："那现在我们走？"

"好。"

"小喻老师，要不然你送我去奶奶那里吧？她应该还没收摊。"

"好。"

两个人下了楼。

林栀跟喻桉商量："你等我一会儿，我去买个东西。"

"你去吧。"

林栀拎着那件外套去了药店。

"姐姐，有没有那种发低烧吃的退烧药？"

"有。"说着，她拿出来两条冲剂递给林栀："这个适合低烧的时候喝。"

"谢谢姐姐。"

"不客气。"

林栀付了钱，拿着那两条小小的冲剂跑了出去。喻桉还站在原地等她，那抹身影很是惹眼。她跑到喻桉面前，想要将药给他："这个是低烧喝的药，喝了尽早退烧。"

喻桉盯着她伸出来的手，她的手不大，手心里躺着两条小小的冲剂。他感觉到一种奇妙的感觉瞬间传遍四肢百骸。

"谢谢。"

"这个冲剂是不是像没满月就出来营业了？有点可爱。"

喻桉点头："确实很小。"

"有点像小朋友喝的。"

"对。"

"所以喻桉小朋友今晚要记得喝。"

喻桉眸子里闪过一丝惊讶，但他还是点头道："好。"

他将那两包冲剂放进兜里，道："那我送你过去。"

"好。"

喻桉戴好头盔，坐在了前面。

"我坐稳了！可以出发了。"后座传来林栀的声音。

"好，出发。"喻桉的声音里掺杂着说不出的柔和和暖意。

乘着晚风，两个人穿梭在大街小巷，绕过一条又一条街道，抵达了姜红摆摊的地方。喻桉将车子停在路边，两个人一起走到姜红的摊子前。

"奶奶。"

姜红本来在托着头发呆，听见声音，抬头望去，眸子里都多了几分光亮。

她笑道："小喻也来了。"

喻桉点头："嗯。"

"小栀说你发高烧了。"

林栀语气夸张道："我今天若不是及时赶过去，他就交代在家里了。"

"哎哟，烧这么严重啊？现在好点了吗？退烧没有？"

喻桉听着她关切的话语，心头泛着暖，他刚想回答，林栀就先他一步开了口："还有点烧。"

"乖孩子，回家多喝点热水，晚上盖好被子，注意保暖，药一定要吃。"

喻桉握着兜里的那两袋冲剂，认真点头："我会的。"

"你们两个晚饭吃了没有？"

"吃了。"喻桉抢先开了口。

"我给你下份福鼎肉片，你带回去当消夜。"

喻桉刚想说不用，姜红已经掀开锅拿着刮刀开始做了。

"小喻老师，你还没吃过奶奶做的福鼎肉片，特别好吃。"

"奶奶做饭都很好吃。"

这句话夸得姜红笑得合不拢嘴："所以小喻你要常来家里吃饭。"

"好。"

姜红说着，又想起了阮征："下午有段时间特别忙，小阮突然过来帮忙，还带了几个朋友。"

林栀笑道："我还没听她跟我说呢。"

阮征的那群朋友总被人说成一群在外瞎混的狐朋狗友。林栀知道完全不是那样。尤其是那个剃寸头看起来凶狠狠的男生，之前扶老奶奶过马路被讹了好几百块钱，然而后来他依旧会扶。阮征那群朋友都是很讲义气的伙伴，姜红从不会戴着有色眼镜看他们。她觉得那是一群比普通同龄人稍微有个性一点的小孩子，更纯真，还有点可爱。

聊天的工夫，那用刮刀刮下来的肉片已经煮得浮起来了。姜红将肉片捞起来，放进一个碗里。

碗底加了食盐、白醋、泡发的紫菜、胡椒粉，还有一小片切好的番茄。然后将汤汁也倒进碗里，再加入各类香葱，红的、紫的、绿的，看起来让人垂涎三尺。

她将袋子提起来，又套了打包盒，严严实实地装好了，递给喻桉。

喻桉接过来，对她道："谢谢奶奶。"

"跟奶奶不用客气。"

"那我先走了。"

姜红笑呵呵地开口："好，路上注意安全。"

"好。"喻桉说完，又看着林栀："我走了。"

"路上注意安全。"

"会的。"

喻桉提着那份福鼎肉片，挂在了车子的把手上，然后回头看了一眼那小摊。姜红和林栀在同他挥手，他也冲两个人挥了挥手。林栀远远地冲他指了指手机。喻桉打开微信看了一眼。

【☆】：回家记得报平安。

【y】：好。

……

喻桉打开门，换上了拖鞋。他进厨房拿了个碗出来，将那福鼎肉片放进碗里，然后他掏出手机，给林栀发了条信息。

【y】：安全到家。

【☆】：收到！

【☆】：快些吃吧！凉了就不好吃了。

【☆】：饭后半小时才能喝药，拜拜。

【y】：这就吃。

【y】：好。

【y】：拜拜。

福鼎肉片很好吃，酸辣爽口，他吃完，又给林栀发了条信息。

【y】：很好吃。

【☆】：奶奶说让你下次还来吃。

【y】：好。

他摸出那两包药，嘴角漾出些笑意。看着时间，大概过了半小时有余，喻桉喝了一包药。那药并不苦，还带着一丝丝的甜味。喻桉喝完药，拍了个空杯子发了过去，那边很快回了。

【☆】：这药不苦吧？我特地问的那个姐姐。

【y】：不苦。

喻桉将另一包药收了起来，放进抽屉里，里面还有一张折得整整齐齐的字条。

……

当晚，两个人讲完题，已经是晚上十点多了，喻桉盯着林栀发过来的信息看了一会儿。

【☆】：你胳膊好了，不会还回原来那个地方兼职吧？

【☆】：能不能换个地方啊？小喻老师。

【y】：不去那了。

【y】：找了个家教兼职。

原来那个兼职的地方，喻桉确实也不准备再去了。

【☆】：那就好！是和我们一样大的吗？

【y】：不是，是小孩子。

【☆】：那就希望你不要遇见熊孩子。

【y】：但愿。

【☆】：不过，如果遇见熊孩子闹腾，你会害怕吗？

喻桉想了想，才回她。

【y】：可能。

【☆】：哈哈哈，还有点好奇熊孩子对上你会是什么样子。

喻桉在对话框里打了一段话，又删除了，看着她又发过来一条信息。

【☆】：我觉得你一定是熊孩子的天敌。

喻桉盯着第二句话看了一会儿，难道是他长得吓人吗？

【y】：为什么？

【y】：我很吓人？

【☆】：不是，我觉得你很能震慑人。

【☆】：小喻老师那么可爱，怎么会吓人。

【y】：可能吧。

喻桉盯着第二句里的"那么可爱"看了一会儿。两个人又聊了一会儿，已经接近晚上十一点了。

【☆】：早点休息！喻桉。

【☆】：晚安。

【y】：好。

【y】：晚安。

喻桉将手机放在一旁，翻开了桌子旁边放着的书，一直看到十二点多。

……

第二天早上，喻桉睁开眼，看了一眼手机，早上六点多。他坐了起来，走去浴室洗漱。洗漱完，喻桉下楼开始晨练。他绕着小区跑了五六圈，最后停在了经常去的一家包子铺前面。

卖早餐的是个年纪很大的爷爷，他笑眯眯地看着喻桉："今天还是老样子吗？"

"嗯，谢谢。"

"不用客气，你买我的东西，应该我谢谢你。"

说完，他将豆浆和包子递给喻桉。

喻桉接过来付了钱。

"拜拜啊，小伙子。"

"拜拜。"

……

喻桉与补课家长约定的时间是早上十点。他看了会书，收拾了一下东西，便背着包下去了。喻桉看了一眼对方发过来的地址，离家不算很远，是 H 市的一个别墅区。

喻桉到小区门口的时候才九点四十分，他给那个家长发了条信息，那边很快就回复了，说来小区门口接他。喻桉也不急，就站在那里等着。

没过几分钟，一个面容姣好的女人走了过来，她问喻桉："你就是来补课的家教老师小喻吧？"

喻桉点头："我是。"

"你快跟我过来吧。"

"好。"

路上，女人跟喻桉说了一下自家孩子的特殊性。"你已经是我这个暑假请过来的第十三个家教老师了，前面十二个都被他给气走了。"女人说完，便扭头看着喻桉，怕喻桉听她说完这话就不愿意接这活了。她看了很多家教老师的资料，基本上都是名牌大学毕业的。

为什么她会在那么多人里挑中喻桉一个高中生呢？可能是因为她觉得喻桉年龄小一点，会跟孩子稍微有点共同语言。不过这次她也只是抱着试一试的心态，不行就再请一个。

喻桉听完她的话，嗯了一声，表示自己清楚了。

"不过小喻你放心，无论今天的课上成什么样，我都会把补课费结给你的。"

"没上完的话就不用结我。"

"用的用的。"基本上来她家上课的，就没有几个能上完所有课的。

喻桉也没再继续争论这个话题。

女人姓宋，单名一个云字。结婚十几年都没怀孕，怀这个儿子的时候宋云已经三十多岁，家里只有这一个独苗苗，格外地宠。

谈话间，两人已到家门口。宋云刚打开门，用人立刻围了上来，蹲下来替宋云换鞋，她又拿了一双男士拖鞋准备给喻桉。

"我自己来吧。"喻桉接过那双拖鞋，换掉了脚上的鞋。

他跟着宋云走了进去。

"他的房间在楼上，我现在带你上去。"

"好。"

上了楼，宋云推开门，没看到周青煜。她有些奇怪地回头问用人："少爷呢？去了哪里？"

用人也觉得很奇怪："没有出去，一早上都在房间里。"

突然一道黑影从门口窜出来，他戴着一个青面獠牙的面具，忽而冲了过来。

宋云被吓得后退两步，被用人扶住了，她拍拍胸口，道："小煜，你吓死妈妈了。"

喻桉站在原地，从头到尾脸上没有任何表情起伏，只是淡定自若地看着突然出现的孩子。周青煜看着喻桉，又对着他"啊"了一声。喻桉还是那副模样，没什么表情。这让周青煜有几分挫败，他摘下面具，丢在一边。

面具下是一个模样清秀的小男生，一点也看不出来如宋云说的那般，能吓走十几个补课老师。

"小煜，这是妈妈给你找的补课老师。"

周青煜哼了一声，便走了进去。

宋云有些尴尬地冲喻桉笑笑："他这孩子，都是我跟他爸爸惯坏了，养成了这个无法无天的性格。"

"没事，他还小，三观未形成之前，很多行为是可以纠正的。"

宋云笑道："那我就先下去了，把他交给你了。"

"好。"

喻桉走了进去，把门关上了。周青煜本以为喻桉要给他灌输大道理，没想到他一进门就自己找了个地方坐着看书了，完全没有理他的意思。

他盯着喻桉看了一会儿，噔噔噔地走到喻桉面前，问他："你叫什么名字？"

喻桉低头看他："你叫什么？"

"我为什么要告诉你？"

喻桉继续低头看书："那我为什么要告诉你？"

周青煜还是第一次遇见这样的补课老师，他哼了一声，自己去玩游戏去了。他玩了一会儿，忽然想到了什么，从抽屉里拿出一个小盒子，递给喻桉："送你的初次见面礼物。"喻桉当着他的面，打开了那个盒子。从里面爬出来一只蜘蛛，几乎有人一个手掌大，有着偏橘黄色的花纹。

喻桉淡定地看着它往自己胳膊上爬。

周青煜盯着他的脸看了一会儿，似乎要找出什么破绽，他的前几个补课老师几乎都是被他这些小宠物给吓走的。他觉得喻桉肯定也害怕，不过是在硬撑罢了。

喻桉看着那蜘蛛在自己身上爬上爬下，伸手拿了起来，递给周青煜："还给你。"

周青煜往后退了一步，喻桉往前拿了一点，周青煜又往后退了一步。

他有些结结巴巴地开口："你……你为什么不害怕它？"

"害怕？"喻桉看了一眼手中的蜘蛛，问他："为什么害怕？"

周青煜沉默了。

"墨西哥血脚，英文名 Mexican Bloodleg Tarantula，拉丁学名 Aphonopelma Bicoloratum，原产于墨西哥的干燥荒漠，性格比较温顺。"

听着喻桉说了那么多自己听不懂的东西，周青煜有些好奇地问他："你也养蜘蛛吗？"

"不养。"

周青煜接过来他手里的盒子，将盒子又装了起来，自己跑去打游戏了。他很爱打游戏，水平也还可以。但今天不知怎么搞的有点心烦意乱，玩了好几局，都不出几分钟就死掉了。他回头看了一眼喻桉，见他还在看书，他忍不住开口："我妈妈不是请你来给我补习的吗？你为什么自己在看书？"

喻桉反问他："难道你想看书？"

周青煜一时语塞，他指了指游戏机，问喻桉："你会打游戏吗？"

"略懂。"

"陪我打游戏。"

喻桉放下手里的书，坐到了他旁边。

不出几分钟，周青煜就被这个略懂的人给逼疯了。他从小到大打游戏几乎就没怎么输过，可今天却被喻桉完虐，一点还手的机会都没有。周青煜丢下游戏手柄，气愤道："你那么大一个人了，怎么能骗小孩？你才不是略懂。"

"玩过几次。"

周青煜沉默了。他忽而想到了什么，问喻桉："你会玩别的游戏吗？"

"会一点。"

周青煜找出他最喜欢玩的一款游戏，他卡在一关好久了，一直都过不去。

他盯着喻桉，道："你玩一局。"

"想让我帮你通关？"

小心思被戳破，周青煜傲娇道："是又怎么样？"

"凭什么？"

"你通关我就不让妈妈辞退你。"

喻桉接下他递来的手柄，几分钟内就通过了困扰他很久的关卡。

周青煜的眼睛都直了，他看喻桉的眼神从不屑变为两眼放光："你刚刚那是什么操作，教教我。"

喻桉放下手柄，看着他："你完成今天的任务，我就教你。"

"成交，你不许骗我。"

"不骗人。"

周青煜立刻乖乖地坐在了书桌前，从那价值好几万的书包里掏出一团皱巴巴的试卷。他将试卷展开，慢慢抚平，又拿出一支断掉的铅笔跟一块只剩下四分之一的橡皮。

喻桉坐在他旁边，同他大眼瞪小眼，他问周青煜："为什么什么都不写？"

"不会。"

"一题都不会？"

周青煜点头。

喻桉倒也没说什么，冲他伸出手，意思是把笔递过来。周青煜把那铅笔头递给他。喻桉讲题讲得条理很清晰，十一年来，周青煜第一次找到了名为自信的感觉。

宋云推开门，看到的就是这幅画面。喻桉在讲题，周青煜在旁边认真地听课，这是她从来没见过的画面。

宋云敲了敲门，对两个人说："吃点水果。"

周青煜站起来，走向宋云，接过她递来的果盘："好了，妈，你走吧，我们还要学习。"

宋云感到有几分欣慰："好好好，记得吃水果。"

周青煜将水果盘放在喻桉面前，对他说道："吃水果。"

喻桉看着他没有要吃水果的意思，便开了口："多吃水果，营养均衡才能长高。"

话音刚落，一向不爱吃水果的周青煜立刻开始吃水果。他听得最多的话就是吃水果对身体好，但他就是不爱吃。不过这次，周青煜几乎吃了半盘，他问喻桉："我吃多一点，能不能像你一样高？"

喻桉想了想来的路上宋云说过的话，便和他说："多吃饭，多运动，水果也要吃。"

周青煜深信不疑："好。"

喻桉见他吃完了水果，便指了指习题："先做语文试卷。"

"好。"

过了大概四十分钟，喻桉拿起他的试卷看了一眼。有一道题目是填写成语，然后放到合适的语境当中。喻桉指了指其中的第一题，问他："爱迪生是什么样的科学家？"

"毫不犹豫的。"

"为什么这样填？"

"因为他做事情从不犹豫。"

喻桉沉默了几秒，才同他解释这道题的正确答案应该是什么。

周青煜听完笑了："你说得对。"

喻桉又继续往下看他做的题目。

"五什么四什么？"

周青煜斩钉截铁地开口："五八四十。"

"这个不是成语，再想想，五什么四什么。"

"五五四四。"

喻桉沉默了一瞬，问他："五湖四海、五行四柱、五洲四海是不是都可以？"说完，他将那几个成语写了出来。

周青煜认真点头："是的。"

那天他带着周青煜分别做了语文、数学、英语试卷，大致明白了他的短板和弱项，他准备根据他的情况，合理制定一个学习计划给他。孩子都是有爱玩的天性的，尤其是这个年龄的他，没有初高中生的自制力，只能尽可能去抓住他的注意力。

讲完了试卷，周青煜看了一眼钟，兴奋道："够两节课的时间了，你教教我那个游戏怎么通关的？"

"行。"

喻桉便教了他一遍。周青煜依葫芦画瓢，尝试了好几遍，都没有成功，他看喻桉的眼神几乎充满虔诚："哥，你一定要教会我。"

喻桉点头："嗯。"

"哥，你姓什么？"

"喻。"

"煜？跟我名字那个字一样吗？"

"不是，比喻的喻。"

"我知道了。"周青煜抱着他的胳膊摇了摇，"你一定要教会我，喻哥。"

"看你表现。"

"我一定好好表现。"

喻桉嗯了一声，听见手机响，他拿出来看了一眼，是林栀的视频电话。喻桉看了一眼周青煜，点了接听，入眼是一片漆黑，还有女生的喃喃自语。

"林栀？"

林栀似乎听见手机里有人说话，拿出来看了一眼，和一大一小两个男生对上视线。

"我打过去的吗？"

喻桉和周青煜同时点头。

"那可能是在兜里不小心按到了。"林栀道，"打扰你了，喻桉。"

"没事。"

周青煜看看喻桉，又看看林栀，觉得自己似乎发现了什么。他居然从喻桉的眼神里看出来几分温柔。周青煜冲镜头里的林栀笑得格外乖巧："师母好。"他为自己的高情商点赞。周青煜话音刚落，林栀和喻桉对视了一眼，又同时错开视线。

"不是师母，叫姐姐。"

林栀也道："我是他好朋友，喊我姐姐就行。"

周青煜看看喻桉，又看看林栀，立刻改口："漂亮姐姐好。"

"你好。"林栀冲他笑得眼睛都弯了。

林栀看着镜头里的喻桉和周青煜，觉得这个小朋友看起来还挺乖巧的。

"姐姐，你跟喻哥是同班同学吗？"

林栀点头："我们是同桌。"

"这样啊。"周青煜说着，开始跟林栀拍喻桉马屁，"喻哥可厉害了，什么都知道，而且什么都会。"

林栀闻言朝着坐一旁的喻桉看过去，笑得眉眼弯弯："他确实厉害。"

喻桉本来透着粉的耳朵，这会直接就红了，他听着两个人的对话，一言不发。

"漂亮姐姐，我叫周青煜，你可以叫我小煜。"

"好，我记住了。"

"姐姐你姓什么呀？"

"林，双木林。"

周青煜闻言笑了，他还处于换牙期，上排缺了一颗牙，此刻他笑得开心极了："那我喊你林姐姐。"

"可以。"

他能感觉到，喻桉似乎对这个姐姐不一样，所以他讨姐姐欢心，就等于讨喻桉欢心。眼看着两个人越说越多，喻桉的眸子暗了下来，他拿过手机，看着镜头里的林栀："晚点回家跟你聊天。"

"好好好，那我就不打扰你们了。"

周青煜笑得甜甜的，同林栀招手："姐姐再见。"

"再见啊，小煜。"林栀说完，又和喻桉说道，"明天见，小喻老师。"

挂了电话，喻桉将手机收进口袋里。周青煜有些不解地问他："喻哥，姐姐为什么叫你小喻老师？"

喻桉看了过来，语气平淡道："因为我给她讲题。"

"那喻哥好厉害，还能给同班同学讲题。"

喻桉知道他在拍自己马屁，只是淡淡地嗯了一声。

"喻哥，你是不是和那个姐姐关系很好？"

喻桉收拾东西的手一顿，然后问他："为什么这样问？"

"因为喻哥看漂亮姐姐的眼神很不一样，就像我看到游戏的眼神一样。"

喻桉沉默几秒，才开口："你怎么那么八卦……"

"是不是呀？喻哥。"

喻桉将书装进包里，看着他："你问题太多。"

"喻哥，告诉你一个小秘密，妈妈不知道，我在学校有喜欢的女孩子。"

"你知道什么是喜欢吗？"

"我讨厌别人跟我撒娇，但她跟我撒娇我就不讨厌。"

听到这句话，喻桉问他："她喜欢你吗？"

"她转学了，我可伤心了，伤心得游戏都玩不进去了。"

喻桉一脸冷漠："我看你一点没少玩。"

周青煜笑嘻嘻道："因为我想明白了，以后可以跟她去一个学校。"

"那就好好学习。"喻桉觉得小孩子的感情很纯粹，喜欢跟一个人玩，就想一直一起玩。

"我知道，喻哥。"

喻桉拿起书包，看了一眼手机："三节课结束了，我该回去了。"

"喻哥，不留下吃饭吗？我家阿姨做饭可好吃了。"

"不了，要回去。"

"真不留下吃饭吗？"

"不了。"

"好吧。"周青煜的语气有点失落。

喻桉背起包:"我去跟你妈妈说一声,我该回去了。"

周青煜立刻站起来:"我跟你一起。"

宋云正在外面修剪花枝,见喻桉出来,立刻放下手里的剪刀,看着两人:"今天的补课怎么样?"

周青煜抢先一步回答:"我很喜欢喻哥上课。"

宋云眸子里闪过几分惊讶,随即笑了:"那就好,那就好,那就好。"她一连说了三个"那就好"。一开始她对喻桉是不抱期待的,没想到却是意外之喜。

"下周再联系,我先走了。"

"留下来吃个午饭再走吧?小喻。"

"谢谢,不过不用了。"

宋云也没再多留他,道:"我让司机送你回去吧。"

"我坐公交车回去就行。"

"那也行。"

然后喻桉背着包准备走了。

周青煜同他挥手:"喻哥再见!"

"再见。"

周青煜问宋云:"下次补课是什么时候?"

"下周日。"

"什么时候才能下周日啊?"周青煜恨不得明天就是下周日。

……

喻桉回到家已经接近下午一点了,他将书包放回房间里,然后打开冰箱看了一眼。里面被塞得满满当当的,不仅有蔬菜和肉,还有饮料。他拿出手机准备问林栀。

【y】:冰箱里的菜是你买的吧?

【☆】:对。

【☆】:刚到家吗?

【y】:嗯,刚到,准备做饭。

【y】:谢谢。

林栀盯着他发过来的那个谢谢,意识到他说的是买菜,立刻回了他。

【之之为栀栀】:小喻老师不用跟我客气。

【之之为栀栀】:还有点好奇你做饭如何。

【小喻老师】:能勉强对付一下。

【之之为栀栀】:也不早了,快做饭吧!拜拜!

【小喻老师】:拜拜。

喻桉拿下挂着的蓝色围裙。他把袖子挽起来,露出肌肉线条流畅的小臂,围裙勾勒出他劲瘦的腰。喻桉切菜的动作很熟练,炒菜也是游刃有余。今天他做了道鱼香肉丝,还有一盘蚝油生菜。做完后,喻桉将菜端去餐桌,想起林栀那句好奇,便拿起手机拍了一张照片。

他打了几个字,又删掉,最后只发了一张照片过去。

发完信息，喻桉便将手机放在一旁开始吃饭了，刚塞了口米饭进嘴里，便听见手机的信息提示音。

喻桉放下筷子，拿起手机。

【☆】：看起来好好吃！

【☆】：你真的是全能。

【☆】：所以全世界不会做饭的只有我一个人是吗？

喻桉看着她发过来的信息，冷冰冰的表情仿佛冰雪消融一般，柔和了许多。

【y】：还可以。

【y】：算不上。

【y】：你煮的粥挺好喝的。

林栀看着喻桉发过来的信息，没忍住地笑了，粥煮出来应该都差不多的味道吧。小喻老师大概在安慰她吧。

【之之为栀栀】：哈哈哈，就当你在夸我了。

【之之为栀栀】：你快些吃吧，饭要凉了。

林栀看着喻桉回过来的信息，笑容更甚。

【小喻老师】：是在夸你。

【小喻老师】：好，拜拜。

【之之为栀栀】：拜拜。

……

下午六点多，班上的人都陆续进教室了。林栀背着书包，几乎是踩着点进的教室，她将书包放进抽屉里，松了口气。班里的课代表都在收试卷，林栀从包里摸出那些试卷，放在桌上。

喻桉将收好的试卷放在乜瑛办公桌上，刚准备走，就被乜瑛叫住了。

"喻桉，先别走，我问你个事。"

"您说。"

乜瑛指了指自己对面的凳子，示意他坐下。喻桉便坐了下来。

"听说，你同桌跟闫老师打赌了。"

"是闫老师侮辱在先，挑衅在后，所以林栀才答应了下来。"

听完喻桉的话，乜瑛笑道："我知道，林栀是一个怎么样的孩子，我看得见。"说完，她又问："我只是想问问，她最近的学习势头怎么样？"

"很好。"

乜瑛闻言点头："她对这事紧张吗？"

听乜瑛问这个，喻桉想了想，还是点了头。

"你跟林栀是同桌，你劝导劝导她，对这件事情不用太紧张，无论成功与否，尽力而为就行，闫老师这事无论怎样，我后面都会尽力替你们争取。"

"我知道了，谢谢乜老师。"

乜瑛冲他摆摆手："你快回教室吧，我就这么多要问的。"

"好。"

等了好一会儿，林栀都没有看见喻桉进来，她放下手中的笔，朝着教室门口看过去，然后就看见了那抹熟悉的身影。H中的秋季校服是浅蓝色加深蓝色。喻桉远远地走过来，校服穿得十分板正，身材挺拔，银边眼镜让他无端添了几分清隽味道。林栀想起刚发校服那阵，有很多人吐槽过校服太丑的，现在她不觉得了。

喻桉同她的视线对上。林栀冲着他笑了。喻桉又立刻错开视线，走进来在林栀旁边坐下。

"乜老师有没有跟你说我什么？"

听见林栀问这个，喻桉有点意外。

他扭头问林栀："怎么了？"

"我数学试卷写得有点敷衍，乜老师不会生气吧？"

"不会，她只讨厌不听话、撒谎的人。"

林栀松了口气："那就好。"

……

晚自习教室里只有沙沙的写字声。林栀拿了张物理试卷开始做，她信心百倍地做完，觉得意外地顺畅。然而一对答案只有 40 分，瞬间她就挫败了。林栀看着试卷上自己打的鲜艳的红叉叉，想起来之前打赌的 60 分，心里挺不是滋味。

"怎么了？"

林栀将那张试卷递给喻桉，然后盯着喻桉的表情看。

喻桉的神色平静，只是前后大略看了一下那张试卷。看完，他朝林栀看过来，认真道："这张试卷比较综合，难度不小，你能得这个分数已经很不错了。"

"真的吗？"

喻桉点头："真的。"

"可是万一月考也考得这么综合怎么办？"

"不会，月考只是阶段学习的评估。"

林栀认真点头："那我就放心了。"

"考前给你押题。"

听到押题两个字，林栀愣住了，不是，他们尖子生还能这么玩的吗？

闫静并没有给八班透露这次物理所考的范围，还是喻桉去别的班问完，通知全班的。

"那就谢谢小喻老师了。"

"不谢。"

……

晚上，林栀吃好饭收拾完，就坐在桌前开始写题了。她打开手机看了一眼，又放到了一旁。过了几分钟，她收到喻桉发来的信息，是一张照片。林栀点开看了一眼，上面概括了好几种大题类型。

【小喻老师】：这一次月考大题会考这其中的几题。

【之之为栀栀】：收到！

喻桉的视频没来，林栀便盯着手机屏幕等了一会儿。她往上翻了翻，点开了一条喻桉之前发的语音。听到他的声音，林栀那颗因为紧张而焦躁不安的心莫名地平静了下来。可能是因为喻桉本就是一个会让人信服，安抚人心的存在。

小乖似乎是认出了喻桉的声音，好奇地盯着林栀手中的手机看，并汪汪叫了两声。

"那个哥哥他现在听不见你叫他。"

小乖摇头晃脑，似是不解。

这时，喻桉的视频发了过来。林栀刚点开，那个视频就被撤回了，然后她看见一条信息弹了出来。

【小喻老师】：视频直接说吧？

【☆】：好。

见视频邀请弹出来，林栀点了同意。喻桉没有戴眼镜，身上穿着米白色的家居服，头发似乎洗完刚吹过，看起来很蓬松。

"题有点多，我直接视频跟你说。"

林栀认真点头："好。"

喻桉讲题的时候很认真，他先给林栀讲了三种题，还给了她例题，让她自己试着做一下。

视频没有关，两个人一个在低头看书，一个在低头写题。一声汪汪打破了安静的气氛。林栀从屏幕中消失，将小乖抱了起来："给你看，给你看。"一人一狗对视上，小乖兴奋得又叫了一声。

林栀揶揄："小乖，再叫楼下要投诉了。"

小乖似乎是听懂了，没有再叫，只是吐着粉色的舌头冲喻桉咧嘴。

林栀继续低头写题。喻桉看着视频里的一人一狗，最后将目光落在旁边的林栀身上。她穿着奶黄色的睡裙，头发随意扎成了丸子头，她脖颈修长，锁骨线条优美，皮肤宛若白玉一般。

这时，林栀解出一道题，兴奋地拿起来给他看："我写出来了。"

"很棒。"

林栀笑得眉眼弯弯："那不看看是谁教的，是小喻老师教得好。"

喻桉闻言答道："你学习能力也好。"

林栀回想自己一道题能听三遍四遍甚至更多，也就喻桉会夸她学习能力好了。

……

就这样，接下来的两天，喻桉又给她押了实验题。

……

周三这天早上，乜瑛说完考试注意事项，班里便开始移桌子了。这次需要搬出去的桌子是喻桉的。林栀把自己的书拿出来，放在椅子上，准备用椅子拉着出去。下一秒，喻桉直接抱起她的书放在自己桌上。

"太多了，桌子拉不动。"

"没事，可以。"

喻桉桌子上堆着的全是林栀的书和其他零散的东西，他整理了一下就准备拉桌子出去，而林栀在后面推。

"等等。"

林栀停了下来，直直地看着他。

喻桉拿出两个杯子，递给她："你拿这个。"

"那你？"

"我可以。"

喻桉说完，便拖着桌子出去了。林栀抱着两个杯子，跟在后面，她将杯子放在桌上，笑道："好了。"

喻桉嗯了一声。

"小喻老师的桌面全部被我霸占了。"

"没事。"

吴桐将桌子底下的书箱子拉了出来，然后看着郑孚："小黑，把我箱子搬出去。"

郑孚答道："请你用拜托我的语气跟我说话。"

"拜托，大哥，把箱子给我搬出去。"

好像拜托了，却好像又不是那么回事。但郑孚还是将书箱搬起来放在了桌上。

"你拉得动吗？"

"你坐上去我都能。"说着，郑孚就把她的书桌拉了出去。

班里的人陆陆续续都将桌子搬好了。

"考试加油。"

听见喻桉的声音，林栀笑道："好，小喻老师也是。"

"栀栀，考试加油啊。"

林栀点头："好。"

班里还有很多人都跟她说加油，或许是因为下午的物理考试。

……

上午的语文考试很快就结束了。

中午吃饭的时候，阮征看出了林栀因为下午的物理考试有点紧张。

"宝贝，不要想太多，咱们尽力就行。"

林栀点头："好。"

阮征将碗里的排骨夹给她："你多吃点。"

"你也吃，不要全给我。"

阮征指了指自己盘子里的肉："还有好多呢。"

林栀便看着阮征笑了。

……

吃完饭回去，林栀几乎一眼就看到了考场门口的喻桉，少年身形挺拔，在人群中格外显眼。因为他总是前几个考场的，今天来到后面的考场，倒是让人有些意外。考场里的一些人，有些好奇地探着头往外看。喻桉也一眼在人群中看到了她，看着她一步步走过来。

"你怎么来了？小喻老师。"

"怕你紧张。"

林栀如实开口："确实有点紧张。"

她很怕自己做不到，耽误喻桉的时间不说，这件事也不会有结果。

"尽力而为，不用过多顾忌。"

"好。"

喻桉将手里的巧克力递给她："午睡记得提前起来，我走了。"

"好。"

林栀将喻桉送到楼梯口，冲他挥手，看着喻桉消失在视线之外。回到教室，林栀吃了一块巧克力，将剩余的几块放进了笔袋。这时后桌的女生拍了拍林栀。林栀回头问："怎么了？"

"姐妹，你跟喻桉很熟吗？"

"我跟他是同桌。"

"那你知道他喜欢什么类型的女生吗？"

林栀沉默了两秒，摇了摇头。

女生有些失望地说了句好吧。

林栀还真没问过喻桉这种问题，大概他喜欢的会是那种性格文静，成绩好的女孩子吧，跟他性格很像的那种。想到这里，林栀心里有种怪怪的感觉。

林栀午睡睡得很安稳，一直到考试半小时前才醒过来，她去厕所洗了一把脸，站在外面想让自己清醒一下。站在楼上的她往楼下看，看到了喻桉，他刚从教室里走出来，似乎也想站在外面透一透气。

林栀看着他，忍不住笑了。楼下的喻桉似是察觉到有人在看自己，便往上看过来，他看到林栀在冲他挥手。下一秒，她见喻桉往里走了，消失在廊檐下。

没出几分钟，林栀听见身后传来熟悉的声音："林栀。"

"你怎么还上来了？"

喻桉看着她，语气认真道："你不是招手让我上来吗？"

林栀被逗笑了："我是跟你打招呼，不是让你上来。"

"好吧。"

林栀竟从这两个字里听出别的意思来。

喻桉不会以为她现在在赶他下去吧？她哪有这胆子？

"喻桉。"

"嗯？"

"能不能给我沾沾你物理考100分的喜气？"

喻桉不解："怎么沾？"

林栀伸出手来，握成拳头状。

喻桉盯着她的手看了两秒，试探性地握成拳跟她碰了一下。

"蹭蹭你的好分数。"

"不用蹭你也可以。"

林栀笑道："那就祝我好运。"

"现在还有点时间，你可以再巩固下公式，防止忘记。"

说到这个，林栀才猛地想起来，马上就要考试了。

"那我下去了？"

"我送你。"

喻桉看着她："不用了，你进去吧。"说着，喻桉将她送到了考场门口。

他轻轻地对她挥手，口型似乎在说：加油。很稀松平常的一个动作，林栀却莫名觉得有些可爱。她从抽屉里拿出一张纸，上面都是喻桉给她整理的重点公式，方便她复习的。

考场里的人陆续都醒了，笑闹声一片。还有人跑到讲台上用多媒体放歌。林栀低着头看公式，仿佛耳边那些声音都消失不见了。

监考老师进考场时，讲台上还站着两个男生。他俩抱着扫把，手里拿着黑板擦，正忘我地开着个人演唱会。闫静站在门口，清了清嗓子。男生看到门口的老师，丢下扫把落荒而逃，几乎跑出残影。闫静没说啥，将扫把捡起来，放在了门后。

多媒体上还放着伤感的音乐，另一个男老师看了一眼歌的名字，伸手关掉了。

"考试快开始了，将无关的包放到外面或者讲台上，诚信考试，不要交头接耳。"闫静说完，一眼就看到了考场中的林栀。

刚刚在讲台上玩闹的两个男生此刻在底下小声说话："这个老师好像还挺温柔的。"

"是啊。"

一旁八班的一个学生听完只是摇了摇头。

林栀刚把纸放下，抬头就对上了一直盯着自己看的闫静，她将那张纸装进包里，放到外面的桌子上。

试卷很快发了下来，林栀在试卷上写下自己的名字，先看了一眼后面的大题。随即她就愣了一下，这不就是喻桉给她押的题吗？大题三道全是，实验题也是，他也太神了吧！林栀又翻回前面，开始做选择题。

考场里的人不出五分钟已经有开始睡觉的了，还有一边偷偷地打量讲台，一边偷偷搞小动作的。还没到十分钟，考场里已经花样百出了。

不知道谁丢的字条，一下子砸中了林栀的脑袋，她伸手揉了下脑袋，往后看了一眼。坐斜对角的男生一直在给她使眼色，示意她把字条传给前面的人。

林栀没理会，转过身来继续做自己的试卷。

闫静看到了她转头，开始阴阳怪气："有些人，不要动歪心思，诚信考试，若是让我抓到了作弊，一律零分处理。"

林栀知道她在说自己，强制性地把脑子里那些乱七八糟的想法驱逐出去，静下心来解题。

不一会儿，闫静走了下来，她穿着高跟鞋，咔嗒声在考场里显得尤为清晰。她转了一圈，最后停留在林栀旁边，一眨不眨地看着林栀写题。看到她前几题的答案，闫静有些不屑，也就做对了前面几道题，跟她打赌，她还嫩了点。

她站在林栀旁边好几分钟，眼睛一直盯着林栀，似乎非得要抓住她任何一个作弊的小动作。

林栀感觉到那抹视线一直落在自己身上，于是她停下笔，看着闫静小声问："老师，你为什么一直站我旁边？"

闫静同她目光对视，笑得很讽刺："我就是想看看你的实力。"

林栀花了几分钟，平复了一下脑子里乱七八糟的想法，又将视线重新落在试卷上。那些比较难的选择题，或者喻桉没给她复习到的，她做得都不是很确定。多选题，她听喻桉的，不会就选一个确定的选项，起码可以拿到一半的分数，后面的实验题，她也做出来大半。

她察觉到闫静又在自己身旁晃悠，却也没什么办法，高跟鞋的声音吵得她有些心神不宁。

林栀从兜里掏出一张纸，刚要撕烂捏成团，手就被人抓住了。

闫静夺过她手中的卫生纸，仔仔细细看了一遍，又对着灯光看了一遍，确定上面没有字。

"能还给我了吗？"

闫静将那团纸丢回她的桌上。

林栀捏了两个纸团，塞进耳道里，世界总算清静了。她看了一眼手表，剩的时间不是很多了，因为她基础薄弱，所以前面的题目花了她很长时间。林栀莫名有些心慌，脑海里突然浮现出喻桉跟她说加油的样子，然后她心安了些，深呼吸平复了一下心情，开始看接下来的那道题。

……

距离考试结束前五分钟，林栀前面的男生突然回头："让我看看选择题。"

闫静走了下来，瞪了林栀一眼："不要对答案，有什么可对的。"

"没对答案，都没张嘴。"

男生以为闫静会发火，立刻转了回去，结果啥事也没有。

考试铃声响起的那一刻，林栀刚好写完最后一题。

闫静本来在跷二郎腿，听闻铃声立刻将腿放了下来，她看着下面，道："不要再写了。"随后她和男老师一前一后地开始收答题卡。收到林栀时，她拿起答题卡看了一眼："哟，都写满了。"

林栀嗯了一声，便开始整理自己的文具物品，争辩这些没有任何意义。

监考老师离开后，林栀回到了自己的班级，教室里已经有人开始对答案了。两个人为了一道题的答案争论不休，一个说选 A，一个说选 C。见林栀走了过来，两个人又问林栀："你选的什么答案？"

林栀本意是不想对答案的，但还是拿出自己的试卷看了一眼，念出了自己的答案："D。"

两个人同时震惊道："D？"

林栀点头："对。"

其中一个瘦瘦的男生开口："虽然我不确定 A 跟 C 哪个对，但是你这个 D 肯定不对。"

另一个胖胖的男生也附和："这 D 一看就是错的呀，怎么能选 D 呢？"

林栀盯着那道题看了一眼，想起自己算了半天的答案，突然有些不自信了，或许是她真的算错了吧。

"哪题？"

听见喻桉的声音，林栀很是意外，回头就看见他站在自己后面。瘦瘦的男生拿起试卷给喻桉看："班长，你看，就是第十三题，我们两个一个选的 A，一个选的 C，林栀的答案有点荒谬，她选最后一个。"

喻桉扫了一眼那道题目，又看了一眼站在旁边显得有点局促的林栀，缓缓开口道："我跟她一个答案。"

两人均不可置信地开口："真的？"

"嗯。"

"好吧，我们两个才是真正的小丑。"

林栀问喻桉："你是真的跟我选的一样，还是……"

"都有。"喻桉说完，看了一眼她手里的试卷，"不要多想，不要对答案，考完一门忘掉一门，全部抛到脑后，就可以了。"

"我知道，谢谢小喻老师安慰我。"

"不谢。"

"不过，你押的题全中了哎！你简直太棒了吧！"

"有范围，不难猜题型。"

"就是超级无敌霹雳爆炸厉害，不要谦虚。"

林栀说完，似乎看到他唇角弯了一下，他笑了。

"快去吃晚饭吧，小喻老师。"

喻桉点头："好。"

……

食堂里，贺蒙拿着餐盘，愁眉苦脸道："到底谁发明的物理，能不能从地球上消失？"

"不能。"

"喻哥你就不能安慰安慰人家吗？心碎成一片一片了。"

喻桉语气平淡道："粘起来。"

"好狠的心，好歹毒的出题人。"贺蒙说完，将手里的餐盘递给食堂的打饭阿姨，立刻从苦大仇深的表情切换成笑脸："姐姐，我想要辣炒鸡腿、干锅花菜，还有西红柿炒鸡蛋。"

"好的。"

贺蒙又看看喻桉满得几乎要溢出来的菜，感叹嘴甜不如脸长得好看，食堂阿姨也是个颜控。

"我们坐那个角落吧？喻哥。"

"嗯。"

两个人端着餐盘往前走，贺蒙一眼看见前面正在找位置的林栀和阮征。

"林同学，阮同学，坐一起吗？"贺蒙觉得自己真是个机灵鬼。

林栀听见身后有点熟悉的声音，回头看见了端着餐盘的喻桉和贺蒙。

她笑道："好啊。"

四个人坐在了一桌，林栀跟喻桉面对面坐着，阮征则跟贺蒙面对面。

贺蒙笑得很开心："嗨。"

阮征觉得他笑得有些傻，但还是跟他回了个招呼："你好。"

贺蒙突然发现，在座的四个人，除了他，其余三个人食堂阿姨给打的菜都特别多，尤其是阮征。

"你是食堂阿姨的偏爱吧？打的菜那么多。"

"阿姨以为我是男孩子，说我太瘦了，让我多吃点。"

贺蒙："好吧，咱就是说，这辈子从来没体会过这待遇，我寻思我也不胖啊。"

阮征盯着他看了两秒，中肯地评价："不胖。"

贺蒙突然反应过来，那可能就是别的原因了。

林栀将碗里的红烧肉夹给阮征。

"谢谢我宝。"

林栀又看看对面的喻桉："你吃吗？"

贺蒙刚想说喻桉有洁癖，从来不会吃别人盘子里的东西，就听见喻桉开了口："吃。"

"介意我夹给你吗？"

"不介意。"

贺蒙看看林栀，又看看喻桉，总觉得这场景梦幻极了。

见贺蒙一直盯着自己碗里的菜，林栀问他："你也想吃？"

贺蒙对上喻桉看过来的眼神，不住地摇头："不吃不吃，我就是走了个神。"

"好。"

贺蒙开始没话找话："我听说你跟你们物理老师打赌了？"

他说完，觉得喻桉的眼神变得有些凉飕飕的，才意识到自己可能问错了话。

说到这个，林栀的筷子顿了一下："你们楼下的也知道？"

贺蒙迟疑地点了下头："知道一点，听说的。"

林栀捂脸："丢脸丢大了。"

"是她丢脸。"

听到喻桉的话，贺蒙跟阮征立刻表示同意。

贺蒙急忙岔开话题："要我说，今天下午的物理考试出的题是真的难，最后一题我都没看懂。"林栀记得贺蒙的成绩还可以，他都没看懂，说明是有点难度的。

她看着喻桉笑了，还好喻桉提前给她押了题，要不然她估计要对着题目犯愁了。

一旁低头干饭的阮征突然抬起头："下午考的是物理吗？"

贺蒙："对啊，你不知道吗？"

阮征摇头："写了个名，然后睡着了。"

贺蒙朝她比了个大拇指，他是不敢睡觉，怕考砸了物理老师对着他阴阳怪气。他们班的物理老师从来不骂人，只喜欢拐弯抹角地阴阳人，贺蒙觉得还不如直接骂他来得痛快。

林栀见喻桉没动那块红烧肉，以为他是不爱吃，只是碍于她问了，又不好意思拒绝。她试探性地问他："你不喜欢吃学校的红烧肉吗？"她记得，姜红烧的红烧肉，喻桉还挺喜欢吃的。话音刚落，喻桉就夹起了那块红烧肉放进嘴里，然后抬眸看她："喜欢。"

"那就好，我看你一直没吃，以为你不喜欢。"

喻桉还是那句话："喜欢。"说完，他又补充了一句："没有不喜欢。"他只是想等到最后再吃。

吃完了饭，四个人将餐盘送到回收处，便回了各自的班里。

乜瑛早早地就来了班里，她发了话："桌子在外面的可以就坐在外面，也可以进来跟同桌坐在一起。"喻桉的桌子在外面，林栀问他："小喻老师，你要坐里面吗？还是坐在外面？"

"坐里面。"

林栀看着喻桉去外面搬了凳子进来，还拿了几本资料书。

考完物理，她心里的那块石头就落地了。她拿出数学资料书看了一会儿，真想把这些知识从书里捧出来，然后放进自己的脑子里。

乜瑛在讲台上写教案，讲台旁边的男生偷偷问她："老师，试卷是谁出的啊？"

"这个保密。"

那个男生闻言有些失落地说了句好吧。

林栀没看一会儿数学资料书就困了，她睡了一会儿，勉强坐起身，又很快垂下头，脸差点磕在桌子上。喻桉的视线落在手里的书上，忽而伸出手，垫在了桌子上。林栀半睡半醒，总觉得自己在做梦，为什么这次脸磕桌子不痛？还有些软绵绵的。

林栀伸出手摸了一下，瞬间清醒了。触感不对，这怎么那么像人的手？她桌子上怎么有只手？林栀睁开眼，看见自己的手正摸着喻桉的手心处。他的体温本就比她低一些，触感尤其清晰。林栀立刻将手缩了回来，耳朵瞬间红了。

"喻桉。"

"嗯？"

"我不会睡觉抓你手垫桌子了吧？"

喻桉盯着她看了三秒，没有说话。

林栀对上他的视线，怀疑自己刚刚的想法是对的。

"没有。"

听见他说没有，林栀这才松了一口气。

"是我自己垫的。"

"啊？"林栀有些懵。

喻桉看着她，指了指额头："之前，都磕红了。"

林栀反应过来他说的是自己，之前睡觉脸磕桌子上，把额头给磕红了。瞬间，从她心底莫名地涌出些暖暖的感觉。

"谢谢。"

"不谢。"喻桉说完，便继续看自己的书了。

林栀看了一眼他手里的资料书，是她没有见过的资料书。

喻桉似乎察觉到她的视线，便把资料书递了过来："你要看？"

"好。"林栀接了过来。

翻了两页，林栀觉得自己受到了这辈子最大的打击，看那本书，她简直不知道自己看的是数学题还是英语题。林栀又将书放到喻桉面前："我看不懂，还是你看吧。"

"好。"

她看着喻桉在书中的题目上写写画画，又收回视线，落在自己面前的数学资料书上。感觉到后面有人戳自己，林栀看了一眼讲台上的乜瑛，回过头去。

"伸手。"

林栀把手背了过去。吴桐在她手里放了一个纸折成的小袋子。林栀接过来，发现里面放着妙脆角。

"谢谢桐桐。"

"不客气，你跟你同桌分着吃。"

"好。"于是林栀轻轻戳了戳喻桉的胳膊。

喻桉视线从书上移开，问："怎么了？"

林栀晃了晃手里的纸袋子："你吃吗？桐桐给的。"

喻桉还没说话，就听见她又说："还挺好吃的。"

"吃。"

林栀倒出来一点："伸手。"

喻桉把手伸了过去，林栀在他手里铺了一张纸巾，倒出来一大半。

"谢谢。"

林栀弯着眼睛笑了："你也太见外了。"

喻桉思索着不说谢谢应该说什么。

"看我的美甲。"

喻桉看了一眼她的指甲，上面套着好几个妙脆角，他认真回答："好看。"

"不对。"

喻桉盯着她看，听见她说："是好吃。"

"嗯，好吃。"

班里不知道谁在玩纸飞机，飞机飞过来，插在了林栀的头发里，班上的人瞬间开始低声笑。林栀还以为是粉笔头砸脑袋上了，一瞬间坐直了，看见讲台上的乜瑛在低头写东西。喻桉将那纸飞机拿了下来，回头看了一眼两个罪魁祸首，那目光，有些冷冷的。

那两个男生丢了个字条过来。

林栀捡了起来，打开那张字条，上面写着：抱歉啊，不是故意的。

林栀回了三个字：没关系。她刚想丢字条回去，就看见喻桉伸出了手。林栀便把字条给他了，虽然还是面无表情，她总觉得他有些不高兴。难道是她太猖狂了？乱传字条？她反思了一下自己，刚想开口说对不起，就看见喻桉站了起来。

喻桉难道要把字条交给乜瑛？他不会真生气了吧？

林栀伸手拉了拉喻桉的袖子，小声开口："别举报我。"

喻桉看了过来，视线里似乎掺杂着几分疑惑，还别的情绪。

"举报？"

林栀点头。

"我去拿个东西。"

林栀愣了几秒，反应过来是自己想多了，她笑道："好，你去吧。"

喻桉去讲台跟乜瑛说了一下，然后去教室后面拿扫把去了。

路过那两个男生的座位，他将字条放下，声音很低："上课别乱扔飞机。"

"好好好，不扔了。"两个男生点头如捣蒜。

喻桉将桌子下的垃圾扫走，又将扫把放回原位。

……

喻桉回到座位上，看着林栀递过来的字条，拿起来看了一眼。上面写着：能问你一道数学题吗？小喻老师。旁边还画了一个期待的表情。

喻桉写下两个字：可以。然后他又将字条推了回去。

林栀将资料书拿了过来，小声道："这一题不会。"

"还有吗？"

林栀犹豫片刻，又指了指底下的一题。

对上喻桉的目光，她又道："其实还有。"

"全部圈出来。"

"谢谢小喻老师。"

"不谢。"

林栀将不会的题目从头到尾全部圈了出来，然后将资料书递了过去。喻桉接过来，拿出一张草稿纸，将过程写在纸上。林栀探着脑袋在旁边看他写字。喻桉被她盯得有些耳热，转头跟她对上视线，只一秒，他又将视线重新落在面前的草稿纸上。林栀一直盯着他的手看，又低头看了看自己的手。不出十分钟，喻桉将那张写满了的草稿纸递了过来。

"谢谢小喻老师。"

"不谢。"

没过几分钟，喻桉又收到一张小字条。上面画了一个小熊，是小熊比心的图案，旁边写着谢谢。他盯着那个图案看了几秒，随后将字条折好，夹在了书里。

第八章
遇见了，她就是

　　回到家，林栀洗了个澡，然后从浴室走回到自己的房间。她的脸被雾气蒸腾得透着一丝红来，耳边的碎发垂在脸颊旁。身上穿着的米白色的棉麻长裙，散发出阳光晒过的味道。小乖摇着尾巴奔了过来，扑到她的拖鞋上面，咬了咬拖鞋上的两个耳朵。

　　"小坏蛋，干什么？搞破坏吗？"

　　小乖摇头晃脑地围着她转来转去。林栀蹲下来，伸手摸了摸它的脑袋。小乖在她腿上蹭了蹭，又低头继续咬她拖鞋的耳朵。

　　林栀拿起桌上的手机，对着脚边的小乖拍了个视频。小乖仰头，看着她用手机对着自己，似乎知道是在拍视频，咧嘴笑得异常开心。

　　林栀录了个视频，又抓拍了一张照片，随后将视频和照片都发给了喻桉。然后她伸出手，将小乖抱了起来，并挠了挠它的下巴："咬我拖鞋干吗？"

　　小乖汪汪叫了几声。

　　"不可以咬拖鞋，听见没有？咬拖鞋要挨揍的。"

　　小乖眨着眼睛看她，似乎是听懂了她的话。

　　听到手机响，林栀点开来看了一眼，是喻桉发过来的信息。

　　【小喻老师】：它在咬拖鞋？

　　【之之为栀栀】：是啊，小坏蛋一直咬我的拖鞋。

　　【之之为栀栀】：我刚刚已经教育它了。

　　小乖趴在林栀怀里，盯着她手里的手机看。

　　【小喻老师】：那就好。

　　两个人又聊了一会儿天。

　　【之之为栀栀】：我就不打扰你看书了，拜拜。

　　【小喻老师】：不打扰。

　　【小喻老师】：拜拜。

171

……

喻桉看完书已经是半夜十二点了，他又点开林栀之前发来的视频看了一遍。

……

第二天早上，喻桉刚进考场，就看到桌上放了一张字条。他打开看了一眼，上面画着一个励志的小人，旁边还写着考试加油。他知道一定是林栀。喻桉眸子里染上一点柔和，他将字条折好，放进外套的口袋里。

接下来，还有几门科目要考。

……

周五这天，听见考试结束的铃声响起，林栀将答题卡放在桌上。

"坐在最前面的学生收一下。"

林栀看着答题卡被人收走，她收拾好桌上的文具，便起身走了出去。到自己班级的时候，她看到外面喻桉的桌子已经挪了进去。她拎着笔袋走进去，看见喻桉正在整理桌上的东西，他将林栀的书整理好，放在她的桌上。

林栀走了过去，笑道："谢谢小喻老师了。"

"不谢。"

林栀将试卷尽数放进抽屉里。

乜瑛从门外走了进来："这周考完试没有作业，祝同学们度过一个愉快的假期。"

教室里顿时欢呼声一片。林栀什么都没带，准备空着手回去。她看着喻桉往书包里装书，笑道："周末愉快。"

"周末愉快。"

……

周六这天，周青煜千盼万盼，终于把喻桉给盼过来了，他早早地就等在了门前。看见喻桉到了，他兴奋地挥手："喻哥，喻哥，我想死你了。"

喻桉看着冲自己飞奔过来的周青煜，条件反射地往旁边躲了一下。周青煜没抱到人，有些失落。

宋云笑道："他从早上就开始等在门口，一会儿问一句你来了没有。"

喻桉看了一眼周青煜，伸手拍了拍他的脑袋。周青煜咧着嘴冲他笑，他抱住喻桉的胳膊，殷勤道："妈妈给我买了好多好吃的，我都不舍得吃，就等着喻哥你呢。"

宋云看着两人，眸子里情不自禁染上了笑意。

周青煜一路上叽叽喳喳的，喻桉偶尔回应他几句。

到了他家，他拉着喻桉进了自己的房间。"喻哥，你坐。"喻桉坐在了书桌前的椅子上。

周青煜抱了一个大箱子过来，然后放在地上："喻哥，这都是妈妈从国外带回来的好吃的，我都没舍得吃。"说着，他便拿出一盒糖果，拆开包装后放到喻桉手里："你吃。"

喻桉尝了一颗，甜得发腻。周青煜本人倒是吃得很开心。

"记得刷牙，不然容易蛀牙。"

周青煜认真点头："我吃完就刷牙。"

接着他又跟喻桉分享了好几款零食。

"把你的书拿出来吧。"

"好。"周青煜把书都拿了过来。

喻桉觉得他是个挺聪明的小孩，只是之前不爱学习，有点叛逆。家里的用人都怕他，由着他来，他也没有任何玩伴。

他按照计划，给周青煜梳理了一下前面的课程，又给他留了作业。

"作业写完让你妈妈拍下来发给我，或者我下次来检查也行。"

"那我不能加你微信，直接发给你吗？喻哥。"

"还是让你妈妈发给我。"

周青煜有点失落："好吧。"

见喻桉拎着包就要走了，周青煜拉了拉他的袖子："能陪我打会游戏再走吗？"

"好。"

那天，喻桉陪他玩了个痛快，还教了几个他不会的操作，把周青煜乐得合不拢嘴。

最后，周青煜把他送到了门口，不舍地同他挥手："喻哥再见。"

"再见。"

……

喻桉回到家，从冰箱里拿出食材，做了两个菜，一个虾仁豆腐蒸蛋，一个荷塘小炒。他将菜摆在桌上，又去厨房盛了一碗米饭。喻桉刚准备动筷子，就听见手机的振动声，是宋云发来的消息。

【宋云】：小煜那孩子很喜欢你，现在在写作业，说写完作业要给哥哥发信息。

【宋云】：补课费我想在原来的基础上给你加1000元，补课时间不增加。

【y】：不用加钱，原来的补课费已经超出正常补课费用了。

【宋云】：你值得，我都觉得再加1000元都不够，钱从小煜的零花钱里扣。

【y】：那行，谢谢您了。

喻桉刚准备放下手机，就看到林栀的信息弹了出来。

【☆】：吃饭了吗？喻桉。

他拍了张照片发了过去，那边很快回了。

【☆】：看起来真不错，这就是小喻老师的只能随便对付吗？

【y】：还行。

【之之为栀栀】：你真厉害，什么都会。

【小喻老师】：也有很多不会的。

【之之为栀栀】：你吃饭吧。

【小喻老师】：好。

喻桉放下手机去了浴室，他打开水龙头，捧了一把水洗脸。水有点凉。然后他抬头看到了镜子里的自己。镜子里的少年，有着一头黑色的碎短发，看起来软软的很顺滑，一双狭长勾人的眼睛，长长的黑睫毛沾染着些许水雾，少了几分平日里的冰冷感。

喻桉回到餐桌前，桌上的饭已经凉了，但他依旧捧起碗，一口一口吃了起来。

……

临近傍晚，班上的人陆续都进了教室。林栀来得算比较早，班上的人还不是很多。她刚一抬头，就看见喻桉进来了。他居然来得比她还迟，真少见，这让林栀很意外。

喻桉坐下来，将书包放进抽屉里。

"喻桉，我能不能看一眼你的试卷。"

"可以。"

喻桉说着，将整整齐齐的一沓试卷从抽屉里拿出来，随后递给林栀。

林栀掏出自己的物理试卷，她深吸了一口气，拿出笔袋里的红笔。她先对了一下选择题，又对了一下实验题。后面的几道大题都是喻桉讲过的，但是有一题她还是算错了答案。林栀有些懊恼自己当时如果再细心一点就好了。

以前八中的成绩总是出得很快，然而今天都周日了还没有出。

林栀也不是说有多期待这个成绩，她只是想知道自己的物理成绩，有没有达到她跟闫静打赌的那个分数。若是有的话，也不是非要得闫静按照之前两个人说的那样立刻辞职。这不是她想要的，她只是希望老师能够端正自己的教学态度，这样就足够了。

林栀算了一下前面的分数，接近40分的样子。她又看了一眼大题，发现最后一题大题还是错的，那么前后加一起总分只有58分。

林栀眸子里闪过几分失落，捧着那张试卷左看右看。

"我看看你的试卷。"

林栀听见喻桉的声音，立刻将手里的试卷递了过去。

"喻桉。"

"怎么了？"喻桉敏锐地察觉到她的情绪可能有点不太对，不像往日里的那般活泼，带着几分失落的感觉。

"我可能没能考到60分，我跟她的打赌输了，我还是没有做到，还麻烦了你那么久。"林栀考试之前有了喻桉的押题，心里有了很多底气，明明都押中了题目，她却还是没有考到60分。

喻桉回想起最近这一个月，林栀几乎每天都很晚才去睡，她白天也不经常出去乱跑了，几乎是一有时间，就捧着物理书在书桌前看。

"我知道我没有学习上的天赋，我已经尽力了。"

喻桉看着她，朝她伸出宽大的手掌，触碰在她的头顶上，拍了拍，像是安抚一般："你尽力了，不就足够了吗？还记得我说的什么吗？"

林栀感受着头顶温暖的触感，感觉全身上下包括心脏都要暖起来了。

她对上喻桉的视线，那双眸子，没有责怪，没有嘲笑。

那双眼睛很纯粹，没有掺杂任何杂质。

"你说过，结果不重要，过程才是最重要的。"林栀说着，又道，"你说得对。"

喻桉眸子里闪过几分赞赏。

他拿着林栀的试卷看了一会儿，看了一眼前面的选择题，又翻到后面的大题和实验题仔细地看。

林栀的最后一道大题，除了答案，其余的过程全部是对的，而前面两道大题，有一道没写出来。

"林栀。"

"嗯？"

"说个好消息。"

"什么？"

"有60分。"

林栀瞬间有些惊讶："怎么可能？我都算过了，58分，就差了2分。"

喻桉指了指最后一题："这一题，你只写错了答案，一般情况下扣两分，就算按照最坏的情况，扣你 5 分，那也有 65 分。"

林栀接过自己的试卷，兴奋得差点抱住喻桉，眼睛里满是抑制不住的欣喜。

她说："这个成绩，还是要多亏了小喻老师，虽然我可能是你教过的最笨的学生。"

"不笨，很聪明。"

林栀看着他，笑容更甚。

"我给他补课的时候，其中有一题是五什么四什么，你猜他写什么？"

林栀知道他口中的那个"他"指的是周青煜，她脑子里转了一圈，一时之间没有想出什么恰当的词，于是有些犹豫地开口："五八四十？"

喻桉点头。

林栀没忍住笑出声来："他这个确实离谱。"

周家正在堆积木的周青煜忽而打了一个喷嚏，他看了一眼手中的积木。人家都说打喷嚏可能是有人在想自己，难道是喻哥想他了？

周一这天早上，升旗仪式如期举行。

林栀听着上面郑一名慷慨激昂地讲话，着实困得厉害，几经挣扎后，一头撞上前面吴桐的背。

吴桐回头："栀栀，你昨天晚上干吗去了？怎么那么困？"

林栀原本是有一点睡眠障碍，但昨天不是，她不想承认她是没有出息地兴奋到睡不着了。

分数没出来之前，她也不想很肯定地跟任何一个人说自己考了多少。

"有点失眠。"

"那栀栀你可以睡觉之前听那种助眠的音乐，或者喝一点牛奶。"

"好。"

郑一名是极喜欢喻桉的，所以这天讲话的优秀学生代表又是喻桉。

少年站在台上，眉清目朗，身上穿着宽大的校服，那天他说了一些颇具官方的话语。

郑一名看着他，笑得脸都快烂了，不住地带头鼓掌。

底下立刻跟着鼓掌。

林栀也跟着鼓掌。

她看着台上的喻桉，虽然两人的距离隔得有些远，她只能隐约看到喻桉的脸，但通过一些肢体动作，她知道，喻桉被郑主任这一出整得有些害羞。

郑一名又让喻桉说自己的学习经验。

喻桉只说了一句话："多学多练。"

郑一名捧场地鼓掌："喻同学说得对啊，这学习啊，就得要多学多练，熟能生巧嘛……"

喻桉听着他的长篇大论，也点了点头。郑一名这才放过他，让他下去了。喻桉走了下来，路过林栀时偏头看了一眼。两个人的视线交汇了一瞬，他又匆匆错开。

……

早上的第一节课是物理课，这会成绩还没出来。班上的人已经跑了无数次办公室，问各科老师成绩出来没有。

闫静走进教室，没有着急先上课。她看着底下，意有所指道："希望某位同学还记得我们之间说过的话，若是你没考到 60 分，嗯……"

林栀对上她的视线："闫老师不要忘记我们的约定就行。"

"我？我会忘记？"闫静闻言笑得满是讽刺。

林栀没有接话。

"我看到你答题卡都写满了，希望别都是错的。"

"您不用说那么多，讲试卷吧。"

闫静冷哼一声："有些人考试的时候啊，总想着动一点歪脑筋。我看你这样子，自我感觉考得还不错对吧？要不然跟我说话怎么那么有底气呢？"

"我在您眼皮子底下考试，您是看到我用手机搜答案了？还是看见我直接拿着人家答题卡抄了？您没有任何证据，就可以说我动歪脑筋吗？"

"牙尖嘴利，也不知道家里人怎么教育的。"

"我只知道尊重是相互的。"

说话间，隔壁的七班忽而爆发出一阵欢呼声。

坐在讲台旁的男生提醒闫静："老师，可能是成绩出来了，你要不要看一下手机？"

闫静拿出手机看了一眼。果不其然，是物理组通知了，说物理试卷已经全部批改完毕，这会儿在统计分数，没过多久各班的成绩就出来了。她拿着手机，看着底下的学生："先自己看会试卷，看看哪一题要讲，我等会儿讲。"

闫静说完，往下走了一圈。路过林栀时，她声音不大，但是旁边的人都可以听得一清二楚："我看你等会还笑不笑得出来。"

林栀想说，等会儿她不仅要笑，还要大笑特笑。

闫静在班里转了一圈，就听见手机响了一下。她掏出手机看了一眼，是群里的通知，物理成绩已经出来了。闫静又重新走回讲台，看着底下的学生道："班里的物理成绩出来了，要不要听一下？"

有人想说看一下林栀的，但又怕她恼羞成怒，于是一个个低着头都没说话。

闫静自顾自地说话："那我就念一下吧。"她一连念了十几个名字。成绩并不是按照高低排先后的，她念了一大半，继续往下划，才看见林栀的名字。

她盯着那个名字看了一眼，目光落在后面的分数上：66分。闫静有些不敢相信地点开林栀的答题卡看了一遍。林栀怎么可能在短短一个月之内从十几分提升到六十多分。

班上的人见她站在那里突然停住了，一个个都有些好奇："老师，怎么不念了？"

闫静猛地将手机砸在桌子上："林栀，你果然……"

话音刚落，班里的人面面相觑。所有人都不明白她突如其来的无名之火是因为什么。

"我考及格了吗？"

"你还好意思问？？"

林栀站起来，看着她："我是您监考的，在您眼皮子底下考的试，你的意思是您自己眼睛有问题？"

"你不要跟我斗嘴。"

"是您混淆视听，在这随意歪曲事实。"

闫静还是不信："那你说，你怎么可能在短短一个月的时间里，迅速提高50多分的？"

这时候，喻桉站了起来："我押的题。"他这话一出，堵得闫静哑口无言。因为喻桉的成绩，所有人都是有目共睹的。学校那种难度的物理试卷，对他来说很简单。他还代表学校去参加过物理竞赛。那场竞赛很难，学校很多老师都错了好几题，他却拿了一个相当不错的成绩。

闫静觉得，只要她死不承认这件事，他们这群乳臭未干的小孩子就不能拿她怎么样。

然而喻桉却第一时间拿出了录音笔，直接按了播放键。

于是闫静带着气愤的声音传遍班级每一个人的耳朵里。她耍赖不得。

闫静听见他手中的录音笔传来的声音，有些恼羞成怒，她踩着高跟鞋就走了下来，因为太着急崴了一下。她顾不得脚疼，直接就冲喻桉走过去了："关掉。"

喻桉拿着录音笔，毫不畏惧地看着她，丝毫没有要把录音笔关掉的意思。录音笔里紧接着是女生平静的声音："行，您说的。"

闫静突然走过来，想伸手去抢喻桉手里的录音笔。她个子矮，喻桉的录音笔拿在手里，举得很高，闫静够不着。

录音笔里的声音还在继续，是这节课开始前闫静说的话了。

闫静气得眼都红了，想要跳起来去够，场面有点失控，班里的人一时没有反应过来，林栀则想要伸手拦住她，但此刻闫静冲动得很，谁也拦不住。

喻桉挡在林栀面前，看着张牙舞爪的闫静，语调平静："你没想过，这是你自己造成的吗？"

"你让开！"

喻桉依旧挡在林栀面前，没有一丝一毫让开的意思。吴桐也伸手挡在了林栀面前。班上的人一看这场面不对，立刻都上来拉。

喻桉声音平静："我们只希望你能够兑现你的承诺，仅此而已。"

"承诺？兑现什么承诺，你有什么证据，那是她自己考的分数？"

喻桉盯着她，一字一句道："那你又有什么证据证明不是？"

闫静旁边的人拉着她，她疯狂甩胳膊："别碰我。"班里的男生怕她又伤人，拉着她不敢放手。

那几个男生被闫静那通红的眼睛盯得有些发毛，还是壮着胆子开了口："可是闫老师，这事情本来就是你做得不对啊。"

"我哪里做错了？"

班里乱成一团。林栀拽了一下喻桉，因为她突然发现喻桉的脖子受伤了，可能在刚才的混乱和推搡中碰到了什么硬物。

喻桉用手捂了一下："没事。"

"我看看。"

喻桉对上她的视线，侧过身子让她看左边的脖子。他的脖子划出了血痕。

"我们去医务室。"林栀说着，抓起他的手腕就准备出去。

"不用。"喻桉刚刚看到有人去叫乜瑛。

等这件事处理完，闫静跟林栀道歉了再去也不迟。

吴桐看着喻桉脖子上的伤，忍不住道："班长，你这脖子得去医务室啊。"

旁边很多人的视线也都落在喻桉脖子上，让他去医务室。而旁边的闫静还在跟那几个男生吵架。乜瑛本来在办公室跟几个老师聊学生的八卦，突然看到班里的学生着急忙慌地跑了进来，她立刻丢下手里的瓜子，问那个男生："怎么了？"

"完蛋了，班里出事了。"

"什么事？"乜瑛边说边站了起来，准备往教室那冲。

"闫老师她……她……"

一路上她听男生只言片语讲了些，跑得飞快，转眼就到了八班教室门口。乜瑛推开门，就看到两三个男生正驾着闫静。而闫静目光死死地盯着林栀，看起来怒不可遏的样子。

乜瑛皱眉道："闫老师，您这是什么意思？"

"我什么意思？我没什么意思，我倒是想问问你们班的这些人是什么意思，还有没有尊师重道？"

"闫老师，首先不管这件事情是因为什么，你一个教师，现在这个样子，你觉得这像话吗？"

"那是他们活该。"

此时此刻，郑一名也急匆匆地赶过来了。他旁边还跟着一个八班的学生，就是那天那个问他吃不吃干脆面的学生。

"挺热闹啊，发生了什么事？"

闫静恶人先告状，伸手指着喻桉和林栀："他们两个扰乱课堂秩序。"

郑一名看着班里的学生，声音不大，但透着一股威严："是这样吗？"

班里的人都摇头。

"明明是闫老师自己不兑现承诺。"

"她乱发脾气。"

"她还……"

"她……"

郑一名比了个停的手势，然后冲乜瑛笑了一下："乜老师，这件事我来处理。"

乜瑛点了点头。

郑一名走到林栀和喻桉面前，开口问道："你们两个说说，今天是怎么回事？"

说完他便看着林栀。林栀对上郑一名的目光，声音不卑不亢："闫老师总用长相和别的言语来攻击我，我觉得成绩不好又不是犯了天条。"她还没说完，郑一名略有不解地盯着她看了几秒，语气里透着几分疑惑："攻击长相？我瞅着你这小姑娘长得挺水灵呀，跟我家丫头一样好看。"

"就是说我成绩差，说我就知道打扮，说我看着努力效率差……"

林栀说完，郑一名点头道："这些我知道，之前我批评过闫老师，让她要注意措辞。有一点我想知道，这次你们发生冲突是因为什么？"

"闫老师跟我打赌，说我如果能考 60 分以上，她就辞职，并且承认自己教学方式有问题。我这次考了 66 分，她就说这绝不可能，不愿意兑现承诺，喻桉放她之前说话的音频，她就耍赖。"

林栀刚说完，闫静就叫嚷起来："你有什么资格插嘴？"

郑一名眉头一皱，声音透着微怒："那是不是所有人都不能说你？我早跟你说过，时代在变，你的教学方式也得变。看来你从来没听进去过，闫静，你觉得你有一个教师该有的素养和姿态吗？"

"那是他们活该。"

"我希望你明白，若是喻桉他今天想追究责任，你面临的不止是丢了饭碗，还有牢饭。"

闫静梗着脖子，丝毫不觉得自己做错了："我做错了什么？"

喻桉声音平静："你违反了教师法。"

"你说我违反我就违反？"

"依据我国教师法第三十七条规定，故意不完成教育教学任务且给教育教学工作造成损失的；体罚学生，经教育不改的；品行不良、侮辱学生，影响恶劣的。若有以上情形之一，由学校或者教育行政部门给予行政处分或者解雇……您觉得您哪条没犯？"喻桉说完，又补充了一句，"不管之前如何，您要知道，当下这个社会是法治社会。"

林栀站在喻桉身后，听着少年冷静又平淡的声音，看着他清隽的眉眼，没有缘由地心乱起来。

郑一名看着喻桉，目露赞赏。这好小子，他刚刚就想说闫静违反了教育法来着。

乜瑛看着闫静，叹了口气，又摇了摇头。

郑一名看着死死抓住自己胳膊的手，觉得自己对闫静已经是仁至义尽了。之前闫静就被其他学校的家长举报过，她是被辞退以后才来了这个学校。前些年也有很多家长举报她，他提醒警告过她很多次。前阵子他又警告过她一次，没想过闫静还能做出更过分的事来。

郑一名突然有些后悔，觉得是自己给了她一次又一次机会，是自己纵容了她。他看着闫静，声音平静："你被辞退了。"他说完，又补充道："你给他们道歉吧。"

闫静抓着他的手腕不松："不要让学校辞退我。"

"我提醒过你很多次，闫静，不要忘记当一名教师的初心。"他说完，甩开闫静的手，随后指了指旁边："道个歉吧。"

闫静知道她是彻底完了，她攥紧了手指，用力得手心几乎都要冒血。

"对不起，我为之前说过的话道歉。"

林栀看着闫静，道："其实那个打赌，我从没想过要你必须兑现承诺辞职，我要的只是老师亲口说出一句道歉而已，我们只是希望您可以改一下教学习惯，端正一下态度，仅此而已。"

闫静对上那双眸子，嗤笑了一声，然后走出了教室。

这时，林栀有些着急地说道："他脖子不小心划伤了。"

郑一名朝着喻桉脖子上的伤看过去，道："快去医务室消消毒。"

喻桉点头："好。"

"我跟他一起去。"

"好，快些去吧。"

林栀和喻桉一前一后走出了教室。

郑一名问："我有一个疑问，这录音笔……是谁买的？"

"是我。"

郑一名道："做得好，就是该这样教育这些孩子，我们八中不收这样品德有问题的老师。"说完，他又继续说道："这件事情我会如实跟学校反映，给你们班换一个新的物理老师。"

教室里爆发出一阵欢呼声。

"老郑万岁！"

"老郑太帅了！"

"我爱你，老郑！"

……

两个人朝着医务室的方向走，林栀时不时地抬头看他的脖子："脖子是不是很疼啊？小喻老师。"

"不疼。"

"我不信。"

喻桉便扭头看她："是有一点，不过不严重的。"

"我都不知道该说什么了，总而言之今天很谢谢你，谢谢你一直替我说话，也谢谢你挡在我前面。"

喻桉的声音平淡却带着力量："男生就是要保护女生的。"

风吹在两个人身上，扬起林栀耳边的几缕碎发。那几缕碎发在脸上蹭着，有些痒，她伸出素白纤细的手指，将碎发别到耳朵后面，露出白净小巧的耳朵。她心里生出某种感觉，仿佛细软的头发丝挠在了心头，也有些痒痒的。

林栀轻轻拉了拉喻桉的袖子："我们走快一点，赶紧去上药。"

"好。"

等到了医务室，校医对着喻桉的脖子看了几眼，皱眉道："你这大小伙子看起来那么安静，怎么，跟人打架了？"

"没有。"

"因为一点意外划到了。"

校医意味深长地应了一声，然后盯着喻桉看了几秒："我怎么瞅着你有点眼熟，你是不是经常上表彰大会？"

喻桉点头："是。"

那校医从后面拿出消毒水和药膏，放在桌上："怪不得呢，看着特别眼熟，你先消下毒，然后涂点消炎药膏，注意不要感染了。"

"好。"

"你俩自己消毒还是我来弄？"

喻桉跟校医对视一眼，没有发话，那校医将药递给林栀："还是让你朋友来吧。"

林栀看着校医递来的药膏，只得再一次解释："是同桌。"

"这样啊。"校医笑眯眯地看着两人，"那你给你同桌消消毒吧。"

喻桉坐在板凳上，看起来有点可怜。

"可能有点疼。"

"没事。"

林栀用无菌生理盐水和双氧水冲洗了一下他脖子上的伤口。整个消毒过程，喻桉连眉头都没有皱一下。两个人离得近，林栀闻到他身上淡淡的洗衣液味道，还有沐浴露的味道，很清新，似乎是栀子花香。两种香味混合在一起，居然很和谐。

"疼吗？"

喻桉对上她看过来的表情，道："有点。"

林栀凑近他的脖子，轻轻吹了吹："我给你吹吹，吹吹就不疼了。"像是哄小孩子一般。

喻桉轻声嗯了一声，然后开口："不疼了。"

林栀又给他涂上消炎药膏。做完这一切，她从口袋里掏出来一张纸币，递给那校医。校医还没接下那张钱，喻桉的手就伸了过来，他看着林栀："我付钱就行。"

林栀问那校医："这个会留下疤吗？"

校医看了一眼喻桉的脖子："这我不好说，得看个人体质，有的人是疤痕体质，就很容易留疤。"

"好吧。"

见林栀似乎有些在意这件事，喻桉道："我是男生，留个疤也没什么。"

"有所谓。"林栀说完，拉了拉他的袖子："我们回去上课吧。"

"好。"

喻桉冲林栀伸出手："药我提着吧。"

"不用，我提。"

两人一前一后回到了教室。

……

一直到上午最后一节课，班上的考试成绩全部都出了。林栀拿着成绩单，果不其然在最上面看到了喻桉的名字，总分是 703 分。这次他一下子甩了第二名 50 多分。

"小喻老师，真的很棒！又是第一。"林栀语气欣喜，是切切实实地替他开心。

喻桉轻声道："谢谢。"他的目光顺着成绩单往下看，最后看到了林栀的成绩，比上次进步了。林栀也看到了自己的成绩，喻桉是她总分的两倍。

"小喻老师，我还是觉得人的智商是有参差的。"

"你已经在进步了。"

林栀笑嘻嘻道："那还是得益于小喻老师。"

"还有你自己的努力。"

林栀又笑了。

……

中午，贺蒙来找喻桉闲聊："喻哥，我听我们班班主任说，你这次又把全校第一给挤下去了。"

喻桉嗯了一声，不是很感兴趣的样子。

"好像就上次他比你考得好。"

"对。"

"喻哥，我这次考试也进步了，班主任夸我是个有潜力的孩子。"贺蒙说着，想起今天班主任拍他肩膀，让他继续加油的样子，忍不住笑了。

"很厉害。"

贺蒙怀疑自己耳朵出现幻听了，可是看喻桉还是一副镇定自若的冷淡样子，他更加觉得自己耳朵可能有问题了。

他不确定地问道："刚刚喻哥你是在夸我吗？"

喻桉看着他，道："你听错了。"

"我没听错，喻哥你就是夸我了。"贺蒙乐得牙都收不住。

回到教室，喻桉将刚买的糖果放在林栀桌上，随后拿出书开始看了。没过一会儿林栀就回来了。喻桉往前挪了挪椅子，让她进去。

"糖果是你买的吗？"

"对。"

"所以这算是给我的进步奖励吗？"

"算吧。"

林栀从怀里掏出一根硕大无比的棒棒糖，问他："你怎么知道我也给你买了。"

喻桉看着那根几乎有脸大的棒棒糖，轻声道："谢谢。"

"是我该谢谢你。"林栀说着，将糖果放在了喻桉桌上。喻桉将那根棒棒糖放进了书包里。

乜瑛很快就走进了教室，手里还拿着成绩单。她站在讲台前，看着底下还在写作业的学生，开了口："先停一下笔。"

班上的人立刻停下笔看她。

"有很多家长私底下找我聊过座位的事，我觉得无论怎么排座位都会有人不满意，所以这次排座位采取抽签的方式，抽到哪里坐哪里，下次再按照成绩排。"这话一出，班上的人都傻了。

"老师，谁的家长不满意啊？我们可满意了。"

"啊啊啊，不想换座位。"

"到底谁在不满意？"

乜瑛将抽座位表的盒子放在讲桌上，道："我念名字，一个一个上来抽签。"

她也不想用这种方式，偏偏有好几个家长非要她给学生换座位，说自己家孩子近视眼，坐在后面看不见，必须坐在前面。之前乜瑛调过一次座位，隔天一个家长又打电话过来了，说她家的孩子必须坐在第一排。关键是一个班排座位，有坐前面的就肯定有坐后面的，若是每个家长都提无理要求，她就算是想尽办法都没办法满足。所以乜瑛跟那家长说下一次排座位自己抽签，绝对的公平。

喻桉是第一个上讲台的，他随意地抽了一张字条，便下来了。

林栀看了一眼他手中的字条，是倒数第三排中间的靠边位置。

"小喻老师，这抽到同桌的概率太小了吧。"

喻桉看了一眼手中的字条，答道："确实。"

一连念了很多个名字，才念到林栀。

盒子里已经没什么字条了，林栀摸出一张字条，赶紧回到座位，然后有些忐忑地打开了字条。喻桉脸上很平静，眼睛却死死盯着她手中的字条。她在喻桉前面两排的位置。

"要分开了，喻桉。"

"嗯。"

所有人都抽完了字条，乜瑛道："按照抽到的位置，挪一下座位吧。"

话音刚落，班上就有人开始推着自己的桌子准备挪动了。喻桉的座位没什么大的变化，他看着林栀收拾桌上的东西。

"我帮你挪桌子。"

"谢谢小喻老师。"

教室里的桌子横七竖八，乱七八糟，堵得水泄不通，别说挪座位了，连动一下都是问题。喻桉只能先把林栀的桌子挪到外面，他和林栀站在教室外面，看着里面的人挪桌子。林栀看到喻桉的位置旁边是郑孚，伸手跟他指了指："你同桌是郑孚。"

喻桉嗯了一声，静静地看着里面。他看到一个男生将桌子拉到林栀旁边，他垂下眸子，眼底情绪不明。随后喻桉将林栀的桌子给推了进去。如果说喻桉是班里常驻第一，那林栀的新同桌就是班里的万年老二。他高高瘦瘦的，头发有些卷，模样偏清秀一些，笑起来很阳光。他的名字叫徐永燮。

"还有什么需要我帮忙的吗？"徐永燮笑着对喻桉和林栀说。

喻桉肩膀上还挎着林栀的包，他对上徐永燮的视线，面无表情道："没了。"他说着，将包放在桌上，然后将林栀的椅子拿下来放好："我回去了。"

"好，谢谢小喻老师帮我搬桌子。"

"不谢。"

喻桉说着，就回到了自己的座位。林栀将包里的东西掏出来，在桌子上摆放整齐。

"你叫林栀？"

"对。"林栀冲他点头。

徐永燮笑道："我叫徐永燮，你可能不太知道我的名字。"因为名字难读，所以从小到大老师都不爱点他的名字。

"知道，但不会读。"

"跟谢谢的谢同音。"

林栀恍然大悟："这样啊。"

喻桉看着前面有说有笑的两个人，眼睛里突然暗下来了一点。

"班长，这次居然跟你做同桌。"郑孚露出一口白牙笑了。

"嗯。"

郑孚嘿嘿笑了一下，突然看到前面的人回过头来。

"没出息，给你开心的。"

郑孚看着吴桐，笑道："你不懂，跟班长坐一起，能问题目。"

徐永燮收拾完桌上的东西，问林栀："喻桉他是不是不喜欢我？"

林栀有些茫然："你怎么这么问？"

徐永燮想起刚刚喻桉看自己的表情，觉得喻桉可能讨厌他，他说："没什么，就是感觉他不是很喜欢我。"

林栀大概明白他为什么这么问了，便认真同他解释："没有没有，喻桉他不爱笑，所以表情总是冷冰冰的，这不是因为他不喜欢你，他人很好的。"

徐永燮笑："这样啊。"

林栀回头跟吴桐说话，恰好同喻桉对上视线。只有几秒，喻桉很快又低下了头。

……

本来下午的第三节课是自习课，现在改成了自由活动。班上一部分人留在教室里看书，还有的人已经下楼去了。体育委员犹豫半天才走到喻桉身旁："班长，咱们班这节课和六班有篮球比赛，你要不要来？"上次班里和六班的篮球比赛就输了，不仅仅是输，几乎是被别人压着打的。

林栀听见了两个人的对话，回头看着喻桉，眼睛亮亮的："你要参加吗？"喻桉在她期待的眼神下，点了点头。

体育委员简直想哭了："你参加就行。"终于不用被六班的人嘲讽他们班一个能打的都没有。

……

"我们去买水吧？"

吴桐点头："好啊。"她刚好给傻小黑买一瓶。

两个人去了超市，林栀看了半天，买了一瓶运动饮料，又拿了一瓶矿泉水。吴桐也拿了一瓶运动饮料："便宜他了。"林栀没忍住笑了。

两个人到篮球场的时候，外面已经围了整整一圈的人，不仅有八班和六班的，还有其他班的女生。林栀一眼就看到了篮球场上的喻桉。

喻桉也在外面的人堆里一眼看到了林栀，他脱下校服外套，往外面走了过来。瞬间旁边的人都盯着他看。

"帮我拿一下。"

林栀愣了一下："好。"她伸手接过喻桉递给她的眼镜还有校服外套。

喻桉很快又回到了场上。他只穿了一件雾霾蓝的短袖，露出的胳膊肌肉线条流畅，表情冷淡，周身透着一股疏离感。喻桉戴眼镜的时候颇有禁欲感，摘了眼镜又是另一种感觉。

季扬也看到了场外的林栀，微微勾了勾唇。

比赛开始了，林栀看着篮球到了喻桉的手上，他晃过几人，将篮球稳稳地投入框内。周围爆发出一阵尖叫声。几乎大半的女生都在喊喻桉的名字。喻桉往场外扫了一眼，似乎是觉得有些吵，好在那些声音很快就停了。

季扬笑着看喻桉："还没跟你交过手，打得不错。"

"你也不错。"

林栀从来没有见过这样的喻桉，现在的他跟平日里完全不一样。明明场上有很多人，她却总是不自觉地被他吸引视线。有人在贴吧里说喻桉是那种无法靠近的人，宛若不食人间烟火的神仙。林栀却觉得此时此刻的他是鲜活的，灼热的，引人瞩目的。

接着，喻桉一连好几次都进了球。八班的人激动地喊着。六班有些女生也被感染了情绪，跟着喊八班。

旁边的女生伸手拍了拍同班同学："怎么还当叛徒呢？替别人喊。"

"谁让喻桉帅呢。"

不过季扬也进了好几个球，两个班的比分平了。场面一度进入白热化。

"扬宝啊啊啊啊。"

"季扬加油！"

"喻桉喻桉喻桉！"

"喻桉加油！"

林栀听着旁边的声音，忍不住跟着喊了一句："喻桉，加油！"

然后她看到场上的喻桉往这边迅速看了一眼。旁边的女生脸颊瞬间红了："喻桉往这边看了。"

"肯定不是看你，是看我。"

"是看我。"

林栀盯着场上的喻桉看。六班的人都在防喻桉，只见他几个假动作晃过了那些人，却被季扬挡住了。他同郑孚对视了一秒，将手里的球传了过去。所有人都没在意后面的郑孚，谁知道球突然传到了他手里。万众瞩目下，郑孚将球投进了篮球筐内。

整个球场爆发出一阵尖叫声。

"这个黑黑的男生是谁？十秒钟，我要他全部的个人信息。"

"你别说，他刚刚笑的时候牙挺白的，有点可爱。"

这次的篮球比赛八班终于赢了，八班的人都在欢呼。体育委员恨不得直接冲上去抱住喻桉，可是对上喻桉那冷冷的视线，他又有些害怕了。

很多人去给季扬送水。喻桉这边也有想送水的，但都是犹豫着不敢上前。

季扬没有要那些女生的水，而是走向了林栀，他笑道："能问你借一张纸巾吗？"林栀摸出一包纸巾，掏出来一张递给他。

"谢谢。"季扬笑了，露出来的小虎牙尖尖的，有些可爱。

喻桉盯着季扬看了几秒，也冲林栀走了过来。林栀看着冲自己走过来的喻桉，别人都在跟他说恭喜，她却始终记挂着他脖子上的伤，刚上了药，这会又出汗了，汗液里含有盐的成分，肯定是很疼的。于是林栀将纸巾递给喻桉："擦擦汗。"

"好。"喻桉接过她递来的纸巾。

"你脖子疼吗？"

喻桉察觉到旁边季扬投来的目光，垂下眸子："有一点。"

林栀有些心疼地看着他："早知道我刚刚就不说想让你参加了。"看着喻桉低垂着眸子擦汗，她莫名地联想到了受伤的小狗。

"没事。"

"不过打得真的很帅。"

"谢谢。"

林栀将袋子里的水拿出来，递给喻桉："喝点水。"

喻桉在季扬的注视下接过那瓶水，拧了几下居然放弃了，他道："没力气了，拧不开。"林栀没有丝毫怀疑，又将那瓶水接了过来，拧开，重新递给喻桉。喻桉喝了一口，同站在旁边的季扬对上视线。

季扬笑道："下次能不能也麻烦你带瓶水？"

"不是带的，是我给他买的。"听到林栀说这句话，喻桉的眼睛里似乎瞬间亮了起来。

季扬笑道："好吧，那下次体育课能麻烦你帮忙带水吗？"说着，他将校服口袋里的饭卡拿了出来，想要递给林栀。

喻桉抿着唇，看了一眼林栀的表情，又将视线落在季扬身上。他脸上带笑，是属于那种讨女孩子喜欢的类型，因为很阳光，笑起来还有小虎牙。正当喻桉以为林栀可能会同意时，却听林栀开了口："我不经常来看打篮球，要不然你找一下你们班的女生？"

季扬笑道："是我考虑不周了。"说完，他又问林栀："能买你袋子里的水吗？"

林栀想说，刚刚不是有很多女孩子给他送水吗，为什么要买她的水？她又想了一下，或许是因为不喜欢，所以他不收别人的东西，买她的水就不会有这种麻烦了。

林栀将袋子里的水拿出来，递给他："不用买，你直接喝吧。"

季扬眼睛里染上一丝笑意："那就谢谢了，下次请你吃零食。"

林栀知道这是客套话，应了一句好。

喻桉盯着季扬手里的矿泉水看了几眼，又看了看自己手里的运动饮料。

"喻桉。"

听见林栀叫自己，喻桉才回过神来。

"眼镜，要戴吗？"

"嗯。"

喻桉说完，低下头凑了过去，林栀将眼镜打开，给他戴上了。

她又将手里的外套递给他："奶奶说刚运动完，出了汗吹风容易感冒，你把外套穿上吧？"

"好。"喻桉说完，接过外套穿上了身。

季扬看着刚刚林栀给喻桉戴眼镜，觉得两个人的关系不一般。他的心底莫名生出一种烦躁的感觉。他一开始只是觉得林栀有些特别，现在可能是生出了其他的感觉。

"林栀，我们先走了。"

林栀还在盯着喻桉看他穿外套，闻言扭头看季扬，同他挥了挥手："拜拜。"

季扬笑着同她挥手："拜拜。"

他们只是朋友，和亲密的同桌，他依然还有机会。自己和她的关系，急不得，只能循序渐进一步步慢慢来。他需要先跟林栀熟一点，先做普通朋友。

一旁，吴桐将手里的水递给郑孚："给你买的，别太感动。"

郑孚接过来，笑道："感动死了，感动得痛哭流涕，原地哭出太平洋。"

"你这人真假。"

郑孚拧开水，喝了一口。察觉到旁边似乎有人在往这边看，吴桐转过头，对上两个女生的视线。她同那两个女生对视了几秒。

那两个女生走过来，问她："你们两个是一对吗？"

吴桐跟郑孚大眼瞪小眼。吴桐指着郑孚开口："你说他？我跟他？"

两个女生齐刷刷点头。

"不是，就是朋友。"

其中一个女生闻言松了口气："不是就行。"

吴桐看着那个女生朝郑孚看过去，女生有些羞涩道："我觉得你牙挺白的，笑起来挺可爱的，能……"

"想让我给你推荐牙膏是吗？"

"我……"

"XX牙膏，用了牙跟我一样白。"

吴桐看到女生的表情僵住了，然后拉着旁边的女生快步跑走了。

"傻小黑，人家是想要你的微信，你怎么跟个二傻子一样？"

郑孚又喝了一口水，看着她："我知道，我又不傻。"

吴桐看了他好几眼，有些不理解："她看上你哪里了？"

郑孚瞪了她一眼："人格魅力，你懂不懂？"

"人格你个头的魅力。"吴桐说着，掏出一包纸巾扔给他，"擦擦汗吧，还人格魅力，我看你一身汗臭味差不多。"

郑孚拉开领子闻了一下："有吗？我身上有汗臭味吗？"他看着吴桐在旁边笑，知道她在逗自己。

……

回教室的路上，林栀和喻桉肩并肩走着。

"喻桉。"

"嗯？"

"你打篮球的时候，真的跟平时很不一样。"

"不一样？"

林栀点点头，眸子里都染上笑意："很燃，旁边的女生都在喊你的名字，我都没忍住跟着喊了。"

"我听见了。"

林栀有些意外，她以为喻桉看过来是因为巧合，没想到他真的在那么多人声里听到了自己的声音。

"小喻老师打篮球，真的很帅。"

喻桉轻不可闻地嗯了一声，视线却飘向前方。两个人一起回到了教室。

徐永燮没下去，还在教室里写作业，他看到林栀和喻桉一起进来了。林栀刚坐下，就听到身旁的人开口问道："今天打篮球有喻桉？"

她认真点头："有，我们班赢了。"

徐永燮笑道："还真是难得。"他初中时就跟喻桉同校，喻桉很少参加篮球比赛。

林栀有些不解地问他："为什么说是难得？"

徐永燮同她解释："知道为什么学校的人都知道他打篮球吗？因为他在初中时曾一战成名，但从那以后又几乎不参加篮球比赛了。"

"这样啊。"

"他这次会参加，我倒是蛮意外的。"

林栀听完他的话，回头看了一眼喻桉。喻桉似乎正在低头看书，察觉到她的视线，便抬眸同她对视上。她突然有些好奇，初中的喻桉会是什么样子的呢？盯着喻桉看了几秒，林栀站起来走到他面前。

"怎么了？"

"你有没有初中时的照片？"

喻桉摇头，露出一脸茫然的表情。

"没事没事。"林栀又回了自己的位置。

喻桉看着她又同徐永燮说话去了，看了几眼又收回了视线。

"你去初中的贴吧里找，绝对会有他的照片，没有你回来打我。"徐永燮说得很肯定。

林栀一开始以为徐永燮是那种文静的男生，听到他的后一句话，忍不住笑了："你怎么知道一定有？"

"因为我看到过，那时候我妹妹和表姐都说喻桉帅，我寻思是有多帅，结果发现确实帅，成绩也好。"

"明白了。"

……

晚上，林栀回到家，洗漱完就拿出了手机。她打开了喻桉初中的贴吧，刚搜索喻桉这么个人，就看到好多帖子。其中一个帖子吸引了林栀的视线。标题是：喻桉的八卦。

她点进去看了一眼，里面有一张喻桉打篮球的照片。照片有点糊，但林栀一眼在人群中就看到了喻桉。他穿着蓝色的球衣，眉眼清隽。她才发现，喻桉初中时就长那么高了，几乎比同龄的男生高了半个头。唯一不同的是，那时的喻桉较现在多了点稚嫩的感觉。同样是那副生人勿近的冷淡表情，但林栀莫名就觉得他有点乖乖的，很可爱。

林栀看了一下帖子的内容，似乎很真实。里面记录了那个女生跟喻桉的认识过程，以及心路历程。林栀又想起徐永燮说过的话，喻桉几乎是从来不参加篮球比赛的，那次却参加了。林栀想不出别的理由，或许这个帖子说的都是真的。她莫名心中有些闷闷的，像是被什么压住了一般。

林栀保存了那张照片，然后点开了跟喻桉的聊天页面。

【之之为栀栀】：问你一个问题。

她盯着那行"对方正在输入中"看了几秒，喻桉迅速回过来一条信息。

【小喻老师】：你问。

【之之为栀栀】：就是……

林栀打了两个字，又觉得这个问题问出去太冒犯了。

万一这是喻桉不愿意提及的过往呢？她想了想，问了个毫不相关的问题。

【之之为栀栀】：你之前也打篮球吗？

【小喻老师】：初中打过，但不多。

她盯着初中那两个字看了一会儿，绞尽脑汁地打出几个字，最后又删掉。

【之之为栀栀】：参加过什么比赛吗？

【小喻老师】：参加过一次。

林栀觉得，这应该就是贴吧里说的那一次。

她正想问为什么，看到喻桉又发过来一条信息。

【小喻老师】：说来话长。

这更加印证了林栀心中的那个观点。

【之之为栀栀】：那……长话短说？

【小喻老师】：有点无聊，想听？

【之之为栀栀】：想！！

似乎是怕喻桉感受不到自己到底有多想，林栀加了两个感叹号。她盯着屏幕看了一会儿，等了大概一分钟，才看到喻桉发过来一条语音。林栀点开那条语音，他那独有的清冷的声音传入耳中。

原来，喻桉读初中的时候，一个混混扬言要整喻桉。喻桉没有理会，后来男生三番五次地找人堵喻桉。

喻桉懒得同那些人废话，面对那个混混的挑衅，他一言不发，甚至对方拳脚相加时，他还能稳稳地防住，还把带头的人的手狠狠扭住，把那群人都吓傻了，他们都以为喻桉是个书呆子。没想到他力气那么大。

当然这件事喻桉没有提。

后来那个混混同喻桉班里有一场篮球联谊赛，那时候班里的小前锋生病了，班里一下又找不到替补的人。有人就提了句喻桉会打篮球，说让他试一试，七八个大男人围着他好说歹说大半天，试图说服他上场。喻桉怕麻烦，但最后还是答应了。

大家都没有抱希望，结果那天喻桉他们班不仅仅是赢了，而且是压着对面打的那种赢。

也是从那天开始，几乎全校的人都知道了喻桉这个人。

林栀听完他发来的语音，大概明白是怎么一回事了。

【之之为栀栀】：所以根本没有初中的那些八卦事？

她发完，才反应过来自己不小心把心里话说出来了，急忙点了撤回。

【小喻老师】：？

【之之为栀栀】：就是看到你们初中的贴吧里说，你初中的时候为了一个女生，所以才参加那场篮球赛。

【小喻老师】：贴吧？

林栀发现自己越描越黑了，她该怎么解释自己跑去他初中贴吧看他之前的照片。她刚想解释，就看到喻桉的信息发了过来。

【小喻老师】：我不知道你说的什么贴吧。

林栀看着他发来的信息，莫名有种松了口气的感觉。她将那张喻桉初中的照片发了过去，忍不住调侃他。

【之之为栀栀】：不过……初中的小喻老师真的很可爱。

【之之为栀栀】：虽然现在也很可爱。

喻桉看着她发过来的信息，盯着那两句可爱看了几秒，瞬间有些耳热。

另一边的林栀，等了好几分钟，才收到一句谢谢。林栀又重新打开那个帖子，翻了翻底下的留言。

【等一个无归期的人】：姐妹？喝多了？

【悲伤玉米粥】：你能让喻桉不看书看你就算你有本事。

【满身星月栖】：哈哈哈，比起来这个帖子我更愿意相信明天太阳从西边升起来。

【想开挖掘机】：喻桉是咱们学校最难接触的男生，因为在他眼里试卷可比别的有趣。

林栀翻了一会儿那些评论，感觉挺有意思，仿佛以另一种形式了解了喻桉的过往。

喻桉正在写题，忽而听见手机响了一下，他点开看林栀发来的信息。

【☆】：你知道初中时你们学校的人都说你什么吗？

【小喻老师】：说什么？

【之之为栀栀】：她们说，小喻老师很不好接近。

【小喻老师】：看情况。

【之之为栀栀】：比如？

【小喻老师】：要看对方是个怎样的人。

【之之为栀栀】：这样啊。

林栀又突然想起刚刚贴吧评论区有人说喻桉读初中时也在到处兼职。

【之之为栀栀】：话说，你初中也经常兼职吗？

喻桉看到她发过来的信息，勾起了一些不太美好的回忆。

听到手机的信息提示音，喻桉才回过神来。

【☆】：说到这个，是不是有点太冒犯了？

【y】：不冒犯。

【y】：只是想到了一些不太好的事。

那边很快就回了。

【☆】：啊？小喻老师之前被欺负过吗？

喻桉跟她简单概括了一下这件事。林栀听完简直震惊了，震惊过后是心疼。

【之之为栀栀】：抱抱，都过去了。

【y】：嗯，都过去了。

两个人又聊了一会儿，林栀跟他说了晚安。

【之之为栀栀】：晚安！小喻老师。

【小喻老师】：晚安。

……

第二天，林栀几乎是踩着点进教室的。她将书包放进抽屉，抬头就看到了自己桌上的酸奶。林栀回头看了一眼喻桉，冲他笑了一下。喻桉同她对视几秒，又低下头继续背书了。

不过，在林栀转过头去后，他又抬头看了一眼林栀，她正在喝酸奶，而那瓶酸奶，其实是早上季扬送过来的。喻桉盯着她的背影看，似乎要盯出一个洞来，季扬什么时候跟她变熟了？

林栀还没背出几个单词，人就要与桌子合为一体了。乜瑛进教室那一刻，林栀立刻坐直了身子，但是没撑几分钟，又昏昏欲睡了。吴桐在后面戳了她一下，林栀这才又从昏睡中清醒了些。

早读课结束，林栀立刻不困了，她准备下去找阮征吃早饭。喻桉从她身旁路过，林栀叫住了他："谢谢小喻老师的酸奶。"

"什么酸奶？"

"啊？不是你给的吗？"林栀拿起桌上的酸奶问他。

喻桉的银边眼镜泛着冷光，他冷冷道："不是我。"

"我以为是你给的，直接喝了。"

听到林栀的话，喻桉反应过来，她并不知道早上的这瓶酸奶是谁送的。这么想着，他心里的那点烦躁不见了。

"季扬。"

听到那个名字，林栀反应过来："可能是因为那天请他喝了一瓶水吧。"

"可能吧。"

"快去吃饭吧！"

"好。"

……

林栀下了楼，没看到阮征在班级门口。寸头男看到林栀，从教室里走了出来："栀姐，阮姐她还没来。"

"没来？"

"对，可能今天睡过了。"寸头男可不敢说阮征昨天拉着他打游戏很晚才睡。玩到最后，他眼睛都睁不开，直接手机砸脸上了，差点把鼻子砸骨折。上次他问林栀是不是也去，阮征后来等林栀不在的时候，赏了他一个爆栗，想想他头还有点疼。

"好吧，谢谢你了。"

寸头男笑道："应该的。"

林栀刚回头想走，却对上了阮征的视线。她将手里的早餐递给林栀："起晚了，楼下买的，你爱吃的。"寸头男想要刷个存在感，看着阮征笑，觉得她应该懂自己的意思。

阮征把其中一些丢给他："你跟饿死鬼一样。"

"谢谢阮姐。"

林栀接过阮征递过来的早餐，盯着她看了几秒，斩钉截铁地问："你昨天晚上熬夜了？"

第九章
撞进怀里

"熬了一点点夜。"

"不信。"

"我还是你的宝贝吗？"

林栀认真点头："当然。"说完，她又补了一句："那也不信。"

寸头男叫周颢，他一边啃包子，一边偷听林栀和阮征聊天。他同阮征初中时就认识了，阮征人够义气，在外可谓天不怕地不怕。周颢以为不会有人能收得了阮征，直到后面遇见了林栀。阮征很是护着她，出去瞎跑也从来不带她，所以周颢那时候只见过林栀一次。

这时，阮征瞪了一眼周颢："你在外面看什么？"

"天气好，吹吹风。"

"给我进去。"

周颢本来还想多听几句，闻言只得拎着包子溜进去了。

林栀认真和阮征说道："你不要经常熬夜，对身体不好，脸都熬黄了。"

"真的吗？"

"假的。"

阮征松了口气，然后回答："知道了，你快下去吧。"

"好。"林栀同她挥手。

阮征也笑着跟她挥挥手。

……

林栀拎着早饭上了楼。她看到徐永燮还在教室里，于是问他："你没去吃饭吗？"

"吃过了。"

"真快。"

林栀说完，便开始吃自己的早饭了。她正低头吃早饭，忽而感觉面前多了一抹人影。

一抬头，她便对上了喻桉的视线："小喻老师，你怎么吃那么快？"

"还没吃。"喻桉手里拎着早饭。

他将三瓶口味不同的酸奶放在林栀桌上："顺手买的。"

"谢谢小喻老师，不过太多了吧？"

"不谢，不多。"

喻桉说完，就回了自己的座位。他刚坐下，就看到门口那抹让人刺眼的身影。季扬站在门口，往里面看了一眼，冲林栀招了招手。

林栀走了出去，问他："有事吗？"

"今天的酸奶口味你还喜欢吗？"

"还行。"

"那你有特别喜欢的味道吗？"

"有。"

季扬刚想说话，就听林栀道："我自己会买的，不用麻烦你了。"

"都是朋友，不用客气。"

季扬说完，又同她笑道："我前段时间才知道，原来爷爷跟姜奶奶认识那么久了。"

林栀点头："我听奶奶提起过。"

"他们关系还蛮好的。"

"是的，我早饭还没吃完，先进去了。"

"好，有时间来找你。"

"行。"林栀说完就进去了，刚好同出来的喻桉撞了个照面。还是那副冷淡的表情，林栀莫名觉得他看起来似乎有点不高兴。林栀冲他笑了一下，喻桉看了她几眼，还是出去了。林栀想，等下大课间要还季扬一个东西，她不太喜欢欠别人的那种感觉。

……

大课间，林栀回头问吴桐："你要去超市吗？"

"好啊。"吴桐早饭吃得不多，这会真的有点饿了。

两个人挽着手，去了学校的超市。林栀问吴桐："如果有个不是很熟的人给你送了一瓶酸奶，应该回送点什么？""牛奶？糖果？果汁？小饼干？"吴桐一连串说了好几种。

林栀最后拿了一瓶牛奶，她忽而看见架子上的棉花糖，觉得特别可爱。有小熊形状的，还有小狗的，林栀看了一会儿，最后拿了两个小狗的。吴桐买了一个紫米面包，又想起郑孚说给他带瓶水，便随手给他拿了一瓶。

两个人一起去了收银的地方，林栀道："一起付。"

吴桐拿出那瓶水，笑道："傻小黑他不配。"她单独付了那瓶水的钱。

两个人拿着东西回去了。吴桐将水丢给郑孚，便坐下吃自己的面包了。

郑孚笑道："谢谢我同桌大恩大德给我带水。"

吴桐瞪他："你又开始了是吧？"

林栀拿着那两个棉花糖，坐在吴桐身旁。喻桉本来在写作业，见林栀坐在了自己面前，便停下笔看她。

"小喻老师，我在超市看到了一个特别可爱的东西。"

"什么？"

"你把手伸出来。"

喻桉把手递了过去。

林栀将棉花糖放进他的手心，笑眯眯地问他："可爱吗？"

"可爱。"

林栀忽而凑近了些，声音很低："我也觉得很可爱，就想买来送你了。"

喻桉对上她的视线，她眉眼带笑，眼睛里似有揉碎的一池星光，透着几分光亮。他不易察觉地被她的笑感染，眸子透着几分柔和来。

"我还有事，去送瓶牛奶。"

"送牛奶？"

"对啊，给季扬。"

喻桉动了动唇，还是没问出为什么给季扬来。他看着林栀拿着那瓶牛奶出去了，忽而觉得手里的棉花糖也不是那么可爱了。从教室里，能看到六班的门口。喻桉眼睛一眨不眨地看着林栀。

林栀到了门口，发现季扬好像不在，刚想托同学给他，就看到他过来了。季扬看到了她手里的牛奶，有点意外。他不自觉地心底带着点雀跃笑道："牛奶是给我的吗？"

林栀点头："你送了我一瓶酸奶，所以我还你一瓶牛奶。"

季扬本来很高兴地伸手去接那瓶牛奶，忽而反应过来，她是在拉开距离。他拿着那瓶牛奶，心情有些复杂。

"那我先回去了。"

"等等。"季扬叫住了她。

林栀看着他："还有事吗？"

"没事。"季扬想了想，还是慢慢来吧。或许一开始她对喻桉也是这般划清界限。

离得有点远，喻桉不知道两个人在说什么。他只能看到季扬似乎是在笑，很开心的样子。林栀是背对着他的。喻桉看不到她的表情。她呢？也很开心吗？

过了一会儿，喻桉看着林栀往教室的方向走回来，便收回视线，重新落在面前的试题上。然而他盯着那些题看了半天，却什么都没看进去。

"小喻老师。"

听到林栀叫自己，喻桉回过神来。他手中的笔已经在纸上洇出一团黑墨。他问林栀："怎么了？"

"你说，回一瓶牛奶可以吗？"

喻桉眼里情绪不明："应该可以。"

"那就行，收了他的酸奶总觉得欠了他什么，所以得还他点什么东西。"

喻桉听了林栀的话，朝她看过去："还？"

"是啊，不是很熟，所以收了总觉得心里不舒服。"

听到这话，喻桉觉得心里舒服多了。他看着林栀买的那两个棉花糖，也觉得顺眼极了。

"快上课了，我回去了。"

"好。"

......

教室里零零散散睡倒了一大片人。喻桉将笔帽盖上，合上书，抬头就看见前面的林栀趴在桌上睡着了。她身上还披着一件外套，眼看着就快滑落了。不出几秒，外套果然掉在地上。喻桉站起身，将那件外套捡起来，重新披在她身上。

徐永燮还在写题，转过头看到喻桉在给林栀披衣服，他总觉得自己的眼睛可能出现了什么问题。

传言中的喻桉是那种没有一点人情味的人，所有人都无法触及，这般看来，似乎也不全然是。

喻桉去了趟厕所。他正洗着手，就听见旁边的人叫自己名字："喻桉。"

喻桉抬头，对上季扬的视线："有事？"

"问你个问题。"

"说。"

季扬笑得很明媚："我有点好奇，你跟林栀是什么时候认识的？"

"开学前。"

"这样啊。"季扬道："我看你俩关系挺不错的。"

喻桉嗯了一声，定定地看着他："还有事吗？"

"想问你她喜欢喝什么口味的牛奶，今天问她，她没跟我说。"

喻桉语气平淡道："她没说，我自然也不会告诉你。"

季扬看着喻桉离开了。

……

林栀迷糊之中感觉似乎有人在戳自己胳膊，她睁开眼，发现是同桌，于是冲徐永燮道谢："谢谢你叫我。"她站起身，去厕所洗了一把脸，才觉得清醒了一些。

刚坐下，一旁写题的徐永燮突然开口："今天中午，你的外套掉地上了。"

"是你帮我捡起来的吗？"

"不是，是喻桉，他捡起来给你披上的。"

"我知道了。"

喻桉正在写题，突然感觉到有人在盯着自己，一抬头，对上了林栀的视线。她将一个纸团扔到喻桉桌上。喻桉打开看了一眼，上面画着一个鞠躬道谢的小人，旁边写着："谢谢小喻老师中午帮我捡外套。"

林栀看他口型，似乎在说：不谢。

这天下午第一节课是物理课，然而迟迟不见有人过来。一个女人气喘吁吁地停在门口，不确定地看了一眼牌子，确定是八班，才松了一口气。她站到讲台上，开口道："等我两分钟，我缓一缓。"

班里六十多双眼睛齐刷刷地盯着她。

这是新来的物理老师，一张娃娃脸让人有些看不出年龄，她的头发上别着一个珍珠发夹，身穿白色小衬衫，搭配浅蓝色的牛仔裙，身肩上还挎着一个黄色小包。

她站在讲台上缓了一会儿，才开口："我叫王为，是你们的新物理老师。"

"王维？"

"写诗的那个王维？"

王为闻言笑了："不是。"她说着，在黑板上写下自己的名字，冲底下笑道："你们也可以叫我为姐。"

底下是异口同声的一声好。

王为同底下解释自己来迟的原因："我刚刚不小心跑去了高三部那边的八班，在讲台上坐了一会儿，她们才提醒我走错了，我又从那边跑过来。"

底下闻言都笑了。

"老师你再休息休息吧。"

"哈哈哈，他们可能不确定是不是新老师占课。"

王为笑道："不用了，现在就开始上课吧，你们之前学到哪里了？"

闫静之前耍脾气，导致八班的进度比别的班落下好多。若不是她不上课的时间里喻桉找班里同学轮流讲题，不知道要落下多少进度。物理课代表站起来跟她说了进度。

王为笑道："咱们班的进度比别的班慢一些，不过你们也不要担心，加把劲，我们慢慢来。"

"好！"

王为的讲课思路很清晰，善于抓住问题的核心，还时不时插几个题外话，让那些平日里不爱听课的孩子都开始认真听了。偷偷站在外面观察的乜瑛，也松了一口气。

下课铃一响，王为立刻收拾好书："下课了，想睡觉的睡觉，想出去的出去，这道题我们下节课再继续讨论。"班里的人还没反应过来，她就愉快地抱着自己的书出去了。没过几秒，她又折返回教室，在门口探出一个头："物理课代表跟我来一下。"

一个女生走了出去，她叫李心汝。

王为的办公室在一楼。

因为闫静的缘故，李心汝在面对王为时，显得有点拘谨。王为看着她在自己面前站着，笑道："你坐吧，对面那个老师还没回来。"

"哦哦，好。"李心汝坐了下来，更局促了。

"咱们班的情况，我也了解了一些。"

正当物理课代表以为王为要说她们班物理成绩差的时候，却听对方道："还是可以的，不过努努力的话，可以更好。"

李心汝认真点头："是的。"

"我看咱们班有个叫喻桉的，物理很好。"

提到这个，李心汝点头道："是的，物理满分。"

"哈哈，下节课我得认识认识他，我都教不了他什么。"

"好。"

"还有你们班的林栀，挺有潜力，物理短时间内进步那么快。"

"确实。"

"我看你的物理成绩在班里也挺不错的。"

说到这个，李心汝有些不好意思："还可以。"

"不用谦虚，就是挺不错的。"

两个人又聊了几句，王为看了一眼时钟，从桌上拿了几个果冻塞进她手里："快上课了，你回去吧，记得晚自习来找我问物理作业。"

"好，谢谢老师。"李心汝看着手里的果冻，冲王为笑了。

之前她给闫静当课代表时，每天都提心吊胆，生怕对方一言不合就发火。闫静也是毫不客气地使唤她，喊她去改作业，上课之前必须要提前去办公室帮她拿东西。本来这也是很正常的事，只是有一次她忘了，闫静就骂她是做什么的，这点小事都能忘。闫静最常跟她说的一句话就是："你们女孩呀，在高中是比不过男生的，还是男生聪明。"

而王为却夸她成绩不错。

李心汝拿着果冻回了教室，同桌问她："老师有跟你说什么吗？"

"说咱们班还挺不错的，还夸了我和好几个人。"

同桌笑道："这个物理老师真的好可爱啊，又温柔，简直就是个仙女姐姐。"

李心汝点头："确实。"说着，她把手里的果冻递给同桌："王老师给的。"

"哇！我更爱她了，我以后一定好好学物理。"

李心汝笑她："那你加油，不要让你的仙女姐姐失望。"

……

又是一节课下课，李心汝走到林栀面前，道："上节课我跟物理老师去办公室，她夸你跟喻桉了。"夸喻桉林栀不意外，夸她倒是有些意外："夸什么了？"

"说喻桉很厉害，自己都没什么可以教他的了，还夸你很有潜力，短时间内进步那么多。"

听到这些，林栀笑道："谢谢你告诉我这些。"

"不客气。"李心汝说完，忍不住感慨了一句，"新物理老师真的挺温柔的。"

林栀同意地点头："我也觉得。"

她上课的时候脸上都带着笑，眼睛也带着光亮，能看出来，她是真的很热爱这份职业。

林栀走到喻桉身旁，看见他正在写题。喻桉停下了笔，抬头看着她。

郑孚站起身，问林栀："你要不要坐这？"

"谢谢了。"

于是郑孚跑出教室玩去了。

"新来的物理老师夸我们了。"

"怎么夸的？"

"说小喻老师很厉害。"

喻桉问她："还有吗？"

"夸我很有潜力。"

"是事实。"

林栀说着，笑道："没有小喻老师的话，我短时间内也不可能进步那么多。"

喻桉看着她笑盈盈的眸子，问她："你考虑过其他学科也提提分吗？"

"我基础真的很差，脑子反应也特别慢。"

"没事，我带你学。"

"会不会太麻烦你？"

喻桉看着她，语气认真道："不麻烦。"

林栀忍不住笑了："遇见小喻老师真的是最最最幸运的事了。"

她一直都觉得自己很笨，那些别人一遍就会的题目，林栀要听好几遍，而且还不一定能听得懂。学习的漏洞越来越大，最后到现在根本补不上，曾经她觉得自己的成绩也就这样了，没救了。但是喻桉从不介意她问很多遍相同的问题。他也不会说她笨，他总是不厌其烦，一遍又一遍同她讲那些对他来说特别简单的题目。每次讲完题他都会问她：我讲得清楚吗？或是你听明白了吗？

林栀突然觉得，她很幸运。

喻桉听她一连说了好几个最，眼里闪过一丝不自然，明明幸运的是他自己。

"今天晚上回去定计划，你慢慢来，不着急。"

林栀点头："好。"

"可以走得慢，但不能止步不前。"

"小喻老师说什么都对。"

"也有不对的。"

林栀笑道："反正我觉得都对。"

喻桉看着她，心底染上一丝柔软。

......

第三节课是自习课，平常都拿来小测验的。今天是数学测验，喻桉去办公室抱来了试卷，分到了每一组的组长那里。路过林栀身旁时，他看到林栀在捣鼓桌上的小玩意，他看了几眼，又收回了视线。

林栀拿到了那张试卷。她还在写前面几题，旁边的徐永燮就已经翻页了。林栀突然小腹痛得厉害，但是她今天没有带卫生巾，因为算着时间不该是今天。她回头小声问吴桐："你有带那个吗？"说着还比了个形状。

"有有有。"吴桐立刻反应过来了，从桌子底下递给她。

林栀揣进兜里，走到喻桉旁边，小声同他说话："我去趟厕所。"

"好。"喻桉盯着她看了几眼，总觉得她脸色有点苍白。

收拾妥当，林栀才回到教室，她肚子疼得厉害，腰也疼，看着那张试卷简直一个头两个大。她趴在桌上，不一会儿就昏昏沉沉地睡着了。

喻桉写完试卷，抬头看了一眼，看见前面的林栀似乎是睡着了。他用笔戳了戳吴桐。吴桐也看见了前面瞌睡的林栀，问他："是叫醒栀栀吗？她有点不舒服，不是故意要睡着的。"

"哪里不舒服？"

吴桐支支吾吾不知该怎么回答这个问题，只说："就是身体不太舒服。"

"把她试卷拿过来。"

"啊？"吴桐看着喻桉依旧没什么表情，有些猜不透他的想法。

难道林栀考试睡觉他生气了？要直接把林栀没写完的试卷收走？吴桐满脸问号，却不敢开口问。

她轻轻戳了戳前面的徐永燮，小声道："栀栀的试卷给我一下。"

徐永燮拿起林栀的试卷递给她，又继续做自己的题目了。

吴桐看着林栀空白的试卷，问喻桉："要不然我帮她写几题再交吧？这交上去一张空白的试卷乜老师肯定会生气的，她真的不是故意不写试卷。"

"没事。"喻桉接过她手里的试卷。

喻桉看了一眼她的试卷，只做了两道选择题，他模仿着林栀平常的字迹，替她写那张试卷。

吴桐正想回头跟喻桉求情，结果看到他低着头在替林栀写试卷，好吧，差点误认为喻桉生气了。那张填写完的试卷乂被放到了林栀桌上。

临近下课前十分钟，喻桉开始收试卷。林栀听到周围的声音，醒了过来，还是觉得小腹涨痛得厉害，是那种一下又一下的抽痛，很是折磨。她觉得生理期肚子不痛的人简直是上辈子拯救了世界。

林栀突然发现自己的试卷写满了，是她的字迹，可她怎么不记得自己写了？做梦了？还没反应过来，试卷就被小组长拿走了。林栀低下头，将外套放在肚子上。

喻桉路过她旁边，看了她一眼。林栀的脸看起来格外苍白，他停下来，问她："你哪里不舒服？"

"我没什么事，你快去送试卷吧。"

"好。"

过了好一会儿，喻桉都没回来。林栀正捧着杯子喝热水，忽而看见喻桉进来了，手里还拎着一个塑料袋子。路过林栀时，喻桉将袋子放在她桌上。林栀打开那个袋子，里面有好几盒药，有治胃痛的，有葡萄糖，还有退烧药和止疼的布洛芬。

她回头看喻桉，恰好同他对上视线，林栀没有由头地乱了心。喻桉盯着她看了好几秒，目光落在她有些苍白的唇上。他不知道林栀哪里不舒服，便把能想到的药都买回来了。他看到林栀冲他轻扯嘴角笑了一下。

喻桉指了指那个袋子，示意对方赶紧吃药。

他看林栀的口型，似乎在说："谢谢。"

林栀摸出布洛芬，吃了一颗，又灌了些热水，还是觉得肚子不舒服得很。

一旁的徐永燮突然开口："你的试卷是喻桉帮你写的。"

"啊？"

"当时你睡着了，喻桉让把你的试卷传过去，再拿过来就写满了。"

原来是这样啊。

放学的铃声响起，林栀站了起来，还是觉得小腹坠胀得厉害。喻桉停在她身旁，看到她用手按着肚子，便问她："有你需要的药吗？"

"有，谢谢小喻老师了。"

"不谢。"喻桉说完，看到她似乎是在揉肚子，道："你肚子疼？"

林栀听着他冷淡的嗓音，在他的注视下有点耳热："肚子疼。"

"我替你跟她说一声你不舒服。"

"没事，我自己可以。"

喻桉盯着她看了几秒，问她："你可以吗？"

"我行的。"

"实在不舒服晚自习别硬撑。"

"好。"

说完这些，喻桉才出去了。

吴桐跟林栀嘀咕："栀栀，今天吓死了，我差点以为班长生气了，要把你的试卷直接收走，没想到他直接帮你写了，嘿嘿，人还怪好的呢。"

林栀点头："喻桉他人很好。"

阮征在楼下站着，看见林栀出来，冲她招手："宝，我要饿晕了。"看见林栀脸色有些苍白，阮征跑了过来，拉住她胳膊问她："生理期？"

林栀点了点头。

"你回教室吧，我给你带饭。"

"没事，真没事。"

"行吧。"阮征盯着她看了几秒,确认她没大事,还是妥协了。

两个人去了食堂,阮征把林栀按在椅子上,自己排队买饭去了。然后林栀又看到了那个寸头男。周颢排在前面,回头的时候,一眼看见了阮征,他跟阮征挥手:"阮姐,我帮你打饭。"

阮征也看到了他,走上前把饭卡递给他。

"哪能花阮姐的钱。"

阮征又收回自己的卡,道:"两份,一份不要辣菜。"说完,她又指了一下林栀所在的方位:"我在那边坐。"

"好嘞,阮姐。"

周颢又指使另一个男生给自己打饭,自己端着两个满满的盘子去找阮征了。他将餐盘放在桌上,道:"我放这了。"

"行。"

"那我走了,阮姐。"

"走吧。"

阮征将那份不辣的饭推到林栀面前,笑道:"吃饭吧,宝。"

"麻烦他了。"

阮征笑道:"他就是个二傻子,哪有什么麻烦不麻烦,你快吃吧。"

……

两个人吃完饭,又去了一趟超市。林栀刚买完必需品,就看到喻桉也在旁边的一条队伍里付钱。还没叫住他,喻桉跟贺蒙就出去了。

贺蒙看着喻桉拎着的一袋子暖宝宝,忍不住问他:"喻哥,你冷吗?买那么多暖宝宝。"

喻桉看了他一眼,没说话。

贺蒙觉得,喻桉买那么多暖宝宝,一定有他的道理。

……

刚走进教室,林栀就看到自己桌子旁边挂着一个袋子,里面是十几个暖宝宝。她回头看了一眼喻桉,他似乎还在写题。自己的桌上还有一张便利贴,上面只有五个字:不要被烫伤。

……

这天晚上,林栀刚到家,小乖就扑了上来。她揉了揉自己酸痛的腰,跟小乖轻轻说道:"今天姐姐不陪你玩了,明天陪你。"小乖似乎是听懂了她的话,冲她摇摇尾巴,然后叼着自己的蛙蛙玩偶窝在了它的小窝里。

林栀洗漱完出来,拿出手机给喻桉发了一条信息。

【☆】:今天,谢谢你的药,还有暖宝宝。

等了几秒,那边回了。

【小喻老师】:不谢。

【小喻老师】:还疼吗?

每一次的第一天,林栀就跟渡劫一样,她犹豫了几秒,回了喻桉。

【之之为栀栀】:还好。

【之之为栀栀】:明天就没事了。

【小喻老师】：那早点休息。

【之之为栀栀】：我知道。

【小喻老师】：今天说的事，可以推迟两天。

【之之为栀栀】：不用推，不用推，直接跟我说安排就行了。

停了几秒，她看到喻桉发过来的信息。

【小喻老师】：你语文还行，有空跟你讲讲做题技巧，可以提高分数；英语需要多背单词，课文多读的话也可以锻炼语感。

【之之为栀栀】：好！

喻桉又说了其他科目的中心要点。

【小喻老师】：帮你挑完资料书再跟你说写什么。

【之之为栀栀】：那就麻烦小喻老师了。

【小喻老师】：不麻烦。

聊完，两个人又互道晚安。

……

第二天，林栀拿出英语书开始背单词，背了好一会儿，一个都没有记住。她没有一个好的记忆力，只能一遍又一遍地在纸上将那些单词写下来，以此来帮助自己记住。就这样，折腾一早上她也只记住了十几个单词。

同样的时间，旁边的徐永燮都背完两个单元的单词加上一篇语文文言文了。

林栀一下课就去问喻桉："喻桉，你有什么背单词的好方法吗？"

"你可以根据发音去记它，或者观察它的构词。"

"好，我知道了，谢谢小喻老师。"

"不谢。"

……

中午，乜瑛突然宣布了一个消息："本周学校准备开展一次为期两天的研学旅行，同学们可以好好放松一下。"

教室里顿时欢呼声一片。

"今天我们没有晚自习，请同学们今晚收拾好自己的东西。"

"好耶！"

"只要不上课，在哪玩都是开心的。"

"一起出去玩说不定还能遇见我别班的好朋友，想想就激动。"

班里瞬间议论纷纷。

乜瑛示意底下安静："出去玩，最重要的是什么？"

"安全第一。"

乜瑛点头："对，所以出门在外，一定不要乱跑。"

"知道了！"

一下课，教室里就乱成一片。

八中一直以来都秉承多方面发展的原则，几乎每年都会组织一两次旅游活动。

林栀走到喻桉旁边，笑着问他："喻桉，你喜欢出去玩吗？"喻桉除了在外兼职，其余时间几乎都是闷在家里做题。他以往觉得学校组织的这种活动没什么意思，可是现在，对上林栀那双笑盈盈的眸子，他情不自禁地点头："喜欢。"

林栀笑道："我也喜欢。"

……

第二天，学校门口停了很多辆大巴车。乜瑛戴着一顶红帽子，很是显眼，她旁边站着一个男老师，戴着蓝色的帽子，是六班的班主任。

季扬几乎是第一眼就在人群中看到了林栀。她的头发扎成了高马尾，一双眼睛清凌凌的，皮肤很白，那天她穿着卡其色的衬衫，底下是一条蓝色牛仔半身裙，肩上斜挎着一个白色的小包。季扬看着她回头跟后面的女生说话，眉眼间染上了笑意。往后看，他看到了站在后排的喻桉，喻桉今天穿的也是卡其色的衣服。早知道他今天也该穿卡其色的衣服的。

乜瑛清点了一下人数，皱眉道："怎么还有人没来。"

两个男生气喘吁吁地跑过来："抱歉，乜老师，来迟了。"

"没事，去后面排队吧。"

"好的乜老师。"

小蓝帽问乜瑛："你们班的学生到齐了吗？"

乜瑛点头："到齐了，有几个请假了。"

小蓝帽有些无奈："我们班还有几个男生没到。"他说完，顿了顿后又开口："我们班一辆车坐不下，塞你们班几个。"

乜瑛点头："可以。"

又过了几分钟，六班的人也全部到齐了。乜瑛看了一眼手机的时间，快到出发的时间了。

"按照我念到的名单，一个一个上去。"

她念了几个人名。林栀听到自己的名字，背着包上了车，她有些怕晕车，所以选择了靠窗的位置。没过一会儿，林栀看到喻桉上来了，他在林栀旁边坐下了。

林栀笑道："小喻老师，今天穿了同色系的衣服哎。"

"对。"

班上的人陆陆续续上了车，又进来几个不属于八班的学生。今天几乎所有人都没有穿校服。最后，季扬也上了车。

他一上车，车里很多人的视线都落在他身上，有女生冲季扬招手："我这边还有空位置，你要坐吗？"季扬看了一眼那个位置，笑道："谢谢了。"他拎着包坐了过去。

林栀掏出包里的手机，对喻桉说道："喻桉，看镜头。"她说着，在喻桉脸颊旁边比了一个耶，然后点了拍摄键。林栀盯着那张照片左看右看，觉得满意极了。

"小喻老师真上镜。"

喻桉看了一眼她手机里的那张照片，林栀对着镜头笑得很开心。

"发给我。"

林栀笑道："好呀。"

说着她打开微信，找到喻桉，把那张照片发了过去。

郑孚跟吴桐坐在了一起。

"打游戏吗？"吴桐问郑孚。

"上号！"

郑孚以为她会喜欢玩法师或者软辅助之类的，结果吴桐开局就拿了牛魔，而他选了一个射手。两个人直接把对面压得防御塔都出不来。吴桐笑道："我的牛魔玩得还不错吧。"

郑孚冲她比了个大拇指："我还以为你不会喜欢玩这种打打杀杀的游戏，所以都没叫过你。"

"你现在知道了。"

林栀从包里拿出耳机，把其中一个递给喻桉："一起听歌吗？喻桉。"

"好。"

车子一路颠簸前进，车厢里，睡觉的、打游戏的、聊八卦的，干啥的都有。

林栀问喻桉："你有什么喜欢听的歌吗？"

"听你喜欢的就行。"

"好。"

过了一会儿，喻桉突然感觉到肩膀上一沉。林栀头靠在他的肩膀上，睡着了。他伸出手，替她把耳机给摘下来，从喻桉的角度能看到她小巧的耳垂，长长的睫毛。喻桉收回视线，又将身子坐直了些。

林栀靠在他肩膀上，他就保持了那样的姿势一个小时。

林栀迷迷糊糊觉得自己睡了好久，她睁开眼，发现自己靠在喻桉身上睡着了。她立刻坐直了身子，小声道："不小心睡着了。"

"没事。"

林栀看了一眼外面，窗外的风景飞速闪过。她特别小的时候经常跟父母一起出去，也是坐的大巴车。很多细枝末节都记不清了，她只依稀记得小时候喜欢坐在妈妈怀里，去看车窗外，看那些闪过去的风景。

小的时候，她似乎对什么都有些好奇。

妈妈是一个很温柔的人，任凭她在怀里闹，也从来不会生气，她还会给她讲很多故事，林栀很爱听那些故事。只不过后来用肩膀撑起她整个世界的男人不在了，总是给她讲睡前故事的人也不在了。不过她从没觉得上天对她不公平，也从没觉得自己缺少关爱，因为奶奶说："我会替代她们爱我们家栀栀。"

林栀有些出神地看着窗外，又很快回过神来，看了看喻桉，他似乎也在走神。

"喻桉，我睡了多久啊？"

"一个小时。"

"居然睡了那么久。"林栀只觉得靠在一个什么物体上面，睡得很有安全感。

喻桉嗯了一声。

"你玩不玩游戏呀？"

"什么？"

"可能有点幼稚。"林栀说着，打开手机将那个游戏找了出来。

"没事。"喻桉看着那个游戏的名字，也去下载了一个。

是一个很简单的游戏。他们可以自由组队，选择当猫或者老鼠，只要把奶酪运到洞里，躲避掉猫的追击就行。林栀跟喻桉讲了一下那个游戏大概怎么玩的。喻桉点头："听懂了。"

林栀操纵着那只小老鼠，将奶酪推进了老鼠洞里，她又看了一眼喻桉所在的位置，他似乎在跟那些猫缠斗。

"喻桉，你小心点。"

"好。"

林栀立刻奔着他的位置过去了。

她以为喻桉可能要遭遇危险了，结果到那里发现喻桉把那几只猫给耍得团团转。

林栀没忍住笑出声："你真厉害。"

喻桉甩掉后面猫的追击，搬东西砸了那只猫一下："没有。"

"就是有，小喻老师做什么都很厉害。"

听着林栀的夸奖，喻桉莫名有种耳热的感觉。

喻桉没被抓，林栀倒是被抓了。

"我救你。"

林栀看着他过来救自己，笑道："其实不用救我的。"

"要救。"

喻桉将林栀救下来，然后看着她道："跟着我。"

"好。"

林栀本想说喻桉是新手，她可以带着他玩，没想到最后变成喻桉带她。

一局很快就玩完了。

"多亏了你，咱们赢了。"

"是我们。"

林栀听着那三个字，笑道："是我们一起带队友赢了。"

喻桉这才嗯了一声。

大巴一路向前，经过一条不太好走的路。车子颠簸起来，司机提醒后面的学生："那边修路，咱们只能走这条小路了，有点颠，忍一下，最多半小时咱们就到了。"车内本来在睡觉的人，这会都被颠醒了。

林栀玩游戏时转移了注意力，没觉得晕车，这会倒是觉得有些想吐。

"晕车吗？"

林栀点点头："有点。"

喻桉打开他那个从上车就没打开过的书包，摸出一盒药，递给林栀："晕车贴。"

"你怎么还带了这个？"

"以备不时之需。"

林栀贴上了晕车贴，就开始闭眼休息了。大概过了二十多分钟，在她迷迷糊糊地快睡着的时候，旁边的人拍了拍她。林栀睁开眼，对上喻桉的视线。

"到了。"

"好。"

喻桉看着她手里拎着的包："我拎着吧。"

"你身上还背着书包呢，我自己拎吧。"

"不重。"喻桉说着，夺过林栀手里的包。

吴桐跟郑孚已经打了一个多小时的游戏，闻言揉了揉自己发酸的胳膊，朝后面的林栀看过去："栀栀，一起吧。"

"好嘞。"

车上的人陆续都下去了。第一站是当地一个有名的古镇。乜瑛站在前面，冲后面的学生开口："咱们第一站是古镇，三个小时以后大巴车旁边集合，不要跑太远。"

"好！"

吴桐拉着林栀的手，笑道："本来想找你去坐一块的，看班长坐你旁边了就没去。"

"我俩上来得早。"林栀说着，问后面的喻桉："一起吗？喻桉。"

喻桉还没接话，郑孚就站到了他旁边："我们四个人一起。"

"嗯。"

说话间，季扬也带着自己的伙伴过来了，问几人："一起吧？"

喻桉盯着他看了几秒，没有说话。

林栀看着季扬："你确定吗？"她觉得季扬跟这边几个人都不太熟，玩起来可能会有些尴尬。

季扬笑道："确定，人多热闹，里面有很多玩的地方。"

林栀应了一句："行吧。"

就这样，本来决定四个人一起的，最后变成了六个人一起出发。

林栀看着另外几人，道："你们先去玩，我想去下厕所。"

"栀栀我也去。"

喻桉还没开口，季扬就接了话："反正还有三个小时可以玩，都先去一次吧。"

吴桐刚想说不知道哪里能找到厕所，喻桉就打开了手机："我带路。"

林栀眸子里闪过一丝意外："你来过吗？"

"没有，昨天查了线路图。"

林栀冲他笑道："好，那我们跟着你。"

季扬本想说找个店问问，喻桉说要带路，他便也没说什么了。走了一会儿，喻桉停在一处拐角，冲几人开口："到了。"

林栀笑道："还是小喻老师厉害。"

"有地图。"

林栀想说有地图她也看不懂。几分钟后，林栀从厕所出来了。喻桉将一张纸巾递给她："擦擦手。"

"谢谢。"

……

古镇很大，林栀边走边拍。走着走着，吴桐看到了一家纪念品店，问林栀："去吗？"

林栀点头："好啊。"说完她又看看后面的喻桉："你们如果想逛其他店先去逛，我们再会合。"

"一起。"

林栀又看看季扬："你们想单独逛的话，直接说就行了。"

季扬笑："不用。"

林栀也没再说什么。

店里卖的是木雕纪念品，栩栩如生，很是好看。

几个人又去了隔壁的店，里面的展台里全都是一些古色古香的扇子。每一把都很好看，有一把尤其惊艳，林栀便盯着多看了几秒。那是一把黑色的折扇，展开时是美妙的夜景，小桥流水，一盏弯月悬挂在天际。

店家贴心地同几个人介绍着店里的扇子。喻桉指了指那把扇子："要这把。"店员将那把扇子拿出来，放进盒子装起来，然后递给喻桉。喻桉付了钱，接了过来。

林栀刚想调侃一句小喻老师好眼光，看一块去了，喻桉就把那把扇子递了过来："给你。"

"啊？"

"不喜欢？"

"喜欢。"林栀接了下来，声音里都带着些笑意，"小喻老师送的怎么会不喜欢？"

"喜欢就行。"喻桉刚刚就看见她的目光在那把扇子上多停留了几秒。

"那我就不客气了。"

"不谢。"

吴桐跟郑孚在后面看一把大折扇，店员与两人介绍着他们的镇店之宝。季扬跟同伴则在后面看别的扇子，他也准备买两把，刚从后面转过来，就看到林栀手上已经拿着一个装扇子的盒子。

"你买的哪把扇子？"季扬问林栀。

林栀拿出盒子，打开给他看，笑盈盈道："他买的。"

季扬反应过来，同喻桉对上视线。喻桉的眼里波澜不惊，没什么起伏。

季扬笑道："挺好看的。"

"我也觉得。"林栀跟着说道。

季扬付了两把扇子的钱，接过店家递过来的盒子。他将其中一个递给林栀："这把送你。"

"不用破费了，我已经有一把了，谢谢。"季扬也没再说什么，默默收回自己的手。

虽然喻桉自始至终没什么表情，但季扬总觉得他的眼神里夹带着一丝令人捉摸不透的意味。

郑孚贱兮兮地问吴桐："喜欢哪把？哥给你买。"吴桐直接指了指后面那把最大的镇店之宝。

"……"

"算了算了，开玩笑的，不用买，我也不用这个。"

"那我给自己买一个。"

郑孚说着，买了一把上面写着四个字的扇子。上面写着：老子真帅。

吴桐指着另一把开口："这把跟你配。"郑孚看了一下，扇子上只有两个字：屌丝。他瞪了吴桐一眼。

巷子里坐着一个老婆婆，头发花白，手里拿着把摇扇，面上带着笑。

几个人刚走过来，那老婆婆就乐呵呵地开口："给朋友买串茉莉手链吗？今世带花，来世漂亮。"细细的透明丝线串着茉莉花，看起来很清雅。

林栀笑着同那婆婆解释："我们是同学，今天是学校组织的旅游。"

那老婆婆拿着摇扇，笑容温和地看着大家，说同学之间也可以送送。

林栀问她："婆婆，这些是你自己摘的茉莉花吗？"

"是啊，种了好多。"

"很好看。"

那老婆婆立刻喜笑颜开。

喻桉掏出钱递给那婆婆："要一串。"林栀拦住他要付钱的动作，从包里掏出钱来，递给那婆婆："三串。"那婆婆将花串戴在林栀手腕上，她本就皮肤白，花又是那种纯洁清亮的白色，很衬皮肤。见那婆婆给自己戴，喻桉问林栀："我也戴？"语气里还带着些疑惑。

林栀冲他点头，语气带笑："当然呀。"

喻桉把手伸了过来，那婆婆给他在手腕上打了个结。

"你戴上也好看。"

喻桉看着腕上的茉莉手串，嗯了一声。

林栀看了看后面还在对着景色拍照的吴桐，喊她："桐桐，快过来。"

吴桐闻言立刻跑了过来："怎么了？栀栀。"

"看这个手链好不好看？"

吴桐点头："好看！"

林栀笑道："给你也买了一串。"

"谢谢栀栀。"吴桐说着，将手递给那婆婆，然后回头问郑孚，"小黑，你要不要？"

郑孚摇头："那花多白，戴我手上显得我更黑了。"

"说得也是。"

季扬和同行的伙伴就站在后面看着四个人。林栀看着腕上带着的那串茉莉花，她轻轻地晃了晃自己的手腕，茉莉花随着她的动作轻轻摇动。

"喻桉。"

喻桉听见林栀叫他，有些呆愣地看着她。

"看镜头。"

林栀说完，就对着喻桉拍了一张照片。

她跑到喻桉旁边，将手机拿给他看，笑着问："好看吗？"

喻桉认真道："拍得很好看。"

"人好看别怪我技术好。"

喻桉被她夸得有些耳热，道："我也帮你拍一张。"

"好啊。"林栀说着，将手机塞进喻桉手里。

"用我的手机吧。"

"也行。"林栀又将手机装回自己的包里，她往前跑了几步，停在一个雕塑旁边。

在林栀转头的时候，喻桉点了一次拍摄键。镜头里的少女，脸上带着浅浅的笑意，她的笑容宛若春天一般明媚。林栀又跑到一个小孩雕塑的后面，在那比了个耶，然后跟喻桉说："可以拍了，小喻老师。"

"好。"

其实在喻桉说好之前，他就拍了好几张。

"好了吗？"

听见林栀问自己，喻桉道："好了。"

林栀跑过来，看到了喻桉手机里的照片，她忍不住地冲喻桉竖起大拇指："你这构图也太绝了吧！超级好看！"喻桉拍的照片有景有人，背景和其他的东西也没有喧宾夺主。

喻桉嗯了一声，然后道："回去发你。"

"好啊。"

另一边的郑孚在给吴桐拍照。

吴桐看了一眼照片，气得直接想给他一个暴栗。

"傻小黑，你要不要看看你自己在拍什么阴间东西？"

郑孚沉默几秒才道："我真不会拍照。"

"行吧，我找栀栀帮我拍。"吴桐说着，瞪了他一眼，"把我照片全删了。"

"你放心，手机可以没，你的照片一定会一直在。"

"你别逼我揍你。"

郑孚笑嘻嘻道："没事，不怕揍。"

"你敢外传你就完了。"

"放心，我独自欣赏。"

吴桐剜了他一眼，找林栀去了。林栀给她拍完照，吴桐忍不住地感叹："果然还是栀栀懂我。"

"你本来就很可爱啊。"

"你不知道他给我拍得有多丑。"吴桐说着，指着后面的罪魁祸首郑孚。郑孚正跟喻桉不知说什么呢，听到自己被点名，有些心虚地扭头看吴桐："人总会有点欠缺，比如我的拍照技术。"

"何止。"

季扬在一旁也抓拍了林栀好几张照片。他走向四个人，将手机拿给林栀看："你刚刚挺好看的，我也拍了几张。"吴桐赞叹道："还挺好看的。"说完，她便把郑孚拽过来："看看人家拍的栀栀。"

季扬看着林栀，听到她开了口："挺好。"

"你要照片吗？我发给你。"

此刻，喻桉一直盯着季扬看。林栀说了句行，便把手机掏出来，打开微信二维码递了过去。季扬扫了二维码，点了好友申请，笑道："已经加了。"说完，他又朝旁边的喻桉看过去，眼里满是笑意。喻桉只是看了他几眼就错开了视线。

"我同意了，谢谢你了。"

季扬笑道："不客气。"说着，他将那几张照片都发给了林栀。拍照片是假，借着发照片加好友是真。

喻桉知道他在想什么，不过林栀应该只是单纯地以为他是要发照片，这般想着，喻桉又看了一眼林栀。

六个人又走了一会儿，前面是一座两层高的建筑，外墙还有爬在柱子上的栩栩如生的骷髅骨架，以及一个大大的牌子。牌子上写着四个大字：密室逃脱。

吴桐跟林栀对视一眼，问她："栀栀，你想玩吗？"

林栀点头："可以。"说完，她又问后面的四个男生："玩吗？"

四个人均点了点头。六个人一起走了进去。

坐在里面的是一个穿着黛色旗袍的女人，看起来很温柔，她站起身，冲几个人笑："你们六个都要玩密室逃脱吗？"

"对。"

"这边可以选择不同的类型和恐怖程度，你们可以先看一下。"

说着，她将一张纸递了过来。

喻桉问林栀："你怕吗？"

"怕，但是想玩。"

"行。"

六个人都被蒙上眼带上了楼，还没进去，林栀就已经开始心跳加速了。到了目的地，所有人都摘下眼罩，开始打量四周。这是一家以恐怖为主题的密室逃脱，主打的就是一个惊悚刺激。周围都是诡异的红光，血手印在那红光的映衬下显得尤为恐怖。

吴桐已经开始腿打哆嗦了，她一只手拉着林栀，一只手死死地掐着郑孚的胳膊。

郑孚忍不住小声嘀咕："姑奶奶，真有点疼，你轻点。"

吴桐没说话，只觉得还是很害怕。

工作人员道："若是玩不下去了，就直接对着监控说，会有工作人员来带你们出去。"

所有人都点了点头。

吴桐怕得不敢放开林栀的手，此刻她的手心里都出了一层细细密密的汗。

"好了，现在，推开你们面前的第一扇门。"

别说开门了，吴桐动都不敢动一下。

林栀看起来震惊，实际上已经走了有一会儿了。她平日里看恐怖片倒是没什么感觉，来这种密室逃脱，宛若直接进了那恐怖片里一样。突然，林栀察觉到带着些凉意的指尖轻轻地碰了碰她的胳膊。她看了看喻桉。

"别怕。"

"好。"

喻桉走在前面，推开了门，郑孚跟在他旁边。

映入眼帘的是一个宛若中式婚礼的现场，但看起来着实恐怖。坐在椅子上的新娘，穿着一身红色的嫁衣，脖子以一种奇异的方式扭曲着。她的面相有些奇怪，看起来宛若那种纸扎人一般。说到恐怖，林栀还是最怕这种中式恐怖，诡异的背景音乐，阴森森的感觉，新娘坐在椅子上对着她们似笑非笑。监控里传来的声音宛若上世纪那种旧电视机发出的滋啦滋啦的声音。

那边先是传来一阵嘿嘿的笑声。然后开始布置任务："请看新娘的右手边，将所有东西归位，找到出去的机关，即可进入下一关。"

目前几个人手里只有一盏灯，说是灯，其实是根小蜡烛。林栀握着手，直冒冷汗，她不敢上前。喻桉偏头看了她一眼，冲她伸出手："灯给我吧，你们跟我后面。"林栀将那盏小灯递给他。

喻桉走在前面，旁边是郑孚，后面是林栀，她轻轻扯住了他的衣角，吴桐直接拽住郑孚的后领子，季扬跟他的伙伴聂广走在最后面。最让人害怕的位置就是最前面和最后面，所以四个男生选择让两个女生在最中间。

喻桉拿着那黯淡的灯，向前走了一步。一个东西忽而掉了下来，发出啪嗒声。吴桐失声尖叫。季扬的伙伴是个胆小的男生，这会恨不得整个人跳季扬身上去。

"都是假的，你怕什么？"季扬盯着旁边的男生问。

男生瑟瑟发抖："真的很恐怖啊。"

林栀也差点叫出声，她的手死死地攥着喻桉的衣角，不敢松手。

喻桉用手里的小灯照了一下地上的东西，是一个纸扎的人头，表情看起来很诡异。在周围满是红光的映衬下显得更恐怖了。喻桉捡起来看了一眼，又丢在一旁。

吴桐颤抖着声音开口："班长，你还敢碰它，你不害怕吗？"说完，她一脚将那东西踢出去老远。

喻桉回头看了吴桐一眼："还好。"

吴桐觉得他这副镇定的样子，何止是还好。

结果那个本来被踢出去的东西，又骨碌碌地滚了回来，滚到了林栀的脚边。林栀总觉得有什么东西碰到了自己的脚，她问吴桐："桐桐，你踢我了吗？"

"没有啊。"

林栀疑惑地低头，看了看脚边的东西，那不就是刚刚吴桐踢走的头吗。情急之下，林栀跑到前面，死死抓住喻桉的胳膊。喻桉感受到胳膊上的触感，一时之间心里方寸大乱。

"喻桉，我怕。"

喻桉看着林栀，认真说道："别怕，都是假的。"

林栀却依然抓着他的胳膊不敢松开，还不忘提醒郑孚："保护好桐桐。"

郑孚应她："好。"

那张桌上摆放着一些东西，灯光很昏暗。林栀看了半天也没搞清楚是什么意思。喻桉用灯照了一圈桌子，看到了上面写着的游戏规则。

上面写着新婚要吃的东西，和不能吃的东西，一共分很多种。

喻桉看了看那几个人，道："每个人记三种，分别把那些东西放在对应的位置。"六个人分完工后，便开始将那些东西归位了。

林栀刚把手里的东西放在对应的点上，那本该是安静地坐在椅子上的新娘——突然动了一下。她的头扭动了几下，眼珠迸发出诡异的光芒，吓得几个人都往后退了一步。季扬旁边的男生几乎要把他的衣服扯破了。吴桐那边的情况也差不多。

喻桉看着林栀："你先松开一下。"林栀听了他的话，松开他的胳膊，心中一下子没了安全感。喻桉隔着衣服，用手轻轻圈着她的手腕："你怕的话我们随时可以退出。"

"没事。"林栀倒是不想因为她一个人坏了大家的兴致。

几个人陆续将那些东西都归于原位，可监控里任务完成的提示音始终没有响起来。

喻桉又用灯照着那规则看了一遍，还将规则读了一遍。他声音镇定自若，不高不低，但足以传进每个人的耳朵。季扬捕捉着字句里的关键词。

两个人几乎是同时开口："新娘身上，有最后一个我们需要的东西。"其余人还是一头雾水。

喻桉将新娘手上的东西拿起来——是一颗核桃。那就是他们要的最后一样东西。喻桉将核桃放在对应的位置上。

监控发出滋啦滋啦的声音，那个声音又来了："嘻嘻，很厉害呢，各位。下面，请你们找到通往下一关的机关。"

喻桉抓着林栀的手腕，在前面带路。几人绕了一圈，看清了四周的布局，屋内陈设简单，只有一个看起来有些旧的衣柜，一张雕花木的大床，床上还放着红盖头和一杆秤。

喻桉听见不知哪儿传来了窸窸窣窣的声音。他微微皱眉，将声音来源确定在那个衣柜里。他一句"衣柜里有东西"还没说出来，一个手拿电棍的男人就破开柜子出来了。

喻桉将林栀拉在自己的后面，同那人对视。那人呲牙咧嘴笑了起来，电棍都快碰到喻桉的身体了。喻桉却还是那副无动于衷的样子。那男人可能也是觉得没什么意思，又退回到了柜子里。

喻桉拿着灯继续找出去的开关。

林栀本来在聚精会神地跟着喻桉一起看墙上的机关，那男人突然卷土重来，又从后面出现了。她吓得一头撞进喻桉怀里。少年身上的味道很好闻，让人很是安心。

怀里突然撞进来软软的一团，喻桉陡然僵住，黑暗中谁也看不见他几乎红透的耳尖。他伸出手，轻轻地拍了拍林栀，语气僵硬道："别怕。"喻桉只觉得那温热的气息打在身上，有些痒痒的。他心跳得有些快。

林栀这会没有刚刚那般怕了，只是心还跳得七上八下的。

季扬同行的那个小伙伴已经宛若考拉一样挂在他身上了。

"你……能不能先下来呢？"季扬语气有些无奈。

"好的，扬哥。"他虽然嘴上这般应着，却丝毫没有要从季扬身上下来的意思。

季扬轻叹了口气，算了，挂着吧。

几个人兜兜转转，总算到了下一关。

接下来的关卡，每一关都是不同的恐怖场景。有了喻桉的加持，题目破解得很快。最后一关需要钻进一个狭小的通道，里面深不见底，在场的人几乎都有点怵。

吴桐小声道："要不然……要不然……咱们最后一关不玩了。"

郑孚提醒她："老板说闯过最后一关的人，除了免单，还有小礼物送。"

吴桐牙一咬，心一横："走。"

喻桉看了看林栀："我先下去，在下面等你。"

"我……"

喻桉知道她怕，遍安抚她："我一定会在下面等你。"

"好。"

于是喻桉先下去了。那是一个类似于隧道的关卡，他直接滑了下去，随后安全着陆。林栀犹豫了几秒，想起刚刚喻桉说的话，也心一横眼一闭直接下去了，最后她稳稳落地，看到了站在那里的喻桉。

周围很暗，简直伸手不见五指。喻桉手里拿着灯，林栀隐约能看到他的五官。

喻桉将胳膊伸过来："你可以抓住我。"林栀闻言紧紧地抓住他的胳膊，还是两只手都用上的那种。

后面的几个人一个接一个地下来了，最后一个滑的是季扬。他还没进来，那个拿着电锯的男人就拨开他，直接顺着管道下去了。

正在滑的聂广回头一看，同那张脸对视上，他失声尖叫，往前爬得飞快。那拿着电棍的男人也不甘示弱，跟在他后面爬得飞快。聂广前脚刚落地，那人就追过来了。他是看准了聂广害怕，所以一直追他。

他跑，他追。

两个人绕着房间转了好几圈。

最后聂广看见季扬来了，两眼放光直奔他而去，躲在了季扬身后。季扬突然觉得，这次密室逃脱让他一起来，是拖了后腿，他全程没跟林栀说几句话，倒是让喻桉一个人表现了。

郑孚小声跟吴桐说道："出去你得请我喝东西。"

"为什么？"

"你快把我胳膊掰断了，姐姐。"郑孚话音刚落，吴桐的力道松了些许。

要想过这最后一关，还得回答出十个问题。

第一个问题是：一心穿一剑（打一字）。

喻桉念完题目，其他人的脑子还在思来考去，他就顺口说出了答案："必须的必。"说着，他将必须的必写在上面。

第二题是：自小在一起，目前少联系（打一字）。

季扬看了两秒，说出了答案："省外的省。"喻桉将答案输了进去。

第三题是：一人腰上挂只弓箭（打一字）。

林栀总算遇到自己会的题目了，她急切道："师夷长技以制夷的夷。"

总共十道题目。喻桉除了第一道，其余的都没有着急回答，给其他人一个参与感。若是没人猜出答案，他才会说。

最后一题有些难。

题目是：有土崎岖不平，有足不良于行，有水风浪不停（打一字）。

林栀看着那题一头雾水，什么跟什么？吴桐更是自始至终都是一脸懵。季扬一时半会也没想到答案。喻桉最后说了答案，将答案输入进去。

监控内传来熟悉的滋啦声："嘻嘻，都是一群聪明的孩子，任务完成。"

接着，有工作人员进来了，给他们戴上眼罩，重新带他们出去。

出去以后，吴桐觉得整个人都神清气爽，在里面的时候，不夸张地说，她的汗毛都竖起来了。林栀一出去，觉得外面的空气都是新鲜的。

那老板还坐在那里，手里的折扇轻轻摇动，语气依然很温柔："你们几个可以先休息会。"

于是几个人都坐在外面的沙发上。

林栀看了看喻桉有些微红的耳尖，问他："小喻老师，你热吗？"

喻桉伸手揉了揉自己的耳尖："可能吧。"

他脑海里又浮现出刚刚林栀撞进他怀里的感觉，软软的。

他的心很乱。

"小喻老师，你居然什么都不怕。"

喻桉觉得，比起这种虚幻的东西，人心才是最可怕的。他看着林栀，道："也有害怕的东西。"

"什么？小喻老师怕什么？"

喻桉眸子里闪过一丝别的情绪："不说。"

"还挺神秘。"林栀说完，又盯着喻桉看，把喻桉看得直接错开了目光。

喻桉全身都带着一种冷淡的感觉，他总是冷冷的，没什么表情，似乎对什么都不在意。实际上他很容易害羞，一旦害羞就会面红耳赤。

老板对几人说道："那边的六个小朋友，你们要刚刚在密室里的视频吗？"聂广是最不想要这个视频的，他刚刚几乎整个人要挂在季扬身上了。其他五个人倒是挺想要的。

那老板娘笑了，笑起来也很温柔，身上黛色的旗袍很衬她。她指了指旁边的二维码："你们当中谁扫一下二维码，加一下我好友，我发给他，他发给你们。"最后是林栀扫的二维码，因为她的共同好友最多。

吴桐忍不住盯着老板看："姐姐，你好漂亮。"

老板娘闻言笑了："我都老了，你们这些小朋友才是漂亮又可爱。"

"姐姐看起来最多二十出头。"

"我都四十多了。"她说完，收获了五张震惊的脸。

"我还以为姐姐才二十多岁。"

老板看了看林栀，继而笑道："你们这两个小姑娘嘴又甜长得又漂亮。"

视频发了过来，一共有两个。林栀点开其中一个，旁边几个脑袋齐刷刷凑了过来。喻桉看了一眼探过头来的季扬，不动声色地离林栀又近了些。那段视频刚好截取的是拿着电锯的男人出来的时候，记录的是大家的丢人时刻。看完，几个人都表示不要。

喻桉却道："发我一份。"

林栀点头："好。"

季扬看了一眼时间，问他们："现在是继续别的活动，还是去吃饭？"

吴桐有些饿了，她摸了摸自己的肚子："去吃饭吧？栀栀，班长。"

林栀点头："好啊。"

最后六个人转了一圈，去了附近的餐厅。那是一家以汉服为主题的烤肉店，主题刚好同古镇相呼应。一进门，门口的两个服务生穿着颇具特色的白色刺绣汉服，上面绣着竹子和栩栩如生的仙鹤，看起来颇具文雅的气息。

吴桐盯着其中一个男生多看了几眼。那个男生身材清瘦，生得一双含情桃花眼，眼底的一颗小痣更是无端地给五官增加了几分别样的感觉。吴桐看着他，眼睛都看直了。

她拍了拍旁边的林栀，小声道："栀栀，看他，看他。"

林栀顺着她的目光看过去，看到了吴桐说的那个服务生。

"好帅啊，栀栀。"

林栀同意地点了点头。

两个人的对话声音不大，落在喻桉耳朵里却是无限放大。那两个男生冲几人笑了一下，拉开门让大家进去。吴桐的眼睛依然一眨不眨地落在他身上。旁边的郑孚看不下去了，用胳膊戳了戳她："祖宗，你好歹收敛点，人家要被你看不好意思了。"

吴桐对上那男生的视线，果不其然他错开了目光，看起来似乎是有些不好意思了。她小声问郑孚："真的很明显吗？"

"你自己觉得呢？"

"我觉得还行吧。"

吴桐平生有两个爱好：一个是看美女，另一个是看帅哥。

大家全都进去了，那个男服务生在旁边同几个人介绍："我们这是古镇的特色餐厅，距今已经有十几年的历史了……"他的声音温润好听，吴桐一边听一边看他。男生问："你们六位是想坐中间还是偏角落的位置？"

林栀看了看所有人，犹豫地说出了一句："角落？"大家都表示同意。

于是男生带着几个人往里走了点，笑道："里面坐。"

吴桐坐在了最里面，跟郑孚面对面，林栀坐在她旁边，最右边坐着喻桉，林栀对面是季扬。

男生说完，挨个给人倒一杯温水，然后将菜单推了过来："几位看一下菜单，有需要随时叫我们。"说完他就出去了。

季扬笑道："你们三个先点，不够再加。"说完，他同斜对面的喻桉对上视线。他微笑地看着喻桉，虽然喻桉还是那副冷淡的神色，但季扬总觉得他眸底好似夹杂着别的情绪。

　　菜单放在了餐桌中间，吴桐跟林栀点了几个菜，林栀问喻桉："喻桉，你想吃什么？"

　　喻桉看了一眼她手底下的菜单，开了口："我不挑食。"

　　林栀想了一下他之前在家里吃饭的情景，好像是不怎么挑食。她又点了几道菜，才将菜单推给对面的人。

　　季扬盯着喻桉看了几秒，忽而开口："你是叫喻桉对吧？"

　　喻桉知道他是明知故问，应了一句："是。"

　　"我记得你成绩好像挺好的，上次表彰大会还看到你了。"

　　"你不是也在台上？"

　　郑孚和聂广觉得这两个人无异于神仙打架，是要比谁成绩更好吗？

　　季扬闻言笑了："跟你比，差远了。"

　　喻桉道："别谦虚，你也不错。"

　　郑孚忍不住插嘴："你们两个尖子生公然比成绩，我们几个人都不敢说话。"

　　季扬闻言笑了起来："不说了，就是突然想起来，所以问一句。"

　　喻桉没说话，只是拿起面前的水杯喝了一口。

　　三个人又添了几道菜，随后季扬将菜单递给旁边的服务员："就这些。"

　　"好的，请稍等。"

　　最先上来的是一盘糍粑和小酥肉。林栀看了一眼那糍粑，小声跟喻桉说话："你别吃，上面有黄豆粉。"

　　"好。"

　　然后林栀夹了一些小酥肉放在他碗里："这个可以吃。"

　　"谢谢。"

　　林栀闻言笑了下，突然听到兜里的手机响了。她拿出来点开看了一眼，是阮征发过来的信息。

　　【小阮阮】：吃饭了吗？

　　【小阮阮】：我们几个班第一站是博物馆，你们在哪里呢？

　　【之之为栀栀】：在吃。

　　【之之为栀栀】：我们第一站是古镇！风景超级好看，可惜你不在。

　　回复完林栀发了之前拍的几张照片给阮征。

　　【之之为栀栀】：还没开始上菜。

　　那边很快就回了，她也发了两张照片过来。

　　【小阮阮】：我们开始吃了。

　　第一张照片是煮得沸腾的火锅，里面满是通红的辣椒。第二张是阮征的自拍，她身边坐着那天的寸头男，旁边还有其他几个女生。

　　林栀迅速回了条信息过去。

　　【之之为栀栀】：你快吃吧。

　　【小阮阮】：好！你也多吃一点。

　　林栀回了一句好，就将手机收进了兜里。

　　季扬见她刚刚一直盯着手机，眼底带笑，便开口问："你在跟你朋友发信息吗？"

第十章
星　星

"啊？"林栀听着季扬的话，愣住了。

喻桉在旁边补了一句："她闺蜜。"

季扬笑道："这样啊。"

菜很快全都端了上来，猪五花肉、牛里脊肉、鸡腿肉……摆了满满一桌子。旁边的服务员小姐姐笑得很甜："菜上齐了。"说完，她将火点上，然后拿起一旁的夹子，将肉一片片放在上面烤，肉在烤盘上发出滋啦滋啦的声音。

服务员小姐姐烤肉的过程中，六个人就坐在那里看。

她以为大家是饿了，笑道："就快好了，别急。"

林栀对她说道："姐姐，我们自己来吧？"

"也行。"那小姐姐说完，将翻烤肉的夹子放在一旁，笑道，"那你们有需要再叫我。"

吴桐没吃早饭，这会饿得想吞下一头猪。

一开始放在烤盘上的肉已经熟了。季扬卷了一个生菜包肉，递给对面的林栀："你快趁热吃。"林栀看着他递过来的手，觉得不接似乎会拂了他的面子，于是只能接了过来，礼貌道："谢谢。"

"不客气。"

聂广同几个人都不熟，只是坐在角落里沉默地大口吃肉。郑孚突然问他："玩了那么久，都没问你叫什么……"

聂广咽下口中的食物，道："我叫聂广。"

"记住了。"

林栀将手里那个生菜烤肉卷送进嘴里，还没尝出什么味来，季扬就在对面冲她笑："好吃吗？我再给你卷一个吧？"

"不用不用，你自己吃就行了。"林栀慌乱地冲他摆摆手。

季扬盯着对面的喻桉，眸子里带着得意的笑。

喻桉将烤肉放在嘴里，不去理会他，他将面前的烤肉都翻了个面，然后盯着那滋啦滋啦冒油的肉看。林栀小声问喻桉："没怎么见你动筷子，不喜欢吃吗？"

"喜欢。"

林栀夹起一块肉，放进喻桉碗里："多吃点，长身体。"

"好。"

喻桉夹起那块肉，慢条斯理地吃了起来。他同对面季扬的视线对上，季扬总莫名地觉得他在挑衅。喻桉看着面前的那些肉烤熟了，便也夹起一些放进林栀碗里，又将夹子放了回去。

林栀看着他笑了。

郑孚也拿起那夹子，将烤熟的肉分给每一个人："快吃快吃，吃完烤下一盘。"

一顿饭吃到一半，林栀就吃饱了，见喻桉还要给自己夹肉，她摆手表示自己不要了："我吃饱了。"喻桉便把那些肉放进了自己碗里。

季扬见林栀停了筷子，问她："你不吃别的了吗？"

林栀摇头："不吃了。"

喻桉跟林栀开口："我出去一趟。"

林栀以为他要去洗手间，便应了一句："好。"

没过多久，喻桉又回来了，手里还拎着几个袋子，他将单独拿出来的那杯递给林栀。林栀满脸笑容地接了过来："谢谢。"

喻桉说了句"不谢"，将手里的其他奶茶分给另外几个人。

吴桐笑道："谢谢班长。"

郑孚也嘿嘿地笑了："谢谢班长。"

季扬接过那奶茶，也说了句谢谢。

喻桉说了句不客气。

郑孚喝了一口，道："这奶茶挺好喝的。"

林栀摸着手里温热的杯子，拿出吸管插进去，喝了一口，发现是热牛奶。无论是那天的一兜药和暖宝宝，还是今天的热牛奶，都让林栀觉得心里暖暖的。喻桉盯着她看了两秒，小声问她："还痛吗？"

林栀的耳朵染上几分薄红，明白他问的是肚子还痛不痛。她轻轻摇头："不痛，就那天痛。"

"多休息。"

"好。"

这顿饭很快就吃完了。季扬拿着手机要去收银台付钱，喻桉也跟过去了。

"这顿饭我请你们。"季扬说着，就要去付钱。

林栀沉默了两秒，道："不用了……不过你先付钱也行，我们等会儿转你。"

"不用。"

"用的。"林栀觉得毕竟跟季扬不是很熟，还是要平摊一下吃饭的费用，要不然吃了他一顿饭，林栀就觉得还得再还他什么别的东西。那种欠人什么东西的感觉，她不喜欢。

季扬说了句"好吧"，先将钱付了。林栀看了一眼他付的总金额，按除六精确计算，然后给他转了四个人的钱："我们四个人的。"季扬看她连几毛几分的零头都转过来了，笑道："不用算那么清楚的。"

"用的，该多少就是多少。"

郑孚将钱转给了吴桐，道："帮我转给林栀。"

吴桐应了句"行"，转了两份的钱给林栀。

林栀看着喻桉转过来的钱，挨个将几个人的钱都收了。

吴桐看了一眼手机时间，道："还剩半小时，咱们还能玩二十分钟，剩十分钟走回去。"

林栀道："我去下厕所。"

"我也去。"喻桉说着，就拎着东西跟过去了。

林栀回头看了看他。喻桉的脖子上还有那天意外导致的伤痕，浅了点。

上完厕所，林栀打开水龙头准备洗手，没想到水龙头居然是坏的，水飞溅了自己一身，连头发都湿了。一脸狼狈地走出来后，喻桉看着林栀还湿答答的头发，问她："怎么了？"

"里面有个水龙头是坏的……一开就喷了我一身。"

"给我纸巾。"

林栀递了过去。

喻桉掏出一张，低下头，将纸巾按在她的头发上，轻轻按压了一下，又仔细地擦了擦。两个人的距离实在是近得过分，那淡淡的洗衣液香充斥着林栀的鼻腔。

喻桉擦完，伸出手摸了摸："还是有点湿。"

"没事。"

"衣服呢？"

"啊？"林栀有些没反应过来。

"衣服湿了吗？"

林栀摸了摸自己的衣服领子，道："有点湿，不过没事，等会自己就干了。"

"走。"

"好。"林栀以为他是说回去，便听话地跟在他身后。

喻桉给郑孚发了条信息，看了一眼手机的时间，又将地图找出来看了一眼。这会去买衣服已经不现实了，因为时间所剩无几。两个人沉默地走了一会儿，林栀觉得这条路熟悉又陌生。

"到了，我们进去。"

"啊？"林栀看着面前的理发店，有些懵，她问喻桉，"你要理发吗？"

"不理发。"

喻桉推开门，示意她先进去。林栀摆手："我也不理发。"

"借用一下吹风机。"喻桉说完，看了一眼林栀湿了的衣服。

林栀这才反应过来："不用不用，等下自己就干了。"

"用。"

林栀看着喻桉一脸认真的表情，最后还是跟着他进去了。

"帅哥美女，谁剪头发？"

"借用一下你们的吹风机，按照平常剪头的价格付给你们。"

"不用，吹风机就在那边。"老板说着，将吹风机扯了过来递给喻桉，"小兄弟，用吧。"

喻桉接过那吹风机，试了一下，然后开始低头吹林栀的头发。他的动作很轻，表情很认真。此时此刻，他就像是一个称职的理发师。吹得那些头发差不多都干了，喻桉又将吹风机对着她的衣领吹了一会儿。他用手扶着领子处，用手试下温度，怕距离近了温度太高。

林栀的脖颈修长纤细，皮肤很白。而他的手掌很大，手背上分布着青色的血管，指骨分明，手指很是修长。两种截然不同的感觉，莫名有种冲突和别样的反差。

喻桉只看了一眼，又迅速收回视线。

喻桉吹完后面的衣领，将吹风机递给林栀："你自己吹吹前面打湿的地方。"

林栀说好，随后接过吹，她吹得有些急，有些潦草，因为她一直记着会合的时间。

喻桉似乎是看出了她的着急，道："还有十一分钟，我记得路，所以来得及。"

林栀松了口气，便仔细吹干衣领将吹风机放下了。

喻桉看了一眼墙上贴着的价目表，扫了微信二维码，将钱付了过去后才跟那男生开口："钱扫过去了。"

"嘿，小兄弟，用一下吹风机不用付钱的。"

"要付的。"

喻桉说着，拉开门让林栀先出去了，自己则跟在了后面。

"喻桉，真的来得及吗？"

"来得及，跟我走。"

喻桉带着她抄近路，五分钟就到了。

林栀上了车，坐到座位上，看了一眼手机，还剩三分钟。她松了口气。

还剩最后一分钟时，乜瑛看了一眼手机，又往车厢里看了一眼，问道："还有谁没到？"

一个男生从座位后面探出头："乜老师，冉渝他去厕所了，在往这边赶。"

"你催催他。"

"好的，乜老师。"

话音刚落，那个叫冉渝的男生就赶到了，他累得气喘吁吁。乜瑛拍了一下他的肩膀："下次早点到。"

"收到！"

……

"栀栀。"

听见吴桐叫自己，林栀探出头："怎么啦？桐桐。"

"看手机。"

"好。"

林栀点开手机，看到吴桐发来的信息，还有前几分钟她打来的电话，以及季扬的电话和信息。

【桐桐】：栀栀，我还以为你俩要迟到了，急死我了。

【之之为栀栀】：让你担心了。

【桐桐】：没迟到就行，你跟班长在一起我也放心。

【之之为栀栀】：喻桉就是活地图。

【桐桐】：双手双脚赞成。

林栀回复完她，又点开季扬的信息。

【深知】：快迟到了。

【深知】：你俩出什么事了吗？

她盯着那两条信息看了几秒，回了过去。

【之之为栀栀】：没有，路上有事耽搁了。

林栀发完信息，问喻桉："你怎么跟她们说的？"

"我说有点事，让他们先走。"

"他们没问什么吗？"

"没有。"

当时郑孚收到喻桉的信息后，觉得喻桉说有点事，那一定是有事。

车子一路颠簸前行。

林栀就坐在一旁，一言不发。

喻桉安静地看看她。

她很善良，三观很正。很温暖，是像星星一样闪耀的人。

他一直在孤独地前行，生活在黑暗之中。那天她的出现，宛若星星一般，让他看见了光亮。那束光微弱，但足以照亮他，带他走出那黑暗。

下一站很快就到了。乜瑛先下了车，在下面举着小红旗，对着车上的人说道："下来吧。"

班上的人陆续都下了车。

"这是咱们今天的最后一站，你们可以选择去爬山，或者在山脚下的村子里转转，晚上七点半所有人都在山脚集合，记住一定不要迟到，集合完毕送你们去住的地方。"

又是一句齐刷刷的"好"。

吴桐挽上林栀的手腕，问郑孚："小黑，一起吗？"

"一起吧，怕你晕山上了别人扛不动。"

吴桐松开林栀就要去打郑孚。

郑孚被打得连连求饶："错了，错了。"

"还说吗？"

"应该……"郑孚往前跑了一步，笑嘻嘻地说了后半句，"还会说。"

林栀看了一眼打打闹闹的两人，没忍住地笑了，她问喻桉："你想爬山还是转转？"

"山脚附近转转？"喻桉觉得她这几天不适合一直爬山，太消耗体力了。

"我觉得可以！等下问问他俩吧。"

"好。"

吴桐追着郑孚跑了好远，最后跑累了，站在原地气喘吁吁。郑孚跑到她面前："给你打一下，谁让我心地善良呢。"

"你有病啊？"吴桐给了他一拳，拽着他走到喻桉和林栀面前，问道："咱们是去哪里？"

"你们两个想去哪？"

吴桐回想了下自己之前爬山，下山时差不多是爬着下去的，有点心有余悸，她又想着林栀这几天还在生理期，于是果断开口："咱们山脚下转吧？"

郑孚点头："同意。"

季扬和聂广也走了过来。

"你们是爬山还是？"季扬问林栀。

"山脚下逛。"

季扬笑道："听说山顶的风景挺好，你们真的不去吗？"

林栀摇头："不去了。"

"那我到时候发照片给你。"

"行，谢谢。"

季扬笑了："不用谢，都是朋友。"他刚说完，就察觉到一道目光落在自己身上。季扬下意识地朝着林栀身旁的喻桉看过去，见他的视线落在其他地方，有点怀疑是自己想多了。

他冲林栀挥手："那我们就先去了，拜拜。"

林栀也挥了挥手："拜拜。"

"喻桉，桐桐，我们走吧！去山脚下看看有什么好玩的。"

喻桉道："好。"

吴桐也兴奋道："走吧，栀栀。"

这山脚下的村子有着上百年的历史。一缕缕青烟顺着烟囱飘出来，村子里满是错落有致的房子，家家户户门前几乎都种着些果树，和其他叫不出名的花草树木。四个人停在一个胡同前。前面卧着一只黄狗，旁边是三四岁的女童，穿着染色布的花衣裳，笑容纯净，正低头摸着那只小狗。

吴桐忍不住感叹："感觉在这种慢节奏的地方生活好舒适啊！"

林栀笑道："是啊。"

四个人走走停停，古老的石桥下是潺潺的溪流，溪水很清，看得见底下的石头和游鱼。几个人又从那石桥跑到了下面。

林栀跟吴桐拍了很多张照片。

"栀栀，我们拍张合照吧？"

林栀笑道："好啊。"

郑孚问："怎么拍是个问题。"

喻桉看了一眼前面矮矮的树："那里可以。"

林栀眼前一亮："可以耶。"

她跟喻桉一起走上前，将手机固定在那棵树的某个树杈里。

林栀设定了一下定时拍照，抓起喻桉的手就往回跑："只有七秒，快跑。"

喻桉低头看了一眼她的手，手很小，软软的。

时间仿佛定格在那一瞬间。

"好。"

林栀背后是喻桉，她在看着镜头笑，喻桉在盯着她看，郑孚在吴桐的头顶上比了两个耶。拍完了，林栀兴冲冲地将手机取了回来。她道："拉个群吧，我直接把照片发群里。"

吴桐赞同："好啊。"

很快，四个人的小群就拉好了。

林栀将那张照片发在了群里。

之后，吴桐拉着林栀又拍了很多张照片。

郑孚问喻桉："拍照吗？班长。"

"嗯。"

郑孚拉着喻桉拍了一张合照。

照片里的郑孚露着一口白牙笑，喻桉还是那副万年不变的冰山表情。

林栀轻轻拽拽喻桉的袖子："合照！喻桉。"

"好。"

林栀说着，将手放在喻桉脸颊旁边比耶，喻桉偏头看过去。随着咔嚓一声，那个画面就被定格了。

"照片回去发你。"

喻桉看了一眼照片："好。"

后面林栀拦住一个正在赶牛的爷爷："爷爷，能不能麻烦您给我们拍张照片。"那老爷爷牵着一头老黄牛，闻言笑了："当然可以。"林栀将手机递给那爷爷。

背景是蓝天白云，底下是古桥溪流，还有四个人。喻桉跟林栀站在中间，吴桐搂着林栀的脖子笑得很开心，郑孚站在喻桉旁边龇着牙笑。

……

拍完照，几个人继续往前走，突然看见一群人都在往一个地方赶。郑孚问一个路人阿姨："姐姐，你们这是都干吗去啊？"

那个被叫姐姐的阿姨闻言笑开了花："那边有新人结婚，我们过去看。"

郑孚闻言眼前一亮："那姐姐能带我们四个去看看吗？"

"当然可以啊。"

林栀看了看旁边的吴桐，笑道："没想到还能碰见新人结婚。"

"我想看新娘！"吴桐忍不住开始期待了。

郑孚一路上都在同那阿姨聊天。走了好久，终于到了今天要结亲的那户人家，门口围满了男女老少，一个个都探着头等新郎新娘出来。一个阿嬷走了出来，她的头发梳得整整齐齐，穿着一身红色的衣服，笑着给每一个人的手里都塞一包糖。

四个人也都得到了那喜糖。

郑孚笑得格外开心："没想到出来玩还能拿到喜糖。"

吴桐也附和："沾沾喜气。"

新郎和新娘很快就出来了。那新娘穿着一身红色的秀禾，明眸皓齿，模样惊艳，旁边的男生同样样貌不俗，他挽着她的手腕，满心满眼都是她。周围的人都是满眼带笑地看着这对新人。四个人看了好一会儿，才准备离开。

临走前，那个阿姨问喻桉："小伙子，你有女朋友吗？我瞧着你会是我女儿喜欢的长相，留个微信吧？"

林栀盯着喻桉看，只听见他说："不了，谢谢。"

那阿姨有些失落地说了句好吧。

……

天边逐渐爬上粉色，整个村落都染上一层朦胧的粉色，看起来好看极了。喻桉打开手机软件查了一下附近的餐厅，道："附近一公里内就有吃饭的地方。"

郑孚探过头来坎："有什么吃的呀？班长。"

喻桉将查到的餐厅给三人看。

郑孚对着他的手机看了一会儿，开口念道："有当地特色菜馆，还有火锅、烤肉、披萨、炸鸡之类的。"念完，他问其他人："别的吃的到处都能吃到，要不咱们吃特色菜？"

吴桐点头："同意。"

林栀看了一眼喻桉："想吃吗？"

"想。"

意见获得三人一致同意，郑孚笑道："那就出发吧！"

那个特色餐馆并不远，几个人步行几分钟就到了。它开在一个小巷子里，看起来有些不起眼，门口卧着一只白猫，正懒洋洋地睡着觉。林栀蹲下来，对着它拍了一张照片。白猫似乎察觉到了什么，睁开眼睛看着林栀。它的一只眼睛是绿色的，另一只是蓝色的，通体雪白，看起来很漂亮。

喻桉在林栀旁边蹲下来，那白猫忽而向两个人走了过来，一双漂亮的眼睛看着两人，柔柔地叫了两声。林栀揉揉它的脑袋，没忍住地笑了。

喻桉的视线一直落在林栀身上，看着她带笑的眸子，没有缘由地心情都好了很多。

吴桐也想摸那小白猫，犹豫半天才敢伸出手，她之前被猫抓过，从那以后就不太敢摸猫了。结果小白猫意外的温顺，它用头蹭了蹭吴桐的手。

四个人围着小猫玩了好一会儿才进了餐厅。

一个服务员迎了出来，笑着冲几人开口："里面请。"四个人找到一个角落坐下了。

那服务员将菜单递过来："本店所有的菜都在菜单上，点完喊我一下就行。"

林栀刚说了句"好"，就听见自己的手机响了。于是她将菜单推给吴桐："我看下微信，你先看。"

"好。"

林栀打开手机，看到是季扬发来的信息。

【深知】：我们到了。

【深知】：这是山顶的夕阳。

然后他发来好几张照片。林栀点开那些图片看了几眼。

吴桐一边点菜一边问她："栀栀你在看什么？"

"季扬发过来的山顶照片。"

"我看一下。"

林栀把手机拿给吴桐看。

第一张是落日余晖照。

第二张是山上的风景照。

第三张是季扬在夕阳里的照片，光打在他脸上，很阳光很温暖，那种朦胧的感觉，很有氛围感。

"季扬最后一张照片还挺好看的。"

"还行。"

喻桉本来在看菜单，闻言微微抬头，看了一眼林栀的表情。还行就是好看。他又将视线落在菜单上，加了林栀喜欢的菜，然后将菜单推了回来，看着林栀："你看看，想吃什么再加。"

林栀接过那菜单，她喜欢的差不多全点了，于是笑道："都喜欢吃。"

喻桉嗯了一声，将那菜单递给了旁边的服务员。

"几位稍等，菜后厨尽快出，你们可以先喝点水。"

郑孚回答："我们不急。"

喻桉端起桌上的茶壶，给林栀倒了杯热水，又将壶放了回去。

"谢谢喻桉。"

"不谢。"喻桉说着，端起面前的水喝了一口。

"喻桉，你俩要不要看山上的照片？"

"好。"

林栀将手机递给喻桉。喻桉接过她的手机，旁边的郑孚探过头来，他一一滑过前两张照片，然后看到了第三张照片。郑孚点评道："不得不说，季扬还挺帅的。"

喻桉的目光在那张照片上停留了几秒，又迅速收回，随后将手机递回给对面的林栀。

"你们女孩子都喜欢什么类型的男生？"郑孚看着对面的两人问。

吴桐立刻回答："长得帅的。"

郑孚看了她一眼："姐姐，别只看颜值啊，长得帅能当饭吃吗？"

"不能，但长得帅的看着养眼。"

郑孚被她逗笑了："这个确实是事实。"他又看着林栀："林姐呢？"

"三观正，善良、温柔、可爱一点的。"对于林栀来说，三观正必须排在第一位。提到这四个词，喻桉的第一反应是季扬。

"林姐你不看脸的吗？"郑孚说完，又忍不住笑道，"也是，跟班长做过同桌以后，林姐估计谁的长相也看不入眼。"

"小喻老师确实看着就让人赏心悦目。"

突然被提到名字的喻桉，眸子里闪过一丝错愕，看着林栀带着笑的眼睛，对视几秒后，他慌乱地错开视线。林栀冲喻桉指了指自己的手机，示意他看信息。喻桉打开自己的手机，看见林栀发出来的信息。

【☆】：我们小喻老师看着就让人开心。

喻桉盯着信息看了几秒，想起刚刚她们提到的季扬，鬼使神差地回了一句。

【y】：季扬呢？

【之之为栀栀】：各有特色，有很多人都喜欢他。

【之之为栀栀】：但是我还是认为我们小喻老师才是最好看的。

喻桉抬头，对上林栀看过来的视线，她的一双眸子都盛满了笑。

吴桐看看林栀，又看看喻桉："你俩偷偷说什么呢？"

林栀笑道："没事。"

喻桉也别过头去："没说什么。"

菜很快就上来了，几个人点的是一桶米饭，放在一旁，需要的自己盛。

林栀冲喻桉伸出手："碗给我，喻桉。"

喻桉将自己的碗递了过去，林栀给他挖了一大勺米饭，压平又盖了一勺。

"够吃了。"

听见喻桉说够吃，林栀将手里的碗递回给他："多吃点好。"

然后她又给自己盛了半碗饭。喻桉看看她的碗，又看看自己的碗。

吴桐笑道："栀栀真疼班长。"

吃饭间，喻桉几乎是一直低头吃饭，边听三个人说话边吃。

林栀夹了很多菜放进他碗里："多吃点。"说完她又继续跟吴桐聊八卦去了。

喻桉看着碗里的菜，夹起来一一放进嘴里。

吴桐正在说隔壁班的八卦，说得绘声绘色，林栀听得一脸震惊。郑孚都快好奇死了："说的什么啊？我听听呗？"于是两人小组，变成了三个人聊八卦。吴桐就跟几个班的情报中心差不多，楼上楼下大大小小的八卦几乎就没有她不知道的。

"嘿，你们是不知道，前些年咱们学校不是只有一个主任，那个主任是挺严肃的一个人，平常也是不苟言笑的那种，你们猜他怎么着？"

郑孚饭也不吃了，问吴桐："怎么了？"

林栀也道："怎么了？"

"他……"吴桐打开了话匣子，说了一堆有的没的。大家都兴致勃勃地听着。几个人从老师的八卦，说到了学生的八卦，又扯到了宿管阿姨的八卦。三个人越说越激动。旁边桌的两个男生本来在吃饭，一听这边在聊八卦，顿时觉得菜都不香了，探着头偷偷地听这边聊的什么。

喻桉看了一眼林栀没怎么动过的米饭，夹了一块糖醋排骨放在她碗里，想了想又夹了一块红烧肉。

"谢谢喻桉。"

"不谢。"喻桉说着，指了下她的碗，"饭凉了就别吃了。"

"没事，没事，能吃。"

喻桉给她的杯子又添了些热水。

而郑孚跟吴桐还在聊天。

林栀吃掉了那块糖醋排骨，小声嘀咕："好吃，但没有奶奶做的排骨好吃。"

"确实。"

"奶奶一直问我你什么时候来家里吃饭呢。"

喻桉顿了两秒，才道："过几天就去看奶奶。"

"好。"

……

晚上六点多，四个人都吃完了饭。往日夏天的夜总是要来得迟一些，这会天色已经暗了许多。一群小朋友都搬着椅子往一个地方跑，后面随行的是三五个一起聊天的妇人。其中一个扎着高马尾的小姑娘停下了脚步，冲四人开口："哥哥姐姐，广场中央放电影呢，你们快来看呀。"

林栀从兜里摸出一颗糖果给她，笑道："谢谢你告诉我们。"

吴桐看着她："好可爱的妹妹。"

那小姑娘拿到了糖，笑得开心极了："漂亮姐姐和好看哥哥。"

随即她又伸手捂住自己的嘴，原来是在换牙期，掉了大门牙。

郑孚看着她笑道："有眼光。"

吴桐瞥了他一眼："人家夸的喻桉。"

"也有我好吧？"

"有吗？"

"必须好吧。"

小姑娘冲几个人摆摆手："我先走啦。"

"好。"林栀冲她挥挥手，目送她离开了。

村子里有一个很大的广场，那边正在放电影，是一部很老的喜剧片。广场上几乎坐满了人，老人、小孩，几乎个个脸上都洋溢着喜悦。

吴桐对这场景感到新奇："我还是第一次和那么多人一起看户外电影。"

林栀笑道："我也是。"

"我还是小时候在奶奶家看过的。"郑孚看着面前的电影幕布，觉得挺有意思。

林栀问喻桉："你看过没？"

喻桉轻轻摇头："没有。"

"一起看。"

"好。"

……

几个人站在最后面，没有凳子，依旧看得津津有味。

过了一会儿，喻桉看了一眼手机，提醒三人："还有半小时，这里到车那边步行大概需要二十五分钟不到，现在出发吧？"

三个人都点了点头。喻桉在前面带路，其他人紧随其后，在傍晚七点二十分抵达了会合点。

乜瑛笑着问四人："去爬山了吗？"

郑孚："没去爬山，乜老师，就在山脚下玩的。"

吴桐："吃了特色美食！"

林栀："刚刚还在广场看了电影。"

喻桉只是站在一旁，静静地听着他们同乜瑛聊天。乜瑛笑道："听起来很有趣。"

说完，她看了看喻桉，问："今天开心吗？"

"开心。"

虽然喻桉的语气很是平淡，但乜瑛感觉他今天应当是开心的。若是以往，乜瑛问他时，喻桉只会冷淡又平静地说一句还行。乜瑛带了他一年，听他说过的话少之又少，他是属于能不多说一个字就不多说一个字的那种人。似乎跟林栀做了同桌以后，他的话就比之前多了一些。

乜瑛想到这，看了看那几人，笑道："你们快去车上吧。"

"好的，乜老师。"

车里这会人还不是很多。林栀坐在喻桉旁边，将那天拍的喻桉设置成两个人的聊天背景图。她偏头看了一眼喻桉，将备注改成了：喻娇娇小朋友。

"喻桉，你要今天我们拍的照片吗？"

"要。"

林栀便将今天拍的照片发给了喻桉。喻桉点开她发来的照片，发现其中有一张是看电影的时候林栀拍的。他都不知道是什么时候。

"拍得怎么样？好看吗？"

听见林栀问自己，喻桉点头："好看。"

"你特别上镜，随便怎么拍都好看。"

"是你拍得好。"喻桉被她夸得有些耳热，垂眸继续看其他照片。其中有一张是林栀对着他比耶，他刚刚转头的那一刻。

"你知道我最喜欢哪张吗？"

喻桉摇头。

林栀将那张她对着喻桉比耶的照片拿给喻桉看："这张。"

"为什么？"喻桉觉得这张因为他突然转头，整个画面感都不太和谐了。

"不知道，就觉得这张特别可爱。"林栀说着，用手指放大了喻桉的脸，越看越觉得有些可爱。

喻桉又看了一眼她说的那张照片，耳尖又红了。

林栀看着手机弹出来的信息，点开看了一眼，是季扬发过来的。她突然想起来自己还没有给他备注，等备注完，再点开他刚刚发来的信息。

【六班季扬】：今天在山上还拍了好多照片，你要看看吗？

【六班季扬】：山上风景特别好，你没来真的可惜了。

林栀盯着他发的信息看了几秒，回了信息过去。

【之之为栀栀】：我们在山脚下玩得也挺开心的。

谈话间，照片接二连三地发了过来。

【六班季扬】：玩得开心就行。

见季扬一连发了十几张照片过来，林栀一张张点开看了。喻桉靠在窗边，看着窗外掠过的风景，有些走神。

"喻桉，过来看山顶的风景。"

喻桉收回视线，扭头来看她的手机。

林栀将那些照片一张张翻阅给他看，笑道："还挺好看。"

喻桉点头："好看。"

"季扬今天拍的山上的风景。"

喻桉沉默了几秒，继而开口："还行。"

林栀一张张给他翻完那些照片，重新点回去和季扬的聊天界面。喻桉收回目光，还是不小心看到了她给季扬的备注：六班季扬。喻桉心想，林栀给他的备注会是什么？

喻桉？八班喻桉？或者是别的？他突然有些好奇。

喻桉盯着外面看了一会儿，脑子里抑制不住地去想这个问题，他看了一眼林栀，又收回视线。

"喻桉。"

"嗯？"

"我做了张聊天背景图，你要吗？"

喻桉眸子里闪过一丝不解。

林栀点开了两个人的聊天界面，拿手机给他看："你看，就是这个，好看吧？"聊天背景图是三张照片拼在一起的图，一张是林栀跟喻桉的合照，一张是林栀对着喻桉比耶，还有一张是喻桉看电影的时候林栀偷拍的。

这时，喻桉看到了林栀给他设置的备注：喻娇娇小朋友。

他收回目光："好看。"

"我也觉得很好看，发给你了。"

"好。"

喻桉看着那张照片，想起那个备注，心情莫名地有些好。看来他们之间的关系，要比林栀和季扬来得亲密一点。

车子稳稳地停在一家酒店门前。乜瑛组织学生下了车，她大声说道："住的房间已经订好了，你们自由选择一起住的伙伴，两人一间。"

吴桐立刻抱紧林栀的胳膊："我跟你一起。"

林栀笑道："好。"

郑孚想问喻桉，又怕他嫌弃自己，犹豫半天还是问出了口："班长，一起吗？"

"嗯。"

郑孚嘿嘿地笑了，还好没有被嫌弃。

一群人排队领了房卡。

乜瑛提醒他们："记得晚上睡觉一定要锁门，太晚别出去乱跑，明天早上八点我们楼下集合。"

异口同声的一句好后，大家原地解散，各回各房间。

林栀问喻桉："你们在几楼？"

喻桉拿房卡给她看，他们的房间在五楼，林栀跟吴桐也住五楼。四个人一起上了楼，喻桉跟郑孚将两个女生送到房间门口，喻桉突然道："先进去检查一下房间。"三个人有些茫然地看着他。

林栀问："检查什么？"

"摄像头，镜子之类的。"

"班长，要不然你帮帮我跟栀栀？"

"好。"

房间打开后，喻桉先是进了卫生间，用指尖按在镜子上，其他三个人都盯着他的动作，一脸好奇。

"指尖对不上就是普通镜子，对得上就是双面镜。"喻桉语气平淡道。

"什么意思？"郑孚有些不解。

"后面看得见我们这边，可能有别的空间。"

这么一说，吴桐抓紧了林栀的胳膊："有点恐怖。"

林栀点头："我还真不知道这些。"她问喻桉："这镜子没问题吧？"

喻桉摇头："没问题。"

三个人跟着喻桉，看他又检查了窗户、电视、空调、台灯……里里外外全部检查了一遍，他都没发现什么问题。

林栀笑道："谢谢喻桉小朋友。"

"不谢。"

随后喻桉跟郑孚也准备回自己房间了。

临走前，喻桉嘱咐林栀："下面要锁，上面的锁链也要挂上，晚上有人敲门不要开。"

林栀点头："好。"

……

休息了一会儿，林栀跟吴桐下楼转了一圈，她看到了路边有一家药店。

"桐桐，陪我去一下药店吧？"林栀想到喻桉脖子上的伤，还没完全好，想要问问有没有祛疤的药。

"你怎么了？不舒服吗？"吴桐一听她要去药店，下意识地以为是林栀身体不舒服。

"没有，去买一条祛疤的药膏。"

"好。"

买完祛疤的药膏后，两人就回去了。林栀轻轻叩响他们房间的门，听到的是郑孚的声音："谁啊？"

"我。"

几秒后，门开了。

"林姐，你是要找喻桉吗？他在洗澡。"

"对。"林栀说完，将手里的药膏递给他："那你帮我给他吧。"

郑孚一句"好"还没有说出口，喻桉就推开浴室的门出来了。他的头发没擦干，还有些湿，还在往下滴水，水珠划过那黑长的眼睫毛，顺着脸颊滑落，最后滴到衣领里。似乎是热气蒸腾的缘故，他的脸有些微红。

平日里的喻桉看起来不太好相处，总是很冷的样子，可这会，林栀觉得他这副样子像极了任人欺负的小狗。

"怎么不擦头发？"

"听见你叫我。"

"那也得擦头发，还要吹干，不然晚上睡觉头疼。"

喻桉点头："好，等会就擦干吹头发。"

她将手里的药膏递给喻桉："这个给你。"

喻桉伸手接了过去，拿在手里仔细看了看。

"祛疤的。"

"其实不用那么麻烦的。"

林栀看着他，语气认真："你脖子那么白，真要留了疤就不好看了，记得每天都要涂。"

"好。"

"那我回去了，你早点睡。"

"好。"

喻桉非要送林栀回去房间，林栀拗不过他，便同意了。其实只有几十秒的距离而已。

"好了，我到了，你也回去吧。"

"好，马上就下去。"

"晚安。"

"晚安。"

喻桉看着门关上了，走回他跟郑孚的房间。他吹干了头发，坐在床上，盯着手中的那条祛疤的药膏看。

"我可以叫你喻哥吗？"

喻桉抬头看了看他："都行。"

"我怕我明天早上起不来，你叫我一下吧。"

"好。"

郑孚看他从包里掏出一本资料书，眼睛都直了："喻哥，你还带了学习的资料书啊？"

"嗯。"喻桉以为他要写，便将资料书递给他，"你也想写？"

郑孚疯狂摇头："不想不想，我就是问问。"

喻桉又收回了手。

见喻桉写题，郑孚在旁边探着脑袋看。题目都挺好的，就是没有一题他会的。好吧，郑孚明白了，喻桉成绩好是有原因的，他出来玩恨不得整个人都放飞自我，喻桉居然还带了资料书做题。

人与人，啊不，尖子生和普通人之间的距离就是这样遥不可及。

喻桉做了会题，又将那本书收了回去。

郑孚便问他："喻哥，你要睡觉了吗？"

"不睡。"

"那……打游戏？"

喻桉看他："什么游戏？"

"王者荣耀来不来？"

"可以。"

郑孚对喻桉道："喻哥，我问问林姐跟灭绝师太玩不玩。"

"灭绝师太？"

"就是吴桐。"

"哦。"

郑孚打开手机，在四个人的小群里喊吴桐跟林栀。

【郑孚】：王者荣耀来不来玩？@吴桐@林栀。

他盯着那消息界面看了几秒，看到吴桐很快回他了。

【灭绝师太吴】：等会，我问问栀栀。

不出十秒钟，对方就又回复了。

【灭绝师太吴】：栀栀说她也来，你拉我吧。

喻桉收到了林栀的消息。

【☆】：不会玩怎么办？

【y】：没事，有我。

另一边的林栀，盯着那四个字，莫名有种心安。因为四个人四个不同的段位，最后只能打匹配。郑孚在大厅召集了一个人，那人名字叫：游戏菜投降快。一进去吴桐就发了一句话：三楼哥们认真的吗？

那人很快回了一句：当然，有我在，游戏输没意外。

很快到了选位置的时候，吴桐问："你们都玩什么位置啊？"

郑孚紧跟着回答："我拿射手。"

吴桐问旁边的林栀："栀宝，你喜欢玩什么职业？"

"法师吧。"

"那就这样决定了，我玩辅助，你玩法师，上单跟打野留给班长和那个召集来的哥们。"

那个叫"游戏菜投降快"的人发来一条信息。

【游戏菜投降快】：哥们你玩打野行吗？我只会上单。

【☆】：行。

一开局，郑孚跟吴桐就开麦聊了起来。吴桐先跟着林栀去了中路，林栀拿的是安琪拉，她拿的是刘禅，她帮林栀清了两波线，跑下路去帮郑孚了。

林栀玩这游戏不多，她晃悠了一圈，不知道自己该干吗。

【游戏菜投降快】：安琪拉，求求你来上路帮我一下吧。

【游戏菜投降快】：我要被对面打死了。

林栀回了一个"好的"，就往上路赶，然而她还没走到上路，就被对面埋伏在草丛里的妲己打死了。一切发生得太快，她甚至都没来得及反应。

那位叫"游戏菜投降快"的兄弟很快又发了一条信息。

【游戏菜投降快】：我的问题，刚想提醒你。

下路有些劣势，喻桉一边帮下路，一边看小地图里林栀的位置。他一句小心草丛还没发出去，就看到林栀已经死了。喻桉看了一眼杀死林栀的英雄，妲己。

没出一分钟，显示赵云击杀了妲己。妲己刚复活出来，就又被赵云收割了人头。一连好几次，妲己泉水都不敢出了，她忍不住在公共频道里喊话。

【妲己】：赵云我跟你有仇吗？为什么你只杀我？

信息刚发出去，喻桉的赵云就越塔把她再度杀了。

【妲己】：……

另一边的韩信正准备杀林栀，被突然出现的喻桉吓回去了。

林栀一激动，技能直接放反了，喻桉又拿了一个人头。

妲己看了一眼小地图，见喻桉在下路，便往上路去了。

林栀有些茫然地走来走去，有种好像在忙，但不知道在忙什么的感觉。

吴桐跟郑孚正开麦聊天，忽而听见耳机里传来一句话。

"过来。"少年的声音有些低，带着一丝清冷。

林栀迟疑了几秒，突然明白喻桉是在叫自己，她便打开麦："好。"

她操纵着安琪拉蹦蹦跳跳地去找喻桉了。

"跟着我。"

"好的，我来了。"

林栀走到了喻桉旁边，往妲己的方向去了，他们两个埋伏在草丛里。

妲己以为自己是安全的，正在清线，忽然草丛里蹦出来两个人，打得她措手不及，想往回走也来不及了。林栀又放反了技能，看着喻桉将她打得还剩一丝血，忽而听见他的声音传来："打她。"

"好。"

林栀一个普攻直接打倒了妲己。

这一刻，妲己似乎明白了是怎么回事。

【妲己】：所以你一直杀我是给安琪拉报仇？

【赵云】：嗯。

妲己沉默半天。

【妲己】：……

妲己刚发完省略号，就出了水晶。

下一秒，她看见喻桉来了，她又死了。

【妲己】：……

【妲己】：你至于那么记仇吗？

【妲己】：我不打安琪拉了还不行吗？

【赵云】：行。

【妲己】：……

林栀看着两个人的对话，没忍住地笑了。后面的半局她几乎都是一直四处溜达，然而对面没人打她，直接视而不见。吴桐看着喻桉的战绩，没忍住跟一旁的林栀开口："所以老天到底给班长关了什么窗？成绩好就算了，打游戏也那么厉害。"

"加一个还会做饭，小喻老师什么都会。"

吴桐说完才想起来自己没关麦。

另一边的喻桉，听见林栀在夸自己，眼底多了一丝别的情绪。

郑孚忍不住嘀咕："你俩说得对，你猜打游戏之前喻哥在干吗？"

吴桐："不知道，睡觉？"

林栀："写题吧？"

"林姐你真了解喻哥，他居然在写题，我当时就震惊了。"

几个人又打了几局游戏，林栀全程就是跟着喻桉乱跑，蹭蹭助攻，拿拿人头。

喻桉看了一眼时间，开口道："时间不早了，不打了。"

郑孚看了一眼时间："还不到十点半，你就要睡了吗？喻哥。"

"不睡。"

"啊？但是不玩了是吗？"

"嗯。"

郑孚还有些意犹未尽："好吧。"跟着喻桉打，一直连胜。

林栀刚退出房间，就收到了喻桉的信息。

【喻娇娇小朋友】：你早点休息。

【之之为栀栀】：好！

【之之为栀栀】：我还是第一天知道你会打王者荣耀，喻桉小朋友打野玩得真的很厉害！

【喻娇娇小朋友】：以后教你。

【之之为栀栀】：好呀好呀！

林栀回完那条信息，又想起来自己连技能都能放反。

【之之为栀栀】：我操作有点不行，学得可能很慢。

【喻娇娇小朋友】：没事。别熬夜，睡吧。

【之之为栀栀】：好，那晚安，喻桉小朋友。

【喻娇娇小朋友】：晚安。

刚想放下手机，林栀就收到了阮征的信息。

【小阮阮】：你这几天不能熬夜，要早睡。

【小阮阮】：不早睡我就闪现过去。

【之之为栀栀】：快来！

【小阮阮】：快去睡！

【之之为栀栀】：知道了，这就睡了，我的宝。

【小阮阮】：这还差不多，晚安，宝贝。

【之之为栀栀】：晚安。

　　林栀本来是准备立刻睡觉的，只是跟吴桐说了几句话就聊起来了，话匣子一打开就关不上了两个人聊了好一会儿八卦。最后，林栀几乎是在吴桐的声音中睡着的。

　　……

　　早上六点多，喻桉起床洗漱完，拿出林栀给他的那条药膏，往脖子上的疤涂了一点。接着，他去楼下附近的公园跑了几圈，等到七点的时候，他才回房间叫醒了郑孚。

　　郑孚还有些懵，处于一个大脑没有开机的状态，他坐在那里，头发睡得乱七八糟，感觉自己的魂都没了一半。几分钟后，郑孚彻底清醒过来，他问喻桉："喻哥，你几点起来的？"

　　"六点多。"

　　"太自律了，我感觉我能睡到下午。"郑孚说着，去了浴室洗漱。等到郑孚收拾完毕，两人去了楼下的早餐店。

　　"喻哥，带回去吃吗？还是在这吃？"

　　"你想在哪吃？"

　　郑孚挠挠头："要不然回去？刚好给林姐和吴桐带一点。"

　　"嗯。"

　　"喻哥，我帮她带，你给林姐买就行了。"

　　"好。"

　　几分钟后，两个人提着早饭回了房间。喻桉刚准备给林栀发信息，就收到了她的信息。

　　【☆】：早啊。

　　【y】：不用下楼了，等会给你送早餐。

　　【☆】：本想说不去吃早饭了。

　　【☆】：那就谢谢喻桉小朋友了。

　　【y】：要吃，不吃早饭对胃不好。

　　【y】：不谢。

　　【y】：你收拾完说一声。

　　【☆】：收到！

　　林栀去浴室洗漱完，给喻桉发了一条信息。

　　【之之为栀栀】：我好了。

　　她信息刚发过去，就听见外面传来了敲门声。林栀打开门，看见喻桉就站在外面。喻桉冲她伸出手："早餐。"

　　"谢谢。"

　　"不谢。"

　　林栀看了一眼手里早餐的花样，惊到了："你怎么买了那么多？"

　　"不知道你喜欢吃什么种类。"

　　"我吃什么都可以的，不用那么浪费。"

　　"好。"

　　郑孚把给吴桐带的那份早餐递给林栀："帮我给吴桐，她肯定没起来。"

　　"好，我等会叫她起来。"

说话间，季扬突然出现了，他也提着早餐，冲几人笑道："都在啊。"

喻桉看了看他，视线落在他手中的早餐上。

"没买那么多份。"

郑孚对季扬说道："没事没事，我跟喻哥都买过了。"

季扬将手里的早餐递给林栀："不知道你喜欢吃什么，在楼下随便买了点。"

"不用了，喻桉给买了，谢谢你了。"

季扬只得收回手："好吧。"他冲林栀笑道："那我就先回去了，拜拜。"

"好，拜拜。"

离开前，季扬同喻桉对视了一眼，然后电梯到了。喻桉对林栀说道："趁热吃，我回去了。"

"那拜拜。"

……

第三站是当地的博物馆，第四站是一位名人的故居，最后一站是个当地有名的生态公园。

逛完了博物馆和名人故居，大家都一块去了公园。草坪上有很多带着小朋友搭帐篷的大人。八班所有人都聚在一起烧烤，这是学校组织的最后一项活动。

郑孚跟着其他男生给所有人都倒了饮料。喻桉看了一眼冒着气泡的可乐，默默地将林栀的杯子挪开了，他从包里掏出一瓶牛奶，重新放在林栀面前。

乜瑛冲所有人举起杯子："同学们，让我们干杯吧。"

所有人都举起杯子："干杯！"

喻桉、林栀、吴桐、郑孚还有季扬跟聂广六个人围在一起吃烧烤。

吴桐将烤好的串递给郑孚。郑孚有些受宠若惊："你第一个给我有点不敢相信啊。"

"尝尝熟没熟。"

"果然，我就知道第一个给我是有原因的，'试毒'是吧？"

其他人都笑成一团。

喻桉将烤好的串递给林栀，又将剩下的分给其他人。郑孚接住后笑道："谢谢喻哥。"

然后他听到手机振动，打开后发现是贺蒙发来的信息。

【贺蒙】：喻哥，喻哥，你们那边是不是也在烧烤？

【y】：嗯。

【贺蒙】：哈哈哈，我们也是。

见贺蒙一连拍了好几张照片过来，喻桉也拍了一张发过去。

【贺蒙】：哈哈哈哈，我们这边的串都烤煳了，那几个人都只会吃不会烤。

【y】：控制好时间。

【贺蒙】：好的喻哥，我继续烤串，拜拜！

【y】：拜拜。

喻桉将手机重新收回兜里。

有人突然问乜瑛："乜老师，今天玩完回去，不会让我们写游记吧？"

乜瑛闻言神秘地笑了。众人开启拍马屁模式。

"乜老师那么善解人意，不会让我们写游记的对不对？"

"乜老师最好了！"

"乜老师，就不要写游记了。"

乜瑛被他们闹得止不住笑："本来也没准备让你写。"

"乜老师万岁！"

众人又继续开心地烤串去了，期间不断有人把考好的串递给乜瑛。乜瑛忍不住道："行了行了行了，我饱了，真的饱了。"

……

"喻桉。"听林栀喊自己的名字，喻桉吃东西的手一顿，朝林栀看了过去，林栀立刻点下了拍摄键。喻桉继续吃东西，只是感觉到林栀的视线落在自己身上，动作有一丝僵硬。林栀没忍住一连拍了好几张。

吃完烧烤，收拾完毕就该回家了。大巴车一路向前，众人踏上了回去的路。

……

这天到家时已经晚上八点多了。

林栀回到家，看到了躺在沙发上睡着的姜红。姜红睁开眼，见是林栀，便道："回来了，乖乖。"

"奶奶，你怎么又在沙发上等我？"

"怕你没吃饭，等着你回来。"

"我吃了，我吃了好多呢。"

姜红笑着揉了揉林栀的脑袋："多吃一点才好，奶奶的乖乖太瘦了。"

"听奶奶的。"

那晚在奶奶的房间里，林栀将这两天的照片一张张翻给姜红看，并给她介绍郑孚跟吴桐。姜红看着照片上的人和风景，笑得一脸慈爱。林栀给姜红看她拍的喻桉，还有阮征发来的照片，问她："奶奶，喻桉的照片都是我拍的，是不是拍得很好看呀？"

"对，小征和小喻这俩孩子长得都好看。"姜红说完，笑道，"他俩什么时候再来家里吃饭？"

"过些天，他们都来。"

"好好好。"姜红说着，拍了拍林栀的手，眼底是藏不住的爱意。

……

之后林栀回了自己的房间，她抱着小乖，对着它的脸揉啊揉，小乖一直欢快地摇着尾巴。忽而她听见手机响了，打开看见备注是：喻娇娇小朋友。

【喻娇娇小朋友】：早点休息。

【之之为栀栀】：好。

林栀回复完，将今天拍的所有照片都发了一份给喻桉。

喻桉一张张地翻看，很多都是在他无意之间拍的。看完后他回复了林栀。

【y】：你拍得都很好看。

【☆】：那没办法。谁让我们娇娇长得好看又上镜呢。

他觉得脸热得厉害，立刻回复了林栀。

【y】：谢谢。

林栀看着喻桉发过来的两个字，几乎能想象得到他说这话时的表情，没忍住地笑了。

【喻娇娇小朋友】：你不能熬夜，快睡吧。

林栀叛逆心涌上来，她想要逗逗喻桉。

233

【之之为栀栀】：为什么我不可以熬夜？

那边大概停顿了好几秒才回过来一条信息。

【喻娇娇小朋友】：免疫力会下降，内分泌失调。

林栀反应过来，原来他这几天催自己早点睡觉是因为生理期的缘故，随后她又想起吃烧烤时，喻桉放在自己面前的那瓶牛奶。盯着他发过来的信息，林栀也有些耳根发热，又想到喻桉发这些信息时的严肃表情，莫名地，心跳得有些快。

她打了很久的字又删掉。最后林栀揉了一把自己的脸，停了好一会儿才回复喻桉。

【之之为栀栀】：我这就睡。

【之之为栀栀】：你也早点睡。

【之之为栀栀】：晚安！

【喻娇娇小朋友】：好。

【喻娇娇小朋友】：我等会睡。

【喻娇娇小朋友】：晚安。

林栀将手机丢在枕头旁，摸了摸自己的脸，还是有些热。忽而听见手机振动了几下，她只得又将手机拿了起来，是季扬的信息。

【六班季扬】：今天拍了几张照片。

季扬发过来好几张照片，林栀一一点开来看，其中有一张，她一眼看见自己旁边的喻桉，他在低头吃串，看起来乖乖的。林栀放大看了几眼，弯着唇笑了，然后将那张图截了下来。她又翻看了另外几张照片，有一张是喻桉在往她这边看。林栀将几张照片都点了保存，然后回复季扬。

【之之为栀栀】：谢谢。

那边几乎是秒回。

【六班季扬】：不客气，觉得好看就拍了，你很上镜。

林栀盯着他发过来的信息，突然之间不知道该说什么，她犹豫几秒，又回了一句谢谢。

【六班季扬】：不用那么客气。

【之之为栀栀】：好。

发完这句好，林栀就不知道该说什么了。

她又点开跟喻桉的对话框，刚输入几个字还没发过去，就收到喻桉了的信息。

【喻娇娇小朋友】：怎么没睡？

林栀有点懵，他怎么知道？

喻桉又发了一张截图过来，上面显示"对方正在输入中"。

【之之为栀栀】：嘿嘿。

【之之为栀栀】：就是想给你看几张照片。

【喻娇娇小朋友】：好。

林栀将那几张照片发了过去。

【喻娇娇小朋友】：你拍的？

【之之为栀栀】：不是，是季扬。

【喻娇娇小朋友】：嗯。

【之之为栀栀】：把你单独截出来了，可以做成表情包吗？

【之之为栀栀】：不给别人发的那种。

【喻娇娇小朋友】：好。

　　林栀盯着喻桉发过来的那个好，总觉得他有点不太开心怎么回事？

【喻娇娇小朋友】：他拍得好看吗？

【之之为栀栀】：啊？

【喻娇娇小朋友】：你觉得他拍照片好看吗？

【之之为栀栀】：还行吧，主要是觉得你挺可爱的，就截出来了。

【喻娇娇小朋友】：我也拍了几张。

【之之为栀栀】：怎么不给我看？！

【之之为栀栀】：不够意思啊，直接心碎成渣渣。

　　片刻，喻桉就发来几张照片。

【喻娇娇小朋友】：我拍照水平不好。

【喻娇娇小朋友】：给你拼起来。

　　林栀点开喻桉发过来的照片。镜头里的林栀，穿着白衬衫，百褶裙，冲镜头笑得很开心，明媚又青春。林栀一一翻看了那些照片，几乎每一张都是她在笑。

【之之为栀栀】：拍照技术哪里不好？

【喻娇娇小朋友】：没有他拍得好，怕你不喜欢。

【之之为栀栀】：怎么没有？我们喻桉小朋友拍照技术就是最好的！

【之之为栀栀】：超级无敌爆炸好看！

【之之为栀栀】：夸你顺带夸自己。

　　另一边的喻桉，看着林栀发过来的信息，不易察觉地弯了唇角，她说他拍得更好。

【y】：你说的算。

【y】：嗯。

【y】：确实好看。

【☆】：我可以理解为第三句是夸我好看吗？

【y】：是这个意思。

【☆】：哈哈。

【y】：快去睡。

【☆】：收到！晚安！

【y】：晚安。

　　喻桉关掉两个人的聊天界面，打开了手机相册，他又点开那天密室逃脱林栀发给他的第二个视频。看了一遍，当时那种感觉仿佛还在，他摸了摸心口，似乎在说它没出息。喻桉关掉视频，将手机放在一旁，闭上了眼睛。

　　……

　　第二天，喻桉一早就收到了来自宋云的信息，他看着一连串的十几条消息，就知道不可能是宋云本人发的。

【宋云】：喻哥，我想你想得饭都吃不下去了。

【宋云】：喻哥，你啥时候来呀？

【宋云】：一周的时间好长呀！

【宋云】：喻哥，我们老师今天奖励我两颗糖果，我给你留了一颗。

235

【宋云】：橙子味的，可好吃了。

【宋云】：你爱吃橙子味的棒棒糖吗？

【宋云】：我挺爱吃的，嘿嘿。

……

后面的信息喻桉都仔细看了，他觉得最后一句似乎是宋云发的。

【宋云】：小煜拿我手机发的，打扰你了，小喻。

【y】：没关系，我等会就过去了。

【y】：你跟他说，见面说。

喻桉看宋云发过来的语音信息，点开听了一下，是周青煜尖叫到破音的声音，还夹杂着一句宋云说的话。

第十一章
他不乖

喻桉听到宋云说的是"你吵到你小喻哥哥了，安静点"。

他去了浴室洗漱，然后下楼跑了几圈，又去了早餐店买早餐。

"小伙子，又去晨练了？"

"嗯。"喻桉接过买早餐阿姨递过来的早餐。

"要是我家孩子像你一样就好了，他晚上不睡白天不起，一天天的就知道傻乐。"

喻桉沉默了两秒，才开口："上学的时候睡不好，周末多睡点也正常。"

"你是不知道他能睡到几点，下午三点。"

喻桉似乎明白为什么是睡到下午三点了，他道："能睡挺好的。"

那阿姨忍不住地笑了。

喻桉提着早餐又回到楼上，他吃完早餐，给林梔发了一条"早"，便掏出书来看了。大概快到九点，喻桉才收到林梔回的信息。

【☆】：早啊。

【☆】：是不是今天还要去补课？

【y】：等会去。

【☆】：记得吃早饭，路上注意安全。

【y】：吃了，会的。

喻桉将东西装进包里，又看了会书，就背着书包出发了。到周家门口时，他看到了等在门口的周青煜和宋云。

"喻哥！你终于来了。"周青煜跑过来，拉住了喻桉的胳膊。

"嗯。"

"我帮喻哥拎书包吧？"

"不用。"

周青煜殷勤地把喻桉带进自己的卧室，然后将宋云推了出去："妈妈，我们要学习了。"

宋云没忍住地笑了："好好好，那我出去了。"

"等等。"

听到周青煜的声音，宋云停住脚步，问他："怎么了？"

"妈，你让刘姨泡点茶，我怕喻哥口渴。"

"好。"

喻桉看了看宋云："不用那么麻烦，我带了水。"

宋云笑道："那也行，不打扰你们了，我先出去了。"

喻桉冲她点了点头。

周青煜将自己的书包拿了过来。喻桉记得第一次给他补课的时候，他的书包跟垃圾堆一样，这会倒是收得整整齐齐的。周青煜像献宝一般，将那颗糖果递给喻桉："可好吃了，这颗我没舍得吃，特地留给喻哥的。"

"我不爱吃甜的，你喜欢吃就吃吧。"

"喻哥，真的很好吃。"

在周青煜期待的眼神下，喻桉只好吃下了那颗糖果。

他按照周青煜的情况，给他制定了学习计划，周青煜只需要照着做就行。他不会的题型喻桉再带着他学一遍，周青煜并不笨，只是有点贪玩，容易走神。喻桉不觉得这是什么问题，这个年龄段的孩子，注意力不集中从心理学的角度来看是很正常的。

他给周青煜讲完题，已经是临近中午了。

周青煜兴奋极了，同喻桉说着学校里有趣的事。

喻桉认真地听他说话，时不时点点头。

"对了，喻哥，你跟那个漂亮姐姐……是不是？"

"周青煜。"

"到！"

"你问题很多。"

"就是好奇嘛，喻哥，那个姐姐那么漂亮，跟喻哥特别般配，嘿嘿。"

喻桉无视他的问题："你书背了吗？"

周青煜开始抠手指："这个……这个……我……"他挠挠头，有些尴尬道，"可能背得不太熟。"

"那就背熟。"

"收到！"周青煜觉得自己似乎是忘记了什么。他刚刚要问喻哥什么来着？欸？什么来着？

喻桉陪周青煜玩了一会儿乐高，然后看着他又拿出一堆稀奇古怪的玩具。临走之前，周青煜想要塞一个玩具给喻桉，喻桉没收。"这是我最喜欢的玩具了，喻哥你一定要收下。"

喻桉记得，之前喻慕腾给喻瑾云买过这个牌子的玩具。几万块钱一个，对喻家来说并不贵，但喻慕腾只买了一个，当着他的面给喻瑾云。喻桉对此没什么感觉。喻瑾云要的就是让他生气，质问喻慕腾为什么偏心，但是喻桉反应平淡到他像小丑一般。

周青煜有些失落。

"你把你进步的成绩单送给我，我才是最开心的。"

说到这个，周青煜眼睛亮了亮："下周有小测试，我一定会进步的。"

"等你好消息。"

"好！"周青煜说完，又问喻桉，"我能跟你拍一张合照吗？喻哥。"

"可以。"

周青煜打开手表，跟喻桉拍了一张合照。

"我要当一辈子的屏保。"

喻桉不信。

周青煜推开门，跟喻桉一起走了出去。宋云见两人出来，笑问："真的不在这里吃饭吗？小喻。"

喻桉摇头："不用了，谢谢您了。"

"是我该谢谢你，小煜这孩子可调皮了，气走了好多补习老师。"

周青煜的"光辉事迹"被重新提起，小脸涨得通红："我不喜欢他们，他们老是跟我讲大道理，我头都大了。"

宋云没忍住地笑了，拉着自家儿子将喻桉送到了门口。她道："我让司机小王送你回去吧。"

"不用麻烦了。"

"不麻烦的，喻哥，我也想送你。"

对上周青煜期待的目光，喻桉想起刚刚拒绝他，他有点失落了，便应了下来："好。"

周青煜便拉开车门，让喻桉上去了，一路上，周青煜一直跟喻桉叽叽喳喳地说话。车子很快停在喻桉小区的楼下，周青煜有些不舍地同喻桉挥手："下周见。"

喻桉也冲他挥挥手。

……

回到家，周青煜忍不住跟宋云说道："妈妈，我想给喻哥买套房子，直接买在家旁边，那样喻哥就不用那么辛苦地跑来跑去了。"

"你小喻哥哥不会收的。"

"为什么？"周青煜有些不理解，他喜欢喻桉，所以想送喻桉东西。就像他喜欢和小珠做朋友一样，就想什么都送给她。

宋云有些犹豫这个问题该怎么回答他，她沉默几秒，才缓缓开口："你小喻哥哥有自己的追求和生活，他会凭借自己的本事去拿到他想要的东西，而不是别人赠予他，懂了吗？宝贝，这对他来说可能是美丽的负担。"

宋云觉得喻桉有种超出同龄人的沉稳，还带着一种韧劲，以后肯定会是一个不平凡的人。

"好像明白了，妈妈。"

……

喻桉上了楼，忽而听见手机振动的声音，他点开微信看了一眼。

【☆】：补完课了吗？来不来吃饭？

【☆】：我去接你。

他莫名地打了一句话回了过去。

【y】：季扬去吗？

【☆】：啊？

【☆】：今天只有你，阮宝她有事来不了，说下次再来。

【y】：好。

喻桉又发了一条信息过去。

【y】：不用接我，我一会儿就到。

【☆】：那路上注意安全。

【y】：好。

喻桉去楼下水果店买了点水果，又去超市买了点东西，骑着车出发了。

厨房里，姜红在炒菜，林栀在旁边看着她。

"乖宝，小阮和小喻来吗？"

"阮宝说她有事来不了，喻桉等会就来。"

姜红笑道："那跟小阮说下次过来奶奶给她做好吃的。"

"跟她说了，奶奶。"

谈话间，两人听到了敲门声。

"奶奶，我去开门。"

"好好好。"

林栀走过去打开门，看到提着一堆东西的喻桉。

"你怎么又买了那么多东西？"

喻桉低头看了一眼自己手里的东西："带给奶奶吃的。"

林栀放低了声音，调侃喻桉："这就有点生分了哈。"

"没有。"

"那下次不要买东西过来了。"

"好。"

林栀伸手要去接他手里的东西，喻桉还是那句话："重，我提就行。"

"那你快换鞋进来吧。"

"好。"

喻桉拿下那双林栀买给自己的小狗耳朵拖鞋，换上了，又把自己的鞋放好，提着东西跟着林栀进去了。姜红从厨房探出头，看到喻桉手里提着的东西："小喻啊，不用那么见外的，来奶奶家不要带东西。"

林栀站在喻桉旁边，戳了戳他的胳膊："听到没有，太生分了哈，喻桉小朋友。"

"嗯，我知道了。"

喻桉将东西放在桌上，问姜红："有没有我能帮上忙的？"

姜红想了想，跟两人说道："帮我剥个蒜吧。"

喻桉点头："好。"

林栀从厨房拿了两头蒜，将其中一个递给喻桉，又拉开抽屉拿出一个碗。

喻桉剥得很快，又干净，很快剥完了手里的蒜，他冲林栀伸出手："我来吧。"林栀便把剩下的蒜放在他手里，她盯着喻桉剥蒜的动作，目光落在他修长骨感的手指上。

喻桉将所有的蒜米放进碗里，拿给姜红看："够吗？"

"够了乖乖，不用再剥了。"

"好。"喻桉说完，去水龙头前将蒜洗干净，跟其他要用的东西摆在了一起。

然后他又看到旁边放着的土豆，问姜红："要用吗这个？"

"等会切丝用的。"

"好。"喻桉问林栀："削皮刀在哪？"

林栀将削皮刀递过去，拿起旁边的菜摘菜去了，她看了一眼准备削皮和切丝的喻桉，提醒他："小心点。"

"好。"

姜红看过来："放那就行了乖乖，等会我来弄，你别伤到手。"

"没事，不会。"

喻桉说完，便开始熟练地削皮、切丝。林栀在旁边看着喻桉切出来的细细的土豆丝，笑着夸他："我切得像土豆棒，还是你刀工厉害。"

喻桉听着她的夸奖，差点切到手。他将洗好的土豆丝放在那里，这会儿林栀的菜也摘完了。

"奶奶，还有什么需要我们帮忙的吗？"

"没有了，你们两个小朋友快去玩吧。"姜红说着，冲两人摆摆手。

"走吧，喻桉小朋友。"

"好。"喻桉跟在林栀后面，离开了厨房。

小乖本来在自己的小窝里睡觉，听见开门的声音，一下子冲了出来，它盯着喻桉看了几秒，开始欢快地摇尾巴。

林栀对喻桉说道："快进来吧。"

"好。"

林栀掏出一个新杯子："我去洗个杯子。"

喻桉点点头，他坐在林栀的书桌前，看着桌子前的墙壁上贴着的照片。最上面是跟阮征的合照，还有林栀跟小乖、姜红的合照，下面是最近的，她跟吴桐的合照。喻桉又看到了他跟林栀的好几张合照，他看了一会儿，看到林栀走了进来。

林栀将接好的温水放在他面前，见他在看照片，笑着问："好看吗？"

喻桉点头。

"我还洗了好多。"林栀说着，从书架上拿下一个相册，然后递给喻桉。喻桉刚翻了一页，就看到上面的照片，都是林栀小时候拍的。她穿着白色的蓬蓬裙，头上戴着珍珠发夹，对着镜头笑得很开心。她身后是看着她笑得很慈爱的姜红，那时的姜红看起来比现在要年轻很多。

林栀看了一眼他手里的相册，反应过来自己拿错了，她道："这是小时候的相册，拿错了，我给你拿另一本。"

"没事。"

林栀想起后面还有她缺了牙齿的照片，有些犹豫要不要从喻桉手里抽回来，她从书架上拿下另一个相册，递给喻桉："这个是咱们最近拍的。"

"好。"喻桉接过来，放在了旁边。

"你要不要喝水？"

喻桉看了林栀一眼，端起杯子喝了一口，见林栀有些欲言又止，便问："怎么了？"

"没事。"

林栀坐在他旁边，看着他一张张翻阅那些旧照片。终于，他还是翻到了林栀那张缺了牙齿的照片，林栀伸手去捂："这张别看了，有点丑。"

"不丑，很可爱。"

林栀有些耳热，收回了自己的手。喻桉的视线停留在上面好几秒。

那本相册看完了，林栀问喻桉："还有你小时候的照片吗？我还挺想看的。"喻桉自己小时候的照片几乎都在喻家，租房那里只有零星几张照片。

"有。"

林栀笑道："那下次给我看看！"

"好。"

小乖已经躺在喻桉和林栀的脚中间睡着了。

忽而听到敲门声，林栀跑去开门。

"吃饭了。"

"好，我们这就过来。"

桌上摆满了菜，没有过辣的，因为林栀提醒过姜红一次，喻桉胃不好。姜红将碗筷拿出来，道："快去洗手吧。"

"好。"

喻桉跟着一起去了浴室洗手。

……

林栀将糖醋小排放到喻桉碗里："多吃点。"

"好。"

姜红是个很有分寸感的人，从来不问过于私人的话题。三个人有一搭没一搭地聊着。吃完饭，林栀拿着自己的空碗给姜红看："我全部吃完了。"喻桉也吃完了饭。

姜红笑道："都是乖孩子。"

喻桉和林栀帮忙收拾了碗筷。

姜红将两个人推了出去："你们去玩吧，我洗就行了。"

房间里，喻桉在看书，林栀在一旁写作业。林栀没写几题就碰到不会的题目，只好捧着资料书去找喻桉。

"喻桉，你说我什么时候才能熟练地做题啊？"

"慢慢来，会有那一天的。"

……

接下来的时间，林栀按照喻桉给她制定的计划，一点点地龟速进步着。无论她问多少次题目，喻桉总是一遍又一遍不厌其烦地讲给她听。

……

日子就这样一天天过去，渐入11月，天气越来越冷了。学校里的山茶花开了，花瓣层层叠叠，有的颜色粉嫩，有的则热烈如火。

林栀背着书包，看到前面走进校门的喻桉，笑着同他挥手："喻桉。"喻桉回头看着她，停下脚步等着她一起走。两个人一起走到班级门口。喻桉跟她一起从前门进去，又走到后门自己的位置。

他将书包里的书拿出来，看了看前面的林栀，她似乎在跟同桌说什么。喻桉收回视线，又落在面前的课本上。

……

中午，林栀刚回来，突然被一个女生叫住了。

"同学，能不能麻烦你叫一下喻桉。"

"好。"林栀说着，朝里面看了看，喻桉正低着头写题。她走到喻桉面前，轻声道："外面有人找你，喻桉。"

"好。"

林栀刚坐下，吴桐就戳了戳她的背。

"怎么了？桐桐。"

"外面那个女生真的好好看，是我喜欢的类型。"

林栀抬头看外面的那个女生。她穿着六中的冬季校服，是那种浓颜系美女，一双眼睛生得明而亮，唇红齿白，头发又黑又直，衬得皮肤格外白，长发就那么随意披散在肩膀上，格外好看。

两个人不知道在说什么，她看到那个女生似乎冲喻桉笑了。

"栀栀，你可能不认识她，她是咱们学校的年级前十，楼上一班的班花，出了名的难以接近。"

林栀匆匆收回视线，听着吴桐那句年级前十，莫名有种说不出的感觉。那个女生很漂亮，成绩也很好。林栀一般是不太在意成绩的，这会却觉得心里有些不舒服。她又将视线重新落在外面两人的身上。

喻桉比她足足高了快一头，站在一旁，没什么表情，但看起来挺有耐心。

吴桐见林栀在发呆，伸手戳了戳她："栀栀。"

见林栀没有反应，她又伸手戳了戳她："栀宝，你怎么了？"

林栀冲她扬起一个笑："没事，刚刚在走神。"

一般喻桉对谁话都很少，而这次不太一样，似乎印证了这个女生跟别人不一样。林栀又觉得两个人有些相配，无论是成绩，还是长相。他们是一个世界的人，都异常优秀。可她莫名地心里有些堵堵的，很奇怪的感觉，心底闷得难受。

下一刻，林栀恰好同进来的喻桉对上视线，她狼狈地低下头。

这天，碰到不会的题目，林栀也没有去后面问喻桉，而是选择直接问旁边的同桌了。去倒垃圾的时候，路过后面的时候，她同喻桉对视上，又匆匆收回视线。林栀觉得自己变得很奇怪。

下午放学回来，林栀看到了放在自己桌上的那瓶黄桃燕麦味的酸奶。她知道是喻桉给的，她拿起来看了一眼，又放了回去。整个下午，喻桉都没看见林栀动那瓶酸奶，他看着林栀拿试题册去问旁边的徐永燮。

喻桉盯着那两个挨得很近的脑袋看了很久。他又看了一眼自己的试题册，他也可以讲，但是林栀没来问他。

……

这天轮到林栀跟喻桉这组值日。

晚上，林栀在讲台上擦黑板，喻桉走了过去，拿过桌上的抹布，想要帮忙擦黑板，却听见林栀道："不用了，我自己来就行了。"

他站在原地，有点无措地看着自己手中的抹布，他是不是做了什么错事，惹林栀不开心了？

林栀一边洗抹布一边走神，她觉得自己奇怪得要命，喻桉也没招惹她，可她就是觉得心里不舒服，很别扭的感觉。洗完抹布，林栀就拿着抹布去擦黑板了。

喻桉早就扫完了地，站在底下看着她。

林栀又去厕所洗手，一出门就看到喻桉站在厕所外面，背对着她。

喻桉转过来，从外套口袋里掏出一张纸巾递给她："擦擦手。"

"谢谢。"

这下轮到喻桉沉默了。

"林栀。"

"嗯？"林栀看着他。

"没事，走吧。"

喻桉自小生活在一个没有爱的环境里，他不知道怎么去哄一个人。他犹豫半天，还是没有将那句话问出口。

两个人各怀异心，一起走到车棚里。

喻桉提醒她："注意安全。"

林栀应他："好。"

……

晚上，林栀对着题目看了半天，却什么也看不进去，她犹豫半天，摸出了手机。

【之之为栀栀】：你喜欢成绩好的吗？

【喻娇娇小朋友】：你生气了吗？

两个人的信息几乎是同一时间发出来的。林栀看着他发过来的信息，回了他。

【之之为栀栀】：没有生气。

【喻娇娇小朋友】：看是谁。

两个人几乎又是同一时间发出来的。

林栀盯着那三个字看了一会儿，脑子里冒出很多乱七八糟的想法，她发了一条信息过去。

【之之为栀栀】：今天那个女生，你喜欢吗？

发完那条信息，林栀觉得心中异常紧张。

【喻娇娇小朋友】：？

【喻娇娇小朋友】：为什么这样问？

【之之为栀栀】：觉得你对她挺不一样。

【喻娇娇小朋友】：小姨的女儿。

怪不得林栀除了觉得那个女生漂亮，还觉得她跟喻桉有几分相似，原来是小姨家的女儿。

【喻娇娇小朋友】：我以为你生我气了。

林栀盯着那句话看了半天，总觉得有点可怜的意味。她也说不清自己今天到底怎么了，就是感觉心里不舒服。林栀犹豫半天，不知道自己该回一句什么，喻桉会不会觉得她很奇怪？

【之之为栀栀】：没有的事。

她只是觉得自己很奇怪。

【喻娇娇小朋友】：我以为你讨厌我。

林栀看着那句话，简直遭不住，他怎么能顶着那张脸打出这句话的？林栀仿佛看到了他垂着眸满脸委屈的样子，不由得心软得一塌糊涂。可是她该怎么为自己的奇怪行为寻一个合适的借口。林栀还是不知道该说些什么。

喻桉发出去那句话，盯着对话框半天，都没看到她回消息，他垂下眸子，眼底多了一些别的情绪。

林栀最后给自己找了一个合适的理由。

【之之为栀栀】：以为小喻老师喜欢她，所以想着要跟你拉开距离。

【之之为栀栀】：才发现是个乌龙。

【之之为栀栀】：我怎么可能讨厌你？

【喻娇娇小朋友】：嗯。

【喻娇娇小朋友】：不讨厌。

然后他还发了个微笑的表情。

林栀看着那表情，忍不住笑了。

……

今天中午，喻桉见到教室门口的安心，觉得有点眼熟，但一时之间又想不起来她到底是谁。

安心冲他笑道："我是安心，你不记得我了吗？小桉哥。"

安家有两个女儿，大女儿安文，小女儿安敏。

安敏那时候谈了个男朋友，叫周志，安父知道后气得差点背过气去，当天就住进了医院。

后来安敏和周志偷偷领了证，无论安父怎么说，安敏都不愿意离婚。安父一气之下跟她断绝了父女关系。结果周志只是看起来不靠谱，实际上很疼老婆和孩子，挣的钱几乎全部上交安敏，孩子也随安敏姓。

有了安心以后，周志褪去了之前的那种不成熟和少年时的锋芒毕露。他由一个有些叛逆、桀骜不驯的少年变成了一个成熟稳重的父亲。安父本以为安敏吃了亏自然会离婚回来，没想到安敏一直都没回来。再后来，他去见了安敏，发现她比之前还要活泼开朗，对于她，周志从没有过一丝一毫亏待，安父这才不情不愿地接受了周志入赘安家。

小时候喻桉跟安心在一起玩过，再大一点的时候，安文跟喻慕腾离婚了，两个人就再也没有见过。

安心问喻桉："这么多年，你有没有怪过姨妈？"

喻桉没什么太大反应："她的选择是对的。"喻慕腾那种人，离婚才是正确的选择。

"其实姨妈偷偷来看过你很多次，她想看看你现在过得怎么样。"

安文早就移居国外，有了新的家庭，又生了一对龙凤胎，但她心中放不下喻桉这个孩子，所以不止一次地回来过。每次她都只是远远地看一眼喻桉，不打扰他的生活，或许对喻桉来说才最好的。

喻桉点头："我知道。"

他不是什么都不知道，他早就留意过那个隔一段时间就会出现的，每次都从头到脚都裹得严严实实的女人。她每次都会盯着喻桉看很久，安文以为自己藏得很好，实际上喻桉早就发现了。还有那笔每个月定期汇过来的钱，喻桉一直都知道是安文汇的，他把那些钱，一笔一笔全部存了起来，一点都没有动。

安心有点惊讶："你知道姨妈来看过你？"

"嗯。"

安心闻言笑了："毕竟你可是喻桉，也没什么能瞒得住你。"

喻桉没说话，他沉默片刻，只问了一句话："她还好吗？"

"姨妈过得挺好的，新的姨夫对她很好，她生了一对龙凤胎，大的是女孩，特别漂亮，小的那个有点调皮。"

喻桉似乎是松了一口气："那就好。"说完，他又补了一句："告诉她，不用再给我汇钱，我不缺钱。"

安心有些惊讶，随后笑了："好，我会转告她。"

"没什么别的事我就先进去了。"

"好。"

……

【之之为栀栀】：傻不傻呀？我无论何时都不会讨厌我们娇娇的。

【之之为栀栀】：无论何时都不会。

【喻娇娇小朋友】：不傻。

然后他发过来一个微笑表情。林栀看着他后面加的那个死亡微笑，没绷住地笑了。

【之之为栀栀】：你知道这个微笑代表什么意思吗？

【喻娇娇小朋友】：开心和友好。

林栀喝进去的一口水差点没呛出来。若不是了解喻桉，她还以为喻桉在阴阳怪气呢。

【之之为栀栀】：跟你科普一下，这个微笑在我们这个年龄段里，可能是有点讽刺和不友好的意思。

那句话刚发完，她就看到：对方撤回了一条消息。紧接着就是喻桉的一条新信息。

【喻娇娇小朋友】：没有讽刺和不友好。

【之之为栀栀】：我当然知道啊。

【喻娇娇小朋友】：嗯。

【喻娇娇小朋友】：你该写题了。

【之之为栀栀】：收到！

【之之为栀栀】：能申请连麦写题吗？

【喻娇娇小朋友】：好。

林栀刚看见那个好字发过来，语音邀请就弹了出来。她瞬间点了同意。

"在吗？"

"在听。"少年平淡的嗓音从听筒中传出来。

小乖听见了熟悉的声音，本来在玩球，这会扒拉着球跑了过来，它汪汪叫了两声，似乎很兴奋。

"小乖它听见你的声音球也不玩了，直接过来了。"

"小乖。"

小乖听见喻桉叫自己的名字，尾巴摇得更甚了。

林栀没忍住地笑道："如果不是在语音，我真想给你看看小乖现在尾巴摇得多欢。"

"能想象得到。"

"那我开始写题了。"

"好。"

林栀看不见喻桉的脸，只能听见耳机里他那边偶尔传来纸张翻阅的声音。她低着头写喻桉给她打印的题集和买的资料书，题目是按照她的基础制定的计划。林栀从来都不是一个聪明的人，她只能保持着一个匀速运动，缓慢地前进。

但是喻桉说，只要你还在往前走，那就是进步。

两个人谁也没有说话，耳机里静得只有纸张翻阅的声音。

不知不觉已经到了晚上十一点了。林栀揉了揉眼睛，翻到最后面，对了一遍答案，错了好几道题。她对着答案看了一遍，又自己在纸上重新写了一遍过程。订正完，林栀合上手里的书，对喻桉说道："我写完了。"

"有需要讲的吗？"

"没有。"

"行。"

林栀拿起手机，躺到床上："睡觉吧。"

"睡吧，晚安。"

林栀听着喻桉的声音，有种莫名的心安。

她道："那挂了？"

"嗯。"

"晚安。"

"晚安。"

互道晚安后，林栀挂断了电话，将手机放在了靠近床头的桌上，她盯着天花板看了一会儿，很快进入了梦乡。

……

11月7日，天气越来越冷了。学校里的人已经开始乱穿衣了，有人还穿着卫衣，有些人已经开始穿棉袄了。林栀刚坐下，把东西放进抽屉里，就听到身后吴桐的声音。

"栀栀，今天立冬了。"

"怪不得那么冷。"

吴桐点头："确实冷。"

林栀拿起自己的杯子，问吴桐："要我帮你打热水吗？"

"让小黑去吧。"吴桐说着，将两个杯子都放在郑孚桌上："打水去。"

"姑奶奶，你可真疼我。"

"那必须。"

郑孚又问喻桉："喻哥，要我帮忙打水吗？"

"不用，我也去。"

"好。"

喻桉拿起郑孚桌上林栀的白色杯子，跟郑孚去后面的饮水机接水。郑孚一边接水，一边回头跟喻桉说话："喻哥，今天都立冬了。"

喻桉看了一眼窗外，轻轻地嗯了一声，他看着郑孚手中的杯子，提醒他："要漫出来了。"

郑孚手忙脚乱地关掉水，笑道："谢谢喻哥。"

"不客气。"

郑孚接完水，道："我先回去了，喻哥。"

"好。"

喻桉记得林栀不喜欢喝太烫的水，于是冷水和热水各接了一半，他拿着两个杯子回去了，将其中一个放在林栀桌上。

"谢谢喻桉。"

"不谢。"

乜瑛从教室外面走了进来，出门前她没有看天气预报，没有想到今天会那么冷，早上她骑着小电驴来上班的路上，觉得风吹得脑瓜子都嗡嗡的。乜瑛搓搓手，在班里转了一圈。

"乜老师，你是不是有点冷？"

"一点点冷。"

班里有人脱下自己的校服外套给乜瑛："乜老师你穿这个，虽然丑，但是暖和。"

乜瑛摆摆手："不用，你自己穿就行了。"

很快又有女生拿自己多带的外套递给乜瑛："乜老师，这外套多拿的，你穿我的。"怕乜瑛不要，她直接冲上讲台塞进乜瑛怀里。班里还有人紧接着说道："乜老师你还冷的话我这还有。"

乜瑛穿上了外套，觉得不仅身上是暖的，心里也是，她道："不用了，我现在可暖和了。"

班里笑作一团。

……

中午吃饭的时间，贺蒙吃了一口面，跟喻桉说道："喻哥，这面你别吃了，上面的辣油加了辣椒精，而且加多了。"

"已经吃了一口。"

"还好没吃多，要不然你胃该疼了，我去再给你买一份饭。"贺蒙说着，拿起卡准备去食堂窗口。

"我去就行。"

"我买吧，喻哥。"贺蒙说着，就欢快地跑去窗口买饭去了。他刚端着饭菜回来，就碰见了刚来食堂的林栀跟阮征。

"林同学，阮同学。"

林栀听到贺蒙的声音，同他挥了挥手。

"今天的面别吃了，太辣了。"

林栀听到这个，开口便问："啊？那喻桉吃了多少？"

"喻哥说他就吃了一口。"

林栀这才松了一口气。

"我先去找喻哥了。"

"好。"

贺蒙将饭菜放在喻桉面前。

"下次你刷我的卡。"

"喻哥，你这么生疏，太伤人了。"

喻桉沉默不语。

"你听到什么声音没有？"

喻桉看着他，不知道他葫芦里卖的什么药。

"我心碎的声音。"

喻桉沉默几秒，问他："你还吃面？"

"嘿嘿，我要让我的胃知道，谁才是身体的主人，我不怕辣。"

"行。"

几分钟后，贺蒙辣得整张脸都红了，他却还嘴硬："我不觉得辣。"

喻桉道："行，你觉得不辣。"他起身去买了杯果汁，放在贺蒙面前。贺蒙说了句谢谢，端起来一饮而尽。喝完后，他道："学校的饭真的没人管管吗？之前有月饼炒黄瓜、草莓炒肉这些奇葩菜就算了，我还吃到过铁丝、头发、指甲盖，现在加辣椒精就算了，还加那么多，绝对超标了。"

"可以举报。"

"我今天回去就举报。"

贺蒙话刚说完，坐在旁边一个男人突然走了过来，笑眯眯地问："同学，你对咱们学校食堂的菜有什么建议？"他有些不知所措地看着一旁的喻桉。

喻桉看着那个男人，礼貌回道："校长好。"

贺蒙跟着说道："校长好。"

他义愤填膺地同校长吐苦水："您说这个像话吗？里面加的肉有淋巴肉，面辣到没法吃，可能加了过量辣椒精，我吃了没事啊，像他……"

贺蒙说着，指了指旁边的喻桉："咱们学校这些栋梁之材吃坏了肚子，影响学习怎么办？"

校长摸了摸自己的头："你说得有道理，我今天打电话问问食堂。"他说完，拍了拍喻桉的肩膀，笑眯眯地走了。

"喻哥，你认识校长啊？"

"嗯。"

喻桉中考的时候本来准备选别的高中。填志愿那些天，校长甚至去喻桉就读的初中找他，跟他宣传自家学校多么优秀，在他的软磨硬泡下，喻桉最终报了现在这所学校，气得对家学校校长骂他玩阴的。

……

午自习时，喻桉觉得胃里烧得厉害，又由那种灼热感变成了刺痛感。他放下手中的笔，用胳膊抵在胃的位置，以此来减轻疼痛感。喻桉吃了两片药，却还是无济于事，这些年他吃过的药太多了，身体早就有了抗药性。

旁边的郑孚注意到了他的不对劲，便小声问他："喻哥，你身体不舒服吗？"

喻桉摇头："没事，吃点药就行。"

郑孚看着他泛白的嘴唇，继续问他："你真没事吗？"

"没事。"

林栀写完了题，回头看了一眼，察觉到喻桉似乎不太对劲。

喻桉刚抬头，就看到站在一旁的林栀。

"胃病犯了？"

喻桉摇头："没事。"

"去医务室。"

喻桉还想再说什么，对上林栀的表情，只好点头："好。"

刚出教室的门，林栀就回头冲他说道："喻桉，你一点也不乖。"

喻桉听着她的话，条件反射地想要说些什么，还未开口，就听见林栀说："你在这等会，我去跟乜老师说一声，去一趟医务室。"

"好。"

"你还撑得住吗？"

"能。"

林栀跑着去了办公室。喻桉盯着她的背影看了几秒，他的手按压在胃的位置，一张脸惨白，几乎没有一点血色。过了一会儿林栀又跑着回来了："乜老师让我陪你。"

"好。"

林栀扶着他往前走，走得并不快，还时不时地抬头看喻桉一眼。两个人就这般走到了医务室。

医务室的那个医生对两个人有印象："他怎么了？"

"他胃疼。"

"吃药了没？"

喻桉答道，声音有点低："吃了。"

那医生推推眼镜，问喻桉："胃病超过一年没有？"

"嗯。"实际上已经有四年多了。

"你这小孩子，是不是经常不好好吃饭？"

喻桉沉默。

"你可能是吃药吃太多了，身体已经有了抗药性，一般药物已经没用了。"

林栀语气有些焦急："那怎么办啊？"

"挂个水吧。"

喻桉对吃药和挂水已经麻木了，他点头："好。"

林栀在那看医生配药。医生将四瓶药放在桌上。

"这么多？"林栀看其中一瓶药还有点大。

"对啊。"那医生说完，冲喻桉说道，"要好好吃饭，别吃太刺激的，好好养胃。"

"好。"

喻桉的胃病不是一天两天造成的，也不是养就可以养回去的。他胃溃疡断断续续地复发，几乎没有好过，有一次还因为胃穿孔住过院。那医生对喻桉说道："你去躺到后面的病床上去。"

"好。"说着他就躺了上去。

"手伸出来。"

喻桉把手递了过去，面不改色地看着医生将针头刺入皮肤。林栀在针头刺进去前就闭上了眼睛，也不是因为疼，纯属怕针头，她自己吊水也不敢看。

"需要换水喊我一声，我就在外面。"

"好。"林栀说完，坐在喻桉旁边一言不发。

喻桉的视线落在林栀身上。林栀忽而站起身，从书架上抽出一本书，坐在喻桉旁边翻了起来，没有要跟喻桉说话的意思。房间里很安静，喻桉一直盯着林栀，突然，他轻轻地发出了嘶的一声。

林栀将书丢在一旁，扭头看他："很疼吗？"

喻桉点头，睫毛轻颤，嘴唇白得不像话，看起来有些脆弱："嗯。"

林栀有些急："那怎么办啊？"

"我没事。"

林栀去饮水机接了杯水，走过来递给他："你喝点温水。"

"好。"

喻桉一边喝水，一边看林栀，喝完他将水杯放在旁边的桌子上。

"你闭眼躺一会儿吧，我给你看着水。"

"好。"

喻桉还是疼得厉害，他闭着眼，没有睡着。察觉到林栀轻轻抚了一把他的头发，喻桉的睫毛动了动。他似乎闻到了林栀身上好闻的栀子香，他耳朵有些热，心跳有些快。如此这般，喻桉居然睡着了。

睡了没多久，他又醒了，抬头刚好对上一旁林栀殷切的目光。胃里的钝痛感已经减轻了很多。

"你无聊吗？"

林栀摇头："不无聊，还难受吗？"

"嗯。"

"好可怜。"

喻桉没说什么，只是别过头去。过了一会儿，喻桉又看过来了，他的声音很轻："你今天是不是生气了？"

"对啊，我生气了。"

喻桉一时之间有些无措。

林栀下一句"你下次撑不住要说出来，别硬撑"还没说出口，就听喻桉开口道："对不起。"

对上喻桉那双眼睛，她一句责怪他的话都说不出来了。

"你跟我说什么对不起？你又没有对不起我。"

"你生气了。"

"喻桉。"

"我在听。"

林栀直视他，语气认真道："下次不用说对不起知道吗？"

"可是你生气了。"

"那你也不用说对不起，你可以跟我说'你别生气了'，或者'我知道错了'，不用跟我说对不起。"

喻桉一眨不眨地看着林栀。林栀被他盯得有些耳热。

"别生气了。"可能是因为生病的缘故，喻桉的声音不大，还有些低。

林栀莫名地听得有些心软，此时此刻他很像一只乖乖小狗，她一点责怪的话也说不出来。

"那你下次不舒服别硬撑，听到没有？"

喻桉想说忍忍就过去了，然而对上林栀那双眼睛，却变成了顺从地点点头："我知道了。"

"真乖。"

喻桉有点不好意思地朝前方看过去，眸子里染上了些不自然的情绪。

林栀忽而又想起从喻桉那里知道的，关于他家里的一些事。真实情况肯定远不止他说的那些，后妈能够肆无忌惮地送他过敏的食物，在家指不定有多猖狂。她第一次见到喻桉的时候，他在被人灌酒，看样子还不是第一次，想到这里，林栀莫名生出些心疼。

"你要不要再睡会？"

喻桉轻轻摇头，如果他睡觉的话，林栀会无聊。

"你是不是从小到大成绩一直都那么好啊？"

喻桉想了想，点头："还行。"

林栀觉得，他的还行，跟她的还行根本不一样。

"以后想去哪个城市啊？"

喻桉道："不知道。"他没想过去哪里，他只想逃离那个家，越远越好。

"我也没想过。"林栀说完，笑着看喻桉："咱们以后可以去同一个城市。"

"好。"喻桉的眼睛立刻亮亮的。

"同一所大学我是去不了了，毕竟你每次的总分都是我的两倍，哎，不对，是我的两倍还要多，有点扎心。"

喻桉语气认真道："其实你很聪明，分数能提上来的。"

林栀听闻就笑了："你若是夸别的我就信了，夸我聪明……骗人鼻子是会变长的。"说完，她伸手戳了戳喻桉的鼻子。

"我说真的。"

林栀笑道："既然你那么相信我，我得加快脚步，快快跟上你，起码，争取以后我的分数不仅仅是你的一半。"

"我很期待。"

"那我高考考好了有什么奖励吗？"

喻桉看着她："你想要什么都可以提。"

"我要留着。"林栀笑了。

"你说了算。"

林栀听着他说的话，忍不住又笑了，她盯着那缓缓滴落的药水，不由得感叹："还得吊好久。"

喻桉以为她是在着急，便伸出右手想要调快速度。

"不用调快速度，我不急，我是说，你还要吊好久。"

喻桉这才停下："没事。"他都习惯了。

吊完水已经是下午第三节课了。喻桉的脸色还是有些苍白，但看起来比中午时好多了。林栀想要付钱，却被喻桉制止了。

林栀小声道："可真生疏啊。"

"我没有。"

是一贯的那种平淡语气，但林栀总觉得有些委屈的意味，她看了看喻桉，道："好好好，你没有。"

喻桉没说话。

"你有没有感觉好点。"

喻桉点头："好多了。"

"那就好。"

两个人一起走到了教室门口，这会第三节课还没结束，是化学课。

"报告。"

化学老师看了一眼门外："进来。"

林栀回了自己的座位，喻桉走到了最后面。

郑孚小声问喻桉："你去挂水了吗？"

"嗯。"

然后喻桉看到桌上有瓶纯牛奶，上面还贴了张字条：喻哥，你还好吗？不要丢下我啊！你一定要好起来，要挺住！喻桉看了一眼，将它撕下来放在一旁。

郑孚小声跟他说："你朋友听说你胃疼不舒服，第二节课课后过来送的热牛奶。"

"我知道。"看字就知道一定是贺蒙。

……

下课铃声响起，贺蒙又来了八班门口，他探着脑袋往里面看。

喻桉看到他，起身走了出去。

"喻哥，还好你没事。"

"暂时死不了，失望了？"

"没有没有，我绝对没有那个意思。"贺蒙冲喻桉摆手。

"嗯。"

"你现在还好吗？喻哥。"

"挂了水好多了。"

"那就好。"以往喻桉不舒服都是死撑着，不到撑不住绝对不会去医院。

贺蒙有些好奇是哪位神人能把喻桉劝去医务室，他问喻桉："你自己去的吗？喻哥。"

"不是。"

"跟小仙女一起吗？"见喻桉盯着自己，贺蒙立刻改口："跟林同学一起吗？"

"嗯。"

"嘿嘿，去了就好。"贺蒙道："牛奶冷了就别喝了，我先下去了。"

"好。"

"拜拜，记得想我，喻哥。"

"……"

……

最后一节课是自习课，乜瑛来看堂，她将东西放在讲桌上，走到喻桉身边，小声问他："好点了吗？"喻桉点头："嗯，好多了。"

"那就行。"

乜瑛在教室里转了一圈，有一个女生还在睡，似乎是同桌忘了叫醒她。乜瑛走到她旁边，看见她外套掉了，便捡起来放在她桌上。那女生感觉到了什么，便睁开了眼，于是跟乜瑛四目相对，她慌乱将衣服收进抽屉里，小声道："对不起，乜老师，睡过了。"

"没事。"乜瑛揉了一把她的脑袋，又往前走了。

那个女生瞬间觉得自己有点该死，乜老师那么温柔，她居然在那睡觉。

她朝一旁的同桌看了过去："你为什么不叫我？"

"叫得醒吗？"

"……"

……

自习课结束，铃声响起来的那一刻，班上的人都宛若饿狼一般冲出了教室。喻桉将书合上，站起身走出教室。贺蒙大老远就同喻桉打招呼："这呢这呢。"

喻桉假装错开视线不看他。

贺蒙疑惑，喻哥没看见他吗？

下一秒，喻桉走到贺蒙面前，道："走吧。"

"好的哥。"

……

到了食堂，贺蒙看了一眼长长的队伍，站在了最后面，他跟喻桉嘀咕："喻哥，今天人真多。"

"嗯，很多。"

贺蒙又叽叽喳喳地同喻桉说着今天班上的事。喻桉一直听他讲，时不时地回一句话。

"今天班主任差点要揍我。"

喻桉不解地问："揍你？"

"英语语法怎么都不会，她说让我出去别说是她教的。"贺蒙说完，问喻桉："我晚上能打扰你问英语题目吗？喻哥。"

"不能，有事。"

贺蒙一下子警觉起来，是谁霸占了喻哥的时间？

"喻哥，你晚上要忙吗？"

"嗯。"

"是跟别人讲题吗？"

"嗯。"

贺蒙一脸哭唧唧道："喻哥，你心里有了别人。"

"一直都没有。"

"我就是那地里没有人要的小白菜，可怜的小白菜。"

喻桉看了看他："这样吧，整理出语法知识点发给你。"

"好的，喻哥。"贺蒙瞬间又开心了，喻哥心里怎么会没有他？贺蒙一个回头，看到排在后面的林栀和阮征，便兴冲冲地同两人挥手。林栀也冲他笑了笑。喻桉顺着贺蒙的视线也看了过去，看到后面的林栀，他同林栀的视线对上。不知为何他有点耳热，又将头转了过去。

贺蒙问女生："要帮忙买饭吗？"

阮征道："不用，就差几个人，我们自己来。"

总算排到自己时，贺蒙看着前面丰盛的菜，脱口而出："学校发财了？还是上面来检查了？"

打饭的阿姨笑道："今天校长跟我们说一定不能亏待你们这些祖国的花朵，让我们一定要多做好吃的。"

贺蒙想起来中午的事，难道是因为这个？不管因为什么，有好吃的才是最要紧的。贺蒙指了指想吃的三个菜，道："要这三个。"然后他发现，阿姨今天也不抖勺了，看着满满的菜，贺蒙高兴极了。贺蒙的饭卡还没贴上去，喻桉就将自己的贴了上去："一起付。"

"谢谢喻哥。"

路过林栀她们，喻桉看了她一眼，林栀笑着同他招了下手。喻桉跟贺蒙找到不错的位置坐了下来，贺蒙见林栀和阮征已经打完了饭，便冲两人挥手，示意两个人赶紧坐过来。林栀跟阮征坐在了两人对面。

贺蒙不由得感叹："今天学校大发慈悲，晚餐比我之前在学校吃的任何一顿都丰富。"

"谁说不是。"阮征说完，塞了一块红烧肉进嘴里。

两个人你一言我一语地聊了起来。

林栀将碗里的虾放进喻桉碗里，过了一会儿，喻桉又将剥好的虾放了回来。

"我不是让你剥，我是让你吃。"

"好。"

林栀又夹了一只放进他碗里。

贺蒙突然跟林栀说道："林同学，我跟你说，喻哥晚上不知道要给谁补习。"

林栀停下来，等着他的下一句话。

"他晚上说有事不给我讲题，你说他是不是跟谁约了补习？"

林栀听着贺蒙的话，停顿了几秒才开口道："他晚上给我讲题。"听闻，贺蒙刚夹起的虾立刻掉在盘子里，然后他又夹了起来。

"原来是给林同学讲题，哈哈哈，那就好！"

……

这天的晚自习，乜瑛通知了考试的时间，就在下周三，为期三天。

教室里安静得只能听见笔尖跟纸张接触的声音。

……

而学校的另一处，阮征和周颢几个人准备去外面买点吃的。路过一个小巷子时，阮征看到一个男生直直地站在自己面前，似乎在等着她。

男生很瘦很白，穿着一件白色汗衫。是个她不认识的人，但又有点眼熟。

阮征盯着他看了一会儿："我怎么看你有点眼熟？"

那男生眼神有些闪躲。

"你是不是参加过学校的表彰大会？"

男生略带迟疑地点了点头。

阮征每次参加这种活动总是灵魂出窍，要么就是迟到，偶尔会往台上看几眼，好像有那么一次看见过他。

"你叫什么？"

"温池。"

"名字挺好听。"阮征说道。

"谢谢。"

"我们走了，你快回去上自习吧。"

男生迟疑半天，认真对阮征说道："拜拜。"

阮征始终不明白他等在那里的意图是什么，他什么话都没说，自己也不便追问。

阮征走在前面，周颢跟几个人跟在后面。

周颢跟其中一个人小声嘀咕："你知道我为什么怕阮姐了吧？她之前……"

"能看出来。"

阮征回头看几人："嘀嘀咕咕说什么呢？"

周颢立刻挤出一个笑来："说阮姐您好帅。"

"滚一边去。"

名叫时云的女生立刻打小报告："阮姐，周颢他说你凶。"

周颢一听就不干了："我啥时候说阮姐凶了？"

"你是没说阮姐凶，你说阮姐把你……"时云话没说完，就被周颢捂住了嘴巴。时云奋力挣脱开，两人继续争论不休。

阮征回头看了几个人一眼："你们俩吵死了。"

时云冲周颢哼了一声，周颢瞪了她一眼。阮征又回头看了一眼，两个人脸上都挂着友好的笑容，哪里还有刚刚那水火不容的架势。

温池看着阮征的背影，直到那抹身影完全消失在视线外。

晚自习下课的时间，林栀捧着书去找喻桉问题目，郑孚自觉地去前面找吴桐去了。林栀听着听着，思绪却飞走了。

喻桉用笔轻轻敲了林栀的头："林栀。"

"嗯？"

"认真点。"

"好。"

林栀手里拿着喻桉的草稿本，趁喻桉不注意，在上面画了一只小猪。上面还写了：YA。

喻桉看了一眼："挺可爱的。"

"是吧？我也觉得挺可爱的。"

"嗯。"

临近上课，林栀拿着自己的书回座位去了。喻桉盯着那只小猪看了一会儿，将那张草稿纸留了下来。

晚自习结束，林栀背着书包往外走，她冲喻桉挥手："明天见，喻桉。"

"明天见。"

……

喻桉回到小区，走上楼将门打开。

他在洗手池面前，洗了下手，因为路上下了点雨他决定先去浴室洗澡，雾气萦绕在少年身侧，他的一双眼睛里沾染了些许雾气。他并不是那种苍白病弱的那种瘦，而是穿衣显瘦脱衣有肉的那种类型，他的肩膀宽阔，身上的每一处肌肉线条都恰到好处。

手机震动了几下，喻桉擦干手和身体，看了一眼微信，是林栀的信息。

【☆】：你收拾完了我找你连麦写题。

喻桉指尖在屏幕上轻点，回了一个字过去，将手机放在一旁。喻桉穿上米色的家居服上衣，黑色裤子，没戴眼镜，多了些别样的感觉。他坐在桌子前，给林栀发了一条信息。

【y】：收拾好了。

看着手机屏幕上面的通话邀请，喻桉点了同意。

两人连麦写完题已经是晚上十一点多了。林栀听起来似乎有些困了，语气很轻："晚安。"

"晚安。"

"很乖啊，睡吧。"

"嗯。"

喻桉听着很乖，眼底多了点异样的情绪。在林栀看来他是一个眼里只有学习的乖学生，实际上他并不乖。若是林栀知道真实的他，知道有时内心黑暗的他，又或是和小混混打过架的他，会厌恶他吗？

会吧。

喻桉垂下眸子，拿出抽屉里的一个小盒子，里面有很多字条。有的是林栀传过来的字条，有的是林栀画的可爱图案。他又将那些字条收进去，小心翼翼地盖上盖子。

然后他关上灯，盯着漆黑的房间看了一会儿，没关系，她不会知道。

……

期末考试如期到来。

连续三天的考试，在最后一场英语考试结束的铃声里宣告结束。

……

等待成绩是一个漫长又焦灼的过程。周日下午，林栀背着书包刚进教室，就听见班里的人叽叽喳喳讨论着，似乎是英语成绩出来了。这时，乜瑛拎着包走了进来。

班里的人一窝蜂地涌向讲台："乜老师，是不是英语成绩出来了啊？"

"对。"

"念念分数呗，求你了乜老师。"

"行行行。"乜瑛到底是架不住那么多人求她，挨个念了分数。

念到林栀的时候，林栀心里咯噔了一下，听到 90 分，她才松了一口气。

"喻桉，150 分。"

林栀跟着班里的人一起鼓掌。她回头看喻桉，同他对视上。然后她冲着喻桉笑了，用口型在说："很棒。"喻桉似乎是读懂了她的意思，跟她对视几秒后低下了头。

陆陆续续念了很多名字，乜瑛总算念完了所有人的成绩，她问底下："你们觉得这种排位置的方式怎么样？"

班里有人欢喜有人愁，有几个直接跟死对头做了同桌，一个月几乎都没怎么说过话，憋都憋炸了。

"乜老师，强烈要求自己选位置！"

"乜老师，想自己选！"

乜瑛比了个安静的手势，底下立刻安静下来，她笑道："这次自己选。"

整个八班欢呼声一片。

到了第三节课，所有的成绩都出来了。

林栀拿到成绩单第一眼是去看喻桉，她看到喻桉还是在最顶上，708 分，位次是两个第一。林栀又从下往上找，看到了自己的总分：354 分。喻桉的分数刚好是她的两倍。

乜瑛拿着成绩单站在讲台上，笑道："好了好了，出去排队，按照我说的进来。"

"喻桉。"

喻桉走了进来。

"和谁坐？"

"林栀。"

"林栀进来。"

林栀走进来，坐在了喻桉旁边，小声道："又做同桌了，还怕你不选我呢。"

"不会。"

"那我就默认为你想跟我做同桌了。"

"本就如此。"

郑孚跟吴桐成绩差不多，都是处于班里中上游，吴桐先进去的，她看了一眼外面的郑孚。

乜瑛问她："吴桐，跟谁做同桌？坐哪里？"

"郑孚，林栀跟喻桉前面。"吴桐本来想选两个人后面的位置，无奈已经被人捷足先登了。

郑孚听见乜瑛叫自己的名字，笑得露出一口白牙，他走进来在吴桐旁边坐下："谢谢您嘞。"

"栀栀肯定跟班长坐，不跟你坐，吃东西的时候都没人帮我打掩护了。"

郑孚露出一副痛心疾首的表情："所以我是你挑选过后想起来的那个吗？我是剩下的吗？"

吴桐没回答，拿出一罐可乐丢他桌上："给我打开，指甲剪太短了。"

"凭什么？"

吴桐目光冷冷地看过去。

郑孚立刻单手打开可乐，放在她桌上："不用太感谢我。"

吴桐又拿出来一瓶放他桌上："赏你了。"

"谢谢您。"

"滚。"

吴桐看着讲台上的乜瑛，从抽屉里摸出一包糖果，刚要打开，听见旁边郑孚的声音："祖宗，就一点忍不住吗？乜老师还在前面。"她又把糖果塞了回去。

班里的人陆陆续续都选了自己的座位，乜瑛道："搬桌子吧。"

喻桉拎起林栀的椅子放在桌上，林栀看着他，将自己的书箱子搬了起来。

"放那，等会我来。"

"我可以的。"

"重。"喻桉说着，接过她手里的书箱，又放在地上。

"那我干什么？"

喻桉把桌上的杯子和笔袋放进林栀手里。

他把林栀的桌子推到了两个人原来所在的位置。林栀将自己的两个东西放在桌上，道："一起去搬你的。"

"好。"

喻桉的桌子在前面，而此刻前面一群人正在混乱地挪桌子。

"喻桉，我们等等吧。"

"嗯。"

等到前面大半的桌子都挪好，喻桉才推着自己的桌子往后走，他正推着，旁边突然多了一只手："一起。"

两个人又坐回了原来的位置。

距离放学还有几分钟的时间，班里已经有人开始收拾东西了。喻桉突然瞥见林栀桌子右下角贴着一张字条：去同一个城市。

没有名字，只有这一句话。

但喻桉莫名想起那天，林栀笑着跟他说要去同一个城市。林栀察觉到了他的视线，指着桌角道："想跟你，桐桐，还有阮宝去同一个城市。"

"一起。"

"还没恭喜你这次把第二名挤下去冲上了年级第一，你怎么那么棒啊？"

喻桉被她夸得眼神有些闪躲。

"你也进步了好多。"

林栀看着他："所以不准备夸夸我吗？"

"你也很棒。"

……

晚上，喻桉刚到家门口，就看到站在那里的喻瑾云。他手里拿着钥匙，没有要开门的意思："哥不请我进去坐坐吗？"

喻桉没说话，只是沉默地看着他，不清楚他来的目的是什么。

"妈妈包的饺子，怕你不想见她，让我过来给你送。"

"我想见你？"喻桉语气没什么起伏，说出来的话却讽刺感十足。

喻瑾云脸上的表情瞬间僵住，随即他又笑道："我没什么恶意，只是来给你送饺子。"

"……"

喻瑾云还在自顾自地找话："这个饺子很好吃的。"

"……"

"听说哥这次考试考了全校第一，好厉害呀，我什么时候能像哥哥一样厉害就好了。"

"这里没有人，你不用装腔作势。"喻桉眼底尽是讽刺。

喻瑾云轻啧了一声，将饺子放在了地上："听说你最近跟你同桌关系还不错。"

喻桉警觉地看着他。

"哟，哥，刚刚同你说半天话不理我，现在看起来倒是蛮在意的嘛，怎么？你喜欢跟这种人做朋友？"

"她很好。"

"好？要成绩没成绩，要家世没有家世，跟她做朋友有什么价值？"

"她很好，轮不到你说三道四。"

"我什么都没做……你那么紧张干什么？"喻瑾云笑得有些顽劣，"只不过，从小到大你喜欢的东西，最后都会是我的。"

"带着你的饺子走人。"

"别那么凶嘛，哥，我又没说我要做什么，我又没有要抢你的朋友，我也看不上。"

喻桉低下头看着他，一双眸子里满是冷意："你也配说？上不得台面的东西。"喻桉说完就开门进去了，将喻瑾云关了门外。喻瑾云气得踹了一脚墙，然后将饺子拎了起来，走了。喻桉回到家里，将自己的东西放在桌上，第一件事就是拿出手机查看信息。

【☆】：到家没有呀？

【y】：刚进来。

他信息刚发出去，就收到了林栀的通话邀请。

"怎么今天那么慢？"

"刚刚有点事。"

"我怎么听着你兴致不是很高的样子。"

"没有。"

"绝对有，说，谁欺负你了？"

"为什么是欺负？"

"因为你又不会欺负别人。"

喻桉沉默了一会儿，才说了刚刚的事。不过他没有说喻瑾云那些贬低的话，在他眼里，林栀就是最好的。如果非要形容一个人有多好，那林栀就是数学里的"∞"。

林栀循循善诱道："这才对嘛，有事一定要说出来，才会开心。"

"嗯，我知道了。"

"我只喜欢跟看着顺眼的人做朋友，比如喻桉小朋友，我不喜欢你的那个弟弟，听着就让人讨厌。"

明知道林栀的话里有安慰自己的成分在，喻桉还是抑制不住地心里泛着愉悦。

"喻桉，咱们不用去听不喜欢的人讲话，他们只会让我们更加不开心。"

"好。"

"而且，他那么喜欢抢，能被抢走的人，那说明也不是什么好东西。"

喻桉听着她的声音，心情莫名好了起来，他嗯了一声。

"那我们开始写题吧，不会的我问你。"

"好。"

第十二章
生日快乐

喻桉正在低头写题，一个陌生的号码一直打他电话，他看了一眼号码归属地，是本地的。

"我接个电话。"

对面很快传来林栀的声音："好，你接吧。"

喻桉接了那个电话，对面很快传过来喻慕腾的声音："喻桉，你一天天的要死是不是？你妈妈花了那么长时间给你包的饺子，说你不喜欢她，还专门让弟弟给你送过去，你怎么跟你弟弟说话？我说你这个当哥哥的，怎么一天天一点哥哥的样子都没有，还没有你弟弟一半懂事，空有个成绩能怎么样？能吃还是能喝？半点礼貌教养都没有，真不知道是随了谁了……"

喻桉将手机放在一边，沉默地听着那边喻慕腾暴躁的声音。

"喻桉，你到底听没在听？"

"如果你打电话过来就是为了教育我，那没什么必要。"

"我是你老子，你身上流的是老子的血，养条狗还会冲我摇尾巴呢，不知道养你那么大有什么用，你妈妈把你当亲儿子对待，你就一点感恩的心都没有吗？像你这种人，就不配得到别人的喜欢，就不配任何人去对你好。"

喻桉听着他的最后几句话，沉默了很久。

"你是不是把我拉黑了。"

"没有。"

"那我为什么打不通你电话？"

"不知道。"

听到喻慕腾又要骂，喻桉问他："还有事吗？没事我挂了。"

"你……"

喻慕腾那边的话还没说出口，喻桉就挂断了电话。随后喻慕腾发来很多条信息，喻栒点开看了几眼就退出去了。喻瑾云怎么在喻慕腾面前说的，他不用想都知道。

那边，林栒正在低头写题目，忽而听见对面喻栒的声音："打完了。"

她停下笔，问道："谁啊？"

"他。"

林栒听着那个他字，反应过来应该是喻父，她犹豫了几秒，刚准备开口，就听见喻栒的声音："他说什么，我又不在意。"

林栒不这样认为，怎么可能会一点都不在意呢？最亲近的人才知道捅你哪里会最痛。她问喻栒："开视频吗？"

那边似乎是迟疑了几秒："好。"

林栒挂掉微信电话，点了个视频邀请过去。少年的模样映入眼帘，他穿着灰色的家居服，皮肤很白，金属眼镜在镜头里闪着冷光。

"娇娇，商量一下。"

"嗯？"

"能不能把眼镜摘了？"

虽然不知道为什么，但喻栒还是按她的话照做了，他将眼镜摘下来，放在桌子上。林栒很喜欢观摩他那双手，修长又骨节分明。喻栒不戴眼镜这会看起来距离感少了些。

"不戴眼镜也很好看。"林栒认真评价。

喻栒本来还在同镜头里的林栒对视，这会视线却飘向了一旁。

"给你看我新画的画。"

林栒说着，将摄像头翻转过去。喻栒看到了纸上的两个小人，Q版的那种，一个在低头写作业，戴着眼镜，一个在旁边探着脑袋看，他一眼认出这画的是自己跟林栒。

"画得不太好看，娇娇比画上可爱多了。"

"好看。"喻栒说完，又补充了一句，"很好看。"

他这些年听过很多形容词，说他冷漠也好，不近人情也罢，总之各式各样的形容词他都听过，独独没有一个人会用"可爱"这两个字来形容他。

"那我明天把它送给你。"林栒冲着镜头笑得很开心。

"好。"喻栒不自觉地被她那明媚的笑容感染。

"小乖已经睡着了，我给你看看它的睡觉姿势。"林栒又将镜头移到小乖身上。

"好。"

小乖躺在自己的小窝里，四仰八叉地睡着，肚子一起一伏的，很有可能是梦到了吃肉骨头，它看起来睡得很香甜。

"是不是跟别的小狗不太一样？"

"说明它很有安全感，感到很放松。"

林栒回头看了一眼小乖，笑了。

"咱们也该睡觉了，不早了。"

"好。"

"晚安。"

"晚安。"

视频电话挂断，喻栒心中的那些情绪早已被冲散。明明她什么也没有说，但喻栒的心情莫名就好了起来。

……

第二天，林栀刚进教室，就看到喻桉已经在座位上了。她走过去，看了一眼时钟，对喻桉道："乜老师来了叫我一声。"

"好。"

喻桉偏头看她，停了几秒才又将视线落在书上。林栀睡得迷迷糊糊，感觉似乎有人戳了她的胳膊，她费劲地睁开眼，感觉自己的眼皮还想继续亲密接触。随后，一只手伸了过来，林栀看到了喻桉手心里有薄荷糖。

"谢谢。"

她拿了一颗，剥开后放进嘴里，这种天气吃薄荷糖真是凉气直冲天灵盖。林栀小声问他："你怎么买了薄荷糖啊？你不是不困吗？"

"给你买的。"

林栀听了那句话，笑道："那我就不客气了。"

"嗯。"

林栀从书包里掏出来那张小画，放到喻桉桌上："我带过来了。"

"好。"

喻桉拿起那张画，看了好一会儿，最后收起来放进书包里。

……

王为的课排在上午第二节。她刚在黑板上写下一个公式，回头一看，后面已经睡了一大半了。于是她将书放下，定定地看着下面。班里的为数不多还清醒的人以为她生气了，忙叫醒自己的同桌。

"当时学这一章时，我们班可是闹了个笑话。"

一听王为有要讲之前事的节奏，那些打瞌睡的人这会一个个眼睛瞪得比谁都大，都有些兴奋地看着王为。

讲完这节课的所有内容，离下课还有几分钟。王为看着下面，道："通知一件事，同学们，学校要每个班选两个学生代表班级去参加物理竞赛，咱们班……"她话还没说完，郑孚就在前面喊得起劲："老师，班长他年年都去，物理满分。"

王为闻言笑了："我也有这个意思，不知道喻桉你想不想去？"

喻桉点点头。

王为又问物理课代表："你想不想去？"

李心汝物理成绩好，但算不上特别拔尖，她闻言有些不可置信："我？"

"对，就是你，你在做竞赛题方面很有天赋，想去吗？"

"嗯。"

"那就你跟喻桉了。"

……

物理竞赛要去另一个市比赛。明知道第二天喻桉会不在，但林栀当天看到自己旁边的桌子没人，还是有种心里空空的感觉。

喻桉一大早就坐上了学校的大巴车，他坐在最后面靠窗的位置。

车里有互相认识的这会已经聊得热火朝天了。季扬看到坐在后排的喻桉，笑着跟他打招呼："喻桉，又见面了。"

喻桉抬头看他一眼，嗯了一声。他靠在窗边，阖上了眼睛，突然察觉到旁边坐了一个人，喻桉睁开眼。那是一个很可爱的女孩子，娃娃脸，一双杏眼圆圆的，身上穿着米色的大衣。

"同学，这有人吗？"

"没有。"

那女生将书包抱在怀里，问他："你是喻桉对不对？"

"嗯。"

女生闻言笑了："常听我们班的老师提起你，后面就一直好奇喻桉到底是何方神圣，后来终于见到了，我叫白思，二十班的。"

"喻桉，八班。"

"你为什么每次都能保持物理满分啊？"

"多做题。"

白思闻言笑了："那你有什么推荐的资料书吗？"

"每个人情况不一样。"

白思闻言笑了，掏出手机问她："能不能加个微信？以后有问题想向你讨教一下。"

"抱歉，不加生人，你可以问老师。"

"是我冒犯了。"

喻桉没再说话。

白思偷偷看了一眼喻桉，果然如传闻那般不近人情，她问之前就做好了被拒绝的准备，果不其然被拒绝了。

车子一路往前开着，朝霞染得天边都多了一丝温柔。喻桉看了一眼窗外，拿出手机拍了一张照片，发给了林栀。他知道这时候林栀看不见，但还是想发给她。

白思注意到了他的动作，他似乎是在发照片给某个人。不知道是不是错觉，她总觉得刚刚喻桉在盯着手机看的那一刻，那张惯是冷淡的脸上似乎多了些温柔的神色。

学校去参加比赛的零零散散一共有一百多个人，来自学校尖子班的人比较多，其他班分布不匀，有的班里只来了一个，还有的班一个都没有。

……

一共有三轮比赛，第一轮直接刷掉百分之八十的人，第二轮又是一大半。能留到第三轮的基本上都是各个学校的佼佼者了。

……

第一轮很快考完。裁判宣读了能够参加第二轮比赛的名单。

白思问喻桉："我这轮侥幸留下来了，估计下一轮就被刷掉了，你觉得这题目难吗？"

"还好，不难。"

白思闻言笑了："我还觉得挺难的，果然我离你还差一大截。"

"没被刷下去，说明基础并不差。"喻桉的话说得很官方。

"你接下来准备去哪里？喻桉，是准备在这附近逛逛吗？"

"嗯。"

"那一起吗？"

"不了，谢谢。"喻桉说完，背着自己的包就走了。

白思叹了口气，又被拒绝了。

喻桉在四周转了一圈，看到了一家专门卖手工巧克力的店，他推开门走了进去。里面的店员热情地同他介绍着每一款巧克力，以及各自的口味。

"您可以先试吃一下，尝尝喜欢哪个口味，再购买。"

"不用了，每一种都买一点。"

"也行。"那店员闻言就去装巧克力了。

"您不是买给自己吃的吧？"

喻桉点头。

"是送给喜欢的女孩子吗？"

"买给同桌。"喻桉并没有否认店员的那句话。

"这样啊。"店员闻言笑了，将巧克力分装好，装进盒子递给他，"您的巧克力，请这边付款。"

喻桉付完钱，刚出门走了几步，就再次碰到了白思。

白思看到了他手中的巧克力，道："我听说这种手工巧克力卖得特别贵，一点点都要好几十块钱，你这么多不便宜吧？"

"还行。"

"你很喜欢吃甜食吗？"从她了解的信息里，喻桉并不喜欢吃甜的东西，难道一直以来她的信息都有误？

"同桌喜欢。"喻桉说完，就拎着手里的东西走了。

白思看着他离去的背影，脑子里冒出一个想法，他说的那个同桌，会不会是一个爱吃甜食的女孩子？她心中不免多了点失落的感觉。

喻桉又路过一家卖挂坠的店，里面的挂坠很多，让人看得眼花缭乱。在一堆挂坠中，他一眼就看到了其中一个，那是一个栀子花的挂坠，很精致。他将那挂坠拿了下来，去收银台付了钱。

然后，他又返回考场，等待第二轮的考试。

……

第二轮喻桉也顺利通过了。

白思如她说得那般被刷了下来，她笑着恭贺喻桉："恭喜你进入决赛了。"

"谢谢。"喻桉的语气很疏离。

白思又想起她后来去的那家卖挂坠的店，在那她又看到了喻桉。他拿着一个挂坠看得很认真，是一个栀子花形状的挂坠，应该是送给女孩子的。

其实白思在高一时就留意到了喻桉，他成绩很好，模样出众，别人都说他难以接近，然而白思莫名被他那种气质所吸引了，不过她只敢远远地观望。今天的开场白她想了无数次，编了很多个理由，又都觉得太蹩脚。她甚至想过万一没有坐到喻桉旁边怎么办？她该怎么跟他搭话？

今天并不是初相逢，是她刻意所为。说心里不难过是假的，但喻桉在意的女生，应当也是一个很优秀的女孩子吧。白思收拾好情绪，冲喻桉笑道："加油啊，期待你拿奖。"

"嗯，谢谢。"

至少她今天敢于迈出了第一步，不是吗？

季扬也进了决赛，他走向喻桉，笑道："恭喜啊，你也进了决赛。"

"嗯，也恭喜你。"喻桉说话的语气没什么起伏。

季扬站在他旁边，看着前方："我想拿到这次的奖品，送给林栀。"

"哦。"

两个人没有过多言语，但是空气中充斥着浓浓的火药味。

"一起去吃饭吗？"季扬提出了邀请。

"不了，谢谢。"

……

与此同时，旁边座位空了整整一个早上的林栀，感觉到了前所未有的空虚。她轻轻用手拨了拨书包上的小玩偶，小声嘀咕："你说喻桉什么时候回来呀？"她又自顾自地开口："那咱们就祝他拿奖回来好不好？你也觉得他会拿奖对不对？"

"我也觉得。"林栀又补充了一句。

一直到下午的课快要结束，林栀也没看到喻桉。她看着空荡荡的座位，心里有种说不出的感觉，很不习惯，心中还有一种空空的感觉。林栀摸出一张纸，在上面画小人，是一个望眼欲穿的哭哭小人，旁边写着：没见到娇娇的第十七个小时。她将喻桉的书打开，将那张字条夹在他的书里。

……

晚自习第一节课，林栀低着头在写题，她现在已经能轻松解出一小部分简单的基础题了。

"报告。"

听着一道熟悉的声音，林栀抬头，看到了门口的喻桉。她同喻桉对上视线，冬季校服是浅蓝色加深蓝色的，喻桉比例好，那普普通通的校服硬生生被他穿出几分别样的感觉。

然后喻桉走了进来。

讲台上的是语文老师，她笑着问喻桉："拿了什么奖啊？"

喻桉将手里的获奖证书递给她。

"一等奖。"语文老师拿起那张奖状，笑道："喻同学很厉害呀。"

"谢谢老师夸奖。"

班上的人一个个好奇得不行，探着脑袋往讲台上看，坐在讲台旁边的几个人就差把脸伸到讲台上看了。语文老师将那证书举起来给底下看："瞧你们一个两个好奇的样，看吧。"

"班长牛啊。"

"一等奖耶！"

"别的好多班都没人参加。"

班里的人一个个开始赞不绝口。

"打住打住。"语文老师比了个停的手势，将手里的证书递还给喻桉了。

喻桉站在语文老师旁边，面色平静地接到手里，走了下来。他刚坐下来翻开自己的书，就看到书里夹着的那张纸。喻桉拿起来，看到了上面的字。林栀看着刚刚在讲台上都没什么反应的喻桉，这会耳朵却起了反应。

"让我看看你的证书。"

喻桉将证书放在她桌上，然后将手里的袋子递给她。

"这是什么？"

"给你的。"

"谢谢。"林栀将他递过来的袋子抱在怀里,拿起那张证书看了起来:"是不是一等奖没有几个人呀?"

"三个。"

"娇娇真厉害。"

"送你。"

"啊?真的吗?你不要了吗?"

"想送你。"

林栀将那证书小心翼翼地收了起来,放进书包里:"我会好好保存的。"

喻桉几不可闻地嗯了一声。

林栀打开喻桉给她的那个袋子,最上面是一个礼盒,是这次物理竞赛的奖品。林栀拿出来,是一个很精致的玻璃摆件。

"下面是随便买的。"喻桉嘴上说着随便买的,但其实卖巧克力的那家店种类繁多,他怕错失林栀喜欢吃的口味,干脆每一样都买了。林栀打开其中一个木质的小盒子,里面是一个栀子花样的小挂件,很精致。

她拿出来,放在手心里。

"喜欢吗?"喻桉一直观察着她的表情。

"当然喜欢。"林栀说着,就将那挂坠挂在了书包上。

最下面是一个大盒子,林栀一打开,就看到了各式各样的巧克力。

"那么多?"

"我问了,保质期一个月左右,吃不完就丢掉。"

"会吃完的,那就谢谢我们娇娇了。"

"不谢。"

林栀拿出一块巧克力,递给喻桉:"第一块你吃。"

"好。"

……

李心汝是跟喻桉一起回来的,她没有着急先回教室,而是去了办公室找物理老师。物理老师一见她进来,便笑着问她:"题难吗?"

"很难。"李心汝之前从来没有参加过物理竞赛,也从来没想过自己能参加。她说完,将证书拿给物理老师,语气有些激动:"我拿了奖,虽然不是很好的名次。"

"已经很棒了,我就知道你可以的。"物理老师说着,温柔地揉了揉她的脑袋。

李心汝简直快要哭出来了,这是她第一次体会到那种被人肯定的感觉。

……

李心汝抱着自己的证书跟奖品,回教室的时候脸上都是带着笑的。她被肯定了,物理老师好温柔,她夸她好棒。李心汝想再努力一点,考得再好一点,能够像喻桉那样,成为物理老师跟人炫耀的资本。

她刚进教室,同讲台上的语文老师对上视线。

"来,让我也看看你的。"

李心汝将手里的证书递给语文老师,她心中有些忐忑,因为自己没有拿一个多好的名次。

"好棒呀，我们班去了两个，还都拿了奖，太厉害了。"

教室里响起一阵热烈的掌声，李心汝站在讲台上，有些红了脸。

······

一下课，乜瑛就来到教室门口找喻桉跟李心汝，同两人询问这次竞赛的情况。

喻桉刚回教室，就看到林栀不在座位上，前面的吴桐告诉他："栀栀她刚刚被季扬叫走了。"喻桉想起季扬今天说的话，他说要把得的奖送给林栀。喻桉又想起林栀那天说的话。善良、温柔、可爱一点的。

他和每一个都不沾边。

倒是学校里的人对季扬的评价最多的就是温柔和可爱。

他这般想着，眸子沉了下来。

林栀很快从外面回来了，喻桉下意识地去看她的手，她的手里多了个袋子，原来她收下了吗？喻桉眸子垂下来，睫毛颤了几下。林栀坐下来，见喻桉在低头看书，将那个纸袋里的信拿了出来。那是一个很好看的信封，她打开，上面是季扬的字。

> 林栀，
>
> 　　或者我称呼你为林同学。
>
> 　　原谅我一时之间不知道用什么称呼你更合适。
>
> 　　见字如面。
>
> 　　第一次见面是在学校拿试卷的那个教室。
>
> 　　你当时笑容明媚，正跟旁边的男生说话。
>
> 　　我的视线不受控制地落在你的身上。
>
> 　　再后来，是在馄饨的小摊。
>
> 　　暖黄色的小灯，你扎着丸子头，身上穿着浅黄色的衬衫，笑起来真的很明媚。
>
> 　　我发现我开始不受控制地总会将视线落在你身上。
>
> 　　我想跟你以后去往同一个地方。
>
> 　　如果你没有这个想法，并且觉得有些困扰的话。
>
> 　　跟你说句抱歉，你可以直接把这封信扔了，当我从未说过这些话。
>
> 　　顺颂时绥。

落款是季扬两个字。

喻桉看林栀捧着那封信看了许久，他不知道信上面写了什么，但他猜想应该是季扬写的，他觉得自己心里乱乱的。

林栀看完了那封信。她拿出一张纸，写了一封回信给他。

> 　　你的信我认真看完了，你是一个很好的人，但很抱歉，我有了为之努力去同一个地方的人。
>
> 　　如果可以的话，口头说清楚也是可以的。

她写完，将那张字条折了起来，收进了兜里，察觉到喻桉似乎在看自己，林栀看了看喻桉，在纸上写了一行字，推了过去：娇娇，怎么了？

喻桉犹豫半天，还是决定问出来，他拿起笔，写了下来：季扬今天跟我说，要拿奖送给你。

你说获奖证书？他刚刚下课的时候给我了，我没要。

为什么？

他的证书，他自己留着，我没必要收。

喻桉想问那为什么收了他的，他这般想，也写了下来。

那你为什么会收我的？

你跟别人又不一样。

喻桉看着那句话，眼底多了些光亮。

那你刚刚看的那封信……

是季扬给的，这就不给你看了，不然不太尊重他。

喻桉就猜到是他的信。

所以你答应了吗？

怎么可能？没那个想法不能答应。

喻桉看着那句话，嘴角的弧度扬起了些。

……

下课的铃声响起，喻桉问林栀："要我帮你送吗？"

"不用了，刚好我准备跟他说清楚。"

"好。"

林栀刚走到季扬所在班级的门口，就看到他从里面出来了。门口的人很多，两个人去了走廊的另一头，那边没什么人。季扬看着林栀，显得很紧张。

"信我看了。"

季扬心跳得很快，他的手都在微微颤抖："所以你有什么想法？"

"你是一个很好很优秀的人，但是我有想去同一所大学的人了。"

季扬闻言笑了，他有料到是这个结果。

"喻桉，对吗？"他早就有这个猜想，可现在他没办法再自己骗自己了他突然之间觉得自己之前的行为有些幼稚，但在青春里谁又没有做过幼稚的事呢？季扬有些不甘，但也只能止步于此，要不然，那就是逾越了。

哪有人的青春没有任何遗憾的呢？

林栀被他这句话问愣住了。

季扬觉察到了她的沉默，开口道："我可能知道答案是什么了，抱歉，最近打扰你了。"

"没事。"

林栀回了教室，她对上喻桉的视线，瞬间想起季扬问她的那句话，心里乱得厉害。

"说完了吗？"

林栀点头，却不敢跟喻桉对视。

放学的铃声响起来，林栀背起书包，还没说出那句话，就听见旁边的人说了句："明天见。"

"明天见，娇娇。"

……

到了家，林栀收拾完房间，她看着手机，盯着她跟喻桉的聊天记录看了好半天。她想说些什么，却不知道该说些什么，所以一个字都打不出来。

过了好久，她突然看到对面发来一句话。

【喻娇娇小朋友】：你收拾好了？

【之之为栀栀】：你怎么知道？

对方发过来一张图，林栀反应过来原来是她停留在那个页面，喻桉那边显示"对方正在输入中"……

【之之为栀栀】：那我开语音了？

【喻娇娇小朋友】：嗯。

那边接通了，林栀还没开口，就听到那边喻桉的声音："写题吧。"林栀承认她是有些声控的，还有些手控。但是听那些好听的声音她最多也只会觉得好听，不会有其他的想法。可每次听喻桉说话，她都莫名有种不一样的感觉，但又说不出那是什么感觉。

林栀写完一题，她停下笔，打开了搜索网页。

看到答案，她想起之前的很多事，胳膊不小心撞掉了桌上的东西。

那小摆件掉在地上，发出响声。

"怎么了？"

听到喻桉的声音，林栀回过神："没事，东西掉了。"

"砸到没？"

"没有。"

"小心点。"

"好。"

林栀仅仅是听着他的声音就有种说不出的安心。

她又想起更多事，她快被陆莉打的时候挡在自己面前的喻桉；她桌子被写污言秽语一声不吭跟自己换桌子的喻桉；馄饨摊有人闹事，正当她有些不知所措时突然出现的喻桉；被之前的物理老师辱骂替自己说话的喻桉；跟她一起出去罚站的喻桉；她肚子疼，傻傻地买了一兜药的喻桉……

给她讲题的喻桉，委屈的喻桉，笑起来的喻桉，乖乖的喻桉……

很多很多。

林栀的脑子不由得被那张脸所占据，她的心不由自主地狂跳了起来。她可能有答案了。她现在跟喻桉的差距还太大，足足跨越了快一整张成绩单，想去同个学校的话，她要加快追赶喻桉的步伐了。

"你写完了吗？"

听到喻桉的声音，林栀有点心虚："还没有。"

"我看着你写。"

林栀有一瞬的愣怔。

语音通话被挂断，林栀看着弹出来的视频邀请，莫名有种紧张感，想了想她点了接听。

喻桉似乎在调手机的位置。林栀从他凸起的喉结上移开视线，又落在锁骨上。喻桉调整好了位置，抬头恰好同林栀对上视线。林栀莫名有种偷看被抓包的感觉，立刻错开了视线。

喻桉拿下书架上的书，放在面前，翻开来看。

林栀写完了一题，抬眸看了一眼。喻桉正低头看着手里的书。他穿着白色长袖，他是极适合穿这种干净的颜色的，很有少年感。

喻桉抬头，发现林栀在看自己，便问："有不会的？"

"不是。"林栀问他："你在看什么呀？"

喻桉将手里的书拿起来给她看。林栀看了一眼书的名字——《罪犯心理学》。嗯……是她读不懂的书籍。

"你看吧。"

"好。"

喻桉又低下头继续看书了，林栀低着头努力写题。在她低头写题的那会儿，轮到喻桉将视线落在她身上了。林栀很白，但并不是那种病态的白，她的脸很小，头发随意扎成一个丸子，还绑了一个浅黄色的发圈，几缕碎发散在脸颊旁边。似乎是遇到了什么难题，她的眉头轻皱了一下。喻桉察觉到她要抬头，又重新将视线落在书上。

林栀盯着那道题看了半天，她想起喻桉说过的话，不会写就多读几遍题干，于是她又看了一遍题干，隐约摸出了些门路。她试着做了一遍，没想到居然做出来了，就是不知道正不正确。林栀翻到后面，看了一眼答案，她做对了。

喻桉看着她刚刚皱着的眉这会舒展开了。

林栀做完已经是晚上十一点多了，她看了一眼手机的时刻表，对喻桉说道："该睡觉了。"

"好。"

"不跟我说晚安吗？"

"晚安，林栀。"

"晚安，娇娇。"

林栀盯着屏幕里的喻桉，莫名有种不想挂断的感觉，她道："你挂吧。"

"你挂。"

"那我挂了？"

"好。"

林栀按下了那个红色的按键。她点开手机里跟喻桉的合照，伸出手戳了戳屏幕，莫名她就笑了起来。他好可爱。

……

伴随着冷空气，冬天来了。林栀这些天已经不骑车了，早上姜红送她去学校，晚上她自己坐公交车回去。

12月24日这天，是平安夜，早上学校里已经落了一层薄薄的霜。

林栀进教室的时候，班里异常热闹，很多人都在互相送平安夜礼物。她打开书包，从书包里掏出一个盒子递给喻桉："今夜平安夜，吃了苹果，平平安安。"

喻桉也从包里拿出了一个小盒子，然后递给林栀："给你。"

"谢谢。"

然后林栀又将两个包装好的苹果给了吴桐和郑孚。喻桉看了一眼自己的苹果，又看了一眼他们两个人的苹果。他俩的都是同样颜色的苹果，自己则的不一样。作为回礼，吴桐从包里掏出两颗精致糖果递给林栀和喻桉。

林栀接过来，递给喻桉，笑道："谢谢桐桐。"

喻桉也道："谢谢。"

郑孚："嗯？我的呢？"

吴桐："梦里有。"

郑孚："心碎了，流泪了，没爱了。"

吴桐又拿出来一颗糖果，递给他："赏你的。"其实那就是她给郑孚买的。

"谢谢我吴姐。"

"滚。"

一下课，林栀就抱着个盒子下去找阮征了。

"林姐，我去喊阮姐。"周颢看见是林栀，兴奋地去叫阮征了。一开始林栀觉得这个寸头男看起来有点凶，后来发现他蛮搞笑的。

阮征从教室里走出来，接过林栀手里的盒子，然后迅速将手里的东西塞进她怀里："谢谢栀宝。"

"知道你不喜欢吃苹果，所以是橙子。"

"还是我宝了解我。"

两个人在门口聊了会天，阮征将林栀送了上去。

……

这天中午吃完饭，有人走过来跟阮征说道："阮姐，有人找你。"

阮姐往门外走去，看到了门口站着一个男生。他的皮肤带着些病态的白，一头黑发有些自来卷，看起来软软的，身上穿着八中的冬季校服，很瘦。他大概比阮征高了半个头，他的瞳孔是那种很浅的颜色，睫毛长长的，眼睛是那种很好看的形状。

在看到阮征的瞬间，他的眼睛里多了点光亮。

阮征迟疑两秒，叫出了他的名字："温池？"

温池点头，死死地掐着自己的手指，不让自己太过于紧张。

"有什么事吗？"阮征问。

"没什么事。"温池将手里的东西递给阮征，"只是想祝你平安夜快乐。"

"也祝你平安夜快乐。"阮征说着，接过他手里的东西，笑道，"那我就收下了。"

"嗯，本来就是给你的。"

说完，温池忽然看了看阮征："我能加入你们吗？"其实，那天他等在那里，被几个学生围堵了，他们想找他麻烦，没想到一看阮征他们过来了，他们便自觉走了。但他没把那些话说出来。

阮愣征了几秒，随即笑了，笑里带着些坏："你知道加入我们要什么条件吗？要交保护费给我。"不知怎的，突然她就生出想逗逗他的想法来。

谁知下一秒，温池立刻从兜里摸出一叠钱递过来："不够的话，我明天再给你。"

阮征没有接那钱，给他推了回去："傻了吗？"

温池没有理解她这句话的意思，以为她是在拒绝自己："需要很多的话，我能不能慢慢给你？"

"成绩那么好，怎么呆呆的？我刚刚跟你开玩笑呢。"

见温池没动，阮征抽走他手里的钱，塞进他兜里："把钱收好了，你成绩那么好，就好好学习，跟我们瞎掺和什么？我又不是什么好学生。"

"我想……"

"你这瘦的，一拳你都受不住。"

温池低着头没说话。阮征觉得自己可能是伤了他的自尊心，便揉了揉自己的鼻子，想着说点什么安慰他一下。温池说了一句我知道了就走了。阮征看着他离开的背影，心道她是不是伤人家自尊心了？

"阮姐。"

听见周颢叫自己，阮征回头看他："干吗？"

"那是不是那天我们碰到的那个男生？"

"嗯，他说想加入我们。"

"啊？那阮姐你答应了？"周颢觉得阮征不能再增加人了，要不然他在阮姐心中的地位就不保了。

阮征给周颢的脑袋来了一下："人家正儿八经好学生，我能带着人家瞎混吗？"

周颢小声嘀咕："你之前也说我是好学生来着。"他有点小聪明，成绩一直还不错，虽然算不上特别拔尖，但也在比较靠前的位置，班里的老师对他是又爱又恨。

阮征瞥了他一眼："你嘀咕什么呢？"

"啥也没有。"周颢嘿嘿地笑了。

阮征思来想去，觉得还是找一下温池吧，顺带回送一个礼物，她中午说的话也没有别的意思，希望他别想多。

放学后她站在校门口等温池，不出几分钟就看见他从里面出来了。看到来人是谁，温池眼里多了点惊讶。阮征走上前，将手里的东西递给温池。

"给我的吗？"

阮征点头："不然呢，还能拜托你交给别人吗？你送我一个，我回你一个。"

温池看着手里的东西，虽然知道这只是还礼，但还是忍不住地开心。

"那个，我今天不是要说你弱……"一向嘴很厉害的阮征这会有些不知道该怎么为中午的话找补。

阮征话刚说一半，温池就开口道："确实弱，但我会锻炼身体的。"

"你为什么非要加入我们呢？"

"……"对方并不想解释，只是殷切地看着她。

阮征同温池对视几秒，问他："你没跟我开玩笑吧？"

"没有。"

"你们好学生那么叛逆的吗？"

温池被她问得愣住了，没有反应过来这句话是什么意思。

阮征轻轻地拍了拍他的肩膀："好好学习，这事别想了。"

"为什么？"

"逃课不酷，也不好玩，你能把枯燥的书念好，就是一种本事，很厉害，你没必要加入我们，懂了吗？"

"那为什么他们可以？"跟着阮征的那些人，有好几个都是成绩还不错的。

"他们几个就是些傻子。"

温池眼里闪过一丝失落。

"走了。"

"好。"温池再次注视着那抹身影离开。

……

第二天就是圣诞节，林栀将给喻桉准备的礼物送给了他，一个是印着小狗的保温杯，还有一个是毛绒小狗娃娃。喻桉将那个娃娃拿在手心里，看着林栀："很可爱。"林栀也觉得很可爱，跟喻桉一样可爱。

"你喜欢吗？"

喻桉点头："喜欢。"

她拿出另一个，道："我的是戴围巾的小狗，你的是戴眼镜的小狗。"

喻桉看看自己手里的，又看看林栀手里的。两个是一样的小狗，只不过打扮得不一样。发现是跟她一样的，喻桉眼底都多了些愉悦。

他送给林栀的是圣诞节的小灯，还有一堆小摆件，他知道林栀喜欢这些可爱的东西。林栀打开他送的礼物盒，忍不住开口道："好可爱啊！"

喻桉的视线一直落在她身上："喜欢就好。"

那天的圣诞节所有人都很开心。乜瑛还假扮圣诞老人来给班里的孩子发礼物。

或许高中总是睡得晚起得早，总是觉得压力很大很累，但总会有这样开心的时刻，去值得我们回忆和怀念。青春的小尾巴，一旦溜走，就再也抓不住。

那天乜瑛拍了一张照片，照片上有人在冲镜头比耶，有人在扮鬼脸，有人在笑，有人在看旁边的人……

十六七岁的男孩女孩们，眼里有光，朝气又明媚。

什么是青春？什么是美好？

这个年龄段本身就是美好和青春的代名词。

……

大概半个月以后，阮征又看到了温池。他看起来面色都红润了些，也比之前胖了些。

"我现在绝对能扛住一拳，不……几拳都行。"

阮征意识到他说的还是之前那件事，被逗笑了："你为什么那么想加入我们？"

温池不为别的，只是因为阮征。"我喜欢你们那种氛围。"温池嘴上说的却不是实话。

"行吧，收下你做我们的小吉祥物，你以后在旁边帮我们喊加油就行了。"

温池眼里满是欣喜："真的吗？"

"比金子还真。"

阮征把周颢从班里叫出来了，同他介绍温池："咱们的小吉祥物。"

周颢还有些懵："啥意思？阮姐。"

"咱们新成员。"

"阮姐你怎么又拉进来一个？"

阮征给他脑袋来了一下。

周颢捂着脑袋："阮姐你都把我打笨了。"

"你有小吉祥物他成绩好吗？你本来就笨。"

周颢竟无法反驳。他盯着温池看了半天，不明白阮征为什么要一个看起来很柔弱的人进来。

下一秒，温池同他对视上，周颢立刻冲他伸出手："周颢。"

"温池。"

周颢忍不住小声问阮征："姐，他看起来跟个瓷娃娃一般，一摔就碎了，真要他啊？"他的声音不高，但落在温池耳朵里无限放大。

"他又不用参与，在旁边看着就行，吉祥物嘛，瞧瞧，看起来多乖。"

周颢看了一眼温池，小声嘀咕："我也可以很乖。"

温池听见了周颢的小声嘀咕。

"你又嘀咕什么呢？"

"啥也没说。"

"多好，你们碰到不会的题还可以问小吉祥物，我又教不了你们。"

阮征理由充分，周颢反驳不了。

"有微信吗？加一个，方便联系。"

阮征将手机掏出来递给温池，温池输了号码，又将手机递了回去。

"行，加你了，记得同意一下。"

周颢低头看阮征给温池标识备注，不满地出声："阮姐，你偏心，凭什么他刚来你就给他标那么可爱的备注，我就是周大炮。"

"谁之前说大炮轰死我？"

周颢沉默了两秒，才开口道："我……那时候不就是太中二了吗？"

"你现在不中二？"

周颢又沉默，想了想 他还是不满："阮姐你就是偏心，你还不承认。"

"我承认我偏心，你想怎么着？"阮征说完，对温池说了句："你回去吧。"

"好。"温池听到刚刚阮征那句我承认，完全压不下弯起来的嘴角。

"我不管，阮姐，你要给我改备注。"

"不改，我等着你拿大炮轰我呢。"

"我怎么可能拿大炮轰你。"

"挺有可能的。"

"阮姐……"

"再说揍你。"

周颢不情不愿地将嘴闭上了，回头瞪了一眼温池，嫉妒使他面目全非。阮姐她就是偏心！！为什么他没有可爱的备注？

……

1月份伴随着冷空气来了，考完最后一次期末考试，就要迎接寒假的到来了。

林栀自确定要跟喻桉去同一个城市后，就决定要快些追赶上他的脚步。这条路可以走得慢一点，但绝不是止步于此。

1月13日这天，早上五点多天还没怎么亮，树枝上都挂着些白霜。林栀从车上下来，冲姜红挥手："路上注意安全。"

"好，你快去吧。"

林栀扯了扯脖子上的围巾，将脸埋进围巾里，往教学楼的方向走去。走进教室的时候，她看到喻桉已经到了，林栀坐在喻桉旁边，笑道："早啊。"

"早。"

林栀搓了搓有些冻僵了的手，她去年的手套丢了一只，这会只剩下一只，还没来得及买新的。

喻桉忽而将一双手套递了过来。

"顺手买的。"

"谢谢娇娇！"

白色的兔毛手套，摸起来软乎乎的。林栀戴在手上，拿到他面前："好看吗？"

"好看。"喻桉前几天留意到她手套缺了一只，便专门去店里看。他挑了很长时间，又怕林栀不喜欢，迟疑很久最后决定买这款。

乜瑛从门外走了进来。她全身上下全副武装，只露出一双眼睛。乜瑛将门关上，站在讲台上，将帽子摘下来，问底下："过几天就是期末考试了，好好复习吧，这次有没有信心进步？"

"有！"

"绝对会打起来一百个精神写试卷，要是不好好写，就是回家被打。"

"当然会好好写了！还想要压岁钱呢！"

"每次过年家里亲戚都会围着问成绩，我妈都觉得我太丢脸了！今年我争取不让她太丢脸。"

"成绩考差了，拿不到压岁钱是一，屁股开花是二。"

乜瑛听着底下的声音，想起自己读书时也是这样。过年的时候，饭桌上讨论得最多的就是小孩子的成绩。考得好还行，考得不好是最尴尬的。所以在饭桌上她从来不会去问那些小孩子考得怎么样。

她冲底下比了个安静的手势："继续背书吧。"

"好的乜老师。"

……

上午第一节课是物理课，王为走进教室，没有着急去讲试卷，而是先把门给关上了。大家一看这架势，以为她要讲过两天考试的重点。

"为姐，这次的试卷是谁出的啊？"

王为将手里的东西放下，看着底下的学生："不是我出的。"

"好吧。"

"咱们这考完试也快过年了，为了你们过一个好年，这节课咱们不讲新的内容，我跟你们说说考试的做题技巧吧。"

"好耶！"

王为想起来每次改试卷碰到的那些妖魔鬼怪一样的答案，忍不住道："大题不会写，就写你会的公式在上面。有些同学不会写，在上面写，老师，我求求你了，给我一分吧。还有些人，把答题卡当作自己的画板，在上面画跪下的小人，求老师给他一分。"

"所以老师你给他分了吗？"

"给了一分。"

"那我下次也求行不行？"

王为摇头："怕是不行。"

"好吧……"

……

考试那天很快就到了，整个城市都有些雾蒙蒙的。林栀写完英语作文的最后一句，看了一眼钟表，还剩五分钟。她前前后后检查了一遍试卷，确认无误，便等着考试结束的铃声响起。

铃声响起后，林栀将自己的试卷和考试用具装好，便下楼去了。她在楼下看到了季扬，季扬也看见了她。

"提前祝你假期愉快。"

林栀点头："你也是。"

"好。"

林栀说完，便拎着自己的东西去教室门口了。喻桉恰好从里面走出来搬外面的东西。

"喻桉，这次考试会的不会的我都把空填满了。"

"很棒。"

"就是不知道对不对。"

"考完试，就不要再去想了。"

"收到！"林栀说完，又问他："还剩下什么没搬进去？"

喻桉指了指地上的一堆书，道："我来就行。"说着，他就一把抱了起来。

林栀要去抱其中的一半："一起。"

喻桉空出来一只手，拿了最上面的一本书，放进林栀怀里："你拿这个。"

林栀忍不住被逗笑了："没有那么娇弱。"

"重，我抱。"

"好吧，那我也算参与了。"

"嗯，你也参与了。"

林栀抱着书，笑得眉眼弯弯。

季扬一直将视线落在两个人身上，又收回，他明白了，或许喻桉就是她说的那个正确答案。

班里的人陆续都搬好了东西。这时乜瑛走了进来，冲班里的学生开口："来几个男生领一下试卷。"随后，一沓又一沓的试卷被抱进了教室里，讲台的台阶上都堆满了。

吴桐回头跟林栀小声嘀咕："这不知道的还以为我们寒假放了一年呢。"

林栀看了一眼那些试卷的数量，确实有够多的。

旁边沉默的喻桉突然道："数学不用写。"

吴桐跟林栀还没反应过来这句话是什么意思，讲台上的乜瑛就开口说道："这些题都是学校统一安排的，数学试卷咱们班不用写，具体听我寒假安排，我会给你们两天发一个小测验，过年那几天没有，别的科目要看别的老师怎么安排。"只是一门数学减轻了负担，就够班里的学生开心好半天的。

"忘了班长之前就是乜老师手下的。"吴桐说完，又问喻桉："小测验题会很多吗？"

"不会。"

"乜老师太好了吧！我爱她！"

郑孚也忍不住道："去年那些试卷最后两天写到手抽筋。"

林栀听着两个人的话，忍不住笑起来。

"各科课代表，上来领试卷发下去。"

乜瑛说完，冲喻桉招招手，示意他过去。喻桉起身走了过去。乜瑛小声跟他说道："你觉得题目太简单的话可以不用写，按照你自己的节奏来就行。"

喻桉点头："好。"

"回去吧，我也没什么别的事要说了。"

"嗯。"

林栀将试卷整理好装进书包里，又将那些能用到的书装了起来，她颠了颠书包，还挺重的。

试卷很快都发下去了，乜瑛冲底下笑道："那就祝所有同学，能有一个愉快的假期！"

"假期快乐！"

"娇娇也要假期快乐！"

"嗯，假期快乐。"

……

喻桉给周青煜的补课也从原来的一周一补，变成了三天一补，时间从早上调整到了下午。宋云说他高三了本来就忙，得多休息，特地调整了补课时间。

1月20日这天，喻桉给周青煜补完课已经是下午三点多了。

他回到家里，将东西放好。

喻桉跟周青煜聊天的时候，听他说，这几天古镇要举办灯展。他点开跟林栀的聊天界面，几乎是自己的信息发出去的瞬间，他收到了林栀的信息。

【y】：有时间去看灯展吗？

【☆】：一起去看灯展吗？娇娇。

【☆】：哈哈哈，想一块去了。

【☆】：那……今天？

【y】：好。

【y】：我去接你。

喻桉收拾好，便下楼去了。

半小时后，林栀收到了喻桉的信息。

【喻娇娇小朋友】：我在楼下。

【之之为栀栀】：我来了！

她挎上包，围上围巾便下楼去了，手机在兜里嗡嗡振动，林栀拿出来看了一眼信息。

【喻娇娇小朋友】：不用着急，慢一点。

林栀跑下去便看到了喻桉。他今天穿着件棒球服款式的黑白色厚外套，底下是烟灰色长裤，眉眼清隽，那双波澜不惊的眸子，在看到林栀以后，才有了情绪。

"娇娇，你来多久了？"

"就一会儿。"

喻桉跟林栀同时从兜里和包里掏出暖宝宝给对方。林栀没忍住笑了："又想一块去了。"

喻桉将暖宝宝递给她："你放兜里，暖和。"

"好。"林栀接过来，放进自己的兜里。

……

两人抵达那古镇已是下午四点多了。林栀扯了扯喻桉的袖子："咱们这会先逛逛，天黑了再看灯展。"

"好。"

喻桉早就查好了地图，他将手机递给林栀看："有没有想去的？"

"有间陶艺小店，就去那吧？"

"好。"

喻桉在前面带路，林栀紧紧跟着。没走几步，喻桉忽而停下来。面对喻桉的忽而靠近，林栀瞬间忘了呼吸。喻桉伸手把林栀快掉下去的围巾重新围好。林栀抬头，恰好同他对上视线，她就猝不及防地撞进那双眸子里，很黑，深不见底。

她不由得心乱了起来。

喻桉替她围好围巾，就拉开了两人之间的距离，他言简意赅道："风大，围好。"

"好。"林栀伸手拉了拉围巾，不自觉地红了耳朵。

喻桉偏头看了她一眼："你耳朵冷不冷？"

"啊？"

"冻红了。"

林栀想说，那不是因为冷才造成的。

"不冷，可能风吹的原因吧。"

她话音刚落，喻桉就在一家店的门口停下来了："进去看看。"

林栀反应过来他是要买保护耳朵的，便跟他解释："不用，我真的不冷。"

"买一个。"是不容抗拒的语气。

几分钟后，林栀的围巾被喻桉拿在手里，她头上多了一顶帽子，带围巾的那种毛茸茸的帽子。

陶艺小店里人不是很多，喻桉和林栀听店员讲了一遍，最后选择了软陶泥。因为林栀不太想做杯子或者盘子之类的，她想捏小摆件。半小时后，林栀看了看在自己手里奇形怪状不成样子的陶泥，又看了一眼在喻桉手底下很听话的陶泥。

她捏出来一个丑东西，同它对视："对不起，把你捏得有点丑。"

"不丑，小狗挺可爱的。"

"是……小兔子。"

喻桉沉默两秒："我没眼光。"

"是我捏得太丑了。"

"不丑，很可爱。"

"娇娇。"

"嗯？"

"你就别安慰我了。"

"确实很可爱。"

软陶泥烤干以后再上色，最后涂一层亮油就算大功告成了。但是时间好像有点赶。林栀看了眼店里的钟，问喻桉："要不然我们带回去上色？"

"好。"

喻桉提着两个人的东西，跟林栀一同走了出去。

这会古镇已经热闹了起来。长长的街道上空垂着似星星一般的长串小灯，两旁是红色的灯笼，底下悬挂着似游鱼一般的灯笼。街道两旁还有卖灯笼的，有竹编的灯笼，有梦幻花草灯笼，还有传统的纸灯笼，上面手绘着各色图案或题字，种类多到让人看得眼花缭乱。道路的中间挤满了人。

"娇娇，我们去前面看看。"

"好。"

喻桉跟林栀来到后面，看到前面一长串的队伍，可谓是人山人海。

突然，后面不知道谁推了林栀一下，林栀一个趔趄险些摔倒。喻桉伸手抓住了她的肩膀，回头跟后面挤来挤去的那个男生四目相对。男生被他看得有些发毛。

"对不起。"

"没关系。"

喻桉又转了回来，手不动声色地护在林栀后面，同她保持距离的同时，隔绝了后面的那些人。

原来前面在做游戏，猜对全部灯谜的人就可以拿到本场的奖品。奖品就摆在最前面。一个木制的架子上摆着各式各样的灯笼。

"娇娇，你快看，那个灯笼，好好看。"

喻桉顺着她指的方向看过去，看到了一个纸雕灯笼，上面是祥云，中间是一轮圆月，圆月中间还有飞鸟掠过，底下是亭台楼阁，错落有致。

喻桉看着她："咱们参加。"

"好。"

参加比赛的人陆陆续续都报了名。灯谜并不简单，很多人一道题就被刷掉了。

不一会儿轮到了喻桉跟林栀，前面穿着红色汉服的小姐姐问两人："请问是都参加，还是一人参加？"

林栀看了看喻桉，小声道："我不行。"

"没事，有我。"

那穿汉服的小姐姐很快问出来第一个问题："人间四月芳菲尽，猜一中药名。"

周围响起了议论声。林栀一头雾水，她对中药几乎没什么了解，更别说猜出来了。

"春不见。"

那红衣服的小姐姐笑道："答对了，请听第二题，十五的月亮悬庭前，打一北京地名。"

小姐姐话音刚落，喻桉的声音就响了起来："圆明园。"

"春光入户月分明，猜一古用具。"

周围都安静了，喻桉沉默了两秒，周围的人瞬间心都提了起来。

有人开始小声猜测。林栀也跟着紧张。

"香炉。"

"这道题……"那小姐姐卖了个关子，笑道，"恭喜答对了。"

一连十个问题，喻桉全答对了。

那小姐姐问他："旁边的是女朋友吗？很般配哟。"

周围响起一阵起哄声。

有女生在骂自己的男朋友："你看人家，再看看你自己，你怎么一道都猜不对？"

喻桉没回答，而是看了看林栀。

林栀的耳朵照例又红了："只是很好很好的朋友。"

"这样子啊。"那小姐姐闻言说道，"选一个灯笼吧。"

喻桉将林栀选的灯笼拿下来，递给了她。林栀拿着那灯笼左看右看，越看越喜欢。

"娇娇，你怎么什么都会呀？"

"略懂。"

"胡说。"

喻桉看着她，等着她继续说下去。

"我们娇娇分明是全能。"林栀说着，轻声道，"我很喜欢它。"

月亮高高地悬挂在天边，两个人站在桥边，静静地等待着什么。忽而一簇烟花在天空中炸开，无比绚烂。

林栀笑盈盈地对喻桉说道："你喜欢看烟花吗？"

"喜欢。"

"我也喜欢，只可惜美丽的东西都是短暂的。"

喻桉接了她的话："但至少那一刻它是璀璨的。"

"也是。"

……

1月23日这天，是农历十二月二十六日。喻桉跟林栀讲完题已经是晚上十一点了。林栀忽而开口："娇娇，有没有贺蒙的联系方式？我想加一下。"

"贺蒙？"

"对，找他有点事。"

"好。"

喻桉将贺蒙的联系方式推送了过去。

"那我先挂了，娇娇，今晚有点事。"

"好。"喻桉刚说完，就看到电话那头挂断了。他盯着跟林栀聊天的页面看了一会儿，她跟贺蒙有什么事是不能跟他说的？喻桉给贺蒙发了一条信息。

【y】：林栀要加你。

那边秒回。

【贺蒙】：我知道，喻哥，我们还有事，不说了，拜拜！

十一点五十九分。

喻桉看着突然弹出来的视频邀请，还是群，发起人是林栀。

喻桉点了接听。

其余四个人那边都是暗的，喻桉没反应过来是怎么一回事。

十二点。

四个镜头同时亮起一簇火苗。

"喻桉小朋友，生日快乐！"

"喻哥生日快乐！"

"班长生日快乐！"

"喻哥，生日快乐！"

喻桉足足愣了两秒，才反应过来今天是他的生日。他心中有种说不清道不明的感觉："谢谢，也祝你们快乐。"

贺蒙道："喻哥，我人到不了了，跑乡下奶奶家去了，明天记得收我的礼物。"

紧接着是郑孚的声音："我跟吴桐的礼物明天就到了。"

最后是林栀："明天的礼物我给你送过去。"

喻桉轻声回答："好。"

原先林栀要贺蒙的联系方式，他心中有点小别扭，原来一切都是为了自己。

五个人聊了一会儿天，就互道晚安挂断了。

这时，喻桉看到了林栀那整时整点发过来的信息。

【☆】：祝我们娇娇小朋友又长大了一岁。

【☆】：十七岁生日快乐！！要一年比一年更快乐！

下面还发了两个红包。

【y】：你也是。

【☆】：快收红包！

【y】：好。

喻桉挨个回了五个人的信息，然后他又看到班级群里一连串的祝福，都是祝他生日快乐。

他回了一句：谢谢，也祝大家快乐。

乜瑛也给他发了个红包。

【乜老师】：祝我们班最优秀的崽崽生日快乐！

【y】：谢谢乜老师，红包就不用了。

【乜老师】：不收生气了啊。

【y】：好。

喻桉这才收了红包。

这时，他忽而看到林栀发过来的信息，是一个视频。镜头里的林栀笑得很明媚，她怀里抱着小乖，声音里都带着丝笑意："娇娇生日快乐，小乖也在祝你生日快乐呢！"那个视频，喻桉看了好几遍。

第二天，喻桉起了个大早。刚打开手机，他就看到来自宋云的信息。喻桉点开语音，里面传来宋青煜的声音。

"喻哥，昨天睡得早，祝喻哥生日快乐……"后面是他带着些稚气的声音，在唱生日歌。

最后，宋青煜又说："喻哥，我给你买了个超棒的生日礼物，你一定会喜欢的，喻哥要天天开心哦。"

喻桉听完了他的语音，回复了他。

【y】：谢谢，你也天天开心。

早上他一连接到了好几个快递电话，喻桉去快递站取来了所有快递。他一一拆了那些快递盒子，贺蒙送的是一双鞋子，郑孚跟吴桐一起送的是香薰和蓝牙音箱，宋青煜送的则是一套衣服。

喻桉又收到贺蒙的信息。

【贺蒙】：嘿嘿，喻哥，你快穿穿看，看看喜不喜欢。

【y】：下次不用送那么贵的东西。

他知道贺蒙买这鞋子肯定是从嘴里省出来的钱。

【贺蒙】：喻哥你喜欢就不贵，快告诉我，你喜欢吗？

【y】：喜欢。

【贺蒙】：嘿嘿嘿嘿嘿嘿嘿。

【贺蒙】：就知道喻哥你是爱我的。

喻桉看着贺蒙发过来的信息，果断地回了他一句。

【y】：不爱。

【贺蒙】：哭泣。

喻桉将那些礼物都收好，放进柜子里。

这时他突然听到微信的信息提示音，点开一看，发现是房东爷爷发来的信息。

【房东】：小桉啊，我儿子一家要回来了，所以这房子不能继续租给你了。

【y】：好，我这几天尽快收拾好搬出去。

【房东】：有点急，你看你今天能不能收拾完？

【y】：行，收拾完再联系您。

喻桉看了一会儿这住了也有几年的房子，便开始收拾东西了。他的东西并不多，不出一个小时就收拾完了。喻桉看了一会儿房子，不知道今天要先去哪里，忽而听见敲门声，他下意识地认为是林栀来了。

他放下手机，走过去开门。

门开了，喻桉同门口的喻瑾云对上视线，他反手就准备把门关上。

喻瑾云伸出脚，将脚卡在门缝里。

"把脚移开。"

喻瑾云笑眯眯道："哥，你不会忍心直接把门关上的对吧？"

"移开。"

"我今天来，是有事跟你说的。"

"不想听。"

"爸妈今天专门给你准备了生日宴。"

是为他准备的生日宴，还是有其他的想法，喻桉觉得他们自己心里很清楚，不过是借着他的名义组局同那些圈子里的人社交而已。

"不去。"

"哥，爸可没有给你选择的机会，他是让我来通知你的，你可以选择不去，爸自然会派人'请你'回去。"

"说完了？"喻桉抬手就准备把门关上。

"你就不好奇你住得好好的，房东为什么突然会让你搬出去？"

"与你无关。"

喻瑾云突然笑了起来："哈哈哈，我是该说你聪明还是该说你单纯呢？你真以为他是儿子回来了才让你搬家？"

喻桉这才反应过来："是你？"

"不然呢？"喻瑾云看着喻桉的表情，想要从他脸上看到生气或者别的情绪，喻桉的不开心才是他快乐的兴奋剂。但是都没有，喻桉面色镇定自若。

这几年房东给了喻桉不少帮助，觉得他年龄小，房租都比别人要得少一些，他很感激。就算是因为喻瑾云，他也不觉得房东有什么错，毕竟别人又不欠他的。

"给你看个好东西，你一定会喜欢。"喻瑾云打开手机，点出一个视频。

只一下叫声，喻桉瞬间反应过来，是之前那只橘猫。他看着喻瑾云手机里的视频，是那天橘猫被抓的情景，它眼睁睁地看着自己的孩子一个个死掉，叫声凄厉。而那道声音宛若地狱里的恶魔一般："别叫，马上就轮到你了，哈哈哈哈。"

视频里的那个人，正是此刻站在喻桉对面的喻瑾云。

喻桉推开门，一把揪住喻瑾云的领子："它们招惹你了？"

"没有啊，是你招惹我的，所以你记住啊，它们是因为你才死的。"

喻瑾云脸上还挂着笑："所有靠近你的事物都会变得不幸，因为你本身就是一个灾难，你没人爱啊，好哥哥。"

"闭嘴。"喻桉的手都在颤抖。

刚刚那些画面对他的冲击力太大。

那些猫，都死了。若不是因为跟他扯上关系，它们也不会死。

"你都不知道它们死的时候叫得有多惨，都是因为你啊，我的好哥哥。"

"喻桉，你只会给别人带来灾难。"

"你以为你同桌是喜欢跟你做朋友吗？她不过是在可怜你，啧啧，多漂亮的脸蛋……"

喻瑾云话音刚落，就被喻桉一拳撂倒在地上，他的鼻子瞬间流出血来。两个人扭打在一起，准确来说是喻桉完全占据上风。如果说平日里的喻桉是冷漠的，淡然的，对什么都不在乎的。

那这会的喻桉浑身带着戾气，那双眸子深沉如墨，里面翻涌着惊涛骇浪，他的拳头如雨点般落在喻瑾云身上。

"嘴巴放干净。"

喻瑾云鼻血流了出来，脸颊高高鼓起，他伸手去掐喻桉的脖子，嘴里还在念叨："喻桉，你这种人就不配得到爱。"

喻桉那双手宛若钳子一般捏着他的下巴，语气寒冷如冰："要你管。"

电梯停在这一层，喻桉抬眸恰好同电梯里的林栀对上视线。

喻瑾云一看见林栀就笑了，他脸上还带着血："林栀，你看到了吗？这就是你眼中的乖学生喻桉，他就是个彻头彻尾的神经病，他就是个怪物，是个疯子，哈哈哈哈哈。"

林栀只一眼就明白这人是谁，她语气带怒："你闭嘴。"

喻桉几乎不敢看林栀的表情，他甩开喻瑾云就落荒而逃。他怕在林栀脸上看到那种厌恶的表情。

第十三章
高考必胜

喻桉走得很快，林栀手里提着蛋糕和礼物在后面追赶。这会外面已经落了雪，纷纷扬扬的。

"喻桉。"林栀喊他。

喻桉的脚步顿了一下，强忍着回头的冲动，继续往前走。

"你走太快了，我跟不上你。"林栀的语气都带着些撒娇的意味来。

喻桉停在前面，回头看她，那双眸子宛若化不开的浓墨一般，深不见底。林栀提着东西奔向他，她停在喻桉面前，瞧见了他手上的血。她顾不得手上的东西，伸手去抓他的手，语气里都染上一丝焦急："你手怎么了？"

喻桉没说话，抽回手道："你别跟着我了。"

"我是来给你送蛋糕和礼物的。"

"不用了。"

林栀听着他那冷漠又疏离的话，撞向他那双深不见底的眸子。"什么意思？"她不理解。

"我不是你认识的那般，所以……"

"所以什么？所以我们不要接触了是吗？我一步步走向你，不是让你就这样推开我的，喻桉。"

"对不起。"

"别说对不起，就这样吧。"

林栀说完，留下蛋糕和礼物，转头就走了。对于喻桉的妄自菲薄，她有些生气，不是有些，是很生气。她在意喻桉，只是因为他是喻桉，仅此而已。

喻桉想抓她的衣角，却没抓住。

林栀走了。

喻桉就那般坐在楼下的椅子上，雪落了他满身，地上也积了一层厚厚的雪，他旁边

285

还放着那个蛋糕和礼物。或许他们说得对，他这般别扭又奇怪的人，不配得到爱。

他跟喻瑾云扭打的过程中，手上划了一道长长的口子。所以手上的血不仅仅是喻瑾云的，也有他的。

喻瑾云不知什么时候来了，他站在喻桉旁边，兀自笑了："哟，你的同桌不要你了呀？"

他说完，站在喻桉旁边放声大笑。他的脸高高肿起，那笑容显得有些怪异，他的声音尖锐，显得尤为刺耳。

对喻桉来说，林栀就像那突然照进黑暗里的微光。她明媚又耀眼，美好又灿烂。光看得见，但抓不着，可那束光落在身上是温暖的。

他别样的一面在她面前展露的时候，喻桉只想逃走，这般阴暗的自己，哪里配站在她旁边。林栀说就这样吧，她不要他了。

不知过了多久，他身上、头发上都是雪，手上的血已经凝固了，显得尤为可怖。

"走不走啊？我的好哥哥，再不去，爸爸就要来'请'你了。"

喻桉看了他一眼，那眼神仿佛淬了毒一般，令人生寒，喻瑾云顷刻间噤了声。

他问喻瑾云："为什么非得让我回去？"

"因为今天是你的生日呀，所以爸妈给你准备了生日宴会，嘻嘻，生日快乐呀。"

"……"

喻桉回到楼上，带着自己的东西就准备走。

喻瑾云拦在他前面："你不能走，你得回家。"说完，他拨通了一个号码。楼下训练有素的保镖上来了，他们团团将喻桉围住。

喻瑾云笑了："不要打伤哥哥的脸，会破相的，把他带回去。"

但那些保镖的动作依旧粗鲁又蛮横。

喻瑾云看着喻桉，突然笑了："哥，你也不想你那个同桌出什么事吧？跟我回去。"

"你敢动她一根头发，我保证你这辈子都不会好过。"

"哥哥跟我回去，我自然不会动她。"

思索良久，喻桉最后还是回去了。

……

到家后，喻慕腾正跟代宁在院子里玩雪，两个人你侬我侬。代宁一看喻瑾云的脸，攸的红了眼眶："瑾云，你这是怎么了？"

喻瑾云眼神闪躲，摸了摸自己的脸："我没事的，哥哥回来就行。"

喻慕腾看着鼻青脸肿的喻瑾云，又看了看旁边的喻桉，他抓起地上刚刚挖雪的小铁锹就往喻桉身上砸。"真不知道怎么能生出来你这么个东西，是我让瑾云带你回家，你不满的话，有种冲我来，你真是恶心。"

"有你一半血，所以恶心。"

"爸爸，你不要再骂哥哥了。"

"别拦我，我今天非得给他点教训不可。"

喻瑾云和代宁哪有半点要拦的意思，他们站在旁边看热闹，喻慕腾讨厌喻桉，折磨喻桉，他们开心还来不及，因为最后受益的是他们。

喻慕腾气得在院子的那处花园找了半天，拿出一条铁棍。王姨跟李叔看见喻慕腾手里拿着的东西，吓得跑了过来。

李叔忍不住道："喻总，这能打死人的。"

王姨也跟着道："真的能打死人的。"

喻慕腾看着两人："我教育自家孩子，有你们说话的份？"

两个人站在一旁也不敢再说什么。

"跪下，你这个不孝子。"

喻桉看着喻慕腾："做梦。"

喻慕腾一棍又一棍打在喻桉背上："我叫你欺负弟弟，我叫你不服气。"

喻桉被两个人按着，背始终挺得很直，只是原本冷白的面色透着几分苍白。

王姨眼看着再打下去要把人打坏，她挡在喻桉面前："不能再打了。"

喻慕腾一把把她甩开："滚。"

喻桉蹲下来，把王姨扶起来："我没事。"

喻慕腾还想再说什么，突然跑过来一个男生："喻总，梁总一家就要到了，还有张总跟林总。"

喻慕腾丢下手中的棍子，朝着喻桉看过去："把自己收拾好出来。"

喻桉带着自己的东西进去了，他用清水冲洗掉手上的血，洗手池内满是触目惊心的鲜血。听见敲门声，他往门口看了一眼，打开门，外面站着王姨，她道："这是活血化瘀的药酒，还有跌打损伤的药，里面还有消毒用的碘伏。"

"谢谢王姨。"

王姨欲言又止，最后只说了一句话："能离开这个家，就离开吧。"

"嗯。"

他拼命逃离，却又一次次被重新束缚进来。他不明白，既然喻慕腾不喜欢他，喜欢喻瑾云，那他们好好过他们的日子不行？为什么要来来回回地折腾他？

王姨盯着喻桉那熟悉的眉眼，叹了口气。若是安文知道喻桉在这边过的是什么日子，她该有多心疼？

……

喻桉穿着件深色的西装，出现在大家的视线中。他的比例极好，那西装仿佛为他而生一般，勾勒出他宽阔的肩膀跟劲瘦的腰身，少年身材颀长，长腿，面容清隽。几乎是一出现，他就吸引了全场的目光。

喻慕腾脸上挂着慈父的笑，同在场的人介绍喻桉："今天是犬子的生日，感谢各位的到来。"所有人都在虚伪地恭喜喻桉生日快乐。

喻桉礼貌道谢，他知道喻慕腾只是借他来组局而已。中间不停地有人来给喻桉送上生日祝福跟礼物，他一一回应完便寻了个角落坐下了。喻桉忽而想起昨天整点的时候，他们吹灭火苗笑着祝他生日快乐的情景。

喻慕腾游离于场上的众人之间，他环视一周，在角落里发现了喻桉，他走到喻桉旁边，小声警告他："你等会上台说几句。"

"不去。"

"喻桉你别不识好歹。"喻慕腾狠狠掐了他一把，把他推了过去。

喻桉只好上了台，看着众人道："感谢大家的祝福，也谢谢各位百忙之中抽出时间参加我的生日宴会。"

喻慕腾在底下用眼神警告他，示意他不要下来。喻桉无视他，直接走了下来，他略过喻慕腾，又回角落里坐下了。拿出手机，喻桉看着他和林栀的聊天界面发了好一会儿呆，最后将手机关掉了。

周围热闹极了，喻桉却感觉不到任何人情味和快乐。

按照流程，最后推上来一个定制的大蛋糕，周围的人都在唱生日快乐。

喻慕腾强行把叉子塞进他手里，让他切蛋糕。喻桉切了一块，装进盘子里。但整场宴会下来，那蛋糕他一口没动。

……

宴会结束已经是下午三点多了。

喻桉问喻慕腾："我可以走了吗？"

"你不在家你还想去哪里？"

喻桉沉默几秒，上楼去了。他打开碘伏，用棉签蘸了一点，将其按在手背上。他撩起衣服，然后转过身去，看到后背满是青紫的瘀痕，同白色的皮肤形成鲜明的对比。喻桉涂好药，又整理好衣服。

房间里还放着那个蛋糕和林栀买的礼物。喻桉拆开礼物，最上面是一个小盒子，里面有一条星星挂坠，玉做的。

林母之前留给林栀两条坠子，一条是星星，一条是月亮。

林栀觉得他似乎还蛮喜欢星星的，便决定把这条送他，月亮的则留给自己。

喻桉又在下面看到了一件外套，是那种毛茸茸的厚外套。很暖和，也很好看。

最下面还有一张字条。

希望这块玉能保佑我们娇娇平安。期待你穿上这件衣服的样子。

喻桉将所有东西收好，然后打开那个蛋糕盒子，是芒果蛋糕。林栀早就留意到他喜欢吃芒果。

门外突然响起门把手晃动的声音。"关什么门？把门打开。"

喻桉又将蛋糕盖好，打开门，垂眸看他："有事？"

喻慕腾瞥见他桌上的蛋糕盒子，骂道："我说刚刚的蛋糕你怎么一口不吃，原来是有了。"他说着，硬挤了进来，冲上去抓起那个蛋糕就砸在地上。

他动作太快，喻桉一转头就看到蛋糕被砸在地上。

"你做什么？"他跑去蹲在地上去捡那个蛋糕。

"我看你才是疯了，给你准备的蛋糕不吃，自己躲在这里吃蛋糕……"

"你出去。"

"我凭什么出去？我是你老子，整个家都是我的，包括你，你有什么资格要求我出去……"

他话还没说完，就被喻桉猛地推了出去。喻桉关上门，从里面反锁上。

喻慕腾还在外面狂怒："你有种这辈子都不要出来，就吃你那个破蛋糕，我倒是看它有什么好吃的。"

蛋糕在地上摔得四分五裂，已经看不出原来的样子，上面写的字也看不出什么了。喻桉捧起来，重新装进盒子里，他拿着叉子，一口一口将蛋糕塞进嘴里。蛋糕很甜很甜，甜得都有些发腻。

……

林栀盯着两个人的对话框看了很久很久，她觉得自己今天说的话有些过了，这会很后悔。其实当时她是心疼喻桉，可太过于着急，面对喻桉推开自己，她说了那样的话。

　　思来想去，林栀刚打出一句话准备发过去，就看到对面发了一条信息过来。

　　【喻娇娇小朋友】：对不起，一直到毕业用的资料给你放门口了。

　　林栀看着那句话，丢下手机，打开门就往门外跑，外门空空如也，一个人影也没有。她按下电梯，电梯还在楼上，下来很慢。林栀按了好几下都没有反应，索性直接走楼梯。从楼上跑到楼下，她环顾四周，没有看到喻桉的身影。

　　这时，林栀听见手机的信息提示音，她点开看了一眼，是喻桉的信息。

　　【喻娇娇小朋友】：以后不再联系了，对不起。

　　喻桉在角落里看着林栀。既然她讨厌他，那他就不打扰她，这样她会开心吧？他这般卑劣的人怎么配得上阳光下的她？

　　林栀站在原地，呆呆地看着喻桉发来的信息。过了好半天她才让自己恢复平静，既然喻桉不想他们再联系，那她尊重他，不联系了。

　　可是为什么心口那么堵呢？

　　林栀一个"好"字打得很慢，她指尖都有些轻颤，最后点了发送。然后，林栀低垂着头，看着发过去的那个"好"，关掉了手机。

　　外面的寒风吹得人瑟瑟发抖，她下来的时候穿的还是拖鞋。林栀裹紧自己的衣服，上楼去了。她又回头看了一眼，还是什么也没有。

　　喻桉侧着身子躲在了角落里。

　　若是林栀回头得再早一些，她就能看到喻桉。

　　喻桉拿着手机，盯着她发过来的那个"好"字看了很久。他垂下眸子，眼底的情绪不断翻涌。果然，她是讨厌他的吧。

　　喻桉在楼下站了好一会儿，最后还是离开了。

　　……

　　林栀回了楼上，看到门口的那个袋子。里面装了很多书，从比较基础的到高阶一点的题目都有，很齐全。还有很多是打印出来的那种资料，厚厚一沓，每一个科目都分得很细。

　　喻桉之前说要教她，现在是要彻底划清界限了吧。

　　林栀拎着那个袋子，打开了家门。然后她坐在房间里，盯着那个袋子看了好久。

　　手机铃声突然响了，联系人显示是：我家老祖宗。她点了接听："喂，奶奶。"

　　"你是林栀吗？"

　　对面是一道男声，林栀又看了一眼备注，确定是奶奶打过来的。"我是，请问我奶奶的手机怎么在您那里？"

　　"我是今天来买馄饨的顾客，她突发心脏病晕倒了，现在在医院，你来一下吧。"

　　林栀瞬间脑子一片空白，她问："在哪个医院？"

　　那人说了一个医院的名字，林栀顾不得换鞋，挂断电话就冲下楼。小乖本来在睡觉，似乎是感知到了什么，它跟在林栀脚边。"你乖乖在家，医院不能带宠物。"小乖似乎是听懂了她的话，蹲在门口叫了一声，似乎在说，我等你回来。

　　林栀下了楼就直奔医院。路上这会有积雪，根本就不好拦车。林栀急得要死，最后只能去车棚里将电动车推了出来。风吹在脸上跟刀割的一般，有些疼。林栀走得急，手套没带，没骑一半，手就冻得青紫，还有些僵硬。

路面很滑，突然冒出来一个骑自行车的老大爷。林栀不得已刹了车，侧滑摔倒在一旁，后面的阿姨急忙停下车过去扶她。"小姑娘，有没有摔到哪里？"

"我没事，谢谢您。"

林栀在那个阿姨的帮助下，将车扶了起来。

她脑子很乱，很乱很乱。

到医院已经是半个小时后了，林栀直奔那人说的病房去。她推开门，里面的病床上干干净净的，什么也没有，林栀眸子颤了一下。

"乖乖，你咋来了？"姜红刚在外面上完厕所，回来就看到林栀在门口。林栀扑进她怀里，眼泪瞬间就掉下来了。

"别哭，乖乖，奶奶这不是没事吗？你看我，好着呢。"

姜红越说林栀眼泪掉得越凶。她轻轻拍着林栀的背，小声道："奶奶啊，是不会轻易走的，还没有看到我们家乖乖上大学结婚呢，怎么会舍得离开？"

"别瞎说，你一定会长命百岁。"

"好好好。"姜红揉了揉林栀的头，拉着林栀在病床上坐下。下一秒，姜红瞧见了她通红的手，抓起来就塞进自己兜里取暖。

"怎么又会突然晕倒了？"

姜红有冠心病，随身都带着药。之前她第一次当着林栀的面晕倒，直接把林栀吓哭了，她以为她再也没有奶奶了。

"瞧我这记性，药吃完了，忘了配。"

"那你下次一定要带着药。"

"好，我这也没什么事，还是之前一个老顾客送我过来的，刚刚有事走了。"

林栀眼眶还有些红红的："再住院观察一下。"

"老毛病了，不用住院。"

"要的。"

"真不用，乖乖，你看我这不是好好的吗？"

"我问医生您需不需要住院，"

林栀叫来了医生，医生说坚持服药，不要生气，隔一段时间要进行相关的检查和检测，避免病情加重，不用住院观察，今天就可以出院。两个人一起去办理了出院手续。

姜红戴上手套，将围巾围在林栀脖子上。

"我不冷，你骑车你戴。"林栀说着，又将围巾给姜红围上了。

"好好好，我戴我戴。"

姜红载着她回家，就像小时候的每一次一样。

……

晚上，林栀在房间里写作业，听见敲门声，轻声应道："进来吧，奶奶。"

姜红推开门，将水果放在她旁边："吃点水果，休息休息，放松一下眼睛。"

"好。"

"这天冷了，最适合吃火锅了，哪天抽个时间，你叫小阮跟小喻一起来吃火锅。"

听到小喻这两个字，林栀有一瞬间的愣怔，她说："喻桉他不会来吃饭了。"

"你俩闹别扭了？"

林栀不知道该怎么解释，她沉默半天，点头又摇头。

"你们小孩子的事，我这个老太婆就不掺和了，你跟小喻都是好孩子，没什么事是说不清楚的。"

"嗯。"

姜红出了房间，林栀盯着桌子上的资料书，发了好一会儿的呆。她突然听见一阵信息声，林栀点开班级群，原来是出成绩了。

【乜瑛】：崽崽们，出成绩了，全体查收一下。

群里瞬间一大堆人开始刷屏。

【苹果】：乜老师，给你三秒钟，快撤回。

【我是小学生】：啊啊啊啊啊啊啊！

【可爱超膘】：看不见看不见看不见。

【景宜】：家人们，我先看为敬。

林栀点开成绩单，她看到了最上面的喻桉。是班级第一，也是全校第一，712分。

往下滑了一会儿，她看到了自己的分数，400分。不高，但这是她整个高中考得最高的一次。可是她没办法分享给喻桉了。他俩几乎隔着一张成绩单，或许本来就不是一路人。

1月27日，这天是除夕，家家户户早就备好了过年需要的物资，门上也贴好了春联。等到晚上的时候，几乎家家户户都吃着热闹的年夜饭，男女老少欢聚一堂。姜红将最后一道菜端了进来，对着林栀笑道："菜齐了，快去洗手吃饭吧。"

"好的奶奶。"林栀去了浴室洗手，她突然想起之前喻桉来家里吃饭的时候，她洗手，喻桉就在旁边等着她一起出去。

林栀回过神来，去厨房拿碗筷去了。吃完饭，林栀在厨房帮着姜红收拾餐具。收拾完，两个人一起坐在沙发上看春晚小品。

林栀以往是最喜欢看春晚的，这会却觉得少了点什么东西，具体是少了什么，她又有些说不出来。

姜红从口袋里拿出一个红包，递给她："这个红包今晚压枕头底下。"

"谢谢奶奶。"

说罢，林栀突然听见窗外放烟花的声音，她拉开客厅的门，朝着阳台走去，这会外面很冷，阳台上还有一些积雪，走起来有些滑。

"乖乖，小心点，阳台上有雪。"

"好的奶奶。"

林栀看到一簇簇烟花飞上天空，光彩夺目，绚丽多彩。美好的东西都是短暂的，但就像喻桉说的那般，至少那一刻它是璀璨的。

林栀从小就喜欢看烟花。这一刻看见烟花，她脑子里想到的却是喻桉。

他今天会是一个人吗？吃了年夜饭没有？他还开心吗？他还会想起她吗？

林栀不知道。

可他那天说的话……怕是不想再跟她联系了吧。

林栀收回思绪，对着里面的奶奶大声说道："奶奶，快来看烟花。"

"好。"

那烟花放了十几分钟，林栀就站在那里看了十几分钟，她问姜红："好看吗？奶奶。"

"好看。"姜红看着绚丽的烟花，笑了。

其实喻桉就站在林栀住的小区的空地处。他放完烟花，裹紧围巾，戴好口罩，又看了一眼林栀家所在的方向，离开了。她喜欢烟花，所以他想放给她看。可她讨厌他，所以他不会出现在她面前。

……

喻桉没有着急回家。他买了一碗馄饨，坐在路边一个人吃完了那碗馄饨。冷风吹在脸上，他怎么也吃不出之前的那种温暖和美味。

或许好吃的不是馄饨，只是因为之前旁边有她。

喻桉走在街道上，突然看见前面的三个人。小男孩走在中间，左边牵着爸爸，右边牵着妈妈。男人突然将小男孩抱起来，扛在肩膀上："我们回家了，小宝。"小男孩兴奋地挥舞着胳膊："回家！"

喻桉站在原地看那三个人。

……

喻桉回到那个家已经是晚上十点多了。三个人早就吃完了晚饭，这会正在楼下的客厅里看春节联欢晚会。

代宁见他回来，笑道："小桉你去哪里了？年夜饭等了你半天，我让阿姨再给你做点东西吃。"

喻慕腾紧接着开口："给他吃什么吃，他饿的话早就知道回来了。"

喻桉没看两人，直接上楼去了。

年夜饭？一家人团圆吃的饭那才叫年夜饭，他掺和他们三个吃什么团圆饭？

喻慕腾在后面骂他："一句话都不会说，天天跟块死木头一样。"

……

临近十二点，春晚已经开始零点倒计时了。姜红撑不住已经睡下了。

"五。"

"四。"

"三。"

"二。"

"一。"

"新年快乐！"

整点的那一瞬间，林栀收到了好几条新年快乐的信息。

【无无无桐】：新年快乐！栀栀！

【小阮阮】：祝我宝贝新年快乐！

【郑孚】：林姐新年快乐呀！

【贺蒙】：新年快乐！林同学！

【季扬】：祝你新年快乐，每一天都快乐。

林栀盯着那个置顶的"喻娇娇小朋友"看了半天，最后还是发了一条信息。

【之之为栀栀】：新年快乐。

那边秒回。

【喻娇娇小朋友】：新年快乐。

仅此而已。两个人已没有任何多余的话。

......

八班的班级群这会已经热闹起来了。乜瑛发了红包。有人抢了一个，在群里狂笑。

【小学生】：哈哈哈哈哈哈哈哈哈哈，我抢了八块八！我是上帝的宠儿。

紧接着有人跟了一句。

【橘子果冻】：有没有可能，大家都是八块八？

【小学生】：你就让我多笑一会儿不行吗？

【冷风】：不行。

群里瞬间响起一片"谢谢乜老师"的声音。

......

原来那五个人的小群里，突然有人发了信息。是贺蒙发了红包。

【贺蒙】：家人们，新年快乐。

【贺蒙】：运气王接下去发。

很快吴桐跟郑孚就领了红包。喻桉跟林栀都没动作。

【贺蒙】：欸？林同学跟喻哥呢？

【贺蒙】：不会都睡了吧？

【贺蒙】：@林栀 @喻桉。

林栀看到喻桉突然说了话。

【喻娇娇小朋友】：你们玩吧。

【贺蒙】：好吧，那林同学来不来？

【之之为栀栀】：不了，你们玩吧。

【贺蒙】：好！

三个人在那轮流抢红包，好不快乐。贺蒙突然想起了什么，给喻桉发了信息。

【贺蒙】：喻哥，喻哥，年初四安和寺那边有舞狮，咱们去不去玩呀？和林同学他们一起？

他又给林栀发了信息。

【贺蒙】：林同学，年初四安和寺那边有舞狮，去不去看啊？

贺蒙刚把手机放下，就听见微信信息提示音，他重新拿起来看。

【林同学】：不去。

【喻哥】：不去。

贺蒙总觉得这两个人有些奇怪，他先回了喻桉，又回了林栀。想了想，他还是将心中的疑问问了出来。

【你俩闹矛盾了吗？】

很快又得到两个人的回复。

【喻哥】：没。

【林同学】：没有。

两个人都说没有，可贺蒙还是觉得两个人闹矛盾了。

......

第二天，林栀早上起来的时候发现昨晚下了不小的雪，整个城市白茫茫的一片。林栀穿戴整齐下了楼，突然看到楼下的一个小雪人，很可爱，脖子上还围着小围巾。她将那小雪人捧了起来，拿在手心里看。林栀弯着眼睛笑了，笑得很明媚。

也不知道是哪个小孩早上堆的雪人，就这么放在了楼下。

她捧着雪人拍了张照片，刚想给喻桉发信息，又想起来他说的那句"不再联系"。那张照片最后躺在了相册里，没有发出去。

喻桉看着她在雪地里堆雪人。

林栀笑得很开心。

喻桉看着她，不自觉心情变好了很多。可他只敢躲在暗处偷偷看她，生怕暴露后林栀会更加厌恶他。

看着林栀上了楼，喻桉才准备回家。

——无法识别该人脸。

喻桉又被大门拦住了，他听着那刺耳的机械声，觉得无比讽刺。

还是王姨给开的门。他路过一楼的花园，突然瞧见了那梅花，朵朵嫣红，绽放在寒风凛冽的冬日里，美不胜收，傲骨脱凡。那白雪同那嫣红形成了鲜明的对比，更衬得那梅花冷艳。喻桉拍了一张图片，想要分享给林栀，最后还是忍住了。

他站在那里看了好一会儿。代宁看到了院子里的喻桉，问她："小桉你在这里做什么呢？"

"看花。"

代宁随即笑了："这花园里的花都是我精心养着的，好看吗？"

喻桉没说话，只是将视线落在她身上。

代宁被他看得有些发毛。很快她又镇定下来，一个毛头小子而已，哪里会玩心机玩得过她？

喻桉很快收回视线，走了。

……

回到房间，他拿出药，然后脱下外套和上衣。喻桉将药酒倒在手心里，揉在后背和腰间。少年睫毛跟眼睛生得漂亮，低垂着眸子的样子，像极了被人抛弃的小狗。上完药，他又重新套上了衣服。

今天是大年初一，他却感觉不到什么年味。

……

喻桉将自己的东西收拾好，准备离开。他提着箱子下了楼。

代宁见他提着箱子，过来拦住他："小桉啊，你这是要去哪里？"

喻桉看她："帮我转告一声就行。"

"小桉。"

"他不在。"喻桉话里话外的意思就是你没必要假惺惺的。他走，这不正是喻瑾云跟代宁想要的？

喻桉刚准备出去，喻慕腾就回来了。代宁假惺惺地拦过去："小桉，你这孩子怎么不听劝啊？你在家里多方便，多舒服啊，现在外面找房子多难找啊。"

她字字句句苦口婆心。喻慕腾听见了代宁的话，又瞧见了喻桉手里的东西，语气微恼："这家里是容不下你了吗？就那么想走？"

喻桉没说话。代宁还在抢喻桉手里的行李。喻桉往旁边挪了一下箱子。代宁扑通一声摔在地上。

但其实喻桉根本就没碰到她。

喻慕腾将代宁扶起来，指着喻桉的脸破口大骂："你推你妈做什么？"

"我妈？"喻桉说完，语气平淡道，"去看看眼睛吧，喻总。"

喻瑾云也从楼上下来了，这会的楼下好不热闹。

"妈，你怎么了？"

代宁摆手："我没事，不怪小桉，是我自己没站稳，真的不怪小桉。"

"有没有摔到哪里？"喻慕腾前前后后检查代宁的身体。

喻桉站在旁边看着这三人，推着东西就准备走。

"谁允许你走？"

"有什么事吗？"

"给你妈道歉。"

代宁拉拉喻慕腾的袖子："腾哥，孩子也不是故意的。"

"他今天必须道歉。"

喻慕腾说着，盯着喻桉："给你妈道歉。"

"凭什么？"

"凭什么？就凭你做错了事。"

"你看见了？"

"就在你旁边摔倒的，还能自己摔的不成？"

"不然？"

"我看你是不见棺材不落泪。"喻慕腾叫来了保镖，指着喻桉恶狠狠道，"把他跟行李一起扔出去，打到他服气为止。"

四个五大三粗的保镖立刻将喻桉弄了出去。喻桉手里还死死地攥着他的行李。

"腾哥，不要打小桉，他还只是个孩子。"

"我就是要让他知道这个家谁说了算。"

代宁在喻慕腾身边笑得唇角都扬了起来。

最后，行李被扔到一旁，箱子被摔开，里面的东西散落开来。喻桉瞧见那件白色的毛绒外套掉了出来，沾染了地上的灰尘。他蹲下来捡起衣服，拍了拍上面的灰，又装了进去。

一个保镖将突然脚踩在他的手指上，扯出那件衣服踩了两脚。

喻桉一只手钳制住他的腿，狠狠一捏，男人立刻痛得龇牙咧嘴。然后喻桉面无表情地抽出自己的手，狠狠一拳落在他脸上。

男人被打蒙了，踉跄了几步，不可置信地捂住自己的脸。

喻桉再次捡起那件衣服，拍了拍，又装回去。

此刻他眼底染上一丝红意。

为什么？

为什么？

他只是想离开这个家……

这也不行吗？

为什么要一而再再而三地把他拉回来？为什么就非得招惹他？

喻桉突然就笑了，那笑容里渗出些冷意，他一拳撂倒了面前的男人。

那男人刚刚是用左脚踩的那件衣服，现在，轮到喻桉踩在他左脚上，男人的脸都痛得扭曲起来。

另一个男人直接从后面勒住喻桉的脖子，喻桉被按倒在地上，拳头落在他身上。

喻慕腾的声音响起来："你只要跟你妈服个软，这事就算了。"

"做梦。"

喻慕腾给那些人使了个眼色，拉着代宁回屋去了。屋子里暖和极了，喻慕腾跟代宁依偎着看电视剧，旁边坐着喻瑾云，好不和谐。

屋外，喻桉揪起前面男人的衣服领子，狠狠用膝盖顶他的肚子。

他又挨了一拳。喻桉都已经麻木了。

他回头，一拳将后面的男人撂倒，抓住另外两个男人的衣服领子，试图让他们撞在一起。他剧烈地喘息着，手上、脖子上、脸上多了几道伤痕。喻桉被男人按倒在地上，他又站起来反击。他撞开其他男人，揪起那个踩衣服的男人的衣领，一拳又一拳地落在他身上。

另外几个男人觉得喻桉可能是疯了，有些忌惮，不敢上前。

其中一个去屋里叫喻慕腾去了。

喻桉一把把那人摔在地上："你再踩。"

男人疼得龇牙咧嘴："不踩了，不踩了。"

喻慕腾从里面出来了，他又问喻桉："服软吗？"

"做梦。"

"行，你硬气。"喻慕腾气得胸腔剧烈起伏，指着他怒道："你现在就给我滚出喻家。"

"求之不得。"

喻桉将自己的东西全部捡起来，拖着行李走了。属于喻家的东西，他一样都没带走，他带走的只有他原先那个屋子里的东西。

他拖着箱子和包，突然不知道自己要去哪里。外面很冷，喻桉发觉，他好像从来都没有一个家。

喻桉带着满身伤，拖着自己的行李，就如同游魂那般，浑浑噩噩地不知道走了多久。

冷风吹在脸上，有种刺骨的寒意。

喻桉在公园的一处长椅上坐下。天早就黑透了，他就静静地坐在那里。喻桉准备今天先找个宾馆住下，明天再去找新的住所。

"喻桉。"

听见那声音的时候，喻桉浑身都僵住了。他可能是幻听了，居然在这外边听见了林栀的声音。可喻桉还是回了头，幻想能看见她。

他同身后的林栀对上了视线。

林栀来给一个奶奶的朋友送东西，刚刚骑车回去路过这边，她觉得那道身影很像喻桉。林栀不知道自己看错了没有，但她还是不受控制地跟了过来。

喻桉下意识地背过身去，不让林栀看见自己现在这副狼狈的模样。

林栀拽着他的袖子，强迫他同自己对视。

看清喻桉脸上的伤，她整颗心都在发颤，像是被人攥住了一般。

她伸手去抚摸喻桉脸上的伤："所以你跟我说不再联系，就是为了把自己过成这个惨样子吗？"

喻桉动了动嘴唇，却不知道该说什么，他说："对不起，我这就走。"

"你走什么？"

"对不起。"

"喻桉，我讨厌你。"

"我知道你讨厌我，我不会再出现了。"

林栀好像突然明白了那天喻桉为什么会说那句话。她说了那样的话，喻桉怎么会不敏感呢？

"我说讨厌你，是因为你让人很心疼，不是真的讨厌你。"

"你不讨厌我？"喻桉那双泛着死气的眸子里瞬间染上几分光亮。

"我怎么会讨厌你呢？你告诉我，你是不是回了他那里？"

"嗯。"

喻桉突然语气平淡道，说的仿佛不是自己，而是别人一般："林栀，我没有家。"

"你有家，我带你回家。"她宁愿喻桉是生气或者别的什么原因说出来的。

喻桉总是不论什么事情都自己扛，所有情绪都自己往下咽，其中的苦，他一点都不会说。她很难受，也很心疼。林栀捧起他的脸，语气都在发颤："疼吗？"

"疼。"喻桉说完，又补充了一句，"哪里都疼。"他只是想让林栀小小地心疼他一下，谁知下一秒，林栀突然道："对不起，我那天不该说那样的话，是我不好。"

"你没有错。"

林栀就是他的是非对错观。她不会有错，有错也只会是他的错。喻桉想揉她的头，又觉得自己手太脏了，迅速收回了自己的手。

"我们先去医院，有什么事晚点再说，好不好？娇娇。"

喻桉还没说话，林栀就拉住他的手，那双手很小，很软。他不可抑制地心跳快了起来，有种前所未有的安心。

他说："好。"

这会很多社区医院都已经关门了。

林栀将他的行李放在前面："坐后面，我带你。"喻桉坐在后面，看着她的背影，突然有种做梦的感觉。

穿过好几条街，林栀才找到一家还没关门的社区医院，她将车停在门口，准备提着他的东西进去。喻桉接过她手里的东西，推着往里面走。里面的医生是个年迈的老人。

林栀道："医生，给他消消毒吧。"

"进来吧。"

林栀跟喻桉一起进了里面的隔间。

"除了脸上，身上有伤吗？"

"有。"

"脱掉衣服我看看。"

"好。"

喻桉脱掉羽绒服，露出里面米色的卫衣。他察觉到林栀的视线落在自己身上，耳尖热得厉害。

下一秒，他撩起衣服下摆，露出洁白的皮肤和线条流畅的腹肌。他将卫衣整件都脱了下来，耳尖逐渐红透了。

他浑身都是青紫的痕迹。

那老者皱眉看着他身上的伤痕："你是不是被社会上的人欺负了？不要忍着不说，被欺负了就要报警。"

"没有，谢谢。"

林栀看着他背后青紫的痕迹，心疼得厉害。

"腿上有没有伤，把裤子脱了。"

喻桉跟林栀对视上，有些不自然地错开了视线。林栀后知后觉地反应过来："我出去。"不出一会儿，喻桉从里面出来了。

那医生递过来一瓶药："先给脸还有脖子和手消消毒。"

林栀接过来，说了声谢谢。

喻桉坐在椅子上。林栀倒出些消毒水，用棉签蘸了蘸，轻轻地涂在他脸上。喻桉眼睛一眨不眨地看着她。

林栀被他盯得有些不好意思，便小声问他："疼吗？"

喻桉本来想说不疼，话到嘴边又改了口："疼。"

"那我轻一点好不好？"

"好。"她跟哄小孩一样，但是对喻桉来说这很受用。

"破了相可就不好看了。"

"那你会讨厌吗？"

林栀假装思考："会吧。"

喻桉半垂下眸子没说话。

林栀突然笑了："开玩笑的，我们娇娇那么好看，我怎么会嫌弃？你说是不是？"

喻桉有些不自然地嗯了一声。

林栀又给他脖子和手上了药，她不明白，一个做父亲的，为什么能对自己的孩子如此残忍？

"他身上多处淤青，还有肌肉组织损伤，有的地方是伤上加伤，不过好在没有一处骨折，我给他开了药，记得要按时吃，还有，喷药也不能停。"

林栀点头："好。"

"若是真被那些社会青年欺负了，记得报警。"

喻桉开口道："谢谢您。"

……

车子停在楼下，两个人没急着回去，而是在附近散了会步。

林栀觉得两个人心中的不快，一定要说清楚，不说清楚的话，就会产生隔阂。她告诉喻桉："我那天说就这样吧，确实是生气了，我气你把自己看得那么不重要，我气你把我推开。"

"我以为你会讨厌这样的我。"

"我喜欢还来不及，为什么会讨厌？"

喻桉听着她那句喜欢，知道不是那种喜欢，心底却还是不自觉地雀跃起来。

"不知道为什么，我好像每次都是在特别落魄的时候遇见你。"

"那你应该问问自己，为什么每次都把自己搞得可怜兮兮的。"

"那你可怜我到底。"

"可怜你什么？"

总是面色冷淡的少年，忽而低下头，语气认真道："你可怜可怜我，在意我一下，好不好？林栀。"

原本只是待在她身边，他就很满足了。可是他越来越贪心，他不想林栀在意别人。

林栀听见他最后说的她的名字，心跳都漏了半拍。瞬间耳朵红了起来，心跳快得仿佛不是自己的一般。

喻桉很紧张，指尖都在发颤。

"我不可怜你。"

喻桉听着她这句话，眸子里多了些失落。

林栀仰头看他，语气里是前所未有的认真："喻桉，我不可怜你，我只在意你。"

喻桉听着那句我在意你，有种不真实的感觉，原来她不讨厌他。

"娇娇，我跟你的距离还差太远太远，我会追上来的，你相信我吗？"

"相信。"

"那我们以后去同一个城市，好不好？"

"好。"

喻桉抑制不住地扬起唇角。

"你笑了，娇娇。"

喻桉的耳朵红了个透，用几不可闻的声音嗯了一声。

他说："我总以为你会讨厌我。"

哪怕林栀对他只有一点点的在意，他都能接受。只要是她，就足够了。

"我还以为你不在意，想跟我做朋友了呢。"

喻桉轻声回答："在意。"说完他又补充了一句："很在意。"

林栀语气带笑，一双眸子里都染上明媚和愉悦："我也很在意娇娇。"

……

林栀提着那袋药，对喻桉说道："走吧，我带你回家。"

"好，回家。"

车子停在楼下，林栀跟喻桉一起上了楼。姜红等在客厅里，听见门铃声，刚打开门，就看到了门口的喻桉和林栀。她瞧见了喻桉脸上的伤："这是怎么回事啊？是不是在外面被人欺负了？你带我找他去。"

喻桉感受到那种家长撑腰的感觉，那种感觉前所未有，他摇头："没被人欺负。"

"外面冷，进来说。"

家里早就提前备了阮征跟喻桉的冬天的拖鞋。喻桉跟林栀的拖鞋都是毛茸茸的，一黑一白，一双是毛茸茸的兔子，一双是毛茸茸的小狗。

喻桉换上了暖和的拖鞋，坐在客厅里，林栀坐在他旁边，姜红给他倒了杯热茶。

"发生了什么，你跟奶奶说，不想说也没关系的。"

喻桉只说是喻慕腾认为他推了代宁，喊保镖打了他，让他从喻家滚出去，他语气平淡得仿佛是在说别人的事。

姜红打心底里心疼这孩子，为什么不问清楚就对孩子动手呢？她觉得那个后妈对喻桉应当是非常不好的，要不然喻桉也不会坚持搬出来。她说："是他们的错，你没做错什么。"

喻桉点头："嗯。"他说完，又开口道："我今天要打扰你们一晚了，明天找到房子我就走。"

"说什么打扰？只要你想，这里永远都会有你一个房间，我是把你跟小阮都当亲孙子和亲孙女的。"

喻桉心中有种说不出的感觉，他点头："好的，奶奶。"

听见那句奶奶，姜红笑了："时间也不早了，我去收拾一下房间。"

喻桉看着姜红，犹豫半天，说了句谢谢奶奶。

"都叫奶奶了，还跟奶奶客气吗？"

"不跟奶奶客气。"

姜红笑道："这才对。"

喻桉从没见过自己的奶奶，没感受过亲情，如果有奶奶，应当就是这种感觉吧？

姜红把房间收拾好，对喻桉说道："收拾好了，你看看缺什么，跟栀栀说就行。"

喻桉点头："好。"

姜红走出去，又拿了个红包过来递给喻桉："压岁钱。"见喻桉不接，她眉头一皱，似是生气了："奶奶都叫了，不收红包吗？"

"收。"喻桉接了过来："奶奶新年快乐，迟到的拜年。"

"不迟。"姜红说着，又掏出一个红包递给林栀："这个给小阮。"

"好的，奶奶，我过几天给她。"

"行，你们两个小朋友聊天吧，我先去睡了。"

喻桉道："晚安奶奶。"

林栀也笑道："晚安，奶奶。"

……

"你要去洗澡吗？娇娇。"

喻桉点头。

林栀给他调好水温，对他说道："你去洗吧，小心伤口。"

"好。"

林栀坐在姜红给喻桉收拾好的房间里，喻桉的东西只拿出来一些要用的。她回房间拿了本书，又回来了，正看得入迷，就听见了敲门声。林栀打开门，忍不住笑了："回你自己房间还敲门？你要不要那么乖？"

她喜欢逗喻桉，喜欢看他害羞。

喻桉刚洗完澡，这会摘了眼镜，黑发同冷白的皮肤形成鲜明的对比。

"那件衣服你穿了没有？"

说到衣服，喻桉眸子里染上一丝不悦："脏了，被踩了一脚。"

他将那件衣服拿出来，不停地用手去拍被踩过的那块地方。

"是被那些保镖踩了吗？"

"嗯。"

"所以你是因为护着它才挨了那么多打是吗？"

喻桉对上她的眸子，点头又摇头。

"那只是一件衣服，比不上你重要，脏了就脏了，可以再买。"

"可那是……你买的。"

林栀莫名被感动到了，她用手轻轻拍了拍那件衣服："干净了，它不脏了。"

喻桉心底的不悦这才消散了些。

"你穿上我看看。"

"好。"

喻桉穿上这件衣服，倒是有些不自然了："好看吗？"

这件衣服有点挑人，穿不好的话会显得很臃肿。但喻桉比例好，高而瘦，宽肩窄腰长腿，他骨相很优越，眉眼清隽，单眼皮给他添了一丝清冷感，还带着些少年意气。林栀觉得喻桉披个麻袋都是好看的，不单单因为那张脸，还有气质。

"好看，超级好看。"

林栀喜欢夸他，因为喻桉本身就值得一切美好的夸赞词。那件衣服毛茸茸的，喻桉身上都是暖和的，不止身上，还有心里。

林栀看了一眼时间，道："不早了，早点休息。"

"晚安。"

"晚安，娇娇。"

……

第二天下午，三人一起去看了房，跟林栀同一个小区，不同栋。付完押金和房租，喻桉将自己的东西搬了进去。姜红和林栀还给他添置了些东西。明明是和以前差不多的布局，喻桉这会却觉得有些不一样。

沙发上多了可爱的抱枕，桌子上多了很多小摆件，就连门口都多了一条可爱的地毯。家于他而言，不再像以前那么冰冷而空旷，现在多了一丝温暖。

……

1月3日这天晚上，贺蒙在群里发了条信息。

【贺蒙】：家人们，我终于不用走亲戚了，明天出去玩吗？

喻桉看到了信息，给林栀私发了条信息。

【y】：明天出去玩吗？看舞狮。

【之之为栀栀】：好呀。

下一秒，贺蒙看见群里两个人齐刷刷回复。

【喻哥】：去。

【林同学】：去。

欸？难道是他前几天多想了吗？

紧接着是吴桐的信息。

【无无无桐】：家人们，去不了了，还在姥姥家，你们玩得开心。

【郑孚】：吴桐不去，那我也下次吧。

贺蒙在群里发了一大串哈哈哈，一直没怎么说过话的阮征突然发了一句话。

【阮征】：拉个人进来。

下一秒，阮征就邀请了人进来。

【贺蒙】：虽然不知道是谁，先欢迎再说。

阮征给温池发了条信息。

【阮征】：拉你进了我们的一个群，明天出去玩吗？

【小吉祥物】：可以吗？

【阮征】：当然。

【小吉祥物】：那我去。

【阮征】：行。

【小吉祥物】：周颢去吗？

【阮征】：我还没问。

温池看着她发过来的那句话，眼底满是失落。

……

最后是六个人一起。

……

1月4日这天，林栀跟喻桉先到了，贺蒙紧随其后，不出一会儿，阮征两人也到了。

林栀直接扑进她怀里，阮征稳稳接住她："想我吗？宝贝。"

"超级想。"

喻桉的视线一直落在林栀身上。

贺蒙看到了温池，笑道："温池，又见面了，好巧啊。"

"好巧。"

阮征松开林栀，问他："你们认识啊？"

温池跟喻桉和贺蒙都是认识的。

贺蒙点头："之前学生会里经常遇见。"

温池朝喻桉看过来，道："喻哥。"喻桉嗯了一声。

温池小声同阮征解释："领奖的时候经常碰见喻哥。"

之前在学生会的时候，他被人压一头，也是那众人口中冷漠的少年替他说了一句话。

周颢姗姗来迟，他怕阮征捶他，自动往林栀那边靠了靠。突然他觉得后背冷飕飕的，回头同喻桉对上了视线。虽然喻桉面无表情，但他总觉得喻桉的眼神有点冷。

他龇着牙打招呼："林姐，喻哥。"

阮征瞥了周颢一眼："你再来迟点更好，直接不用来了。"

"堵车了。"

贺蒙看他很眼熟，问他："你叫周颢？"

"对。"

"你好眼熟。"

"你拦过我跟阮姐。"

贺蒙：这事过不去了。他挠挠头，有点尴尬："下次绝对不拦你。"

"就喜欢你这种。"

两个人都是自来熟的性格，没聊几句就勾肩搭背一起走在最前面了。

贺蒙回头说道："咱们快去看舞狮。"

这会街上的人很多，鼓声一响，那醒狮动了起来。它本来是匍匐在地上的，眨着眼睛，动作灵敏。下一秒，呼声一阵，那金色的醒狮腾空而起。它步履矫健，每一次腾空而起都非常壮观。

周围的人都连连拍手。

林栀小声跟喻桉嘀咕："好厉害。"

喻桉点头："确实。"

阮征的视线一直落在醒狮身上，她看了看旁边的温池："你喜欢看吗？"

温池点头："喜欢。"

周颢跟贺蒙两个人已经开始举着手机，以后面的醒狮为背景自拍了。

表演过后，人群久久没有散去。

贺蒙道："前面小吃街特别多好吃的东西。"周颢一听，立刻两眼放光。两个人仿佛找到了知己一般，有种相见恨晚的感觉。

白白胖胖的糍粑煎得两面金黄，淋上红糖汁，撒上黄豆粉，吃起来绵软酥脆，里面又是软糯的口感，还带着一丝丝甜意。同行的几个人各自都买了一份。

贺蒙回头提醒喻桉："哥，这个有黄豆粉你别吃。"

喻桉点头："我知道。"

林栀笑着看他："我也不吃，陪你。"

"不用。"喻桉说着，就要给她买一份。

"前面还有很多好吃的。"林栀制止了他要买东西的手。

阮征吃到个好吃的，兴奋地跑过来，把食物喂到林栀嘴边："宝贝你尝尝这个，好吃。"

林栀尝了一口，点头："确实好吃。"

林栀跟阮征十指相扣地走在前面，温池跟喻桉走在后面，周颢跟贺蒙刚刚那会已经跑得没影了。不出一会儿，贺蒙拽着周颢又匆匆回来，跟大家说道："前面有家空气年糕超级好吃，我的最爱！"

周颢疑惑出声："这好像是你今天说的第六个最爱。"

"别管了，都是我的最爱。"

林栀跟阮征没忍住地笑了。

六个人就这样逛了很久。

"喻桉，你快过来。"

喻桉听见林栀叫自己，便走了过去，然后看到她手里拿着个小狗模样的毛茸茸的小包。

"好看吗？"

喻桉点头："好看。"

他又有些好奇："为什么是小狗？"

林栀笑了："不告诉你。"当然是因为喻桉像只乖乖的小狗。

她买了两个，一人一个。

贺蒙突然靠过来，从后面探出头："喻哥，林同学，我想了一晚上还是想不明白，你俩前几天真的没有闹别扭吗？"

林栀看了看喻桉："你喻哥他前几天闹别扭。"

喻哥？闹别扭？贺蒙怎么也不能把这两个词联系在一起。

下一秒，他听喻桉开口道："嗯，确实是我闹别扭。"

贺蒙内心狂喊，假的喻哥，绝对是假的。

2月13日，H市的高中都陆陆续续开学了。

……

3月17日，农历二月二十日，这天是周五。林栀晚上写完题看了一眼时间，这次比往日里写得快，这会儿才十点多。

她喊那头的喻桉："娇娇，我写完了。"

"好。"

"我能不能跟你通下视频？"

那头似乎有些犹豫："今天不行，明天吧。"

林栀有些失落："好吧。"

"有点事，先挂了。"

"好。"

林栀伸出手去戳桌子上的那个小挂件。喻桉他有什么事啊？为什么不跟她开视频？

林栀将脚底下的小乖抱起来："小乖，你说喻桉他干吗去了？"小乖摇头晃脑的，似乎在说："我也不知道。"

林栀同小乖玩了好一会儿，又将生物资料书拿出来背了一会儿。

林栀打开手机，用手戳了戳屏幕里喻桉的脸。

临近十二点，林栀伸了个懒腰，突然有些困了。她揉揉眼睛，准备站起来去倒杯水喝。

十二点了。

林栀突然听见手机的视频邀请声。她点了接听，屏幕里是六张脸，第一句话是喻桉先说的。

"生日快乐。"

"宝贝生日快乐！"

"林同学生日快乐！"

"林姐生日快乐！"

"生日快乐，栀栀。"

"生日快乐啊，林姐。"

林栀后知后觉才反应过来，今天是她生日，怪不得今天这几个人都奇奇怪怪的。她对着那几人开口说道："今天很快乐。"

挂了视频，林栀看到喻桉那边发的单独的视频邀请。林栀点了接听，那边很暗，少年手里捧着一个蛋糕，他说："吹蜡烛。"

"隔空吹是吗？娇娇。"

"你想出来吹也行。"

"什么？"

"我就在门口。"

林栀穿着拖鞋冲到门口，打开门，她看到了站在外面的喻桉。他手里捧着个蛋糕，正看着她。

林栀关上门，想着两栋楼距离还挺远的，问他："外面挺冷的，你骑车来的？"

喻桉犹豫几秒，点头，他说："先吹蜡烛。"

林栀双手合十，许了愿望，吹灭了蜡烛，她希望她在乎的身边所有人都能健康平安快乐。还有，她想跟喻桉、阮征、吴桐都去同一个城市。

"生日快乐，林栀。"

"我今天很开心，百分之两百的开心。"

两个人就那么坐在外面的楼梯上。蛋糕不大，却很精致，林栀切了一半给喻桉："一起吃吧。"

"好。"

两个人坐在楼道里吃完了蛋糕，喻桉收拾好垃圾，道："不早了，你快去休息吧，明天给你礼物。"

"好，你低下头。"

喻桉乖乖地把头垂了下来。林栀双手捧起他的脸，小声道："你脸好冷啊。"她的手软软的，触碰在脸上暖暖的。

"是风吹的。"

林栀收回自己的手，将围巾围在他脖子上，轻声道："回去注意安全。"

"好，那我走了。"

"拜拜。"

林栀看着他进了电梯，她给喻桉发了条信息。

【之之为栀栀】：到家说一声。

【喻娇娇小朋友】：好。

林栀回到自己的房间，开始回那些生日祝福，她先是点开了阮征发的信息。

【小阮阮】：祝我宝贝生日快乐！

【小阮阮】：转账 520 元。

【小阮阮】：为什么不回我？为什么不回我？为什么不回我？

【小阮阮】：你是不是有狗了？你是不是有狗了？

【小阮阮】：啊啊啊啊啊啊。

林栀立刻回复了她。

【之之为栀栀】：爱你爱你，最爱你了。

阮征回得很快。

【小阮阮】：你敷衍我！

【小阮阮】：你是不是有狗了？

【之之为栀栀】：只有你，最爱你了。

【小阮阮】：把红包收了，明天再给你礼物。

【之之为栀栀】：收到！

林栀又一一回了其他人的信息。她盯着和喻桉的聊天界面看，背景还是之前她做的。林栀看着看着，忍不住就笑出声了。

下一秒，弹出来一条信息。

【喻娇娇小朋友】：到家了。

【之之为栀栀】：那快睡吧，晚安。

【喻娇娇小朋友】：晚安。

……

第二天一早，林栀刚起床，就发现姜红在煮面。

"快去洗漱吧，给你煮的长寿面，马上就好了，加了两个鸡蛋，乖乖。"

"谢谢奶奶。"

……

中午的时候，林栀收到喻桉的信息。

【喻娇娇小朋友】：中午有空吗？

【之之为栀栀】：想请我吃饭？

【喻娇娇小朋友】：嗯，还有他们。

【之之为栀栀】：好呀。

林栀到了吃饭的地方，发现几个人都提前到了。她今天穿了件灰色的长款大衣，深灰色围巾，长发随意地披在肩膀上。一进去，她就被推到了最中间的座位上。阮征和吴桐将生日帽戴在她头上。

从进门的那一刻起，喻桉的视线就一直落在林栀身上。

大家都在唱生日快乐歌，一个蛋糕被服务员用小推车推了过来。

"吹蜡烛，吹蜡烛。"除了喻桉，所有人都在起哄。

林栀吹灭了蜡烛，看着大家，笑了。

贺蒙突然开口问道："林姐，你许了什么愿望？"

他一开始想叫小仙女，后来不敢叫，改成了林同学，现在被几个人同化了，开始叫林姐。贺蒙刚说完，就感觉一道视线落在身上，他回头，对上喻桉冰冷的视线。贺蒙挠挠头，尴尬地笑了笑。

林栀笑道："保密。"她切好蛋糕，将蛋糕分给所有人。

贺蒙跟周颢吃着吃着开始追着玩闹起来了。周颢被抹得半张脸都是奶油。

"阮姐，他欺负我。"周颢跑到阮征面前告状。

"你好丢脸。"

周颢：阮姐嫌弃他。

阮征转头跟温池说道："别学他，会变傻。"

温池点头："好。"

林栀将奶油抹在喻桉脸上，喻桉有些呆愣地看着她。

"给你也沾沾今天生日的喜气。"

"好。"

好像无论林栀做出什么事，喻桉都会说好。

"看镜头，娇娇。"

本来林栀是要拍两人照，突然其他几个人全部凑过来，照片变成了八个人的大合照。不，只有七个脑袋，因为周颢的脑袋被贺蒙挡住了。见状，贺蒙指着周颢哈哈大笑。下一秒，周颢直接涂了他一脸奶油。

贺蒙跑到林栀跟喻桉面前告状："他欺负我。"

"嗯。"

林栀总觉得喻桉那句嗯好像在说，知道了，玩去吧。

礼物堆了一地，林栀不知道要怎么带回去。喻桉跟她说道："吃完饭，我跟你一起弄回去。"

"好。"

吃完蛋糕，几个人又跑去外面吃火锅。3月的天还有些冷，火锅煮得沸腾，八个人围在一桌，好不热闹。

……

吃完饭后，几个人都回了家。

"栀栀交给你了，我回去了。"阮征对喻桉说道。

"好。"

林栀依次跟大家挥手说再见。

她看了看旁边的喻桉："我们也回家，娇娇。"

"回家。"

……

喻桉将林栀送到了家里，他看着林栀先拆自己送的礼物。林栀打开了第一个盒子，里面是一本资料书。

"娇娇。"

"嗯？"

"什么意思？"

"这个很适合你。"

林栀没忍住地笑了："好吧，娇娇说适合我，那就必须写完。"她又拆开第二个小盒子，里面是一条纯白色的裙子，领口处点缀着珍珠链条，腰部还有收腰的设计。

林栀笑了："你怎么知道我缺一条白裙子？送到我心坎上了。"

"你喜欢就好。"

林栀又拆了其他人送的礼物。

阮征送的也是一条裙子，吴桐送的是项链……

那天，是她的十七岁生日，林栀印象深刻，永远会记得。

……

春末夏初，阮征做了一个决定，她选择学美术走艺考，她画画很好，也有绘画的底子。之前她没有考虑过走艺考这条路，可高二下学期来临时，身边所有人都在冲刺，阮征觉得，她也不能拖了林栀的后腿。她要跟她去同一个城市，绝不只是嘴上说说那般。

或许会有人说艺考是捷径，但通往高考的路从来都没有捷径二字。艺术需要天赋和热爱，背后付出的努力跟文化课比没有谁多谁少这一说。

无论阮征选择哪条路，阮父阮母都很支持。

……

初夏来临之时，天气已经有点热了，阮征就要去参加集训了。她临走前，跟温池说："有空会回来看你们。"

"等你回来。"

周颢跟阮征说道："其他兄弟姐妹交给我就好了。"

"你可别欺负他们。"

"阮姐我是那种人吗？"

"是的。"

"阮姐你不信我。"周颢说完，大声道："我们都等你回来，阮姐。"

"好。"

"我会想你的，阮姐。"

"别整煽情这一出。"

周颢想说，他真的会想阮征，他已经习惯有阮征陪伴的日子了，有什么事情都是阮征来决定。他们中间有人被欺负了，也都是阮征带着找回去，所以他们每一个人都很信服阮征，阮征说的话就是真理。

阮征又去找了林栀跟喻桉，她说："栀栀交给你我很放心。"

……

高二下学期的期末考，林栀考了 450 分。对于别人来说，这个分数算不得什么，但是对于林栀这种天生就算不得聪明的人来说，她要往前跑十步才能追上别人走一步。

……

2017 年 9 月 1 日，高中生涯开始进入最后一年。学校里立了一块大牌子，上面写着：高考倒计时 280 天。

高考就像一座大山一般，压在所有人身上。没有人不紧张，没有人不想前进。

……

这一年的寒假来得尤其快。

林栀在最后一次期末考中，首次突破了 500 分。她说想追上喻桉的脚步，从来都不是嘴上随便说说而已。翻到烂的资料书，满满一抽屉的用完的笔芯，总也熬不完的夜，靠着咖啡和薄荷糖撑着的白天……

那时候的累和苦，流过的眼泪和汗水，抱怨过的痛苦，分享过的快乐，后来想想，都是再也回不去的青春。

……

2018 年 2 月 15 日，这天是大年三十，除夕夜。

八个人的小群里突然热闹了起来。

【贺蒙】：一起跨年吗？家人们，高中的最后一次了。

【周颢】：好啊好啊。

【阮征】：我集训都憋疯了。

【郑孚】：去！怎么不去？最后一次了！

【吴桐】：好呀！

最后六个人开始在群里疯狂呼叫林栀跟喻桉。一直迟迟不说话的两人突然开口说话了。

【林栀】：这还用问吗？当然是一起跨年！

【喻桉】：一起跨年。

几个人聚在之前那家火锅店里。点菜的时候，菜单被递到了林栀、吴桐还有阮征这边。三个女生点完了菜，又递了回去。

贺蒙跟周颢抱来一堆饮料，分给众人。

"喻哥你别喝这些。"贺蒙道。

"好。"

贺蒙正说自己去给喻桉拿瓶别的，就看见林栀拿着瓶酸奶过来了。

"娇娇，你喝这个。"

喻桉看着林栀递过来的酸奶，点头："好。"他一直静静地听别人的聊天内容，并时不时看看林栀。同林栀对视上，他又会收回自己的目光。

林栀凑近他，小声问道："怎么啦？"

"没事。"

郑孚将牛肉倒入已经煮开的火锅里，冲几人说道："等会就可以吃了，煮久了会老。"

他刚说完，贺蒙就准备夹起来了。

郑孚道："也不至于那么快。"

周颢敲了一下他的筷子："就你着急。"

"那你别吃。"

"我就吃。"

吴桐看了一眼锅里的牛肉："现在可以吃了。"

周颢夹了一块刚放进嘴里，听见贺蒙问："咱们吃完饭去哪里？"

他刚想回答，不知怎的整个人直接摔下椅子，摔得四仰八叉，筷子飞得老远。

贺蒙赶紧把他扶起来："怎么？这牛肉好吃到你摔倒？"

"不是，有点激动。"

阮征问他："牛顶你椅子了？"

"没有。"周颢揉揉屁股，开口说道："我是想说，咱们吃完饭，去唱歌吗？"

贺蒙很是捧场："好啊好啊。"

吴桐也道："行啊！"

阮征问温池："想不想去？你不想去先送你回去也行。"

"想。"

"那行。"

林栀正小声跟喻桉说悄悄话，忽然所有人目光都落在他俩身上，她问道："怎么了？"

贺蒙突然觉得，跟林栀在一起的喻哥，跟平时他认识的喻哥，完全是两个人！

"咱们去唱歌吗？"阮征看着喻桉跟林栀两人问。

"去啊！宝贝。"

喻桉听见林栀说可以，点头："去。"

……

吃完饭，八个人很快就到了KTV。贺蒙跟周颢在拿着麦克风对唱，林栀跟喻桉则坐在角落里。

"娇娇，还没听过你唱歌。"

喻桉没听清她说什么，疑惑地看了看她。

林栀总觉得他那表情有点懵，她贴近喻桉的耳朵："我说，还没听过你唱歌，一会儿去不去唱歌？"

"去。"

灯光打在喻桉脸上，林栀看着他，扬着唇笑了。

贺蒙正唱得开心，突然看到喻桉过来了。嗯？喻哥要唱歌？他立刻将手里的话筒递给喻桉："喻哥，你来。"周颢识趣地将话筒递给林栀："林姐你俩一起。"

林栀点了首关于青春的歌。两个人的声音一个偏冷，一个暖暖的，却出奇相配。

贺蒙看着两人，同旁边的周颢对视一笑。

然后贺蒙举起手机，将两个人唱歌的全过程都录了下来，后边的吴桐跟郑孚自觉地充当起气氛组。阮征一边跟温池小声讲话，一边将视线落在林栀身上。

这首歌很快就唱完了。

林栀看见贺蒙一直举着手机，冲他开口说道："等会发我一份。"

"好，这就发。"

唱了会歌，几个人又玩起了扑克牌，扑克牌只有一桌，所以只有四个人玩。贺蒙问所有人："你们谁要玩？"

阮征开口说道："我玩得多，就不玩了，让小温来吧。"

郑孚看了看吴桐："我给你当军师。"

"喻哥和林姐呢？你俩谁来？"说话的是周颢。

"我来吧。"林栀朝喻桉看过去。

贺蒙洗好牌，笑道："看看这局谁是地主。"

没过一会儿，他自己摸到了地主牌。贺蒙先撂出狠话："我绝对赢。"

周颢看了看他的牌："这把稳了。"

贺蒙先丢出来一张 3。

温池紧跟其后一张 4。

吴桐出了一张 J。

林栀还没理清楚自己的牌，喻桉就抽出一张 2 丢了出去。

贺蒙对上喻桉的视线，试探性地开口："能一把丢吗？"

喻桉没说话，只是静静地看着他。

贺蒙犹豫几秒开口："我不要。"

喻桉站在林栀后面，伸手替她整理好手里的那些牌。他们靠得很近，林栀几乎能闻见他身上干净清冽的味道。

"那我们出了？"

贺蒙听着喻桉的话，看着他从林栀手里抽出一把牌，3 到 J 的顺子。

贺蒙直接扔了一个炸弹。

林栀又丢出来那两张大小王。

贺蒙懵了，这就玩完了？他手里的牌还没攥热乎。贺蒙看着自己手里的牌，那叫一个后悔。

温池亮出自己的牌："我也可以一把丢。"

周颢拍拍贺蒙的肩膀："咱俩必输的。"

几个人都笑了起来。

林栀冲喻桉伸出拳头，喻桉知道她这是想庆祝的意思，于是伸出拳头轻轻地碰了上去。

"这把你来，娇娇，我在旁边观战。"

"好。"

喻桉替换了林栀的位置。

这一局，贺蒙又是地主，果不其然他又输了。温池跟喻桉直接堵得他牌都出不来。

吴桐跟郑孚相视一笑："咱俩好像是一直捡漏赢。"

几个人玩了好几局，好像除了贺蒙，其他人谁当地主都能赢。

……

夜色渐深，几个人都看了一眼手机的时间。阮征突然提议："要不然去海边吧？想去的举手。"最后全票通过。就这样，八个人浩浩荡荡去了海边。

兴许是迎接新年的缘故，这会海边还有挺多人的。风吹在脸上有些冷，夜已经深了，但是没有一个人是困的。所有人都看着放在沙滩上的烟花。

阮征不知从哪里借来一把吉他，她怀抱吉他，手指轻轻拨动琴弦，脸上带着笑意。其他人都在跟着唱歌，是鹿晗的《我们的明天》。

"我看着，

没剩多少时间，

能许愿，

好想多一天……"

林栀每次听到这首歌，都觉得有种要分别的感觉，转眼之间，她们三年的高中生活只剩下最后半年。

吹着海风，大家脸上都洋溢着笑。进入最后一分钟倒计时。烟花已经蓄势待发，在最后的那一刻，烟花的导火索被点燃，沙滩上所有人都在高声数数。

"五。"

"四。"

"三。"

"二。"

"一。"

"新年快乐。"

八个人将新年快乐说出口的瞬间，一簇簇烟花飞向天边。烟花正如他们的青春一般，美好绚烂。没有人会永远十七岁，没有人会永远年少，但是属于青春的美好回忆，会永远定格在那瞬间。

"高考必胜！"绚烂的烟花下，八个人同时喊出了这句话。

第十四章

第一次食言

林栀在寒假想去 W 市，那里的两所大学刚好有她跟喻桉想读的专业。

喻桉说："你在哪，我就去哪。"

高考倒计时的数字在一天天变小。

一模考试，林栀第一次突破了 500 分。

二模考试，林栀考了 523 分。

三模考试，林栀考了 544 分。

然后，在这之后，她的成绩就卡在 544 分没再往上动过了。

林栀深知那些太难的题她做不出，她只能把能拿到的分全部拿到手。

......

夏天到了，气温越来越高。已是 6 月 4 日了，距离高考还有两天。

吃完午饭，乜瑛抱着一个箱子去教室，她刚从办公室出来，就碰见了八班的两个女生。

"乜老师，你要去班里吗？"

乜瑛点头。

"交给我们吧。"两个人说着，接过乜瑛手里的箱子，并排走在乜瑛身边。

"乜老师，这箱子里是什么呀？"

"等会你们就知道了。"

箱子放在了讲台上，乜瑛站在讲台上，看着底下一张张仰起来看她的脸，心中突然有些复杂。

"下午的毕业证拍摄结束，崽崽们就可以回家了，在家好好休息，准备迎接高考。"

"明后天不用来吗？乜老师。"

"不用来，你们提前去踩点熟悉一下考场就好，一定要记住定好闹钟不要睡过头，准考证别忘带，有事就找自己校区的负责老师，听到没有？"

"好的！乜老师。"

然后乜瑛打开箱子，道："来几个人，过来分一下东西，送你们的高考礼物。"她给每个人都准备了一支定制笔，上面刻着名字。还有一根手链，是那种红色的绳，上面的小木牌上印着"高考必胜"四个字。手链跟笔分到了每一个人的手里。

底下是异口同声的声音："谢谢乜老师。"

"提前祝你们金榜题名。"

"好！"

第一节课，乜瑛刚进教室，就看到了黑板上写着的请假条。请假人是八班全体成员，时间是永远。瞬间她有些眼酸，随后拿起桌上的粉笔，在老师那一栏写下三个字：不同意。

"毕业了可以回来看我，我一直都在。"

"一定会回来的。"

"乜老师等我们！"

"想哭。"

她刚说完，班里就有人哭了。此时响起敲门声，乜瑛打开门，外面站着班里的两个男生。

"这是我们全班送给我们最最最漂亮的乜老师的花。"

乜瑛接过那束花，道："谢谢。"

毕业意味着分开，原来都在一个班里，在这场考试过后，大家都会前往不同的城市，遇见不同的朋友。

在最后几天，所有人突然就明白了那句"我们总说毕业遥遥无期，转眼就要各奔东西"。

刚踏入高中的时候，总觉得三年很长很长，有写不完的作业，熬不完的夜，背不完的书……从一开始的迷茫到后来的为了目标而努力，到最后几天，突然发觉这三年过得很快很快，一转眼，就剩下几天的时间了。

乜瑛抱着花，站在讲台上，道："高考加油，崽崽们。"

底下是异口同声的回应："加油。"

那声音，带着激情和少年人的意气风发，仿佛要冲破屋顶一般。

……

最后一节课，所有人都下去拍毕业照。乜瑛坐在第一排中间，旁边是其他任课老师，后面是八班的全体成员。他们都穿着校服白衬衫，每个人眼里都有光。随着一句"茄子"，画面被定格了。

林栀回头的瞬间，恰好同身后的喻桉对视上。

太阳炙烤着大地，蝉在树上喋喋不休地鸣叫着。班上很多人这会都在互相合照。林栀跟熟悉的不熟悉的人都拍了照片。喻桉就站在旁边，依旧面无表情，只是安静地看着林栀，但是细看，就会发现那表情有点幽怨，又似乎夹杂着些委屈，像是在说：可以轮到我了吗？

林栀跟一个女生合完照，终于奔向喻桉："我们合照，娇娇。"

"好。"

两个人坐在树阴下的草坪上，白衬衫被风灌得鼓鼓的，阳光洒在两个人身上。

吴桐举起手机给两个人拍照。

林栀看了看喻桉："笑一个，娇娇。"喻桉同她对视上，唇角立即弯了起来。蓝天、阳光、绿草地、白衬衫，还有看着彼此的两个人，在那一刻都被记录下来。

喻桉朝林栀看过去，她眼睛带笑，眼里有光："娇娇，就快高考了，一起去 W 市啊。"

"好，一起去 W 市。"

……

6 月 6 日这天，林栀真正坐在考场的那一瞬间，觉得这一次跟以往的每一次考试都不一样。她紧张得手心都在冒汗。

林栀想起他们的约定，要一起去同一个城市，她深呼吸了一下，把心中那抹不安平复下来，然后开始答题。时间过得很快，语文考试还剩下最后十分钟，林栀停下笔，检查了一下涂卡有无错误。

与此同时，另一边的喻桉，也刚好停下笔，两个人不在一个考点，却同时看着窗外。

林栀想，喻桉肯定写完考卷了。

喻桉想，她应该写完考卷了吧？

……

6 月 8 日这天，最后的英语考场铃声响起的那一刻，宣布了属于他们那一届的高考正式结束。

林栀收拾好自己的东西，清点完试卷跟答题卡以后，走出了考场。她突然觉得压在心底的那一块大石头落了地。她走得很快，刚开机就收到了喻桉的信息。

【喻娇娇小朋友】：外面晒，找个阴凉处等我。

【之之为栀栀】：好，等你！

林栀站在门口，看着来来往往的人群，忽而听到熟悉的声音响起。

"林栀。"

林栀抬头，看见喻桉向自己走来。他怀里抱着束茉莉，是米白和深绿色的那种包装。茉莉是林栀最喜欢的花，因为它的花语。

喻桉撑开手里的伞，打在她头上，然后将花递给她。

"给我的啊？"

"嗯。"喻桉在隔壁一所高中考试，怕她等得急，他抱着花，几乎是跑着过来的。

林栀接过他手中的花，笑道："花我很喜欢。"

听她说喜欢，喻桉的眸子顿时亮了亮。

两个人一起走在回家的路上，喻桉一只手撑着伞，另一只手拿着小风扇，对着林栀那边吹。他忽而停下脚步，话还没说出来，耳朵先红了。

"林栀。"

"怎么了？"林栀停下脚步看他。

"你愿意跟我……一起前行吗？"

"有反悔的机会？"林栀逗他。

喻桉以为她是后悔了，眸子里闪过一丝失落："有，如果你……"

他那句"如果你不喜欢这么做，可以反悔"还没说出口，就听见林栀干脆的声音："我不反悔，因为我，最喜欢喻娇娇呀。"她的声音明媚，仿佛这 6 月里的艳阳天一般。

喻桉的心仿佛被什么东西触碰到了一般。

一种说不出的感觉遍布四肢百骸，他的心跳得很快。

回去的路上，两个人的手不小心碰在一起，喻桉低头看着两个人的手，又收回视线。

如果可以，他真的希望这条路可以长一点，再长一点。

"娇娇，青巷那边开了一家刨冰店，你想去吃吗？"

"想。"

"那等会把东西送回家，咱们就去。"

"好。"

把考试用具跟花送回家里，两人坐车去了青巷那边。

林栀问喻桉："你还记得那边吗？"

"记得，因为看电影。"

"对，咱们之前在那边看过电影，还下雨了。"

那是两个人第一次看电影，林栀印象深刻。

"等会还想去看电影吗？"喻桉问她。

"有什么新上映的片子吗？"

"有。"喻桉找出最新上映的几部片子，一一拿给林栀看。

其中一部校园爱情的电影林栀挺感兴趣。

"看这个吧。"

"好。"喻桉订了一个小时以后的票。

看完电影刚好八点半。那家刨冰店生意很好，人很多，两个人在外面等了好一会儿才进去。

喻桉问她："你想吃哪个？"

林栀指了指杨枝甘露雪山牛乳刨冰。喻桉点了两份一样的。

刨冰端上来，林栀看他吃了一口，问他："好吃吗？"

"好吃。"喻桉之前不喜欢吃甜食，但现在却喜欢了。

放在桌上的手机突然亮了起来，喻桉看了一眼，没有备注，但他知道那是喻慕腾的另一个号码。

"你要出去接一下吗？"

"嗯。"

"那我在里面等你。"

"好。"

喻桉拿着手机走了出去，点了接听："有事？"

"没事不能给你打电话了吗？"

"没事我挂了。"

"敢挂你老子电话？没教养的东西。"

"所以您还有事吗？"

"我给你办好了出国留学的手续，通知你一声，过些日子去F国。"

"我有自己想去的学校。"

"是想去W大？跟那个叫林栀的女生一起？"

听见这话，喻桉语气冷了起来："你调查我？"

"别说得那么难听，我了解了解自己的孩子，有什么错？"

了解？简直可笑。

"你凭什么觉得我会乖乖听你的话出国留学？"

那边的喻慕腾笑了："小桉啊小桉，我可以给你把线放得长一点，给你一点自由，你别忘了你是谁的孩子，我是在通知你，不是在跟你商量。"

喻桉一直以来拼命读书，就是为了摆脱那个家。

"我不会去的。"

"就想跟林栀去一个地方是吧？"

"跟你有什么关系？"

"跟我有什么关系？你是我的孩子，你说跟我有什么关系？我说了，我只是通知你，去不去你自己决定，后果自负。"

喻慕腾说完，就挂断了电话。喻桉盯着黑掉的手机屏幕，想了想他说的那句"后果自负"，有些发怔，他想做什么？

喻桉将手机收进兜里，推门走了进去。

"娇娇，出什么事了吗？"林栀总觉得他的表情有点奇怪。

"没事。"

林栀不信，盯着他看了半天。

喻桉将心中那些猜测压了下去，道："真没事。"

"那你快吃，就快化掉了。"

"好。"

……

两个人看完电影已经是晚上八点多了。

"奶奶还在外面，咱们去找奶奶吗？"

"好。"

乘着晚风，两个人骑着共享单车穿梭在城市的街道上。两人很快就到了姜红平日里摆摊的地方。林栀停好车，冲喻桉开口道："走吧。"

"好。"

这会已经是晚上九点多了，姜红收拾好东西，就准备骑车回家了。

林栀跟喻桉朝着姜红那边走去，看到姜红似乎在准备过马路，她想喊姜红，又怕她分心。一辆小轿车侧冲过来，姜红看到了那辆车，她想要避让，结果一个急转弯，冲进了道路旁边的绿化带里。

"奶奶！"

林栀跟喻桉就在对面，目睹了全过程。

林栀急得直接想冲过去，却被喻桉拉住，这会是红灯，马路上车水马龙，她急得眼眶都红了。

"就快绿灯了。"

林栀整个人脑子都是空白的。

"绿灯了，我们快过去。"

"好。"

两个人和路人一起将姜红的车弄了出来，车上的东西撒了一地。

林栀跟喻桉顾不上这些，先去扶姜红起来："哪里疼？我这就打120。"

姜红的脸被道路两旁的绿化带划破了，膝盖也有点擦伤。从那辆黑色轿车下来一个男人，他对姜红说道："不好意思，这事我负全责，我赔钱给您。"他说着，从钱包里掏出一沓红色钞票。

姜红又给他推了回去："我没什么事，下次开车注意点。"

"您说的是。"

喻桉的视线落在男人身上，又收回。

最后姜红只收下了200元钱。两个人把她送去了附近的医院里。经过检查，姜红并无大碍，只是多处擦伤，用不着住院。

林栀想想刚刚发生的事，还心有余悸："奶奶，今天可吓死我了。"

"乖乖，不怕，奶奶没事。"

喻桉将林栀跟姜红送回了家，他刚下楼，就收到一条信息：还满意吗？

发信息的人是喻慕腾。

喻桉眼底染上寒意，拳头都攥紧了。他看见那个男人的时候，就知道，今天晚上的事绝对不会那么简单。果然是喻慕腾。

……

喻桉去了喻家。

管家瞧见他，热切地喊他："大少爷，您回来了。"

"他在不在？"

管家一头雾水："他是谁？"

"你们喻总。"

管家瞬间反应过来："喻总他在书房里忙呢。"

他话音刚落，喻桉就进去了。代宁在一楼，看见他，刚想说话，就看见喻桉直接上了楼。喻桉来到三楼，伸手扣了一下门，里面传来喻慕腾的声音："谁？"

"我。"

喻慕腾从里面打开门，笑了："怎么，想通了？"

"今晚的事是你做的吧？"

"什么是我做的？"喻慕腾佯装无知。

"我知道是你。"

"哈哈哈，那老太太自己不小心，怎么能说是跟我有关系呢？"喻慕腾说完，又笑了，"而且，你有什么证据是我做的？"

"你到底想干什么？"

"今天的事，只是给你一个警告，忤逆我和去F国，你自己选一个。"

"我凭什么信你？"

"那这个随便你了，我给了你选择。"

喻慕腾说完，站起身冲喻桉笑道："你可以去，也可以不去，我也没有逼你一定去对吧？只不过是给了你一个小小的提醒，帮助你做一下选择而已，我送你出国是想栽培你做喻家继承人，你别不知好歹。"

喻桉冷冷地看着他："我不需要。"

"别用这种眼神看我，我是你爸。"

屋内的气氛瞬间降到了冰点，两个人之间有些剑拔弩张。

喻慕腾又坐回到自己的位置上，他轻抿了一口茶，指尖轻点桌面，语气很随意："下一次就不会是差一点了。"

听闻，喻桉浑身的血液仿佛要凝固了一般。可他没有叛逆跟任性的资本，他就像一片小树叶，根本撼动不了大树。

"我可以给你时间好好想想，是听我的话出国，还是跟她一起去 W 市。"

好半晌，喻桉才开口："我怎么信你？"

"决定好了？"

"我怎么信你？"

喻慕腾笑了："你是觉得你现在有跟我讨价还价的资格？"

喻桉看着他，指甲几乎要嵌进肉里："我会出国留学，也麻烦喻总记得自己的承诺，不要出尔反尔。"

"那是自然。"

"若是喻总出尔反尔伤害她们。"喻桉说完前半句，盯着他看，"那就鱼死网破。"

"哈哈哈哈，跟我鱼死网破？还是以卵击石？"

"记得您说过的话就行了。"喻桉懒得同他多废话，转身就准备走了。

代宁恰好碰上下楼的喻桉："不留下来吃饭吗？"

喻桉没回应她，直接走了。

代宁推开门，坐到了喻慕腾的旁边，语气娇嗔："你还要忙多久啊，腾哥。"

喻慕腾关掉电脑，把她揽进怀里："这就不忙了。"

"你真要送喻桉出国留学吗？"代宁有种危机感。

她给喻慕腾生了个儿子，为的就是这蠢货的家产。他送喻桉出国留学，不会是要培养喻桉以后来继承喻家吧？

"当然是真的。"

代宁又不能明面上问出来，只能拐弯抹角地套他的话："国外有些大学的专业更领先一些，小桉本来成绩好，到时候毕业了还能帮腾哥分忧。"

喻慕腾闻言笑了，伸手揉了揉她的鼻子："分忧不分忧不是主要的，我送他出国只有一个目的，我要他俩分开。"

代宁立刻反应过来："你是说那个女孩？"

"对，一穷二白，没家世，没背景，门不当户不对，也配进喻家？"

代宁闻言开口："我当初跟你不也是有差距？"

"她跟你能比吗？"

代宁佯装害羞，同喻慕腾开口道："我瞧着小桉还挺在乎那个女生，这次回来是特地说这事的吧？"

"嗯，小孩子过家家的游戏，撑不了多久。"

他俩现在的喜欢也不过是一时的喜欢。等喻桉真的去了 F 国那边，距离、时间，两个人迟早会生疏。

"说得也是。"代宁靠在喻慕腾怀里，笑容格外灿烂。

……

喻桉回了家，打开灯，看到了沙发上的抱枕。他将那个抱枕拿起来，抱在怀里，那是林栀带他回家后，第二天租好房子，姜红跟林栀一起给他买的。两个人约定好一起去同一个城市，可他没办法做到了。

喻桉不知道该怎么跟林栀开口。

听见手机铃声响起，喻桉看了一眼，是林栀的视频邀请，他点了接听。

那边的林栀似乎是刚洗完澡，身上穿着浅色的睡裙，头发随意地披着。

"娇娇。"

"我在听。"

"咱们明天去哪里玩呀？"

"你想不想去新开的游乐园？"

林栀笑道："好啊。"

"我明天去接你。"

"好，那我等你。"

喻桉看着屏幕里的林栀，心情有些复杂，他尽可能地敛下眼底的情绪。

"你看小乖，它把我鞋叼走了。"

视频一转，对准了"罪魁祸首"小乖。小乖似乎是察觉到了一般，叼鞋的动作立刻顿住，又乖乖把鞋叼了回来。

林栀被它逗笑了："怎么？在我面前就不听话是吗？"

小乖摇着脑袋，似乎是在说，我没有。

"它没咬鞋吧？"

小乖叫了两声，似乎是有些委屈。

林栀笑道："咬鞋倒是没有，就是喜欢叼着鞋到处跑，是不是啊？小乖。"

她说着，将小乖抱进怀里，伸手去挠它的下巴。

喻桉看着镜头里的一人一狗，眼底情绪复杂。

两个人聊着聊着，不知不觉就十一点多了。

"不早了，快睡觉吧，娇娇。"

"好，晚安。"

"晚安。"

林栀看着喻桉没有挂断视频，笑着问他："怎么？不舍得我？"

"嗯。"

林栀听着他嗯了一声，有些耳热："明天就见到了，快睡吧。"

"好。"

"晚安。"

……

"林栀……"

"你到底怎么了？"

"我要跟你说一件事。"

"什么事？"

"我不能跟你去同一个城市了。"

"什么意思？"

喻桉看着林栀不解的表情，犹豫再三，还是说出了口："我要出国了。"

"为什么？"

喻桉听着她那句为什么，不知道该怎么回答。

"我们不是说好了要去同一个地方的吗？"

"对不起，我……食言了。"

"我追赶上你的脚步，你居然食言，既然如此，也不是同路人，那我们绝交吧。"

喻桉动了动嘴唇，那句好怎么也说不出口。他的心脏有种刺痛感，像是被人攥紧了一般，喘不上气来。喻桉猛地睁开眼睛，从床上坐起来，房间里漆黑一片。原来是梦。

他拿起床头柜上的手机，看了一眼时间，才半夜两点多，离他睡觉只过去半个小时。

喻桉从床上下来，拉开了窗帘，这会天上还稀疏地挂着几颗星星。他重新将窗帘拉上，躺回床上，却怎么也睡不着了。

屋里黑漆漆的，喻桉心里很乱。

明明他们两个都约定好了。他想过很多，想过因为滑档可能不在一个学校，想过以后可能会遇到很多挑战，独独没有想过这个。

窗外逐渐亮了起来。

不知不觉天就完全亮了，喻桉一直没睡着，他拉开窗帘，去了浴室洗漱。洗漱完，喻桉照常去外面跑步，运动完，他在街边买了早饭，又回到家。吃完早饭，洗完澡，喻桉坐在房间里，看了一眼手机，才七点。

无论如何，他都要跟林栀说这件事，哪怕林栀不会原谅他，他也不能拖到最后再告诉她。

……

早上八点，喻桉收到了林栀的信息。

【☆】：早！

【y】：早。

【☆】：我先去洗漱吃早饭，收拾好找你。

【y】：不着急。

大概半小时以后，喻桉收到了林栀发来的信息。

【☆】：我好了。

【y】：我在楼下。

喻桉关掉手机，站在楼下等林栀，不一会儿他就看到林栀冲自己跑过来。她穿着纯白色的裙子，裙身带着收腰设计，腰不盈一握，裙子底下露出半截小腿匀称笔直。那天她扎着高马尾，很有青春气息，长相清冷但并不寡淡，五官清丽，一双眼睛生得极好看，眼尾带着细小的痣。

林栀走到他面前，笑得眉眼弯弯："走吧。"

"好。"

喻桉撑开伞打在她头顶上。

……

两个人到游乐园时是上午九点多。喻桉将伞递给林栀："你等一会儿，我去取票。"

"一起吧。"

"不用，你等我就好。"等会还要走很久，喻桉不想让她排队，站得腿疼。

……

游乐园里这会人很多。

喻桉对林栀说道："人多，别走散了。"

"好。"

两人路过一个卖发箍的地方。林栀停下脚步，多看了两眼。喻桉拉着她走到那卖发箍的男人旁，问她："想要哪个？"林栀拿起一个棕色的小熊耳朵跟一个白色的小熊耳朵："这两个。"喻桉扫码付了钱。

"娇娇，你会不会觉得戴这个在这里面玩尴尬？"

"不觉得，自己花钱买的，为什么尴尬？"

"你说得对！"林栀说着，将一个小熊发箍戴到他头上。

"好可爱啊，娇娇。"

喻桉表情不自然地挪开视线。

两个人一起坐了海盗船，玩了摩天轮，还去了恐怖主题的影院……几乎是游乐园里所有的游戏设施，两个人都玩了一遍。两人一直玩到了下午。

六点多，整个游乐园都弥漫在落日余晖里，仿佛镀上了一层金色的光。

林栀拉住喻桉的手，对他说道："所有项目我们都玩完了，出去逛逛吧？"

"好。"

游乐园附近就是一条商业街，街上琳琅满目，卖什么的都有。夏夜的晚风都带着暑气，两个人一起穿过那长长的商业街，最后去了吃饭的地方。

晚上八点多，两人吃完了晚饭。

喻桉身上挎着林栀的包。林栀冲他伸出手："回家了，娇娇。"

"回家。"

两人穿过城市的大街小巷。

林栀忽然说道："娇娇，我好怕我到时候考得太差，不能跟你去一个城市了。"

说到这个，喻桉身子一僵，他对上林栀的视线，那双眼睛清澈无比，眼底映着他。喻桉心中有些复杂，他动了动嘴唇，最后还是决定现在就说出来。

"我想跟你说一件事。"

"怎么了？"

"我不能跟你去一个城市了。"

林栀愣住了，有些没反应过来他话里的意思，不能去同一个城市了到底是什么意思？

她下意识就问："什么意思？"

"我要出国了，不能跟你去一个城市了，对不起。"

"为什么？"

林栀的每句话都跟梦里的一样，喻桉怕她下一句就是我们绝交吧。他沉默半天，还未开口，就听见林栀说道："娇娇，我不会阻止你奔赴更好的人生，你不用跟我说对不起，前途更重要，我们只是不能去一个地方了，又不是再也不能见面了。"

林栀昨天就觉得喻桉有些奇怪，情绪似乎也有些不对劲。但喻桉说没事，她也就没有再多问。林栀觉得，他可能不是自己想出国的，要不然也不会从昨天到今天都有些低气压。她不想难为他，喻桉不想说，那她就不问。

喻桉看着她，情绪有些复杂："你不怪我吗？"

"当然怪，我这一年多的努力和冲刺就是为了跟你去同一个城市，小骗子喻娇娇。"

"是我的问题，对不起。"

喻桉没有被守护过，他也不知道怎样去守护一个人，他只想把最好的都给她。他在学习上几乎没有解不开的难题，但面对感情，他常常会感觉到无措。

"那你怎么补偿我？还不快抱抱我。"

林栀话音刚落，少年就把她抱了个满怀。

她将脸埋进喻桉怀里，小声问他："你要去哪里？"

"F国。"

"你喜欢那边吗？"

喻桉沉默两秒才开口："那边金融专业很好。"他回避了林栀那句喜不喜欢。

"是不是因为他强迫你过去？"

喻桉一愣，原来她知道。

"是。"但喻桉没说具体为什么，他看着林栀，"还是要说对不起，我食言了。"

他也很想跟她去同一个城市，很想很想。

"作为你食言给我的补偿，明天陪我去看日出吧。"

"好。"

……

凌晨三点多，林栀给喻桉发了一条信息。

【之之为栀栀】：我收拾好了，等会就可以出发了。

【是我的娇娇】：我在门口。

【之之为栀栀】：等我。

【是我的娇娇】：不急，我等你。

林栀换好鞋，就看到了门口的喻桉。

他觉得大晚上不安全，直接来门口接她。

林栀坐在后座，耳边是呼呼的风声，她的头发被风吹得扬起来，她抱住喻桉的腰，将脸贴在他背上。她很舍不得喻桉，但她也知道，若不是有不得已的理由，他也不愿离开。

道路两旁的路灯还亮着，这会路上没什么人，偶尔碰见几个夜骑的和同样去看日出的人。

"喻桉。"林栀叫他。

"我在听。"喻桉微微侧过头看她。

"我们不止要一起看日出，还要一起看日落。"

"好。"

车子停在了海边。

林栀看了一眼手机，这会儿已经是凌晨四点五十分了。

海边这会有挺多人，都是来看日出的。其中还有一个背着吉他的小姐姐，她随便找了个位置坐下，轻轻拨动吉他的弦，声音空灵好听。

五点整，一抹光亮慢慢从地平线升起来。

"娇娇，太阳要升起来了。"

"嗯，升起来了。"

朝霞染红了天边，像是少女因羞赧而染红的脸。一轮红日很快升了起来。

林栀正在拍照片，突然听见喻桉叫她："林栀。"

"怎么了？"

"如果上大学你觉得不需要我了，或者不想等我了……"

喻桉话还没说完，林栀就伸手捂住了他的嘴："不会的，我会一直等你回来。"

……

那天两个人不止看了日出，还看了日落。

……

接下来的半个月里，两个人一起划船，一起做手工 DIY，一起抓娃娃……就像这城市里无数的年轻男女一般，他们做了很多事。原来送去救助站的两只小猫也被人收养了。

……

6 月 24 日这天，林栀查到了自己的高考分数：566 分。

是她整个高中生涯考得最高的一次。

阮征过了艺考本科线，可以跟林栀去同一个城市。

温池正常发挥，678 分。

吴桐跟郑孚，两个人考了同样的分数，都是 531 分。

贺蒙 567 分，周颢 533 分。

全员上岸。

……

6 月 29 日，两个人决定去旅游。

他们一起去了好几个城市，吃了很多当地的特色美食，感受了当地的特色文化。喻桉手机里关于林栀的照片越来越多，他们试图在最后的时间里多留下一些美好的记忆和照片，可要分别的那天还是很快就来了。

时间转眼就到了 8 月 21 日，喻桉临走前一天。

八个人又聚在一起，还是原来那家火锅店。杯子碰在一起，发出清脆的响声。

贺蒙喝多了，一直念叨："喻哥，你要好好的，要想我们。"

周颢骂他："喻哥是出国，又不是走了，你这话说得不吉利。"

"我就是舍不得喻哥，也舍不得你们。"

"别煽情。"周颢被他整得突然有点难受。

阮征开口说道："每年还都能聚在一起，而且又不是所有人考得都远。"

吴桐也道："距离近的可以经常聚聚。"

郑孚接了话："贺蒙被排外了，他学校特别远。"

其中最沉默的是林栀跟喻桉，贺蒙的视线落在两人身上。

到了这一天，其实大家都舍不得，高中的时候都在一个学校，最远的距离不过也只是这一栋到另一栋，但是未来，就是相隔着省和市，甚至是国家。

那天他们聊了很久很久，似乎要把这辈子的话全部聊完一般。

……

8 月 22 日这天，几个人都没有打扰林栀跟喻桉。林栀独自送他去了机场，距离喻桉登机还有一个多小时。

"我等你回来。"

"好。"

"想我了就回来看我。"

林栀话音刚落，喻桉就道："想每天都回来。"

"没出息。"

"嗯，我就是没出息。"如果可以的话，他想每天都跟她在一起。

他不想走，可他不得不走。

……

大学里，喻桉学的是金融专业，辅修心理学，林栀则是英语专业。与其说喻桉是出国留学，倒不如说是他把自己扔在了 F 国。

每次林栀问他在那边好不好的时候，他都说很好很好。

两个人从之前的一抬头就能看见，到后来的相隔将近万里，还有八个小时的时差。喻桉那边晚上十二点刚准备睡觉，林栀那边就要起床了。两个人只能计算着时差聊天。

林栀每次早上起床，都能收到喻桉回复她的一条条信息。

有时有一方比较忙，加上时差，两个人可能一连两三天都说不上几句话。不过，两个人始终都在努力克服着时差跟距离。

*

时间一晃来到了 2019 年 11 月 3 日。

这天，林栀所在的那栋女生宿舍楼底下可谓是热闹非凡，因为楼底下有人要表白。男生抱着吉他，在楼下唱情歌，旁边还放着一大束玫瑰花。林栀也跟室友一起下去看热闹，才发现那个男生她认识，他叫卞正，是他们同级同专业的男生，已经连续追了她一个月。

林栀从未收过他的礼物，跟他好几次都明确表示过自己有喜欢的人。

卞正从未在学校见过林栀的男朋友，他觉得这不过是林栀拒绝他的一个借口，所以依旧死缠烂打。而他追林栀，还是要从一个赌说起。

室友们都在讨论系里的一个女生，叫林栀。

人如其名，宛若栀子花一般纯洁清冷的长相，让人一眼难忘。

"真不知道什么样的男生才能入系花的眼。"

"反正不是我们这种。"

"为什么是系花而不是校花？"

"或许是因为小仙女太低调了，平常又不跟男生接触。"

卞正听着三个人的聊天，当即夸下海口："你们信不信？我三个月之内绝对拿下。"

宿舍当即就有人接了话："系花可是出了名的难追。"

"三个月绝对拿下。"卞正对自己充满自信。

卞正在学校立的人设比较好，加之长相偏清秀，也有挺多人喜欢他。

周围越来越热闹，林栀想走，被身后不知道哪个人推了出去。卞正一眼看见了她，他手里捧着玫瑰花，冲林栀开口道："你愿意做我女朋友吗？"周围人都在起哄，有人高声喊着我愿意。

林栀没接他手里的东西，她只是淡淡地说道："我有男朋友，谢谢你的喜欢。"

卞正倒是没想过在那么多人面前，林栀也会用这个假得蹩脚的理由来敷衍他。

"你从开学到现在哪里有人见过你跟你男朋友？"

林栀直接打开手机锁屏给他看："我和我男朋友。"她说完，便从人群中离开了。

卞正怀里抱着玫瑰，看着她离去的背影，心里想着的是，随意整一张照片来骗他是吗？

周围的人很快都散去了。卞正走到没人的地方，狠狠把那束花砸在垃圾桶里。林栀根本就是在玩他，他不信她有男朋友。

*

没过几天，林栀突然发觉身边所有人看她的眼神都不太对劲。偶尔还会有人对她指指点点。

最过分的一次，她路过一个女生身边，听见那个女生小声骂她不要脸。

晚上回到宿舍，宿舍跟她关系一般的女生龚敏突然阴阳怪气道："有些人，自诩清高，说自己有什么男朋友在国外留学，背地里啊……干的都是肮脏事。"

丁燕跟文为一听坐不住了。

"你一天天的叨叨咕咕忍你很久了，栀栀怎么你了？人家买东西你阴阳怪气人家有钱，人家护肤你说人家怪不得那么漂亮，脸也是整的吧，我拜托你大姐，不想住赶紧滚。"先说话的是丁燕，一个短头发的脾气火爆的女生。

文为平日里性子比较温柔，这会也忍不住了："我那罐泥膜你偷着用挺爽吧？还有厕所里的卫生纸，都便宜你了吧？说话讲究一个事实，别一天天的嘴里跟住厕所里了一样。"

林栀看着龚敏："你说你不会化妆，我教你，你平常有什么困难我也都帮过你，我做了什么对不起你的事了吗？"

"你们三个……你们三个就是搞小团体，针对我。"龚敏说完，又看了看丁燕跟文为两个人，突然笑了："你俩自己去贴吧看看林栀是个什么东西吧。"然后，她自己一个人坐在椅子上哼哼唧唧地唱着歌，心情很好的样子。

丁燕先找到了贴吧上那些内容，其中最火的一条标题是：

#高校某一女大学生，外表清纯，私底下居然玩得那么花#

里面贴图配的是几张林栀跟不同男人出入酒店的照片。

丁燕迅速点开评论区。

【啧啧啧，居然是朵交际花。】

【还以为多单纯呢。】

【我手里还有更多爆料，有谁想知道？】

在第三条回复底下，一堆人回复想知道，还有更多不堪入目的评论。

丁燕冲文为跟林栀招手："我找到了。"

林栀看了那些照片，她从来没有去过那些地方。在她想翻评论的时候，文为跟丁燕制止了她。

丁燕说："别看别看，都是些不长脑子的评论。"

文为也道："我们知道这照片不是真的，但当下应该怎么办？"

林栀沉默几秒，开了口："我保留证据报警。"

被造谣以后，最不能陷入自证怪圈。

龚敏还在阴阳怪气："证据都摆在面前了还不承认，你那个男朋友知道你私底下玩得这么花吗？"

"你能不能闭嘴？不能闭嘴就滚。"

325

龚敏有些怕丁燕，悻悻地闭了嘴。

林栀回到床上，还是没忍住看了那些评论。各种难听的字眼映入她的眼帘。林栀深吸一口气，把手机丢在了旁边，她眼睛有些发酸，她知道自己不能被这些打倒，被打倒的话，那些造谣生事的人的目的就达到了。

突然，林栀听到视频邀请的声音，她把床帘拉上，戴上耳机，点了接听。

看到镜头里的喻桉，林栀没有来由地一阵鼻酸。

"你怎么了？"喻桉一眼感觉到她今天心情不好。

平日里的林栀整个人都透着一股生机与开朗，这会看起来蔫蔫的，像是霜打的花一般，了无生气。

没有喻桉的时候，她也可以独当一面，但听见那个声音，她积攒的委屈瞬间就上来了。林栀努力不让自己的眼泪掉下来，她冲喻桉硬挤出一抹笑："我没事。"

喻桉盯着镜头里眼眶红红的她："是不是有人欺负你了？"

林栀还未说出口，龚敏突然开始扯着嗓子嚷叫："有些人玩得就是花，不知道跟多少男的同时谈恋爱，还在外面吊着一个男朋友，啧啧啧。"

丁燕直接从床上跳了下来，走到龚敏面前："你闭不闭嘴？你再乱说我就把你扔出去。"

"敢做还不让人说了。"

"还说？"

龚敏翻了个白眼，没再说话。

林栀挂断了电话。

【之之为栀栀】：今天不打电话了。

【是我的娇娇】：发生了什么？你慢慢跟我说，好吗？

林栀看着他发过来的信息。她本来不想跟喻桉说这些事，因为两个人隔得远，她说这些只会让喻桉担心。但她知道刚刚的话喻桉肯定听见了。

【之之为栀栀】：前几天拒绝了一个男生的告白，结果就被人造谣了。

【是我的娇娇】：别怕，我一直都在。

【是我的娇娇】：我联系一下在那边的律师朋友，让他等会加你。

【是我的娇娇】：不要听那些话。

【是我的娇娇】：对不起，不能在你身边保护你。

【之之为栀栀】：我本来想自己解决，我都准备明天去报警了。

【之之为栀栀】：我不想让你担心我。

下一秒，她收到了喻桉的信息。

【是我的娇娇】：已经很棒了。

【是我的娇娇】：不是你的问题，不用怕我担心。

【是我的娇娇】：你好的坏的都可以跟我说，不止要分享快乐。

林栀看着那句"已经很棒了"，鼻子一酸，眼泪差点掉下来。

【之之为栀栀】：好。

喻桉一直以来都是一个内敛话少的人，他在笨拙地用他的方式好好守护她，并告诉她，你可以依赖我，我一直都在。

喻桉将那个律师朋友的联系方式推给了林栀，他将林栀安抚睡下，眼底多了一抹冷戾。随后他又联系了另一个人，这源头底下的人，他一定要找出来。林栀搜集完证据，混入评论区拿到了那些虚假照片，将那些全部交给了喻桉的那个朋友。

林栀因为昨天的事，晚上再次失眠，几乎是一夜没睡。

她去上课的时候，感受到那一道道落在她身上的目光，还有那些刺耳的议论声，在她耳边嗡嗡作响。

丁燕跟文为安抚她："会真相大白的，别怕，栀栀。"

"好。"

下午，林栀没有课。隔壁宿舍有人来敲门，告诉她有人找她，在楼下。林栀一下楼，就看到了楼下的卞正。

卞正看着林栀，露出温和的笑，他将手里的东西递给她："你吃午饭了吗？我特地从外面买了午饭。"

林栀警惕地看着他："吃过了，不用，谢谢。"

卞正瞧见了林栀眼底的乌青，他就是要让林栀被所有人都议论崩溃，然后他一直相信她，陪在她身边，这时候林栀就会把他当成精神寄托，他就能轻而易举地跟她谈恋爱。

等他玩腻了，甩了就行。

想到这里，卞正一脸担忧地开口："我听说了最近那些事，我知道你肯定不会做这些的，也不知道怎么会传出来这些照片。"

"谢谢。"林栀说完，就准备走了，她不想跟卞正有过多纠缠。

手腕却突然被他抓住。

林栀回头，抽出手腕，道："你还有事吗？"

"我是真的很喜欢你，做我女朋友吧。"

"我说过我有男朋友。"

"我真的很喜欢你，你可以依赖我，我会好好照顾你，你不要再骗我你有男朋友了。"

林栀看着他，语气认真："我没有骗你的必要，我很爱他，我们很好。"

卞正伸出手要抓林栀的手腕。林栀往后退了一步，撞进一个硬邦邦的怀抱里，一道冷冽的男声响了起来："我女朋友就不劳您费心了。"

听到熟悉的声音，林栀心头一颤，她回头，刚好同身后的喻桉对上视线。

卞正将视线落在男生身上。男生穿着黑色冲锋衣，黑色长裤，戴着银色金属框眼镜，眉眼精致，五官清隽。很普通的穿搭，但因为男生过分出挑的身高和周身的气质显得尤为惹眼。

喻桉伸出胳膊将林栀揽在怀里，看着卞正，正色道："你找我女朋友还有事吗？"

"没事。"

路过有人看到林栀跟一个男生在楼下，开始窃窃私语，似乎坐实了那些所谓的传言。

喻桉拉着林栀的手，听到了那些议论声，冷冷地看着那些女生。两个人一起离开了那些人的视线。

"你怎么突然回来了？"

喻桉看着她："来给女朋友撑腰。"

林栀听到那句话，心仿佛被什么触到了一般，从 F 国到 W 市坐飞机也需要十个小时。

"所以你是坐飞机坐了十个小时回来？"

"嗯。"喻桉听到她说被人造谣的时候，只想快点回来，陪在她身边。

林栀看着他，有种前所未有的安心。

"你要不要休息一下？"

"不用，带我转转吧。"

"真不用吗？"

"不想休息，想陪你。"喻桉说话的时候，目光落在林栀身上。

"好吧，那你回去再好好补个觉。"

"好。"

林栀带着他把学校转了一遍，又去了学校外面周边转了一下。喻桉一直很认真地听她说话，感受着她每天走的路，看过的风景。林栀突然听到手机的铃声，她道："我接个电话，我室友。"

"好。"

那边丁燕的声音有些兴奋："栀栀，贴吧彻底反转了，前面一个小时大家还在说你勾搭了一个好看的男生，这会完全反转了。"

"我看看。"

"好。"

林栀挂了电话，冲喻桉开口道："我室友说，贴吧里现在有反转，我们看一下。"

"好。"喻桉并不意外。

林栀翻到了那条现在贴吧最热的内容，发帖人是匿名的，帖子只有一句话：有图有真相。里面贴了卞正跟那些P图的人的聊天记录跟录屏，还有他在群里跟其他人发的消息录屏。

其中有一段是语音：

我只要让她被议论崩溃，让大家都觉得她是一个私生活混乱的人，我再接近她，温暖她，成为她的感情寄托，那不是轻而易举拿下？

群里还有其他人的意淫跟各种不堪入目的话。评论区几乎炸了，全部都在骂卞正。

——我去，我差点以为系花是那种人，这男的太恶心了吧。

——现在毁掉一个人真容易。

——一开始就没作评价，超越所有人。

——卞正滚出来道歉。

——这不是败坏人家女生的名声吗？

——我想起来今天碰见系花跟她男朋友了，好帅好美，好配！

——对不起，不该骂林栀，居然被带节奏误导了。

林栀翻看了那些评论，多数都在骂卞正，还有反思自己的，不知为什么，林栀觉得是喻桉做的。

"是你吗？娇娇。"

喻桉点头："嗯，说好回来给你撑腰。"

……

卞正打开手机就看到变天了，他晚上跑到林栀宿舍楼下堵她。

喻桉刚把林栀送到楼下，就看到蹲在一旁的卞正。卞正叫住了林栀。有好多路人认出了这三人，都停了下来想要看个究竟。

"林栀，我跟你道歉，我不该造你谣，求你别闹到学校领导那里，要不然我这辈子就完了。"

周围有人开始对他指指点点。

"怎么那么不要脸？造人家谣还好意思求人家。"

"啧啧，真恶心。"

喻桉挡在林栀面前，道："那是你罪有应得，我已经保留证据，会直接起诉你。"

"我不会再做了，我只是搞了几张照片和几个视频而已，求求你们别闹大。"

有些人，差点毁掉别人一辈子，却自认为无辜，觉得自己只是散播了一些谣言，P了一点图跟视频而已。

《刑法》第二百四十六条，以暴力或者其他方法公然侮辱他人或者捏造事实诽谤他人，情节严重的，处三年以下有期徒刑、拘役、管制或者剥夺政治权利。"

喻桉说完，看着他："造谣生事，侮辱他人，你觉得这是小事？"他说话的声音很冷。

卞正愣在原地，他知道，他要完了。

晚上，林栀一回到宿舍，丁燕就忍不住开口道："你男朋友跟你好配，他还直接当众把刑法条例甩他脸上，太爽了。"

林栀闻言笑了。

文为问她："你男朋友学法律的吗？"

"不是，学金融的，辅修心理学。"

文为跟丁燕都震惊了："那也太牛了吧。"

"嗯，他很厉害。"林栀说这句话时带着骄傲，她觉得他就是什么都会。

后来卞正因为影响恶劣被学校开除。还因为侮辱罪跟其他恶劣行为被判三年，并给予林栀精神损失的赔偿和道歉。那之后，整个学校都流传着英语系系花跟她男朋友的故事。

2020年10月1日，喻桉跟林栀都已经是大三的学生了。

喻桉进了当地一家华人开的公司实习。在所有人都对一个软件漏洞束手无措的时候，喻桉站了出来。所有人都认为他一个金融专业的学生帮不上什么忙，结果他不仅修复了漏洞，还给出了优化方案。

那老板很赏识喻桉，开出高薪让他留下来。喻桉说他毕业要回国，因为那边有一个对他很重要的人。老板以为是他家人在那边，也没再说什么。

后来，喻桉参与研发了好几个软件，也拿到了几笔不薄的分红。

……

2022年1月17日，喻桉手里已经积攒了一些钱，他开始创业。他创办了一个公司，起名念之。

……

2月2日下午三点多，喻桉算着时间，那边快到新年了。四点整，他收到了林栀的视频邀请。

"新年快乐！喻娇娇。"

"新年快乐。"

"快看！奶奶做的饺子，可惜你今年不回来，饺子可好吃了。"

旁边的姜红接了话："等小桉回来，我再包。"

喻桉看着镜头里的林栀和姜红，唇角扬起一抹笑意："好。"

"早点回家，娇娇，我跟奶奶都很想你。"

她说的不是回来，而是回家。

"9 月份我就回去。"

"等你回来。"林栀说完，凑近屏幕仔细地盯着他看："我怎么觉得你好像瘦了。"

"最近忙。"

"你要好好吃饭。"

"我知道。"

"给你寄的东西吃了没有？"

"都吃了。"

林栀闻言笑了："改天再给你寄。"

"好。"

林栀听见窗外的声音，拿着手机跑到了阳台："娇娇，你快看，烟花。"

"我看到了，很好看。"

"你喜欢烟花吗？"

喻桉却答非所问："我喜欢你。"

"再说一遍，我没听清。"

"喜欢烟花，更喜欢你。"

林栀对着镜头忽然就笑了。

"林栀。"

"我听着呢，娇娇。"

"我想你了。"

"我也是。"

她知道喻桉最近要忙学校的项目跟公司里的事，回不来。有人说爱会败给距离和时间，但只要两个人的心在一起，距离跟时差都不是问题，没有爱才是最大的问题。

*

第二天晚上，喻桉刚到楼下，就看到了一抹熟悉的身影。瞬间他觉得是自己看错了。

"娇娇。"

听见那道熟悉到刻在他脑子里的声音，喻桉情不自禁地迈着步子向林栀跑了过去。

"你怎么来了？"

"你想我了，所以我就来了。"

……

3 月 3 日这天，是农历二月二十一日。

整点，林栀收到喻桉发来的信息。

【是我的娇娇】：二十二岁生日快乐。

后面是一串转账，从一岁到二十二岁，最后是 52000 元的转账。

【之之为栀栀】：钱我就不收了，你那边公司运转还有很多需要钱的地方。

【是我的娇娇】：赚钱就是给你花的。

【是我的娇娇】：伤心。

【之之为栀栀】：好好好，收收收。

林栀收了他的转账，又看到喻桉发来的信息。

【是我的娇娇】：还有礼物要你拿一下。

【之之为栀栀】：啊？现在吗？

【是我的娇娇】：你等他敲门。

【之之为栀栀】：好。

林栀的信息刚发过去，就听到了门口的敲门声。她跑过去开门，外面的男生戴着口罩跟帽子，将手里的花跟蛋糕递给林栀。

"谢谢啊。"

林栀突然觉得有些不对劲，她盯着所谓的"外卖员"多看了几眼。

"娇娇。"林栀将手里的东西放到一旁，扑进喻桉怀里。喻桉伸出手接住她，把她揽在怀里："你怎么知道是我？"

"你变成什么样我都能认出来。"

林栀听见喻桉似乎是轻笑了一声。

她靠在喻桉怀里，伸手去戳他的脸："你怎么突然回来了？"

"你的每一个生日，我都不想错过。"

……

4月份，喻桉几乎一天二十四小时都泡在那个又破又小的公司里。为了一个软件的研发，他经常不眠不休。喻桉为了赶进程，已经两天没怎么合眼了，敲下最后一个代码，他拨通医院的电话，说了地址，再然后，他就没有知觉地倒下去了。

醒来时，他已经在医院里，陌生的国度，没有一个熟悉的人，唯一让他熟悉的是消毒水的味道。

医生说他是过度劳累，要好好休息，可喻桉不敢停下脚步。

……

7月，靠着喻桉的领导能力和不断努力，念之开始崭露头角，逐渐发展起来。喻桉不停向前跑，是为了有朝一日能够跟喻慕腾对抗的资本。还有，最重要的一点，他想娶她。

喻桉定制了一枚戒指跟一套婚纱，花了他将近四分之三的钱。剩下的四分之一他又联系国内买了套房子，林栀喜欢的那种户型。

做完这些，他浑身上下剩的钱折合人民币只有五块钱，连街边的一碗面都吃不起。他靠着家里存的东西撑了一个月，直到拿到后来一个项目的钱。

开始有越来越多的人对他抛出橄榄枝，希望可以合作，念之蒸蒸日上。

……

9月29日，喻桉拿到戒指和婚纱，他终于要回国了，他们已经好几个月都没见面了。两个人熬过了距离和时差，终于要见面了。

【y】：我明天下午六点到。

林栀回得很快："那我去接你！"

喻桉坐上了回国的飞机，一路上，他打开那个戒指盒看了很多次。

刚下飞机，喻桉就将飞行模式调了回去，网络不太好，手机的信息一直在转圈。喻桉没有在出口看到林栀，他拖着为数不多的行李站在那里等。过了一会儿，他收到了阮征发来的信息。

"出事了，栀栀去不了机场接你了。"

阮征的信息看起来像是在很急的情况下发的。

瞬间，喻桉脑子里涌入很多猜测，他打开通讯录拨打林栀的电话号码。

"对不起，您拨打的电话暂时无人接听。

Sorry!The phone you dialed is not be answered for the moment,please redial later."

再打过去，依旧是那冰冷机械的女声。

喻桉脑子里乱成一团。他强迫自己冷静下来，拖着行李往外走。喻桉拦了一辆车，在车里，他不停催促司机快一点，车子一路往前开。

在此期间他给林栀发了很多条信息，都是石沉大海，没有得到回复。他看着给林栀的备注，手都有些颤抖。

司机停下车，对喻桉说道："到了。"

喻桉下了车就准备走，司机在后面喊他："小伙子，你的行李，行李不要了吗？"

"谢谢。"喻桉回来拿行李就直奔林栀家。他扣了扣门，里面没有应答。他又扣了扣门，门总算开了，是阮征。她整双眼睛都是红的，带着红血丝。

"林栀呢？"

阮征调整好自己的情绪，跟他说道："栀栀在房间里不愿意出来，你听我说。"她深吸一口气，语气悲怆："奶奶去世了。"她一向被人称为那种没有眼泪的人，这会说话哽咽着，眼泪控制不住地往下掉。

听到最后一句，喻桉脑子里一片空白，整个人如坠冰窟。

"什么时候的事？"

"今天早上，没抢救过来。"

喻桉还记得那个总是笑容慈祥的老人，笑着喊他乖宝的人，说这里永远都是他的家的人，过年塞给他红包的人。怎么就那么突然地先走了？

"小乖今天下午也走了，没救过来。"

"怎么会……"喻桉简直不敢相信他听到的每一个字。

阮征强忍着眼泪："奶奶本来就有冠心病，一直都在吃药，今天早上被人刺激，就猝死了，小乖也被摔死了。"

"是谁？"喻桉说话的时候，语气都发着颤。

阮征沉默几秒才开口："你爸。"

听见那两个字，喻桉脑子里轰鸣一片，整个人最后的信念全然崩塌。

"我知道这不怪你，但是……但是你先别出现在栀栀面前，好不好？算我求你了，算我求你，好不好？"

喻桉动了动嘴唇，说出来的话都是哑的："好……"

喻慕腾，又是因为喻慕腾。

他们熬过了四年，好不容易就快在一起了，明明就快在一起了。喻桉兜里还装着戒指。他走进去，对着姜红的照片磕了三个响头，说了三句对不起。姜红把他当亲孙子，而他却给她带来了灾难。

"替我照顾好她，我不会再出现在她面前，是我对不起她跟奶奶。"

他的存在会无时无刻提醒林栀，奶奶死了，小乖也死了。

阮征看着喻桉离开。喻桉又回头看了一眼那扇关起来的门。那扇门就像一堵墙，把他跟林栀彻底隔开。

他们之间隔着两条命。

他和林栀，从今往后再也没有可能了。

······

就在今天早上，姜红摊子前突然来了一个男人。那人西装革履，看起来与周围显得格格不入。姜红问他："你要馄饨还是面？"

喻慕腾上下打量着姜红，姜红身上还穿着围裙，上面还带着油和醋之类的污渍。他眼底染上嫌恶之色："我是喻桉的父亲，找你有事说。"

"你说。"姜红停下包馄饨的动作，看着他。

"小桉跟你孙女谈恋爱你知道吧？"

"小桉和栀栀都是好孩子，也毕业了，谈恋爱我很支持。"

喻慕腾突然笑了，那笑容夹杂着讽刺："小桉不长眼而已，算我看走眼了，居然还能坚持四年，他俩之间是不可能的，必须要分手。"

"你觉得你真的了解他吗？你什么时候试图走近过他？你什么时候给过他一丁点爱？现在却又来否定他的喜欢。"姜红情绪有些激动。她对见到喻桉的初印象很是深刻，那么小的孩子，被自己的亲生父亲赶出家门，还带着一身伤。

"我家的事，轮不到你一个人外人来置喙。"喻慕腾说完，看了一眼姜红，"你的那点心思我也知道，小桉单纯，我又不是傻子。"

"你不要用自己的想法去揣测别人。"

喻慕腾语气透着一丝狂妄："如果你孙女不离开，就别怪我不客气了。"

"你想做什么？你为什么就非得拆散他俩？"

"因为她林栀还不配进我家门。"

"栀栀她配得上所有人。"

小乖觉察到主人受了欺负，便扑了过去，它咬住喻慕腾的裤腿，汪汪地叫了起来。

喻慕腾一脚把它踢开："哪来的野狗，滚。"

小乖挨了重重的一脚，摔在了地上，它挣扎着站起来，又冲向喻慕腾。喻慕腾掐住小乖的脖子，把它提溜起来，小乖在他手里不住地挣扎着。他眼神阴毒，双手逐渐收紧。

"你放开小乖，你放开它。"

"贱命一条而已。"

姜红冲上去，想要从他手里抢走小乖。

"不自量力。"

喻慕腾说着，冲身后的保镖开口："给我架住她。"

两个保镖控制住姜红，姜红拼命挣扎。

"你放开它！你放开它！"

喻慕腾非但没有松开小乖，手中的力道反而收得更紧了。

"你放开它，有什么你冲我这个老太婆来，你拿它撒气算什么？"姜红看着小乖在喻慕腾手里不停地挣扎，最后终于不动了。

"如果她不离开喻桉，这就是她的下场，这是给你的一个警告。"

"放开我！放开我！"姜红拼命挣扎。

喻慕腾冲两个保镖使了个眼色，保镖松开了姜红。姜红扑过去把小乖抱在怀里："小乖，奶奶护不住你啊。"

"奶奶对不起你。"

"奶奶对不起你。"

姜红心绞痛得厉害，她瞬间觉得呼吸有些困难。她痛得全身都是冷汗，指甲都嵌进肉里。姜红颤抖着从口袋里摸出一瓶药，拧开盖子，她手抖得厉害。药瓶掉在地上，骨碌碌地滚远了。她伸手去够，却怎么也捡不起那瓶药。

喻慕腾捡起那药瓶，居高临下地看着她，目露讽刺："你装什么？老太婆，不就是想要钱吗？想碰瓷我吗？"

姜红气息微弱，盯着他的眼里满是恨意。

喻慕腾拧开盖子，把药倒在地上，还用脚踢散了："想要你自己捡起来呀。"

姜红意识逐渐涣散，恍惚之间她好像又看到了林栀跟喻桉。她还没有看到两个人结婚。可她，撑不住了。

"乖乖，奶奶……奶奶要等不到你了……"

林栀赶去医院的时候，姜红躺在病床上，身上插满了仪器。医生看见她，跟她开口说道："节哀。"林栀呆在原地，整个人大脑一片空白。

"病人本来就有冠心病，不宜生气，过度生气导致心脏跳动加快，猝死了，若是送来得早一点可能还有救的机会……"后面的话林栀都听不进去了。

她抓着姜红的手，那双手很冰很冰。"奶奶……你怎么能先走了？"

"奶奶，你睁开眼看看我啊，我是小栀啊。"

无论林栀怎么叫，病床上的人再也醒不过来了。

医生说了句节哀，从房间走出去了。

"我求求你，睁开眼看看我好不好？"

"别不要小栀。"

"别不要我。"

九岁那年，她一下失去了双亲，她的世界一下子昏暗起来。

是姜红带她回家，告诉她："乖乖，奶奶带你回家。"姜红仿佛一道光，突然照了进来，温暖了她年幼的心灵。是她告诉她，她不是一无所有，她还有人要，她还有亲人，以后会有人疼她爱她。

也是从那天起，林栀把姜红当作唯一的依靠。

她只有奶奶了。

她明明只剩下奶奶了。

……

"阿阮，我再也没有奶奶了。"林栀的眼里一片颓败之色。

阮征抱住她，说不出一句安慰的话，她强忍着要掉出来的眼泪，拍了拍林栀的背。

林栀看着姜红被盖上白布推进了太平间。她整个人都带着一抹死气，像是被人剥离了灵魂一般。

过了一会儿，两个警察来到了医院。其中一个年长一些的问林栀："你是不是林栀，姜红的孙女？"

"我是。"

"今天是你报的案吧？"

"是我。"

"那跟我们走一趟吧。"

阮征陪着林栀去了所里。喻慕腾也在所里，他看到林栀走进来，上下打量了一番林栀，又收回视线。

"是这样的，您奶奶的事我们了解过了，没办法给这位先生定罪。"

"为什么？"林栀气得整个人都在发抖。

"只有人证，没有物证，没办法定罪。"

"而且我又没有骂她或者怎么样，她自己心理脆弱，跟我有什么关系？"

林栀朝旁边的喻慕腾看过去，眼神里带着恨意。

阮征紧紧地握住她的手，问警察："所以这件事就不了了之？"

"喻先生需要对此进行一定的赔偿。"

*

最后给出的解决方式就是私了，喻慕腾需要赔50万元。他从包里掏出一张支票，写了个数字："300万元，你奶奶这辈子都挣不到，买她的命，够了吧？还有那条小破狗。"喻慕腾说着，施舍一般地将那张支票递给林栀。

林栀看着他，气得浑身上下都在发抖。

"嫌少？"喻慕腾又掏出来一张支票，写了个数字，递了过来，"这总够了吧？"

阮征一拳打在喻慕腾脸上："谁稀罕你的烂钱。"

喻慕腾被打得歪过头去，他骂道："做什么吃的？"他身后的保镖迅速挡在他面前。

"总有一天你会为你今天的行为付出代价。"林栀看他的眼神里满是狠意。

她恨不得将喻慕腾撕成碎片。可无论喻慕腾怎么样，姜红再也不会回来了。

"那你也得有那个本事。"喻慕腾说完，将那两张支票递了过来，"拿着吧。"

林栀接过那两张支票，狠狠撕碎，然后扔在喻慕腾的脸上。

……

林栀跟阮征一起将小乖埋在了小区楼下，连带着小乖最喜欢的蛙蛙玩偶也放了进去。

"对不起，如果姐姐一开始不把你捡回来，是不是你就不会死？"

"下辈子别遇见姐姐了。"

"是姐姐不好，保护不了你，也保护不了奶奶。"

那天林栀本来跟阮征在外面玩，接到电话的那一瞬间，她整个脑子都是空白的。

如果她那天陪姜红出摊，奶奶是不是就不会死？小乖是不是就不会被人掐死？

"栀栀，这不怪你。"

阮征看着眼神空洞的林栀，心都要碎了，她将林栀抱在怀里："宝贝，这不怪你，你没有错，错的是他啊。"

林栀只是重复着这一句话："都怪我。"

她回到家里，把自己关进了房间里。阳光洒在身上，她却怎么也感觉不到暖意。恍惚之间，林栀仿佛又看见小乖冲她摇尾巴，踢着自己的蛙蛙玩偶过来让她陪它玩，姜红就坐在旁边，笑着说道："小乖很喜欢你给它买的玩偶。"

可两个人的身影宛若泡沫一般，瞬间消失不见。

屋子里洒满了阳光，林栀心里却满是荒芜。

……

喻桉不知道自己是怎么从林栀那里离开的，他顶着头顶的伤去了喻家。那是他刚才磕头的时候弄伤的。他站在门口，一遍又一遍地按着门铃。

管家看见他额头上的血，惊叫起来："大少爷，您回来了，怎么受伤了？"

喻桉没说话，直奔喻慕腾的房间。

喻慕腾放下手中的毛笔，抬头看他："回来了？"

瞧见了喻桉额头上干掉了的血迹时，他语气略带嘲讽："四年了，还是那么不见长进。"

"你答应过我不会伤害他们。"

"哦，你说那个，她自己本来就有病，我不过就是说了点话而已，她心里太脆弱死了，跟我有什么关系？那条小破狗敢对着我乱叫，死了也是活该。"他语气随意到好像死了的不是两条生命。

喻桉看着他，拳头攥紧了："我会让你为你的行为付出代价。"

"为了一个半截入土的老太婆跟一只小破狗，值得你跟我翻脸？"

"你会付出代价。"喻桉眼底是浓得化不开的墨色。他从来没体会过有奶奶的感觉，是姜红让他第一次有了被家长撑腰的感觉。她对每一个人都是带着笑和温柔的，她做错了什么？

若是他一开始没有靠近林栀就好了。一切的一切，源头都是因为他。

他是灾难，是他害了奶奶。

若是林栀没有认识他，奶奶就不会死，小乖也不会。

*

喻慕腾对他的话不以为然，他最多也就气这一阵子，过段时间就忘。他重新拿起桌子上的毛笔，蘸了蘸墨，继续写他刚刚没有写完的那个"善"字。

"你已经一天没吃饭了吗？你吃点东西吧，我求你了，栀栀。"

"我不饿。"

"你这样奶奶如果知道了她得有多难过啊。"

听到那两个字，林栀眼底染上些光亮："想吃馄饨。"

"想吃哪家的馄饨？我去给你买。"阮征一听她想吃，抬脚就准备往外走。

"想吃奶奶包的馄饨，奶奶包的馄饨最好吃了。"

阮征听着她的话，鼻子一酸，她也想吃奶奶包的馄饨。

可惜再也没有了，再也没有了。两个人就那般静静地在那里坐了很久。

"昨天喻桉来过。"

"我知道，我不知道怎么面对他。"如果昨天陪奶奶出摊了该有多好，那一切就不会发生了。

阮征听着她的话，心里复杂得厉害。

两个人熬了四年，熬过了时间和距离。可如今因为一个人，全毁了。

……

姜红的葬礼上，来了很多人。整个小区的人来了近乎一半，余下的几乎都是经常来姜红摊位买食物的人。

喻桉躲在人群里，看到了那抹身影。林栀穿着全黑的衣服，整个人瘦了一圈，周围爆发出一阵低低的啜泣声。她目光呆滞，死气沉沉的，喻桉看着她，红了眼眶。他心脏抽疼得厉害，宛若被人攥紧了又捏碎一般。可他们之间已经有了厚厚的隔阂。

他多想去抱抱她，可是他不能。他们之间，再也没有可能了。是他害了奶奶，也是他害了小乖。

"走吧。"

听见喻桉的声音，贺蒙又回头看了一眼林栀。

他知道，喻哥最喜欢林姐了。

......

时间一晃而过，来到了年底。

"喻总，公司的项目又被人截和了。"

喻慕腾听闻这句话，气得将手里的文件摔在地上："我要你们一个个都干什么吃的？"

负责项目的刘经理小心翼翼道："喻总，我们尽力了。"

"尽力，尽力，每次都跟我说你们尽力了，到手的项目说没有就没有了，你跟我说我花钱养着你们是干什么吃的？一群废物。"

面对喻慕腾的盛怒，所有人都一言不发。

"滚啊，我让你们都滚。"

办公室很快就剩下喻慕腾一个人。门口响起一阵敲门声，喻慕腾抓起桌上的东西砸过去："滚。"门外的人推开门，走了进来："喻总，咱们之前项目的那批货，被曝光出来有问题，现在多家公司都要求您退钱。"

又一个人走了进来，一进门就很焦急地开口："喻总，咱们公司的账对不上，全部都是亏空跟漏洞，资金周转不开了。"

紧接着又进来好几个人。

喻慕腾整个人被整得焦头烂额，近乎崩溃。

*

喻桉听着手底下的人对喻慕腾那边情况的汇报，他点头表示自己知道了，这只是第一步。

贺蒙问喻桉："要让林姐知道吗？"

喻桉只是摇头。

*

林栀在姜红原来摆摊的地方附近开了一间书店，里面布置得很温馨。那天她穿着件杏色的大衣，头发用浅色的发带绑着，坐在收银台后面捧着本书看。她似乎又瘦了些，冬天的阳光透过玻璃照在她身上。林栀整个人都沐浴在阳光下，仿佛头发丝都在发着光，圣洁又美好。

看到有人拿着书来付钱，林栀才从书上收回视线。

喻桉隔着玻璃，看着里面的林栀，眼底的情绪异常复杂。

小刘从书店里跑了出来，将手里的袋子递给喻桉："喻哥，给你买来了。"

他是喻桉前阵子招进来的一个助理。

"谢谢。"

小刘挠了挠自己的头，有些不好意思，他看着神色复杂的喻桉，问出了自己的疑惑："喻哥，您为什么隔几天就来这家店？"

"不为什么。"

如果世界上所有问题都有答案的话，那就没有那么多人会为了一句答案而费尽心思，声嘶力竭。

小刘看着喻桉，虽然喻哥总是冷冷的很严肃，但却从来不骂他们。公司越做越大，可他总觉得喻桉不快乐，心里藏着很多事。

他每周都要来这书店，却从来不进去，只是在外面看很久，让他进去买两本书出来，什么都行。

喻桉还很讨厌他们叫他喻总。叫喻哥，叫老板都行，独独不能叫喻总。这些问题，小刘都摸不着头脑，也想不明白。

书店的老板娘确实很漂亮，难道喻桉喜欢她但是不敢追？小刘跟喻桉一起坐在后面，他这般想着，又看了看喻桉。

对上喻桉的视线，小刘有些害怕，到底是好奇心战胜了恐惧："喻哥你是不是喜欢书店老板娘？"

"我不配。"

他根本就不配站在她旁边。没有他，或许林栀现在还是那个爱笑的女孩。

"喻哥你又帅又有钱，哪里都好，如果我是女孩子一定会喜欢您这种类型，怎么会不配啊？"

喻桉只是又重复了一遍自己的话："我不配。"

小刘见喻桉闭上眼不再准备说话，便没再问了。

不知道为什么，他隐隐有种喻桉跟那个漂亮老板娘之前就认识的感觉。可能是错觉吧。

*

喻氏集团的亏空越来越大，后面又爆出来产品有问题，一下子被推到了风口浪尖上。

各家公司纷纷解约，没有哪家公司愿意跟喻慕腾合作了。

*

林栀看到了那些新闻。她在开店的同时，一直在搜集能把喻慕腾送进去的资料，她找到了喻氏集团产品材料有问题的证据。

可一桩桩关于喻氏集团的新闻爆出来，她总觉得这些天有人一直在帮忙推波助澜。林栀确定，那个人就是喻桉，他一直在暗中帮她。

想到这些，林栀心中的复杂感更甚。

*

原来的喻氏集团一家独大，几乎当地所有公司都争着抢着要合作，现在人人都唯恐避之不及。生怕跟喻氏集团沾了一点边会对自己有不好的影响。就连原来跟喻氏集团合作的公司，这会一个个的都着急撇清关系，生怕惹祸上身了。

喻慕腾看着接二连三送进来的报账。无一不在提醒他，喻氏要破产了。

这时，喻慕腾忽而收到一条信息。

【喻桉】：还满意吗？

这四个字是当初喻慕腾拿来威胁喻桉的，现在喻桉原封不动地把这四个字还给他。喻慕腾气得把手机砸得稀巴烂。

突然看见门口的喻桉，他双眼猩红，整个人濒临崩溃边缘："你来做什么？"

喻桉笑了，那笑容夹杂着冷意，他说："提醒你，人要为自己的行为，付出代价。"

"滚。"喻慕腾抓起桌上的文件就冲喻桉砸过去。

"该滚的是你，喻氏集团很快就要被收购了。"

"不可能，绝对不可能。"喻慕腾一双眼睛满是不可置信，喻桉怎么可能会有那么多钱去收购？

"你怎么可能会有那么多钱？怎么可能？"

"你猜我这四年都在做什么？"

"滚出去，我让你滚出去。"

"喻总考虑好是破产负债累累还是被收购没那么多负债吧。"

四年前面对喻慕腾的威胁，他只能选择隐忍。四年间他的所有努力，都是不想被喻慕腾拿捏。可是还是迟了一步。

12月19日，喻氏集团即将宣布破产。

喻慕腾刚推开门，就看到代宁在一件一件收拾自己的东西。他一把抢过代宁手里的行李箱："你做什么？你现在要去哪里？"

"我们离婚吧，喻慕腾。"

"嫁给我的时候你说会陪我同甘共苦，我养了你那么多年，现在没钱了你就要走了是吗？"

"喻慕腾，你不要再天真了，没有钱，你是个什么东西？真当我看得上你个蠢货。"代宁看着喻慕腾，笑容里满是讥讽。

喻慕腾抢过她手里的东西，摔在地上："这全是我给你买的，你有什么？"

说着，他掐住代宁的脖子，扯着她的头发把她往地上按："去死吧，去死吧你！"代宁被他按在地上，痛到脸都变了形。

她伸出手，想要推开喻慕腾的手。喻慕腾的那双手，宛若钳子一般死死地拽着她的头发，整个人眼神里都带着阴鸷和疯狂。

他眼底猩红，嘴角还带着笑，抓着代宁的头砸在墙上，嘴里念叨着："去死吧，没有我你以为你是什么？"

代宁觉得，喻慕腾可能是疯了。

咣当。

一个花瓶砸在喻慕腾头上，他回头，身后赫然站着喻瑾云。

血顺着他的头顶流了下来。喻慕腾瞬间瞳孔放大，他眼底写满了不可置信，他宠了那么多年的好儿子，正拿着那个花瓶。喻瑾云盯着喻慕腾，威胁道："你放开我妈，要不然我不客气了。"

"哈哈哈哈哈哈，这就是我这么多年养的好老婆和好儿子。"喻慕腾脸上带着血，笑起来有些癫狂。

"快放开我妈。"

"放开你妈？想得真美。"喻慕腾说着，开了口，"保镖，都死了是吗？"

几个男人从楼下跑了上来。

"给我把他俩关起来。"

代宁拼命挣扎，被两个男人塞进了房间里。喻瑾云被两个男人压着，死命挣扎："喻慕腾，你要做什么？你这个疯子，神经病，你凭什么不让我们走？"

喻慕腾看着喻瑾云，伸出手捏住他的下巴："瞧瞧，我疼了那么多年的儿子，就是个白眼狼。"他用了十成的力气，喻瑾云觉得自己的下巴都要被捏碎了。

喻慕腾看着这张跟自己有七成像的脸，觉得真是讽刺。

下一秒，喻瑾云一口唾沫吐在喻慕腾脸上。喻慕腾抹了一把自己的脸，他手上混着血污，眼神怨毒，说起话宛若地狱的鬼魅一般："你放心好了，我就算死，也会带着你俩一起。"

代宁听见他的话，尖叫起来："喻慕腾，你就是个神经病。"

喻慕腾将一团破抹布塞进代宁嘴里："你太吵了。"

两个人被强行塞进了房间里。

喻慕腾站在外面，听着里面的挣扎声，一言不发。

＊

代宁所在的房间四面都装上了镜子，她一转头就看到镜子里无数张脸。她被关了整整三天，每天喻慕腾像喂狗一样端进来一碗饭，就放在地上。

他就那般看着她，眼里带笑："吃啊，你不是最喜欢吃这些了吗？"

如今代宁瞧见那张脸就会生理性不适。她不停地往后退，喻慕腾一把抓住她，抓着她的头发往下按："吃啊，你吃啊，你不是最喜欢吃这些了吗？"

代宁的脸被埋进那些饭里，她近乎窒息，整张脸上满是脏污。随后喻慕腾抓着她的脖子把她提起来。代宁剧烈地咳嗽起来，她看着喻慕腾哀求道："你放我走，放我走吧。"

"当初拆散喻桉跟她，后来害死那个老太婆，哪一件你没有参与？想把自己摘得干干净净的？做梦。"

喻慕腾说完，把她狠狠地甩在地上，走了。

代宁跌坐在地上，精神濒临崩溃。

＊

这三个月里，喻桉捐款救了很多人，也去过很多趟养老院救助那些需要帮助的老人。所有人都说他是个善人，而喻桉所做的一切都是替喻慕腾赎罪。他厌恶关于喻慕腾的一切，包括他自己。

他看了很多心理学相关的书，学了很多东西。

他可以说服很多人，唯独说服不了他自己。

他救了很多人，独独救不了他自己。

＊

喻桉整理出足够喻慕腾进去一辈子的资料。

他看着那个"☆"的备注看了很久很久，最后将那些东西发了过去。

【y】：这些是他违法犯罪的证据。

对面秒回。

【☆】：谢谢你。

整整三个月多，两个人一句话都没有说过。

谁也没有提分手，但两个人从那天起就再也没有可能在一起。

喻桉盯着那三个字看了很久。

林栀看到他又发过来一条信息。

【是我的娇娇】：我这边有一个律师朋友，应该能帮到你。

【之之为栀栀】：麻烦你了。

两个人之间的对话，客气又疏离，礼貌到好像从未认识过一般。

喻桉放下手机，房间又陷入无尽的黑暗。

……

12月25日，喻慕腾被送了进去，无期徒刑，负债两个多亿。喻瑾云利用喻慕腾的印章造假账，私吞了很多钱，被判了十年。喻慕腾名下的所有家产被抵押变卖后，还剩下一千多万没还，这些债务最终都落到了代宁头上。

她在喻慕腾身边处心积虑二十多年就是为了他的家产，最后因为自己的贪心而自食恶果。

喻慕腾跟喻瑾云被带走的那天，代宁宛若人间蒸发一般，消失了。

第二次食言

林栀看到了电视上的新闻。喻慕腾被送进去了，奶奶的仇报了，按理说她应该开心才是，可她却依然有种说不出的迷茫感。

前些阵子，她满脑子只有替奶奶报仇的想法，一定要让喻慕腾为自己的行为付出代价，这几乎成了林栀的一个执念。如今执念实现了，她怎么开心不起来呢？

林栀的失眠越来越严重，每天靠着安眠药入睡。

12月26日这天，林栀躺在姜红的房间里，点开之前姜红发给她的语音。

"乖乖，锅里留了饭，你自己热一下，我等会就回来了。"

"早点睡觉，乖乖。"

"锅里今天留了你最喜欢吃的馄饨，虾仁馅的。"

"我家栀栀就是最漂亮的崽崽。"

"停电了，你等着奶奶，奶奶就快到家了。"

"奶奶的乖崽崽。"

林栀一遍又一遍地听着那些语音。

她又翻看着之前跟姜红还有喻桉的合照，眼底的情绪复杂。若不是一开始她主动靠近喻桉，就不会给喻桉带来那么多乱七八糟的事，奶奶也不会离开。

一切的一切都是源于她，都是因为她。

林栀躺在床上，闭上眼睛，今晚居然入睡得格外快。恍惚之间在梦里她又看到了那道身影。林栀拼了命地往前追，怎么也追不上。

"奶奶，你等等栀栀，等等栀栀好不好？"林栀摔在地上，爬起来继续向前跑。

那抹身影停了下来，回头冲林栀笑："不要因为奶奶而左右了你的感情，跟着心，往前走，别回头。"

那抹身影很快又消散不见，林栀想要抱住她，却扑了个空。

她睁开眼，眼泪已经染湿了枕头。林栀看着天花板，有些失神。

奶奶，您是想告诉我，让我跟着自己的内心走是吗？

三个月以来，林栀跟喻桉几乎成了最熟悉彼此的陌生人。明明相互喜欢，却不能靠近。明明喻桉已经够苦了，明明那并不是他的错。

林栀越想越难过，心脏抽着痛，明明他只有她了呀，她还把他推开了。

外面天已经黑了，林栀打开手机看了一眼时间，晚上十点多。

她坐起来，点开了跟喻桉的聊天页面，犹豫半天，打了一大段字又删减掉，最后只留了四个字。

【之之为栀栀】：见一面吧。

喻桉还在处理文件，听见手机突然响了。

他点开，看到那条信息，有种自己可能做梦了的感觉。他指尖都在发颤。哪怕是梦，他也想去见她。

【y】：现在吗？

林栀收到喻桉的回复的瞬间是愣住的，她敲下一个字。

【之之为栀栀】：好。

【是我的娇娇】：等我。

过了大概二十多分钟，林栀又收到了喻桉的信息。

【是我的娇娇】：我在楼下。

林栀套上羽绒服，打开门就往楼下跑。楼下的路灯还亮着，那抹身影熟悉得不能再熟悉。林栀慢慢走向他。

两个人的眼里都映着彼此，谁都没有先开口说话。

喻桉瘦了很多，原来被林栀养出来的那些肉全没了。

喻桉也在看她。原来的林栀，眼底有光，看谁都带着笑，可现在，她眼底仿佛失去了那抹光亮，整个人都瘦了一圈。两个人就那般静静地看着彼此。

林栀看着他，眼泪"唰"的一下就掉下来了。喻桉看到她掉眼泪，想要伸手去擦，又发觉自己似乎没有去给她擦眼泪的资格。

他的手僵在半空中。

看到她的眼泪，他的心脏揪得生疼。

最后，喻桉从兜里掏出一张纸巾，默默递了过去。

他好想伸出手抱抱她，可是他不能。

眼泪顺着眼眶掉下来，砸在地上，最终他还是红了眼眶，他说："求你，别哭，对不起。"

"喻桉，抱抱我。"

听到林栀满是委屈带着哭腔叫自己，喻桉再也控制不住自己，他伸出手，抱住她："别哭，我在。"

"你明明什么错都没有，你什么都没做，我却把你推开了。"

"我的存在就是错的。"喻桉没有一刻如此时一般那么厌恶自己。

若不是遇见他，奶奶跟小乖也不会出事。

"可是错的是他，不是我们。"

一切都是因为喻慕腾。

他们彼此折磨、挣扎、相爱又不能靠近。

风吹在身上还有些冷，路灯照在两个人身上，暖暖的。

那一刻，困扰喻桉的枷锁似乎松开了。

"和好吧，喻桉。"林栀说完，又重复了一遍："我们和好吧。"

喻桉看着她："好。"

两个人对上视线，突然就释然了，就笑了，笑着笑着又开始掉眼泪。

林栀伸出手去捧喻桉的脸："高三那年好不容易才养出来的肉，全没了。"

"你也瘦了很多。"

"要养回来。"

"好。"

"我们约定好，如果以后你做错了什么事，我生气了，你就抱抱我好不好？"

"好。"

"如果我做错了……"林栀后半句话还没说出来。

喻桉就开了口："你不会做错。"

"我怎么可能不会犯错？"

"你不会。"

"笨蛋。"

无论林栀做什么，在喻桉这里就都是对的。

"我们领证吧，就明天。"

喻桉有一瞬间的愣怔，他还没求婚呢。

"我不想再分开了，娇娇。"

"好。"

"这次不许再食言了，小骗子。"

"不会食言。"

"那就说好了。"

"嗯，说好了。"

……

12月27日这天，喻桉刚满法定婚龄二十二岁。他几乎一夜都没睡，总有一种在做梦的感觉。他一遍又一遍打开手机，确认林栀给他发来的信息，确信自己不在梦里。

喻桉将戒指盒藏了兜里，然后他收到了林栀的信息。

【☆】：下大雪了，这边路堵了。

【☆】：你直接去那边门口等我吧。

【☆】：我们要做今天第一对登记的新人！

【y】：好。

【y】：你注意安全。

【☆】：收到！

从昨天夜里就开始下雪，此刻道路两边都是厚厚的积雪。喻桉开着车一路前行，他远远地瞧见了婚姻登记处几个字。他唇角忍不住漾出一个笑。

车子的后备箱摆满了花，每一朵都是他精心挑选出来的。他回国之前就定好了烟花，独一无二的，原本他以为这辈子没机会放了。等登记完，他就带林栀去海边，放独属于她一个人的烟花。

他计划好了一切，就在海边求婚，就算领完了证，该有的仪式感也不能少。

距离越来越近。离婚姻登记处还有不过几百米远，过了这个路口，就到了。从今以后，他们的关系就受法律保护了。

一辆大货车突然从侧面冲了过来，速度很快。

喻桉紧急转向一旁，松了一口气。

代宁坐在那辆大货车的驾驶位上，面目狰狞，她费了很大劲，才摸清楚喻桉的动向。她本来可以拥有美好的一切，全被喻桉毁了，那她就要毁掉他。代宁一个急转弯，朝喻桉的车撞过去。

她看着喻桉的车被撞得在地上翻滚。代宁眼底满是红血丝，她笑出声来。

车子在马路上翻滚了几下，重重地砸在地上。

血顺着喻桉的额头流下来，同那红色的衣服混为一体。他全身像是被碾碎了一般，全身上下都传来锥心刺骨的痛。喻桉剧烈地喘息着，意识濒临丧失。

他费劲地睁开眼睛，此刻他脑子里只有一个想法，他还要跟林栀结婚，这次他不能食言。可是他好困。

喻桉费劲地去推旁边的车门，车子已经严重变形了，他一遍又一遍地去推车门，却怎么也打不开。喻桉的手血肉模糊到看不出来原来的样子，他颤抖着双手去解开束缚在身上的安全带。

做完这一切，他依旧剧烈地喘息着。

车子周围围了很多人，有人在报警，有人在打120。

喻桉费劲地向前看去，挡风玻璃已经全碎了，他挪动着身体，从最前面爬了出去，随后重重地摔在地上。喻桉躺在地上，胸口剧烈起伏着。

耳边传来刺耳的长鸣，周围人议论的声音在喻桉耳朵里逐渐模糊。

没有人知道他哪来的力气，挣扎着从地上站了起来。喻桉看着近在咫尺的婚姻登记处，费劲地挪动了几步。他再一次摔在地上，地上的白雪被他的血染红了。

喻桉的呼吸越来越困难，剧烈的痛让他的意识逐渐被剥离。

脖子上的挂坠突然掉了下来，那颗星星毫无预兆地碎成两半。

喻桉伸出手去够，他一点点挪动着双手，将那碎了的吊坠攥在手里，贴在胸前。

突然他兜里的手机响了起来，传来那熟悉的音乐声。喻桉想掏出自己的手机，他的动作很慢，这一个简单的动作仿佛要用尽了所有的力气。

手机上跳动着"☆"的备注，他已经看不清楚。

鲜血滴落下来。

落在那"☆"上。

喻桉伸出手，想要去接听。他整个手都在抖，怎么也滑不动屏幕。喻桉的眼皮越来越沉，脑子里闪过很多片段，他似乎又看到了那张熟悉的脸。

林栀在冲他笑："这次不能再食言了啊，小骗子。"

耳边是那熟悉的音乐声。白雪里绽放出艳丽鲜红的花。喻桉终于支撑不住地倒在血泊里，不动了。

周围警笛声一片。

……

两个人约定的时间是早上八点，林栀在八点四十多分的时候到了门口。

她今天化了淡妆，穿了件红色的大衣。林栀裹紧围巾，站在门口，搓了搓手，又掏出手机看了一眼。

喻桉在开车，不能分心。

林栀蹲在地上，用手捧起一团雪，团成了一个雪球，她拍了一张照片，准备待会给喻桉看。突然她听到一阵脚步声由远及近。听那声音，不是喻桉。林栀莫名心跳得快得厉害，她有些不安。

她又低头看了一眼时手机，这会是八点五十三分。

林栀左看右看，看不到喻桉的身影。她突然听到一阵警笛声，前面不远处的马路上围了很多人，似乎是刚刚出了车祸。林栀强迫自己不要乱想，她摸出兜里的手机，给喻桉打了一个电话。她心中越来越不安。

电话接通的瞬间，林栀心口处钝痛了一下。"你怎么还没来？吓死我了，我还以为出什么事了。"

那边沉默了几秒，传来一道男声，背景里很是嘈杂："您是这手机主人的家属吗？"

"什么意思？"

"他出车祸了。"

林栀脑子一片空白，胸口闷得仿佛透不过气来。她的指尖攥得发白。她现在确定，前面那起车祸，就是喻桉。

林栀拼了命地往前跑，跑得太快，她整个人摔在地上，爬起来，又继续往前跑。

前面的十字路口处围满了人。而喻桉就在中间，倒在血泊里。刺目的红色，有些让人眩晕。林栀从未有一刻那么讨厌红色。

"喻桉。"林栀的声音都在发颤，简直不敢相信面前的场景。

"已经打了 120，应该就快来了。"旁边有人提醒她。

"好。"

林栀脑子里混沌一片，她跪倒在地上，颤抖着手去抓他的手。

"对不起，我不该选今天领证，对不起。"

"都怪我。"

"你撑住，你撑住好不好？医生就快来了，医生就快来了。"

那双手很凉。林栀从未觉得时间过得那么漫长。

"120 就快来了，你撑住好不好？求你了。"

救护车终于赶到了。林栀跟着喻桉一起坐上了急救车。

喻桉双眼紧闭着，气息微弱，林栀抓着喻桉的手："你还欠我一个约定没实现，你不能走，你不能食言。"

林栀脑子乱成一团浆糊。

她很怕。

很怕。

她恨自己为什么要选今天登记。

……

喻桉被送进了抢救室。

林栀坐在外面，看着那紧闭的门，每一分每一秒都是煎熬和痛苦，时间仿佛过了一个世纪一样漫长。

......

喻桉躺在手术台上，呼吸微弱到近乎没有。不知道是什么撑着他一口气，他费劲地动了动嘴唇，艰涩地发出几个音节："林栀……我不想走……"

嘀嘀——

设备上的心电图波趋于平线，喻桉的手垂了下去。

他胸前的口袋里还放着一个戒指盒。那是他设计的钻戒，是林栀最喜欢的粉钻。那还没送出去的戒指，再也送不出去了。

......

林栀看到那扇门打开了。她眸子染上一丝光亮，迫切地看着医生，想从他嘴里得到答案："他怎么样？脱离危险了吗？"

那医生对上她期待的目光，沉默几秒，说出来的话让人如坠冰窟："节哀。"

听到节哀那两个字，林栀的整个世界崩塌了。

"病人伤到了心脏，能撑到现在都是个奇迹。"

林栀听着医生的话，胸口闷得要喘不上来气，心脏宛若被撕裂一般。她压抑着心底的悲怆，一步步向前挪动着，随后看到了里面的喻桉。他紧闭双眼，躺在病床上一动不动。

林栀擦去他脸上的血污："娇娇最爱干净了。"

"喻娇娇，小骗子，你又食言。"

林栀看到了他手里紧紧攥着的那条坠子。那是之前生日林栀送给他的，那颗星星已经碎成了两半，像是预兆着什么。

"病人走之前，说了几个字，我听得不是很真切，只听见两个字'临之'，可能是一个人名或者地名吧，我觉得有必要告诉你。"

"我叫林栀。"

喻桉离开的第二天，林栀去了警局。代宁在看到林栀的那一刻，露出一个诡异的笑来。林栀看到她，心中的怒火迅速蔓延，几乎将她整个人吞噬，她瞪着代宁，恨不得将面前的人千刀万剐一万遍，她的语气里夹杂着难以言说的怒意："你到底为什么要这样做？"

喻桉在喻家过得并不幸福，这一切全部归咎于她。可他从未招惹过她，她究竟为什么要这么做？喻桉到底做错了什么？

"我本来可以享尽后半生的荣华富贵，喻慕腾那个蠢货破产了，把我关起来，像畜生一般对待，而这一切，都是因为你跟他，我好好的生活全毁了。"代宁越说越激动，似乎又想到了喻慕腾用在她身上的那些手段，全身都在抖。

"贪心的人最后一无所有，喻桉他不欠你俩，也没有对不起任何人。"他是全世界最好的喻娇娇。

代宁突然开始捂着耳朵尖叫，看样子像是疯了。

最后代宁因为故意杀人罪被判无期徒刑。可是她被送进去了又怎么样？谁把她的喻桉还回来？

喻桉再也回不来了。

......

喻桉葬礼的那天，林栀出奇地冷静，她站在人堆里，一言不发，她整个人像是被掏空了灵魂，只剩下一个空壳。

乜瑛听到消息的时候几乎不敢相信。

葬礼上所有人都哭成一片。

贺蒙哭到整个人几乎要晕厥过去。

吴桐跟阮征也哭到不行。

阮征觉得这世界太不公平，明明他俩离幸福就只差一点。

林栀看着那张照片，照片上的喻桉少有地带着笑，那是她之前拍的，怎么也没想到有一天会是这个用途。

她的娇娇。那么优秀的娇娇，死在了风华正茂的二十二岁。

*

喻桉变成了一个小木头盒子，盒子是林栀精心挑选的。她捧着那个盒子，像是抱着喻桉一般。

"娇娇，我们回家了。"

"回我们的家。"

*

漆黑的夜空，烟火一簇簇升上天空。林栀穿着喻桉给她准备的婚纱，手上戴着那枚喻桉没送出的戒指。粉色的钻石，象征着甜蜜，容易让人联想到学生时代的青涩爱情。

那婚纱是重工刺绣的，摇曳的裙摆上缀满了钻石，层层叠叠的白纱，宛若把银河穿在了身上。

绚烂的烟火炸开，一串字母出现在天空中。

【YALZ】

这是喻桉准备领完证带林栀看的烟花。看到那串字母，林栀轻声开口道："林栀也喜欢喻桉。"

"娇娇，我不喜欢烟花了，你回来，好不好？"

"我好想你。"

……

林栀的失眠症状越来越严重。她几乎隔绝了跟外面所有的社交，把自己完全封闭起来，她又瘦了很多。

林栀一直不明白喻桉给她的备注为什么是☆，直到在喻桉的房间里发现了他的日记。

*

2014 年 5 月 14 日。

我讨厌这里，我讨厌这个家。

2015 年 5 月 23 日。

我想离开。

2015 年 5 月 26 日。

我终于搬离了那个家。可是我好像摆脱不掉他们。

2016 年 8 月 24 日。

我原以为我一辈子都要烂在这里了。

那天，我好像看到了星星。

林栀看到这里，终于明白了那个备注的意义。可是星星的光太微弱，注定驱散不了黑暗。就像她跟喻桉，注定是要错过。

……

2016 年 8 月 29 日。

她给了我一把伞。那天的馄饨很好吃。

2016 年 9 月 5 日。

今天碰到她了。我没有去尖子班，我留在了普通班。

分班了，和她成了同桌。

看到她旁边有一个男生，听她说那是她女闺蜜，原来是女生。

2016 年 9 月 9 日。

今天她夸我了。

旁边还贴着一张小字条，是林栀那天丢给他的那张，上面只有两个字：好帅。

后半段是：

不明白为什么总让我回家。

他问我是不是讨厌他？只有厌恶。

晚上又碰见她了。

她的小狗很可爱。

2016 年 9 月 11 日。

今天一起挨罚了。

2016 年 9 月 16 日。

想吃馄饨，结果看到有人砸摊子，胳膊受伤了。

但是今天加了她的微信。

2016 年 9 月 17 日。

今天她叫我乖乖同桌。

2016 年 9 月 18 日。

她说以后都来接我。

2016 年 9 月 20 日。

今天吃了三个包子，她夸我好棒。

2016 年 9 月 25 日。

原来考第一名，是会得到夸奖的，也是会有礼物的。

今天第一次去她那里吃饭。

蛋糕很甜，但是味道不讨厌。

2016 年 9 月 26 日。

不认同物理老师说她的话，她很好。

她今天叫我小喻老师。

……

2017 年 1 月 23 日。

今年生日跟往年不一样，可能是因为有他们，还有她。

后半段像是另外补上去的：

像我这般别扭又奇怪的人，不配得到爱。

她不要我了，她讨厌我。

那我不打扰她，她会不会开心？

2017 年 1 月 27 日。

今天在她家楼下放了烟花。

她喜欢烟花，但她不喜欢我。

今天吃了馄饨，怎么也吃不出那种味道。

2017 年 1 月 28 日。

今天下雪了，在她楼下堆了雪人，她好像很喜欢那个雪人。

2018 年 1 月 29 日。

在最狼狈的时候，又遇见了她。

我说我没有家，她说她有家，她带我回家。

原来只是待在她身边，我就会很满足。

可是我越来越贪心，我不想她喜欢别人。

我以为她讨厌我，原来她也喜欢我。

要跟林栀一起去同一个地方。

喜欢林栀，喻桉喜欢林栀。

2018 年 6 月 4 日。

要和林栀一起去 W 市。

2018 年 6 月 8 日。

他用她们威胁我，我好像要食言了，要去不了同一个城市了。

2018 年 6 月 9 日。

她穿白裙子真的很好看。

原来她什么都知道。

2018 年 8 月 22 日。

我没出息，我不想离开，我想时时刻刻都在她身边。

可是我不得不走。

……

2022 年 7 月 18 日。

要挣钱娶她。

2022 年 9 月 20 日。

这一天的日记，满页的对不起。

最后还有一句话：我们好像再也没有可能了。

后来的好几天的日记，都只有满页的对不起。

上面的字迹都晕染开了，原来他之前都会偷偷掉眼泪。

……

林栀翻到最后一页，眼泪在纸上晕染开。

12 月 27 日那天只有一句话：

今天，我们要领证了。

（正文完）

番外一
永远聚不齐的八个人

"林小姐，喻先生所有的财产都是你们共有的，现在全部在您名下。"说话的是喻桉的律师朋友，叫陈宁。

林栀一愣，沉默半天才开口："我知道了，谢谢。"

"还有一份东西，我想我有必要跟您看一下。"

"好。"

陈宁从文件包里拿出一份文件，递给她，那是一份离婚协议书。

"这是之前喻先生在 F 国时找我起草的一份协议，那个时候他准备跟你求婚，我还问过他，还没求婚怎么就起草这个？他说，如果哪天你不想跟他在一起了，想离婚，他要把所有东西都留给你。"

林栀听到这里，眼眶一酸，她怎么可能不想跟他在一起？她怎么会不要他？

"二十六日那天晚上，他跟我说不需要这份协议了，让我不用留着了。"

只是他没想过，第二天刚看到喻桉的消息，他还没来得及处理这份文件，就得知了喻桉出事的消息。

"喻先生还给自己买了几份大额保险，受益人都是您。"

喻桉一切的一切都是为了她考虑，却从来没有考虑过自己。

……

林栀开始接手念之。

……

2023 年 3 月 5 日。

听见敲门声，林栀朝门口看过去："请进。"

进来的是小刘，他将泡好的咖啡放在桌上："林姐，这是刚泡好的咖啡。"

"谢谢。"

见小刘站在那里不动，林栀抬眼看他："还有事吗？"

351

"这还有一份文件需要您签署一下。"

"放桌上吧。"

"好的，那我先出去了。"

"嗯。"小刘放下文件就出去了。

林栀拿起文件，看到最后，签下了自己的名字。

……

第二天，林栀是被电话铃声吵醒的。

"怎么了？"

"林姐，出事了，咱们公司之前开发的一个楼盘发生了坍塌事故，砸伤了一个人，现在网上闹得沸沸扬扬的。"那边小刘的声音很着急。

"先安抚家属情绪，把伤患送去医院，该赔偿的我们赔偿，其余事，我来解决。"

"好。"听林栀说了那句话，小刘躁动不安的心瞬间安定下来。

林姐跟喻哥都有种会让人莫名安定的魔力。虽然都不爱笑，但是会很耐心地解决问题，几乎不对下面的员工发脾气。

林栀看到了 H 市现在的热搜。

#念之前老板喻桉偷工减料，导致大楼坍塌。#

#念之前老板是谁？#

#念之前老板猪油蒙了心，害死一条人命。#

喻桉绝对不会为了节省开支去干那种偷工减料的事。

林栀一直在搜集当时的建造那栋楼的相关资料。可舆论的力量太大，事件在网上发酵得很厉害，只一晚上的时间，网上的舆论逐渐由大楼坍塌死了人转变为对喻桉的攻击谩骂。林栀看着那一条条攻击喻桉的评论，有点生气。

【这种人死得好。】

【说得对。】

【坏事做多了，被老天收走了呗。】

她抑制不住地全身都在抖，他已经走了，他们还要他怎么样？

"我们娇娇一定是清清白白的。"

"我会还你清白。"

……

林栀整整一晚上都没睡，直接在公司过夜了。她听见敲门声，下意识地认为是小刘，便开口道："进来吧。"

门开了，看到门口的六个人时，林栀愣住了。阮征、温池、吴桐、郑孚、贺蒙，还有周颢都在。

"你们怎么来了？"

阮征开口道："有事当然要大家一起扛了，你不是只有一个人，宝贝。"

其他人也都说："多一个人多一份力量，我们都在。"

林栀突然鼻子有些酸："好。"

之前八个人一起为了奔向更好的远方而努力。时间没有冲散任何人，他们还是他们。

周颢问林栀："栀姐，念之对家公司是哪家？"

"濮树。"

贺蒙接了话："他们家一贯喜欢搞这种，之前 H 市最大的公司就是被他们这么搞垮的，就算后面真相大白了，人们也只是惋惜一阵子。"

温池紧接着开口道："我们先找证据。"

他们每个人看到那个新闻的第一反应就是：喻桉不会。

……

念之的楼下围堵了很多记者，他们看见林栀下楼，将她团团围住。

"林小姐，不知道您对念之前老板喻桉偷工减料造成人员伤亡有什么看法？"

"林小姐，我们听说您之前跟喻桉快要领证了，请问您在此之前知道喻桉是这种人吗？"

她看着那些人，只抛下一句话："喻桉不是那种人。"

"请问您为什么那么维护喻桉？您是否跟他是同流合污？念之开发的其他房产是不是也会有这种问题？请您回答。"

"请问您对喻桉的死什么看法？"

话筒几乎都要怼在林栀脸上。

林栀看着问第二个问题的女生："如果你母亲死了你有什么看法？"

那记者不觉得自己问的问题有什么不妥，反而还有些生气："我问的问题有什么错吗？念之新任老板就这素质？"

阮征挡在林栀面前，冲那人开口："尊重是相互的。"说完，她抓住林栀的手，带着她冲出了那些记者的包围圈。

当天，网上由骂喻桉转变为开始骂林栀，不过，网上那些对林栀的评价，她毫不在意。

林栀当天晚上召集全公司开了一个会。

"因为舆论，念之亏损了很多钱，所以接下来的项目很关键，每个人都务必打起来十二分的精神。"

她在前面讲话，坐在后排一个不起眼的男生微微抬头，看着林栀。范洲戴着黑框眼镜，头发长长的，在公司里近乎是透明的存在。开完会，回到工位上，他就掏出手机给濮树那边发信息。

"你交代我的事我已经做了，我什么时候能进你们公司？"

对面很快回复了。

"别太心急，你现在来我们公司无异于自爆。"

"好，对了，念之准备要开发一个项目。"

"你知道该怎么做吧？"

"我会拿到它。"

发完信息，范洲感觉旁边有人戳了戳他，他将手机关掉，露出一个有些腼腆的笑："怎么了？"

"你能不能帮我打印一份文件。"

"可以。"

"谢谢了。"

……

3 月 9 日这天，范洲将拿到的所有资料发给濮树那边。大概半小时以后，他收到了濮树那边的回复。

"耍我？"

范洲看着这条信息，一头雾水。

"我已经将念之开发的项目文件发给你们了。"

对面又发过来一条信息。

"自己看你发过来的是什么。"

范洲点开对方发过来的截图，他拷贝下来的文件上只有几个字：上当了吧？

明明他是趁所有人不在的时候偷偷从林栀那里拷贝过来的。

怎么会？

怎么会？

范洲正盯着手机看，背后传来一个声音："上当了吧？"他猛地回头，后面赫然站着林栀。

他瞬间瞳孔放大，林栀她怎么会知道？他明明没有露出马脚。

"你的异常我前几天就注意到了，你猜为什么要开发新项目？为了吊你出来。"

范洲自以为聪明，结果聪明反被聪明误，他强迫自己镇定下来："你有什么证据？"

林栀将他跟那些人的聊天记录，以及故意造谣大楼坍塌的证据甩在他脸上："你被辞退了，还有，你会为自己的行为付出法律责任。"

……

念之的事瞬间反转了。那个所谓受伤的人，还有大楼坍塌的事，也不过是濮树那边安排的，为的就是想通过这件事，让大众对念之的印象变差，逐步击溃，最后收购。

念之是喻桉的心血，林栀无论如何都不会放弃它。

那些评论区对喻桉造谣甚至修改遗照的人，林栀全部都把他们告了。

喻桉是清清白白的，她不能容忍任何一个人诋毁他。

……

新闻发布会上，一个记者问林栀："林小姐，为什么您会那么笃定喻桉他不会做这种事？"

林栀只说了六个字："因为他是喻桉。"

……

3月10日这天晚上，七个人又聚在了曾经一起吃饭的那个餐厅。

"哈哈哈哈哈，还得是你损啊，小颗子。"贺蒙一想起那个范洲当时那震惊的样子就想笑。

"我是你周哥。"

"我才是你哥。"

郑孚打断两人："都别吵，我才是你俩的好大哥。"

吴桐忍不住接话："你马上要被群殴。"

林栀听着几个人的对话，感觉仿佛回到了从前，那时候他们举杯庆祝，为了高考顺利。

服务员走了过来，准备撤掉旁边那张没人坐的椅子。

林栀看了看他，道："不用撤。"

"你们是还有一个人吗？"他问完这句话，气氛瞬间有些沉闷。

半晌，林栀才接话："有。"

只不过他们八个人再也聚不齐了。

……

饭后，阮征要送林栀回去，林栀拒绝了。

"我自己回去，你们先走吧。"

阮征拗不过林栀，只好应下："好吧，那你到家了说一声。"

"嗯，我知道。"

林栀独自走在回家的路上，看到路边有两道身影。

两个人都身穿高中校服，女生小声说着今天学校里发生的事，男生侧着头看着女生，认真听着。女生似乎是受了委屈，说着说着开始掉眼泪。男生没有纸，小心翼翼地用手替她擦眼泪："别哭别哭，我在呢。"

林栀站在原地看了很久，她看着这两个人，眼底的情绪不明。她整理了一下自己的围巾，继续向前走。风吹在脸上，有些凉，她突然想起那天喻桉答应她的话，以后她生气或者不开心的话他就抱抱她。

"小骗子，食言了两次。"

"我好想抱抱你，一下就好。"

番外二
写给喻娇娇的信

致全世界最好的喻娇娇：

展信安。

还记得第一次在医院见到你时，你胃痛得脸色发白；第二次见到你是在餐馆里，你在打工时被酒醉的客人刁难；第三次遇见你那天下了大雨，大家都在躲雨，独独你，一个人走在雨里。

那时候我就觉得，你眼底总带着一些让人看不透的情绪，总有一种孤寂的落寞感。

再后来，刚开学那天迟到遇见了你。

阮阮说，你是学生会最不近人情的存在，但是你居然放我走了，让人有些意外。

似乎是缘分来了挡都挡不住，我们分到了一个班，还成了同桌。相处下来，我发现你并非别人口中的那般冷酷。反而有点乖，还有点可爱。

好嘛，我承认自己后面不由自主地被你吸引。谁让你是喻桉呢。

我好像从小到大都不是那种聪明的小孩，在学习方面很迟钝，可能别人一遍就能听懂的东西，我要听很多遍。

你总是一遍一遍很有耐心地讲给我听。你从来不会说我笨，你只会问我，你讲得清楚吗？

很清楚。

我好像对感情也有些迟钝。

那天看到你跟一个女生在门口说话。她说话的时候，你站在旁边，虽然没有表情，但是看起来很有耐心。她很漂亮，听桐桐说她是我们学校的年级前十，1班的班花。听到那句年级前十，那是我第一次有一种难言的感觉。

我一向是不在意学习成绩的，可那天我很别扭，心里很不舒服。

那一整天我都不知道怎么面对你。我觉得自己别扭又奇怪。

后来才发现那是你小姨家的女儿。我莫名其妙松了一口气。

你说你以为我讨厌你，我莫名觉得你有点委屈巴巴的。

我怎么会讨厌你？你对我来说一直都是很特别的那个人。

那时候不明白心里的别扭是因为什么，现在想想，不过是因为喜欢。

因为喜欢，所以在意与你有关的一切，因为喜欢，所以会因为你对其他人不一样而吃醋。

在你生日那天，我第一次生你气。

我气你的妄自菲薄；我气你把自己看得太轻；我气我一步步走向你，你却把我推开了。

第二天，我收到了你的信息。

你说：以后不再联系了，对不起。

我往楼下跑，怎么也没找到你。

那天，我以为你是不想跟我联系了。可能我们不是一路人吧。

后来替奶奶给朋友送东西的时候，我看到了一个身影。很像你，似乎就是你。我心里想着不过去，却还是没忍住追了过去。

你浑身都是伤，就那般坐在外面。

我真的觉得心像是被人攥住了一般。你跟我说不再联系，就是把自己过成这个惨样子的吗？

你是傻子吗？

你说你没有家，你怎么会没有家？你有家，是我们的家。

我知道他们对你不好，我很内疚那天对你说了那样的话，你怎么会不敏感呢？是他们有眼无珠。

我们娇娇是全世界最好的娇娇。值得世界上美好的一切。

那天你问我能不能可怜你一下，我从来不可怜你，我只喜欢你。

我原来并没有人生目标，不知道自己现在和未来该做什么，不知道以后想去哪里。因为我觉得我的成绩也就那样了。

直到遇见你，我有了一个努力的方向。我想跟你去一个城市，我想追上你的脚步。可就在毕业第二天，我知道，你要去 F 国了。

这是你第一次食言。

我想把美好留在回忆里，那些天我们一起看日落日出，去了很多地方。可你还是要走了。

我说你想我了可以回来看看我，你说每天都想。

我说你没出息，其实我也没出息。

近乎万里，八个小时的时差，我们就这样熬过了整整四年。我们克服了距离跟时间，你终于要回来了。

可天不遂人愿，就在你回来的那天，奶奶跟小乖都出事了。我知道不怪你，可我不知道怎么面对你。

那时候恨意几乎支配了我整个人，我满脑子只有替奶奶跟小乖报仇。

可是那个男人真的被送进去的那天，我却有种前所未有的空虚感。我并不快乐，可能是因为少了你吧。

后来我做了一个梦，我梦到了奶奶。

奶奶说："不要因为奶奶去左右你的感情，跟着心，往前走，别回头。"

我好像突然就想通了，我为什么要因为他而逃避我对你的感情。你我都没有错，错的是他啊。

那天我把你叫了出来，看到你的第一眼我就没忍住哭了。

那天你也哭了，你说："求你，别哭，对不起。"

看到你哭的那一瞬间，我觉得好像全世界都错了。

是我不好，是我不该把你推开。

时隔三个多月，我们终于又和好了。我不想再跟你错过了，我想跟你领证，就在二十七日你二十二岁的那天。

你答应我你这次不会再食言。

二十七日那天早上雪下得很大，我在婚姻登记处门口却迟迟没有等到你。

我看到前面围了很多人，我给你打了一个电话，电话接通的瞬间，我松了一口气。可那边有人告诉我，你出车祸了。

我看到你倒在雪地里，地上满是刺目的鲜血。红色代表着喜庆，但那天是我第一次那么讨厌红色。

你还欠我一个奖励，你还记得吗？

还没还给我，你就又食言了，小骗子。

这是你第二次食言。

其实我挺喜欢下雪天，也喜欢红色，但我讨厌那天。

老天似乎总爱跟我开玩笑，先是带走了爸爸妈妈，后来是小乖跟奶奶，最后是你。似乎我在意的人都要离我而去。

我爱的少年留在了那个落雪的冬天，留在了二十二岁那年。

H市的桃花开了，你能明白我的意思吗？

路要一个人走下去，我还是不能停止想你。

如果有下辈子，我会义无反顾地奔向你。

林栀写完最后一句，把笔停下来。一束光透过窗玻璃照进来，恰好洒在那张纸上。拉开窗户，阳光洒在身上，暖暖的。

林栀想，她也该走出去看看了。

……

林栀将公司交给了阮征。自此，她带着那个四方小盒子，还有奶奶跟小乖的照片，开始了旅行。

……

第一站是一个温馨的小镇。

林栀将手机递给路人："你能帮我们四个拍张照片吗？"

"四个？"那人只看到了林栀自己一个人。

林栀从包里掏出照片，对着镜头笑得很甜。照片定格在那一美好的瞬间。

她手里的照片上是姜红和小乖，怀里抱着的，是喻桉。

林栀轻声道："你们没走过的路，没去过的地方，我们一起去看。"

番外三

蓄谋已久和得偿所愿

　　阮征和温池大学一个学的是设计，一个学的是哲学。毕业后两人一个开了一间画室，一个成了大学老师。

　　周颢在另一个城市工作，有时得空了会带着其他朋友来画室找阮征。温池有时候会有点小"嫉妒"周颢，因为他每次来总能分走阮征很多注意力，很多他们之间共同的关于高中的回忆，他都插不上话题。

　　好在他来得不多，大部分时间还是他在阮征身边。

　　下了班温池经常往阮征那里跑，有时候是帮她整理一下画室的画，有时候是给画室的盆栽浇浇水，修剪一下枝叶。忙完他就坐在旁边，安安静静地看阮征画画，或者看些自己喜欢的书。

　　阮征招来的小姑娘天天都两眼放光地看着两人，猜两人的关系。

　　有一次她实在忍不住了，便问阮征："阮姐，你是不是喜欢温老师？"

　　"很明显吗？"阮征惦记他很久了，迟早想把温池追到手。

　　小姑娘点头如捣蒜。

　　阮征叹气，都那么明显了，温池为什么感觉不到她的暗恋。

　　两人就以这样的模式相处了将近两年。

　　2024 年 4 月 23 日，温池大半夜看到阮征发了一条"朋友圈"。

　　【啊啊啊啊啊啊，好喜欢小猫，太可爱了吧，亲死。】

　　他对着那条"朋友圈"看了半天，他怎么不知道阮征什么时候养了小猫？这般想着，温池给阮征发了一条信息。

　　【WR】：你养了小猫吗？

　　对面很快回复了。

　　【AAA】：？

　　【WR】：我看到你"朋友圈"说好喜欢小猫。

359

阮征看着他发过来的信息，愣了好半天。她本来是要发一条屏蔽温池的"朋友圈"，结果不小心发成了仅温池可见。

试问还有比这更尴尬的吗？

阮征把自己的头发别得乱七八糟。那一年阮征已经留了长发，头发已经到锁骨的位置了。她短发的时候很有少年感，长发的时候又多了点别的感觉。

她一双丹凤眼细长，人又白又瘦又高，很有清冷感。

阮征凌乱了几秒，义正言辞地回复了几句话。

【哈哈哈】：今天看到朋友发了自己的小猫，觉得挺可爱的。

她发完，就收到了温池的回复。

【A小猫】：这样啊。

【A小猫】：很晚了，你早点休息。

【哈哈哈】：知道了。

【A小猫】：晚安。

【哈哈哈】：为什么不给我发语音说晚安，你是有什么心事吗？

对面很快回过来一条语音。阮征点开，他的声音很干净，似乎还带着些困意，后面还跟了一条信息。

【A小猫】：我没有心事。

【哈哈哈】：没有心事就快睡吧。

【A小猫】：好。

【哈哈哈】：晚安。

阮征给他发完"晚安"，立刻将刚刚那条"朋友圈"屏蔽掉了他。

温池上一秒还看得见她发的"朋友圈"，下一秒就看不见了。

是阮征把那条"朋友圈"删了吗？

……

第二天，阮征刚睡醒，推开卧室门，就看到了客厅里的温池。他今天穿了件米白色的长袖，一头黑发有些卷卷的，瞳孔颜色偏浅，睫毛长长，眼形好看。他皮肤很白，有点像个精致的娃娃。阮征觉得他头发软乎乎，长得又乖，像只很乖的猫。

"早啊。"阮征跟他打招呼。

"早。"温池说着，朝她看了过来，"你昨天说喜欢小猫，那今天我们去买小猫吧？我看了几个品种，觉得应该有你喜欢的。"他昨天认真做了功课，觉得有几个品种都蛮符合阮征的审美，性格也温顺。

阮征没空的时候，他也能帮忙铲屎喂粮。

阮征听见他认真的话，知道他不是在跟自己开玩笑，因为温池是那种执行能力很强的人。可能前天说要做一件事，昨天就做好了计划，今天就完成了。她的困意瞬间消失一半。

阮征盯着温池看了一会儿，嗯……有没有一种可能，她喜欢的不是真的小猫呢？

"最近挺忙的，暂时先不养。"

"好。"温池也没怀疑。

十几分钟后，温池洗漱完毕，从浴室出来了。

"早餐在桌子上。"

"好。"

阮征坐在桌前吃早餐，温池的视线一直落在她身上。

早餐全都是阮征爱吃的。阮征吃了几口早餐，突然收到阮父的信息，是几张照片。阮征点开那几张照片，又看到阮父发来的语音，直接点开来听。

【A我家大哥】：好看吗？

【哈哈哈】：我妈必须好看。

温池听见男人的声音，将视线落在阮征身上。阮征对着手机似乎在笑。温池第一次看到她回男性的信息笑得那么开心。他不由得眼底多了些失落，她是有喜欢的男生了吗？

阮父很快回了阮征。

【A我家大哥】：我老婆当然好看。

【哈哈哈】：秀恩爱的请出去。

【哈哈哈】：你的幸福吵到我了。

【A我家大哥】：全家就你没对象。

【A我家大哥】：单身狗。

【哈哈哈】：……

【哈哈哈】：把你俩屏蔽了。

【哈哈哈】：手动再见了哈。

阮征刚放下手机，突然感觉到温池的视线落在她身上。

"你在跟喜欢的人聊天吗？"

阮征差点没呛死，她剧烈地咳了几声。

温池跑过来，替她拍了拍背。

"什么喜欢的人？是我爸，他在跟我秀恩爱。"

"我还以为是你喜欢的人。"

阮征伸手捏了捏他的脸："当然不是。"

温池这才多了些笑意。

……

阮征吃完了早餐，冲温池开口道："我这边需要忙一会儿，你先自己玩一会儿。"

"好。"

阮征将自己的平板电脑丢给温池："没密码，你自己随便玩。"

"好。"温池抱着她的平板电脑，随便刷了一会儿视频。

"微博能用吗？"

"随便用。"

温池刚点进去，就看到了阮征发了很多条微博。

【小猫好可爱，好想亲亲。】

【他好乖啊啊啊啊啊，为什么那么乖啊？】

【喜欢小猫。】

【想亲小猫。】

阮征上一秒还在认真画图，下一秒猛地想起来自己微博发过什么东西。她慌乱地关掉电脑，向温池走过来："别看我微博内容。"

"对不起，我已经不小心看到了。"温池看着她，眸子里满是失落。

原来她有喜欢的人。原来她那天晚上发那些不是在说真的小猫。可是他还是抑制不住地心里难受。

阮征少见的有些尴尬。她觉得自己的形象完全崩塌了。温池不会以为她是变态吧?

怎么办?怎么办?怎么办?不会吓到他吧?

温池抬眸看她,语气认真道:"你可不可以不要喜欢他?"

阮征还没开口,就听见他又继续说道:"我也可以很乖的,你喜欢我,好不好?"他说完,整个人脸红到了脖子根。

"吃醋了?"

温池别过头去,睫毛轻轻颤动:"我只是有一点……羡慕他。"

阮征没忍住低低地笑了起来,觉得这个样子的温池简直可爱到爆炸。她伸出手捧起温池的脸:"你这样我会忍不住想亲你。"

温池眸子里闪过几分别的情绪,似乎是有些不可置信。

"喜欢你。"阮征说。

温池瞬间愣住,反应过来她说的人是自己,他的脸红到爆炸。温池没说话,只是眨着眼睛无辜地盯着她看。他整个人陷在沙发里,阮征用双手撑在他身体上面,将一个吻落在他的唇上。

那个吻很轻,一触即离,宛若羽毛一般。

温池眸子里染上些水雾,睫毛颤得厉害。

阮征抓着他的手腕,压着他又亲了下去。两个人都很生疏,吻得有些磕磕绊绊的。温池的手扶着她的腰,两个人贴得很紧,一吻过后,两个人的呼吸都有些乱。

阮征问他:"什么时候喜欢我的?"

"很久以前。"

"刚认识那会?"

"嗯。"这一天,早就是他蓄谋已久。

温池很早就见过阮征。那时候她叼着棒棒糖,一人教训三个人,救了一个被骚扰的女孩子。自己流血了还笑着安慰那个女生不要怕。

他又想起后来碰到阮征的那天,他就那么呆呆地站在她面前,一句话都说不出来。

"温池。"

"嗯?"

"我喜欢你,很喜欢很喜欢。"阮征看着他,说得很认真。她说不清何时开始对温池有了不一样的感觉。或许一开始她只是对他有好学生乖孩子的那种保护欲。后来就慢慢成了占有欲,再后来,无论温池做什么,她都觉得好可爱好喜欢。

那时,她发觉自己好像栽温池身上了。

温池对谁都是一副温柔有礼貌的样子,阮征一直以为是自己的单相思。

温池轻拉阮征的衣领,轻贴了一下她的唇,他说:"我也是。"

那天半夜,阮征很久没更的微博更新了一条。

【啊啊啊啊啊啊啊,今天,和小猫在一起了。】

她的"朋友圈"也更新了一条,只有四个字。

【得偿所愿。】

那天,很久不发"朋友圈"的温池也发了一条。

【蓄谋已久。】

要一直一直在一起

2022 年 12 月底，林栀消失在所有人的视线里，只有朋友圈的定位在不断变化。

1 月份林栀去了两个地方。她去偏远却独有人文气息的小镇待了半个月，又跨越遥远的距离去看极光。

2 月份，林栀准备去爬 Y 市的雪山。

登山前，她在小镇的花店买了束花，是茉莉和栀子花的混搭。她带着花和行李，徒步八公里来到山脚下的大本营。

吃完晚饭，林栀就准备出发了。来爬雪山之前，她做足了准备，查了很多攻略，也做好了一次不能登顶再来爬一次的准备。她将花放在包里，背着登山包就踏上了登山的路。从山脚到山顶，林栀花了整整五个小时。

一路上她看到了很多人，有结伴的年轻情侣，有同行的闺蜜，也有陌生的但报了同个旅游团结伴的人。

说不累是假的。

登顶的那瞬间，林栀将那束花插在了山顶的牌子旁边。

一个跟她速度差不多的女生见她一直背着一束花，有些好奇地问她："你为什么带着一束花？"

林栀看着那束花，脑子里瞬间想起很多事情，她说："我的爱人和最重要的亲人都去世了，我想带他们看看这世界。"

女生闻言感动道："他们一定会看到的。"她帮林栀录了一段视频。

镜头里，林栀穿着白色冲锋衣，戴着户外墨镜，她冲着镜头在笑："雪山我替你们看过了。"

接下来的一年多，林栀又跑了十几个城市。2024 年 8 月 1 日，她回到了 H 市。推开那扇门的瞬间，很多记忆扑面而来，家中的陈设一切如初，阮征和吴桐得空了就过来打扫卫生，房间内依旧很整洁。

当时她说想出去看看，阮征和吴桐他们非要跟着一起，说是不安全。

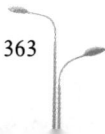

林栀知道，其实他们是担心她一个人想不开。她拒绝了所有人，自己一个人踏上了旅程。

旅行回来之后的一段时间，林栀生了病，她总是毫无征兆地陷入沉眠。

*

滑滑梯，小沙坑，老小区。林栀看着周围熟悉的场景，突然有些恍惚。

"来拿呀。"笑容恶劣的小男生手里的手链高高举起。听到声音，林栀朝沙坑那边望过去。女孩看起来不过十岁的模样，穿着件碎花连衣裙，头发扎得整整齐齐，皮肤瓷白，一双眸子清凌凌的。

林栀认出来，那是十岁的自己。

小林栀伸手去够那个发圈，奈何男生比她高了半个头，她怎么也够不着。

"你把它还给我。"

"欸，不给不给，就是不给。"

男生说着，故意把手链扔在地上，又用脚踩了上去。小林栀生气了，用头狠狠向男生撞去。男生没想到她会这样反抗，猝不及防一下子摔在了地上，他揉着自己摔疼的屁股，哭了起来。

小林栀捡起自己的手链就准备走，她放在手里爱惜地拍了拍，那是妈妈留下来的手链。她刚准备走，手就被一个女人拉住了。

刚刚还在旁边视而不见的女人这会仿佛突然能看见了一般，拽着林栀就开始骂："死丫头，给我儿子道歉。"

"明明是他先抢我东西的，你刚刚都看到了。"

小男孩站在女人背后，冲林栀吐舌头："没爸妈要的野孩子。"

多年以后，林栀再听到这句话，还是觉得刺耳难听，她走过去，想拉开女人，却直接从女人的身体穿了过去。林栀看着小林栀咬着嘴憋着不哭。

"松开她。"听见熟悉的声音，林栀回头去看，是那张她日日夜夜思念着的脸。

她冲过去抱姜红，却再一次直接从她身体上穿了过去。试了好几次，皆是如此。

"奶奶。"林栀落了泪。

姜红一把扯开女人的手，将小林栀护在了身后，她说："我从不知，林女士就是这样教育孩子的，抢了东西还骂我家乖乖是野孩子。"

女人知道姜红在小区人缘好，怕落下话柄，抬腿给了自家孩子一脚："哎呀，姜阿姨，孩子也不是故意的，给您道个歉。"

"是你家孩子给我家孩子道歉。"

女人又给了自己孩子一脚："不懂事的东西，去给人家道歉。"

那男孩本就是欺软怕硬的，立刻冲小林栀低头道歉："对不起，我不该抢你东西，也不该说你是野孩子。"

小林栀看着他，道："妈妈说做人要大度，所以我不生你的气。"

男孩被自己妈妈领走了。

姜红低头，摸着小林栀的脑袋道："我家乖乖从来都不是没人要的小孩。"

"没错，我有全世界最好的奶奶。"

"今天想吃什么呀？乖乖。"

"鱼香茄子和糖醋排骨。"

"好好好，回去奶奶给你做。"

姜红牵着小林栀的手往家的方向走去，落日的余晖洒了两人满身。林栀跟了上去。

突然姜红回了头，冲她笑了一下。那瞬间，林栀觉得，姜红是不是看见了自己？

林栀跟着两人回了家，看着姜红做了一桌子菜，都是她想念的菜式。

第二天，小林栀去学校，林栀也跟着一起去了。

"林栀，你看你考的成绩像什么样子，又是倒数，严重拉低了我们班的平均分，再考成这样子把你爸妈叫过来。"办公室里，穿着紫色裙子的女老师严厉开口道。

小林栀站在办公桌前，咬着唇，眼眶红红的，却没有说话。

女老师似乎是叹了口气，道："算了，你去吃饭吧。"

"好。"

林栀看着自己从办公室里走了出去。

她跟着小林栀，看着她去了学校花园的角落。小林栀抱着膝盖蹲在地上，大颗大颗的眼泪落下来。

天空突然下起了雨，下得又大又急。

"快去躲雨。"林栀看着蹲在地上的小林栀，同她说道。

她突然反应过来，自己说话她是听不见的。

小林栀没有要躲雨的意思，只是安静地蹲着，眼泪混着雨水一起落下来。林栀急得团团转，怎么小时候的她那么倔？

一把伞突然伸了过来，打在小林栀的头顶上。

在看到男生脸的瞬间，林栀整个人愣在原地。居然是小时候的喻桉，跟长大以后没什么区别，看起来表情冷冷的。她从来不记得自己小学四年级遇见过喻桉。印象里那天她淋了雨，还发烧了好几天。

喻桉在小林栀面前蹲下来，将纸巾递给她："你为什么哭？"

"老师说，再考不好要叫我爸妈来，可是我没有爸妈。"

喻桉似乎是沉默了一瞬，随即开口道："我爸妈离婚了，我爸不爱我，后妈针对我。"

小林栀听得忘了哭，伸出手摸了摸小版喻桉的脑袋："那你好可怜，我带你买糖吃好不好？"

喻桉似乎又沉默了一瞬："好。"

林栀哭着哭着突然有点想笑，到底是谁哄谁？

小林栀自来熟地拉着喻桉的袖子去了学校小卖部。她拿了好几根白桃味的棒棒糖，对喻桉说道："我跟你说，这个糖果可好吃了。"

"真的吗？"

小林栀以为他是不信，便道："真的，等会你吃了一定会喜欢的。"

她说着，又拿了几根，记得奶奶说糖吃多了牙齿会烂掉，她犹豫地看着手里的糖果，最后决定还是放回去一些。

小林栀扯扯喻桉的袖子："走吧，我们去付钱。"

"好。"

林栀正在兜里掏钱，旁边的喻桉突然递了一张红的钞票给收银员。她抓住喻桉的手制止他："是我要请你吃糖。"

"我妈说，不能让女孩子付钱。"

"可以让女孩子付钱。"小林栀强硬地把钱给他装了回去。

她掏出一张皱巴巴的十元纸钞递给了收银员。收银员找给她几块的钱零钱。小林栀装好钱，瞅着手里的六根棒棒糖，分给了喻桉四个："给你。"喻桉看看手里的四根，又看看她的两根，想了想，递回去一根。

小林栀大气地推了回去："我吃过很多次了，所以给你多吃一根。"

"谢谢。"

小林栀看着他吃了糖，冲他笑了："你吃了糖，我们就是好朋友了。"

她一笑，露出来的门牙缺了一颗，又慌乱捂嘴。

"好。"

林栀看着小林栀和喻桉天天一起放学回家。小林栀会带喻桉一起回家写作业，一起吃姜红做的红烧排骨。两人会在周五一起去附近的游乐园玩，有时候是其他地方。后来两个人上了同一个初中，又考入同一所高中。

小林栀那时候总被老师批评的成绩，在经过喻桉的手把手教学辅导以后，日渐好了起来。

高一那年，两人一起捡了一只小白狗，取名叫小乖。在看到小乖、奶奶、喻桉还有高中版的自己聚在一起的时候，林栀又没出息地哭了，他们很久都没聚在一起了。

一次放学后，姜红跟林栀说小乖走丢了，两人兵分两路，林栀找了很久，问了很多人都没找到。

天又下起了雨，林栀躲也来不及躲，身上的校服白衬衫和裙子被打湿了。林栀觉得小乖肯定是被人偷走了，她蹲在地上，眼泪流了下来。突然她感觉到头顶没有了雨，一抬头看到喻桉正撑着伞。

林栀突然想起她跟喻桉的第三次遇见，只不过那时候是她给喻桉撑伞。

此刻，他身上还穿着没换掉的校服白衬衫，满是雨点，似乎是刚赶过来，他冲林栀伸出手："别哭，一起找，一定能找到的。"

林栀伸手握住他的手，她说："好。"

最后他们在一个偏僻的角落找到了小乖，它被熊孩子用东西堵在了那边，怎么都出不去。

高考毕业那天，喻桉跟小林栀表了白。盛夏蝉鸣，风吹得树叶哗哗作响。林栀看着小林栀红着脸同意了。小林栀再也不会下雨了偷偷哭，因为永远有人给她撑伞，永远有人爱她。

似乎这个喻桉比林栀认识的那个喻桉要主动很多，可能是因为小时候就认识的缘故吗？

最后小林栀和喻桉去了同一个城市。毕业后两人都留在了本市工作，留在了姜红身边。

跨年那天，林栀发现自己变成了小一岁的自己，她觉得这天的喻桉也很不一样，更像是她认识的那个喻桉。

他说要带她去看烟花。

那天海边人很多，林栀看到了一对颜值出众的情侣，两人一个戴着兔耳朵，一个戴着狼耳朵，好不相配。

新年钟声响起。

"看天上，星星。"

林栀抬头，看到了那绚烂的烟花。

【YA LZ】

后面还跟着很多心形的烟花。

林栀刚低头，忽然被他抱进怀里，他说："要一直在一起。"

"好，要一直一直在一起。"

写在最后的一些碎碎念。

时隔近一年，这本书迎来出版的消息。

在写新增番外的时候，脑海里瞬间飘过无数想法，最终觉得第一个番外要给林栀和喻桉。

我知道你们对这个故事感到遗憾，所以我给他们写了一个番外，算是梦，或者是平行世界。

在这个世界，林栀再也不怕淋雨，因为下雨天总会有人给她撑伞。

在这个世界，他们相遇得很早很早，上了同一所初中，同一所高中，最终去了同一所大学。

第二个番外给了阮征和温池。

温池在书中出现得比较晚，不知道大家是否还记得两个人的第一次初见？

对阮征来说，那确实是两个人的第一次见面，但对温池来说不是。

这本书，我想了很久才开始动笔。

最初，我是想写一篇关于爱与救赎的故事。

我希望那个生活在黑暗中的男生，能够有一个宛若小太阳一般的女生来救赎他。

可后来，当我开始动笔的时候，我问自己，救赎是一件很简单的事吗？

可能并不是。

就像里面的那句话那样：星星是可以给黑暗带来微光的，但微光很难驱散黑暗。

喻桉前面的十几年一直生活在阴暗中，直到遇见了栀栀，他的生活才有了光亮。

对他而言，栀栀就像是黑暗中照进来的那束光，那么亮，那么美好。

可星星的微光真的能驱散黑暗吗？答案可能是否定的。

写这本书时我也在思考一个问题。

在这个世界上，很多人都像喻桉一样，拼了命地想要摆脱原生家庭，最终却还是不得不困在那个枷锁里，穷极一生都难以摆脱。

喻桉是，现实中的很多人也是。

你能说他们为了摆脱原生家庭不够努力吗？不能够。

这个结局，我想了很久，关于娇娇的结局，我也写了很多遍，改了很多遍。

就像上本书《她不哄他了》里写的那样：似乎遗憾和错过才是青春里的必修课。

我们的青春，也总是充斥着很多遗憾。

我们的生活也处处是遗憾。

但正因为遗憾，有些人有些事才显得刻骨铭心。

关于郑孚跟吴桐，阮征跟温池，贺蒙跟周颢，他们六个会怎么样？会有怎么样的后续？

我想这些都是说不尽道不完的，一切的一切，都在不言中。

栀栀现在会在哪里呢？

或许她在世界的某个角落，带着她的娇娇、小乖，还有奶奶，带他们去看这世界的大好山河，去看他们之前没看过的地方。

她看过无数山河湖海，体验过各地的风土人情。

她释怀了吗？我想，没有，那些一同经历过的事，说过的话，永远留在了记忆最深处。

一年又一年，林栀永远忘不了她的喻桉。

阮征跟温池呢？大概已经恋爱了，是蓄谋已久跟得偿所愿。

我爱笔下的每一个人物，也爱遇见的每一个可爱的你们。

祝愿你们都能够遇见自己生活中的那颗星星。

感谢你喜欢我笔下的故事，希望秋秋陪大家度过一个又一个秋。

（全文完）